HEYNE

DAS BUCH

Am vierzehnten Geburtstag seiner Tochter steht Amos Decker auf dem Friedhof. Er ist in seine Heimatstadt Burlington, Ohio, gereist, um an Mollys Grab und dem seiner Frau Cassie zu trauern. Vor Jahren hatte Decker die beiden brutal ermordet zu Hause entdeckt. Da spricht ihn überraschend ein alter Mann an: Meryl Hawkins war der erste Verurteilte in Deckers Karriere als Polizist. Vier Menschen soll er eines Nachts kaltblütig hingerichtet haben. Jetzt behauptet der todkranke Hawkins plötzlich, er sei unschuldig. Doch alleine kann er das nicht beweisen. Obwohl Decker skeptisch ist, erklärt er sich bereit, den Fall nochmals zu prüfen – und stellt fest, dass die eindeutigen Beweise ein wenig zu eindeutig waren. Kurz darauf wird Hawkins mit einer Kugel im Kopf gefunden. Decker erkennt, dass der einzige Grund, einen sterbenden Mann zu töten, darin besteht, ihn zum Schweigen zu bringen. Der Memory Man will das Unrecht von damals wiedergutmachen. Und kommt einer unglaublichen Geschichte auf die Spur …

DER AUTOR

David Baldacci, geboren 1960 in Virginia, arbeitete lange Jahre als Strafverteidiger und Wirtschaftsjurist in Washington, bevor er sich ganz dem Schreiben widmete. Sämtliche Thriller von ihm landeten auf der *New York Times*-Bestsellerliste. Mit über 150 Millionen verkauften Büchern in 80 Ländern zählt er zu den beliebtesten Autoren weltweit. In der Reihe um den Memory Man sind bei Heyne bereits erschienen: »Memory Man«, »Last Mile«, »Exekution«, »Downfall«, »Flashback« und zuletzt »Open Fire«.

DAVID BALDACCI

FLASHBACK

THRILLER

Aus dem Amerikanischen von Norbert Jakober
und Jens Plassmann

WILHELM HEYNE VERLAG
MÜNCHEN

Die Originalausgabe erschien unter dem Titel
REDEMPTION
bei Grand Central Publishing/Hachette Book Group Inc., New York

MIX
Papier | Fördert gute Waldnutzung
FSC® C014496

Penguin Random House Verlagsgruppe FSC® N001967

Vollständige Taschenbuchausgabe 05/2024

Redaktion: Wolfgang Neuhaus
Umschlaggestaltung: Nele Schütz Design
unter Verwendung von Shutterstock (Pictureguy, Stokkete)
Satz: satz-bau Leingärtner, Nabburg
Druck und Bindung: GGP Media GmbH, Pößneck
Printed in Germany

ISBN 978-3-453-42927-7
www.heyne.de

Für Lindsey Rose.

Du hast immer dafür gesorgt, dass die Züge pünktlich fahren
und hast alles mit Geschick und leichter Hand geschaukelt.

Gratuliere zur neuen Aufgabe!

1

An einem erfrischend kühlen, wunderbar klaren Herbstabend war Amos Decker von Toten umgeben. Was jedoch fehlte, war das stahlblaue Licht, das er in solchen Situationen sonst jedes Mal sah.

Und das hatte seinen guten Grund: Diese Toten waren nicht erst kürzlich verstorben.

Er war in seine Heimatstadt Burlington, Ohio, zurückgekehrt, eine triste alte Industriestadt, die schon bessere Zeiten erlebt hatte. Davor hatte er sich in einer anderen kleinen Stadt im Rostgürtel im Nordosten der USA aufgehalten – in Baronville, Pennsylvania, um genau zu sein, wo er nur knapp dem Tod entronnen war, denn Baronville hatte sich als wahres Minenfeld erwiesen. Wenn es nach ihm ginge, würde er solche Todeszonen und Bereiche des Schreckens für lange Zeit meiden, vorzugsweise für den Rest seines Lebens.

Nur blieb ihm diesmal nichts anderes übrig, als in ein Reich düsterer Erinnerungen zurückzukehren.

Decker war nach Burlington gekommen, weil heute der vierzehnte Geburtstag seiner Tochter Molly war. Unter normalen Umständen wäre es ein Freudentag gewesen, doch Molly war ebenso wie Deckers Frau Cassie und sein Schwager Johnny Sacks vier Jahre zuvor ermordet worden. Der erschütternde Vorfall hatte sich kurz vor Mollys zehntem Geburtstag ereignet. Der ahnungslose Decker hatte die drei entstellten Leichen im Haus der Familie aufgefunden.

Jemand hatte sie auf brutalste Weise abgeschlachtet. Für immer und ewig aus seinem Leben gelöscht. Weil irgendein krankes, perverses Gehirn es so gewollt hatte. Der Mörder weilte ebenfalls nicht mehr unter den Lebenden, was Decker jedoch kein bisschen trösten konnte, auch wenn er selbst für den Tod des Killers verantwortlich war.

Deshalb fand der Geburtstagsbesuch für Molly auf einem Friedhof statt. Ohne Kerzen, ohne Lachen, ohne Geschenke. Nur mit frischen Blumen auf dem Grab anstelle der alten, die längst verrottet waren.

Falls es möglich war, würde Decker an jedem Geburtstag seiner Tochter hierherkommen, bis er seiner Familie eines Tages ins Grab nachfolgte. Mollys Geburtstag war so ziemlich der einzige Fixpunkt, der in seinem Leben geblieben war.

Er verlagerte sein enormes Gewicht auf der Bank aus Holz und Schmiedeeisen, die neben den beiden Gräbern stand, und drehte sich leicht zur Seite, denn Molly lag neben Cassie, ihrer Mutter. Die Bank war vom Burlington Police Department gestiftet worden, dem Decker einst angehört hatte, zuerst als Streifenpolizist, später als Detective der Mordkommission. An der Bank war ein verwittertes Messingschild angebracht: *Zum Gedenken an Cassie und Molly Decker.*

Der Friedhof war menschenleer, bis auf Decker und seine Kollegin beim FBI, Alex Jamison. Sie war mehr als ein Dutzend Jahre jünger als der Mittvierziger Decker. Während er neben den Gräbern saß, stand sie ein Stück abseits, um ihn mit seinen Lieben und seinen Gedanken allein zu lassen.

Jamison hatte als Journalistin gearbeitet, bevor sie die FBI-Akademie in Quantico, Virginia, absolviert hatte und Special Agent geworden war. Seit sie ihren Job beim Bureau aufgenommen hatte, war sie in einer Sondereinheit tätig gewesen, der außer ihr und

Amos Decker die beiden erfahrenen Agents Ross Bogart und Todd Milligan angehörten.

Während er neben den Gräbern saß, verfluchte Decker einmal mehr seine Hyperthymesie, sein nahezu perfektes Gedächtnis – eine von mehreren außergewöhnlichen Eigenschaften, die er einem Sportunfall viele Jahre zuvor verdankte. So auch die Eigenart, Empfindungen mit Farben in Verbindung zu bringen. Das Stahlblau hasste er besonders, denn es stand für den Tod.

Decker besaß diese zweifelhaften Gaben, seit er zweiundzwanzig war, damals ein aufstrebender Collegefootballer, der – wenn auch mit einiger Mühe – den Sprung in ein NFL-Team geschafft hatte, der höchsten Liga in den USA.

Es geschah gleich beim ersten Spiel der Saison. Der bullige Decker gehörte zu denen, die das gegnerische Team aufmischen sollten, indem sie Durcheinander stifteten und Lücken in die Reihen der gegnerischen Mannschaft rissen, damit die Teamkameraden Punkte machen konnten. Football ist ein rauer Sport, und so beschloss Decker, gleich zu Beginn des Spiels den gefährlichsten Gegner von den Beinen zu holen.

Und das war auch schon alles, woran er sich noch erinnerte.

Der kleinere, leichtere, aber schnellere Gegenspieler streckte ihn mit einem Bodycheck nieder, den Decker nie kommen sah.

Nach diesem Zusammenprall war für ihn nichts mehr wie früher. Der Grund dafür war eine schwere Hirnverletzung. Als Decker aus dem Koma erwachte, besaß er mit einem Mal die Fähigkeit, sich an schlichtweg alles zu erinnern. Mochte noch so viel Zeit verstrichen sein – die Erinnerung an Dinge aus der Vergangenheit blieb für ihn so lebhaft wie am ersten Tag. Auf der anderen Seite bedeutete diese Gabe, dass er nichts vergessen konnte, rein gar nichts. Manchem mochte dies als beneidenswerte Eigenschaft erscheinen, doch sie hatte neben einigen Vorteilen auch einen schrecklichen Nachteil: Für Decker konnte noch so viel Zeit vergehen – die Erinnerung an schöne, aber auch grauenhafte Dinge aus der Vergangenheit blieb für ihn so frisch wie am ersten Tag. Er sah die Zeit als Bilder, die nie verblassten.

Die Ärzte bezeichneten es als hyperthymestisches Syndrom, was in der Praxis bedeutete, dass Decker nichts und niemanden vergessen konnte, selbst wenn er es wollte. Der Grund dafür waren die physischen Veränderungen durch den Sportunfall, die bewirkt hatten, dass er nun über Fähigkeiten verfügte, die zwar in jedem von uns schlummern, in der Regel aber ungenutzt bleiben.

Es gab nicht viele Menschen wie Amos Decker auf dieser Welt.

Und das war noch nicht alles. Decker zählte in Farben und »sah« die Zeit. Synästhesie, nannten es die Ärzte. Offenbar hatten sich bei seinem Sportunfall sensorische Nervenbahnen im Hirn neu verknüpft, sodass er nicht nur in Farben zählte, sondern bestimmte Emotionen mit bestimmten Farbtönen in Verbindung brachte. Manchmal verknüpfte er Farben auch mit Personen oder Gegenständen.

Aus dir ist ein verdammter Freak geworden.

In Gedanken versunken, blickte er auf die Gräber, während er sich mit einer Intensität an die Ereignisse vor vier Jahren erinnerte, als wären Cassie und Molly eben erst getötet worden.

Er las ihre Namen, die Inschriften auf den Grabsteinen, obwohl er längst auswendig wusste, was darauf stand. Auf dem Weg hierher war ihm vieles durch den Kopf gegangen, was er den beiden sagen wollte. Nun aber fand er aus unerklärlichen Gründen einfach nicht die richtigen Worte.

Das heißt, ganz so unerklärlich war es nicht. Die Hirnverletzung hatte ihn nicht nur mit einem unfehlbaren Gedächtnis ausgestattet, sie hatte auch seine Persönlichkeit grundlegend verändert. Seine sozialen Fähigkeiten waren, gelinde gesagt, nicht mehr das, was sie in seinen jungen Jahren gewesen waren. Er hatte große Mühe, seinen Gefühlen Ausdruck zu verleihen und mit Menschen umzugehen. Vor dem Unfall war er ein normaler junger Mann gewesen, umgänglich, humorvoll, gesellig. Doch er hatte sich grundlegend verändert. Es war still geworden, in sich gekehrt, düster. Er mochte es nicht mehr, angefasst zu werden. Und er hatte Mühe, Witze zu verstehen. Was nicht weiter schlimm war, da er ohnehin nicht mehr lachen konnte.

In seinen Gedanken rief er als Erstes das Bild seiner Tochter auf. Er sah sie klar und deutlich vor sich, mit ihren lockigen Haaren, ihrem Lächeln, den hohen Wangenknochen. Dann das Bild seiner Frau Cassie. Sie war der ruhende Pol der Familie gewesen, hatte ihm die Kraft gegeben, sich nach seiner schweren Verletzung nicht gehen zu lassen. Stattdessen hatte sie ihn ermutigt, sich wieder unter Menschen zu begeben und in ein fast normales Leben zurückzufinden.

Er zuckte vor Schmerz zusammen. Es tat unsagbar weh, den beiden so nahe und zugleich unendlich weit von ihnen getrennt zu sein. Es gab Tage – und sie waren nicht selten –, an denen er es kaum ertragen konnte, dass er noch lebte, während sie tot waren.

Er schaute zu Jamison, die dreißig Meter entfernt an einer stämmigen Eiche lehnte. Sie war ihm eine gute Freundin und eine fähige Kollegin, doch bei dem, womit er es hier zu tun hatte, konnte sie ihm nicht helfen. Das konnte niemand.

Er wandte sich wieder den Gräbern zu, ging in die Knie und legte auf jedes Grab einen Blumenstrauß.

»Amos Decker?«

Er blickte auf und sah einen älteren Mann, der sich ihm mit langsamen Trippelschritten näherte. Aus irgendeinem dunklen Winkel aufgetaucht, erschien ihm der hagere, eingefallene Mann beinahe wie ein Gespenst, das auf ihn zuschwebte.

Jamison hatte den Mann zuvor schon entdeckt und ging nun wachsam auf ihn zu. Vermutlich war er jemand von hier, den Decker kannte. Aber man konnte nie wissen. Jamison hatte schon genug verrückte Dinge erlebt, seit sie mit Amos Decker zusammenarbeitete. Ihre Hand bewegte sich zum Griff der Pistole, die sie in einem Holster an der rechten Hüfte trug. Sicherheitshalber.

Decker musterte den Mann. Die Art, wie der Alte sich bewegte, war ihm seltsam vertraut. Sein trippelnder Gang war nicht allein dem Alter oder einer Krankheit geschuldet; so bewegte sich ein Mann, der über lange Zeit hinweg Ketten an den Füßen getragen hatte.

Der Typ hat viele Jahre im Knast verbracht, erkannte Decker.

Aber da war noch etwas, und das war beinahe noch bedeutsamer. Deckers synästhetische Gabe meldete sich. Das Auftauchen des Mannes war für ihn mit einer ganz bestimmten Farbe verknüpft. Burgunderrot. Ein Farbton, der Decker in einem solchen Zusammenhang noch nie untergekommen war.

Was zum Henker hat Burgunderrot zu bedeuten?

»Wer sind Sie?« Decker stand auf und wischte sich die feuchte Erde von den Knien.

»Es wundert mich nicht, dass Sie mich nicht wiedererkennen, Decker. Im Gefängnis verändert man sich nun mal. Genau genommen verdanke ich das Ihnen.«

Er war also wirklich im Knast.

Jamison hatte die Bemerkung ebenfalls gehört und zog die Pistole halb aus dem Holster, während sie schneller ausschritt und zu den beiden Männern eilte. Wer weiß, vielleicht war der Alte auf Rache aus. Decker hatte Dutzende verschiedenster Dreckskerle hinter Schloss und Riegel gebracht, und dieser Typ war offenbar einer von ihnen.

Decker musterte ihn von oben bis unten, als der Mann zwei Meter vor ihm stehen blieb. Decker war ein Riese mit seinen eins fünfundneunzig und etwas über hundertdreißig Kilo. Von Jamison ermutigt, hatte er begonnen, sich gesünder zu ernähren und regelmäßig Sport zu treiben, sodass er im Laufe der letzten zwei Jahre vierzig Kilo abgenommen hatte. Heute war er für seine Verhältnisse beinahe schon schlank, aber dünner würde er sicher nicht mehr werden.

Der alte Mann war knapp über eins achtzig und wog nach Deckers Schätzung höchstens sechzig Kilo. Sein Körper war kaum breiter als einer von Deckers Oberschenkeln. Aus der Nähe wirkte seine Haut so spröde wie uraltes Pergament.

Der Mann zog etwas Schleim hoch, drehte sich zur Seite und spuckte auf den geweihten Boden. »Erkennen Sie mich wirklich nicht wieder? Haben Sie nicht so 'ne Art Turbogedächtnis?«

»Wer hat Ihnen das erzählt?«, fragte Decker.

»Ihre alte Kollegin hier in Burlington.«

»Mary Lancaster?«

Der Mann nickte. »Sie hat mir auch gesagt, dass ich Sie möglicherweise hier finden kann.«

»Warum sollte sie Ihnen das sagen?«

»Ich heiße Meryl Hawkins«, erwiderte der Mann, als würde das allein schon seine Anwesenheit erklären.

Decker fiel die Kinnlade herunter.

Hawkins grinste, als er es sah, doch seine Augen blieben trüb und leer, als wäre nur noch ein matter Funke Leben darin übrig.

»Erinnern Sie sich jetzt an mich?«

»Warum sind Sie auf freiem Fuß? Sie haben lebenslänglich bekommen, ohne Aussicht auf Bewährung.«

Als Jamison bei ihnen war, stellte sie sich zwischen Decker und Hawkins.

Der Mann nickte ihr zu. »Sie sind seine neue Partnerin. Alex Jamison, nicht wahr? Lancaster hat mir von Ihnen erzählt.« Er schaute wieder zu Decker. »Tja, um Ihre Frage zu beantworten – man hat mich entlassen, weil ich Krebs im Endstadium habe. Bauchspeicheldrüse. Absolut tödlich. Die Fünf-Jahres-Überlebensrate ist minimal, trotz Chemo, Strahlentherapie und dem ganzen Scheiß, den ich mir sowieso nicht leisten kann.« Er fasste sich ans Gesicht. »Gelbsucht. Wenn es erst mal so weit ist, kann man nichts mehr machen. Metastasen im ganzen Körper. Der Krebs frisst mich innerlich auf. Das Hirn ist auch schon betroffen. Wie man's dreht und wendet, es geht zu Ende. Vielleicht habe ich noch eine Woche, viel mehr aber nicht.«

»Hat man Sie deswegen entlassen?«, wollte Jamison wissen.

Hawkins zuckte mit den Schultern. »Ja. Krankheitsbedingte Entlassung. Müssten Sie als Cop doch wissen. Normalerweise ist das mit Anträgen verbunden, aber mir läuft die Zeit davon, also sind sie von sich aus mit den Formularen zu mir gekommen. Ich habe den Kram ausgefüllt, und die Ärzte gaben grünes Licht. Tja, deshalb bin ich jetzt hier. Wissen Sie, der Staat wollte die Behandlungskosten für mich nicht übernehmen. Ich war in einem von diesen Privatgefängnissen. Die schicken die Rechnungen an den Staat, bekommen aber nicht alles rückerstattet. Das kann sauteuer werden. Außerdem halten sie mich jetzt für harmlos. Als ich in den Knast kam, war ich achtundfünfzig. Jetzt bin ich siebzig und ein Wrack, das aussieht wie hundert. Ich habe eine Tonne Medikamente genommen, damit ich's überhaupt herschaffe. Später werde ich wahrscheinlich ein paar Stunden kotzen und danach eine Handvoll Pillen einwerfen, damit ich ein bisschen pennen kann.«

»Moment mal. Wenn man Ihnen Schmerztabletten verschrieben hat, heißt das doch, Sie bekommen Unterstützung, oder?«

»Ich habe nicht gesagt, dass mir jemand die Pillen *verschrieben* hat. Aber ich brauche das Zeug trotzdem. Die werden mich schon nicht wieder einsperren, nur weil ich die Pillen bei 'nem Straßendealer kaufe. Drinnen komme ich denen zu teuer, und für die paar Tage lohnt der Aufwand eh nicht mehr.« Er lachte leise. »Wenn ich das gewusst hätte, wäre ich schon viel früher krank geworden.«

»Wollen Sie damit sagen, dass Sie draußen überhaupt keine Unterstützung bekommen?«, fragte Jamison ungläubig.

»Sie sagen, ich könnte einen Platz im Hospiz kriegen, aber ich wüsste nicht, wie ich da hinkommen soll. Außerdem will ich da gar nicht hin.« Hawkins verstummte und schaute Decker an.

»Was wollen Sie von mir?«, fragte Decker.

Hawkins deutete mit dem Finger auf ihn. »Sie haben mich in den Knast gebracht. Aber Sie lagen falsch. Ich bin unschuldig.«

»Sagt das nicht jeder Verurteilte?«, erwiderte Jamison skeptisch.

Hawkins zuckte mit den Schultern. »Ich kann nicht für andere sprechen, nur für mich.« Er schaute zu Decker. »Mary Lancaster jedenfalls glaubt mir, dass ich unschuldig bin.«

»Kann ich mir nicht vorstellen«, entgegnete Decker.

»Fragen Sie sie. Das ist jedenfalls der Grund dafür, dass sie mir verraten hat, wo ich Sie finde.« Er hielt einen Augenblick inne und blickte zum dunklen Himmel. »Sie bekommen die Chance, Ihren Fehler auszubügeln. Vielleicht gelingt es Ihnen, solange ich noch lebe. Wenn nicht, ist es auch okay. Hauptsache, Sie kriegen es hin. Das wäre dann mein Vermächtnis«, fügte er mit einem schwachen Lächeln hinzu.

»Decker ist jetzt beim FBI«, warf Jamison ein. »Für Burlington und Ihren Fall ist er nicht mehr zuständig.«

Hawkins schien nicht zu wissen, was er darauf antworten sollte, versuchte es dann aber noch einmal. »Ich habe gehört, dass Sie ein

Wahrheitsfanatiker sind, Decker. Hat man mir da was Falsches erzählt? Wenn ja, habe ich den weiten Weg umsonst gemacht.«

Decker schwieg.

Hawkins zog einen Zettel aus der Tasche. »Ich bin noch zwei Tage in der Stadt. Hier ist die Adresse. Vielleicht sehen wir uns ja noch mal. Falls ich nichts mehr von Ihnen höre, schicke ich Ihnen eine Karte aus dem Jenseits mit dem Wortlaut ›Schöne Grüße, Arschgeige‹.«

Decker nahm den Zettel, ohne etwas zu sagen.

Hawkins schaute auf die beiden Gräber. »Lancaster hat mir das von Ihrer Familie erzählt. Freut mich, dass Sie den Mörder gefunden haben. Aber Sie fühlen sich wahrscheinlich immer noch schuldig, obwohl Sie nichts dafür können, stimmt's? Ich könnte es Ihnen verdammt gut nachempfinden.«

Hawkins drehte sich um und trottete zwischen den Gräbern hindurch, bis die Dunkelheit ihn verschluckte.

Jamison schaute zu Decker. »Ich weiß zwar nicht, was der Kerl verbrochen hat, aber es klingt verrückt. Wahrscheinlich will er dich provozieren, damit du dich schuldig fühlst. Es ist schon ein starkes Stück, dass er hier reinplatzt, während du deine Familie besuchst.«

Decker schaute auf das Stück Papier. Seine Miene ließ erkennen, dass ihn Zweifel beschlichen.

Jamison musterte ihn einen Moment lang und nickte resignierend. »Du wirst ihn besuchen, oder?«

»Ja. Aber vorher muss ich mit jemandem reden.«

2

Decker stand allein auf der Veranda. Er hatte Jamison gebeten, ihn nicht zu begleiten. Diesen Besuch wollte er aus verschiedenen Gründen allein machen.

Er erinnerte sich an jeden Zentimeter des mit einem Zwischengeschoss versehenen Hauses. Dies lag nicht allein an seinem unfehlbaren Gedächtnis, sondern auch daran, dass dieses Gebäude eine nahezu exakte Kopie des Hauses war, in dem er mit seiner Familie gewohnt hatte.

Mary Lancaster lebte mit ihrem Mann Earl und ihrer Tochter Sandy schon hier, seit sie bei der Polizei von Burlington angefangen hatte, etwa zur gleichen Zeit wie Decker. Earl war in seinem Beruf als Generalunternehmer, der die Oberaufsicht bei Bauvorhaben führte, nur sporadisch tätig, da Sandy mit dem Downsyndrom geboren war und besondere Aufmerksamkeit benötigte. Mary hatte lange Zeit den Hauptteil des Familieneinkommens beigesteuert.

Decker trat zur Haustür. Als er anklopfen wollte, wurde sie geöffnet.

Mary stand in ausgeblichenen Jeans und einem blutroten Sweatshirt vor ihm. Ihre einst blonden Haare hingen schlaff und grau auf die Schultern herab. In einer Hand hielt sie eine Zigarette, von der eine Rauchfahne emporstieg. Ihr Gesicht war von ebenso vielen Linien durchzogen wie ein Daumenabdruck. Mary war so alt wie Decker, sah aber zehn Jahre älter aus.

»Hab ich mir fast gedacht, dass ich dich heute noch sehe«, sagte sie mit der rauen Stimme einer Raucherin. »Komm rein.«

Er warf einen kurzen Blick auf ihre linke Hand, ihre Waffenhand, um zu sehen, ob das Zittern noch da war, das ihm vor einiger Zeit aufgefallen war. Er bemerkte nichts davon.

Was schon mal gut ist.

Mary drehte sich um, und er folgte der viel kleineren Frau ins Haus und schloss die Tür. Es war, als würde ein kleiner Schlepper ein riesiges Frachtschiff in den sicheren Hafen geleiten. Oder vielleicht auf eine Klippe, das war noch nicht heraus.

Decker stellte fest, dass Mary noch dünner geworden war. Ihre Knochen zeichneten sich unter dem Sweatshirt ab, als hinge es auf einem Kleiderbügel.

»Funktioniert es nicht mehr mit dem Nikotinkaugummi?«, fragte er mit Blick auf ihre Zigarette.

Sie setzten sich in das kleine Wohnzimmer, in dem Spielzeug, Zeitungsstapel und offene Kartons herumlagen. Ihr Zuhause war immer schon ein einziges Durcheinander gewesen, wie Decker wusste. Vor einigen Jahren hatten die Lancasters einen Reinigungsdienst in Anspruch genommen, aber auch das hatte seine Probleme mit sich gebracht. Schließlich hatten sie sich damit abgefunden, im Chaos zu leben.

Mary nahm einen Zug von ihrer Camel und ließ den Rauch durch die Nase entweichen.

»Ich genehmige mir eine pro Tag, immer um diese Zeit, und das auch nur, wenn Earl und Sandy draußen sind. Danach renne ich mit dem Duftspray durchs ganze Haus.«

Decker schnupperte und hustete. »Dann solltest du's mit ein bisschen mehr Spray probieren.«

»Meryl Hawkins hat dich gefunden, stimmt's?«

»Ja. Er hat behauptet, du hättest ihm gesagt, wo ich bin.«

»Stimmt. Hab ich.«

»Geht das nicht ein bisschen zu weit? Du weißt, warum ich in der Stadt bin. Ich hatte dich vorher angerufen.«

Sie lehnte sich zurück und kratzte sich mit dem Fingernagel am Handrücken. »Ich hab das nicht leichtfertig getan, das kannst du mir glauben. Aber ich dachte mir, du willst es wissen.«

»Hawkins hat gesagt, du glaubst ihm, dass er unschuldig gesessen hat.«

»Da hat er ein bisschen übertrieben. Ich habe ihm nur gesagt, ich verstehe sein Anliegen.«

»Welche Argumente hat er für seine Unschuld?«

»Warum sollte er so kurz vor dem Tod hierherkommen und uns bitten, seinen Namen reinzuwaschen, wenn er nicht wirklich unschuldig ist?«

»Da fällt mir schon ein möglicher Grund ein.«

Mary nahm einen Zug von ihrer Zigarette und schüttelte den Kopf. »Kann ich mir nicht vorstellen. Ich glaube, dass man so kurz vor dem Ende manches anders sieht. Da hat man keine Zeit mehr zu vergeuden.«

Decker blickte zu den offenen Kartons. »Sag mal, wollt ihr umziehen?«

»Vielleicht.«

»Vielleicht? Seid ihr euch noch nicht sicher?«

Lancaster zuckte mit den Schultern. »Was ist schon sicher im Leben?«

»Wie ist die Lage in Burlington?«

»Nicht gerade rosig, aber die Leute hier sind zäh.«

»Die Arbeitslosigkeit sinkt überall.«

»Ja, es gibt jetzt viele Billigjobs, wo man zehn Dollar die Stunde verdient. Wenn du in einer Situation wie meiner mit zwanzig Riesen im Jahr auskommst, ziehe ich den Hut vor dir.«

»Wo sind Earl und Sandy?«

»Auf einer Schulveranstaltung. Earl kümmert sich mehr um solche Dinge als ich. Mein Job war in letzter Zeit nicht lustig. In miesen Zeiten hast du es mit vielen miesen Fällen zu tun. Jede Menge Drogendelikte.«

»Ja, ist mir auch aufgefallen. Sag mal, warum ist Hawkins ausgerechnet zu dir gekommen?«

»Du und ich haben damals zusammen ermittelt, Decker, schon vergessen? Es war unser erster Mordfall.«

»Wann ist er rausgekommen? Und hat er wirklich Krebs im Endstadium? Er sieht jedenfalls so aus.«

»Er ist vor zwei Tagen ins Revier spaziert. Ein verdammter Schock, kann ich dir sagen. Zuerst dachte ich, er sei ausgebrochen. Ich hab ihm seine Geschichte nicht abgekauft und sofort im Gefängnis angerufen. Hawkins sagt die Wahrheit. Der Mann hat Krebs und wurde tatsächlich entlassen.«

»Die können unheilbar kranke Häftlinge einfach so auf die Straße setzen und sie allein sterben lassen?«

»Anscheinend ist das ihre Art, Kosten zu sparen.«

»Er hat gesagt, er ist noch zwei Tage in der Stadt. Er wohnt im Residence Inn.«

»So wie du damals.«

»Die haben dort ein gutes Buffet. Hawkins könnte ein paar üppige Mahlzeiten vertragen, aber wahrscheinlich hat er keinen großen Appetit. Er sagt, er versorgt sich bei Straßendealern mit Schmerzmitteln.«

»Tja, ziemlich traurig, wie es hierzulande läuft.«

»Er will noch einmal mit mir reden.«

Mary nahm einen Zug von der Zigarette. »Davon gehe ich aus.«

»Er hat mich auf dem *Friedhof* angesprochen.«

Nach einem weiteren tiefen Zug drückte Mary die Zigarette im

Aschenbecher aus und betrachtete die Kippe einen Moment lang wehmütig.

»Das tut mir leid. Ich habe ihm nicht direkt gesagt, warum du dich in der Stadt aufhältst. Was mit deiner Familie passiert ist, habe ich ihm zwar erzählt, aber nicht, dass er dich auf dem Friedhof finden kann.« Sie zögerte einen Moment und schaute dann zu ihm, bis ihre blassen Augen seine fanden. »Ich nehme an, du hast dir den Fall Hawkins noch einmal in allen Details durch den Kopf gehen lassen?«

»Ja, hab ich. Und ich sehe nirgends ein Problem bei dem, was wir getan haben. Wir haben den Tatort gründlich untersucht und Hinweise gesammelt. Alles hat auf Hawkins hingedeutet. Er wurde festgenommen und vor Gericht gestellt. Wir haben unsere Aussage gemacht. Hawkins' Anwalt hat uns beide ins Kreuzverhör genommen, und die Geschworenen haben ihn schuldig gesprochen. Er bekam lebenslänglich ohne Aussicht auf Bewährung, obwohl auch die Todesstrafe möglich gewesen wäre. Für mich war der Fall glasklar.«

Mary Lancaster lehnte sich im Stuhl zurück.

Decker beäugte sie einen Moment lang. »Du siehst nicht besonders gut aus, Mary.«

»Ich sehe schon seit mindestens zehn Jahren wie 'ne alte Schachtel aus, Amos. Das müsstest du doch am besten wissen.«

»Trotzdem.«

»Du hast viel abgenommen, seit du weggegangen bist.«

»Da ist hauptsächlich Jamison dran schuld. Sie treibt mich an, Übungen zu machen und gesünder zu essen. Sie kocht oft selbst. Es gibt viel Salat, Gemüse und Tofu. Sie hat inzwischen ihre FBI-Dienstmarke. Die hat sie sich redlich verdient. Ich bin echt stolz auf sie.«

»Heißt das, ihr zwei lebt zusammen?«, fragte Lancaster mit gehobenen Brauen.

»Wir *wohnen* zusammen, das ja.«

»Aber ihr seid mehr als nur Arbeitskollegen, oder?«

»Mary, ich bin viel älter als sie.«

»Es kommt heute gar nicht so selten vor, dass ältere Männer etwas mit jüngeren Frauen haben.«

»Wir sind bloß Arbeitskollegen.«

»Verstehe.« Sie beugte sich vor. »Was ist jetzt mit Hawkins?«

»Warum hast du plötzlich Zweifel an dem Urteil? Der Fall war so klar wie sonst was.«

»Vielleicht ein bisschen zu klar.«

»Wie kommst du darauf? Hast du Hinweise, die wir damals nicht hatten?«

»Nein. Und ich weiß auch nicht, ob Hawkins die Wahrheit sagt oder nicht. Aber wenn er sich die Mühe macht, in seinem Zustand hierherzukommen, sollte man vielleicht noch mal einen Blick auf die Sache werfen.«

Decker wirkte nicht überzeugt, sagte dann aber: »Okay, dann am besten gleich.«

»Was?« Sie sah ihn überrascht an.

»Sehen wir uns den Tatort noch einmal an. Da ist doch bestimmt niemand eingezogen nach dem, was damals passiert ist, oder?« Er zögerte einen Augenblick, ehe er hinzufügte: »In meinem alten Haus will ja auch keiner mehr wohnen.«

»Da irrst du dich. In deinem Haus wohnt wieder jemand.«

»Was?« Ihm fiel die Kinnlade herunter. »Wer?«

»Ein junges Paar mit einem kleinen Mädchen. Die Hendersons.«

»Du kennst sie?«

»Kaum. Ich weiß nur, dass sie vor einem halben Jahr eingezogen sind.«

»Und das andere Haus? Wohnt da auch jemand?«

»Vor fünf Jahren sind Leute eingezogen, aber vor einem Jahr

wieder weggegangen, als die Kunststofffabrik dichtgemacht und die Produktion ins Ausland verlegt hat, so wie alle anderen Fabriken, die es im Mittleren Westen mal gegeben hat. Seitdem steht das Haus leer.«

Decker erhob sich. »Also gut, kommst du mit? Wie in alten Zeiten?«

»Ich weiß nicht, ob ich die alten Zeiten vermisse.« Dennoch stand Lancaster auf und nahm eine Jacke vom Haken. »Und wenn sich herausstellt, dass Hawkins die Wahrheit sagt?«, fragte sie auf dem Weg zur Tür.

»Dann müssen wir herausfinden, wer es wirklich getan hat. Aber so weit sind wir noch lange nicht. Nicht annähernd.«

»Du arbeitest nicht mehr hier, Decker. Einen alten Mordfall aufzuklären, ist nicht dein Job.«

»Mein Job ist es, Mörder zu finden, egal wo sie sind.«

3

Das Haus der Richards. Der Schauplatz eines Verbrechens, das sich vor dreizehn Jahren ereignet hatte.

Es stand an einer Schotterstraße mit zwei Gebäuden auf der linken und zwei auf der rechten Seite. Das heruntergekommene Haus der Richards befand sich am Ende der Sackgasse, auf einem 4000 Quadratmeter großen, von Gras und Büschen überwucherten Grundstück.

Es hatte schon damals etwas Unheimliches an sich gehabt. Der Eindruck hatte sich im Laufe der dreizehn Jahre verstärkt.

Sie hielten vor dem Haus und stiegen aus Deckers Wagen. Mary Lancaster zitterte leicht, was nicht nur an der Kälte lag.

»Hat sich nicht sehr verändert«, bemerkte Decker.

»Die Familie, die ein paar Jahre hier gewohnt hat, hatte einiges repariert und ausgebessert. War auch bitter nötig. Das meiste haben sie drinnen gemacht. Neue Einrichtung, frischer Anstrich, neue Teppiche, solche Sachen. Das Haus hat lange leer gestanden. Nach dem, was hier passiert ist, wollte hier keiner mehr wohnen.«

»Man sollte meinen, ein Bankmensch könnte sich etwas Schickeres leisten.«

»Er war Kreditberater. Keiner von diesen Investmentleuten oder so. Da verdient man nicht so toll, schon gar nicht in einer Stadt wie Burlington. Außerdem ist dieses Haus viel größer als meins, mit viel mehr Grund und Boden.«

Sie gingen zur Veranda. Decker versuchte, die Tür zu öffnen.

»Abgeschlossen.«

»Warum schließt du nicht auf?«, schlug Lancaster vor.

»Heißt das, du gibst mir die Erlaubnis einzubrechen?«

»Wäre nicht das erste Mal. Und es ist ja nicht so, dass wir einen Tatort kontaminieren. Die Sache ist ewig her.«

»Hast recht.« Decker schlug die Fensterscheibe neben der Tür ein, langte ins Innere und schloss auf. Er knipste seine Maglite-Stablampe an und ging hinein, gefolgt von einer angespannten Mary Lancaster.

»Erinnerst du dich an damals?«, fragte sie und fügte hinzu: »Ist eine rhetorische Frage, versteht sich.«

Decker schien sie gar nicht zu hören. In seinen Gedanken war er wieder der frisch ernannte Detective der Mordkommission, der zuvor zehn Jahre Streifenpolizist und danach einige Jahre als Detective für Raub-, Betrugs- und Drogendelikte zuständig gewesen war. Er und Lancaster waren zum Haus der Richards gerufen worden, nachdem jemand verdächtige Geräusche gemeldet und zwei Polizisten die Toten gefunden hatten. Es war ihre erste Mordermittlung gewesen; sie hatten sich besondere Mühe gegeben, keine Fehler zu machen.

Als junge uniformierte Polizistin hatte Mary Lancaster sich nie geschminkt, vielleicht, um nicht zu sehr als Frau wahrgenommen zu werden. Sie war die einzige Frau bei der örtlichen Polizei gewesen, sah man von denen ab, die Schreibtischarbeit erledigten oder für die Jungs Kaffee kochten. Mary war die Einzige, die eine Waffe trug, Leute festnahm und ihnen ihre Rechte vorlas. Die sogar befugt war, ihnen notfalls das Leben zu nehmen.

Damals hatte sie noch nicht geraucht. Damit fing sie erst an, als sie als Ermittlerin mit Decker zusammenarbeitete. Als der Job düsterer und bedrückender wurde, was bei der Mordkommission nicht ausblieb. Als sie regelmäßig mit Toten zu tun hatte und deren

Mörder finden musste. Damals war Mary fülliger gewesen, aber gesund und fit. Sie hatte sich den Ruf einer ruhigen, besonnenen Polizistin erworben, die sich für jede Situation mehrere Optionen zurechtlegte. Und sie ließ sich durch nichts erschüttern. Als Streifenpolizistin war sie für ihr umsichtiges Vorgehen des Öfteren belobigt worden, hatte auch in kritischen Situationen dafür gesorgt, dass niemand zu Schaden kam. Später, als Detective, hatte sie diese Linie beibehalten.

Decker wiederum hatte als der schrulligste Typ gegolten, der je in Burlington eine Polizeiuniform getragen hatte. Seine Fähigkeiten als Polizist waren jedoch unbestritten gewesen. So richtig zum Tragen kamen seine Qualitäten als Detective an der Seite von Mary Lancaster. Zusammen hatten sie jeden ihrer Fälle aufklären können – eine Bilanz, um die sie alle Mordkommissionen im Land beneidet hätten.

Sie hatten sich schon vorher gekannt, hatten gemeinsam die Polizeischule besucht, aber beruflich kaum miteinander zu tun gehabt, bis sie die Uniform gegen die Zivilkleidung eines Detectives eintauschten.

Nun ging Decker die Ereignisse jener Nacht Schritt für Schritt in seiner Erinnerung durch, während Lancaster ihn aus einer Ecke des Wohnzimmers beobachtete.

»Weißt du noch?«, fragte er. »Jemand verständigte den Notruf und gab an, verdächtige Geräusche aus dem Haus gehört zu haben. Das war um einundzwanzig Uhr fünfunddreißig. Fünf Minuten später waren zwei Streifenwagen da. Die Jungs sahen sich kurz draußen um und drangen dann ins Haus ein. Es war nicht abgeschlossen.«

Er ging auf die andere Seite des Zimmers.

»Opfer Nummer eins, David Katz, wurde hier gefunden.« Er deutete auf eine Stelle an der Tür zur Küche. »Fünfunddreißig

Jahre alt. Zwei Schusswunden – eine in der Schläfe, die andere im Hinterkopf. Beide absolut tödlich.« Er zeigte auf eine andere Stelle neben der Tür. »Hier wurde eine Bierflasche gefunden, mit Katz' Fingerabdrücken drauf. Sie war nicht zerbrochen, aber das Bier war auf dem Fußboden ausgelaufen.«

Mary nickte. »Katz hatte ein Restaurant in der Stadt geführt, den American Grill«, fügte sie hinzu. »Er war zu Besuch hier.«

»Ja. Nichts hatte darauf hingedeutet, dass er das Ziel des Mörders war«, hielt Decker fest.

»Absolut nichts«, bestätigte Lancaster. »Er war einfach zur falschen Zeit am falschen Ort. Wie Ron Goldman im Fall O. J. Simpson. Einfach nur Pech.«

Sie gingen in die Küche mit ihrem schmierigen Linoleumboden, den verschrammten Schränken und der rostigen Spüle.

»Opfer Nummer zwei, Donald Richards, von allen Don genannt. Vierundvierzig. Banker. Ein Schuss ins Herz. Er war auf der Stelle tot.«

Wieder nickte Lancaster. »Er kannte Katz, weil seine Bank dem Mann einen Kredit für sein Restaurantprojekt gegeben hatte.«

Decker ging zurück ins Wohnzimmer und blickte zur Treppe in den ersten Stock.

»Nun zu den beiden anderen Opfern.«

Sie stiegen die Treppe hinauf, und Decker deutete auf zwei einander gegenüberliegende Türen. »Diese beiden Zimmer.«

Er drückte die Tür auf der linken Seite auf und trat ein. Lancaster folgte ihm.

»Opfer Nummer drei«, fuhr Decker fort. »Abigail ›Abby‹ Richards. Zwölf Jahre alt.«

»Sie wurde erdrosselt. Lag auf dem Bett. Die Strangmarken haben darauf hingedeutet, dass irgendein Seil benutzt wurde, das der Mörder nach der Tat wieder mitgenommen hat.«

»Sie ist nicht sofort gestorben«, fügte Decker hinzu.

»Nein. Sie hat sich mit aller Kraft gewehrt.«

»Und sie hatte Hautreste von Meryl Hawkins unter den Fingernägeln«, hielt Decker fest. »Die DNA-Analyse hat den Hurensohn eindeutig überführt. Also hat Abby ihn in gewisser Weise noch im Tod besiegt.«

»Was Hawkins' Behauptung, es gar nicht gewesen zu sein, umso aberwitziger macht«, murmelte Lancaster.

Decker ging hinaus, durchquerte den Flur und betrat das Zimmer gegenüber. Lancaster kam hinterher.

Decker ging zu einer Stelle an der Wand. »Opfer Nummer vier. Frankie Richards. Vierzehn Jahre. Hatte kurz zuvor an der Highschool begonnen. Wurde hier auf dem Boden gefunden. Ein Schuss ins Herz.«

»Wir haben in seinem Zimmer Drogenzubehör und Bargeld gefunden. Offenbar hatte er trotz seines zarten Alters nicht nur Drogen konsumiert, sondern auch vertickt. Aber ein Zusammenhang mit den Morden war nicht zu erkennen. Wir hatten allerdings den Mann ausfindig gemacht, der Frankie den Stoff verkauft hat: Karl Stevens, ein kleiner Fisch. Weit und breit kein Motiv für einen vierfachen Mord. Zudem hatte Stevens ein wasserdichtes Alibi.«

Decker nickte. »Wir wurden um zwanzig nach zehn gerufen und waren vierzehn Minuten später vor Ort.«

Er lehnte sich an die Wand, blickte aus dem Fenster auf die Straße hinunter. »Vier Nachbarhäuser. In zweien war in der Mordnacht jemand zu Hause. Aber niemand hatte etwas gesehen oder gehört. Der Mörder kam und ging unbemerkt. Vielleicht wäre ihm nie jemand auf die Schliche gekommen.«

»Schon möglich«, sagte Mary. »Aber als wir dann das Haus durchsuchten, hast du eine entscheidende Spur gefunden.«

Decker nickte. Er ging voraus die Treppe hinunter und zurück ins Wohnzimmer. »Ein Daumenabdruck an diesem Lichtschalter, mit einer Blutspur von Katz.«

»Dazu die blutigen Hautfetzen unter Abbys Fingernägeln und damit die DNA des Täters.«

»Er hat sie stranguliert. Sie wehrt sich, packt seine Arme mit aller Kraft. Dabei bleiben Hautfetzen unter ihren Nägeln hängen. So viel weiß jeder, der schon mal eine Folge *CSI* gesehen hat.«

Lancasters Hand verschwand in der Jackentasche. Sie fischte Zigaretten heraus und stippte mit der Fingerspitze eine aus der Schachtel.

Decker blickte zu ihr, als sie sich die Zigarette anzündete. »Du nimmst eine Anleihe auf die morgige Ration?«

»Es ist fast schon Mitternacht, und ich bin gestresst. Du wirst es mir nachsehen müssen.« Sie schnippte etwas Asche auf den Boden. »Also, weiter. Hawkins' Fingerabdrücke waren in der Datenbank, weil die Firma, bei der er gearbeitet hatte, auch für das Verteidigungsministerium tätig war. Deshalb wurden die Mitarbeiter gründlich überprüft und allen die Fingerabdrücke abgenommen. Als wir die Übereinstimmung mit Hawkins' Abdruck aus der Datenbank feststellten, gingen wir mit einem Durchsuchungsbeschluss zu ihm.«

Decker übernahm es, den Rest zu rekapitulieren. »Aufgrund des Fingerabdrucks wurde er festgenommen. Ein DNA-Abstrich ergab eine Übereinstimmung mit den Hautfetzen unter Abbys Fingernägeln. Zudem hatte er für die Tatzeit kein Alibi. Bei der Hausdurchsuchung wurde außerdem in einem Versteck in seinem Wandschrank eine Pistole vom Kaliber .45 gefunden. Die ballistische Überprüfung ergab, dass es die Tatwaffe war. Er behauptete, die Pistole gehöre ihm nicht und er wisse nicht, wie sie da hingekommen sei. Er habe gar nicht von dem Versteck gewusst.

Es stellte sich heraus, dass die Pistole zwei Jahre zuvor aus einem Waffengeschäft gestohlen worden war. Die Seriennummer war abgefeilt. Wahrscheinlich war sie bereits bei mehreren Verbrechen zum Einsatz gekommen, bevor sie in Hawkins' Schrank landete.« Er sah zu seiner ehemaligen Kollegin. »Bei dieser klaren Beweislage komme ich wieder auf meine Frage zurück: Wie kommst du darauf, dass wir uns geirrt haben könnten? Für mich sieht das alles zu hundert Prozent schlüssig aus, so wie damals.«

Lancaster drehte die Zigarette zwischen den Fingern. »Ich kann nur wiederholen, was ich bereits gesagt habe. Es ist bemerkenswert, dass ein Sterbender sich die Mühe macht, seinen Namen reinzuwaschen. Hawkins weiß selbst, dass alle Hinweise gegen ihn sprechen. Warum sollte er das bisschen Zeit, das ihm noch bleibt, damit verschwenden, wenn an seiner Unschuldsbehauptung nicht etwas dran wäre?«

»Was hätte er denn Besseres zu tun?«, hielt Decker dagegen. »Ich behaupte ja nicht, dass er mit dem Vorsatz ins Haus gekommen ist, vier Leute zu ermorden. Vielleicht war es ein Einbruch, der aus dem Ruder gelaufen ist. So etwas haben wir oft genug erlebt. Verbrecher verlieren in einer Extremsituation leicht die Nerven.«

»Aber du kennst ja Hawkins' Motiv, falls er es denn getan hat«, sagte Lancaster. »Es ist im Prozess zur Sprache gekommen. Ohne die Schuld des Angeklagten ausdrücklich einzugestehen, hat die Verteidigung versucht, damit Sympathiepunkte zu sammeln. Vielleicht war das der Grund, warum ihm die Todesstrafe erspart blieb.«

»Ja, das angebliche Motiv.« Decker nickte. »Hawkins' Frau war todkrank. Er brauchte Geld für Schmerzmittel. Er hatte seinen Job und seine Versicherung verloren. Außerdem hatte seine erwachsene Tochter ein Drogenproblem, und er wollte, dass sie auf

Entzug ging. Also hat er Kreditkarten und Schmuck gestohlen, außerdem einen Laptop, einen DVD-Player, ein paar Uhren und verschiedene andere Dinge aus diesem Haus. Es passte alles zusammen. Sein Motiv mag menschlich verständlich gewesen sein, aber das entschuldigt nicht, was er am Ende getan hat.«

»Aber diese Gegenstände sind nirgends aufgetaucht. Nicht in seinem Haus, nicht in einem Pfandhaus. Also hat er nie Geld dafür bekommen.«

»Aber er hatte doch Geld bei sich, als er festgenommen wurde. Wir konnten nicht beweisen, ob es vom Verkauf der gestohlenen Wertsachen stammte. Der Staatsanwalt hat gemeint, Hawkins könne nach den Morden aus Angst gezögert haben, die Diebesbeute zu verscherbeln. Aber die Geschworenen haben wohl eher die Ansicht vertreten, dass das Geld vom Verkauf der gestohlenen Sachen stammte. Es ist schlichtweg naheliegender.«

»Es hat aber kein Nachbar ein Auto kommen oder wegfahren sehen, außer dem von David Katz«, gab Lancaster zu bedenken.

»Du weißt ja, dass in der Nacht ein Unwetter tobte und dass es wie aus Eimern geschüttet hat. Man konnte kaum die Hand vor Augen sehen. Wenn Hawkins ohne Licht zum Tatort gefahren war, wäre es nur logisch, dass keiner ihn bemerkt hat.«

»Aber jemand muss doch etwas *gehört* haben«, hielt Lancaster dagegen.

»Bei dem Gewitter? Nicht unbedingt. Aber ich sehe schon, du hast wirklich ernste Zweifel.«

»Ich finde nur, es kann nicht schaden, sich die Sache noch einmal genauer anzusehen.«

»Ehrlich gesagt, ich wüsste nicht warum.«

»Ha! Ich seh's dir doch an, dass auch du neugierig geworden bist.« Sie nahm einen Zug von der Zigarette. »Und dann ist da noch die Sache mit Susan Richards.«

»Die Ehefrau. Sie fuhr um fünf Uhr nachmittags weg, machte ein paar Besorgungen, war beim Elternabend und ging dann noch mit zwei Freundinnen essen. Ist alles belegt und bestätigt. Sie kam um elf nach Hause. Als sie uns in ihrem Haus sah, verlor sie völlig die Nerven.«

»Kann man wohl sagen. Du musstest sie festhalten, sonst hätte sie sich vielleicht etwas angetan.«

»Ja. Nicht die Reaktion einer Schuldigen. Außerdem belief sich die Lebensversicherung ihres Mannes nur auf fünfzigtausend Dollar.«

»Ich habe Leute gesehen, die jemanden für viel weniger umgebracht haben.«

»Komm, lass uns gehen«, sagte Decker.

»Wohin?«

»Wohin schon? Zu Meryl Hawkins.«

*

Als sie vor dem Residence Inn hielten, hatte Decker ein kurzes Déjà-vu. Er hatte eine Weile in dem Hotel gewohnt, nachdem er das Haus, in dem seine Familie ermordet worden war, durch Zwangsvollstreckung verloren hatte. Das Hotel hatte sich kaum verändert, wirkte allenfalls noch eine Spur schäbiger als damals. Man wunderte sich fast, dass es noch stand.

Sie gingen hinein, und Decker blickte nach links zu dem kleinen Speiseraum, den er damals als Büro genutzt hatte, um sich mit Klienten zu treffen, die ihn als Privatdetektiv engagieren wollten. In den wenigen Jahren, die seither vergangen waren, hatte sich viel für ihn verändert. Es hätte auch ganz anders kommen können. Er hätte sich zu Tode fressen und in dem Pappkarton auf dem Walmart-Parkplatz sterben können, der für kurze Zeit, auf dem absoluten Tiefpunkt, sein Zuhause gewesen war, bevor er in das »noblere« Residence Inn übersiedelte.

Decker war nicht überrascht, als er Alex Jamison in die Lobby kommen sah.

Jamison nickte Lancaster zu, ehe sie sich an Decker wandte. »Du hast mich vermutlich hier erwartet, oder?«

»Ich habe dich *nicht* erwartet«, widersprach er. »Ich habe dir nur den Zettel mit der Adresse gezeigt.«

»Ich habe die wichtigsten Fakten des Falles online nachgelesen«, erklärte Jamison. »Die Beweislage war hieb- und stichfest.«

»Darüber haben wir gerade diskutiert«, warf Lancaster ein. »Die Frage ist, ob wirklich alles so hieb- und stichfest war oder eher wurmstichig.« Sie schaute auf Jamisons Dienstmarke. »Ich habe schon gehört, dass Sie jetzt offiziell FBI-Agentin sind. Gratuliere.«

»Danke. Es schien mir ein logischer Schritt zu sein. So kann ich Decker ein bisschen besser ... nun ja, managen.«

»Viel Glück dabei. Das ist mir nie gelungen, trotz meiner Dienstmarke und allem.«

»Hawkins hat Zimmer vierzehn«, kam Decker auf den Punkt. »Die Treppe rauf.«

Sie stiegen hintereinander in den ersten Stock hinauf. Das Zimmer befand sich auf halber Höhe des Flurs. Decker klopfte an. Dann noch einmal.

»Mr. Hawkins? Ich bin's, Amos Decker.«

Von drinnen kam kein Laut.

»Vielleicht ist er weggegangen«, überlegte Jamison.

»Wohin sollte er schon?«, meinte Decker skeptisch.

»Das lässt sich feststellen.« Lancaster eilte die Treppe hinunter. Eine Minute später war sie zurück.

»Der Mann am Empfang sagt, er sei vor zwei Stunden zurückgekommen und seither nicht mehr weggegangen.«

Decker klopfte mit mehr Nachdruck. »Mr. Hawkins? Alles in Ordnung bei Ihnen?« Er schaute die zwei Frauen an. »Möglicherweise braucht er Hilfe.«

»Vielleicht ist er gestorben«, meinte Lancaster. »In seinem Zustand wäre es kein Wunder.«

»Oder er ist eingeschlafen«, erwog Jamison. »Vielleicht hat er zu viel von seinen Medikamenten geschluckt. Er hat die Pillen auf der Straße gekauft – das Zeug ist oft unberechenbar.«

Decker versuchte die Tür zu öffnen. Sie war abgeschlossen. Er rammte die Schulter dagegen, dann noch einmal. Die Tür bebte unter seinem beträchtlichen Gewicht, krachte in den Fugen und gab schließlich nach.

Sie traten ein und sahen sich um.

Auf einem Stuhl gegenüber vom Bett saß Hawkins.

Man sah auf den ersten Blick, dass er tot war.

Er war jedoch nicht an Krebs gestorben.

Die Schusswunde in der Stirn war der Krankheit zuvorgekommen.

4

Ein Toter wird ermordet.

Es klang wie der Anfang eines schlechten Witzes. Ein Mann mit Krebs im Endstadium, der höchstens noch ein paar Wochen zu leben hat, stirbt durch eine Kugel in den Kopf.

Der Gedanke ließ Decker nicht los, als er in Meryl Hawkins' Hotelzimmer beobachtete, wie die zwei Leute von der Spurensicherung ihrer Arbeit nachgingen.

Ein Arzt hatte bereits den Tod des alten Mannes festgestellt. Auch der Gerichtsmediziner war erschienen und hatte verkündet, was ohnehin offensichtlich war: Hawkins war an einem Schuss in den Kopf gestorben. Dass es keine Austrittswunde gab, deutete darauf hin, dass es sich um eine kleinkalibrige Kugel handelte. Die, aus kurzer Entfernung abgefeuert, um nichts weniger tödlich war als eine großkalibrige Magnum.

Der Tod sei auf der Stelle eingetreten, hatte der Gerichtsmediziner erklärt. Schnell und schmerzlos.

Kann man das wirklich mit Sicherheit sagen?, fragte sich Decker. *Bei dem Toten können wir uns jedenfalls nicht mehr erkundigen.*

Er schaute auf den Leichnam.

Entschuldigen Sie, hat es wehgetan, als man Ihnen das Hirn rausgepustet hat?

Besonders aussagekräftig waren die Schmauchspuren auf der Stirn. Die Mündung der Waffe musste die Haut berührt haben oder zumindest Millimeter davon entfernt gewesen sein. Die

Wirkung war so, als würde man ein glühend heißes Eisen berühren. In diesem Fall waren die Spuren durch die heißen Rückstände des Mündungsfeuers einer Schusswaffe verursacht worden.

Decker sah zu Lancaster, die die Arbeit der Spurensicherung überwachte. Die beiden uniformierten Cops, die vor der Tür postiert waren, machten einen müden, gelangweilten Eindruck. Jamison hingegen beobachtete das Geschehen interessiert von der anderen Seite des Zimmers.

Schließlich kam Mary Lancaster zu Decker herüber. Jamison schloss sich den beiden an.

»Von den Leuten, die wir befragt haben«, erklärte Mary, »hat niemand etwas gesehen oder gehört.«

»So wie damals, als Hawkins ins Haus der Richards eindrang und die Familie ermordete«, meinte Decker.

Mary nickte. »Und die benachbarten Zimmer sind unbewohnt. Außerdem kann der Täter einen Schalldämpfer benutzt haben.«

»Als ich hier gewohnt habe, gab es eine Hintertür, die sich nicht richtig abschließen ließ«, erinnerte sich Decker. »Der Killer kann auf diesem Weg hereingekommen sein, ohne dass er am Empfang vorbeimusste.«

»Ich lasse das überprüfen. Die Zimmertür war jedenfalls abgeschlossen, als du sie aufgebrochen hast.«

»Vermutlich hat Hawkins den Mörder selbst hereingelassen«, meinte Jamison. »Und diese Türen schließen automatisch, wenn man rausgeht und sie ins Schloss fallen lässt. Kennen wir schon den Todeszeitpunkt?«

»Der Gerichtsmediziner schätzt, dass der Tod zwischen elf Uhr und Mitternacht eingetreten ist.«

Decker schaute auf die Uhr. »Das heißt, wir haben den Täter knapp verpasst. Wären wir gleich hierhergekommen, statt zum Haus der Richards …«

»Hinterher ist man immer klüger«, meinte Lancaster.

»Decker?«

Er drehte sich um und schaute auf eine Frau im blauen Overall hinunter. Die Kriminaltechnikerin war Mitte dreißig und schlank, hatte rote Haare und Sommersprossen auf der Nase.

»Kelly Fairweather«, sagte Decker.

Sie lächelte erstaunt. »Sie erinnern sich an mich?«

»Keine große Kunst«, erwiderte Decker ohne jede Ironie.

Fairweather schaute auf Hawkins' Leiche hinunter. »An den hier erinnere ich mich auch.«

Lancaster trat zu ihnen. »Ja, stimmt. Sie waren damals am Tatort im Haus der Richards.«

»Genau. In meinem ersten Jahr. Vier Opfer, zwei davon Kinder. Kein leichter Start in den Job. Warum sind Sie hier, Decker?«

»Ich wollte nur ein paar Dinge klären.«

»Viel Glück dabei. Wenn es nach mir gegangen wäre, hätte Hawkins die Giftspritze bekommen müssen für das, was er getan hat. Auch wenn das natürlich nicht entschuldigt, was hier passiert ist.«

»Nein, tut es nicht«, betonte Lancaster.

Fairweather verstand es als Aufforderung, mit ihrer Arbeit weiterzumachen. »Hat mich gefreut, Sie zu sehen, Decker.«

Als sie außer Hörweite war, trat Decker noch einmal vor den Stuhl, auf dem der Tote immer noch wie eine Statue saß. Lancaster und Jamison schlossen sich ihm an.

»Der Täter geht auf Hawkins zu«, begann Decker, »setzt ihm die Pistole an die Stirn und drückt ab.« Er schaute sich um. »Keine Anzeichen eines Kampfes?«

»Vielleicht hat er geschlafen«, mutmaßte Lancaster.

»Nachdem er den Täter hereingelassen hat, setzt er sich auf den Stuhl und schläft ein?«, hielt Jamison dagegen.

Decker rieb sich das Kinn. »Nun ja, er hat gesagt, er nimmt regelmäßig Medikamente. Habt ihr welche gefunden?«

Lancaster schüttelte den Kopf. »Weder hier noch im Badezimmer. Auch keine Verpackungen oder leeren Fläschchen. Nur ein kleiner Seesack mit Kleidung und ein paar Dollar in der Brieftasche. Die Obduktion wird zeigen, ob er irgendeine Substanz genommen hat.«

Decker sah sich erneut im Zimmer um, achtete auf jede Kleinigkeit und prägte sie sich ein. Es war im Grunde überflüssig, denn jede Einzelheit hatte sich bereits in sein außergewöhnliches Hirn eingebrannt, aber er wollte sichergehen, nichts zu übersehen. In letzter Zeit hatte sein Gedächtnis ein paar Aussetzer gehabt, deshalb wollte er besonders gründlich vorgehen. Es war, als würde man ein Foto ein zweites Mal ausdrucken.

Hawkins' gelbliche Haut hatte eine durchscheinende Blässe angenommen. Der Tod hatte zur Folge, dass der Blutfluss zum Erliegen kam. Wenigstens konnte der Krebs sein Zerstörungswerk nicht fortsetzen. Mit dem Tod hatte die tückische Krankheit augenblicklich aufgehört, Hawkins' Organe zu zersetzen. Decker dachte sich, dass der schnelle Tod durch eine Kugel einem langsamen, qualvollen Dahinsiechen vorzuziehen war. Mord war es trotzdem.

»Also, wie sieht es mit Motiven und möglichen Verdächtigen aus?«, fragte Lancaster in den Raum.

»Ihr habt wahrscheinlich auch schon daran gedacht«, meinte Decker, »aber ich frage trotzdem: Lebt Susan Richards noch in der Gegend?«

»Ja.«

»Dann würde ich hier ansetzen.«

Lancaster sah auf die Uhr. »Ich lasse sie aufs Revier bringen, dann können wir sie befragen.«

»Heißt das, Sie wollen uns in die Ermittlung einbeziehen?«, fragte Jamison überrascht.

»Wie sagt man – mitgefangen, mitgehangen.«

»Es ist nur so, dass wir auch unseren Job haben«, erwiderte Jamison. »Und der hält sich nicht an die Bürozeiten, sondern nimmt uns oft Tag und Nacht in Anspruch.«

»Ich kann Bogart anrufen«, schlug Decker vor. Ross Bogart war der altgediente FBI-Agent, der die Sondereinheit leitete, der Decker und Jamison angehörten.

»Heißt das, du willst dich noch einmal mit dem Fall beschäftigen?«, fragte Jamison skeptisch.

»Habe ich eine Wahl?«, erwiderte Decker.

»Man hat immer eine Wahl«, meinte Lancaster und musterte Decker mit wissendem Blick. »Aber ich glaube, ich weiß, wofür du dich entscheidest.«

»Decker«, setzte Jamison nach, »hast du dir das gut überlegt?« Er deutete auf den Toten. »*Das* spricht eine klare Sprache. Der Mann kommt in die Stadt, behauptet, unschuldig zu sein, und will, dass Lancaster und ich es beweisen. Kurz darauf wird er ermordet.«

»Du hast ja selbst angedeutet, dass es Susan Richards gewesen sein könnte, die Witwe des Mannes, den Hawkins ermordet hat.«

»Vielleicht. Vielleicht auch nicht.«

Decker drehte sich um und ging.

Lancaster schaute zu Jamison. »Manche Dinge ändern sich nie. *Er* zum Beispiel.«

»Wem sagen Sie das«, murmelte Jamison.

5

»Das können wir nicht machen, Decker«, stellte Ross Bogart klar. »Das ist völlig inakzeptabel.«

Decker hatte ihn auf dem Weg zum Polizeirevier von Burlington angerufen.

»Ich kann verstehen, dass Sie das so sehen, Ross«, räumte er ein, »aber …«

»Dann ist es ja gut. Ich habe Ihnen schon mehr als einmal grünes Licht für Ihre Alleingänge gegeben. Denken Sie an den Fall Melvin Mars. Oder die Sache in Baronville, als Alex' Familie betroffen war. Aber ich kann Sie nicht auf eigene Faust ermitteln lassen, wann immer Ihnen danach ist.«

»Das ist ein ganz spezieller Fall«, betonte Decker.

»Das sagen Sie jedes Mal«, blaffte Bogart. »Aber wenn ich für Sie ständig eine Ausnahme mache, wird die Ausnahme irgendwann zur Regel. Falls Sie es vergessen haben, Sie arbeiten immer noch fürs FBI.«

»Tut mir leid, Ross. Burlington ist nun mal die Stadt, in der ich geboren und aufgewachsen bin. Ich kann mich nicht einfach umdrehen und gehen.«

»Heißt das, Sie haben sich entschieden?«

»Ja.«

»Dann zwingen Sie mich auch zu einer Entscheidung.«

»Das betrifft nur mich. Alex hat nichts damit zu tun.«

»Mit Special Agent Jamison rede ich später.«

Bogart trennte die Verbindung.

Langsam steckte Decker das Mobiltelefon weg. Allem Anschein nach waren seine Tage beim FBI gezählt.

Er sah zu Lancaster, die mit ihm im Auto saß.

»Probleme?«, fragte sie.

»Die gibt es immer.«

Sie fuhren schweigend weiter.

*

Susan Richards war außer sich. »Sie wollen mich verarschen, oder? Sie glauben, ich habe den Dreckskerl umgebracht? Oh, ich habe es mir gewünscht, sehnlichst gewünscht, mehr aber auch nicht.«

Decker und Lancaster hatten soeben das Vernehmungszimmer im Polizeihauptquartier betreten. Jamison war ins Hotel zurückgekehrt, weil Decker von Bogart nicht die Erlaubnis bekommen hatte, in dem Fall zu ermitteln. Und daran würde sich auch nichts ändern. Bogart hatte Jamison wahrscheinlich schon informiert.

Sie hatten einige Stunden warten müssen, bis der Papierkram erledigt war, da Richards sich strikt geweigert hatte, sie aufs Revier zu begleiten. Die wütende Frau hatte sich viel Zeit gelassen, sich fertig zu machen, während die zwei Uniformierten ungeduldig warteten.

Nun war es bereits fünf Uhr morgens.

Mary Lancaster machte den Eindruck, als könne sie im Stehen einschlafen.

Decker hingegen sah aus, als könne er die Frau zehn Jahre lang befragen, wenn es sein musste.

Die Wände des Vernehmungszimmers waren immer noch senfgelb. Decker hatte sich nie erklären können, warum man diese Farbe ausgesucht hatte; vielleicht hatte der Hausmeister bloß ein paar alte Farbtöpfe im Keller gefunden und sich dann diese Geschmacksverirrung geleistet. Es hätte jedenfalls hübscher ausgesehen, die grauen Schlackenbetonsteine so zu belassen, wie sie waren. Aber vielleicht war es nicht beabsichtigt, dass ein Vernehmungszimmer hübsch aussah.

Susan Richards war zweiundvierzig Jahre alt gewesen, als ihre Familie ausgelöscht worden war. Jetzt, mit Mitte fünfzig, sah sie besser aus als damals, fand Decker. Er hatte sie als groß gewachsene, aber rundliche Frau von unscheinbarem Äußeren mit schlaffen hellbraunen Haaren in Erinnerung.

Nun war sie schlank und hatte modisch kurz geschnittenes, dezent gefärbtes Haar. Und sie hatte absolut nichts mehr von einer eingeschüchterten grauen Maus an sich, wie ihre unwirsche Reaktion deutlich machte, als die beiden Detectives zu ihr ins Vernehmungszimmer kamen.

Richards blickte zwischen Lancaster und Decker hin und her, als die beiden sich ihr gegenüber setzten. »Hey, Moment mal. Sie sind doch die zwei, die schon damals mit dem Fall zu tun hatten. Jetzt erkenne ich Sie wieder. Sie wissen doch, was er getan hat.« Sie beugte sich vor und drückte ihre kantigen Ellbogen auf die Tischplatte. »Sie *wissen*, was dieser Bastard verbrochen hat«, wiederholte sie mit zornbebender Stimme.

»Ja«, sagte Lancaster ganz ruhig. »Deshalb dachten wir uns, wir müssen mit Ihnen reden, als er tot aufgefunden wurde. Können Sie uns sagen, wo Sie gestern zwischen elf Uhr und Mitternacht waren?«

»Was glauben Sie denn? Ich war im Bett und hab geschlafen.«

»Kann das jemand bestätigen?«, fragte Decker.

»Ich lebe allein. Ich habe nicht wieder geheiratet. Es geht nicht spurlos an einem vorbei, wenn die ganze Familie ermordet wird!«, fauchte sie.

»Wann sind Sie gestern Abend nach Hause gekommen?«, hakte Decker nach.

Richards nahm sich einen Augenblick, um sich zu sammeln. »Um sechs bin ich von der Arbeit weg. Drei Tage die Woche helfe ich noch im Obdachlosenheim am Dawson Square aus. Dort war ich bis ungefähr acht. Das können alle bezeugen.«

»Und danach?«, fragte Lancaster.

Richards breitete die Hände aus. »Dann bin ich nach Hause gefahren und hab mir was zu essen gemacht.«

»Was haben Sie gegessen?«, setzte Lancaster nach.

»Meine Güte, das Übliche. Als Appetithappen Räucherlachs auf Toast mit Frischkäse und Kapern, dann einen Waldorfsalat und Linguine mit Muscheln. Zum Nachtisch noch ein schönes kleines Tiramisu. Dazu habe ich ein gutes Glas von meinem Lieblings-Prosecco getrunken.«

»Im Ernst?«, fragte Lancaster.

Richards verzog das Gesicht. »Natürlich nicht. Ich hab mir ein Thunfisch-Sandwich gemacht und dazu eine Essiggurke und Mais-chips gegessen. Das können Sie nachprüfen. Danach hab ich ferngesehen.«

»Was haben Sie sich angeschaut?«, hakte Decker nach.

»Ich habe *Outlander* gestreamt. Das schaue ich regelmäßig. Staffel zwei. Jamie und Claire in Frankreich.«

»Worum ging es in der Folge?«

»Um politische Geplänkel und ziemlich deftigen Sex.« Mit unverhohlenem Sarkasmus fügte sie hinzu: »Wollen Sie es genauer wissen?«

»Nein. Und nach Ihrer Fernsehstunde?«, fragte Decker.

»Hab ich geduscht, bin ins Bett und habe geschlafen, bis die Cops mich aus dem Schlaf gerissen haben. Ziemlich unsanft«, fügte sie düster hinzu.

»Fahren Sie einen dunkelgrünen Honda Civic?«, erkundigte sich Lancaster.

»Ja. Ich hab nur den.«

»Und Sie wohnen in der Primrose Avenue, auf der Nordseite?«

»Genau. Seit ungefähr fünf Jahren.«

»Haben Sie Nachbarn?«

»Auf beiden Seiten und gegenüber.« Sie richtete sich auf. »Irgendjemand kann Ihnen sicher bestätigen, dass ich an dem Abend zu Hause war. Oder zumindest, dass ich nach dem Nachhausekommen nicht mehr weggefahren bin.«

»Wir werden es überprüfen«, sagte Lancaster. »Wussten Sie überhaupt, dass Meryl Hawkins in der Stadt war?«

»Ich hatte keine Ahnung. Glauben Sie vielleicht, er hat bei mir angeklopft und mich um ein paar Dollar angebettelt? Ich dachte, der Hurensohn wäre für immer hinter Gittern. Ich verstehe gar nicht, warum er frei rumlaufen durfte.«

»Er hatte Krebs im Endstadium, deshalb haben sie ihn entlassen.«

»Was für eine Schweinerei«, meinte Richards. »Verstehen Sie mich nicht falsch, ich hab das Arschloch gehasst. Aber dass sie die Leute auf die Straße setzen, wenn sie todkrank sind …«

»So sieht's aber leider aus. Hat er nie versucht, mit Ihnen Kontakt aufzunehmen?«

»Nie. In dem Fall hätte ich wahrscheinlich versucht, ihn umzubringen. Aber er hat nie von sich hören lassen. Also hab ich's nicht getan.«

»Sie haben einen Blumenladen aufgemacht, nicht wahr?«, fuhr Decker fort. »Mit dem Geld aus der Lebensversicherung Ihres Mannes. Ich bin mal vorbeigefahren. Am Ash Place, stimmt's?«

Sie beäugte ihn misstrauisch. »Einen guten Teil des Geldes habe ich für die Beerdigung meiner Familie gebraucht. Danach hab ich mich irgendwie weiter durchgeschlagen. Wie, weiß ich selbst nicht.«

»Und der Blumenladen?«, beharrte Decker.

»Wie gesagt, von dem Geld war nicht mehr viel übrig. Ja, ich hab das Blumengeschäft eröffnet. Ich habe Blumen immer schon gemocht. Und von dem Laden konnte ich so einigermaßen leben. Ich habe sogar den Blumenschmuck für Polizeifeste übernommen.« Sie hielt kurz inne. »Vor ein paar Jahren habe ich das Geschäft verkauft, führe es aber im Auftrag der neuen Besitzer weiter. Im Ruhestand werde ich dann im eigenen Garten arbeiten.«

Mary Lancaster schaute zu Decker. »Sonst noch etwas?«

Er schüttelte den Kopf.

»Wie wurde er umgebracht?«, fragte Richards.

»Das behalten wir vorläufig noch für uns«, sagte Lancaster.

»Kann ich jetzt gehen?«

»Ja.«

Die Frau erhob sich und sah die beiden an. »Ich habe ihn nicht umgebracht«, sagte sie leise. »Vor Jahren wäre ich vielleicht dazu fähig gewesen, aber heute nicht mehr. Die Zeit heilt zwar nicht alle Wunden, aber sie hilft einem, mit solchen Schicksalsschlägen zu leben.«

Sie ging hinaus.

Lancaster blickte zu Decker. »Glaubst du ihr?«

»Ich hatte jedenfalls nicht den Eindruck, dass sie lügt.«

»Es gab keine brauchbaren Fingerabdrücke oder andere Spuren in Hawkins' Hotelzimmer.«

»Das habe ich auch nicht erwartet.«

»Okay. Was nun?«

»Wir tun, was wir immer getan haben. Wir bohren weiter.«

Lancaster sah auf die Uhr. »Ich muss nach Hause und 'ne Runde schlafen, bevor ich umfalle. Ich ruf dich später an. Du solltest dich auch aufs Ohr hauen.«

Er stand auf und folgte ihr aus dem Zimmer.

Draußen blieb Lancaster stehen. »Ich kann dich irgendwo absetzen.«

»Danke, ich laufe lieber. Es ist nicht weit.«

Sie lächelte. »Es ist nett, wieder mit dir zusammenzuarbeiten.«

»Das sagst du *jetzt*. Ich hoffe, du bereust es nicht.«

»Ich hab mich an deine Eigenheiten gewöhnt.«

»Bist du sicher?«

Er drehte sich um und ging hinaus in den anbrechenden Tag.

6

Es hatte leicht zu regnen begonnen, als Decker über den Bürgersteig stapfte.

Es war ein seltsames Gefühl, wieder in einem Verbrechen zu ermitteln, das sich in seiner Heimatstadt ereignet hatte. Bei seinem letzten Fall in Burlington war es um seine brutal abgeschlachtete Familie gegangen. Schon von daher war der Hawkins-Fall etwas ganz anderes; dennoch fühlte Decker sich persönlich betroffen.

Was, wenn ich wirklich dazu beigetragen habe, einen Unschuldigen ins Gefängnis zu bringen?

Im Gehen sah er sich um. Er hatte beschlossen, weder zu Cassies Geburtstag noch zu ihrem Hochzeitstag wieder nach Burlington zu kommen. Es wäre ihm einfach zu viel gewesen. Nur zum Geburtstag seiner Tochter kam er immer in die Stadt. Das musste sein, auch wenn es ihm jedes Mal das Herz zerriss.

Deckers lange Beine trugen ihn rasch an seinem Hotel vorbei. Nach ein paar Meilen gelangte er in das Viertel, in dem er früher gelebt hatte. An einer Straßenecke blieb er stehen und schaute zu dem Haus, in dem er einst gewohnt hatte.

Zum letzten Mal war er vor zwei Jahren hier gewesen. Das Haus wirkte unverändert, als wäre seit Deckers letztem Besuch die Zeit stehen geblieben. Außer, dass zwei ihm unbekannte Autos in der Auffahrt standen – ein Ford Pick-up und ein Nissan Sentra.

Während Decker an der Straßenecke stand, kamen ein Mann Anfang dreißig und ein etwa siebenjähriges Mädchen aus der

Seitentür. Das Mädchen hatte eine Schultasche auf dem Rücken, während der Mann eine schmale Aktentasche bei sich trug. Er war mit Kakihose, einem Hemd mit weißem Kragen und einer Windjacke bekleidet. Das Mädchen gähnte und rieb sich die Augen.

Sie stiegen in den Pick-up und fuhren die Auffahrt hinunter. Als der Wagen zur Straße kam, sah der Mann Decker an der Ecke stehen und bemerkte, dass er das Haus beobachtete.

Er ließ das Fenster herunter. »Kann ich Ihnen irgendwie helfen, Mister?«

Decker musterte ihn einen Augenblick. »Sie müssen Henderson sein.«

Der Mann beäugte ihn misstrauisch. »Woher wissen Sie das?«

»Eine Freundin hat es mir gesagt.« Er deutete auf das Haus. »Ich habe dort vor Jahren gewohnt.«

Henderson betrachtete Decker von oben bis unten. »Verstehe. Und? Haben Sie irgendwas vergessen?«

»Nein, ähm …« Decker wusste nicht, was er sagen sollte.

»Verstehen Sie mich nicht falsch«, sagte Henderson, »aber es ist ein bisschen seltsam, dass Sie am frühen Morgen da stehen und das Haus anstarren.«

Decker zückte seinen FBI-Ausweis und zeigte ihn dem Mann. »Meine Freundin bei der Polizei hat mir erzählt, dass Sie das Haus gekauft haben.«

»Moment mal …« Henderson blickte wie gebannt auf den Ausweis. »Amos Decker?«

»Ja.«

Henderson nickte betreten. »Ich habe gehört, was …« Er schaute zu seiner Tochter, die das Gespräch aufmerksam verfolgte, und verstummte.

»Ja. Einen schönen Tag noch«, sagte Decker hastig. »Ich hoffe, es gefällt Ihnen in dem Haus und in der Gegend. Es ist ein nettes Plätzchen für eine Familie.«

Er drehte sich um und ging davon, während Henderson losfuhr.

Es war dumm gewesen, hierher zurückzukommen. Er hatte den Mann unnötig beunruhigt. Und wofür? Er musste das Haus nicht sehen, um seine Erinnerungen aufzufrischen. Er hatte alles im Kopf, so lebendig, als wäre es gestern geschehen. Jede Sekunde. Für immer und ewig.

Und es war so schmerzhaft wie am ersten Tag.

Er kehrte um und ging zum Hotel zurück, in dem Jamison und er sich einquartiert hatten. Als er durch den Eingang trat, sah er sie aus dem Aufzug in die Lobby kommen.

»Herrgott, Decker, warst du bis jetzt unterwegs?« Sie beäugte seine zerknautschte, nasse Kleidung.

»Dir auch einen guten Morgen. Wie wär's mit Frühstück?«

Jamison begleitete ihn in den Speiseraum. Sie setzten sich an einen Tisch, bestellten und tranken ihren Kaffee.

»Und?«, fragte Jamison. »Habt ihr von Susan Richards etwas Brauchbares erfahren?«

»Sie hat den Mord nicht gestanden, falls du das meinst. Sie hat allerdings kein wasserdichtes Alibi. Sie sei zu Hause gewesen und habe geschlafen, sagt sie.«

»Für diese Tageszeit klingt das plausibel.«

»Vielleicht können uns die Nachbarn mehr dazu sagen. Aber ich glaube nicht, dass Richards als Täterin infrage kommt. Sie sagt, sie hatte keine Ahnung, dass Hawkins in der Stadt war. Und das erscheint mir absolut logisch.«

»Sie könnte ihn auf der Straße gesehen haben.«

»Ich habe ihn auch gesehen und nicht wiedererkannt«, entgegnete Decker. »Und ich habe damals viel Zeit mit dem Kerl verbracht.«

»Hast du Bogart angerufen und grünes Licht bekommen, den Fall zu bearbeiten?«

»Wir … ähm, haben telefoniert. Es wundert mich, dass er dich noch nicht angerufen hat. Oder hat er?«

»Nein, hat er nicht. Was hat er gesagt?«

In diesem Augenblick kam ihr Frühstück.

»Ich erzähl's dir später«, sagte Decker.

»Toll, dass du ein vegetarisches Omelett bestellt hast«, meinte Jamison. »Dass du auf den Speck verzichtest.«

»Was ich dir zuliebe nicht alles tue.«

»Du tust es dir selbst zuliebe, Decker. Schau dich an – du siehst gut aus.«

»Das halte ich für ein kleines bisschen übertrieben. Trotzdem danke.«

Er legte Messer und Gabel beiseite und trank seinen Kaffee aus.

»Was denkst du?«, fragte Jamison.

»Ich denke, dass in diesem Augenblick ein Mörder in dieser Stadt herumläuft und glaubt, ungeschoren davonzukommen. Und das pisst mich gewaltig an.«

»Ist das alles?«

Er sah sie fragend an. »Ist das nicht genug?«

»Ich meine, fühlst du dich schuldig wegen dem, was mit Hawkins passiert ist?«

»Ich habe ihn nicht erschossen. Ich habe ihn auch nicht gebeten, zurückzukommen und den Fall wieder auszugraben.«

»Aber die Tatsache, dass er ermordet wurde, siehst du als Hinweis, dass er tatsächlich unschuldig sein könnte, oder? Das hattest du mehr oder weniger deutlich gesagt.«

»Ja. Was wiederum hieße, dass ich damals einen Fehler gemacht habe«, fügte Decker nachdenklich hinzu.

»So würde ich das nicht sehen. Du hast gründlich ermittelt,

und alle Beweise haben gegen den Mann gesprochen. Ich hätte es genauso gesehen.«

»Mag sein. Aber wenn Hawkins wirklich unschuldig war, muss ich den Fehler ausbügeln.«

Jamison hob die Augenbrauen. »Weil du wieder mal das Gewicht der Welt auf deinen zugegeben breiten Schultern trägst?«

»Nicht das Gewicht der Welt. Das Gewicht eines Falles, in dem ich ermittelt habe. Die Verantwortung lässt sich nicht abschieben. Was ich damals getan habe, hat dazu geführt, dass ein Mann seine Freiheit verloren hat.«

»Nein, das hatte er sich selbst zuzuschreiben.«

»Nur, wenn er der Täter war«, hielt Decker dagegen. »Hat er die Morde nicht begangen, sieht die Sache völlig anders aus.«

Jamison fingerte einen Augenblick an ihrer Kaffeetasse herum. »Falls es ihm jemand in die Schuhe geschoben hat, war es verdammt raffiniert eingefädelt. Fragt sich nur, wer einen solchen Hass auf den Mann gehabt haben könnte.«

Decker nickte. »Gute Frage. Ich habe keine Ahnung. Hawkins war ausgebildeter Maschinenschlosser und hat seine Stelle verloren, als seine Firma einen Teil der Belegschaft entlassen musste. Danach hat er alle möglichen Jobs angenommen, um über die Runden zu kommen.«

»Wie so viele heute.«

Decker schaute auf die FBI-Dienstmarke an ihrem Revers. »Was ist es für ein Gefühl, dem Bureau anzugehören?«

Sie blickte auf die Dienstmarke hinunter und lächelte. »Ein verdammt gutes. Hast du nie daran gedacht, den Schritt zu machen?«

»Ich bin zu alt. Siebenunddreißig Jahre ist das Limit, und ich bin auch kein Armeeveteran, also werden sie für mich keine Ausnahme machen. Und selbst wenn, würde ich kaum die körperlichen Voraussetzungen erfüllen.«

»Du unterschätzt dich. Aber wie ich sehe, kennst du die Aufnahmebedingungen. Das heißt, du hast dich mit der Frage beschäftigt, oder?«

Decker zuckte mit den Schultern. »Ich kann meinen Job auch ohne FBI-Dienstmarke machen. Ich bin immer noch vereidigter Polizist. Ich kann Leute festnehmen.« Er stockte einen Augenblick, ehe er hinzufügte: »Und ich habe deine Unterstützung.«

»Die hast du.«

»Vorhin bin ich bei meinem alten Haus vorbeigegangen.«

Sie musterte ihn beinahe erschrocken. »Warum?«

»Weiß ich selbst nicht. Irgendwie haben meine Füße mich hingeführt, und auf einmal war ich da. Ich bin dem jungen Vater begegnet, der jetzt in dem Haus wohnt, und seiner Tochter. Lancaster hatte mir von der Familie erzählt. Es war ihnen zuerst nicht geheuer, mich da stehen und gaffen zu sehen, aber der Mann hat gewusst, was damals passiert ist ... in dem Haus, meine ich. Er hat sich wahrscheinlich gedacht, dass ich es noch mal sehen wollte.«

Jamison beugte sich vor. »Ich weiß, du willst das nicht hören, aber ich sag's trotzdem.« Sie überlegte einen Augenblick, wie sie es ausdrücken sollte. »Irgendwann wird es Zeit für dich loszulassen. Ich verstehe, dass du zurückkommst und ihre Gräber besuchst. Aber du musst auch nach vorne schauen, kannst mit deinen Gedanken nicht ewig in der Vergangenheit bleiben. Ich glaube nicht, dass Cassie und Molly das von dir erwarten würden, meinst du nicht auch?«

»Keine Ahnung«, brummte Decker kurz angebunden.

Sie lehnte sich zurück, betrübt von seiner Reaktion.

»Sie sollten nicht tot sein, Alex«, sagte Decker leise. »Wenn, sollte ich es sein, der in einem Grab liegt.«

»Es ist aber anders gekommen. Du lebst und solltest dein Leben in ihrem und deinem Sinn führen. Andernfalls würdest du es verschwenden.«

Decker erhob sich. »Ich gehe duschen und zieh mich um. Dann machen wir uns auf den Weg und suchen einen Mörder. Wir treffen uns hier in einer halben Stunde.«

»Decker, du brauchst ein paar Stunden Schlaf!«

»Nein. *Das* wäre Verschwendung von Lebenszeit.«

Jamison sah ihm einen Moment lang nach, als er zum Aufzug ging. Es tat ihr weh, wie hart er gegen sich selbst war.

7

Decker ließ sich das heiße Wasser eine volle Minute auf den Kopf prasseln, ehe er sich einseifte. Plötzlich kam Panik in ihm auf, weil er sich zuerst nicht an Cassies Lieblingsfarbe erinnern konnte. Dann aber setzte seine Erinnerung wieder ein und lieferte ihm den korrekten Farbton.

Er lehnte den Kopf an die Fliesen.

Scheiße, schon wieder so ein Aussetzer. Bin ich eine Maschine, die mit der Zeit immer störungsanfälliger wird?

Er war darauf angewiesen, dass sein Gedächtnis hundertprozentig funktionierte. Wie sollte er sonst seine Arbeit machen? Machte sein Hirn langsam schlapp? Verlor er nach und nach seine phänomenalen Fähigkeiten? Handelte es sich um so etwas wie eine chronische traumatische Enzephalopathie, eine degenerative Gehirnerkrankung, die nach schweren Verletzungen auftrat? Dann würde aus Decker, dem Mann mit dem hyperthymestischen Syndrom und der Synästhesie, über kurz oder lang nur noch ein fast zwei Meter großer, gut zweieinhalb Zentner schwerer Berg Gemüse.

Er kam aus der Dusche, trocknete sich ab und zog frische Kleidung an. Er fühlte sich immer noch müde und bedrückt, aber wenigstens sauber.

Jamison erwartete ihn bereits in der Lobby. Sie stiegen ins Auto, und Jamison drehte sich auf dem Fahrersitz zu ihm. »Wohin?«

»Zu unserer derzeit einzigen Verdächtigen. Susan Richards.«

Unterwegs rief er Mary Lancaster an, um ihr zu berichten, was sie vorhatten. Er musste ihr eine Nachricht hinterlassen, weil er sofort zur Mailbox weitergeleitet wurde. Wahrscheinlich schlief sie noch, vermutete Decker.

Richards' Haus an der Primrose Avenue war ein kleiner Bungalow mit altmodischen, grün-weiß gestreiften Markisen über den Fenstern. Der kleine Garten war hübsch angelegt, mit Bäumen, sorgfältig beschnittenen Sträuchern und gepflegten Blumenbeeten. Auf der Treppe zur Haustür standen Töpfe mit bunten Herbstblumen.

»Schöner Garten«, meinte Jamison.

»Sie ist Floristin«, erklärte Decker. »Hat ein Händchen für Blumen. Sie hat das Geschäft vor Jahren verkauft, führt es aber immer noch.«

»Hältst du es für möglich, dass sie Hawkins umgebracht hat?«

»Ich würde es nicht ausschließen. Aber im Moment deutet nichts darauf hin. Es ist unser Job, das herauszufinden.«

Sie stiegen aus, doch Decker ging nicht zur Eingangstür, sondern zum Haus gegenüber.

»Willst du ihr Alibi überprüfen?«, fragte Jamison, die ihm über die Straße folgte.

Decker nickte und klopfte an die Tür des Bungalows, der bis auf eine verglaste Veranda ein Ebenbild von Richards' Haus war.

Eine zierliche alte Dame öffnete die Tür. Ihre weißen Haare waren so dünn, dass die Kopfhaut rot durchschimmerte.

»Ja?« Die Frau beäugte die beiden durch ihre dicke Brille.

Jamison zeigte ihr die FBI-Dienstmarke, die die Frau mit prüfendem Blick begutachtete.

»FBI? Du meine Güte! Habe ich etwas angestellt?«

»Aber nein«, sagte Jamison beruhigend. »Wir haben nur ein paar Fragen zu einer Nachbarin von Ihnen, Mrs. …?«

»Agatha Bates.« Sie blickte zu dem zwei Köpfe größeren Decker auf. »Sind Sie auch vom FBI? Sie haben mir keinen Ausweis gezeigt.« Sie musterte ihn prüfend. »Nein, ich glaube, Sie sind zu dick für einen FBI-Agenten. In den Fernsehserien sind FBI-Agenten viel schlanker.«

Jamison übernahm es, auf ihre Bemerkung zu reagieren. »Er arbeitet als Berater für uns.«

Bates wandte sich wieder an Jamison. »Um welche Nachbarin geht es?«

»Susan Richards.«

»Oh, Susan. Eine nette Frau. Wohnt auch schon eine Weile hier, aber nicht annähernd so lange wie ich. Bei mir sind es schon siebenundfünfzig Jahre.« Ihr Blick schweifte wieder zu Decker. »Kenne ich Sie von irgendwoher?«

»Ich war zwanzig Jahre bei der hiesigen Polizei.«

»Ah, verstehe. Nun ja, ich habe mit der Polizei nie viel zu tun gehabt. Ich zahle meine Steuern und hab nie jemanden bestohlen.«

»Das glaube ich Ihnen gern«, sagte Jamison. »Wir wollten Sie eigentlich auch nur fragen, wann Sie Mrs. Richards zum letzten Mal gesehen haben.«

»Das war heute früh, als eine Streife sie abgeholt hat. Die Polizei kommt nicht so oft in unsere Gegend.«

»Das war aber sehr früh«, bemerkte Jamison.

»Ich stehe früh auf. Ich schlafe meistens nur vier Stunden. Wenn man alt wird, schläft man nicht mehr viel. Bald werde ich nur noch schlafen.«

»Wie bitte?«, fragte Jamison.

»Wenn ich tot bin. Ich bin dreiundneunzig. Was denken Sie, wie lange ich noch auf Erden sein werde?« Sie stockte und rückte ihre Brille zurecht. »Warum hat die Polizei Susan überhaupt mitgenommen?«

»Wir hatten ein paar Fragen an sie. Haben Sie Susan auch gestern Abend gesehen?«

»Ich habe sie heimkommen sehen. Das war so um Viertel nach acht.«

»Warum wissen Sie das so genau?«, fragte Decker. »Und haben Sie heute früh mit ihr gesprochen?«

»Nein, habe ich nicht. Falls sie zu Hause ist, habe ich sie heute noch nicht aus dem Haus kommen sehen. Normalerweise macht sie in der Frühe einen Spaziergang. Ich trinke meinen Kaffee auf der Veranda. Ich winke ihr, sie winkt zurück. Wahrscheinlich war die Sache mit der Polizei der Grund, warum sie heute nicht rausgegangen ist.«

»Sie haben Susan nicht gesehen, als sie vom Polizeirevier zurückgekommen ist?«, hakte Decker nach.

»Nein. Da war ich wahrscheinlich in der Küche und hab mir das Frühstück gemacht, oder ich hab draußen im Garten herumgewirtschaftet. Wenn man alt ist, hat man nicht mehr viel zu tun, da werkelt man halt so herum. Schön langsam, wissen Sie. Ich will mir ja nicht die Hüfte brechen.«

»Und gestern Abend?«, griff Jamison den Faden auf.

»Wie gesagt, Susan kam gegen Viertel nach acht«, wiederholte die Frau und schaute zu Decker. »Sie hilft im Obdachlosenheim aus und kommt immer um diese Zeit nach Hause. Das weiß ich so genau, weil *Jeopardy* eine Viertelstunde davor zu Ende war. Ich hab sogar die letzte Frage gewusst. Die Antwort war Harry Truman. Ich habe ihn damals gewählt, wissen Sie. Die drei Kandidaten in der Sendung hatten keine Ahnung. Keiner von denen war über dreißig. Was wissen die schon von Harry Truman? Ich hätte genug gewonnen, um einen schönen Urlaub zu machen.«

»Sie haben Susan also gestern Abend nach Hause kommen

sehen? Ist sie noch mal weggegangen? Hätten Sie sie gesehen, wenn sie aus dem Haus gekommen wäre?«

»Jedenfalls ist sie nicht mit dem Auto weggefahren«, betonte Bates. »Es hört sich an, als wenn eine Bombe explodiert, sobald Susan den Motor anlässt. Sie hat einen alten Honda. Irgendwas am Auspuff ist kaputt. Ich mach mir jedes Mal fast in die Hose, wenn sie die Kiste startet. Hab ihr immer wieder gesagt, sie soll den Schrotthaufen reparieren lassen. Wissen Sie, meine Ohren sind noch ziemlich gut. Und diese Klapperkiste ist wirklich nicht zu überhören.«

»Aber sie könnte zu Fuß weggegangen sein oder sich ein Taxi gerufen haben.«

»Ich war draußen auf der Veranda, hab Kreuzworträtsel gelöst und gelesen, ungefähr bis halb elf. Ich hätte Susan gesehen, wenn sie aus dem Haus gekommen wäre. Wie gesagt, um halb elf bin ich rein und hab mich eine halbe Stunde später ins Bett gelegt.«

»Habe ich Sie richtig verstanden – bis halb elf hat Susan das Haus nicht verlassen?«, fragte Decker noch einmal nach. »Und Sie haben das Auto nicht starten gehört, bis Sie um elf ins Bett gegangen sind?«

»Das sagte ich doch gerade. Sind Sie schwer von Begriff?«

»Alles klar«, versicherte Jamison hastig. »Danke, Mrs. Bates, Sie haben uns sehr geholfen.«

»Gern geschehen, ist ja meine Bürgerpflicht.« Sie deutete mit dem Daumen auf Decker und sagte leise zu Jamison: »Das FBI sollte sich bessere Berater suchen. Aber Sie selbst müssen weitermachen, Schätzchen. Ist schön, mal eine junge Frau als Agentin zu sehen.«

»Danke.« Jamison hatte alle Mühe, sich ein Lächeln zu verkneifen.

Sie gingen zur Straße zurück.

»Falls Susan Richards zu Fuß weggegangen ist«, begann Decker,

»hätte sie rechtzeitig im Residence Inn sein können, um Hawkins zu erschießen. Und mit dem Taxi sowieso.«

»Wenn sie ein Taxi genommen hat, muss sich das feststellen lassen. Uber gibt es hier wohl nicht, oder?«

»Wohl kaum.«

Sie klopften bei den beiden anderen Häusern an, doch es war anscheinend niemand zu Hause.

»Das heißt also, wir können Richards nicht als Verdächtige ausschließen«, hielt Decker fest.

»Glaubst du wirklich, dass sie es getan haben könnte?«

»Sie hatte jedenfalls ein starkes Motiv. Es gibt aber einige offene Fragen – zum Beispiel, woher sie gewusst haben soll, dass Hawkins in der Stadt ist.«

»Du glaubst nicht, dass er zu ihr gegangen ist?«

Decker schüttelte den Kopf. »Woher soll er denn gewusst haben, wo sie wohnt? Mary Lancaster jedenfalls hat es ihm nicht gesagt, das weiß ich. Und wenn er tatsächlich unschuldig ist, wird er auch nicht hingegangen sein, um sich zu entschuldigen.«

»Eine Adresse kann man leicht googeln«, hielt Jamison dagegen.

»Er war gerade entlassen worden, als todkranker alter Mann. Ich kann ihn mir schwer an einem Computer mit Internet vorstellen.«

»Vielleicht wollte er mit Richards reden, um etwas von *ihr* zu erfahren. Falls er *sie* im Verdacht hatte, es getan zu haben.«

Decker schüttelte den Kopf. »Nein. Hawkins wusste aus dem Prozess, dass sie ein wasserdichtes Alibi hatte.« Er stockte und fügte nachdenklich hinzu: »Theoretisch hätte sie damals jemanden für die Tat engagieren können, aber auch dafür gab es keine Hinweise. Außerdem sehe ich kein wirkliches Motiv. Dank ihres Mannes konnte sie zu Hause bleiben und sich um die Kinder kümmern. Sie hat nicht wieder geheiratet, hatte auch keinen

Freund. Und reich ist sie von der Lebensversicherung auch nicht geworden. Außerdem ist es undenkbar, dass sie ihre eigenen Kinder umgebracht haben soll.«

»Das sehe ich auch so«, räumte Jamison ein.

»Es gibt jemanden, der uns vielleicht mehr sagen kann.«

»Wer?«

»Ken Finger.«

»Ken Finger? Was hat er mit der Sache zu tun?«

»Er war Hawkins' Strafverteidiger.«

»Ist er noch in der Gegend?«

»Finden wir's heraus.«

8

Ken Finger war noch in der Gegend.

Decker hatte Lancaster schließlich erreicht und mit ihr vereinbart, sich beim Büro des Anwalts zu treffen, das nur einen Block vom Gerichtsgebäude entfernt war.

Fingers Sekretärin, Christine Burlin, eine Frau in den Vierzigern, quittierte ihr Anliegen mit strengem Blick. »Mr. Finger ist zurzeit sehr beschäftigt«, sagte sie, als Decker, Jamison und Lancaster in ihr Büro traten.

Lancaster zückte ihre Dienstmarke. »Ich denke, Ken wird sich für uns ein bisschen Zeit nehmen.«

Burlin starrte die Dienstmarke eingehend an.

»Kommen Sie schon, Christine«, sagte Lancaster ungeduldig. »Sie wissen doch, wer ich bin. Ihre Kinder gehen in dieselbe Schule wie Sandy. Und Decker kennen Sie auch. Er hat damals öfter mit Ken zusammengearbeitet.«

»In meinem Job lege ich Wert darauf, dass es professionell zugeht, Detective Lancaster.«

»Wenn das stimmt«, warf Decker ein, »dann sagen Sie uns, wo Ken steckt.«

Burlin blickte zu ihm auf. »Ich habe schon gehört, dass Sie für ein paar Tage in der Stadt sind. Arbeiten Sie immer noch für das FBI?« Decker nickte, und sie schaute zu Jamison. »An Sie erinnere ich mich auch. Sind Sie immer noch als Beraterin für das Bureau tätig?«

»Ich bin jetzt Spezialagentin«, antwortete Jamison.

»Das ist ein ungewöhnlicher Karriereschritt, von einer Journalistin zur FBI-Agentin.«

»So ungewöhnlich auch wieder nicht«, entgegnete Jamison.

»Inwiefern?«

»Als FBI-Agentin versucht man, die Wahrheit herauszufinden und dafür zu sorgen, dass die Schuldigen bestraft werden. Als Journalistin ist man ebenfalls hinter der Wahrheit her, um die Öffentlichkeit zu informieren. Und auch das führt manchmal dazu, dass Schuldige bestraft werden.«

»Hmmm«, machte Burlin skeptisch. »Mag sein.«

»Also, wo ist Ken?«, warf Decker ungeduldig ein. »Wir verschwenden hier kostbare Zeit.«

Burlin runzelte die Stirn. »*Sie* haben sich kein bisschen verändert.« Sie griff nach dem Telefonhörer und machte den Anruf.

Wenig später führte sie die drei in Fingers Büro, einen großzügigen Raum mit riesigen Fenstern. Der Schreibtisch aus dunklem Massivholz war mit Büchern und Akten bedeckt. Ein großes Regal war mit juristischer Fachliteratur und fein säuberlich beschrifteten roten Aktenmappen gefüllt. Um einen Couchtisch standen mehrere Stühle. Auf einem Buffet, das als Bar diente, stand außer Getränken auch ein großes Glas mit M&M-Bonbons. Ken Finger saß an seinem Schreibtisch.

Der Anwalt war um die dreißig gewesen, als er Hawkins in dem Mordprozess vertreten hatte. Damals hatte es offenbar niemanden sonst gegeben, der bereit gewesen wäre, die Verteidigung eines Angeklagten zu übernehmen, der wegen des brutalen Mordes an zwei Männern und zwei Kindern vor Gericht stand.

Heute war Finger in den Vierzigern und arbeitete als Strafverteidiger für alle, die seiner Hilfe bedurften. Und in Burlington gab es, wie in den meisten Städten, nicht wenige, die die Dienste eines erfahrenen Anwalts gebrauchen konnten. In seine sorgfältig gescheitelten braunen Haare hatten sich erste graue Strähnen gemischt, ebenso in den sauber getrimmten Bart. Er trug eine makellos gebügelte Hose und ein weißes Hemd mit Manschetten. Zwischen den Hosenträgern wölbte sich sein stattlicher Bauch.

Er erhob sich, begrüßte die Besucher und forderte sie auf, sich an den Kaffeetisch zu setzen.

»Ich kann mir schon denken, warum Sie hier sind«, begann er, nachdem Burlin die Tür geschlossen hatte.

»Das glaube ich Ihnen«, erwiderte Lancaster.

»Wie geht es Ihnen, Decker?«

»Ganz gut.« Decker setzte sich. »Sie haben es also gehört?«

»Burlington ist kein New York. Man kann die Sache zwar nicht mit dem Gemetzel an der Highschool vergleichen, als Sie noch hier waren, aber wenn ein verurteilter Mörder in die Stadt kommt und kurz darauf erschossen wird, ist das immer eine Schlagzeile wert.«

»War er bei Ihnen?«, fragte Lancaster.

Finger schüttelte den Kopf. »Seit er seine Haftstrafe angetreten hatte, habe ich ihn nie wieder gesehen.«

»Haben Sie ihn nie im Gefängnis besucht?«, fragte Jamison.

»Okay, ich muss mich korrigieren. Ich *war* bei ihm, weil wir Berufung eingelegt hatten. Sie wurde allerdings abgewiesen. Für Hawkins war das ein Glück, weil die Geschworenen es sich anders überlegen und die Todesstrafe hätten fordern können. Ich habe ihm klargemacht, dass es das Beste war, was er erwarten konnte, der Giftspritze zu entgehen.«

»Waren Sie von seiner Schuld überzeugt?«, fragte Lancaster.

Finger zuckte mit den Schultern. »Für mich war das nicht wichtig. Mein Job ist es, einen Angeklagten zu verteidigen. Die Aufgabe der Staatsanwaltschaft ist es, Beweise für seine Schuld zu finden. Als Strafverteidiger habe ich zu prüfen, ob es berechtigte Zweifel gibt.«

»Aber haben Sie persönlich geglaubt, dass er schuldig war?«, beharrte Decker.

Finger lehnte sich zurück und legte die Fingerspitzen aneinander. »Sie wissen schon, dass das Anwaltsgeheimnis auch noch nach dem Tod des Mandanten gilt.«

»Ich frage Sie ja nicht nach dem, was zwischen Ihnen gesprochen wurde.« Decker beugte sich vor. »Ich will nur Ihre Meinung hören. Die fällt nicht unter das Anwaltsgeheimnis und kann Ihrem Mandanten in keiner Weise schaden. Er war rechtskräftig verurteilt, und jetzt ist er tot.«

Finger grinste. »Aus Ihnen wäre ein guter Anwalt geworden, Decker. Also gut – ja, ich habe ihn für den Täter gehalten. Meiner Ansicht nach war er ins Haus eingebrochen, um Wertsachen zu klauen. Dann ist die Sache aus dem Ruder gelaufen, und er hat die Nerven verloren. Hawkins war ja kein hartgesottener Krimineller. Verdammt, er hatte bis dahin nicht mal einen Strafzettel wegen Falschparkens bekommen. Das war vermutlich mit ein Grund, warum er mit lebenslänglich davonkam. Ich glaube, die Sache ist ihm über den Kopf gewachsen. Er hatte die Nerven verloren, hat alle umgebracht und ist dann geflüchtet.«

»Niemand hat ihn mit dem Auto kommen oder wegfahren sehen. Und niemand hat die Schüsse gehört«, wandte Decker ein.

Finger zuckte mit den Schultern. »Das haben die Nachbarn ausgesagt. Nur ist in dem einen Haus laute Musik gelaufen, und in einem anderen haben sie angeblich ferngesehen oder geschlafen. Im dritten Haus war an dem Abend niemand daheim, und das vierte stand leer. Die Häuser stehen alle ein Stück voneinander entfernt, außerdem war es eine stürmische Nacht.« Er sah Decker ungläubig an. »Verdammt, Amos, Sie und Mary waren diejenigen, die die Beweise gegen ihn gesammelt haben. Fingerabdrücke, DNA, Motiv. Und es gab kein Alibi. Außerdem wurde die Mordwaffe bei ihm zu Hause gefunden. Als Strafverteidiger hatte ich nicht viel in der Hand. Für mich war es fast ein Wunder, dass er mit lebenslänglich davonkam.«

»Und die gestohlenen Gegenstände?«, hakte Lancaster nach.

»Dafür hatte Hawkins keine Erklärung, weil er ja behauptet hatte, das Verbrechen nicht begangen zu haben. Aber wenn Sie meine Meinung hören wollen – ich glaube, er hatte das Zeug entsorgt, als ihm klar wurde, dass er es nicht verkaufen kann, ohne sich als Mörder bloßzustellen.«

Decker schüttelte den Kopf. »Er hatte bei seiner Festnahme fünfhundert Dollar bei sich.«

»Natürlich konnte man argumentieren, dass er die gestohlenen Sachen verkauft hat. Nur hätten die um einiges mehr einbringen müssen.«

»Sie haben damals darauf hingewiesen, dass Hawkins mit dem Geld Schmerzmittel für seine Frau kaufen wollte. Hat er Ihnen das gesagt, oder haben Sie es erfunden?«

»Hey, ich erfinde nichts, Decker«, stellte Finger klar. »Nein, das hatte Hawkins behauptet.«

»Woher hatte er dann das Geld?«, hakte Lancaster nach.

»Das hat er mir nicht gesagt.«

»Warum nicht?«, sinnierte Decker. »Wenn er dafür eine schlüssige Erklärung hätte geben können, hätte es die Position der Anklage schwächen können.«

»Das habe ich ihm auch gesagt. Er hat es trotzdem vorgezogen zu schweigen.«

»Hawkins hatte schon einige Zeit zuvor seinen Job verloren«, wies Lancaster hin. »Er und seine Frau hatten kein Geld.«

Finger zuckte die Achseln. »Ich gebe nur wieder, was er mir

gesagt hat, und das war nichts. Darum habe ich ihn auch nicht in den Zeugenstand gelassen. Ich habe nur darauf hingewiesen, dass er Medikamente für seine schwer kranke Frau kaufen wollte, aber die Geschworenen waren davon wenig beeindruckt. Für sie stand fest, dass er das Geld vom Verkauf der gestohlenen Sachen hatte, und fertig. Das konnte ich schwer widerlegen. Vielleicht war es ja wirklich so. Wer weiß, wie viel ein Hehler für eine Ware bezahlt, die mit mehrfachem Mord in Verbindung steht? Wie gesagt, ich hatte nichts in der Hand, solange Hawkins mir nicht mehr verraten wollte. Aber er hat geschwiegen.«

»Mir stellt sich noch eine andere Frage«, warf Lancaster ein. »Warum sollte er in ein Haus einbrechen, in dem um diese Tageszeit mit ziemlicher Sicherheit jemand zu Hause war?«

»Nun, draußen hatten keine Autos gestanden«, gab Decker zu bedenken. »David Katz' Wagen war hinter dem Haus geparkt. Hawkins hätte es nicht gesehen, wenn er von vorne kam. Und die Familie Richards hatte zu dem Zeitpunkt nur ein Auto, und mit dem war die Frau weggefahren. Der zweite Wagen war in der Werkstatt.«

»Aber im Haus hat Licht gebrannt, als die Kollegen dorthin kamen«, konterte Lancaster. »Muss ein ziemlich dämlicher Einbrecher sein, der in ein hell erleuchtetes Haus eindringt.«

Finger breitete die Hände aus. »Was soll ich sagen? So war es nun mal. Der Mann war kein erfahrener Krimineller. Und wie Sie wissen, hatte er kein Alibi.«

Decker hatte noch einen Einwand parat. »Hawkins könnte geglaubt haben, dass die Lichter wegen des Unwetters an waren. Und da er vorn keine Autos sah und es keine Garage gab, hat er deshalb vielleicht gedacht, dass niemand zu Hause ist.«

»Aber falls er es nicht war«, setzte Finger hinzu, »müsste jemand sich verdammt viel Mühe gegeben haben, um es Hawkins in die Schuhe zu schieben. Warum, verflixt noch mal? Der Mann war ein Niemand. Ein einfacher Arbeiter ... was kein Urteil irgendwelcher Art sein soll. Im Gegenteil, ich bewundere solche Leute. Mein Vater war Mechaniker. Der konnte Dinge, die ich nie hinbekommen würde. Was ich sagen will – Meryl war ein einfacher Mann mit einem ganz normalen Leben. Aus welchem Grund sollte jemand ihn so sehr hassen?«

»Immerhin hat sich jemand die Mühe gemacht, ihn umzubringen«, gab Decker zu bedenken. »Und damals war er in einer Extremsituation. Seine Frau war todkrank und seine Tochter schwer drogenabhängig.«

»Das stimmt. Hey, haben Sie Susan überprüft? Sie wohnt noch in der Stadt.«

»Heilige Scheiße! Warum sind wir da nicht selbst draufgekommen?«, ätzte Lancaster.

»Sie glauben nicht, dass sie es getan haben könnte?«, hakte Finger nach.

»Meine Meinung zu einer laufenden Ermittlung tut hier nichts zur Sache, Ken.«

Finger grinste. »Kommen Sie, Mary, ich habe gedacht, wir sind Freunde.«

»Wir sind meistens Gegner. Wenn ich vor Gericht aussage, um Ihre *schuldigen* Mandanten hinter Gitter zu bringen, versuchen Sie mit allen Mitteln, meine wahrheitsgemäße Aussage unglaubwürdig zu machen.«

»So ist das nun mal in einem Kreuzverhör. Unsereiner hat nicht so viele Pfeile im Köcher. Die Anklage hat einen großen Apparat hinter sich, während ich auf mich allein gestellt bin.«

»Großer Apparat? Das glauben Sie doch selbst nicht. Wenn bei uns auf dem Revier das Internet funktioniert, ist es ein Freudentag. Mein Computer ist fünfzehn Jahre alt. Und eine Gehaltserhöhung habe ich zum letzten Mal vor acht Jahren bekommen.«

Finger lächelte verschmitzt. »Sie können jederzeit auf unsere Seite wechseln. Als Sachverständige verdienen Sie nicht schlecht.«

Sie erwiderte seinen Blick. »Nein danke. Ich schlafe auch so schon nicht besonders gut.«

»Also, ich schlafe wie ein Baby«, meinte Finger grinsend.

Decker blickte zum Bücherregal mit den dicken Aktenordnern. »Wir müssen uns Ihre Unterlagen zu dem Fall ansehen.«

»Wozu?«

»Weil sich darin vielleicht ein Hinweis finden lässt, wer Hawkins ermordet hat.«

»Das fällt unter das Anwaltsgeheimnis.«

Decker starrte Finger eindringlich an. »Hawkins ist zu mir gekommen und hat mich gebeten, seine Unschuld zu beweisen. Auch mit Mary hat er gesprochen.«

Finger schaute ungläubig zu Lancaster. Sie nickte. »Nur deshalb ist Hawkins in die Stadt gekommen. Um mir und Decker klarzumachen, dass wir uns damals geirrt haben. Er wollte, dass wir unseren Fehler korrigieren und seinen Namen reinwaschen. Als wir in sein Hotel gingen, um mit ihm darüber zu reden, war er bereits tot.«

Decker griff den Faden auf. »Für mich heißt das, Hawkins hat auf das Anwaltsgeheimnis keinen Wert mehr gelegt. Aber wie sollen wir seine Unschuld beweisen, wenn wir keinen Zugang zu den alten Unterlagen bekommen?«

Finger seufzte. »Klingt überzeugend, das muss ich Ihnen lassen. Und jetzt kann es ja auch keinen Schaden mehr anrichten. Aber es ist lange her. Ich bin mir nicht sicher, ob ich die Akten überhaupt noch habe.«

»Die meisten Anwälte, die ich kenne, werfen nie etwas weg«, hielt Decker mit Nachdruck dagegen.

»Halten Sie Hawkins wirklich für unschuldig, Amos?«

»Manchmal ist es anders, als es im ersten Moment aussieht«, entgegnete Decker. »Es gab eine Zeit, da haben ein paar Leute hier gedacht, ich hätte meine Familie umgebracht.«

»Ich nicht«, betonte Finger sofort.

Decker erhob sich. »Dann lassen Sie uns die Akten raussuchen.«

»Was denn? Sie meinen … *jetzt?*«

»Ja, jetzt.«

»Aber sie sind wahrscheinlich in einem Lagerraum. Und ich muss in zwanzig Minuten am Gericht sein.«

»Dann kann uns bestimmt Ihre Sekretärin helfen. Es *muss* sofort sein.«

»Wozu die Eile?«

»Wenn es darum geht, die Wahrheit ans Licht zu bringen«, erwiderte Decker, »warte ich keine Sekunde länger als nötig.«

9

»Hier muss es sein.«

Sie befanden sich in einem klimatisierten Lagerraum. Nachdem Christine Burlin auf ihrem iPad nachgesehen hatte, deutete sie auf ein Regal ganz hinten.

»Sie haben die Dinge gut geordnet«, meinte Lancaster anerkennend.

»Natürlich. Mr. Finger ist in der Hinsicht nicht der Beste, also muss ich für Ordnung sorgen.«

Lancaster beugte sich zu Jamison und flüsterte: »Sie hat vier Kinder, das älteste in der achten Klasse. Ich glaube, in ihrem Haus herrscht ein militärisches Regiment.«

Es gebe nur zwei Kartons, die mit dem Fall zu tun hätten, erklärte Burlin. Sie ließ Lancaster eine elektronische Bestätigung unterschreiben, bevor sie ihnen die Unterlagen aushändigte. Sie gingen zu ihren Autos, Decker mit zwei Kartons beladen.

»Du kannst sie aufs Revier bringen«, bot Lancaster an. »Captain Miller überlässt uns ein Zimmer, in dem du arbeiten kannst.«

»Wie geht es Miller?«, erkundigte sich Decker.

»Er ist reif für den Ruhestand«, sagte Lancaster. »Aber sind wir das nicht alle? Wir treffen uns später auf dem Revier.«

»Moment – wo fährst du hin?«, fragte Decker.

»Ich habe noch andere Fälle zu bearbeiten«, betonte sie. »Und der hier gehört nicht mal zu meinen offiziellen Aufgaben oder zu denen unserer Abteilung.«

»Der Mord an Hawkins schon.«

»Aber wir wissen nicht, ob er mit dem in Verbindung steht, was wir in diesen Akten entdecken. Also schau das Material durch und lass mich wissen, was du findest. Falls du etwas findest. Und lass mich die *neueren* Verbrechen aufklären. Zum Beispiel den Mord an Hawkins.«

Sie setzte sich in ihren Wagen und fuhr davon. Statt in den Mietwagen zu steigen, stand Decker nachdenklich da. Mit der Hand an der Autotür sah Jamison ihn fragend an. »Was ist?«

»Das wüsste ich auch gern. Was ist mit Mary los?«

»Wie meinst du das?«

»Ich kenne sie schon lange. Sie schleppt irgendein Problem mit sich herum.«

»Tun wir das nicht alle, Decker? Vielleicht erzählt sie es dir ja noch. Trotzdem – es ist nett von dir, dass du dir Sorgen um deine ehemalige Kollegin machst.«

Sie fuhren zum Polizeirevier und wurden zu dem für den Fall reservierten Zimmer geleitet. Während sie den Flur durchquerten, kam ein Mann Anfang sechzig aus seinem Büro.

Captain MacKenzie Miller war so klein und stämmig, wie Decker ihn in Erinnerung hatte. Sein Gesicht hatte eine ungesunde Farbe, aber sein breites Lächeln war ansteckend. »Sieh an, wen haben wir denn da?«, sagte er.

Er streckte Decker die Hand entgegen. Dann nickte er Jamison zu, schüttelte auch ihr die Hand und deutete auf ihre Dienstmarke. »Gratuliere, Alex. Die war sicher nicht leicht verdient.«

»Danke, Mac.«

Decker musterte den Mann, der während seiner Zeit in Burlington sein Vorgesetzter gewesen war. Miller war ein guter Cop, hart und konsequent, aber immer fair und geradeheraus. In einem dunklen Augenblick hatte er verhindert, dass Decker sich eine

Kugel in den Kopf jagte. Für das und vieles mehr war Decker ihm noch immer dankbar.

»Du hast dir im Bureau einen ganz schönen Ruf erworben, Amos. Ross Bogart hält mich auf dem Laufenden.«

»Ach, wirklich?«, sagte Decker, die beiden Kartons an die breite Brust gedrückt.

»Schön, dass es noch ein paar Dinge gibt, die du *nicht* weißt.« Miller blickte auf die Kartons. »Sind das die Akten von Hawkins' Strafverteidiger?«

»Ja«, bestätigte Jamison.

»Dann will ich euch nicht aufhalten. Freut mich, euch beide hier zu haben. Wenn ihr mal Zeit habt, können wir gern ein Bier zusammen trinken.«

Decker nickte und zögerte einen Augenblick. »Darf ich dich etwas fragen?«

»Würde es etwas ändern, wenn ich Nein sage?«

»Was ist mit Mary los?«

Miller verschränkte seine kurzen Arme vor der breiten Brust. »Warum fragst du, Amos?«

»Ich kenne sie schon lange. Irgendwas stimmt nicht.«

»Du *hast* sie gut gekannt, aber das ist Jahre her. Menschen ändern sich.«

»Nicht so sehr«, erwiderte Decker.

»Dann frag sie doch selbst«, schlug Miller vor und wedelte warnend mit dem Finger. »Aber mach dich auf eine Antwort gefasst, die dir vielleicht nicht gefallen wird. Bist du dazu bereit?«

Decker schwieg, doch Miller schien ohnehin keine Antwort zu erwarten.

»Ich weiß es zu schätzen, dass du uns an dem Fall arbeiten lässt«, sagte Decker schließlich.

»Ich will genauso wie du wissen, was damals wirklich passiert ist. Falls wir Mist gebaut haben, müssen wir es gutmachen. Ihr habt meine volle Unterstützung.«

»Danke, Mac«, sagte Jamison.

»Dann lasse ich euch mal arbeiten.« Er verschwand in seinem Büro.

Sie betraten ihr neues Arbeitszimmer, und Decker stellte die beiden Kartons auf den Konferenztisch aus Metall. Er zog die Jacke aus und hängte sie über eine Stuhllehne.

Dann öffnete er den ersten Karton. »Ich nehme den hier, du den anderen«, sagte er zu Jamison und schob ihn ihr hin.

»Wonach suchen wir eigentlich?«, fragte sie, während sie ihren Karton öffnete.

»Hoffentlich weißt du es, wenn du es siehst.«

Seufzend setzte sie sich und nahm eine Handvoll Aktenmappen heraus.

*

Vier Stunden später hatten sie beide Kartons durchgearbeitet.

»Nicht viel drin«, meinte Jamison.

»Was wir hier haben, ist der Fall aus der Sicht der Verteidigung. Ich habe Mary gebeten, uns auch die Fallakten der Mordkommission herauszusuchen.«

»Werden die so lange aufbewahrt?«

»Wenn, dann nur, weil niemand sich die Zeit genommen hat, sie wegzuwerfen.«

»Ken Finger hatte wirklich nicht viel, auf das er sich stützen konnte.«

»Darum haben die Geschworenen auch nur zwei Stunden beraten, bevor sie seinen Mandanten schuldig sprachen. Und davon haben sie eine Stunde beim Lunch gesessen.«

»Finger hat dir damals im Kreuzverhör ziemlich zugesetzt.«

Jamison hielt eine Abschrift von Deckers Zeugenaussage in die Höhe.

»Es war sein Job.«

»Aber du bist keinen Millimeter von deiner Aussage abgewichen.«

»Weil es aus meiner Sicht die Wahrheit war.«

»Und jetzt siehst du es anders?«

Decker blickte von dem Papier auf, das er in der Hand hielt. »Sagen wir mal so: Vielleicht habe ich damals den Wald vor lauter Bäumen nicht gesehen.«

»Das heißt was genau?«

»Das heißt, ich war vielleicht ein bisschen zu sehr darauf aus, in meiner ersten Mordermittlung eine Verurteilung zu erreichen. Vielleicht ist es mir deshalb nicht sonderbar vorgekommen, dass ein Mann in ein hell erleuchtetes Haus einbricht, obwohl er damit rechnen muss, dass die Bewohner zu Hause sind.«

»Vielleicht war es einfach dumm von ihm. Wir wissen ja, dass Hawkins kein erfahrener Krimineller war und nicht wusste, wie man bei einem Einbruch am besten vorgeht.«

»Hawkins war nicht dumm. Und die Sache ist eben, dass er nie vorher mit dem Gesetz in Konflikt gekommen war. Das ist mir damals nicht so wichtig erschienen, weil die Beweise gegen ihn erdrückend waren. Aber der Sprung vom völlig unbescholtenen Bürger zum vierfachen Mörder ist so, als würde ein Mann, der gerade mal über eine Regenpfütze hüpfen kann, plötzlich über den Grand Canyon segeln. Das allein hätte mich stutzig machen müssen.«

»Aber wie die anderen bereits gesagt haben – Hawkins hatte ja nicht vor, jemanden zu töten. Er hat einfach die Nerven verloren.«

»Klar, der Mann war verzweifelt. Seine Frau brauchte dringend Medikamente. Seine Tochter war drogenabhängig, und er wollte ihnen helfen. Vielleicht war er wirklich an einem Punkt, wo er keinen anderen Weg mehr gesehen hat, als irgendwo einzubrechen. Und dann ist die Sache aus dem Ruder gelaufen.«

»Außerdem hatte er das Geld bei sich.«

»Wenn er das Geld hatte, warum ist er dann auf der Straße herumgelaufen, als die Cops ihn festnahmen?«

»Vielleicht wollte er Medikamente für seine Frau besorgen.«

»Ja, vielleicht«, murmelte Decker. »Aber warum ist er gerade in *dieses* Gebäude eingestiegen, verdammt? An dem Abend war im Haus neben dem der Richards niemand zu Hause. Ich rede jetzt nicht von dem unbewohnten Haus, sondern von dem der Familie, die irgendwelche Verwandte besucht hatte. Warum ist er nicht in dieses Haus eingebrochen? Und warum hat Hawkins sich überhaupt diese Wohnsiedlung ausgesucht? Sie ist ziemlich weit weg von seinem Zuhause.«

»Weil die Siedlung abgelegen ist.«

Decker schüttelte den Kopf. »Das scheint mir kein ausreichender Grund zu sein. Es gibt Dutzende andere abgelegene Wohnsiedlungen.«

»Richards hat bei einer Bank gearbeitet. Vielleicht hatte Hawkins aus diesem Grund eine fette Beute erwartet.«

»Ist das nicht ein bisschen weit hergeholt? In der Gegend wohnen keine besonders wohlhabenden Leute. Wenn du Einbrecher bist, suchst du dir eines der besseren Viertel aus. Du gehst dorthin, wo das Geld zu Hause ist.«

»Reiche Leute haben teure Alarmanlagen, Überwachungskameras und dergleichen, vielleicht sogar private Sicherheitsleute. So etwas musste man in der Siedlung, in der die Richards gewohnt haben, nicht befürchten.«

Decker schüttelte den Kopf. »Es ergibt trotzdem keinen Sinn, Alex. Irgendwie passt es nicht zusammen.«

»Dann bist du inzwischen überzeugt, dass Hawkins unschuldig war?«

»Das habe ich nicht gesagt. Ich will einfach nur der Wahrheit auf den Grund gehen.« Er stand auf. »Ich werde mir jetzt die Polizeiakten vornehmen. Willst du einen Automatenkaffee? Er schmeckt scheußlich, aber er ist wenigstens heiß.«

»Okay.«

Decker verließ das Arbeitszimmer und durchquerte den Flur. Zwei Cops und ein Detective, mit denen er früher zusammengearbeitet hatte, grüßten ihn im Vorbeigehen. Sie schienen sich nicht zu freuen, ihn hier zu sehen. Decker konnte sie in gewisser Weise verstehen. Es hatte sich herumgesprochen, warum er hier war. Falls sich herausstellte, dass Hawkins zu Unrecht verurteilt worden war, wäre es für das ganze Department ein Schlag ins Gesicht.

Besonders für mich. Es war mein erster Mordfall. War ich zu sehr darauf aus, ihn schnell aufzuklären? Habe ich Meryl Hawkins zu Unrecht ins Gefängnis geschickt?

Er war so in seine Gedanken vertieft, dass er fast mit ihr zusammengestoßen wäre.

Sally Brimmer hatte sich nicht sehr verändert. Anfang dreißig, hübsch, resolut und ausgesprochen sexy. Schon früher war Decker der Meinung gewesen, dass sie zu enge Hosen trug und zu viele Knöpfe an ihrer Bluse geöffnet hatte. Sie schien immer noch nichts dabei zu finden, Ausschnitt zu zeigen. Brimmer arbeitete in der Abteilung für Öffentlichkeitsarbeit des Burlington Police Departments. Decker hatte sie einmal überlistet, indem er sich als Anwalt ausgegeben hatte, um mit einem Häftling sprechen zu können. Captain Miller hatte nicht nur ihm, sondern auch Brimmer Vorwürfe gemacht, obwohl Decker die Schuld auf sich genommen und versucht hatte, Schaden von ihr abzuwenden. Ihre säuerliche Miene, als sie ihn sah, verriet ihm, dass sie es ihm nicht verziehen hatte.

»Hi, Mrs. Brimmer«, sagte Decker freundlich.

Sie stemmte die Hände in die schmalen Hüften. »Ich hab schon gehört, dass Sie wieder da sind, aber ich hatte gehofft, dass es nur ein Gerücht ist.«

»Äh … ja. Freut mich auch, Sie zu sehen.«

»Was machen Sie hier?«

»Ich arbeite an einem Fall. Und ich brauche ein paar alte Akten. Eigentlich sollte ich sie schon haben.«

»Sie arbeiten nicht mehr hier.«

»Ich unterstütze Mary Lancaster in einem Fall. Captain Miller hat es genehmigt.«

Sally funkelte ihn an. »Erzählen Sie mir jetzt schon wieder irgendeinen Scheiß?«

»Es ist die Wahrheit.«

»Wer's glaubt …«

»Möchten Sie die hier im kleinen Konferenzzimmer haben, Agent Decker?«

Brimmer und Decker drehten sich um und sahen einen jungen uniformierten Beamten, der eine Sackkarre mit vier großen Kartons über den Flur rollte.

»Ja danke. Meine Kollegin ist bereits dort. Ich hole nur schnell Kaffee.«

Brimmer verfolgte ungläubig, wie der Mann mit der Sackkarre zum Konferenzzimmer ging.

»Dann stimmt es wirklich? Um welchen Fall geht es?«

»Meryl Hawkins.«

»Sagt mir nichts.«

»Das war lange vor Ihrer Zeit.«

»Moment, war das nicht der Typ, der neulich ermordet wurde?«

»Richtig.«

»Aber das ist ein aktueller Fall.«

»Stimmt. Aber der Grund, warum er umgebracht wurde, hat mit den vier Morden zu tun, die sich vor dreizehn Jahren hier ereignet haben.«

»Woher wollen Sie das wissen?«

»Ich habe damals in dem Fall ermittelt.«

»Vier Morde? Wer war der Täter?«

»Tja, wenn ich das wüsste.«

Er ging zum Pausenraum, um den Kaffee zu holen. Doch statt des Automaten gab es nun eine Kaffeemaschine. Die Zeiten änderten sich, manchmal tatsächlich zum Besseren. Decker machte zwei Tassen Kaffee und wollte zum Konferenzzimmer zurück, als der Fernseher an der Wand seine Aufmerksamkeit auf sich zog.

Im lokalen Sender begann gerade der Wetterbericht. Für heute Nachmittag wurden Wind und Regen vorhergesagt.

Als Decker es hörte, machte etwas in ihm klick.

Regen.

10

»Was tun wir hier, Decker?«, fragte Jamison. »Du hast noch kein Wort gesagt.« Im Flüsterton fügte sie hinzu: »Wie immer.«

Decker schien sie gar nicht zu hören. Er ließ den Blick durch das Wohnzimmer der Richards schweifen und konzentrierte sich vor allem auf den Fußboden. In Gedanken kehrte er zu jener schicksalhaften Nacht zurück und verglich das, was er damals vorgefunden hatte, mit dem, was er jetzt vor sich sah.

Es stimmte fast völlig überein.

»Regen.«

»Was?« Jamison sah ihn verwirrt an.

»In der Mordnacht hat es geschüttet. Es fing kurz nach sechs an, und es goss immer noch, als Lancaster und ich herkamen. Ein Mordsgewitter.«

»Ja, der Anwalt hat es erwähnt. Und?«

Decker deutete auf den Boden. »Da waren keine Schuhabdrücke im Haus, außer denen der Kollegen, die vor uns da waren. Kein Dreck, nichts. Mary, ich und die Kriminaltechniker haben Überschuhe angezogen, bevor wir reingingen.«

»Dann stellt sich die Frage, wie es sein kann, dass der Killer, der ja ins Haus kam, nachdem es zu regnen begonnen hatte, keine feuchten Abdrücke hinterlassen hat.« Jamison stockte einen Augenblick. »Und das fällt dir erst jetzt auf?«

Decker schwieg. Wieder schweifte sein Blick durchs Zimmer.

»Decker, ich hab dich gefragt …«

»Ich weiß, was du gefragt hast, Alex«, sagte er unwirsch.

Sein scharfer Tonfall ließ sie verstummen.

Ohne ihren Blick zu erwidern, sagte Decker: »Ich habe den Fingerabdruck und die Blutspuren am Lichtschalter im Wohnzimmer gefunden. Wir haben den Abdruck durch die Datenbanken laufen lassen, und es kam eine Übereinstimmung mit Hawkins heraus.«

»Warum war er in einer Datenbank? Das stand nicht in Fingers Akten. Du hast gesagt, er sei nie zuvor mit dem Gesetz in Konflikt gekommen.«

»Er war bei einer Firma, die fallweise für das Verteidigungsministerium gearbeitet hat. Deshalb musste er sich einem Background-Check unterziehen und sich die Fingerabdrücke abnehmen lassen.«

»Und von da an …«

»War Hawkins unser Hauptverdächtiger. Er war im Grunde auch der einzige.«

»Wie lange hat das damals alles gedauert?«

»Das Ergebnis der Fingerabdruckanalyse kam um ein Uhr nachts. Wir sind sofort zu Hawkins gefahren. Er war nicht zu Hause, nur seine Frau und seine Tochter. Sie hatten keine Ahnung, wo er war.«

»Wo habt ihr ihn gefunden?«

»Wir haben nach ihm gefahndet. Zwei Kollegen, die mit ihrem Streifenwagen im Ostteil der Stadt unterwegs waren, haben ihn auf der Straße gesehen. Sie haben ihn wegen Mordverdachts festgenommen und aufs Revier gebracht. Lancaster und ich sind sofort hingekommen.«

»Er war zu Fuß unterwegs? Hatte er kein Auto?«

»Doch. Eine alte Kiste, die vor dem Haus stand, als wir hinkamen. Wie sich herausstellte, war es das einzige Auto der Familie. Bei dem Regen und den kühlen Temperaturen ließ sich nicht mehr feststellen, ob der Wagen in der Nacht benutzt worden war. Es lag aber auch schon Stunden zurück, seit die Morde verübt worden waren. Der Motor wäre so oder so nicht mehr warm gewesen. Später sagten uns Nachbarn, der Wagen habe den ganzen Tag und die ganze Nacht vor dem Haus gestanden. Trotzdem haben wir das Fahrzeug und die Reifen auf Spuren überprüft, die darauf hindeuteten, dass Hawkins damit beim Haus der Richards war, obwohl der Regen wahrscheinlich alles weggewaschen hätte. Wir hatten keinen Durchsuchungsbeschluss, darum konnten wir nicht sofort ins Haus.«

»Wie hat Hawkins auf die Vorwürfe reagiert?«

In Deckers Erinnerung betrat er mit Lancaster das Vernehmungszimmer, in dem sie auch Susan Richards befragt hatten. Dieselben senfgelben Wände. Auf dem Stuhl hatte auch damals ein Verdächtiger gesessen. Wie ein gehetztes Tier, das nach einem Fluchtweg suchte.

»Er kannte seine Rechte, wollte einen Anwalt. Wir sagten ihm, man kümmere sich bereits darum, ihm einen Rechtsvertreter zuzuteilen, aber wenn er uns ein paar Fragen beantworten wolle, könnte es dazu beitragen, ihn als Verdächtigen auszuschließen. Wenn nicht, sei es auch in Ordnung. Wir mussten uns rechtlich absichern.«

»Habt ihr ihm gesagt, dass man seine Fingerabdrücke am Tatort gefunden hatte?«

»Nein. Das behielten wir noch für uns, um uns die Chance zu bewahren, ihn in eine Falle zu locken. Bis dahin hatten wir auch schon einen Durchsuchungsbeschluss. Ein Team war bereits dabei, sein Haus und das Auto auf den Kopf zu stellen und nach weiteren Spuren und der Tatwaffe zu suchen. Wie du weißt, wurde die Pistole in einem Versteck im Wandschrank gefunden.«

»Das heißt, er müsste nach der Tat zu Hause gewesen sein und die Waffe versteckt haben. Seine Frau und seine Tochter wussten nichts davon?«

»Lisa Hawkins war wirklich schwer krank und hat in einem anderen Zimmer geschlafen. Die Tochter, Mitzi, öffnete die Tür in Unterwäsche. Sie sah furchtbar aus, war high wie nur was, und konnte uns rein gar nichts sagen. Dann gingen wir zu Mrs. Hawkins ins Zimmer – sie konnte nicht einmal mehr aufstehen.«

»Verdammt«, sagte Jamison kopfschüttelnd. »Dass sie sich in ihrem Zustand auch noch mit so was beschäftigen musste.«

»Natürlich war sie beunruhigt, wollte wissen, was los war, hat aber nur wirres Zeug geredet. Wahrscheinlich hat sie gar nicht verstanden, was wir wollten. Und ihre zugedröhnte Tochter ebenso wenig. Hawkins hätte mit seinem Wagen durch die Haustür fahren können, und sie hätten es kaum bemerkt.«

»Hat Hawkins irgendwelche Fragen beantwortet?«

»Die uniformierten Kollegen haben ihm nur gesagt, weshalb sie ihn festnahmen, aber keine Details. Ich habe ihn dann damit konfrontiert, was sich zugetragen hat.«

»Wie hat er reagiert?«

Deckers Erinnerung war nun glasklar. Er war nicht mehr im Haus der Richards, sondern im Vernehmungszimmer. Neben ihm saß Mary Lancaster, ihm gegenüber Hawkins. Der Mann war groß und hager, aber kräftig gebaut, bevor der Krebs seinen Körper zerfraß. Sein Gesicht war auf eine raue Art ansehnlich, und er hatte die schwieligen Hände eines Arbeiters. Es war nicht schwer vorstellbar, dass diese Hände ein Mädchen erdrosseln konnten.

»Mr. Hawkins, während wir auf Ihren Anwalt warten, könnten wir zusammen ein paar Punkte klären«, begann Decker. »Sie würden uns damit sehr helfen, aber Sie haben natürlich das Recht, die Aussage zu verweigern, nur damit das klar ist.«

Hawkins verschränkte die Arme vor der Brust. »Was wollen Sie wissen?«

»Wo waren Sie gestern Abend zwischen sieben und halb zehn?«

Hawkins kratzte sich an der Wange. »Da hab ich einen Spaziergang gemacht. Den ganzen Abend. Auch als Ihre Jungs mich festgenommen haben. Es gibt kein Gesetz, das Spazierengehen verbietet.«

»Im strömenden Regen?«

Hawkins fasste sich an seine nasse Kleidung. »Das beweist, dass ich die Wahrheit sage. Als sie mich festnahmen, war ich draußen auf der Straße. Ich schwör's.«

»Welche Route sind Sie gegangen?«

»Kreuz und quer. Ich musste nachdenken.«

»Worüber?«

»Das ist nicht Ihre Baustelle.« Er hielt einen Augenblick inne. »Moment mal, die haben mir nicht einmal gesagt, wer ermordet wurde.«

Lancaster sagte es ihm. Auch, wo es passiert war.

»Scheiße, Mann, diese Leute kenne ich gar nicht.«

»Sie waren also nie dort?«, hakte Decker nach.

»Nie. Warum auch?«

»Ist Ihnen auf Ihrem Spaziergang jemand begegnet, der Ihre Angaben bestätigen kann?«

»Nee. Es hat gegossen wie aus Kübeln. Niemand außer mir war so dumm, draußen rumzurennen.«

»Waren Sie schon mal im American Grill in der Franklin Street?«, fragte Lancaster.

»Ich gehe nicht oft essen. Kann ich mir nicht leisten.«

»Sind Sie dem Besitzer des Lokals schon mal begegnet?«

»Wer soll das sein?«

»David Katz.«

»Nie von ihm gehört.«

Lancaster beschrieb ihm den Mann.

»Nee, sagt mir nichts.«

Ken Finger, damals noch viel schlanker, kam herein, um die Verteidigung des Verdächtigen zu übernehmen. Wenig später wurde Hawkins aufgefordert, den Mund zu öffnen und sich auf Anordnung des Gerichts durch einen Wangenabstrich eine DNA-Probe entnehmen zu lassen.

Hawkins fragte, was mit der Probe passieren würde.

Decker drehte sich noch einmal um, bevor er hinausging.

»Das ist nicht Ihre Baustelle.«

Decker schaute zu Jamison, nachdem er das Gespräch mit Hawkins wiedergegeben hatte. »Etwas später, am Vormittag, fand das Suchteam die Pistole in Hawkins' Schrank«, fuhr er fort. »Die ballistische Überprüfung ergab, dass es sich um die Tatwaffe handelte.«

»Und die DNA vom Wangenabstrich?«

»Es dauerte eine Weile, bis das Ergebnis kam, aber die DNA stimmte mit derjenigen der Hautfetzen überein, die man unter Abigail Richards' Fingernägeln gefunden hatte.«

»Und damit war der Fall so gut wie abgeschlossen.«

»So hat es jedenfalls ausgesehen.« Wieder schaute Decker auf den Fußboden. »Nur dass es keine feuchten Schuhabdrücke gab.«

»Vielleicht hatte er ein zweites Paar Schuhe und Socken dabei. Er könnte die dreckigen Schuhe ausgezogen und draußen gelassen haben und mit den sauberen reingegangen sein.«

Decker schüttelte den Kopf. »Nein.«

»Warum nicht?«

»Sieh dir die Veranda an.«

Jamison trat ans Fenster und schaute auf die offene Veranda hinaus.

»Mary und ich waren klatschnass, als wir ins Haus gingen«, erklärte Decker. »Die Veranda bietet kaum Schutz vor dem Regen. Ich kann mir auch nicht vorstellen, dass Hawkins so vorausschauend war, saubere Schuhe und Socken mitzunehmen und dass er sich die Zeit genommen hat, beides zu wechseln, bevor er in ein Haus einbricht, in dem sich mehrere Leute aufhalten. Es hätte jederzeit jemand aus dem Fenster schauen und ihn sehen können. Außerdem hätte er auch frische Kleidung und einen Haartrockner dabeihaben müssen, um keine feuchten Spuren im Haus zu hinterlassen.«

»Gibt es irgendeinen anderen Weg ins Haus, den er benutzt haben kann?«

»Ja, aber das ändert nichts an unserem Problem. Auch in diesem Fall hätte es Spuren geben müssen.«

»Er könnte sie weggewischt haben, bevor er ging.«

»Nachdem er vier Menschen ermordet hat, soll er sich die Zeit zum Aufwischen genommen haben? Und das in allen Zimmern, die er betreten hat, um die vier Leute umzubringen? Und dann ist da noch der Teppich. Glaubst du, er hatte einen Dampfreiniger dabei, um jedes bisschen Dreck zu entfernen?«

»Dir ist klar, was das bedeutet, Decker?«, sagte Jamison.

Er schaute zu ihr. »Ja – dass Hawkins recht hatte und ich unrecht. Er war unschuldig. Ich habe ihn ins Gefängnis gebracht, und jetzt ist er tot.«

»Das war nicht deine Schuld.«

Decker schüttelte den Kopf. »Schön wär's.«

11

Es gab kaum einen kälteren Ort auf der Welt als ein Leichenschauhaus.

Jedenfalls hatte Decker diesen Eindruck, als er auf den Leichnam von Meryl Hawkins auf dem Stahltisch hinunterschaute. Der Gerichtsmediziner hatte das Tuch weggezogen, sodass Hawkins' ausgezehrter Körper vollständig entblößt war. Decker stand zwischen Jamison und Lancaster.

»Wie gesagt«, begann der Gerichtsmediziner, »die Todesursache war ein kleinkalibriges Bleispitz- oder Dumdumgeschoss. Nach dem Eintritt in den Schädel hat es sich deformiert und dadurch verheerenden Schaden angerichtet, was ja auch der Zweck dieser Projektile ist.« Er deutete auf das Gehirn des Mannes, das auf einem anderen Tisch lag. »Sie sehen selbst, welche Konsequenzen das hatte. Hawkins muss auf der Stelle tot gewesen sein. Die Kugel befand sich noch im Gehirn. Zersplittert. Deshalb kann ich keine genaueren Angaben zum Kaliber machen.«

»Heißt das, eine ballistische Überprüfung ist unmöglich, selbst wenn wir eine Pistole finden, die als Tatwaffe infrage kommt?«

»So sieht's aus. Die Metallsplitter haben sich im gesamten Gehirn verteilt. Sie können sich das wie eine Bombenexplosion vorstellen. Es sind keine Rillen vom Lauf mehr erkennbar, die man mit denen auf einer Kugel aus einer möglichen Tatwaffe vergleichen könnte.« Er stockte kurz, ehe er hinzufügte: »Es waren außerdem Spuren von Schaumstoff und Mikrokügelchen in der Wunde und dem Hirngewebe.«

»Was?«, fragte Jamison verwirrt.

Es war Decker, der den Sachverhalt aufklärte. »Der Mörder hat ein Kissen benutzt, um den Schuss zu dämpfen.«

»Die Billigausgabe eines Schalldämpfers«, fügte Lancaster hinzu. »Die Schmauchspuren auf der Stirn wären noch ausgeprägter, hätte der Täter das Kissen nicht benutzt. Es war beinahe eine Kontaktwunde.«

»Der Mörder muss das Kissen mitgenommen haben«, fügte Decker hinzu. »Am Tatort war es jedenfalls nicht mehr.«

Er deutete auf die Unterarme des Mannes. »Hier hatte er damals Kratzspuren. Wir hatten angenommen, dass sie von Abigail Richards stammten, als sie sich gewehrt hat.«

Lancaster griff den Faden auf. »Ja, stimmt. Irgendwann nach der Festnahme fielen uns die Wunden an seinen Armen auf. Hawkins sagte, er sei gestürzt und habe sich die Haut aufgeschürft. Er hatte die Wunden gereinigt und verbunden, bevor er festgenommen wurde. Auf diese Weise hätte er Abigails DNA abgewaschen, falls sie dort zu finden gewesen wäre. Dafür haben wir *seine* DNA unter ihren Fingernägeln gefunden.«

»Und damit schien der Fall klar zu sein«, meinte Jamison. »Seine DNA wurde am Tatort gefunden, an einem der Opfer, also war er dort. Es sprach einfach alles gegen ihn.«

»Ja«, bestätigte Decker. »Dagegen wiederum spricht allerdings die Beteuerung eines sterbenden Mannes, er sei unschuldig. Und jetzt ist er tot.«

»Wäre es denkbar, dass Hawkins die Morde *doch* begangen hat, aber nicht allein?«, stellte Lancaster in den Raum. »Dass er einen Komplizen hatte, der ihn nun umgebracht hat, damit Hawkins ihn nicht mehr verpfeifen kann?«

»Jetzt, wo Hawkins sowieso nicht mehr lange zu leben hatte? Ich weiß nicht«, entgegnete Decker skeptisch. »Außerdem sollte man meinen, dass Hawkins gegen einen Komplizen ausgesagt hätte, um einen Deal herauszuschlagen. Und da ist noch etwas.« Er erzählte Lancaster von dem Problem mit dem Unwetter in der Tatnacht. »Wir hätten am Tatort Regen- und Schmutzspuren finden müssen. Aber da war nichts.«

Lancaster war einen Moment lang sprachlos. »Darauf bin ich überhaupt nicht gekommen«, sagte sie dann stockend.

»Ich auch nicht … bis jetzt.«

»Mist, verdammter.«

»Ja.«

»Was ist das da auf seinem Unterarm?«, wollte Jamison wissen.

Der Gerichtsmediziner, ein kleiner, schütter behaarter Mann in den Fünfzigern, zog eine Lampe mit langem Flexarm zu sich, schaltete sie ein und richtete sie auf die Stelle.

»Das ist mir auch aufgefallen«, sagte er. »Sehen wir's uns genauer an.«

Die Flecken auf Hawkins' Arm waren schwarz, dunkelgrün und braun. Bei flüchtiger Betrachtung hätte man sie für kleine Blutergüsse halten können. Doch es war etwas anderes. Als sie die Stellen im hellen Licht begutachteten, wurde schnell klar, worum es sich handelte.

»Das ist eine Tätowierung«, meinte Decker verwundert. »Oder mehrere.«

»Das war auch mein Verdacht«, bestätigte der Gerichtsmediziner. »Aber sie sind nicht gut gemacht. Meine Tochter hat eine Tätowierung, die viel hübscher aussieht als das hier.«

»Das liegt daran, dass die hier im Gefängnis angefertigt wurden«, erklärte Decker. »Mit ziemlich grobem Werkzeug und irgendeinem Material, das als Tinte benutzt wurde.«

»Woher weißt du, dass er sie nicht schon hatte, bevor er ins Gefängnis kam?«, wandte Jamison ein.

»Ich habe damals vor dreizehn Jahren seine Arme gesehen. Mehrmals. Da waren keine Tätowierungen.« Decker beugte sich hinunter und begutachtete die Haut aus der Nähe. »Sieht aus, als wären sie mit Büroklammern gemacht worden. Und als Farbe dürften sie Ruß mit Haarshampoo oder Zahnpasta verwendet haben. Damit tätowieren sie sich im Knast.«

»Ich wusste gar nicht, dass du Experte für Knacki-Tätowierungen bist.«

»Decker und ich haben im Lauf der Jahre jede Menge Gefängnisse besucht«, erklärte Lancaster. »Uns sind Dutzende von Häftlingen begegnet, die sich irgendwelche Sachen in die Haut haben ritzen lassen. Manches hat ziemlich cool ausgesehen, anderes potthässlich.«

Decker begutachtete die Tätowierung immer noch eingehend. »Das ist ein Spinnennetz.«

»Gefangen«, warf Lancaster ein.

»Was?«, fragte Jamison.

»Das Symbol für das Gefangensein im Knast«, erläuterte Decker.

»Und das hier sieht aus wie eine Träne.« Jamison deutete auf einen Fleck am Ellbogen.

Decker nickte. »Es *ist* eine Träne.«

»Was bedeutet sie?«

Lancaster und Decker wechselten einen kurzen Blick, dann sagte er in gedämpftem Ton: »Manchmal bedeutet es, dass der Betreffende im Gefängnis vergewaltigt wurde. Meistens wird die Träne aufs Gesicht tätowiert, wo jeder sie sehen kann.«

»Du liebe Zeit«, murmelte Jamison betroffen.

Decker schloss die Augen. Er spürte eine bleierne Übelkeit in sich aufsteigen.

Und ich habe dich da reingebracht, weil ich vielleicht nicht gründlich genug ermittelt habe.

Jamison sah, was in ihm vorging, und legte ihm die Hand auf den Arm. Er schlug die Augen auf und rückte abrupt von ihr weg. Ihm entging, wie gekränkt sie auf seine schroffe Geste reagierte.

Lancaster untersuchte die letzte Tätowierung neben der Träne. »Und das hier? So was hab ich noch nie gesehen.«

»Sieht aus wie ein Stern mit einem Pfeil mittendurch«, meinte Jamison und blickte zu Decker. »Hast du eine Ahnung, was es sein könnte?«

»Noch nicht.« Er wandte sich an den Gerichtsmediziner. »Wie weit fortgeschritten war seine Krebserkrankung?«

Der Mann zuckte mit den Achseln. »Sehr weit. Er hätte vielleicht noch ein paar Wochen gehabt. Es wundert mich, dass er überhaupt noch auf den Beinen sein konnte.«

»Er hat sich angeblich bei Straßendealern mit Medikamenten versorgt«, warf Jamison ein.

»Der Toxikologiebericht wird zeigen, was er genommen hat. Im Magen hatte er nichts, jedenfalls kein Essen. Wahrscheinlich hatte er keinen Appetit mehr. Aber er muss stark gewesen sein, dass er sich trotz der schweren Krankheit noch aufrecht halten konnte.«

»Vielleicht hat ihm der Wille, seine Unschuld zu beweisen, diese Kraft gegeben«, meinte Jamison.

»Haben Sie sonst noch etwas gefunden, das von Interesse für uns sein könnte?«, fragte Lancaster.

»Wenn Sie sich seine Kleidung ansehen wollen – die ist dort in diesen Beweisbeuteln.«

Lancaster blickte zu Decker. »Er hatte auch einen kleinen Seesack. Wir haben ihn auf dem Revier. Es ist nicht viel drin, aber vielleicht willst du mal reinschauen.«

Decker nickte, ohne den Blick von dem Leichnam zu wenden.

Drei Tätowierungen. Das Spinnennetz schien die älteste zu sein. Das würde passen: Als Hawkins ins Gefängnis gekommen war, musste er am Boden zerstört gewesen sein, falls er wirklich unschuldig war. Möglicherweise hatte er mit der Spinnennetz-Tätowierung seiner Verzweiflung Ausdruck verliehen. Die Träne kam wahrscheinlich kurz danach. Neue Häftlinge waren Freiwild im Knast.

Dann war da noch die Tätowierung, die sich nicht so leicht einordnen ließ. Decker musste herausfinden, was sie bedeutete. Sie schien jüngeren Datums zu sein. Es war daran zu erkennen, dass sie nicht so schrumpelig aussah wie die beiden anderen, bevor Hawkins stark abgenommen hatte und seine Arme dünner geworden waren. Bei dem Stern wirkte auch die Farbe noch ziemlich kräftig. Vielleicht hatte er das Tattoo erst kurz vor seiner Entlassung anfertigen lassen. In diesem Fall hatte es vielleicht eine besondere Bedeutung für ihn.

Nachdem Decker bereits das Fehlen von Dreckspuren im Haus übersehen hatte, durfte er sich keine Schnitzer mehr erlauben. Als Mordermittler bekam man nur selten eine zweite Chance.

Er würde sie nicht vermasseln.

Nicht noch einmal.

12

Viel war es nicht.

Zurück im Polizeihauptquartier, begutachtete Decker die wenigen Dinge, die sich in dem Seesack befunden hatten. Ein paar Kleidungsstücke, das Busticket für Hawkins' Fahrt vom Gefängnis nach Burlington, eine Brieftasche mit etwas Bargeld und die Papiere aus dem Knast, die Hawkins mit Zeichnungen versehen hatte.

Und dann war da noch ein abgegriffenes Taschenbuch von einem Autor, von dem Decker noch nie gehört hatte. Auf dem Cover war ein Mann abgebildet, der einer spärlich bekleideten Frau ein Messer an die Kehle hielt. Eine Szene wie aus einem Krimi aus den Fünfzigerjahren von Mickey Spillane.

In der Brieftasche befand sich ein Foto von Hawkins' Tochter Mitzi.

Ihr Nachname lautete jetzt Gardiner, wie Mary Lancaster herausgefunden hatte. Sie lebte in Trammel, Ohio, etwa zwei Autostunden von Burlington entfernt. Sie war Ende zwanzig gewesen, als ihr Vater seine Haftstrafe angetreten hatte. Lancaster hatte außerdem in Erfahrung gebracht, dass Mitzi verheiratet und Mutter eines sechsjährigen Jungen war.

Das Foto zeigte Mitzi in der Grundschulzeit. Hawkins hatte den Namen und das Alter seiner Tochter auf die Rückseite geschrieben. Darunter stand: *Daddy's Little Star.* Das erklärte möglicherweise die Stern-Tätowierung auf seinem Arm. Das Foto stammte offensichtlich aus glücklicheren Tagen der Familie

Hawkins. Mitzi sah aufgeweckt und fröhlich aus – so, wie alle Kinder in diesem Alter aussehen sollten.

Und dann war der Traum zerplatzt. Sie war drogenabhängig geworden und hatte ihre Sucht mit kleinen Delikten finanziert. Mehrmals war sie für kurze Zeit im Gefängnis gewesen, dazwischen auch auf Entzug. Von dem fröhlichen Mädchen, das eine glückliche Zukunft vor sich hatte, war nichts mehr übrig geblieben.

Aber wie es aussah, hatte sie ihr Leben doch noch in den Griff bekommen.

Freut mich ehrlich für dich, ging es Decker durch den Kopf. *Ich weiß, wie es ist, am Boden zu sein.*

Trotzdem würde er Mitzi nicht ersparen können, mit ihr über ihren Vater zu reden. Vielleicht hatte er sie angerufen, nachdem er aus dem Gefängnis entlassen worden war.

Lancaster kam ins Büro und blickte auf die Gegenstände auf dem Tisch.

»Nichts?«

Decker schüttelte den Kopf. »Bis auf eine Frage.«

»Lass hören.«

Lancaster setzte sich und schob sich einen Kaugummi in den Mund.

»Bleib beim Kaugummi und lass das Rauchen«, riet Decker.

Sie schürzte die Lippen. »Danke, *Dr.* Decker, ich werde mich bemühen. Also, wie lautet die Frage?«

»Wer hat damals angerufen?«

»Wovon redest du?«

»Wer hat damals kurz nach den Morden den Notruf verständigt?«

»Das konnten wir nicht feststellen, das weißt du doch.«

»Dann müssen wir es jetzt herausfinden.«

»Und wie?«, fragte sie ungläubig. »Es ist zu lange her.«

»Damals habe ich die Abschrift des Anrufs gelesen und mir auch die Aufnahme angehört. Es war anscheinend eine Frau. Sie hat angegeben, verdächtige Geräusche gehört zu haben. Wenig später waren die Cops dort, die dann uns kommen ließen, nachdem sie die Leichen gefunden hatten.«

»Ja, ja, das wissen wir alles.«

»Das Problem ist nur – wie kann ein Zeuge einen Vorfall melden, wenn nichts darauf hindeutet, dass er wirklich an Ort und Stelle war? Der Anruf kam von keinem Festnetztelefon in der Gegend. Auch nicht von einem Handy, das sich zurückverfolgen ließ. Woher also kam dieser Notruf?«

»Ich weiß, das hätte uns schon damals zu denken geben müssen. Deshalb sind wir davon ausgegangen, es sei jemand gewesen, der zufällig vorbeikam.«

»So ein Glück, dass genau im richtigen Moment jemand an dem Haus vorbeiging, das, wie wir wissen, in einer Sackgasse steht. Noch dazu bei monsunartigem Regen. Okay, wer könnte der oder die Betreffende gewesen sein? Wer könnte dort vorbeikommen, wenn er nicht in der Gegend wohnt?«

Lancaster überlegte einen Augenblick. »Als wir an den Tatort kamen, deuteten alle Spuren auf Hawkins hin, nachdem du den Fingerabdruck gefunden hattest.«

Decker nickte, auch wenn er sich nicht damit abfinden konnte, wie viel ihm damals entgangen war.

Was war ich für ein Idiot.

»Wir müssen den Fall noch mal Schritt für Schritt durchgehen«, sagte er. »Von Anfang an. Ohne davon auszugehen, dass Hawkins der Hauptverdächtige ist. Wir müssen völlig unvoreingenommen sein, für alle Möglichkeiten offen.«

»Decker, es ist dreizehn Jahre her.«

»Und wenn es dreizehnhundert Jahre wären – das spielt keine Rolle«, schnauzte er sie an. »Wir haben etwas gutzumachen.«

Sie musterte ihn einen langen Augenblick. »Du wirst nie darüber hinwegkommen, nicht wahr?«

»Ich weiß nicht, wovon du redest.«

»Das weißt du ganz genau.«

Decker starrte sie mürrisch an. »Du hilfst mir nur, wenn du dich zu hundert Prozent auf den Fall konzentrierst.«

»Okay. Aber vergiss nicht, dass ich auch noch andere Fälle zu bearbeiten habe. Und ich rede jetzt nicht nur von dem Mord an Hawkins.«

Deckers Miene verdüsterte sich. »Das hier *muss* Priorität haben, Mary. Wenn der Mann wirklich unschuldig war, haben wir sein Leben zerstört. Dann ist er wegen uns ins Gefängnis gegangen, wurde gedemütigt, vergewaltigt und später ermordet.«

»Es ist nicht unsere Schuld, dass er ermordet wurde«, hielt sie dagegen.

»Indirekt schon«, konterte Decker.

»Gibt's ein Problem?«

Sie blickten zu Jamison, die in der Tür stand.

Lancaster riss den Blick von Decker los. »Eine Diskussion unter ehemaligen Kollegen.« Sie wandte sich wieder an Decker. »Tut mir leid, Amos. Ich werde mich in den Fall reinhängen, so gut ich kann. Es ist nur so, dass ich verdammt viel um die Ohren habe.«

»Wer hat neulich gesagt, es sei toll, wieder zusammenzuarbeiten? Wie in alten Zeiten?«

»Die Zeit ist aber nicht stehen geblieben. Wir leben in der Gegenwart.« Sie stockte einen Augenblick, ehe sie hinzufügte: »*Ich* zumindest, weil mir gar nichts anderes übrig bleibt.«

Decker sah sie mit steinernem Blick an und schwieg.

»Sag mal, Decker«, warf Jamison ungeduldig ein, »hast du schon von Bogart gehört?«

»Hat er dich immer noch nicht angerufen?«

»Nein. Ist er denn einverstanden, dass wir hierbleiben und an dem Fall arbeiten?«

»Nein, ist er nicht. Darum solltest du deine Sachen packen und nach D. C. zurückkehren.«

»Wann hat er dir das gesagt?«

Decker schwieg.

»Decker?«

»Ist ’ne Weile her.«

»Und du hast es nicht der Mühe wert gefunden, es mir zu sagen?«

»Ich sage es dir jetzt. Wir sehen uns in D. C.«

»Heißt das, du bleibst hier? Das kannst du nicht machen!«

»Und wie ich kann.«

Er stapfte aus dem Büro.

Jamison blickte zu Lancaster, die auf ihrem Stuhl saß und bedächtig ihren Kaugummi kaute.

»Was ist bloß los mit ihm?«, fragte Jamison. »Wenn er sich der Anweisung widersetzt, ruiniert er seine Laufbahn beim FBI.«

Lancaster erhob sich. »Amos Decker hat eben seine eigenen Prioritäten. Die Karriere hat dabei nie ganz oben gestanden.«

»Ich weiß. Er will immer die Wahrheit herausfinden.«

Lancaster blickte zur Tür. »Ich glaube, er will auch ein Stück Frieden finden. Sein Job hilft ihm zu überleben, obwohl er mehr Schuld mit sich herumträgt, als ein einzelner Mensch tragen kann. Was mit Hawkins passiert ist, macht alles noch schlimmer, weil er sich jetzt auch daran die Schuld gibt. So ist er nun mal. Ich hätte Hawkins nicht sagen sollen, wo er Decker findet.« Sie legte die Hand auf Jamisons Schulter. »Hat mich gefreut, Sie zu sehen, Alex.«

Lancaster folgte Decker hinaus und ließ Jamison allein zurück.

13

Decker saß auf einer roten Parkbank in der Stadt, in der er geboren und aufgewachsen war.

Burlington, Ohio. Eine Stadt, die es, wie viele andere in der Region, nicht leicht gehabt hatte.

Der große Schock war vor einigen Jahrzehnten gekommen, als viele Fabriken dichtmachen mussten. Zwar hatte Burlington sich nach und nach erholt – bis die Rezession kam und die Stadt erneut durchschüttelte. Nun ging es langsam wieder aufwärts. Es war eine ständige Berg-und-Tal-Fahrt.

Decker fragte sich, wann der nächste Rückschlag kommen würde. Wahrscheinlich war es nur eine Frage der Zeit.

Jamison hatte ihm ein halbes Dutzend Nachrichten geschickt; er hatte auf keine geantwortet, auch wenn er deswegen ein schlechtes Gewissen hatte. Alex Jamison hatte mit dieser Sache nichts zu tun. Er musste allein damit fertigwerden.

Du wirst nie darüber hinwegkommen, nicht wahr?

Mary Lancasters Worte hatten ihn so hart getroffen wie die Pistolenkugel Hawkins' Gehirn.

Du wirst nie über ihren Tod hinwegkommen, oder, Amos? Wie solltest du auch? Es war deine Schuld.

Er erinnerte sich, schon einmal auf dieser Bank gesessen zu haben, so wie jetzt, wenn der Herbst im Tal des Ohio allzu schnell in den Winter überging. Damals hatte er sich als Privatdetektiv durchgeschlagen. Er hatte hier auf einen Mann und eine Frau gewartet, die unterwegs zu einer Bar waren, die längst dichtgemacht hatte. Der reiche Vater der Frau hatte ihn dafür bezahlt, den Betrüger, der ihr Herz erobert hatte, zu überzeugen, aus der Stadt zu verschwinden. Decker hatte den Auftrag erfolgreich erledigt. So schwer war es gar nicht gewesen, da der Kerl sich für viel schlauer und gerissener gehalten hatte, als er war. Er hatte nicht damit gerechnet, einem Riesen wie Amos Decker zu begegnen, der ihn mit wenigen überzeugenden Worten ausmanövrierte.

Die Wartezeit auf der Parkbank hatte Decker damals genutzt, um die Passanten zu beobachten und in seiner privaten Datenbank abzuspeichern. Früher hatte er diesen Vorgang mit einem Festplattenrekorder verglichen, der Unmengen an Daten aufnehmen konnte. Mittlerweile hatte er diesen Vergleich der Zeit angepasst.

Ich habe meine persönliche Cloud im Kopf, in der ich meine Daten speichere und aus der ich sie bei Bedarf abrufen kann.

Zwei junge Männer gingen vorbei, in einen heftigen Wortwechsel vertieft. Decker bemerkte die gekrümmten Finger des einen, in denen sich früher wahrscheinlich ein Säckchen Crack befunden hätte. Heute waren es vermutlich Opioid-Tabletten, die der Typ verscherbeln wollte. Der andere schien mit dem Preis nicht einverstanden zu sein. In der Hand hielt er ein paar Zwanzigdollarscheine, in der Gesäßtasche hatte er ein Fläschchen Naloxon. Für den Fall einer Überdosis, was nicht selten vorkam, hatten viele Drogenabhängige ein Wiederbelebungsmittel bei sich, damit ein Passant ihnen eine Dosis in die Nase sprühen konnte. So konnten sie überleben, um sich bei nächster Gelegenheit wieder an den Rand des Abgrunds zu begeben.

So war das Leben im einundzwanzigsten Jahrhundert.

Decker speicherte das Bild in seiner persönlichen Cloud ab und suchte weiter.

Sein Blick fiel auf eine Frau, die in den Parkplatz eines CrossFit-Studios einbog, an dessen Standort sich einst eine Tankstelle befunden hatte. In ihrer engen Trainingskleidung stieg sie aus, eine Tasche über der Schulter, den Blick auf ihr Smartphone geheftet. Decker schaute auf ihr Auto. Die Parkgenehmigung auf der vorderen Stoßstange verriet, wo sie wohnte. Ein potenzieller Übeltäter hätte leichtes Spiel, ihr zu Hause einen kleinen Besuch abzustatten.

Decker wollte sie darauf aufmerksam machen, die Parkgenehmigung irgendwo anders anzubringen, wo man sie nicht so leicht sah, und ihre Umgebung im Blick zu behalten, während sie die Einträge in den sozialen Medien studierte. Er tat es nicht, weil sie es wahrscheinlich als Belästigung empfinden und die Polizei rufen würde, wenn er sie ansprach.

Auch diese Szene wanderte in seine Datenbank, ohne bestimmten Grund, einfach, weil er es so gewohnt war.

Letztes Bild. Ein älteres Paar schlenderte Hand in Hand vorbei. Er sah ein bisschen jünger aus als sie, vielleicht Anfang achtzig. Ihre Hand zitterte, und eine Seite ihres Gesichts zuckte, während die andere schlaff war. Entweder litt sie an der Bell-Lähmung, oder sie hatte kürzlich einen Schlaganfall erlitten. Der Mann trug ein Hörgerät, und auf seiner Nase schien ein Melanom zu wuchern. Dennoch zogen sie ruhig und gelassen ihres Weges. Wahrscheinlich blieb ihnen nicht mehr viel an gemeinsamer Zeit, doch der Liebe tat das keinen Abbruch. So sollte es sein.

Diese Szene wollte Decker eigentlich nicht speichern, doch er konnte nicht anders. Allerdings verbannte er sie in einen entlegenen Winkel seines Gedächtnisses.

Nun, da Jamison fort war, war er wieder allein. In gewisser Weise war es ihm fast lieber so. Er war allein gewesen, nachdem man ihm seine Familie genommen hatte. Und er hatte überlebt.

Vielleicht war es besser so. Vielleicht war er einfach dafür geschaffen, sein Leben allein zu bestreiten. Irgendwie fühlte er sich wohler dabei.

Er konzentrierte sich wieder auf seine Aufgabe.

Meryl Hawkins. Decker hatte ungefähr eine Million Fragen, aber nicht annähernd so viele Antworten. Im Grunde war es sehr wenig, was er wirklich wusste. Doch er saß nicht auf dieser Bank, um auszuruhen oder seine Gedanken schweifen zu lassen.

Er hatte schon mit einer Witwe gesprochen, mit Susan Richards. Nun wartete er auf die andere.

Wenige Minuten später kam Rachel Katz vorbei. Sie und David hatten keine Kinder gehabt. Sie lebte allein in einer luxuriösen Dachgeschosswohnung in einem ehemaligen Fabrikgebäude. Decker hatte herausgefunden, dass sie immer noch als selbstständige Buchhalterin arbeitete. Außerdem besaß sie noch das American-Grill-Restaurant. Ihr Büro war nur fünf Gehminuten von ihrer Wohnung entfernt.

Mit ihren vierundvierzig Jahren war sie immer noch eine auffallend schöne Frau, groß, schlank und elegant. Ihr langes blondes Haar umspielte ihre Schultern, und sie bewegte sich so schwungvoll, als gehöre ihr die Welt – oder zumindest Burlington, Ohio.

Bekleidet war sie mit einem langen Rock und einer schwarzen Jacke über einer weißen Bluse. Dazu hatte sie kirschroten Lippenstift aufgelegt und ihre Fingernägel im gleichen Farbton lackiert. Ihre Aktentasche schlug im Gehen leicht gegen das Bein.

Katz ignorierte zwei Bauarbeiter, die ihr etwas nachriefen.

Decker wuchtete seinen massigen Körper von der Bank hoch und ging an die Arbeit.

Wie in alten Zeiten.

14

Sie musterte ihn einen Augenblick, und ein Ausdruck des Wiedererkennens huschte über ihr Gesicht, als er sie auf dem Bürgersteig ansprach.

»Ich kenne Sie von irgendwoher.«

»Amos Decker. Ich habe damals ermittelt, als Ihr Mann ermordet wurde.«

»Ja, stimmt.« Sie zog die Stirn in Falten. »Ich habe in den Nachrichten gehört, dass der Mann, der David umgebracht hat, tot aufgefunden wurde.«

»Ganz recht. Meryl Hawkins.«

Sie erschauderte. »Ich kann beim besten Willen nicht sagen, dass es mir leidtut. Aber hat er damals nicht lebenslänglich bekommen? Warum hat man ihn vorzeitig entlassen?«

»Weil er Krebs im Endstadium hatte.«

Sie zeigte keine Reaktion. »Und warum sind Sie hier?«

»Ich möchte Ihnen ein paar Fragen stellen.«

»Sind Sie denn noch bei der Polizei? Ich habe gehört, dass Sie von hier weggegangen sind.«

»Ich arbeite jetzt fürs FBI, bin aber immer noch Polizist des Bundesstaats Ohio.« Er zeigte ihr seinen Dienstausweis.

»In welcher Sache ermitteln Sie?«

»In dem Mord an Hawkins. Und dem Mord an Ihrem Mann und den anderen Opfern damals vor dreizehn Jahren.«

Sie schüttelte den Kopf, sah ihn verwirrt an. »Wir wissen doch, wer David und die Familie Richards umgebracht hat. Meryl Hawkins.«

»Wir müssen den Fall noch einmal untersuchen.«

»Warum?«

»Es gibt ein paar Ungereimtheiten, die geklärt werden müssen.«

»Welche Ungereimtheiten?«

»Können wir nicht irgendwohin gehen, wo wir in Ruhe reden können? Wir können natürlich auch aufs Revier fahren.«

Sie schaute zu einigen Passanten, die zu ihnen herübersahen. »Meine Wohnung ist gleich da drüben.«

Er folgte ihr ins Haus, das von einem Concierge betreut wurde, und sie fuhren mit dem Aufzug ins oberste Stockwerk.

»Ich wusste gar nicht, dass es in Burlington solche Häuser gibt«, meinte Decker, als sie den elegant gestalteten Flur durchquerten. »Zu meiner Zeit gab es so etwas noch nicht.«

»Das Haus ist erst vor einem Jahr fertig geworden. Ich arbeite mit der Firma zusammen, die es renoviert hat. Sie ist bereits mit zwei weiteren Gebäuden beschäftigt. Außerdem gehöre ich einem Konsortium an, das an verschiedenen Projekten in der Stadt beteiligt ist – Wohnhäuser, Geschäfte, Restaurants. Wir haben große Pläne für Burlington.«

»Also geht es mit der hiesigen Wirtschaft bergauf?«

»Wir tun alles dafür. Wir wollen Großunternehmen in die Stadt holen und rollen jedem von ihnen den roten Teppich aus. Zwei Fortune-1000-Unternehmen haben bereits Filialen in der Gegend eröffnet. In der Innenstadt hat sich ein Hightech-Start-up angesiedelt – das lockt junge, gut ausgebildete Leute an. Hier lebt es sich billiger als in Chicago. Auch ein neues Krankenhaus werden wir bekommen. Außerdem verhandeln wir derzeit mit einem der großen Zulieferer für Chrysler, Ford und General Motors in Detroit über den Bau einer neuen Fabrik im Norden der Stadt.

Das wiederum schafft Bedarf für neue Wohnungen, Läden und Restaurants für die zukünftigen Bewohner. Ja, man kann sagen, die Dinge entwickeln sich.«

Decker war beeindruckt. »Alle Achtung.«

Sie betraten die Wohnung. Sie war offen und weiträumig gestaltet und mit riesigen Fenstern ausgestattet. Mittels einer Fernbedienung fuhr Katz die Rollläden hoch, um das schwindende Licht der Abenddämmerung ins Innere zu lassen.

»Schicke Wohnung«, meinte Decker und betrachtete die teuren architektonischen Details – die Holzbalken und restaurierten Ziegelwände, die Schieferplattenböden, die luxuriöse Kücheneinrichtung und die Öl- und Acrylgemälde an den Wänden. Mehrere großzügig gestaltete Sitzbereiche sorgten dafür, dass die weitläufigen Räume nicht allzu leer und steril wirkten.

»Die Wohnung wurde im *Luxe* vorgestellt, einem führenden Designmagazin«, fügte Katz hinzu, als Decker sie verständnislos ansah. »Das *Luxe* richtet sich an eine wohlhabendere Leserschaft.« Sie hielt inne. »Sorry, wenn das abgehoben klingt.«

»Kein Problem. Ich lerne gern dazu. Ich kenne mich in solchen Dingen kaum aus, denn reich war ich nie.«

»Ich bin auch nicht mit dem silbernen Löffel im Mund geboren. Als Wirtschaftsprüferin arbeite ich ungefähr hundert Stunden die Woche.«

»Dann müssen Sie heute aber sehr früh aufgestanden sein. Es ist noch nicht mal fünf Uhr. Ich hatte mich darauf eingestellt, länger auf Sie warten zu müssen.«

»Mein Arbeitstag ist noch lange nicht vorbei. In zwei Stunden habe ich ein Kundengespräch im Büro. Danach muss ich auf eine Veranstaltung. Ich wollte in meiner Pause eigentlich ein paar Dinge im Haushalt erledigen, deshalb wäre es mir recht, wenn wir zur Sache kommen könnten.«

Sie setzte sich auf eine Couch und deutete auffordernd auf einen Stuhl ihr gegenüber. »Also«, begann sie, nachdem Decker Platz genommen hatte. »Was waren das für Ungereimtheiten, die Sie erwähnt haben?«

»Leider kann ich nicht über Einzelheiten sprechen, da es sich um laufende Ermittlungen handelt. Nur so viel: Meryl Hawkins ist nach seiner Entlassung in die Stadt gekommen. Er wollte, dass die Polizei den Fall noch einmal aufrollt.«

»Wieso?«

»Er behauptet, unschuldig zu sein.«

Katz verzog angewidert das Gesicht. »Das Wort eines vierfachen Mörders genügt Ihnen, um die Ermittlungen wiederaufzunehmen? Das ist nicht Ihr Ernst, oder?«

»Nicht nur sein Wort. Es gibt, wie gesagt, ein paar offene Fragen, die nie geklärt wurden.«

»Über die Sie aber nicht sprechen können. Was wollen Sie dann von mir?«, fragte sie schroff.

»Können Sie mir sagen, warum Ihr Mann an dem Abend dort war?«

»Herrgott, das habe ich damals doch schon alles gesagt.«

»Ich werde Sie nicht lange aufhalten. Vielleicht fällt Ihnen ja etwas ein, das Sie damals vergessen hatten.«

Katz stieß einen ungeduldigen Seufzer aus, verschränkte die Arme und schlug die Beine übereinander. »Es ist so lange her.«

»Sagen Sie mir einfach, was Ihnen einfällt.«

»Don Richards war Kreditberater, deshalb hat David ihn gut gekannt. Er hat uns damals den Kredit für die Eröffnung des American Grill verschafft. Mein Mann war sehr ehrgeizig – eine der Eigenschaften, die mir an ihm gefallen haben. Er wollte reich werden, der Stadt aber auch etwas zurückgeben. Eine gute Einstellung, finde ich.«

»Wann haben Sie sich kennengelernt?«

»Kurz nach der Eröffnung des American Grill.« Ihr Blick schweifte in die Ferne, und ein Lächeln huschte über ihr Gesicht. »Es war ein Blind Date. Wir waren beide so beschäftigt, dass wir kaum Zeit hatten, Leute kennenzulernen. Es hat sofort gefunkt. Sechs Monate später haben wir geheiratet.«

»Und das Restaurant gehört Ihnen immer noch?«

»Ja. Es gehörte uns beiden, David und mir. Ich habe es weitergeführt, nachdem Hawkins ihn *ermordet* hatte.«

»Ist es gut gelaufen mit dem American Grill?«

»Wir hatten gute und schlechte Jahre. Zurzeit läuft es ganz passabel.«

»Hat Ihr Mann damals Don Richards nur besucht, um ein bisschen zu reden? Oder ging es um etwas Geschäftliches?«

»Ich weiß es nicht, das habe ich doch schon gesagt. Ich wusste nicht mal, dass David zu ihm gegangen war. Vielleicht haben sie über irgendein Projekt gesprochen. David hatte damals mehrere Dinge am Laufen, und Don war sein wichtigster Ansprechpartner in der Bank. Aber weshalb er deshalb privat zu Don gegangen ist, kann ich Ihnen auch nicht sagen.« In eisigem Ton fügte sie hinzu: »Wie Sie wissen, ist David nicht mehr nach Hause gekommen, also konnte er mir nicht mehr sagen, worum es ging. Damals dachte ich, wir würden unser ganzes Leben zusammen verbringen. Nun, es kam anders.«

»Hatte Ihr Mann sich mit Mr. Richards angefreundet? Haben Sie sich manchmal mit seiner Frau getroffen?«

»Nein, überhaupt nicht. Sie hatten Kinder, wir nicht. Und sie waren älter als wir. David und ich haben fast nur für die Arbeit gelebt. Zeit für Freunde hatten wir kaum.«

»Und Sie haben auch an dem Abend gearbeitet?«

»Ich hatte gerade mein Wirtschaftsprüfungsbüro eröffnet, was mit vielen langen Abenden im Büro verbunden war. So auch an diesem Abend.« Sie zog die Stirn in Falten. »Bis der Anruf von der Polizei kam. Ich konnte es nicht glauben. Zuerst hielt ich es für einen geschmacklosen Scherz.« Sie blickte zu Decker auf. »Ich musste seinen Leichnam identifizieren. Mussten Sie so etwas auch mal? Jemanden identifizieren, den Sie geliebt haben?«

»Das muss hart für Sie gewesen sein«, sagte Decker leise, ohne auf ihre Frage einzugehen.

Sie sah ihn einen Moment lang an, ehe es ihr dämmerte. »O Gott, tut mir leid. Ihnen ist das ja auch passiert. Ihre Familie. Jetzt erinnere ich mich wieder. Es war ja in den Nachrichten.«

»Das ist jetzt nicht wichtig«, sagte Decker ausweichend. »Also, die Brieftasche und die Armbanduhr Ihres Mannes waren verschwunden. Und ein Goldring mit eingelegten Diamanten.«

Sie nickte. »Den Ring habe ich ihm geschenkt. Zu seinem, wie sich herausstellte, *letzten* Geburtstag«, fügte sie kalt hinzu.

»Können Sie sich an irgendetwas erinnern, das mir weiterhelfen könnte?«

»Weiterhelfen? Wieso? Wie könnte ich Ihnen helfen?«, erwiderte sie schroff. »Meryl Hawkins hat meinen Mann umgebracht. Wir wollten eine Familie gründen, Kinder haben. Wir haben sogar überlegt, nach Chicago zu gehen. In einer Stadt wie Burlington stößt man schnell an seine Grenzen.«

»Warum sind Sie dann noch hier?«, fragte Decker genauso unverblümt.

»Ich … mein Mann ist hier begraben.«

Decker nickte. »Ich verstehe.«

Sie erhob sich von der Couch. »Ich muss jetzt weitermachen. Wenn das alles war …?«

Decker stand ebenfalls auf. »Danke für Ihre Zeit.«

»Ich würde Ihnen ja gern viel Glück für Ihre Ermittlungen

wünschen, aber das wäre eine Lüge. Ich bin froh, dass dieser Hawkins tot ist.«

»Eine Frage noch. Können Sie mir sagen, wo Sie in der Nacht waren, als Hawkins umgebracht wurde? Zwischen elf Uhr und Mitternacht?«

Sie wurde blass. »Glauben Sie allen Ernstes, ich hätte etwas mit seinem Tod zu tun?«

»Ich weiß es nicht, deshalb frage ich ja. Wenn Sie ein Alibi haben, sagen Sie es mir bitte. Die Polizei wird Sie sonst noch einmal danach fragen.«

»Wieso? Warum sollte ich überhaupt ein Alibi brauchen?«

»Weil Hawkins wieder in der Stadt war und Sie überzeugt sind, dass er Ihren Mann getötet hat. Falls es Sie beruhigt – wir haben auch Susan Richards gefragt.«

»Und hatte *sie* ein Alibi?«

Decker schwieg.

»Also gut. Wann war das noch mal?«, fragte sie sichtlich verärgert. »Wann ist dieser Hawkins gestorben?«

Er sagte es ihr.

Sie wippte auf den Zehenballen vor und zurück. »Da müsste ich in meinem Terminplaner nachsehen. Ich habe so viel um die Ohren, dass ich oft nicht mehr weiß, was ich vor einer Stunde getan habe.«

»Lassen Sie es mich wissen.« Als er zur Tür ging, rief sie ihm nach.

»Warum tun Sie das?«

Decker drehte sich um, die Hand am Türgriff. »Es gibt schon genug Schuldige auf der Welt. Wir müssen nicht auch noch Unschuldige verurteilen.«

»Halten Sie Hawkins wirklich für unschuldig?«, fragte sie skeptisch.

»Ich weiß es nicht. Deshalb will ich es herausfinden.«

»Aber die Sache liegt Jahre zurück. Erinnerungen verblassen mit der Zeit.«

»Ach, wissen Sie …« Decker zögerte einen Augenblick. »Dieses Problem habe ich nicht.«

15

Irgendwann ging er ran. Es ließ sich nicht mehr vermeiden. Es war eine Weile her, seit sie die Stadt verlassen hatte.

»Hallo, Alex.«

»Wurde aber auch Zeit«, blaffte sie.

»Ich hatte viel zu tun.«

»Ich auch. Das Team hat einen Fall in New Hampshire zu bearbeiten. Der Flieger geht in einer Stunde.«

»Dann wünsche ich euch viel Glück.«

»Bogart ist gar nicht happy.«

Decker seufzte. »Ich kann verstehen, wenn er sauer auf mich ist.«

»Ich wollte dich fragen, ob du nicht nach New Hampshire nachkommen willst. Ich habe Flüge gecheckt. Es gäbe einen in Cleveland, mit Zwischenstopp in Newark.«

»Ich kann hier nicht weg, Alex. Ich muss mit diesem Fall weitermachen.«

»Dann solltest du dich mit deinen alten Freunden bei der Polizei gut stellen. Ich weiß nicht, ob du noch einen Job beim FBI hast, wenn du zurückkommst.«

»Tja, warten wir's ab.«

»Niemand will, dass es so weit kommt, Amos. Ich hoffe, du weißt das.«

»Na klar.«

»Viel Glück.«

Sie trennte die Verbindung. Decker legte das Handy weg und starrte es einen langen Augenblick an. Plötzlich hatte er Hunger.

Und er wusste genau, worauf.

*

Das Lokal war nur zu einem Viertel voll, obwohl bereits Abendessenszeit war. Auf dem Spaziergang hierher waren Decker mehrere neu eröffnete Gaststätten aufgefallen. Vielleicht nahmen sie dem American Grill das Geschäft weg.

Er wurde zu einem Tisch geführt und setzte sich. Nach einem kurzen Blick auf die Speisekarte schaute er sich im Lokal um.

Die Kellnerinnen und Kellner gingen zwischen den Tischen umher. Andere standen herum und schwatzten.

Sein Blick schweifte über einen Tisch hinweg und kehrte gleich wieder zu ihm zurück. Seine Aufmerksamkeit richtete sich auf das Paar an dem Tisch. Der Mann war Earl Lancaster, Marys Ehemann. Er war mit einer Frau hier, aber nicht mit *seiner* Frau. Earl hatte als Bauarbeiter begonnen und sich irgendwann selbstständig gemacht. Er hatte die Statur eines Mannes, der von seiner Muskelkraft lebte. Er war über eins achtzig groß, hatte einen militärischen Kurzhaarschnitt, dicke Arme und eine breite Brust. Bekleidet war er mit einem langärmeligen weißen Hemd und Jeans. Seine Begleiterin war Anfang vierzig, schlank, hatte langes braunes Haar, grüne Augen und ein anziehendes Lächeln, während sie Earl mit liebevollem Blick ansah.

Earl schaute kurz zur Seite und zuckte zusammen, als er bemerkte, dass Decker ihn beobachtete. Er raunte der Frau etwas zu, stand auf und kam zu Deckers Tisch. Die Frau ließ ihn keine Sekunde aus den Augen.

Earl setzte sich ihm gegenüber.

»Ich habe gehört, dass du in der Stadt bist, Amos. Mary hat es mir gesagt.«

»Wirklich?« Decker ließ den Blick noch einen Moment lang auf der Frau ruhen, ehe er sich an Earl wandte.

Dem schien die Situation mit einem Mal peinlich zu sein. Er legte seine breiten Hände auf den Tisch und starrte auf sie hinunter.

»Du fragst dich wahrscheinlich, was los ist.«

»Stimmt. Obwohl es mich nichts angeht.«

»Es ist so: Mary und ich … wir trennen uns.«

»Wirklich? Das tut mir leid. Und wer ist deine Freundin da drüben am Tisch?«

Earl blickte auf. »Ich weiß, was du jetzt denkst.«

»Das glaube ich nicht.«

»Es ist von Mary ausgegangen, Amos. Es war nicht meine Idee. Aber das Leben geht weiter.«

»Was ist mit Sandy?«

»Wir teilen uns das Sorgerecht, aber sie wird mehr bei mir sein. Marys Arbeitszeiten sind einfach zu unregelmäßig.«

»Ist sie damit einverstanden?«

»Sie hat es selbst vorgeschlagen.«

»Was ist los mit ihr? Warum die Trennung? Warum lässt sie Sandy zu dir ziehen? Ich verstehe das nicht.«

Earl fühlte sich sichtlich unwohl, über dieses Thema zu reden. »Sie ist halt Polizistin und hat 'ne Menge Druck.«

»Willst du die Scheidung, Earl?«

»Wie gesagt, es hängt nicht von mir ab. Mary will es so.«

Decker blickte zu der Frau hinüber. Sie lächelte, blickte dann aber zur Seite, weil er ihr Lächeln nicht erwiderte.

»Wie es aussieht, hast *du* deine Entscheidung schon getroffen.«

Earls Miene verfinsterte sich. »Es steht dir nicht zu, über mich zu urteilen, okay?«

»Ich urteile über niemanden. Ich stelle es nur fest. Falls ich mich irre, sag es mir, und ich entschuldige mich.«

Earls Ärger verflog. »Zwischen Mary und mir läuft schon länger nichts mehr, wenn du weißt, was ich meine. Das mit Nancy hat erst angefangen, nachdem Mary mir gesagt hat, dass unsere Ehe vorbei ist. Ich schwör's, Amos.«

»Ich glaube dir auch so. Und wie nimmt Sandy es auf?«

»Sie versteht es noch nicht richtig.«

»Ich glaube, sie versteht es besser, als du denkst.«

»Trotzdem, wir kommen gut klar. Es muss ja weitergehen.«

»Da widerspreche ich dir nicht. Ich wünsche euch alles Gute. Euch allen«, fügte er hinzu.

»Ich weiß, warum du in der Stadt bist. Mary hat's mir erzählt. Der Fall Hawkins. Hast du gewusst, dass eines der Opfer, David Katz, der Besitzer dieses Lokals war?«

Decker nickte. »Und jetzt gehört es der Witwe. Kennst du Rachel Katz?«

»Ja. Sie ist an vielen Projekten in der Stadt beteiligt.«

»Offenbar hat sie große Pläne für Burlington.«

»Die Stadt kann ein bisschen Initiative gebrauchen. Gut, dass es solche Leute gibt.«

»Klar.«

»Ich … äh, ich geh dann mal wieder. Hat mich gefreut, dich zu sehen, Amos.«

»Ja.«

Earl ging zu seinem Tisch zurück. Decker beobachtete, wie er mit der Frau namens Nancy sprach und sie gelegentlich zu ihm herüberblickten. Er nahm die Speisekarte und winkte der Kellnerin, als er sich entschieden hatte. Sie war Anfang dreißig, groß und dünn. Ein junger Mann begleitete sie; er heiße Daniel, sagte die Kellnerin, und mache eine Ausbildung im Restaurant. Daniel war Anfang bis Mitte zwanzig, hatte dunkle Haare und scharf geschnittene Gesichtszüge. Er lächelte schüchtern und sah der Kellnerin zu, wobei er seinen Block ebenso bereithielt wie sie.

Als Decker eine Riesenmahlzeit bestellte, lächelte sie, während sie notierte. »Wo lassen Sie das alles?«

»Schauen Sie mich an, dann wissen Sie es.«

Daniel lachte ebenso wie die Kellnerin.

Nachdem das Essen serviert worden war, aß Decker langsam und bedächtig, während er den Blick durchs Lokal schweifen ließ. Als Earl und seine Freundin gingen, schauten sie nicht in seine Richtung, wie Decker erleichtert registrierte. Solche Situationen lagen ihm nicht. Dinge, die ihm vor seiner Hirnverletzung leicht über die Lippen gekommen waren, brachte er jetzt kaum noch hervor, selbst wenn er die damit verbundenen Gefühlsregungen verspürte. Oder er platzte mit etwas Unpassendem heraus, das allen Anwesenden peinlich war.

Mary ließ sich also scheiden. Das erklärte ihr seltsames Verhalten. Es tat ihm leid für sie und Earl, am meisten aber für Sandy. Er hätte gern mit Mary darüber geredet, fürchtete jedoch, es damit nur schlimmer zu machen.

Nach dem Essen bestellte er einen Kaffee. Jedes Mal, wenn die Tür aufging, wehte ein kalter Wind in den American Grill. Er würde sich eine dickere Jacke kaufen müssen, wenn er länger hierblieb. Decker konnte sich noch gut an die Zeiten erinnern, als er nicht mehr Kleidung besessen hatte als das, was er am Leib trug.

Während er seinen Kaffee trank, sagte eine Stimme: »Warum habe ich bloß das Gefühl, dass du nicht wegen des Essens hier bist?«

Decker blickte auf und sah Captain Miller an seinem Tisch stehen. Er trug einen Anzug, hatte aber die Krawatte gelockert.

Miller setzte sich ihm gegenüber.

»Earl war auch da«, sagte Decker. »Mit seiner Freundin Nancy.«

Miller nickte langsam. »Okay, dann weißt du also Bescheid.«

»Ich weiß nur, dass sie sich trennen. Und ich habe Earls Version gehört, nicht Marys.«

»Dann solltest du Mary nach ihrer Sicht der Dinge fragen. Das hatte ich dir ja schon vorgeschlagen. Und? Hast du irgendwelche neuen Erkenntnisse über dieses Restaurant gewonnen, seit du das letzte Mal hier warst?«

»Der Kaffee ist nicht besser geworden.«

»Sonst noch was?«

Decker ließ den Blick durch das fast leere Lokal schweifen.

»Mit dem Laden geht es abwärts. Warum führt Rachel Katz ihn dann noch?«

16

Schutzhaltung, ging es Decker durch den Kopf.

Bei seinem Gespräch mit Rachel Katz hatte sie die Arme verschränkt und die Beine übereinandergeschlagen, bevor sie seine Fragen beantwortete. Eine Haltung, die nach Deckers Erfahrung jemand einnahm, wenn er lügen oder zumindest der Wahrheit ausweichen wollte. Wie um sich in sich selbst zurückzuziehen und alles abzuwehren, was von außen kam. Es war eine instinktive Reaktion, die natürlich kein Beweis dafür war, dass jemand log, aber doch ein recht brauchbarer Hinweis.

Die Frage war, inwiefern die Frau gelogen hatte oder der Wahrheit ausgewichen war.

Decker hob sich diese Frage für später auf; noch war es zu früh, sie zu beantworten.

Er war wieder zum ehemaligen Haus der Richards zurückgekehrt, doch sein Blick war auf ein anderes Gebäude in der Nachbarschaft gerichtet – das einzige Haus, das noch von denselben Leuten bewohnt wurde wie vor dreizehn Jahren, als die Morde sich ereignet hatten. Damals hatte Decker die Bewohner ebenso befragt wie die anderen Nachbarn. Und absolut nichts Brauchbares von ihnen erfahren. Er hoffte, diesmal mehr Erfolg zu haben. Eine dritte Chance würde er kaum bekommen.

»Mr. DeAngelo, erinnern Sie sich an mich?«

Decker blickte auf den kleinen rundlichen Mann mit dem schütteren Haar hinunter, der auf sein Klopfen hin an der Haustür erschienen war. Er war Mitte sechzig und trug trotz der Kälte draußen nur ein fleckiges Unterhemd, das seinen stattlichen Bauch betonte, dazu eine Kakihose mit halb offenem Reißverschluss. Mit einer Stoffserviette wischte er sich den Mund ab.

Er musterte Decker einen Moment lang, ehe sich auf seinem Gesicht ein Anflug von Erinnerung abzeichnete.

»Sie sind dieser Detective. Pecker, nicht wahr?«

»Decker. Amos Decker.«

»Richtig, richtig.«

Decker schaute auf die Serviette. »Störe ich Sie beim Essen?«

»Nein, wir waren schon fertig. Kommen Sie rein.«

DeAngelo ließ ihn eintreten und schloss die Tür. Essensdüfte – Knoblauch und Pesto – wehten Decker entgegen. »Riecht gut bei Ihnen«, sagte er und sah sich in der sauberen Stube um.

»Möchten Sie eine Portion? Ma kocht immer reichlich.« DeAngelo fasste sich an den stattlichen Bauch. »Darum bin ich so dick.«

»Nein danke. Ich habe eben erst gegessen.«

»Ma?«, rief DeAngelo. »Sieh mal, wer da ist.«

Eine zierliche grauhaarige Frau kam aus der Küche und trocknete sich die Hände an einem Geschirrtuch ab. Über Bluse und Rock trug sie eine Küchenschürze.

»Mrs. DeAngelo, ich bin Amos Decker. Ich war Detective bei der hiesigen Polizei.«

»Ja, natürlich. Ich erinnere mich.« Sie musterte ihn von oben bis unten. »Sie sind weggezogen, habe ich gehört.«

»Ja, aber jetzt bin ich wieder da. Zumindest für eine Weile.«

»Kommen Sie, setzen Sie sich«, forderte Mrs. DeAngelo ihn auf. »Möchten Sie ein Glas Wein?«

»Sehr gern. Danke.«

Sie brachte den Wein und schenkte drei Gläser ein. Sie setzten sich in das kleine Wohnzimmer, das noch mit denselben Möbeln eingerichtet war wie beim letzten Mal, als Decker hier gewesen war.

»Wir sind jetzt im Ruhestand«, erklärte DeAngelo. »Ich zumindest. Ma hat sich immer um die Kinder und das Haus gekümmert. Verdammt, sie hat härter gearbeitet, als ich es je getan habe.«

»Jetzt muss ich mich nur noch um dich kümmern«, sagte seine Frau mit einem vielsagenden Lächeln, das an Decker gerichtet war.

»Wir spielen mit dem Gedanken, das Haus zu verkaufen«, sagte DeAngelo. »Die Kinder sind erwachsen und haben ihre eigenen Familien. Vielleicht nehmen wir uns eine Wohnung in Florida. Die Winter in Ohio werden mir langsam zu viel. Die Kälte kriecht einem in die Knochen.«

»Kann ich verstehen«, pflichtete Decker bei.

Die Eheleute verstummten und warteten darauf, dass er ihnen sagte, weshalb er gekommen war. Decker spürte die neugierige Anspannung, als er einen Schluck Wein nahm.

»Sie haben vermutlich von Meryl Hawkins gehört«, begann er.

DeAngelo nickte. »Seltsame Sache. Ich dachte, er hätte lebenslänglich bekommen. Dann ist er plötzlich draußen und wird umgebracht. Sind Sie deswegen nach Burlington zurückgekommen?«

»Kann man so sagen, ja.«

»Suchen Sie den, der ihn umgebracht hat?«, fragte Mrs. DeAngelo vorsichtig.

»Ja. Aber ich will auch noch etwas anderes herausfinden.«

»Was?«, fragte sie.

»Ob Hawkins wirklich damals Ihre Nachbarn ermordet hat. Und falls er es nicht war – wer dann?«

Die DeAngelos hielten ihre Gläser in den Händen, um einen Schluck zu nehmen, und verschütteten fast den Wein.

»Das verstehe ich nicht«, meinte DeAngelo. »Dieser Hawkins *war* doch der Mörder. Da gab es doch keinen Zweifel, oder?«

»Er wurde verurteilt, das stimmt«, sagte Decker.

»Ist das nicht dasselbe?«, fragte Mrs. DeAngelo.

»Normalerweise schon«, räumte Decker ein. »Aber nicht immer. Deshalb muss ich ein paar Dinge überprüfen. Sie beide sind die Einzigen in der Siedlung, die schon damals hier gewohnt haben.«

DeAngelo nickte. »Ja, stimmt. Die Murphys sind nach Georgia übersiedelt. Und die Ballmers haben sich irgendwo ein Haus gekauft ... wo war das noch mal, Schatz?«

»Hilton Head.«

»Und das andere Haus hat leer gestanden?«, fügte Decker hinzu.

»Stimmt. Genau wie jetzt wieder, obwohl zwischendurch zwei Familien drin gewohnt haben. Auch in das Haus der Richards war jemand eingezogen, aber ebenfalls nicht für lange.«

»Ich würde da auch nicht drin wohnen wollen«, meinte Mrs. DeAngelo. »Da hätte ich Albträume. Die hatte ich damals sowieso.«

»Sie haben damals ausgesagt, nichts gehört und gesehen zu haben«, fuhr Decker fort.

»Das stimmt«, bestätigte DeAngelo. »Ich kann mich noch gut an das Gewitter erinnern. Es hat geschüttet wie aus Kübeln. Dazu der Wind. Ich dachte schon, wir kriegen einen Tornado.«

»Trotzdem bist du vor dem Fernseher eingeschlafen«, erinnerte ihn seine Frau. »Wir haben irgendeinen Film geschaut.«

»*Blade Runner*«, sagte Decker. »Hatten Sie damals jedenfalls ausgesagt.«

»Genau.« DeAngelo war sichtlich beeindruckt. »Sie haben ein scharfes Gedächtnis.«

»Sie erinnern sich an nichts, was damals passiert ist?«

Mrs. DeAngelo überlegte einen Augenblick. »Na ja, ein Auto habe ich kommen sehen. Aber das war vor dem Gewitter. Ich war beim Kochen und hab kurz aus dem Fenster geguckt, als es vorbeigefahren ist. Aber das habe ich alles schon damals ausgesagt.«

»Das muss David Katz' Wagen gewesen sein. Ein silberner Mercedes.«

»Stimmt. Ein schickes Auto.«

»Kostet wahrscheinlich mehr als unser Haus«, warf DeAngelo ein.

»Aber Sie haben ihn nicht aussteigen sehen?«

»Nein. Vom Küchenfenster aus sieht man das Haus der Richards nicht. Das andere Gebäude ist dazwischen.«

»Und an dem Abend waren nur Sie beide im Haus?«

»Ja. Unser Ältester war auf dem College, und die zwei Jüngeren waren mit Freunden zusammen.«

»Sind keine anderen Autos mehr gekommen? Und haben Sie vom Haus der Richards nichts gehört? Ich weiß, das hat man Sie alles schon gefragt. Könnten Sie trotzdem noch einmal nachdenken?«

»Von den *Richards* habe ich nichts gehört«, beteuerte Mrs. DeAngelo.

Decker wollte schon zur nächsten Frage weitergehen, als ihm der Unterton in ihrer Antwort auffiel. »Aber aus einem anderen Haus?«, hakte er nach.

»Aus dem leer stehenden Haus neben uns kamen Geräusche.«

»Das Haus zwischen Ihnen und den Richards?«

»Ja. Es hatte schon länger leer gestanden. Manchmal haben sich junge Leute da getroffen, haben getrunken, geraucht und ...«

»Gevögelt«, fügte DeAngelo hinzu.

»Anthony!«, rief seine Frau empört. »Wie redest du denn?«

Der Mann grinste und lehnte sich auf seinem Stuhl zurück. »Ist doch wahr.«

»Auch an dem Abend damals?«, hakte Decker nach. »Waren da auch junge Leute im Haus? Was genau haben Sie gesehen oder gehört?«

»Da war jemand, aber so genau habe ich es nicht gesehen.« Sie rieb sich die Schläfen. »Es ist so lange her.« Sie schaute zu ihrem Mann. »Aber ich glaube, es war ein Teenager.«

»Junge oder Mädchen?«

»Ein Junge, glaube ich. Aber ich habe ihn nur ganz kurz gesehen.«

»Wann war das genau?«

»Es hatte jedenfalls schon geregnet. Ich dachte mir noch, die werden klatschnass.«

»Aber an die Uhrzeit können Sie sich nicht erinnern?«

»Nein, leider.«

Decker nickte. »Danke für Ihre Mühe.«

Draußen auf der Straße ging er zu dem Haus, von dem Mrs. DeAngelo gesprochen hatte. Er wusste selbst nicht so recht, was er sich von seinen Recherchen erwartete. Die meisten Zeugen konnten sich nicht einmal erinnern, was sie am Tag zuvor gesehen hatten. Noch viel weniger, was sich vor dreizehn Jahren zugetragen hatte.

Decker lugte durch ein Fenster ins Innere, konnte aber nicht viel erkennen. Er ging zur Tür, doch sie war abgeschlossen. Er wusste nicht einmal, wem das Haus gehörte. Der Besitzer ließ es anscheinend verkommen.

Er ging zum Haus der Richards weiter und sah sich um.

David Katz war damals die Auffahrt hoch und hinters Haus gefahren, wo er auf einer kleinen Grasfläche geparkt hatte.

Decker blickte über die Schulter zurück. Mrs. DeAngelo konnte unmöglich gesehen haben, wie Katz ausgestiegen und zum Haus gegangen war. Die anderen Nachbarn hatten das Gleiche ausgesagt. Niemand hatte Katz ins Haus gehen sehen, in dem er später starb.

Doch er *war* hineingegangen – so viel stand fest.

Decker blickte auf den Boden. Katz war mit seinem Mercedes gekommen, bevor es zu regnen angefangen hatte; deshalb hatte der Wagen kaum Reifenspuren vor dem Haus hinterlassen. Lancaster hatte bereits darauf hingewiesen, dass der Regen die meisten Spuren weggewaschen hatte. Aber ein Auto, das nach dem Regen gekommen war, musste Reifenspuren verursacht haben. Konnte es sein, dass der Mörder zu Fuß gekommen war? Im strömenden Regen? Ohne Fußabdrücke im Haus zu hinterlassen? Das ergab einfach keinen Sinn. Trotzdem, es musste eine Lösung für dieses Rätsel geben.

Sein Handy summte. Es war Lancaster.

»Wir haben eine Flüchtige«, meldete sie. »Ich glaube, wir haben ihr Angst gemacht.«

»Von wem redest du?«

»Susan Richards.«

»Und woher weißt du das?«

»Von Mrs. Bates, der Nachbarin.«

17

»Wo ist das FBI-Mädchen? Die nette junge Frau.«

Agatha Bates schaute durch ihre dicke Brille zu Decker auf.

Mary Lancaster, die neben Decker in dem kleinen Wohnzimmer stand, sagte: »Special Agent Jamison hat einen Einsatz in einem anderen Bundesstaat. Ich arbeite jetzt mit Agent Decker zusammen.«

Bates nickte. »Hauptsache, es ist jemand da, der auf ihn aufpasst. Er ist ein bisschen eigenartig«, fügte sie hinzu, als könnte Decker sie nicht hören. »Außerdem ist er zu dick. Das ist nicht gesund.«

»Ich gelobe Besserung«, sagte Decker und seufzte innerlich.

Lancaster wandte sich ihm zu. »Ich war noch mal zu Susan Richards gefahren, um sie zu befragen. Das Auto war weg, und es hat niemand aufgemacht. Mrs. Bates war im Garten. Sie hat mir erzählt, was sie gestern Abend gesehen hat.«

Decker schaute aus dem Fenster zu Richards' Haus. »Was können Sie uns sagen?«, fragte er.

»Was ich der Lady schon gesagt habe. Es war gegen halb zehn Uhr abends, da hörte ich die Klapperkiste starten.«

»Sie meinen Richards' Auto mit dem lauten Auspuff?«, fragte Decker.

Sie sah ihn stirnrunzelnd an. »Das habe ich doch gerade gesagt.«

»Erzählen Sie ihm, was dann geschah«, warf Lancaster rasch ein.

Bates löste ihren Blick langsam von Decker. »Als der Motor lief, ist Susan noch mal ausgestiegen und ins Haus gegangen. Ein paar

Minuten später kam sie mit einem großen alten Koffer wieder raus, so einer mit Rollen dran. Sie hat den Kofferraum aufgemacht und das Ding reingehoben. Dann hat sie den Deckel zugeschlagen und ist ins Auto gestiegen.«

»Was hatte sie an?«, fragte Decker.

»Einen langen Trenchcoat und einen Hut. Mehr hab ich nicht gesehen.«

»Sind Sie sicher, dass es Susan Richards war?«, hakte Decker nach.

»Natürlich. Ich kenne Susan lange genug. Groß, dünn, blond – ich weiß doch, wie sie aussieht.«

Lancaster nickte. »Und dann ist sie weggefahren?«

»Genau. Sie hat nichts von einer Reise gesagt, aber der große Koffer hat danach ausgesehen, als wollte sie länger fort.«

Lancaster blickte zu Decker, der nachdenklich aus dem Fenster sah. »Richards muss überstürzt aufgebrochen sein«, meinte sie. »Sie hat nicht mal die Zeitungs- und Postzustellung abbestellt. Ich hab's überprüft.«

»Heißt das, sie ist getürmt?«, fragte Bates gespannt. »So wie in der Serie *Auf der Flucht*? Ach Gott, die hab ich geliebt. So was Tolles zeigen die heute gar nicht mehr.« Sie verzog vergnügt ihr faltiges Gesicht. »In David Janssen war ich richtig verknallt. Was sah der Mann gut aus! Tja, jetzt ist er schon lange tot. Alle, die ich im Fernsehen gemocht habe, sind tot.« Sie gab sich einen Ruck und kehrte in die Wirklichkeit zurück. »Sie meinen also, Susan ist abgehauen wie Dr. Kimble in der Serie?«

»Wir wissen nicht, warum sie weggefahren ist«, sagte Lancaster.

»Es ist doch klar, dass Susan türmen will, falls sie diesen Mann umgebracht hat«, meinte Bates. »Würde ich an ihrer Stelle auch tun.«

Decker verdrehte die Augen. »Haben Sie gestern Abend noch jemanden bei ihr gesehen?«

Bates blickte von Lancaster zu ihm. »Nein, sonst hätte ich es Ihnen schon gesagt.«

»Ist Ihnen sonst nichts Außergewöhnliches aufgefallen?«, setzte er nach.

Bates überlegte einen Augenblick. »Nein. Nur dass Susan über alle Dörfer ist.«

Decker und Lancaster verabschiedeten sich und gingen über die Straße zu Susan Richards' Haus. Ein Team der Spurensicherung sah sich in sämtlichen Zimmern um.

Decker schaute zum Himmel, an dem sich ein Gewitter zusammenbraute.

Lancaster folgte seinem Blick. »Seltsames Wetter für diese Jahreszeit. Gestern Abend war es noch warm und wolkenlos. Wenn jetzt ein Gewitter kommt, ist es danach wahrscheinlich fünfzehn Grad kälter.«

Decker nickte gedankenverloren. »Du hast doch eine Fahndung nach Susan Richards rausgegeben, oder?«

»Natürlich. Noch fehlt jede Spur von ihr. Wir versuchen auch, sie über ihre Kreditkarten und ihr Handy aufzuspüren. Offenbar hat sie bis jetzt nur bar bezahlt. Und das Mobiltelefon hat sie ausgeschaltet.«

»Irgendjemand wird ihr Auto sehen. Oder *hören*.«

»Was meinst du, ist ihre überstürzte Flucht ein Schuldeingeständnis? Dass sie Hawkins auf dem Gewissen hat?«

Decker zuckte die Achseln. »Keine Ahnung. Habt ihr die Hintertür des Residence Inn schon überprüft?«

»Da hat sich seit deiner Zeit hier nichts geändert. Das Schloss ist immer noch kaputt. Und Kameras gibt es auch keine.«

Decker nickte bloß.

»Also, was glaubst du? Hat Richards sich an Hawkins gerächt?«

»Ich habe nicht den blassesten Schimmer.«

»Wenn sie unschuldig ist, warum sollte sie dann abhauen?«

»Gleiche Antwort.«

»Wie geht es jetzt weiter?«

»Wir müssen mehr über den armen alten Hawkins herausfinden.«

»Zum Beispiel?«

»Alles.«

»Wie soll uns das weiterhelfen?«

»Falls er unschuldig ist, muss es irgendeinen Grund geben, warum der wahre Täter ihm damals die Morde in die Schuhe geschoben hat. Vielleicht finden wir die Erklärung, wenn wir uns darauf konzentrieren, was Hawkins vor den Morden getan hat.«

Sie gingen zu ihren Autos zurück. Bevor sie einstiegen, wandte sich Decker noch einmal an seine ehemalige Kollegin.

»Ich war im American Grill und habe dort Earl getroffen.«

»Meinen Göttergatten?« Sie sah ihn überrascht an und schob sich einen Kaugummi in den Mund. »War er allein?«

»Nein.«

Sie nickte. »Hast du mit ihm gesprochen?«

»Er ist zu mir an den Tisch gekommen. Wir ... haben uns kurz unterhalten.«

»Ach ja?« Mary grinste. »Du solltest mal dein Gesicht sehen. Im Job sieht man dir nie an, was du denkst. Aber dein Pokerface lässt dich total im Stich, wenn es um persönliche Dinge geht. Earl hat dir von *uns* erzählt, stimmt's?«

Decker sah sie unbehaglich an, während der Wind spürbar auffrischte.

»Hast du Zeit für einen Drink?«, fragte sie.

Decker nickte.

*

Er fuhr hinter ihr her zu einer Kneipe namens Suds. Nach dem Tod seiner Frau und seiner Tochter war Decker so oft hier gewesen, dass der Besitzer seinen Namen mit einem Marker auf den Hocker schrieb, auf dem er immer saß.

Die Kneipe war zu zwei Dritteln voll. Die Gäste aßen und tranken oder vergnügten sich an einem der Flipperautomaten. Aus einem Nebenzimmer hörte man Billardkugeln klacken.

Decker und Lancaster setzten sich an einen der hohen Tische an der Wand. Decker bestellte sich ein Bier, Lancaster einen Wodka Tonic.

»Bist du zufrieden mit deinem Job beim FBI, Amos?«

»Ja«, sagte Decker knapp. »Aber ich glaube nicht, dass wir hier sind, um über mich zu reden.«

Lancaster nahm einen Schluck von ihrem Drink und knabberte ein paar Nüsse aus einer Schale. »Das Leben ist kompliziert. Meins jedenfalls.«

»Muss man sich deswegen scheiden lassen? Ich dachte, du und Earl, ihr habt euch gern.«

»Das stimmt ja auch. Aber darum geht es nicht.«

»Worum dann?«

»Zum Beispiel darum, was man vom Leben will.«

»Was willst du anderes als Earl?«

»Mir ist meine Polizeiarbeit wichtig.«

»Und Earl hat was dagegen?«

»Er leidet darunter. Sandy genauso. Aber ich bin nun mal mit Leib und Seele Cop. Ich hab sehr lange darauf hingearbeitet, wo ich jetzt bin. Ich kann nicht alles hinschmeißen, auch nicht für Menschen, die mir wichtig sind.«

»Heißt das, du musst dich entscheiden?«

»Ich glaube, Earl sieht es so. Ich mache ihm keinen Vorwurf. Erinnerst du dich an diesen Vorfall vor zwei Jahren, als diese kranken Typen in unserem Haus Schaufensterpuppen zurückließen, die wie Mordopfer aussahen? Das war ein Schock für uns alle. Earl war total von der Rolle. Er konnte es einfach nicht vergessen. Danach war nichts mehr wie vorher. Und es hat sich auch nicht wieder eingerenkt.«

»Was ist mit Sandy? Earl sagt, sie wird mehr bei ihm sein als bei dir.«

»In meinem Job habe ich einfach zu wenig Zeit für sie. Es wäre hart für das Mädchen. Ich will ihr das nicht zumuten.«

»Sie ist deine Tochter.«

»Earls aber auch. Außerdem braucht sie besonders viel Aufmerksamkeit. Er ist in seinem Beruf viel flexibler als ich. Ich kann nicht einfach eine Mordermittlung unterbrechen oder einen Gerichtstermin schmeißen, um Sandy von der Schule abzuholen, wenn sie einen schlechten Tag hat. Ich hab's versucht. Es hat nicht funktioniert. Du hast es ja selbst gesehen.«

»Ja. Es tut mir leid.«

Sie lächelte schwach. »Du wirst ja richtig verständnisvoll auf deine alten Tage.«

»Ganz sicher nicht.« Er nahm einen Schluck Bier. »Es tut mir nur leid, dass meine Probleme damals einen solchen Einfluss auf dein Leben hatten. Was mit deiner Familie passiert ist, ist irgendwie auch meine Schuld.«

Sie langte über den Tisch und nahm seine Hand. »Du bist nicht für jedes Problem auf der Welt verantwortlich. Ich weiß, du hast breite Schultern, aber niemand kann sich so viel aufladen. Der Vorfall mit den Schaufensterpuppen war nicht deine Schuld, sondern die von ein paar kranken Arschgeigen. Das weißt du so gut wie ich.«

»Glaubst du? Für mich fühlt es sich anders an.«

»So kannst du nicht leben, Amos. Auf die Dauer kann das keiner.«

»Ich bin sowieso nie davon ausgegangen, besonders alt zu werden.«

Sie zog die Hand zurück und sagte mit kalter Stimme: »So etwas sollte man nicht leichtfertig sagen. Es ist nicht schön, sterben zu müssen, wenn man mitten im Leben steht.«

»Das habe ich nicht gesagt. Ich bin nur realistisch.«

»Du hast abgenommen. Bist viel besser in Form als bei unserer letzten Begegnung.«

»Es ist auch nicht mein Gewicht, das mir Sorgen macht.«

Sie blickte auf seinen Kopf und runzelte die Stirn. »Spürst du irgendwelche Nachwirkungen?«

»Ist das wichtig? Ich mache einfach weiter … bis es nicht mehr geht.«

»So können wir die ganze Nacht reden und drehen uns immer nur im Kreis.«

Decker nickte. »Stimmt. Ich würde lieber mit diesem Fall vorwärtskommen.«

»Du hast Hawkins' Vergangenheit angesprochen. Womit willst du anfangen?«

»Mit dem, was war, bevor er zum mutmaßlichen Mörder wurde.«

»Du meinst …?«

»Genau das.«

18

Trammel, Ohio.

Decker war noch nie in dieser Stadt gewesen, obwohl sie nur zwei Autostunden südwestlich von Burlington lag. Die Entfernung war nicht das Problem – eher die abgelegenen Landstraßen, auf denen man dorthin gelangte.

Die Innenstadt von Trammel erinnerte ihn an seine Heimatstadt; sie strahlte etwas Schmuddeliges und Verzweifeltes aus, doch es gab auch Hoffnungsschimmer in Gestalt eines neu eröffneten Geschäfts und einer Baustelle, auf der ein großes Gebäude entstand. Hoffnung weckten auch die jungen Gesichter auf den Bürgersteigen und die neuen Autos auf den Straßen.

Mitzi Gardiner wohnte im besseren Viertel der Stadt, in dessen großzügigen alten Häusern einst die städtische Elite gewohnt hatte. Heute lebten hier zunehmend Leute, die erst in der jüngeren Vergangenheit zu Wohlstand gelangt waren. Die Ziegelbauten waren mit den in ferner Vergangenheit üblichen kleinen Fenstern ausgestattet und von makellos gepflegten Rasenflächen mit Bäumen und Büschen umgeben. Die Luxusschlitten in den Auffahrten bestätigten, dass hier keine armen Leute wohnten.

Nachdem Decker am Tor geklingelt hatte und eingelassen worden war, ging er zur Haustür hinauf, zwischen sauber angelegten Beeten hindurch, deren Blumen verwelkt waren, nun, da der Herbst in den Winter überging. Die Fenster waren makellos sauber, die Haustür schien erst kürzlich frisch gestrichen worden zu sein.

Alles sehr penibel, alles sehr teuer. Eine Welt, von der Mitzi Gardiner meilenweit entfernt gewesen war, als Decker sie zum ersten Mal gesehen hatte. Damals war sie eine arbeitslose junge Drogenabhängige gewesen, die ihre Sucht mit Diebstahl und Prostitution finanzierte. Er hatte sie als groß, dünn und blass in Erinnerung, mit Einstichen an den Armen und einer vom Kokain durchlöcherten Nasenscheidewand. Ihre Pupillen waren geweitet gewesen, ihre Bewegungen ruckartig und unkontrolliert. Ein junger Mensch, aber körperlich und psychisch ein Wrack.

Decker klopfte an die Haustür und hörte im nächsten Augenblick Schritte näher kommen. Er hatte sich telefonisch angekündigt, sodass Mitzi auf seinen Besuch vorbereitet war.

Als die Tür geöffnet wurde, traute Decker seinen Augen nicht. Oder, was noch bemerkenswerter war, seinem Gedächtnis.

Vor ihm stand eine Frau um die vierzig, groß, wohlgerundet und mit fülligem blondem Haar. Sie trug ein blassblaues Kleid, das ihre Hüften umschmiegte und ein klein wenig Ausschnitt sehen ließ, dazu eine Halskette mit einem Smaragd und an der linken Hand einen Verlobungsring mit einem Diamanten sowie einen Ehering. Sie war geschmackvoll und dezent geschminkt. Die Nasenscheidewand schien völlig wiederhergestellt zu sein. Die Pupillen waren nicht mehr geweitet, die Zähne strahlend weiß, zweifellos mit Veneers verblendet, hauchdünnen Keramikschalen, um die durch den Drogenkonsum bedingten Verfärbungen zu überdecken.

Sie musste seinen überraschten Blick bemerkt haben. »Ist lange her, Detective Decker.« Ihre vollen Lippen krümmten sich zu einem selbstzufriedenen Lächeln.

»Ja. Es freut mich, dass Sie …«

»Dass ich mein Leben in den Griff bekommen habe? Ja, nach

den Jahren mit vielen falschen Entscheidungen habe ich einiges anders gemacht. Möchten Sie reinkommen?«

Sie ließ ihn eintreten und führte ihn in einen altmodischen Wintergarten, von dem man den Pool und einen gepflegten Garten überblickte. Eine Hausangestellte brachte ein Tablett mit Kaffee. Mitzi schenkte zwei Tassen ein.

»Sie haben vermutlich schon gewusst, was mit Ihrem Vater passiert ist, bevor ich Sie angerufen habe«, begann Decker, die Tasse mit seiner großen Hand umschließend.

»Ich habe es in den Nachrichten gehört.«

»Als nächste Angehörige wird man Sie wahrscheinlich auffordern, ihn zu identifizieren. Eine reine Formalität; wir wissen, dass er es ist.«

»Wenn es nicht unbedingt sein muss, würde ich lieber nichts damit zu tun haben.«

»Er ist Ihr Vater.«

»Er hat vier Menschen umgebracht.«

»Er hat sonst keine Angehörigen mehr. Jemand muss sich um die Formalitäten und die Beerdigung kümmern.«

»Gibt es nicht irgendeine Regelung für den Fall, dass jemand kein Geld für die Bestattung hat?«

Decker ließ den Blick über die großzügige Ausstattung des Wintergartens schweifen. »Ja. Wenn jemand sich die Bestattung nicht leisten kann.«

»Sie halten mich wahrscheinlich für herzlos, Detective Decker. Aber ich habe meinen Vater nicht mehr gesehen, seit er wegen der Morde ins Gefängnis kam.«

»Sie haben ihn nie besucht?«

»Warum sollte ich?« Sie beugte sich zu ihm. »Ich habe viel dafür getan, ein neues Leben anzufangen. Brad, mein Mann, weiß nichts von meiner Vergangenheit. Ich bin aus Burlington weggegangen, habe mich zusammengerissen, meinen Nachnamen ändern lassen, das College beendet und einen Job in der Finanzbranche gefunden. Dort habe ich meinen Mann kennengelernt. Wir haben geheiratet, und jetzt bin ich zu Hause und kümmere mich um unseren Jungen.«

Decker schaute sich um. »Was macht Ihr Mann beruflich? Es muss ein gut bezahlter Job sein.«

»Er betreibt eine High-End-Stellenvermittlung.«

»High-End?«

»Topmanager in der Finanzbranche und im Silicon Valley, im Lobbying-Bereich und der Rüstungsindustrie. Manchmal geht es sogar um leitende Positionen in Behörden. Er ist damit sehr erfolgreich.«

»Das ist eine Welt, in der ich nicht zu Hause bin.«

Mitzi nahm einen Schluck Kaffee. »Wissen Sie, Detective, ich habe einfach nicht das Bedürfnis, mich noch einmal mit diesem Teil meines Lebens zu befassen. Vor allem will ich nicht, dass meine Familie von meinen … früheren Problemen erfährt. Für meinen Mann bin ich ein Waisenkind. Und in gewisser Weise bin ich das ja jetzt auch.«

»Ihre Mutter ist gestorben, noch bevor Ihr Vater vor Gericht kam, oder?«

»Gott sei Dank. Es wäre furchtbar für sie gewesen, das mitzuerleben.«

»Hat Ihr Vater versucht, Sie zu kontaktieren? Aus dem Gefängnis oder erst kürzlich, nachdem er entlassen wurde?«

»Er hat mir aus dem Gefängnis Briefe geschrieben. Ich habe aber nie darauf geantwortet. Und nachdem ich aus Burlington weggegangen war, habe ich keine neue Adresse hinterlassen.«

»Und nachdem Ihr Vater aus dem Gefängnis entlassen wurde?«

»Das wusste ich gar nicht. Ich dachte, er wäre für immer drin.«

»Das dachten alle, auch er selbst.«

»Warum wurde er dann auf freien Fuß gesetzt? Das haben sie in den Nachrichten nicht gesagt.«

»Er war schwer krank. Krebs im Endstadium. Anscheinend wollte der Staat nicht für die Behandlungskosten aufkommen.«

Sie nickte, schwieg jedoch.

»Hat er wirklich nicht versucht, Sie zu kontaktieren?«

»Er konnte nicht wissen, wo er mich findet. Die haben gesagt, jemand hätte ihn umgebracht. Sind Sie sicher, dass es nicht Selbstmord war? Wenn er unheilbar krank war, wie Sie sagen …«

»Nein, Selbstmord kann es nicht gewesen sein. Ich kann Ihnen nicht sagen, warum, aber Sie können es mir glauben.«

Mitzi lehnte sich zurück. »Das verstehe ich nicht. Wer sollte ihn umbringen wollen? Ich meine, nach so langer Zeit.«

»Manche tragen ihren Hass eine halbe Ewigkeit mit sich herum.«

»Sie meinen die Witwen? Wie hießen sie noch gleich?«

»Susan Richards und Rachel Katz.«

»Sie haben doch bestimmt schon mit denen gesprochen.«

»Haben wir.«

»Und?«

»Wir gehen verschiedenen Hinweisen nach.«

»Und was wollen Sie dann von mir? Am Telefon haben Sie nur gesagt, Sie wollen mit mir reden. Ich weiß nichts über den Mord an meinem Vater.«

»Ich will mit Ihnen über die Morde reden, für die er verurteilt wurde.«

»Warum?«

»Was ist, wenn Ihr Vater sie gar nicht begangen hat?«

Sie sah ihn ungläubig an. »Das ist doch verrückt. Natürlich hat er es getan.«

»Woher wissen Sie das so genau?«

»Wie Sie gesagt haben – er wurde dafür *verurteilt.* Sie haben ihn ja selbst überführt. Seine DNA und seine Fingerabdrücke wurden in dem Haus gefunden.«

»Wären Sie überrascht, wenn ich Ihnen sage, dass er nach Burlington zurückkam und behauptete, die Morde nicht begangen zu haben? Er wollte, dass ich seine Unschuld beweise.«

»Ob mich das überraschen würde? Nein. Überraschen würde mich nur, wenn Sie es ernst nehmen.«

»Anfangs habe ich es tatsächlich nicht ernst genommen. Aber dann ist einiges passiert, was mir zu denken gegeben hat. Er kommt zurück, behauptet, unschuldig zu sein – und am selben Tag pustet jemand ihm das Gehirn raus.«

»Dafür haben Sie zwei Verdächtige.«

»Die Witwen. Haben Sie gewusst, dass die zwei Frauen immer noch in Burlington leben?«

»Woher sollte ich das wissen?«, sagte sie hastig.

»Na ja, Sie haben gemeint, die zwei seien verdächtig. Im Grunde *müssen* sie in Burlington wohnen, um so schnell zuschlagen zu können.«

»Ich … das war eher eine Vermutung.«

»Können wir noch einmal über den ganzen Fall sprechen?«

»Muss das sein? Ich habe viel investieren müssen, um das alles hinter mir zu lassen.«

»Es ist wirklich wichtig. Und es wird nicht lange dauern.«

Sie schaute auf die Uhr. »Darf es auch nicht. Mein Mann und ich gehen heute essen. Wenn er kommt, sollten Sie besser verschwunden sein. Sonst müsste ich ihm alles erklären.«

»Ich werde mich beeilen.«

Sie seufzte, goss ihnen noch etwas Kaffee ein, lehnte sich zurück und sah ihn auffordernd an.

»Sie haben damals ausgesagt«, begann Decker, »Ihr Vater sei an dem Tag um drei Uhr weggegangen.«

»Möglich. Ist lange her.«

»Glauben Sie mir. Sie hatten damals drei Uhr angegeben.«

Sie machte eine wegwerfende Geste. »Kann schon sein.«

»Er wurde spätnachts in einem Viertel festgenommen, das ich damals als gefährlich bezeichnet hätte.«

»Ja, und?«

»War er zuvor schon einmal dort?«

»Nicht, dass ich wüsste.«

»Waren Sie manchmal in dieser Gegend?«

Sie zog die Stirn in Falten. »Sie meinen, um Drogen zu besorgen? Ich weiß es nicht. Kann sein.«

»Er hätte zumindest versuchen können, ein Alibi anzugeben, aber er hat es nicht getan. Er hat nur gesagt, er sei im Regen kreuz und quer durch die Stadt gelaufen. Und das konnte natürlich niemand bestätigen.«

Mitzi breitete die Hände aus, schwieg jedoch.

»Davor waren wir bei Ihnen zu Hause, aber er war nicht da. Sie haben damals gesagt, er sei weggegangen.«

»Richtig.«

»Hat er nicht gesagt, wohin er geht?«

»Nein. Wir haben damals nicht viel geredet.«

»Sie sind immerhin nach Hause zurückgekommen, um bei Ihren Eltern zu wohnen.«

»Weil ich nicht mehr gewusst habe, wohin. Damals war ich total auf Drogen, das wissen Sie so gut wie ich. Meine Mutter lag im Sterben. Sie hätte jemanden gebraucht, der sich um sie kümmert, aber nicht einmal dazu war ich imstande.«

»Also hat Ihr Vater sich um sie gekümmert?«

Mitzi Gardiner zögerte.

»Aus Ihrer Aussage damals konnte ich das nicht herauslesen«, fügte Decker hinzu.

»Wir haben uns zwar nicht besonders gut verstanden, aber eins muss ich meinem Dad lassen: Er hat für Mom getan, was er konnte. Nachdem er seinen Job verloren hatte, war das Geld immer knapp. Und sie hatte grauenhafte Schmerzen.« Mitzi schauderte.

»An dem Abend hat sie eine Infusion bekommen«, fuhr Decker fort. »Daran kann ich mich noch erinnern.«

»Ja, aber oft waren die Schmerzmittel alle. Medikamente sind teuer. Man sollte die beschissenen Versicherungen …« Sie schlug sich die Hand vor den Mund. »Sorry, aber das bringt mich immer noch auf die Palme.«

»War Ihre Mutter denn nicht mehr versichert?«

»Nur bis mein Dad entlassen wurde. Von da an konnten sie sich die Versicherung nicht mehr leisten. Und da Mom schon Krebs hatte, wäre es so gut wie unmöglich gewesen, eine zu finden.«

»Was hat Ihr Vater getan, um die Familie durchzubringen?«

»Er hat alle möglichen Jobs angenommen und mit dem Geld bei Ärzten in der Gegend Medikamente gekauft.«

»Aber dann wurde er festgenommen und angeklagt. Wie sind Sie zu Hause zurechtgekommen?«

»Gar nicht. Mom hat schrecklich gelitten.« Mitzi Gardiners Augen füllten sich mit Tränen. »Sie hatte furchtbare Schmerzen, und ich konnte ihr nicht helfen. Es war ein Glück für sie, dass sie wenig später im Schlaf sterben konnte.« Sie schüttelte den Kopf. »Sie hatte nichts vom Leben, hat immer nur schwer geschuftet. Sie ist in der Nähe von Columbus geboren. Sie war intelligent, bekam aber nie die Chance, aufs College zu gehen. Als junge Frau hat sie an der Ohio State University in der Cafeteria gearbeitet.«

»Ohio State? Dort habe ich Football gespielt.«

»Wirklich?« Sie musterte ihn einen Augenblick. »Ja, Sie haben die Statur dafür.«

Decker lächelte wehmütig. »Früher mal. Erzählen Sie mir weiter von Ihren Eltern.«

»Dad hat damals in einer Fabrik bei Toledo gearbeitet. Er hat Mom bei einem Blind Date kennengelernt, hat sie mir jedenfalls erzählt. Liebe auf den ersten Blick, Meryl und Lisa. Sie haben geheiratet, und wenig später war ich da.« Sie stockte einen Augenblick. »Sie hatten ein schönes Leben. Bis ich größer wurde und alles vermasselt habe.«

»Mit Ihrer Drogenabhängigkeit?«

Sie nickte. »Sie wollten mir Hilfe verschaffen, aber ich wurde immer wieder rückfällig. Ich hab's versucht, aber irgendwie habe ich es nicht auf die Reihe gekriegt.«

»Aber am Ende haben Sie es doch geschafft.«

»Ja.«

»Hat Ihr Vater irgendwann einmal die Richards erwähnt? Oder David Katz?«

»Nein, nie. Ich wusste gar nicht, dass er sie gekannt hat.«

»Hat er vielleicht auch nicht.«

»Warum war er dann in diesem Haus?«

»Tja, das ist die große Frage. Susan Richards und Rachel Katz haben beide ausgesagt, ihn nicht zu kennen.«

»Dann hat er das Haus zufällig ausgesucht, um einzubrechen? Er ist durch die Gegend gefahren …«

»Gelaufen. Sein Auto hat den ganzen Tag zu Hause gestanden, bis in die Nacht. Das konnten Ihre ehemaligen Nachbarn bezeugen.«

»Er könnte ein Auto gestohlen haben«, gab sie zu bedenken.

»Möglich. An dem Abend hat aber niemand ein Auto zum Haus der Richards fahren sehen. Nur das von David Katz.«

»In der Nacht tobte ein Unwetter. Wie kann man sich da sicher sein, dass kein Auto vorbeigekommen ist?«

»Da ist was dran«, räumte Decker ein. »Ich habe noch eine Frage zur Tatwaffe, die man im Haus Ihrer Eltern gefunden hat.«

»Was ist damit?«

»Sie wurde in einem Versteck im Kleiderschrank Ihrer Eltern gefunden.«

»Ja. Und?«

»Wussten Sie von dem Versteck?«

»Nein. Es war ja nicht mein Schrank.«

»Wer hat die Waffe damals gefunden? Ein Kriminaltechniker, nehme ich an.«

»Ich glaube, ja.«

»Waren Sie dabei?«

»Musste ich ja wohl. Ich konnte meine Mutter nicht allein lassen.«

»Sie waren also am Tag der Morde die ganze Zeit zu Hause?«

»Ja. Bei meiner Mutter.«

»Aber Ihren Vater haben Sie an dem Abend nicht mehr gesehen?«

»Nein. Ich bin nicht mehr aus dem Haus gegangen. Ich habe aufgemacht, als Sie und Ihre Kollegin kamen.«

»Ja, ich weiß.«

Sie schaute auf die Uhr. »Gibt es sonst noch etwas?«

»Eins noch.«

»Ja?«

»Wie ist die Pistole in den Schrank gekommen?«

»Was?«

»Wenn Ihr Vater nach den Morden nicht mehr nach Hause gekommen ist, kann er die Pistole nicht im Schrank versteckt haben. Wie ist sie dann hineingekommen?«

»Ich … ich weiß es nicht.«

»Kann es sein, dass Sie geschlafen haben? Oder …« Er stockte.

»Oder dass ich zugedröhnt war?«, fragte sie mit einem bitteren Ausdruck.

»Als wir später noch mal vorbeikamen, um mit Ihnen zu reden, waren Sie jedenfalls ziemlich weggetreten.«

»Das erklärt es dann ja, oder? Mein Vater ist wahrscheinlich doch nach Hause gekommen, hat die Waffe versteckt und ist wieder gegangen. Meine Mutter und ich haben es bloß nicht mitbekommen.«

»Ja, so könnte es gewesen sein. Aber noch etwas ist merkwürdig. Die Sachen, die Ihr Vater gestohlen hat, sind nie wieder aufgetaucht.«

»Davon weiß ich nichts. Bei uns im Haus haben Sie jedenfalls nichts gefunden.«

»Stimmt. Und wir haben gründlich gesucht.«

»Ja.« Wieder schaute sie vielsagend auf die Uhr.

»Er hatte fünfhundert Dollar in der Tasche, als er damals aufgegriffen wurde. Haben Sie eine Ahnung, woher er das Geld hatte?«

»Vermutlich hat er die gestohlenen Sachen verscherbelt.«

»Ja, kann sein. Okay, danke für Ihre Zeit.«

Mitzi geleitete ihn zur Tür. Bevor er hinausging, sagte sie: »Ich verstehe nicht, warum Sie sich das antun, Detective Decker.«

»Der Gedanke ist mir auch schon gekommen.«

Decker ging die Auffahrt hinunter; das Tor öffnete sich automatisch, als er in die Nähe kam. Beim Wagen blickte er noch einmal zum Haus zurück und sah gerade noch, wie der Vorhang an einem der Fenster zugezogen wurde.

Die Menschen sind seltsame Wesen, dachte er beim Einsteigen. *Manchmal können sie die Wahrheit nicht vom größten Unsinn unterscheiden. Und manchmal wollen sie die Wahrheit gar nicht sehen, weil es einfacher ist, eine Lüge zu glauben.*

Als er wegfuhr, hatte er mehr Fragen als zuvor.

Aus irgendeinem Grund war er trotzdem gut gelaunt.

Mit einem Lächeln auf den Lippen fuhr Amos Decker nach Burlington zurück.

Sein Lächeln erstarb, als mitten auf einer abgelegenen Straße sein Auto mit brutaler Wucht gerammt wurde.

19

Decker hatte die Scheinwerfer von hinten herannahen sehen, hatte aber angenommen, dass der Fahrer bremsen und Abstand halten würde.

Das tat er nicht. Im Gegenteil.

Der erste Aufprall katapultierte Deckers massige Gestalt nach vorn, doch die Airbags fingen ihn auf. Benommen sah er in den Innenspiegel. Wieder kamen die Scheinwerfer rasend schnell näher. Sie lagen höher als seine Rücklichter – es musste ein Pick-up oder ein großer SUV sein. Einen Moment lang glaubte er die massive Stoßstange zu sehen, dann krachte es auch schon ein zweites Mal.

Das Heck seines Wagens wurde hochgerissen. Wieder wurde Decker nach vorn geschleudert. Diesmal zerquetschten seine mehr als zwei Zentner den Airbag. Seine massige Brust rammte die Lenksäule. Die Wucht des Aufpralls raubte ihm für kurze Zeit den Atem, doch das Luftkissen verhinderte eine schwere Verletzung.

Er fluchte, riss das Lenkrad nach rechts, dann nach links. Der Verfolger blieb dicht an ihm dran.

In diesem Moment roch Decker das Benzin.

Auch das noch. Der Tank musste leck sein.

Decker trat das Gaspedal bis zum Anschlag durch, und der Wagen beschleunigte ruckartig.

Das massige Fahrzeug hinter ihm nahm ebenfalls Fahrt auf und blieb ihm auf den Fersen.

Decker fischte in seiner Tasche nach dem Handy. Seine Finger tippten auf das Display.

Ich muss den Notruf verständ…

Das Mobiltelefon wurde ihm aus der Hand gerissen, als der Verfolger erneut gegen das Heck seines Wagens prallte. Deckers Limousine kam ins Schleudern. Er fühlte sich wie ein NASCAR-Pilot, der von einem Konkurrenten bei Tempo 300 touchiert wurde. Unkontrolliert schlingerte das Auto mit rasender Geschwindigkeit die Straße entlang. Funken sprühten, Metall kreischte. Ein beklemmendes Gefühl der Todesangst erfasste Decker.

Zum Glück hatte er als Cop mehr als eine Verfolgungsjagd mitgemacht. Er wusste instinktiv, was zu tun war. Er riss das Lenkrad nicht mit Gewalt herum, sondern lenkte in die Bewegungsrichtung des Wagens, um ihn unter Kontrolle zu bekommen.

Mit qualmenden Reifen schlingerte er über den Asphalt, während immer mehr Benzin austrat. Seine größte Sorge war, dass die Reibungshitze ein Feuer entfachen könnte. Dann gab es kein Entrinnen mehr.

Nach zwanzig Metern kam er zum Stehen, drückte den Airbag beiseite und sah aus dem Fenster.

Der Monstertruck schoss erneut auf ihn zu, um ihm den Rest zu geben.

Vergiss es, Kumpel.

Decker zog seine Waffe, ließ das Fenster herunter, zielte und feuerte zuerst auf den Kühler, dann auf die Reifen und schließlich auf die Windschutzscheibe. Drei Kreise zeichneten sich im Glas ab, wo seine Kugeln eingeschlagen hatten. Decker wartete ab, was passieren würde.

Der Truck scherte zur Seite aus, donnerte über den Mittelstreifen, dass Erde und Grassoden meterhoch flogen, raste krachend und scheppernd auf die Straße zurück und rollte mit qualmendem Motor weiter.

Decker wusste nicht, ob er den Fahrer getroffen hatte. Er hoffte es jedenfalls.

Der Versuch, die Verfolgung aufzunehmen, war sinnlos. Der Benzingeruch wurde stärker. Das Fahrzeug konnte jeden Moment in Flammen aufgehen.

Rasch löste Decker den Sicherheitsgurt, schnappte sich sein Handy, rammte die Tür auf und wuchtete sich aus dem Wagen. Er taumelte ein paar Meter davon, wählte den Notruf, meldete rasch, was vorgefallen war, und gab seinen ungefähren Standort durch. Dann sah er mit Entsetzen die ersten Flammen aus dem Wagenheck züngeln.

Er drehte sich um, rannte los.

Als die Explosion die abendliche Stille erschütterte, wurde er nach vorn geschleudert und knallte mit dem Gesicht voraus ins Kiesbett.

Dort fanden ihn die Cops, als sie am Ort des Geschehens eintrafen.

*

»Kaum lässt man dich eine Sekunde aus den Augen, handelst du dir schon wieder Ärger ein.«

Decker blickte benommen auf und sah Lancaster aufgeregt Kaugummi kauend an seinem Krankenbett stehen.

»Hat man den Mistkerl gefunden, der mich gerammt hat?«

Sie schüttelte den Kopf.

»Ich bin sicher, ich hab ihn getroffen.« Decker fasste sich an den Stirnverband. »Ich habe seine Windschutzscheibe mit drei Kugeln durchlöchert.«

»Die State Police fahndet nach ihm. Ich würde aber nicht

darauf wetten, dass sie ihn finden. Was glaubst du, wer dahintersteckt?«

Decker setzte sich ein Stück weit auf. »Jemand, der mir nach Trammel gefolgt ist oder dort gewartet hat, bis ich von Mitzi Gardiners Haus weggefahren bin.«

»Hat sie dir irgendwas Brauchbares sagen können?«

Decker berichtete ihr von dem Gespräch.

»Glaubst du, sie sagt die Wahrheit?«

»Fast niemand hier sagt die Wahrheit, jedenfalls nicht die ganze Wahrheit. Alle verdrehen die Fakten, um selbst im besten Licht dazustehen. Vielleicht, weil sie schuldig sind oder jemanden schützen wollen.«

»Eins muss man dieser Mitzi lassen – sie hat echt die Kurve gekriegt«, sagte Lancaster beinahe wehmütig.

»Das heißt aber auch, sie hat viel zu verlieren«, konterte Decker.

»Hältst du es für möglich, dass sie jemanden angerufen hat, nachdem du weggefahren bist?«

»Du könntest ihre Telefondaten checken. Obwohl es ein bisschen offensichtlich wäre, wenn jemand mich umzubringen versucht, kurz nachdem ich Mitzis Haus verlassen habe. Ihr muss doch klar sein, dass sie sich damit mehr als verdächtig machen würde.«

»Und in ihrem neuen, blitzsauberen Leben hat sie wahrscheinlich auch nicht jederzeit einen Auftragskiller zur Hand.«

»Vielleicht sollte es auch nur eine Warnung sein, kein Mordversuch.«

»Dass ich nicht lache.« Lancaster betrachtete ihn einen Augenblick. »Das wäre so, als wollte man jemandem als Warnung in den Kopf schießen. Nach dem, was ich gehört habe, wärst du beinahe in deinem Auto verbrannt.«

»Es war knapp«, bestätigte Decker. »Hat sich bei dir etwas Neues ergeben?«

»Nichts Nennenswertes.«

»Eins beweist dieser Mordversuch jedenfalls«, meinte Decker.

»Was?«

»Meryl Hawkins hat die Wahrheit gesagt.«

20

Wie sagt man so schön: Der Kreis hat sich geschlossen.

Decker stellte seinen Seesack auf dem Boden seines neuen Quartiers ab.

Er hatte die Nacht im Krankenhaus verbracht und sich am nächsten Tag ein Zimmer im Residence Inn genommen. Es war das Zimmer, in dem er vor Jahren gewohnt hatte.

Außerdem hatte er sich einen neuen Mietwagen besorgt, nachdem er dem Autoverleih in einem längeren Telefonat erklärt hatte, was geschehen war.

»Jemand hat versucht, Sie umzubringen?«, hatte der Kundenbetreuer skeptisch gefragt. »Ich mache das schon ziemlich lange, aber so etwas habe ich noch nie gehört.«

»Ich schon«, hatte Decker wahrheitsgemäß erwidert.

Er saß auf dem Stuhl beim Fenster, schaute auf die Straße hinunter und öffnete das kalte Bier, das er sich besorgt hatte.

Es war sein Abendessen. Nachdem er am Vorabend beinahe in die Luft gejagt worden war, hatte er keinen großen Appetit.

Er fasste sich an den Kopfverband. Wie viel konnte er noch einstecken, bis es seine Kräfte überstieg?

Es war nicht das erste Mal, dass er beinahe in die Luft geflogen wäre. Vor nicht allzu langer Zeit war er in Baronville nur knapp mit dem Leben davongekommen. Der jüngste Vorfall sagte ihm jedenfalls, dass da jemand Angst hatte, die Wahrheit könne ans Licht kommen.

Decker war fest entschlossen, diese Wahrheit zu finden.

Ein Stockwerk unter ihm befand sich das Zimmer, in dem Meryl Hawkins' Leben gewaltsam beendet worden war.

Mit der Bierdose in der Hand stieg Decker die Treppe hinunter. Das Zimmer war immer noch mit gelbem Band abgesperrt, doch der Polizist, der die Tür bewachte, erkannte Decker und ließ ihn durch.

»Was ist Ihnen denn passiert?«, fragte der Cop, als er Deckers Kopfverband sah.

»Wenn ich es weiß, sage ich es Ihnen.«

Decker schloss die Tür und sah sich um. Nichts im Zimmer war angerührt worden; man hatte nur den Leichnam hinausgetragen. Einen Moment lang fragte er sich, wie der Mann beigesetzt werden würde. Am liebsten hätte er Hawkins' Tochter mit Gewalt hergeholt, damit sie sich um die Beerdigung ihres Vaters kümmerte. Auf der anderen Seite verstand er, warum sie damit nichts zu tun haben wollte.

Letztlich ging es ihn nichts an.

Er blickte zu dem Stuhl, auf dem Hawkins gesessen hatte. Die Blutspuren waren beim Eintritt der tödlichen Kugel entstanden; eine Austrittswunde hatte es nicht gegeben.

Ein Kissen, eine Pistole, ein Toter. Keine Zeugen.

Decker sah sich im Zimmer um, das mittlerweile gründlich durchsucht worden war.

Es gab bereits einen Obduktionsbericht, nicht aber den Bericht der Toxikologie. Hawkins' Magen war leer gewesen. Aber was hatte sich in seinem Blut befunden?

Decker schloss die Augen und rief seine persönliche Cloud auf. Auf dem Friedhof hatte Hawkins ihm gesagt, er nähme Medikamente, um schlafen zu können, nachdem er sich immer wieder mehrere Stunden übergeben müsse. Zwar hatte man im Badezimmer keine Spuren davon gefunden, aber die konnte Hawkins weggewischt haben. Man hatte allerdings auch keine Medikamente im Zimmer entdeckt, weder legale noch illegale.

Sie hatten sogar den Müllcontainer hinter dem Hotel durchsucht. Ohne Erfolg. Hatte der Mörder die Medikamente aus irgendeinem Grund beseitigt? Wenn ja, warum? Was hätten sie verraten?

Decker kehrte auf sein Zimmer zurück, verstaute die wenigen Kleidungsstücke im Schrank und machte sich frisch. Da er nun doch Hunger hatte, beschloss er, essen zu gehen.

Diesmal wählte er das Suds, da es in der Nähe lag und billig war. Er setzte sich an die Theke, bestellte ein Bier und einen Burger mit Pommes. Unwillkürlich blickte er über die Schulter, als könnte jeden Moment Alex Jamison auftauchen und ihm die Leviten lesen, weil er in ungesunde alte Essgewohnheiten zurückfiel.

Er drehte sich zur Seite, als sich wenige Minuten später jemand neben ihn setzte.

Rachel Katz schaute auf seinen Kopfverband. »Was ist Ihnen denn passiert?«

»Hab mich beim Rasieren geschnitten«, gab Decker zurück und nahm einen Schluck Bier.

Sie blickte auf seinen Teller. »Der Trend zur gesunden Ernährung ist noch nicht bei Ihnen angekommen, was?«

»Kartoffeln sollen extrem gesund sein, heißt es. Und der Burger – wer weiß? Der ist vielleicht das Superfood von morgen.«

»Eher von gestern«, erwiderte sie lächelnd. »Aber Sie haben einen Humor, den ich Ihnen gar nicht zugetraut hätte.«

Sie bestellte ein Glas Prosecco.

Er warf ihr einen Seitenblick zu. »Aus irgendeinem Grund hätte ich nicht gedacht, dass Sie in solchen Kneipen verkehren.«

»Oh, Sie sollten mich nicht zu schnell in eine Schublade stecken. Aber ich verrate Ihnen ein Geheimnis.« Sie beugte sich zu ihm. »Ich bin Mehrheitseigentümerin dieses Lokals.« Sie richtete sich auf, wartete auf Deckers Reaktion.

»Ich bin beeindruckt, wie breit Sie Ihre Beteiligungen streuen. Mal Penthouse, mal Pub, wie's gerade kommt.«

Sie lächelte. »Sie bringen die Dinge gut auf den Punkt. Falls Sie von der Polizei mal genug haben, könnten Sie in die Werbebranche wechseln. Vielleicht haben Sie sogar das Zeug zum Comedian.«

Als ihr Prosecco kam, nahm sie einen herzhaften Schluck und griff sich eine Handvoll Nüsse aus der Schale vor ihnen auf der Theke.

»Wie kommen Sie mit Ihren Ermittlungen voran?«

»Geht so.«

»Ich hätte gedacht, Sie würden den Fall schneller lösen.«

»Ermittlungen haben ihre eigenen Gesetze. Man weiß nie, wohin sie einen führen.«

»Aber den Mord an meinem Mann haben Sie damals sehr schnell aufgeklärt.«

»Finden Sie?«

Sie kaute auf den Mandeln und Erdnüssen und sah sich in der gut besuchten Kneipe um. »Schön, dass die Stadt wieder auf die Beine kommt, nicht wahr?«

»Wenn Sie Burlington wiederaufgebaut haben – was nehmen Sie sich dann vor?«

Sie drehte sich auf dem Hocker zu ihm und lehnte sich an die Theke. »Das weiß ich noch nicht. Es gibt viele Städte wie Burlington, aber nicht alle haben dieses Entwicklungspotenzial. Ich will das Geld, das ich hier verdiene, nicht in einer anderen Stadt verbraten, die sich nicht aus dem Sumpf ziehen lässt.«

»Wie kalkulieren Sie die Wachstumschancen?«

»Ich will Sie nicht mit Statistiken langweilen, aber man muss schon eine Menge Zahlen studieren. Zum Glück verstehe ich als gelernte Wirtschaftsprüferin etwas von der Materie. Diese Zahlen können Ihnen den Weg in eine goldene Zukunft weisen, wenn Sie sie zu lesen verstehen. Und das müssen Sie beherrschen, wenn Sie Erfolg haben wollen.«

»Wenn Sie *finanziellen* Erfolg haben wollen, meinen Sie.«

»Gibt es denn noch einen anderen?« Rasch fügte sie hinzu: »Das war ein Scherz. Ich weiß, wir bräuchten mehr Mutter Teresas auf der Welt. Ich bin jedenfalls keine. So bin ich nicht gestrickt.«

»Wie dann?«

»Ich bin Egoistin. Aber ich schäme mich nicht dafür. Und ich mag keine Heuchler. Ich kenne genug Leute, die sich als Menschenfreunde aufspielen und Ihnen bei der erstbesten Gelegenheit das Messer in den Rücken rammen. Ich stoße es meinen Gegnern in die Brust. Bei mir wissen die Leute, was Sache ist.«

»Tot sind sie trotzdem«, konterte Decker.

»Ja, aber sie hatten wenigstens die Möglichkeit, sich zu verteidigen«, erwiderte sie in süßlichem Ton, leerte ihren Drink und bestellte noch einen, der prompt serviert wurde. »Ich habe gehört, Susan Richards ist verschwunden.«

Decker legte seinen Burger auf den Teller und sah sie an. »Woher wissen Sie das?«

»Ach, kommen Sie, das weiß doch schon jeder in der Stadt. Ich frage mich, warum sie abgehauen ist.«

»Schlechtes Gewissen?«, mutmaßte Decker.

Rachel Katz nahm einen Schluck Prosecco. »Das habe ich nicht gesagt, aber das Timing gibt einem schon zu denken.«

»In einer Mordermittlung sollte man keine voreiligen Schlüsse ziehen.«

»Sie sind der Experte, nicht ich. Aber was glauben Sie? Hat sie Hawkins umgebracht und sich dann aus dem Staub gemacht, bevor die Cops herausfinden können, dass sie es war?«

»Sie hat sich auf jeden Fall verdächtig gemacht. Apropos verdächtig. Haben Sie eigentlich ein Alibi für die Tatzeit?«

»Ich war an dem Abend mit einem Geschäftspartner essen. Danach hat er mich nach Hause gebracht – das war so gegen Mitternacht. Damit bin ich wohl aus dem Schneider.«

»Hat der Geschäftspartner einen Namen?«

Sie zog Kugelschreiber und Zettel aus der Handtasche, schrieb etwas darauf und reichte Decker die Notiz.

Er blickte darauf und hob überrascht eine Braue. »Earl Lancaster?«

»Ja. Er arbeitet bei einigen meiner Projekte als Generalunternehmer für mich. Warum?«

»Er ist mit meiner ehemaligen Kollegin verheiratet.«

»Nicht mehr lange«, entgegnete Katz. Als Decker sie erneut verwundert ansah, fügte sie hinzu: »In einer kleinen Stadt gibt es keine Geheimnisse, Detective.« Sie leerte ihr Glas. »Lassen Sie es mich wissen, wenn Sie etwas brauchen.«

Sie ließ ihre blonde Mähne wehen, als sie aufstand und ging.

Als Decker allein am Tresen saß, ließ eine Frage ihn nicht mehr los.

Warum hatte Earl nicht erwähnt, dass er mit Rachel Katz zusammenarbeitete, als sie sich im American Grill begegnet waren?

Vielleicht, weil er seiner Frau damit ein Riesenproblem bescherte.

Oder seiner baldigen Ex-Frau.

21

»Heißt das, du hast es gewusst?«

Decker sah Mary Lancaster ungläubig an. Er hatte sie heute früh angerufen und gesagt, er müsse sie dringend sprechen. Nun saßen sie in ihrem Auto vor dem Residence Inn.

»Ich habe gewusst, dass er gelegentlich für Rachel Katz arbeitet. Nicht, dass er ihr ein Alibi verschafft. Das hat Earl mir nicht gesagt. Wir reden nicht mehr so viel, schon gar nicht über Berufliches.«

»Aber warum hast du mir nicht erzählt, dass er für eine potenzielle Verdächtige in einem Mordfall arbeitet, in dem wir gemeinsam ermitteln?«

»Er arbeitet mit vielen Leuten zusammen. Es schien mir nicht so wichtig zu sein.«

»Ist es aber. Vor allem jetzt, da Earl Rachels Alibi ist.«

»Vielleicht werde ich den Fall abgeben müssen.«

»Nicht *vielleicht*, Mary. Da führt kein Weg dran vorbei.«

»Earl würde nicht lügen, falls du das andeuten willst. Wenn er sagt, er war mit Katz zusammen, dann war es so.«

»Ich deute gar nichts an. Ich weiß nur, dass du ab sofort die Finger von dem Fall lassen musst. Jeder Strafverteidiger zerreißt uns in der Luft, wenn du weiter ermittelst.«

Sie schob sich einen Kaugummi in den Mund und kaute energisch.

»Ich muss mit Earl darüber reden«, fügte Decker hinzu.

»Ich weiß. Ich werde auch mit ihm sprechen müssen.«

»Nein, Mary, nicht darüber.«

»Er ist immer noch mein Mann, verdammt.«

»Er liefert einer Frau ein Alibi, die ein gutes Motiv hatte, Hawkins umzubringen.«

»Scheiße!« Sie schlug mit der Hand aufs Lenkrad. »Und ich hab gedacht, schlimmer kann es nicht mehr werden.«

»Du wolltest die Scheidung doch selbst, nicht wahr?«

»Das hat Earl dir gesagt, stimmt's?«

»Stimmt es etwa nicht? Hast du nicht gerade behauptet, Earl lüge nicht?«

»Das ist nicht mehr wichtig, Decker. Unsere Ehe ist so oder so kaputt.«

»Und die Frau, mit der er jetzt zusammen ist?«

»Die ist in Ordnung. Das mit Nancy hat erst angefangen, nachdem es zwischen uns aus war.«

»Das hast du schon gesagt. Aber bist du wirklich damit einverstanden, dass Earl das Sorgerecht für Sandy hat?«

»Das teilen wir uns. Aber ich hab dir doch gesagt, dass er in seiner Arbeit viel flexibler ist als ich. Für Sandy ist es besser, wenn sie die Woche über bei Earl ist. Für mich zählt nur, was für das Mädchen das Beste ist.«

»Du meinst, es ist gut für Sandy, wenn du sie im Stich lässt?«

Sie sah ihn wütend an. »Woher nimmst du dir das Recht, über mich zu urteilen? Du weißt einen Scheißdreck über meine Situation. Du bist weggegangen, um für das FBI zu arbeiten. Und jetzt kommst du in *meine* Stadt zurück und sagst mir, wie ich *mein* Leben führen soll.« Sie deutete zur Tür. »Steig aus meinem Wagen! Sofort!«

Decker gehorchte, streckte den Kopf aber noch einmal durchs Fenster.

»Mit Kindern ist es so eine Sache, Mary. Wenn du nur eine Sekunde wegsiehst, kann es sein, dass sie nicht mehr da sind.«

Er schlug die Autotür zu und ging.

*

Ein paar Stunden später klopfte es unerwartet an Deckers Tür.

Als er öffnete, war er im ersten Moment überrascht, im zweiten angewidert.

»Lange nicht gesehen, Decker«, sagte der Mann, der grinsend vor ihm stand.

Blake Natty war Detective beim Burlington Police Department. Er war sechs Jahre älter als Decker, hatte aber in dessen Schatten gestanden, da Decker in seinen Ermittlungen deutlich erfolgreicher gewesen war. Das hatte Natty ihm übel genommen und auch kein Hehl daraus gemacht.

Blake Natty war etwas über eins siebzig groß, schlank und stets schick gekleidet, mit Einstecktuch und goldenen Manschettenknöpfen.

»Was gibt's?«, fragte Decker.

Nattys Grinsen wurde noch breiter. »Ein reiner Höflichkeitsbesuch. Nur damit Sie Bescheid wissen: Ich übernehme die Ermittlung im Fall Hawkins. Angeblich musste Lancaster den Fall wegen irgendwelcher Vorwürfe abgeben, die Sie erhoben haben. Das überrascht mich, wenn man bedenkt, dass Sie beide mal Partner gewesen sind.«

»Sie haben wieder einmal alles falsch verstanden. Aber das ist ja nichts Neues.«

Nattys Grinsen erlosch. »Wie gesagt, das ist ein Höflichkeitsbesuch. Ich wollte Sie nur wissen lassen, dass wir auf Ihre Mitarbeit im Mordfall Meryl Hawkins verzichten.«

»Haben Sie mit Captain Miller darüber gesprochen? Er hat mir grünes Licht gegeben, in dem Fall zu ermitteln.«

»Das mag schon sein, aber der Chef des Departments sieht es anders.«

»Verstehe. Ist das immer noch Peter Childress?«

»Richtig. Haben Sie ihn nicht mal ein ignorantes Arschloch genannt?«

»Nicht nur einmal. Und nie ohne Grund.«

»Okay, nur damit das klar ist: Mischen Sie sich nicht in die Ermittlungen ein. Es gibt hier nichts mehr für Sie zu tun. Sie müssen also nicht länger in Burlington bleiben ... falls Sie verstehen, was ich meine.«

»Es gibt da noch eine andere Sache – die Verbrechen, für die Hawkins verurteilt wurde.«

»Der Fall ist für Sie genauso tabu. Die Sache übernimmt das Burlington Police Department selbst, dem Sie nicht mehr angehören, falls Sie es vergessen haben.«

»Es gibt kein Gesetz, das mich daran hindert, noch mal einen Blick auf einen alten Fall zu werfen«, sagte Decker.

»Doch – wenn Sie damit in eine laufende Ermittlung eingreifen.«

»Heißt das, *Sie* untersuchen, ob Hawkins unschuldig war?«

»Das geht Sie nichts an. Ich kann Sie von einem meiner Jungs zur Bushaltestelle bringen lassen. In zwei Stunden geht ein Bus nach Pittsburgh. Von dort können Sie nach Washington fliegen, wo man Sie bestimmt schon sehnlichst erwartet.«

»Danke, aber ich bleibe hier.«

Natty kam einen Schritt näher und blickte zu dem zwanzig Zentimeter größeren Decker auf. »Wenn ich Sie dabei erwische, dass Sie sich in meine Ermittlung einmischen, übersiedeln Sie in eine Gefängniszelle. Nur damit das klar ist.«

»Sie waren immer schon sehr von sich überzeugt, Blake. Auch wenn Sie völlig falschlagen. Was meistens der Fall war.«

»Passen Sie auf, dass Sie nicht noch mal über Ihr aufgeblasenes Ego stolpern.«

Decker knallte ihm die Tür vor der Nase zu, ging zu seinem Stuhl, setzte sich und ließ seine Gedanken wieder zu dem Fall schweifen.

Er war überzeugt, dass Natty nur auf eine Gelegenheit wartete, ihn hinter Gitter zu bringen. Doch Decker war es gewohnt, gegen den Strom zu schwimmen. Natty war ein Ärgernis, nicht mehr. Dennoch würde Decker aufpassen müssen.

Eine Nachricht erschien auf seinem Handy.

Sie stammte von Mary Lancaster.

Bin sauer auf dich. Trotzdem tut's mir leid, dass Natty den Fall bekommen hat. Das wünsche ich nicht mal meinem ärgsten Feind. Was du nicht bist. Jedenfalls noch nicht. M.

Decker steckte das Handy weg, seufzte und lehnte sich im Stuhl zurück.

Sein Besuch in der alten Heimat entwickelte sich zu einem wahren Albtraum.

22

Die Gentrifizierung war manchmal mehr Fluch als Segen. Sie machte den Wohnraum für viele Bürger unerschwinglich, die schon in der Stadt gelebt hatten, bevor ihr Viertel »angesagt« war. Mit einem Mal floss viel Geld in die Errichtung neuer Luxuswohnungen, und das Alte musste weichen.

Erfüllt von solchen Gedanken, sah Decker sich in der Gegend um, in der Hawkins in der Tatnacht gefasst worden war.

Damals war das Viertel quasi Kriegsgebiet gewesen. Rivalisierende Banden und Drogendealer hatten die Straßen beherrscht und einander bekämpft, um ihr Territorium auszuweiten. Ihre Hauptquartiere hatten sie in leer stehenden Häusern und Geschäftslokalen eingerichtet, die oft auch als Treffpunkte für Drogenabhängige genutzt wurden. Als Streifenpolizist und später als Detective hatte Decker oft in diesem Stadtteil zu tun gehabt. In manchen Jahren hatte es jede Woche einen Mord gegeben. Fast jeder hier hatte eine Waffe getragen und kein Problem damit gehabt, davon Gebrauch zu machen.

Heute fand man hier teure Apartments und gut gehende Geschäfte. Auch ein Starbucks durfte nicht fehlen. Wo einst ein leer stehendes Lagerhaus gestanden hatte, war ein Park angelegt worden. Decker musste zugeben, dass das Viertel sich zu seinem Vorteil verändert hatte.

Man hätte hier eine Lifestyle-Fernsehserie drehen können, ohne auch nur eine Kleinigkeit ändern zu müssen.

Er und Lancaster waren damals hierhergekommen, nachdem sie Hawkins auf dem Polizeirevier verhört hatten. Vor Deckers innerem Auge sah die Gegend wieder so heruntergekommen aus wie vor dreizehn Jahren: Es gab keinen Park, keine neuen Apartmenthäuser, und auf den Straßen tummelten sich Junkies. In dunklen Winkeln warteten Dealer auf ihre Kunden, die bar zahlten und mit dem Stoff ihrer Wahl wieder abzogen.

Auch Prostituierte gingen hier ihrem Geschäft nach, wie überall, wo der Drogenhandel blühte. Fast alle Nutten waren selbst abhängig und boten ihre Dienste an, um an ihre tägliche Ration Stoff zu kommen.

Das luxuriöse Apartmenthaus, vor dem Decker stand, wurde wieder zu der verlassenen Hemdenfabrik von damals, in deren leeren Räumen Matratzen auf dem Boden verteilt waren, auf denen das Geschäft mit der käuflichen Liebe vollzogen und hinterher der Drogensucht gefrönt wurde.

Durch dieses Viertel war Hawkins an jenem Abend geirrt, während der Regen auf ihn niederprasselte. Bei dem miesen Wetter war niemand draußen gewesen, der seine Aussage hätte bestätigen können. Falls er die Wahrheit gesagt und sich zur Tatzeit wirklich hier herumgetrieben hatte, stellte sich die Frage, warum. Er hatte es bei der Vernehmung nicht sagen wollen, obwohl es ihn hätte entlasten können. Mit seinem beharrlichen Schweigen schadete er sich nur selbst. Falls er jemandem begegnet war, hätte er den Namen nennen können, dann hätten sie seine Aussage überprüft, und er wäre vielleicht ein freier Mann gewesen.

Decker rief etwas in seinem Gedächtnis auf. Ein Gespräch, das noch gar nicht lange zurücklag.

»An dem Abend hat sie eine Infusion bekommen. Daran kann ich mich noch erinnern.«

»Ja, aber oft waren die Schmerzmittel alle. Medikamente sind teuer.

Man sollte diese beschissenen Versicherungen … Sorry, das bringt mich immer noch auf die Palme.«

»War Ihre Mutter denn nicht mehr versichert?«

»Nur bis mein Dad entlassen wurde. Von da an konnten sie sich die Versicherung nicht mehr leisten. Und da Mom schon Krebs hatte, wäre es unmöglich gewesen, eine zu finden.«

»Was hat Ihr Vater getan, um die Familie durchzubringen?«

»Er hat alle möglichen Jobs angenommen und mit dem Geld bei Ärzten in der Gegend Medikamente gekauft.«

War Meryl Hawkins in jener Nacht wirklich unterwegs gewesen, um Schmerzmittel für seine todkranke Frau zu beschaffen? Sein Anwalt hatte das im Prozess behauptet. Aber selbst wenn es so war, hätte Hawkins die Morde begehen können. Er hätte genug Zeit gehabt, um nach der Tat dieses Viertel aufzusuchen.

Seltsam war nur, dass er bei der Festnahme keine Medikamente bei sich gehabt hatte. Dabei hätte er hier, auf dem größten offenen Drogenmarkt der Stadt, eigentlich welche bekommen müssen. Natürlich musste man vorsichtig sein. Vieles von dem, was damals hier angeboten worden war, konnte selbst einen gesunden Menschen umbringen.

Das Mittel der Wahl war in solchen Fällen Morphin, das auch in Hospizen verabreicht wurde. Doch Hawkins wollte garantiert sichergehen, keine schlampig in einer Küchenspüle zusammengebraute Droge zu kaufen, wovon damals jede Menge in Umlauf war.

Decker erinnerte sich, dass man damals auch hochwertigen, reinen Stoff angeboten hatte, der nicht in obskuren Kellerlaboren hergestellt, sondern in Apotheken und Krankenhäusern gestohlen worden war. Der Preis war entsprechend hoch – dafür wusste man, dass man solide Qualität bekam. Das wiederum bedeutete, die Chancen standen gut, auch den nächsten Tag als Drogenabhängiger noch zu erleben.

Wahrscheinlich hatte Hawkins erstklassige Ware für seine Frau besorgen wollen. Im Laufe der Ermittlungen und des Prozesses hatte Decker den Eindruck gewonnen, dass der Mann alles für seine Frau tat. Trotzdem blieb die Tatsache, dass er bei der Festnahme keine Medikamente bei sich gehabt hatte.

Decker schloss die Augen. Hawkins hatte keine Schmerzmittel, dafür aber fünfhundert Dollar bei sich gehabt. Das Geld vom Verkauf der Diebesbeute?

Die Frage war jedoch, wie Hawkins das ganze Zeug vom Haus der Richards hatte wegschaffen können, wenn niemand ein Auto dort gesehen hatte. Natürlich konnte man nicht ausschließen, dass er mit einem gestohlenen Wagen hingefahren war, ohne dass jemand es bemerkt hatte. Danach könnte er hierhergekommen sein und versucht haben, die gestohlene Ware zu verscherbeln und dafür Medikamente zu beschaffen. Die fünfhundert Dollar ließen darauf schließen, dass Hawkins einiges von dem Diebesgut verkauft hatte, aber nicht mehr dazu gekommen war, Morphin zu besorgen, bevor die Polizei ihn festnahm.

Dennoch war es schwer vorstellbar, dass ein Mann, der bis dahin nicht einmal einen Strafzettel wegen Falschparkens bekommen hatte, vier Menschen ermordet haben und danach in aller Ruhe durch die Gegend marschiert sein sollte, um die gestohlenen Sachen unter die Leute zu bringen und illegal Medikamente zu beschaffen. Zudem musste ihm klar gewesen sein, dass die Polizei den Täter suchte.

Decker öffnete die Augen.

Als sie Hawkins später in der Nacht vernommen hatten, schien er völlig überrascht zu sein, dass er unter Mordverdacht stand. Damals hatten Decker und Lancaster angenommen, dass er log, wie die meisten Mörder.

Wieder schloss Decker die Augen und versetzte sich zurück in das Vernehmungszimmer, wo er dem Mann gegenübergesessen hatte, dem man vorwarf, vier Menschen, darunter zwei Kinder, ermordet zu haben.

Decker hatte ihm Fotos der Toten über den Tisch hinweg zugeschoben.

»Erkennen Sie diese Personen wieder, Mr. Hawkins?«

Der Mann hatte gar nicht hingeschaut.

»Sehen Sie sich die Fotos an, Hawkins.«

»Nein. Sie können mich nicht zwingen.«

Doch Decker hatte bemerkt, dass Hawkins einen kurzen Blick auf das Foto von Abigail Richards geworfen und das Gesicht verzogen hatte, als bereite der Anblick ihm Übelkeit. Damals hatte Decker dies als Hinweis auf die Schuld des Mannes gewertet.

Aber jetzt?

»Nennen Sie uns einen Namen, Mr. Hawkins«, hatte Lancaster ihn gedrängt. »Gibt es jemanden, dem Sie heute Nacht begegnet sind oder der Sie gesehen haben könnte? Wir überprüfen das dann umgehend. Sollte es sich bestätigen, sind Sie ein freier Mann.«

Doch Hawkins hatte keinen Namen genannt. Als Decker an diesen Augenblick zurückdachte, erinnerte er sich an den Gesichtsausdruck des Mannes, in dem nun tiefe Resignation lag.

»Hey, Decker!«

Er blickte zu dem Auto, das neben ihm gehalten hatte. Der Fahrer hatte das Fenster heruntergelassen.

Decker murmelte einen Fluch.

Es war Blake Natty, arrogant und selbstgefällig wie immer.

»Habe ich mich nicht klar ausgedrückt, Decker?«

»Ich weiß nicht, was Sie meinen, Natty.«

Decker blickte an Natty vorbei und sah zu seiner Überraschung

Sally Brimmer auf dem Beifahrersitz, der die Situation peinlich zu sein schien.

»Ich hatte Ihnen gesagt, dass Sie im Fall Hawkins nicht mehr ermitteln dürfen«, betonte Natty.

»Nein. Sie hatten gesagt, ich soll mich nicht in *Ihre* Ermittlungen einmischen.« Decker sah sich auf der Straße um. »Mische ich mich etwa ein? Ich mache einen Spaziergang. Was sagen Sie dazu, Mrs. Brimmer? Sehen Sie hier eine Einmischung in eine polizeiliche Ermittlung?«

Brimmer sah aus, als würde sie am liebsten im Erdboden versinken. »Ich … ich lasse mich da nicht hineinziehen.«

»Kluges Mädchen«, bemerkte Natty mit einem anzüglichen Grinsen, ehe er sich wieder Decker zuwandte. »Ich hoffe, Sie wissen, was Sie tun. Ich lasse Sie ungern ins Gefängnis werfen.«

»Kann ich mir vorstellen. Dann würde nämlich das FBI über das Burlington Police Department herfallen, und dann hilft Ihnen auch die Arschkriecherei bei Ihrem Chef nicht mehr.«

»Passen Sie bloß auf, Sie Klugscheißer.«

»Wollen Sie mir drohen, Giftzwerg?«

»Wenn Sie mir noch mal blöd kommen, werfe ich Ihren fetten Arsch in den Knast, verlassen Sie sich drauf.«

»Nur zu. Dann hätten Sie auch noch einen Prozess wegen Verletzung des ersten Verfassungszusatzes am Hals. Das Department hat nicht annähernd genug Anwälte, um das alles abzuwenden, und es würde in sämtlichen Medien breitgetreten.« Decker blickte an ihm vorbei zu Brimmer. »Sie sind für die Öffentlichkeitsarbeit zuständig. Wollen Sie ein solches PR-Desaster ausbaden, Mrs. Brimmer?«

Sie hob resignierend die Hände und blickte zur Seite.

Decker schaute auf Nattys Ehering, dann zu Brimmer. »Sind Sie nicht verheiratet, Natty?«

»Was geht Sie das an?«, blaffte Natty und schaute zu Brimmer. »Verdammt, was wollen Sie damit andeuten? Ich … ich fahre Mrs. Brimmer nur … nach Hause.«

Decker blickte wieder zu Brimmer, die aus dem Fenster schaute. Dann sah er vielsagend auf seine Uhr. Es war kurz vor acht.

»Grüßen Sie Fran von mir, wenn Sie von Brimmers Apartment zurückkommen.«

»Kommen Sie mir ja nicht in die Quere, Decker, sonst sind Sie fällig.«

Natty trat aufs Gas und brauste davon.

Decker schaute ihm nach. Er hatte den Eindruck, dass Brimmer durch die Heckscheibe zu ihm zurückblickte, obwohl er sich in der Dunkelheit nicht ganz sicher war.

Natty und Brimmer. Wer hätte das gedacht?

23

Das ehemalige Haus der Familie Hawkins.

Es stand nicht mehr leer; in der Auffahrt parkte ein Auto.

Decker sah Kinderspielzeug im Garten herumliegen, als er die Treppe zur Haustür hochstieg.

Er klopfte an, hörte kleine Kinder schreien und irgendein Tier auf dem Boden scharren, ehe sich Schritte der Tür näherten. Als sie geöffnet wurde, sah er sich einer jungen Frau um die dreißig gegenüber. Ihre braunen Haare waren zu einem Pferdeschwanz hochgebunden. Ihr Gesicht zeigte den müden Ausdruck einer Mutter mit kleinen Kindern. Der Eindruck bestätigte sich, als drei kleine Gesichter hinter ihr hervorlugten.

»Was ist?« Sie musterte Decker von oben bis unten. »Wir wollen keine Vertreter hier in der Gegend, nur damit Sie's wissen.«

»Ich will nichts verkaufen.« Er zeigte ihr seinen FBI-Ausweis.

Sie begutachtete den Ausweis und machte einen Schritt zurück. »Sie sind vom FBI?«, fragte sie skeptisch. »Tragen die nicht immer einen Anzug?«

»Manche schon – ich nicht. Außerdem sind Anzüge in meiner Größe nicht so leicht zu finden.«

Sie sah zu ihm hoch an und nickte. »Kann ich mir vorstellen. Was kann ich für Sie tun?«

»Wie lange wohnen Sie schon hier?«

»Zwei Jahre. Worum geht es?«

»Vor über zehn Jahren hat hier eine Familie Hawkins gewohnt.«

Er sah auf die Kinder hinunter. »Können wir kurz unter vier Augen reden?«

Die junge Frau schaute zu ihren Sprösslingen zurück, zwei Jungen – anscheinend Zwillinge – und ein Mädchen, zwischen drei und fünf. »Ich fürchte, das geht schlecht«, sagte sie mit einem resignierenden Lächeln. »Kommen Sie herein.« Sie ließ ihn eintreten. Die Kinder wichen zurück und starrten den hünenhaften Decker ehrfürchtig an.

»Hey, Kids«, sagte die Frau. »Ihr dürft euch Kekse in der Küche holen. Aber jeder nur einen! Ich komme nachsehen.«

Die drei flitzten in die Küche, gefolgt von einem Drahthaarterrier, der unter der Couch hervorschoss, unter der er sich versteckt hatte.

»Unser Peaches ist ein toller Wachhund, nicht wahr?«, meinte die Frau kichernd. »Also, was ist mit dieser Familie?«

»Okay, lassen Sie mich gleich zur Sache kommen, ehe die Kinder zurück sind. Damals wurde hier im Schlafzimmerschrank eine Waffe gefunden, die bei einem schweren Verbrechen benutzt worden war. Ich wollte mir die Stelle kurz ansehen.«

Die Frau riss die Augen auf. »Ein Schwerverbrechen? Großer Gott. Davon war nie die Rede, als wir das Haus gekauft haben. Muss der Makler einem so etwas nicht sagen? Wann ist das passiert?«

»Vor dreizehn Jahren. Und das Verbrechen wurde auch nicht hier im Haus verübt.«

»Hat man den Täter gefunden?«

»Ja. Er war im Gefängnis. Erst vor einigen Tagen wurde er entlassen und wenig später ermordet.«

»Du meine Güte.« Die Frau schlug die Hände vors Gesicht. »Aber wenn er damals verurteilt wurde – warum müssen Sie sich den Platz, wo die Waffe gefunden wurde, noch einmal ansehen?«

»Weil es gewisse Zweifel gibt, dass der Mann wirklich der Täter war.«

Plötzlich schien sie zu verstehen, worauf er hinauswollte. »Sie meinen, es ist ein Cold Case? So sagt man doch, nicht wahr? Ich sehe mir manchmal Sendungen an, in denen es um so etwas geht.«

»Ganz recht, ein Cold Case.« Decker hörte eilige Schritte näher kommen. »Ich glaube, die Kavallerie kommt zurück. Also, darf ich kurz hinein?«

»Klar, kommen Sie.«

Sie führte ihn ins Schlafzimmer. »Entschuldigen Sie das Chaos. Mit den drei Rabauken habe ich kaum Zeit zum Zähneputzen.«

»Kann ich mir vorstellen.«

Plötzlich kam von irgendwo im Haus ein lautes Geräusch. Der Hund fing an zu bellen, ein Kind weinte.

»Ähm …« Die Frau blickte beunruhigt nach draußen.

»Gehen Sie nur. Ich brauche nicht lange.«

»Danke.« Sie lief aus dem Zimmer und rief: »Was ist denn jetzt schon wieder!«

Decker schob ein paar Kleidungsstücke beiseite und suchte mit seiner Stablampe die Rückwand des Schranks ab. Er schaute nach links, wo sich das Versteck befunden hatte, und klopfte dagegen. Die Pistole hatte sich in einem Behälter befunden. Fingerabdrücke gab es keine. Es klang hohl. Er pochte an die beiden anderen Wände und hörte das gleiche hohle Geräusch von Gipskartonplatten.

Alles klar.

Die Stelle war repariert und überstrichen worden, sodass es nichts mehr zu sehen gab. Decker dachte an den Augenblick zurück, als er den Schrank zum ersten Mal gesehen hatte. Die Platte über dem Geheimfach war herausgeschnitten und wieder eingesetzt worden. Und nicht einmal sehr sauber, sodass es nicht schwer zu finden gewesen war.

Decker sah auf den Boden. Der Teppich im Wandschrank schien derselbe zu sein wie zu der Zeit, als die Hawkins' noch hier gewohnt hatten. Er ging in die Knie und leuchtete auf die Stelle.

Was soll das werden, du Blödmann?, tadelte er sich selbst. *Nach so langer Zeit glaubst du doch nicht wirklich, dass du auf dem verdammten Teppich noch irgendeine Spur findest?*

Er richtete sich auf und musste sich eingestehen, dass er nach Strohhalmen griff. In Wahrheit hatte er nicht die kleinste Spur, der er nachgehen konnte. Die Morde vor dreizehn Jahren lagen ebenso im Dunkeln wie der Mord an Hawkins vor einigen Tagen.

Er drehte sich um und verließ das Schlafzimmer.

Und sah eine Wand von Polizeibeamten vor sich, hinter denen ein grinsender Blake Natty stand.

24

Es war die gleiche Zelle, in der Decker sich vor Jahren als Anwalt ausgegeben und mit einem Häftling gesprochen hatte – ein Mann, der gestanden hatte, Deckers Familie ausgelöscht zu haben.

Er wusste nicht, ob die Wahl der Zelle Absicht war, aber er glaubte nicht an einen Zufall. Da wollte ihm jemand eine Botschaft übermitteln.

Dass die Polizei ihn im Haus der Hawkins erwartet hatte, war das erste Signal gewesen. Dass sie ihm seine Rechte vorlasen und ihn beschuldigten, eine Polizeiermittlung zu behindern, sprach eine noch deutlichere Sprache.

Doch Decker war ein geduldiger Mensch. Er lehnte sich an die Ziegelwand der Zelle und wartete. Irgendwann würden sie schon zu ihm kommen.

Eine Stunde später erschien eine Person am Zellengitter, mit der er nicht gerechnet hatte.

Wenigstens zeigte Sally Brimmer keine Spur von Schadenfreude, ihn in einer Gefängniszelle zu sehen.

Er blickte zu ihr auf.

»Na? Wie geht's denn so, Mrs. Brimmer?«

»Wahrscheinlich besser als Ihnen.«

»Da kann ich Ihnen nicht widersprechen.«

Sie trat näher an die Gitterstäbe und sagte in leisem Ton: »Warum haben Sie es darauf angelegt? Sie wissen doch, dass Natty Sie hasst.«

»Es ist mir egal, ob er mich hasst oder nicht. Ich habe einen Job zu machen, und davon lasse ich mich von ihm nicht abbringen.«

»Aber Sie gehören nicht mehr dem Police Department an. Das hier ist nicht Ihr Problem.«

»Es ist sehr wohl mein Problem, falls ich damals einen Unschuldigen ins Gefängnis gebracht habe.«

»Halten Sie Hawkins wirklich für unschuldig?«

»Sagen wir es so: Ich habe heute sehr viel größere Zweifel an seiner Schuld als damals.«

»Aber ist das noch wichtig? Der Mann ist tot.«

»Mir *ist* es wichtig. Und er hätte es verdient, dass sein Name reingewaschen wird. Seine Tochter hält ihren Vater für einen vierfachen Mörder.«

Brimmers Wangen liefen rot an. »Ich habe Sie damals gehasst, als Sie mir diesen Streich gespielt haben und als vermeintlicher Anwalt aufgekreuzt sind.«

»Ich habe die Konsequenzen auf mich genommen. Ich wollte nicht, dass Sie es ausbaden müssen.«

»Ich weiß, dass der Mann, zu dem Sie damals wollten, an der Ermordung Ihrer Angehörigen beteiligt war. Es … es hat mich beinahe überrascht, dass Sie ihn nicht in der Zelle umgebracht haben.«

»Ich war mir nicht sicher, ob er der Täter war. Ich habe an seinem Geständnis gezweifelt.« Er stockte einen Augenblick. »Ich muss mir sicher sein, dass jemand etwas so Schwerwiegendes getan hat, Mrs. Brimmer.«

»Das verstehe ich. Ich habe es nur angesprochen, weil …« Sie verstummte, sah sich nervös um. »Weil ich es an Ihrer Stelle wahrscheinlich genauso gemacht hätte.«

Er stand auf und ging zum Gitter, das sie voneinander trennte. »Würden Sie etwas für mich tun?«

Brimmer machte einen Schritt zurück und sah ihn zögernd an. »Was?«

»Könnten Sie in den Akten der Mordfälle Richards und Katz etwas für mich nachsehen?«

»Haben Sie die nicht gelesen? Ich habe doch selbst gesehen, wie man Ihnen die Akten ins Arbeitszimmer gebracht hat.«

»Tja, nur musste ich vorher mehrere Zeugen befragen und war nicht dazu gekommen, die Akten zu lesen, bevor ich hier … gelandet bin.«

»Aber Sie haben die Unterlagen doch bestimmt schon damals studiert.« Sie blickte zu ihm hoch. »Ich dachte, Sie vergessen nichts.«

Diesmal war es Decker, der einen Schritt zurücktrat und ihrem Blick auswich. »Ich habe damals nicht alles gelesen. Vor allem nicht den Pathologiebericht.«

»Warum nicht?«

»Ich musste keine Zeugenaussage dazu machen. Das war Aufgabe des Gerichtsmediziners.«

Brimmer wirkte nicht überzeugt.

Schließlich blickte Decker sie an. »Ich habe es vermasselt, Mrs. Brimmer. Es war mein erster Fall als Detective der Mordkommission. Ich habe Hawkins von Anfang an für den Täter gehalten und nur nach einer Bestätigung meiner Annahme gesucht. Deshalb habe ich mir nicht die Mühe gemacht, alle Einzelheiten zu checken.«

Zu seiner Überraschung lächelte sie über sein Geständnis.

»Was ist?«, fragte er verständnislos.

»Es ist irgendwie … tröstlich.«

»Wie meinen Sie das?«

»Ich habe Sie für quasi unfehlbar gehalten, wie eine Maschine. Jetzt weiß ich, dass Sie auch nur ein Mensch sind.«

»Da werden Ihnen manche Leute etwas anderes sagen. Also, können Sie mir die Akten bringen?«

»Ich denke, ich kann sie kopieren. Aber hierher kann ich Ihnen das Material nicht bringen.«

»Ich werde nicht lange hier drin sein.«

Sie zog die Stirn in Falten. »Wie können Sie das wissen?«

»Es muss eine Kautionsanhörung geben.«

»Haben Sie einen Anwalt?«

»Nein, aber das weiß ich auch so.«

»Sind Sie sicher?«

»Ziemlich sicher.«

»Blake wird es Ihnen nicht leicht machen.«

»Das habe ich auch nicht angenommen.«

»Sie werden sich wahrscheinlich fragen, warum ich … ich meine, Natty und ich …«

»Das geht mich nichts an. Ich urteile über niemanden. Das steht mir nicht zu.«

»Das weiß ich zu schätzen.«

»Aber ich möchte Ihnen einen Rat geben. Ich hatte selbst eine Tochter.«

»Ich weiß«, sagte sie teilnahmsvoll.

»Wenn sie die Chance bekommen hätte, eine erwachsene Frau zu werden, hätte ich alles getan, damit sie nicht an einen Typen wie Blake Natty gerät. Allein, dass er etwas mit Ihnen anfängt, obwohl er verheiratet ist, sollte Ihnen genug über ihn sagen.«

Brimmer schaute ihn traurig an, drehte sich um und eilte davon.

25

Der Richter musste zweimal hinschauen, als er auf seine Liste sah, ehe er zu Decker aufblickte, der hinter dem Anwaltstisch stand.

Am Tisch der Anklage stand Elizabeth Bailey, eine erfahrene Staatsanwältin, die Decker recht gut kannte. Sie hatten in zahlreichen Fällen zusammengearbeitet, als er noch dem Police Department angehört hatte.

Hinter dem hüfthohen Geländer saßen nur zwei Leute im Zuschauerraum: Blake Natty und Polizeichef Peter Childress, ein hochgewachsener stattlicher Mann Ende fünfzig mit kurzen grauen Haaren und einem aufgedunsenen, pockennarbigen Gesicht. Er trug einen dunklen Anzug, dazu ein weißes Hemd und eine blauweiß gestreifte Krawatte.

»Mr. Decker?«, begann der Richter, ein klein gewachsener Mann Ende sechzig mit dünnem Hals und dichtem silberfarbenem Haar, das einen markanten Kontrast zu seiner schwarzen Robe bildete. Er musterte Decker durch seine dicke, schwarz geränderte Brille. »Amos Decker?«

»Ja, Euer Ehren.«

»Die Anklage lautet auf Behinderung der Justiz«, erklärte Richter Dickerson mit einem Blick auf seine Unterlagen. »Einmischung in eine polizeiliche Ermittlung. Sie sind doch selbst Polizist, oder?«

»Ich bin vor mehreren Jahren aus dem Police Department ausgeschieden, um fürs FBI zu arbeiten, bin aber immer noch vereidigter Polizeibeamter.«

Dickerson bewegte die Lippen, als er in den Unterlagen las, die er vor sich liegen hatte. Dann nahm er die Brille ab, legte sie beiseite und blickte zur Staatsanwältin, die das Geschehen mit betretener Miene verfolgte.

»Mrs. Bailey, können Sie mir erklären, was hier vor sich geht?«, fragte Dickerson.

Bailey war Mitte vierzig und kräftig gebaut. Ihre blonden Haare hatten dunklere Wurzeln. Sie trug einen beigen Hosenanzug, eine weiße Bluse und eine dezente Halskette. Bailey warf einen finsteren Blick zu Natty; dann räusperte sie sich und wandte sich an den Richter.

»Mr. Decker wird in der Tat Behinderung der Justiz und Einmischung in eine polizeiliche Ermittlung vorgeworfen.«

Für einen Augenblick sah es so aus, als wolle sie noch etwas hinzufügen, doch dann presste sie die Lippen aufeinander und schwieg.

»Das ist mir bekannt«, entgegnete der Richter unwirsch. »Ich habe es ja eben erst verlesen. Ich hätte nur gern eine Erklärung dazu.«

»Es hat damit begonnen, dass Mr. Decker vor einigen Tagen von einem gewissen Meryl Hawkins kontaktiert wurde.«

»Meryl Hawkins? Meinen Sie *den* Meryl Hawkins?«

»Ja, Euer Ehren. Er wurde vorzeitig aus dem Gefängnis entlassen, weil … nun, aus gesundheitlichen Gründen. Er suchte Detective Mary Lancaster und Mr. Decker auf und behauptete ihnen gegenüber, die Morde nicht begangen zu haben, für die er verurteilt worden war. Er bat sie, seine Unschuld zu beweisen.«

»Hawkins wurde wenig später ermordet, nicht wahr?«

»Ja, Euer Ehren.«

»Und was hat das damit zu tun, dass Mr. Decker heute hier ist?«

»Mr. Decker wurde von Captain Miller gebeten, in dem Mord

an Mr. Hawkins zu ermitteln, und auch die Morde, für die Mr. Hawkins verurteilt wurde, noch einmal zu untersuchen.«

Dickerson tippte mit dem Finger auf den Richtertisch. »Das beantwortet nicht meine Frage, warum Mr. Decker heute hier ist«, betonte er geduldig. »Es macht mich nur noch ratloser, Mrs. Bailey.«

»Das verstehe ich, Euer Ehren. Aber …«

In diesem Augenblick fasste der Polizeichef das Geländer mit beiden Händen und erhob sich abrupt. »Ich denke, ich kann die Sache aufklären, Euer Ehren.«

Dickerson blickte zu Childress. Decker glaubte, einen Schatten über das Gesicht des Richters huschen zu sehen, als er sich an den obersten Polizisten von Burlington wandte.

Decker war seinerzeit nicht allein gewesen mit seiner Meinung, dass Childress ein arroganter, inkompetenter Idiot war, der keine Skrupel kannte, wenn es den eigenen Interessen nützte. Nicht wenige waren erstaunt gewesen, dass Childress gegenüber dem dienstälteren Captain Miller den Vorzug erhalten hatte, als es darum gegangen war, das Amt des Polizeichefs zu besetzen. Angeblich hatte Miller den Posten abgelehnt, weil er die enge Zusammenarbeit mit seinen Leuten bevorzugte. Childress behandelte seine Untergebenen abschätzig und respektlos, war aber stets gehorsam, ja unterwürfig gegenüber denen, die in der Hackordnung über ihm standen. Und er verfügte über die Gabe, den größten Unsinn irgendwie glaubhaft klingen zu lassen. Decker machte sich auf eine Kostprobe dieses Talents gefasst.

»Na so was, Mr. Childress«, sagte Dickerson mit spöttischem Unterton. »Ich habe Sie gar nicht gesehen. Können Sie mir erklären, was hier vor sich geht? Wenn Captain Miller Decker beauftragt hat …«

»Das entspricht absolut den Tatsachen, Euer Ehren. Wir haben uns die Sache aber noch einmal überlegt und sind zu dem Schluss gekommen, dass Mr. Deckers Mitarbeit ungeahnte rechtliche Probleme mit sich bringen würde, wenn er im Namen unseres Departments irgendetwas unternähme, das unsere Befugnisse überschreitet. Dass diese Sorgen begründet waren, zeigte sich wenig später, als Mr. Decker dabei ertappt wurde, wie er sich ohne Durchsuchungsbeschluss in Mr. Hawkins' ehemaligem Haus umsah.«

»Ich habe keinen Durchsuchungsbeschluss benötigt, da ich die Erlaubnis der Hauseigentümerin hatte«, wandte Decker ein.

»Wie auch immer«, fuhr Childress fort, ohne auf den Einwand einzugehen, »wir können nicht ständig hinter Mr. Decker herlaufen und aufpassen, dass er sich an die Gesetze hält. Das Department hat ihm untersagt, sich weiter in die Ermittlungen einzuschalten. Er hat sich nicht daran gehalten. Somit ist uns nichts anderes übrig geblieben, als ihn in Gewahrsam zu nehmen. Darum sind wir heute hier.«

Dickerson schien zu schwanken. »Hat Detective Decker nicht vor Jahren diesen furchtbaren Amoklauf an unserer Highschool aufgeklärt?«

»Das ist richtig«, räumte Childress ein. »Das Department hat Mr. Deckers Leistung auch entsprechend gewürdigt. Das hier ist nichts Persönliches – im Gegenteil, ich habe Mr. Decker immer unterstützt. Aber wir haben das Department nach bestem Wissen und Gewissen zu leiten, und ich kann nicht tatenlos zusehen, wie er unserem Police Department schadet.«

»Ich verstehe Ihre Argumentation.«

»Euer Ehren«, meldete sich Staatsanwältin Bailey zu Wort. »Dies ist nur eine Kautionsanhörung und sollte Mr. Decker Gelegenheit geben, sich zu den Vorwürfen zu äußern.«

»Nicht schuldig«, sagte Decker, ohne zu zögern.

»Werden Sie von einem Anwalt vertreten, Mr. Decker?«, fragte der Richter.

»Noch nicht, Sir. Ich werde mich darum kümmern, falls es nötig sein sollte.« Er schaute zu Childress, der seinen Blick finster erwiderte.

Bailey beeilte sich hinzuzufügen: »Aufgrund seiner Verbindung zum Department und seiner Arbeit für das FBI sind wir damit einverstanden, ihn mit der Zusage zu entlassen, zum Gerichtstermin zu erscheinen.«

Childress trat einen Schritt vor. »Ich fürchte, Mrs. Bailey ist hier nicht ganz auf dem Laufenden, Euer Ehren. Mr. Decker hat keinerlei Verbindung mehr zu unserer Stadt. Er ist vor über zwei Jahren weggezogen und arbeitet nicht mehr für das Department, was einer der Gründe ist, warum wir heute hier sind. Und wie ich aus zuverlässiger Quelle hörte, wird er möglicherweise auch nicht mehr für das FBI arbeiten. Somit sind die Argumente, die Mrs. Bailey für seine Entlassung ins Treffen geführt hat, hinfällig.«

»Glauben Sie wirklich, dass bei Mr. Decker Fluchtgefahr besteht?«, fragte der Richter.

Childress breitete die Hände aus und sagte im aufrichtigsten Ton: »Euer Ehren, als er noch einer von uns war, hatte er keinen größeren Unterstützer als mich. Aber er gehört schon lange nicht mehr unserer Truppe an und hat sich allem Anschein nach verändert. Und ein so eigenmächtiges Vorgehen, nachdem man ihn davor gewarnt hat, weiter zu ermitteln, ist auch nicht gerade vertrauensbildend.«

Dickerson blickte zu Decker. »Ist das wahr?«

»Ich arbeite immer noch für das FBI. Und ich habe intensive Verbindungen zu dieser Stadt.«

Childress widersprach prompt. »Das entspricht leider nicht den Tatsachen. Er hat hier keinen Wohnsitz, keinen Job und …«

»Meine Familie ist hier begraben«, sagte Decker, ohne Childress anzusehen, den Blick zum Richter gewandt. »Deswegen bin ich hergekommen. Um die Gräber meiner Frau und meiner Tochter zu besuchen. Es wäre Mollys vierzehnter Geburtstag gewesen.« Er stockte einen Augenblick. »Meine Verbindung zu Burlington ist so innig, wie sie nur sein kann.«

Natty schnalzte mit der Zunge und verdrehte die Augen. Childress machte ein betretenes Gesicht. Staatsanwältin Bailey hatte Tränen in den Augen und blickte auf ihre Hände.

Dickerson nickte. »Mr. Decker, Sie sind frei, mit der Zusage, zur Verhandlung zu erscheinen, deren Termin noch festgelegt wird. Ich verlange lediglich, dass Sie dem Gericht Bescheid geben, falls Sie die Absicht haben, die Stadt zu verlassen.«

»Ich gehe nirgendwohin, Euer Ehren, bis *alles* aufgeklärt ist.«

Dickerson verschwand im Richterzimmer. Sobald die Tür geschlossen war, trat Childress auf Decker zu und musterte ihn eindringlich. Nun, da der Richter nicht mehr zugegen war, gab er sich keine Mühe mehr, den Anschein des aufrichtigen, verantwortungsbewussten Amtsträgers zu wahren.

»Ich kann Ihnen gar nicht sagen, wie sehr es mich freut, dass Sie wieder in der Stadt sind, Decker«, giftete er selbstgefällig. »Dafür kriege ich Sie dran.« Er blickte zu Natty. »Wie war noch mal der Strafrahmen, Natty?«

»Ein bis drei Jahre. Das Doppelte, falls erschwerende Umstände dazukommen.«

Childress sah Decker mit unverhohlener Schadenfreude an. »Dann hoffen wir mal auf erschwerende Umstände.«

Decker erwiderte seinen Blick. »Sie können nicht an der Aufklärung des Mordes an Hawkins interessiert sein.«

»Wie kommen Sie darauf?«, erwiderte Childress, immer noch grinsend.

»Sie haben Natty mit dem Fall betraut.«

»Ja, und?«

»Der Versager kann nicht mal das Rätsel lösen, warum Sie so ein Arsch sind.«

Bailey hustete, blickte zur Seite und rieb sich die Augen.

»Sie halten sich für schlauer als alle anderen, was?«, blaffte Childress.

»Nein. Aber ich habe die Ermittlung im Fall Richards und Katz vermasselt. Und das muss ich wiedergutmachen.«

»Sie haben jetzt etwas anderes, mit dem Sie sich beschäftigen müssen: die Anklage, die wegen Behinderung der Justiz gegen Sie erhoben wird.«

»Ich glaube, das wird sich schnell klären.«

»Ach ja?« Childress' Grinsen wurde noch breiter. Er warf Natty einen kurzen Blick zu, ehe er sich wieder an Decker wandte. »Wie kommen Sie darauf?«

»Ich will meine Zeit nicht damit verschwenden, es Ihnen zu erklären. Sie würden es doch nicht verstehen.«

Childress rammte Decker den Zeigefinger gegen die Brust. »Ich war immerhin klug genug, Chef dieses verdammten Departments zu werden.«

»Ihr Aufstieg hat andere Gründe. Schon mal was vom Peter-Prinzip gehört?«

»Was faseln Sie da?«

»Es gibt eine Regel, die wahrscheinlich nach Ihnen benannt ist – das Peter-Prinzip. Es erklärt, warum es so viele inkompetente Trottel in leitenden Positionen gibt.« Er wandte sich an Staatsanwältin Bailey. »Sobald ich einen Anwalt habe, wird er sich mit Ihnen in Verbindung setzen, Beth.«

Sie nickte. »Danke, Amos. Wenn Sie möchten, kann ich Ihnen jemanden empfehlen.«

Decker blickte zu Natty. »Ich sage Ihnen Bescheid, wenn ich den Mörder von Hawkins, Katz und den Richards gefunden habe.«

»Gar nichts werden Sie!«, blaffte Natty.

»Jemand hat versucht, mich umzubringen«, sagte Decker. »So etwas nehme ich sehr persönlich.«

»Wir arbeiten daran«, versicherte Natty.

»Und? Haben Sie schon irgendwelche Hinweise?«, fragte Decker.

»Wir arbeiten daran«, wiederholte Natty. »Ich mag Sie nicht, Decker, das wissen Sie. Aber noch weniger mag ich Leute, die versuchen, einen Cop umzubringen. Wer immer Sie ins Jenseits befördern wollte – ich krieg ihn am Arsch.«

Childress schien immer noch darüber nachzudenken, was Decker zu ihm gesagt hatte.

»Es gibt kein Gesetz, das einen FBI-Agenten daran hindert, in einem Verbrechen zu ermitteln«, betonte Decker.

»Ich weiß, dass Sie den Fall nicht im Auftrag des FBI untersuchen«, hielt Natty dagegen.

»Wie kommen Sie darauf?«, konterte Decker.

»Weil … ich weiß es nun mal.«

Bailey verdrehte die Augen bei Nattys Gestammel, nahm ihre Aktentasche und wandte sich an den immer noch verwirrt dreinblickenden Childress. »Wenn Sie mehr über das Peter-Prinzip wissen wollen … Google hilft Ihnen weiter.«

Sie ging hinaus.

Decker folgte ihr.

»Wo rennen Sie hin?«, rief Childress ihm nach.

Decker ging davon, ohne sich umzublicken.

26

Decker war soeben zu Bett gegangen.

Der Gefängnisaufenthalt und die Kautionsanhörung hatten ihm mehr zugesetzt, als er sich anmerken ließ. Dass Childress ihm nun auch noch im Nacken saß, würde es ihm noch schwerer machen, den Fall aufzuklären. Als wäre es nicht schon schwierig genug.

Er drehte sich zur Seite, klopfte auf das Kissen und machte es sich bequem.

Deckers Gedächtnis war ein machtvolles Werkzeug, das ihm in vielen Situationen die Arbeit erleichterte. Zugleich aber war es ein Kerker, aus dem es kein Entkommen gab.

Er war fast erleichtert, dass Lancaster den Fall hatte abgeben müssen und Jamison nach Washington zurückgekehrt war. Es war besser, die Sache allein durchzustehen. Nach diesem Fall würde er den Job beim FBI möglicherweise aufgeben und irgendwo neu anfangen. Doch diese Entscheidung würden wahrscheinlich andere für ihn treffen. Bogart hatte unmissverständlich klargemacht, dass er Deckers Alleingänge nicht länger duldete. Das FBI war nun mal ein bürokratischer Koloss, in dem alles nach bestimmten Regeln abzulaufen hatte. Decker konnte nicht ständig gegen diese Regeln verstoßen und ungeschoren davonkommen. Irgendwann musste er die Konsequenzen tragen.

Also werde ich wohl wieder mal neu anfangen müssen, wenn das hier vorbei ist.

Er wurde in seinen von Sorgen und Selbstmitleid getrübten Gedanken unterbrochen, als es an der Tür klopfte.

Stöhnend schaute er auf die Uhr.

Kurz vor elf.

Er drehte sich um, schloss die Augen.

Wieder klopfte es.

Er achtete nicht darauf.

Es klopfte noch einmal.

Decker sprang aus dem Bett, schlüpfte in die Hose, tappte quer durchs kleine Zimmer und riss die Tür auf – bereit, dem Störenfried gehörig die Meinung zu geigen. Falls es Natty war, würde er vielleicht noch ein bisschen weiter gehen.

Es war nicht Natty.

Vor ihm stand Melvin Mars in voller Größe, mit seinen knapp eins neunzig und hundertzehn muskelbepackten Kilo.

Decker war so überrascht, dass er kurz blinzelte und die Augen für eine Sekunde schloss. Als er sie wieder öffnete, stand Mars immer noch vor ihm.

»Nein, du träumst nicht, Decker«, sagte Mars lachend. »Auch wenn du es vielleicht für einen Albtraum hältst.«

Sie waren einander schon in jungen Jahren auf dem Footballfeld begegnet, als sie mit ihren Collegeteams gegeneinander angetreten waren. Jahre später hatten sich ihre Pfade erneut gekreuzt, nachdem Mars auf dem Weg zu einer großen NFL-Karriere jäh gestoppt und wegen Mordes zum Tod verurteilt worden war. Er entging der Hinrichtung nur dadurch, dass ein anderer den Mord gestand.

Decker hatte mitgeholfen, Mars' Unschuld zu beweisen. Vollständig rehabilitiert, hatte Mars ein neues Leben anfangen können – mit einer hohen finanziellen Entschädigung für zwanzig zu Unrecht im Gefängnis verbrachte Jahre und die rassistisch motivierte

Brutalität seitens der Wärter. Heute gehörte ihm das Apartmenthaus in D. C., in dem Decker und Jamison wohnten. Mars vermietete die Wohnungen günstig an hart arbeitende Leute, die sich die hohen Mieten in der Hauptstadt nicht leisten konnten.

Im Zuge einer Ermittlung hatte er Harper Brown kennengelernt, eine Agentin des militärischen Nachrichtendienstes DIA. Im Gegensatz zu Mars stammte sie aus wohlhabenden Verhältnissen, doch die beiden hatten sich auf Anhieb prächtig verstanden. Das Letzte, was Decker von den beiden gehört hatte, war, dass sie irgendwo am Mittelmeer Urlaub machten.

»Was zum Henker tust du hier?«, fragte Decker.

»Ich war zufällig in der Gegend.«

Decker beäugte ihn skeptisch. »Ist es nicht eher so, dass Alex dich angerufen und dir gesagt hat, du sollst auf mich aufpassen? Weil sie selbst es nicht kann?«

»Wenn ich lüge und Nein sage – würdest du mir glauben?«

»Komm rein.« Decker schloss die Tür, während Mars den Blick durch die Bruchbude schweifen ließ.

»Mein lieber Schwan, das FBI muss euch ein großzügiges Spesenkonto gönnen, dass du dir eine solche Luxusbleibe leisten kannst. Das Ritz ist ja ein Dreckloch dagegen.«

»Nicht wahr?«

»Na ja, meine Knastzelle in Texas war noch viel kleiner und hatte kein Fenster.«

»Jetzt setz dich erst mal«, forderte Decker den Freund auf.

Mars nahm auf dem einzigen Stuhl im Zimmer Platz, während Decker sich auf der Bettkante niederließ.

»Also hat Alex dich angerufen«, begann Decker.

Mars nickte. »Ja, hat sie. Sie macht sich Sorgen. So ist es nun mal bei guten Freunden.«

»Trotzdem. Es wäre mir lieber, sie hätte es nicht getan.«

»Wieso?«

»Hat sie dir erzählt, was hier los ist?«

Wieder nickte Mars. »In groben Zügen. Klingt ziemlich knifflig. Was ist passiert, seit sie abgereist ist?«

Decker begann zu erzählen. Als er zu seiner Festnahme kam, fiel Mars ihm ins Wort. »Was denn, du warst im Knast? Scheiße, Mann, ich hätte was dafür gegeben, das zu sehen.«

»Je nachdem, wie die Dinge laufen, könntest du in den Genuss kommen. Wenn Besuchstag ist.«

»Du machst Witze.«

»Ich habe mir hier Feinde gemacht.«

Mars grinste. »Du doch nicht, Decker. Du bist doch so ein lieber, tapsiger Brummbär geworden. Eine Figur wie ein Catcher, aber immer nett zu allen.«

»Du musst nicht hierbleiben, Melvin.«

»Hör mal, Amos, ich war zwanzig Jahre an einem Platz, von dem ich nicht wegkonnte. Da genießt man es umso mehr, wenn man überall hinfahren kann. Glaub mir, ich bin hier, weil ich es selbst so will.«

»Was macht Harper?«, spielte Decker auf Mars' Lebensgefährtin an. »Wie war's am Mittelmeer?«

»Magisch. So eine wundervolle Landschaft habe ich noch nie gesehen.«

»Ist es was Ernstes zwischen euch?«

»Wir mögen uns, Amos, und haben eine tolle Zeit miteinander. Nicht mehr und nicht weniger. Und im Moment ist es genau das, was wir beide wollen.« Er lehnte sich zurück und sah sich um. »Also, wie gehen wir die Sache an? Du hast gleich zwei Rätsel zu lösen. Ein altes und ein aktuelles.«

»Ja. Nur dass diese Rätsel miteinander zu tun haben. Es kann gar nicht anders sein.«

»Rekapitulieren wir mal. Wenn ich es richtig verstanden habe, wurde Meryl Hawkins aus dem Gefängnis entlassen, kam zu dir – dem Mann, der ihn damals in den Knast gebracht hatte – und behauptete, unschuldig zu sein. Er will, dass du und deine damalige Kollegin seinen Namen reinwascht.«

»Das trifft es ziemlich genau.«

»Und ein paar Stunden später wird Hawkins erschossen.«

»Ja, eine Kugel in den Kopf. Und jetzt ist die Witwe eines der damaligen Mordopfer, Susan Richards, auf und davon.«

»Glaubst du, diese Richards hat Hawkins umgebracht und ist jetzt auf der Flucht?«

»Ich weiß es nicht, aber es sieht so aus. Ihr Auto wurde noch nicht gefunden, was heutzutage ziemlich erstaunlich ist.«

»Wir leben in einem großen Land, Amos. Wenn jemand wirklich verschwinden will, findet er einen Weg. Denk an meinen Vater.«

»Dein Vater hatte ein bisschen mehr Erfahrung in diesen Dingen als Susan Richards. Und zu seiner Zeit gab es noch keine Smartphones mit Kamera und keine sozialen Medien.«

Mars zuckte mit den Schultern. »Dass man Richards noch nicht gefunden hat, zeigt jedenfalls, dass es möglich ist, spurlos abzutauchen. Aber du hast meine Frage nicht beantwortet. Wie packen wir die Sache an?«

»Ich denke, wir werden zuerst das alte Verbrechen aufklären müssen, um herauszufinden, wer Hawkins umgebracht hat.«

»Okay. Könnte klappen. Du hast ja auch meinen Fall damals gelöst, und der lag noch weiter zurück. Du könntest es auch hier schaffen.«

»So sicher wäre ich mir da nicht.«

»Sei optimistisch, Mann. Du weißt besser als jeder andere, wie man in die Vergangenheit eintauchen kann. Also, wo fängst du diesmal an?«

»Ich habe mit den Leuten gesprochen, die damals unmittelbar betroffen waren. Mit den beiden Witwen und der Tochter. Außerdem mit den einzigen noch verbliebenen Nachbarn.«

»Was ist mit den Einsatzkräften, die damals am Tatort waren? Und dem Gerichtsmediziner?«

»Die Cops sind außer Dienst und leben nicht mehr in der Gegend. Und der Gerichtsmediziner ist vor drei Jahren gestorben.«

»Aber du hast noch alle Daten, oder?« Mars tippte sich an die Stirn. »Ich meine, hier oben.«

Decker schüttelte den Kopf. »Nein. Nicht alle, weil ich damals nicht alles gelesen habe. Vor allem den Bericht der Forensik habe ich nur überflogen.«

Mars hob eine Braue.

Seine Reaktion entging Decker nicht. »Ich war erst fünf Tage Detective der Mordkommission, als es passierte, ein Grünschnabel. Das soll keine Ausrede sein, aber der Fingerabdruck und Hawkins' DNA waren so eindeutige Hinweise, dass der Fall für mich klar war. Deshalb habe ich das restliche Material nur flüchtig durchgearbeitet … mit der Konsequenz, dass ich großen Anteil daran habe, dass Hawkins seine Freiheit und später sein Leben verlor.«

»Das zeigt, dass du auch nur ein Mensch bist, Decker. Obwohl ich da meine Zweifel hatte«, fügte er mit einem Grinsen hinzu.

»Niemand sollte so schreckliche Fehler begehen. Und wenn er die Chance bekommt, sollte er versuchen, sie auszubügeln.«

»Okay, jetzt bist du ja hier, um die Sache wiedergutzumachen. Du tust, was du kannst. Mehr kann man von niemandem verlangen.«

Decker schwieg, deshalb setzte Mars nach: »Was ist los, Amos? Du bist so anders als sonst. Gibt es noch irgendein Problem? Dann sag es mir, vielleicht kann ich helfen.«

»Es gibt kein Problem. Es gibt allerdings Menschen, die besser allein bleiben und allein arbeiten sollten.«

»Und du glaubst, du bist so jemand.«

»Ich *weiß* es, Melvin.«

»Ich war zwanzig Jahre allein, Amos. Nur ich, die Gitterstäbe und die Ziegelwände. Und die Drohung einer tödlichen Nadel, die auf mich gewartet hat.«

»Ich verstehe nicht ganz, was du mir damit sagen willst.«

»Dann muss ich wohl noch ein bisschen deutlicher werden. Ich war auch überzeugt, ein Einzelgänger zu sein. Einer, der ganz allein dasteht. Und dass es mein Schicksal ist. Aber das war ein Irrtum.«

»Inwiefern?«

»Weil ich von äußeren Umständen, die ich nicht beeinflussen konnte, auf mich selbst geschlossen hatte. Auf den Menschen, für den ich mich hielt. Und das ist so, als würdest du deine Seele belügen.«

»Und du meinst, das trifft auf mich zu?«

»Alex hat mir erzählt, warum du in die Stadt gekommen bist. Um Cassie und Molly auf dem Friedhof zu besuchen.«

Decker schaute zur Seite.

»Du fühlst dich an diesen Ort gebunden, und das kann ich verstehen. Trotzdem ist es nicht so. Du bist von hier weggegangen, um fürs FBI zu arbeiten. Hättest du diesen Schritt nicht getan, würde ich jetzt in einer Gefängniszelle in Texas verrotten oder wäre schon hingerichtet worden. Aber hier geht es nicht um mich, sondern um dich.«

»Vielleicht war es ein Fehler wegzugehen«, murmelte Decker.

»Vielleicht. Vielleicht aber auch nicht. Der Punkt ist – du hast eine Entscheidung getroffen. Du hast das beste Gedächtnis der Welt, Amos. Ich weiß, es ist Segen und Fluch zugleich. Bei dem, was mit deiner Familie passiert ist, kann man sich kaum etwas Schlimmeres vorstellen als ein perfektes Erinnerungsvermögen, das einem immer wieder das Grauen vor Augen führt, das einen beinahe kaputt gemacht hätte. Aber was ist mit den guten Dingen? Den schönen Augenblicken? Daran kannst du dich doch genauso klar und deutlich erinnern. Verdammt, ich weiß kaum noch, wie meine Mom ausgesehen hat. Du aber weißt das alles noch. Du könntest nach Sibirien übersiedeln und bräuchtest nur die Augen zu schließen, um dich beim Abendessen mit deiner Frau zu sehen. Um das Gefühl zurückzuholen, als du ihre Hand gehalten oder Molly zur Schule gebracht hast. Es ist alles noch da, Kumpel. Alles.«

Endlich sah Decker ihn an. »Und genau das ist so schlimm daran, Melvin.« Seine Stimme bebte. »Solange ich lebe, werde ich Tag für Tag, Stunde um Stunde wissen, wie unglaublich viel ich verloren habe.«

Mars stand auf, setzte sich neben seinen Freund und legte den Arm um Deckers breite Schultern. »Das ist das Leben, Junge. Gutes und Schönes, Schlimmes und Hässliches. Aber lass nicht zu, dass deine Albträume dir die Zeit kaputt machen, die dir noch geschenkt ist. Du hast in dem Hawkins-Fall Mist gebaut, aber das wäre angesichts der Beweislage jedem anderen auch passiert. Denk an all die Hurensöhne, die du aus dem Verkehr gezogen hast. Mach damit weiter. Da draußen warten noch Heerscharen von Ungeheuern, zur Strecke gebracht zu werden. Und darauf verstehst du dich besser als jeder andere.«

Die beiden Männer saßen da und teilten einander ohne Worte mit, was sie fühlten, wie gute Freunde es tun.

27

»Diese Kalorienbomben fände Alex jetzt nicht so toll«, meinte Mars mit Blick auf das Buffet.

Am nächsten Morgen standen er und Decker vor der Frühstückstheke in der Lobby des Residence Inn. Das Speisenangebot war der Albtraum eines jeden Kardiologen.

»Mann, das hab ich früher alles geliebt.« Decker blickte wehmütig auf die Teller mit Speck, Würsten und Rührei, mit Pfannkuchen und Waffeln.

»Eine einseitige Liebe. Und gefährlich obendrein. Das Zeug hätte dich umgebracht.«

»Amos!«

Sie blickten zu der zierlichen alten Dame, die mit einem Teller Keksen in den Händen zu ihnen eilte. Sie war Mitte achtzig und hatte glänzendes weißes Haar, von einem Netz gebändigt.

»Ich habe schon gehört, dass Sie in der Stadt sind.« Sie hielt ihm den Teller hin. »Wollen Sie gleich den ganzen Teller an Ihren Tisch mitnehmen, so wie früher? Ich habe die Kekse selbst gebacken.«

»Wow. Die sehen lecker aus, June.« Er betrachtete die Kekse einen langen Augenblick. »Tja, also …«

Mars stieß ihn in die Seite.

Decker zuckte zusammen und sagte: »Danke, aber ich glaube, ich nehme lieber Orangensaft und eine Schüssel Haferbrei.«

June beäugte ihn ungläubig. »Sie haben abgenommen. Richtig dünn sind Sie geworden. Sind Sie krank?«

»Nein. So gesund wie jetzt war ich lange nicht.«

Ihr Blick ließ erkennen, dass sie starke Zweifel hatte. »Na ja, falls Sie es sich anders überlegen, sagen Sie Bescheid.« Sie blickte zu Mars. »Ihr Freund könnte auch ein bisschen Fett auf den Rippen vertragen.«

Mars grinste. »Ja, Ma'am. Ich werde es beherzigen – aber erst ab morgen.«

»Wie Sie meinen.« June trippelte davon.

Mars betrachtete all die Speisen des Buffets und schüttelte den Kopf. »Mann, wie hast du es bloß geschafft, nicht beim Essen mit einem Schlaganfall umzukippen, als du hier gewohnt hast?«

*

Sie hatten eben das Frühstück beendet, als Deckers Handy summte. Es war Sally Brimmer.

»Ich habe alle Akten auf einen USB-Stick kopiert«, sagte sie leise. »Ich will Ihnen das Material aber nicht mailen. Man könnte es zurückverfolgen, und ich mag meinen Job.«

»Verstehe. Wenn wir uns irgendwo treffen, können Sie mir den Stick geben.«

»Ich arbeite bis sechs. Kennen Sie den McArthur Park auf der Ostseite der Stadt?«

»Ja.«

»Wir könnten uns an dem kleinen Teich treffen. Um halb sieben?«

»Ich werde dort sein. Und ich bin Ihnen wirklich dankbar, Mrs. Brimmer.«

»Sally. Schließlich sind wir jetzt Komplizen, nicht wahr, Amos?«

Die Verbindung wurde getrennt.

Mars sah ihn neugierig an. »Gute Neuigkeiten?«

»Könnte man sagen.«

Sein Telefon summte erneut. Er dachte, es sei noch einmal Brimmer, doch es war eine andere Nummer. Eine, die Decker kannte: Captain Miller.

»Hallo, MacKenzie. Was kann ich für dich tun?«

»Ich wollte dir nur sagen, Amos, wie leid es mir tut.«

»Was meinst du?«

»Was dir passiert ist. Der Gefängnisaufenthalt, die Kautionsanhörung. Beth hat mir erzählt, dass Natty und Childress sich wie die größten Arschlöcher aufgeführt haben.«

»Das ist ja nichts Neues. Und es ist nicht deine Schuld.«

»Doch, irgendwie schon. Weil ich Childress die Initiative überlassen habe. Aber ich bin gleich zum Polizeipräsidenten gegangen, und der hat mit seinem Vorgesetzten gesprochen.«

»Und?«

»Mit dem Ergebnis, dass du als Beobachter an dem Fall weiterarbeiten kannst.«

»Was heißt das genau?«

»Dass Natty und Childress dich nicht daran hindern können, in der Stadt zu bleiben, Hinweisen nachzugehen und mit Zeugen zu reden. Du darfst zwar keine Verdächtigen zur Einvernahme aufs Revier bringen, hast aber Zugang zu allen Informationen, auch den forensischen Ergebnissen.«

»Aber Natty ermittelt in dem Fall weiter?«

»Leider ja. Alles wäre einfacher, wenn Mary den Fall nicht hätte abgeben müssen.«

»Sehe ich auch so. Aber danke, dass du dich für mich eingesetzt hast, MacKenzie. Wenigstens kann ich an der Sache weiterarbeiten.« Er blickte zu Mars. »Ich habe jetzt sogar einen Assistenten, der mich unterstützt. Ich hoffe, das geht in Ordnung, MacKenzie.«

»Von meiner Seite schon, Amos. Natty allerdings wird vor Wut platzen. Aber du wirst schon einen Weg finden, dein Ding durchzuziehen.«

»Hoffen wir's.«

»Ach ja, eine Sache gibt es noch.«

»Und welche?«

»Susan Richards' Wagen wurde gefunden.«

»Wo?«

Captain Miller nannte ihm den Ort.

»Aber von ihr fehlt weiter jede Spur?«, fragte Decker.

»Ja, leider. Bestimmt ist Natty schon vor Ort. Sei auf der Hut. Ich würde gern mehr tun, aber die Bürokratie lässt mir nicht viel Spielraum.«

Er trennte die Verbindung, und Decker berichtete Mars, was er erfahren hatte.

»Sie haben ihr Auto gefunden, aber nicht sie selbst? Was sagt dir das?«

»Nicht viel«, meinte Decker.

»Fahren wir hin?«

»Klar.«

June ging an ihm vorbei, und Decker schnappte sich zwei Kekse von ihrem Teller, ohne dass die rührige alte Dame es überhaupt bemerkte. Er warf Mars einen Keks zu, den anderen schob er sich in den Mund. »Wenn du schon hier bist, Melvin, muss ich zusehen, dass du was auf die Rippen kriegst.«

»Von dem süßen Zeug?« Mars betrachtete den Keks nachdenklich, ehe er davon abbiss. »Aber es schmeckt, das muss ich gestehen.«

Decker warf einen wehmütigen Blick auf das Buffet. »Du müsstest mal die anderen Sachen probieren.«

»Nichts da.« Mars musterte ihn scharf. »Machen wir uns auf die Socken. Los, komm.«

*

Decker parkte seinen Mietwagen auf der anderen Seite des Absperrbands, das im Wind flatterte. Überall standen Polizeiwagen und Fahrzeuge der State Trooper.

Richards' Honda war zwei Autostunden von Burlington hinter einem ehemaligen Motel gefunden worden, das schon vor vierzig Jahren dichtgemacht hatte. Es stand an einer Landstraße, die von Durchreisenden kaum noch benutzt wurde, seit es in der Nähe den Interstate Highway gab.

Decker und Mars stiegen aus und sahen sich um. Ein Cop kam auf sie zu. Decker zückte seinen Ausweis.

»FBI?«, fragte der Officer überrascht. »Was machen Sie denn hier, Sir?«

»Das Gleiche wie Sie. Ich suche Susan Richards.«

»Hey!«

Obwohl Decker damit gerechnet hatte, stieg sein Blutdruck, als er die Stimme hörte.

Natty kam zu ihm herüber. »Sie haben vermutlich mit Miller gesprochen.«

»Mit *Captain* Miller, Ihrem Vorgesetzten.«

Natty zeigte mit dem Finger auf Deckers Gesicht. »Sie sind nur als Beobachter hier, vergessen Sie das nicht. Wenn Sie Ihre Befugnisse auch nur einen Zentimeter überschreiten, landet Ihr Arsch wieder im Knast.«

Der Cop blickte verwirrt zwischen den Männern hin und her, ehe er Natty fragte: »Sie wollen einen FBI-Agenten ins Gefängnis bringen?«

»Er ist kein richtiger FBI-Agent.«

»Wirklich?«, erwiderte Mars in scharfem Ton. »Dieser Mann hat dem Präsidenten der Vereinigten Staaten das Leben gerettet. Er hat eine direkte Leitung zum Big Boss im Weißen Haus. Er hat ihn mehrmals aufgesucht und bekam einen Orden verliehen.«

Mars überkreuzte zwei Finger. »Die beiden sind so dicke miteinander.«

Der Cop sah ehrfürchtig zu Decker auf.

Natty funkelte Mars zornig an. »Und wer zum Henker sind Sie?«

»Er ist mein Assistent«, sagte Decker.

»Ich dachte, Sie arbeiten mit Jamison zusammen.«

»Sie hat eine andere Mission übernommen.«

»Ist er FBI-Agent?«

»Die Befugnisse, die mir meine Dienstmarke verleiht, gelten auch für ihn.«

»Was soll das jetzt wieder heißen?«, knurrte Natty.

»Das heißt, ich gehe zum Polizeipräsidenten, wenn Sie mich in meiner Beobachtertätigkeit behindern, Natty.«

»Reden Sie keinen Stuss.«

»Wer hat den Wagen gefunden?«, kam Decker zur Sache.

Natty machte keine Anstalten, die Frage zu beantworten.

»Hören Sie, Natty, ich war immer fair zu Ihnen. Wenn ich herausfinde, wer dahintersteckt, überlasse ich Ihnen die Festnahme.«

»Als ob ich auf Ihre Hilfe angewiesen wäre.«

»Okay, dann beobachte ich den Fall eben ohne Ihren Beistand. Aber wenn ich den Täter fasse, kassiert das FBI die Lorbeeren. Ich glaube nicht, dass Childress begeistert wäre. Jetzt steht er vielleicht hinter Ihnen, aber das war nicht immer so, Natty. Er opfert Sie, ohne mit der Wimper zu zucken, wenn es seinen Interessen nützt. Erinnern Sie sich an den Hargrove-Fall?«

Als Natty den Namen hörte, wurde er blass und schlug mürrisch seinen Notizblock auf.

»Einer von diesen Mülltauchern hat den Wagen heute früh um vier Uhr neben einem Container gefunden und die Cops verständigt. Als die feststellten, dass wir nach dem Wagen fahnden, haben sie uns gerufen.«

»Können wir uns das Fahrzeug ansehen?«

»Das machen schon die Jungs von der Spurensicherung.«

»Trotzdem.«

Natty leckte sich über die Lippen, brummte etwas, drehte sich um und ging. Decker und Mars folgten ihm.

Mars flüsterte: »Was für ein arroganter kleiner Scheißer.«

»Das ist noch geschmeichelt.«

»Und dieser Childress ist noch schlimmer?«, fragte Mars.

»Ja, weil er sich im Gegensatz zu Natty verstellen kann. Wenn es seinen Interessen nützt, kommt er so aufrichtig rüber, dass du ihm jedes Wort abnimmst. Das macht ihn so gefährlich.«

»Was für eine nette Polizeitruppe«, murmelte Melvin.

28

Der kleine alte Honda mit dem kaputten Auspuff stand dicht bei einem riesigen Baucontainer, wie ein Rankenfußkrebs, der an einem Schiffsrumpf klebte.

Decker und Mars blieben zwei Meter davor stehen. Decker ließ den Blick über den Wagen und die Umgebung schweifen, ehe er die Kriminaltechnikerin im blauen Overall sah, die das Innere des Fahrzeugs auf Spuren absuchte.

»Hallo, Decker«, sagte Kelly Fairweather und schaute zu Mars. »Ihr Freund?«

»Ich bin Melvin Mars«, stellte der sich vor. »Ich bin … äh, Deckers Assistent in dieser Ermittlung.«

»Aha«, sagte Fairweather. »Cool.«

»Haben Sie schon etwas gefunden?«, fragte Decker, ohne Natty aus den Augen zu lassen, der auf der anderen Seite des Wagens mit dem zweiten Techniker sprach.

»Also, die einzigen Fingerabdrücke innen und außen stammen von Susan Richards.«

»Keine Überraschung«, meinte Mars. »Es ist ja ihr Auto.«

»Ihr Gepäck ist wohl nicht mehr im Kofferraum, oder?«, fragte Decker.

»Nein. Da ist nichts mehr drin.«

»Schlüssel?«

»Nein.«

»Sonst irgendwelche brauchbaren Spuren?«

»Kein Blut, kein Sperma, keine Körperteile oder Gewebereste.«

»Es deutet also nichts darauf hin, dass jemand außer ihr im Auto war?«

»Nee. Nur sie.«

»Was dagegen, wenn ich einen Blick hineinwerfe?«, fragte Decker.

»Kein Problem. Aber ziehen Sie die hier an.«

Decker ging zum Auto und streifte die Latexhandschuhe über, die Fairweather ihm gab. Mars folgte ihm.

Natty blickte auf, als Decker beim Auto war, setzte dann aber sein Gespräch mit dem Kriminaltechniker fort.

Alle vier Türen des Honda standen offen, ebenso der Kofferraum. Decker deutete auf den Container. »Ich nehme an, es hat schon jemand nachgesehen, ob da eine Leiche drin ist.«

Fairweather nickte und verzog das Gesicht. »Keine Leiche, nur stinkender Müll. Ich werde mir nachher erst mal eine Tetanusspritze verpassen lassen.«

»Ist nichts drin, was von der Frau oder aus dem Wagen stammen könnte?«

»Wir haben jedenfalls nichts gefunden.«

Decker sah sich kurz um, dann streckte er den Kopf durch die Fahrertür und besah sich die Vorder- und Rücksitze, während Mars ihm über die Schulter schaute.

»Kelly?«, wandte er sich an die Kriminaltechnikerin. »Haben Sie die Positionen aller Abdrücke vermerkt, die Sie innen und außen gefunden haben?«

Sie nickte und zog ein Tablet hervor. »Alles hier drin, der Elektronik sei Dank. Viel einfacher als früher, stimmt's?«

»Ja.« Gedankenverloren begutachtete Decker die Fingerabdrücke auf dem Display.

»Sie sind an den üblichen Stellen«, erklärte Kelly Fairweather.

»Auf dem Lenkrad, dem Becherhalter, am Handschuhfach und so weiter. Schalthebel, Knöpfe, Innenspiegel, Armaturenbrett, Innenseite der Türen und Fenster.«

»Und draußen?« Decker rief die betreffende Seite auf.

»An den Türgriffen und am Fenster auf der Fahrerseite. Auch das völlig normal.«

»Und es hat kaum geregnet, seit sie verschwunden ist, oder?«

»Stimmt.«

»Das heißt, es können keine Abdrücke aus den letzten Tagen vom Regen abgewaschen worden sein.«

»Richtig.«

»Wie lange bleiben Fingerabdrücke eigentlich erhalten?«, fragte Mars.

»Kommt aufs Material an, aber auch auf das Wetter und einige andere Faktoren. Zum Beispiel, ob die oder der Betreffende feuchte, trockene oder schmutzige Finger hatte«, erklärte Fairweather.

Decker gab ihr das Tablet zurück. »Was habt ihr sonst noch festgestellt?«

»Nicht viel. Wir wissen nicht, wie weit sie mit dem Wagen gefahren ist, weil wir den Kilometerstand bei der Abfahrt nicht kennen. Sie hat eine Ölwechsel-Plakette auf der Windschutzscheibe; seit dem letzten Ölwechsel vor drei Wochen wurden mit dem Auto fast siebenhundert Kilometer gefahren. Das sagt uns nicht viel.«

»Wie sieht es mit Insekten auf der Windschutzscheibe und der Frontpartie aus?«

»Nicht allzu viele. Aber sie könnte die Scheibe abgewischt haben.«

Decker nickte; der Gedanke war ihm auch gekommen.

»Wie sieht's aus, Decker? Fall gelöst?«, spöttelte Natty, der auf seine Seite des Wagens kam.

»So gut wie«, sagte Decker. »Es war Jack the Ripper.«

Natty grinste herablassend. »Ich hab immer schon gewusst, dass Sie überschätzt werden.«

»Der Mann ist gerade mal zehn Sekunden hier«, bemerkte Mars. »Wie lange treiben Sie sich schon hier herum?«

Natty musterte den Hünen irritiert. »Wer zum Henker sind Sie wirklich?«

»Deckers *Assistent.* Sie sollten es so machen wie ich und den Mann unterstützen.«

»Sie haben einen richtigen Komiker hier, Decker«, knurrte Natty gereizt.

»Nur dass bei ihm der Spaß sehr schnell in blutigen Ernst umschlagen kann.«

»Ich bebe vor Angst«, höhnte Natty.

»Da ist noch eine Sache, auf die ich Sie hinweisen möchte«, sagte Decker.

»Und das wäre?«

»Es sind keine Fingerabdrücke auf dem Kofferraumdeckel.«

»Na und? Richards wird vorn eingestiegen sein.«

»Nachdem sie einen schweren Koffer im Kofferraum verstaut hat. Also müssten da Abdrücke sein.«

»Sie wird ihn mit der Fernbedienung geöffnet haben.«

Decker schüttelte den Kopf. »Agatha Bates, ihre Nachbarin, hat gesehen, wie Richards das Auto gestartet hat und dann noch mal ins Haus gegangen ist. Sie hat ein großes Gepäckstück geholt und es mit einiger Mühe in den Kofferraum gehoben. Dann hat sie den Deckel zugeknallt.« Decker blickte zwischen Fairweather und Natty hin und her.

»Es *waren* keine Abdrücke auf dem Kofferraumdeckel«, bestätigte Fairweather. »Ich habe alles abgesucht.«

»Merkwürdig«, meinte Mars.

»Was ist daran merkwürdig?«, konterte Natty. »Sie hat den

Kofferraum mit der Fernbedienung geöffnet, wie ich gesagt habe.«

»Das kann nicht sein«, betonte Decker.

»Warum nicht?«

»Der Schlüssel hat im Zündschloss gesteckt. Sie hat den Wagen ja zuvor gestartet und den Motor laufen lassen. Das heißt, Schlüssel und Fernbedienung waren im Auto, als sie mit dem Koffer aus dem Haus kam.«

»Okay, wenn es so wäre – wo sind die Abdrücke hingekommen?«, fragte Natty verwirrt.

»Gute Frage. Und ich hätte gleich noch eine. Warum hat sie den Motor angelassen, bevor sie das Gepäck aus dem Haus holte? Warum kommt sie nicht gleich mit dem Koffer raus, lässt den Motor an und fährt weg? Warum ist sie zweimal gegangen?«

Natty zog die Stirn in Falten. »Okay, ich geb's auf. Dann sagen Sie mir doch …«

Noch bevor er zu Ende sprechen konnte, drehte Decker sich um und stapfte davon.

»Jetzt rennt er einfach weg«, stöhnte Natty. »Der Mistkerl nervt.«

»Da kann ich Sie ein Stück weit verstehen«, sagte Mars. »Aber ich gebe Ihnen einen Rat.«

Natty beäugte ihn mürrisch. »Warum sollte ich auf Sie hören? Ich kenne Sie gar nicht.«

»Aber ich kenne Decker. Wenn Sie den Fall aufklären und Ihre nächste Beförderung kriegen wollen, geben Sie dem Mann genug Spielraum, damit er arbeiten kann.«

»*Ich* bin für den Fall verantwortlich!«

»Klar, aber Sie wollen es doch bestimmt nicht vermasseln.«

Mars drehte sich um und folgte Decker.

Natty blickte zu Fairweather, die ihn schweigend ansah. »Was ist?«, blaffte er.

»Ich kenne den Typ zwar nicht, aber was er sagt, ergibt Sinn.«

»Was soll das heißen? Warum glauben alle, Amos Decker kann Wunder wirken!«, polterte Natty.

»Hey, der Mann hat seine Eigenheiten, das wissen wir alle. Aber wenn es darum geht, einen Täter zu fassen – kennen Sie *irgendwen*, der das besser kann als Decker?« Sie drehte sich um und ging wieder an ihre Arbeit.

Natty starrte auf seine Schuhspitzen hinunter.

29

Auf der Rückfahrt zur Stadt sprach Decker kein Wort.

Mars blickte hin und wieder zu ihm und setzte zu einer Frage an, ließ es dann aber und schwieg.

»Hast du irgendwas zu sagen?«, fragte Decker schließlich.

Mars grinste. »Merkt man das?«

»Ja.«

»Dieser Natty kann dich nicht leiden. Woher kommt das?«

»Es ist ihm sauer aufgestoßen, dass Lancaster und ich die meisten Mordfälle in Burlington aufgeklärt haben. Fast alle eigentlich. Als ich zum Detective befördert wurde, war er der kommende Mann im Department. Aber mit der Zeit haben sie ihm nur noch die bedeutungsloseren Fälle übertragen. Das nimmt er mir übel. Dann ist ihm noch ein schwerer Fehler im Hargrove-Fall unterlaufen. Es ging um eine vermisste Person, die ermordet worden war, wie sich herausstellte, das war für den armen Natty ein Karriereknick erster Güte. Nachdem ich wegging, hat er vermutlich versucht, neu durchzustarten. Er kriecht Pete Childress in den Arsch, obwohl der Mann ihn im Regen hat stehen lassen, als das Department wegen des Hargrove-Desasters kritisiert wurde.«

»Taugt er denn etwas als Detective?«

»Er ist nicht dumm, aber er neigt oft zur einfachsten Lösung. Und er macht Schlampigkeitsfehler. Stellt Mutmaßungen an, ohne vorher die Fakten ausreichend zu prüfen.«

»So wie du damals bei diesen Mordfällen?«

Decker blickte zu ihm und nickte zerknirscht. »Richtig.«

»Hey, das war jetzt nicht so gemeint. Du darfst dich nicht so unter Druck setzen, sonst brichst du irgendwann zusammen.«

»Jetzt hab ich ja dich als Assistenten, um das zu verhindern.«

»Sei nicht so bitter, Amos. Sag mir lieber, wie es jetzt weitergeht.«

Decker sah auf die Uhr am Armaturenbrett.

»Wir haben noch ein bisschen Zeit, bis wir uns mit Sally Brimmer treffen und den USB-Stick bekommen.«

»Also, wohin?«

»Susan Richards' Haus.«

*

Zwei Stunden später hielt Decker in der Auffahrt. Die beiden Männer stiegen aus. Decker blickte zu Agatha Bates' Haus und glaubte die alte Frau auf ihrer Glasveranda sitzen und lesen zu sehen.

Mars betrachtete das Haus einen Augenblick. »Glaubst du, dass Susan Richards tot ist?«

»Es gibt keine Anzeichen von Gewalt, weder im Auto noch sonst wo. Und niemand hat eine Leiche gefunden. Trotzdem ... ja, es könnte sein, dass sie tot ist.«

»Wie kommen wir rein?«

»Ich hab einen Schlüssel. Meine alte Kollegin Mary Lancaster hat ihn mir gegeben, nachdem Richards verschwunden war.« Decker steckte den Schlüssel ins Schloss und drehte ihn um.

»Moment, Decker. Du könntest deswegen Ärger kriegen. Haben die nicht entschieden, dass du nur beobachten darfst?«

»Wenn ich im Haus bin, tue ich auch nichts anderes als *beobachten*.«

Decker betrat das Gebäude. Mars folgte ihm.

»Wie war das noch mal? Du hattest die Frau zur Vernehmung

aufs Revier geholt, und am nächsten Tag packt sie ihre Sachen und setzt sich ab?«

»Ja. Sie hat kein wasserdichtes Alibi. Die anderen Nachbarn waren zur fraglichen Zeit nicht zu Hause. Und Mrs. Bates, die alte Dame von gegenüber, die Susan Richards hat wegfahren sehen, kann auch nicht mit Sicherheit sagen, dass Richards zu Hause war, als Hawkins erschossen wurde.«

»Was erklären würde, warum sie getürmt ist. Sie hat den Mann umgebracht.«

»Aber woher hätte sie wissen sollen, dass er in der Stadt war?«, gab Decker zu bedenken.

»Vielleicht ist sie ihm begegnet. Oder sie hat ihn gesehen und ist ihm zu seinem Hotel gefolgt.«

»Möglich, aber nicht sehr wahrscheinlich.«

»Was machen wir dann hier?«

Decker ging in den ersten Stock hinauf und betrat das Schlafzimmer der Frau, gefolgt von Melvin Mars. Er ging geradewegs auf den Wandschrank zu, der allem Anschein nach vergrößert worden war. Das alte Haus war ursprünglich bestimmt nicht mit einem so geräumigen Wandschrank ausgestattet gewesen. Er war vollgestopft mit Kleidern, Pullis, Schuhen und Handtaschen, die an mehreren Haken hingen. Decker stand mitten in dem begehbaren Schrank und schaute sich um. Er sah mehrere leere Kleiderbügel, ein Regalbrett, auf dem zwei Paar Schuhe zu fehlen schienen, und einen Haken ohne Tasche.

Er trat aus dem Wandschrank heraus, ging zu einer Kommode und öffnete eine Schublade nach der anderen. Anschließend inspizierte er im Badezimmer jeden Zentimeter, auch den Abfalleimer unter dem Waschbecken. Er richtete sich auf, öffnete den Arzneischrank und begutachtete die einzelnen Fläschchen. Eines untersuchte er eingehender, bevor er es zurückstellte.

»Die Frau braucht eine Menge Medikamente«, meinte Mars, der Decker auf dem Fuße folgte.

»Halb Amerika ist medikamentenabhängig«, entgegnete Decker.

Sie kehrten ins Erdgeschoss zurück. Decker ging zum Kaminsims und betrachtete die aufgereihten Fotos.

»Ihre Familie?«, mutmaßte Mars.

Decker nickte. »Ihr Mann und ihre beiden Kinder. In einer idealen Welt könnte Susan Richards schon Großmutter sein.«

Mars schüttelte den Kopf. »Von einer idealen Welt sind wir weit entfernt.«

Decker sah sich im Wohnzimmer um und prägte sich jedes Detail ein.

»Was siehst du, Amos?«, fragte Mars, der sich ebenfalls umblickte. »Fehlt irgendwas?«

»Sieht nicht danach aus. Aber genau da liegt das Problem, Melvin.«

30

Mit der Abenddämmerung war die Temperatur so stark gesunken, dass man den eigenen Atem sehen konnte.

Decker ging allein zur vereinbarten Übergabe des USB-Sticks; Mars war im Auto geblieben. Sally Brimmer wollte ganz sicher nicht, dass jemand beobachtete, wie sie Decker das benötigte Material übergab, womit sie sich eventuell Probleme einhandeln konnte.

Decker durchquerte den kleinen Park, ohne jemanden zu sehen. Als nach der letzten Biegung der Teich in Sicht kam, den er und Sally Brimmer als Treffpunkt vereinbart hatten, sah er sie. Sally trug einen langen Trenchcoat, Hut und Handschuhe. Als sie Decker erblickte, eilte sie am Teich vorbei, in dessen Mitte ein Springbrunnen sprudelte, der ein angenehmes, beruhigendes Rauschen erzeugte. Decker nickte zufrieden. Das Geräusch würde es einem eventuellen Beobachter schwer machen, sie zu belauschen.

Mit der Hand in der Manteltasche kam Sally auf ihn zu. Er sah, dass sie zitterte.

»Der Winter kommt«, bemerkte Decker.

»Es ist nicht das Wetter«, erwiderte sie mit einem bitteren Unterton. »Ich bin nervös. Was ich hier tue, kann mich den Job kosten.«

»Von mir erfährt niemand etwas. Und wenn es Sie beruhigt – ich werde diese Dateien nur dazu benutzen, die Wahrheit herauszufinden.«

»Das weiß ich«, sagte sie ein wenig zerknirscht. Sie sah sich um, zog die Hand aus der Tasche, öffnete sie und zeigte ihm den kleinen Datenträger.

»Wie haben Sie es geschafft, die vielen Akten zu scannen, ohne dass jemand es mitbekommt?«

»Ich habe schon länger darauf gedrängt, die alten Unterlagen zu digitalisieren. Um die Sache zu beschleunigen, habe ich es oft von allein gemacht, auch wenn ich dafür eigentlich nicht zuständig bin. Aber ich hatte Zeit, und die älteren Mitarbeiter haben sich nicht dafür interessiert und hätten es auch gar nicht gekonnt.« Sie gab ihm den Stick. »Ich habe einfach die Unterlagen, die Sie brauchen, in den Stapel hineingenommen, an dem ich gerade arbeite.«

»Genial«, sagte Decker anerkennend.

»Oh, danke. Ein nettes Lob von jemandem wie Ihnen. Ich hoffe, Sie können etwas damit anfangen.«

»Bestimmt. Captain Miller hat mit dem Polizeipräsidenten geredet – mit dem Ergebnis, dass ich als Beobachter an dem Fall weiterarbeiten kann.«

»Das ist immerhin etwas.«

»Ja, besser als nichts«, stimmte Decker zu. »Sie haben Susan Richards' Wagen gefunden – ich habe ihn untersucht.«

»Und was sagt Natty dazu?«

»Er war dabei und hatte nichts dagegen. Vielleicht dämmert es ihm, dass es ihm sogar nützen könnte, wenn ich den Fall aufkläre. Besonders, wenn er die Lorbeeren dafür kassiert.«

»Er wird Ihnen trotzdem bei erstbester Gelegenheit das Messer in den Rücken stoßen«, warnte Sally.

»Ich weiß, wie Natty tickt, da mache ich mir keine Illusionen.« Decker legte den Kopf schief. »Und Sie?«

»Was soll mit mir sein?«, fragte sie ausweichend.

»Warum geben Sie sich mit einem Typen wie Natty ab, Sally? Ich verstehe nicht, was Sie an ihm finden.«

»Warum interessiert Sie das?«

»Ich hatte selbst eine Tochter. Ich will nicht, dass Ihnen wehgetan wird oder dass Sie sich in eine Situation manövrieren, aus der Sie nicht mehr rauskommen.«

Sally Brimmer starrte auf die Pflastersteine zu ihren Füßen. »Ich arbeite extrem viel und kenne fast nur Cops. Verwandte habe ich keine in der Gegend, und nur wenige Freunde. Blake … nun ja, er hat sich für mich interessiert. Hat gesagt, seine Frau verstehe ihn und seine Arbeit nicht.« Sie lachte bitter. »Ich schätze, ich bin darauf reingefallen. Wie eine Million Frauen vor mir. Aber er hat mir irgendwie das Gefühl gegeben, etwas Besonderes zu sein.«

»Und jetzt?«

Sie lächelte resignierend. »Ich habe Schluss gemacht, Amos. Nicht nur wegen der Dinge, die Sie gesagt haben, obwohl das seinen Teil beigetragen hat. Aber Natty betrügt nun mal seine Frau. Und wenn ich nur daran denke, dass es mir so gehen könnte wie ihr, wenn ich verheiratet wäre … Es sagt ja genug über den Charakter eines Mannes, wenn er kein Problem damit hat, seine Frau zu betrügen.«

»Gut, dass Sie es so sehen.«

»Sie haben Ihre Frau nie betrogen, oder?«

»Das wäre mir nie eingefallen. Ich hatte alles, was man sich nur wünschen kann, Sally. Eine Frau, die ich über alles geliebt habe. Und eine Tochter, für die ich alles getan hätte. Jetzt habe ich nichts mehr.«

»Sie haben immer noch Ihre Erinnerungen.«

»Stimmt. Aber sie wärmen einen nicht in der Nacht. Und sie machen dich nur selten glücklich, sondern erfüllen dich mit Wehmut, Trauer, Sehnsucht. Sie machen dich verzweifelt und hoffnungslos.« Er stockte einen Augenblick. »Manchmal ist es so schlimm, dass ich heule wie ein Schlosshund.«

Sie legte die Hand auf seinen Arm und drückte ihn. »Und ich habe Sie für einen gefühllosen Klotz und einen Stinkstiefel gehalten.«

»Nun ja, das kann ich auch sein, wie Sie wissen.«

»Aber in Wahrheit sind Sie ganz anders, Amos. Ein Mensch, den ich gern einen Freund nennen würde.«

»Wir *sind* Freunde, Sally. Ich weiß es wirklich zu schätzen, was Sie für mich tun. Auch wenn mein Gedächtnis irgendwann mal nachlässt, das werde ich nie vergessen.«

Sie schwiegen einen Augenblick. Dann sagte Sally: »Tja, dann gehe ich jetzt wohl besser.«

»Ich begleite Sie aus dem Park. Würde mich nicht wundern, wenn hier zwielichtige Typen abhängen.«

»Sie denken wohl rund um die Uhr wie ein Cop, was?«

»So bin ich nun mal gestrickt.«

Zwei Minuten später gelangten sie zur Straße.

»Danke noch einmal«, sagte Decker.

»Ich danke *Ihnen*, Amos.« Sie trat spontan einen Schritt vor und umarmte ihn. Decker beugte sich hinunter und erwiderte die Umarmung.

In diesem Moment krachte ein Schuss.

31

Decker spürte, wie die Frau in seinen Armen erschlaffte. Er hielt sie fest, während er sich auf den Bürgersteig warf. Im nächsten Augenblick hörte er einen Zuruf und schnelle Schritte. Als er aufblickte, sah er Mars heransprinten.

»Runter, Melvin!«, rief er ihm zu.

»Da drüben, Decker!« Mars deutete auf die andere Straßenseite.

Decker betrachtete das entstellte Gesicht der reglosen Frau. Die Kugel war an der linken Schläfe eingetreten und auf der anderen Seite ausgetreten, in Richtung des Parks. Ihre glasigen Augen starrten ihn leblos an. Er tastete nach einem Puls, obwohl er längst wusste, dass sie tot war.

»O Gott«, murmelte Decker wie benommen und wischte sich Blutspritzer vom Gesicht.

Er blickte zu Mars, dann auf die andere Straßenseite, von wo der Schuss gekommen war. »Verdammtes Schwein!« Mit der Pistole in der Hand sprang er auf und rannte über die Straße, Mars dicht hinter ihm.

Im Laufen zückte Decker sein Handy, wählte den Notruf und berichtete in wenigen Worten, was geschehen war. »Wir verfolgen den Schützen. Schicken Sie alle verfügbaren Streifenwagen in die Gegend, damit wir den Kerl einkreisen können.« Er steckte das Handy weg und rannte noch schneller.

Mars lief voraus, da er beobachtet hatte, woher der Schuss gekommen war.

»Hast du ihn gesehen?«, keuchte Decker.

Mars schüttelte den Kopf. »Nur einen Schatten dort in der Gasse. Ich konnte dich nicht mehr warnen. Ich hab den Scheißkerl erst gesehen, als er geschossen hat.«

Sie erreichten die Gasse, hielten schwer atmend inne und ließen einen Moment lang die Blicke schweifen. Das erste Haus wurde derzeit renoviert; überall lag Baumaterial herum.

»Glaubst du, der Kerl ist noch in der Nähe?«, fragte Mars.

»Wenn, dann kriegen wir ihn.« In diesem Augenblick hörten sie das Heulen der Sirenen. »Die Kavallerie«, sagte Decker erleichtert.

»Wenn ich der Schütze wäre, würde ich schnellstens verschwinden«, meinte Mars.

»Genau. Deshalb werden wir auch keine Sekunde warten. Bleib hinter mir.«

»Du musst dich nicht als Schild für mich opfern, Decker.«

»Du bist der Stürmer, Melvin, ich der Verteidiger. Wenn er mich erwischt, lass mich nicht umsonst sterben, und greif dir den Mistkerl.«

Sie eilten die Gasse hinunter und lauschten nach verdächtigen Geräuschen – Schritten, Atmen oder dem Klicken eines Schlagbolzens.

Decker hob eine Hand, als er etwas hörte.

»Was ist?«, zischte Mars.

Dann hörte er es ebenfalls. Das schwere Atmen von jemandem, der schnell gelaufen und nun erschöpft stehen geblieben war.

Decker nickte Mars zu und rannte in Richtung des Geräusches. Während die Sirenen näher kamen, beschleunigte er sein Tempo. Mars hielt mit ihm Schritt. Etwa auf halber Höhe der Gasse blieb Decker stehen. Die Stelle war von Laternen erhellt. Das laute Atmen war nun deutlich zu hören.

Mit der Pistole im Anschlag sprintete Decker auf das Geräusch zu.

Der Mann lag auf dem Asphalt, sein Kopf auf zusammengerollten Lumpen. Neben ihm stand eine Tasche mit verschiedenen Gegenständen. Seine Kleidung war verdreckt und löchrig.

Decker konnte kaum glauben, was er sah. Der Fremde schlief.

Was sie gehört hatten, war kein Keuchen, sondern das Schnarchen des Mannes.

»Hey, Amos«, flüsterte Mars und streckte den Arm aus. »Ist das eine Waffe?«

Neben dem Mann lag innerhalb der Reichweite seines ausgestreckten Arms ein Gewehr mit Zielfernrohr. Decker trat vor, schob die Waffe mit dem Fuß von dem Schlafenden weg und bückte sich nach dem Mann, um ihn zu packen.

Im nächsten Augenblick wurde er mit dem Gesicht voran gegen die Ziegelwand geschleudert. Seine Pistole krachte gegen die Wand. Er hörte, wie irgendetwas krachend zerbrach. Der Angriff war so schnell und wuchtig erfolgt, dass er einen Moment lang völlig benommen war.

Als er sich herumwarf, sah er den Mann mit dem Gewehr immer noch völlig weggetreten auf dem Boden liegen. Nicht er war der Angreifer gewesen, sondern jemand anders.

»Amos!«, gellte Melvins Stimme.

Decker fing sich, schüttelte die Benommenheit ab, so gut er konnte, und schaute zu seinem Freund.

Mars wich soeben dem Messer aus, mit dem ein kleiner, drahtiger Mann mit blitzschnellen, präzisen Bewegungen auf ihn losging.

Decker sprang vor und schmetterte dem Fremden die Faust in den Nacken. Der Mann mit dem Messer taumelte, wandte sich ihm dann zu und stürzte auf ihn los. Decker zielte mit der Pistole auf das Bein des Mannes und drückte ab.

Nichts. Die Waffe musste beim Aufprall an die Wand beschädigt worden sein – das knackende Geräusch, das Decker gehört hatte.

Im nächsten Augenblick trat der Angreifer ihm die Pistole aus der Hand und hämmerte ihm die Faust in die Magengrube.

Während Decker zurücktaumelte, rammte Mars den Angreifer mit solcher Wucht von hinten, dass er von den Füßen gerissen wurde und gegen die Hauswand krachte. Aber der Kerl war unglaublich hart im Nehmen: Im nächsten Augenblick war er wieder auf den Beinen, wirbelte herum und schlitzte Mars mit seiner Klinge den Arm auf. Mars wich zurück. Der Angreifer wollte nachsetzen, doch Decker packte ihn von hinten und fixierte mit seinen Bärenkräften die Arme des Mannes am Körper. Im Licht der Lampen sah er, dass die muskulösen Oberarme des Angreifers trotz der Kälte entblößt und mit skurrilen Tätowierungen bedeckt waren, mit Wörtern und Symbolen.

Der Mann wand sich, wehrte sich verzweifelt und hämmerte Decker den Hinterkopf ins Gesicht. Für einen Moment wurde Decker schwarz vor Augen, und er löste seinen eisernen Griff. Sofort richtete der Angreifer das Messer nach unten und rammte die Klinge in Deckers Oberschenkel. Mit einem Aufschrei ließ Decker den Unbekannten los, der davonsprintete und in der Ferne verschwand, während die Sirenen immer näher kamen.

Decker fluchte und drückte eine Hand auf die Wunde am Bein.

Mars eilte zu ihm, zog die Windjacke aus und wickelte sie um Deckers Wunde.

»Alles okay mit dir?«, fragte Decker.

»Ja, ja. Wer zum Teufel war der Kerl?«

»Er hat Sally Brimmer erschossen.«

»Und dieser Penner mit dem Gewehr?«

»Ein Fixer, nehme ich an. Wahrscheinlich hatte dieser tätowierte

Dreckskerl die Waffe neben ihm abgelegt, nachdem er Sally erschossen hatte.«

»Hast du eine Ahnung, warum Sally getötet wurde?«

Decker schüttelte den Kopf. »Ich weiß nur, dass der Kerl nicht Sally treffen wollte. Die Kugel war für mich bestimmt.«

32

Im Leichenschauhaus.

Wie schon viel zu oft in Deckers Laufbahn als Polizist.

Das stahlblaue Licht, das er so fürchtete, da es für ihn den Tod symbolisierte, umhüllte ihn fast so intensiv wie in jener Nacht, als er die Leichen seiner Familie aufgefunden hatte. Es war, als hätte jemand ein Blitzlicht an der Decke befestigt, das den Raum in pulsierendes grelles Blau tauchte.

Decker fasste sich ans Bein mit der verbundenen Wunde unter der Hose. Der Arzt in der Notaufnahme hatte gemeint, er habe großes Glück gehabt. Wäre das Messer ein paar Zentimeter weiter links eingedrungen, hätte es die Oberschenkelarterie aufgeschlitzt, sodass Decker wahrscheinlich in der Gasse verblutet wäre, ehe Hilfe eintreffen konnte.

Decker betastete sein Gesicht, das mit Pflastern beklebt war. Er fühlte sich so steif und wund an wie nach einem extrem rauen Footballspiel voller Ellbogenchecks und versteckten Fausthieben. Mars stand neben ihm, den verletzten Arm in einer Schlinge. Wenigstens lebten sie noch. Vor ihnen lag Sally Brimmers Leichnam, bis hinauf zum Hals von einem Tuch bedeckt.

Bei dem Schlafenden in der Gasse hatte es sich tatsächlich um einen Obdachlosen gehandelt. Der Mann war dermaßen mit Drogen vollgepumpt gewesen, dass die Sanitäter eine Stunde gebraucht hatten, um ihn zu wecken. An dem Gewehr waren keine brauchbaren Fingerabdrücke festgestellt worden. Decker wusste, warum: Der Schütze hatte Handschuhe getragen. Nach dem tödlichen Schuss hatte er die Waffe einfach neben den Penner geworfen. Dann hatte er Decker und Mars angegriffen, weil sie ihm zu nahe gekommen waren. Fast wäre es ihm gelungen, zwei weitere Menschen umzubringen, nachdem er bereits die Frau erschossen hatte. Offenbar ein eiskalter Profi. Und nun war er der Polizei entwischt.

Der Gerichtsmediziner wusch einige seiner Instrumente im Waschbecken. Es war nur ein Licht eingeschaltet, das dämmrige Schatten in den Raum warf und die beklemmende Atmosphäre verstärkte.

Plötzlich wurde die Tür aufgerissen, und Blake Natty kam kreidebleich herein, das Gesicht von Schmerz gezeichnet. Er eilte zu Brimmers verhülltem Leichnam, blickte auf sie hinunter, hob die Hand an den Mund und begann leise zu schluchzen.

Niemand sagte ein Wort, bis Natty sich gefangen hatte und sich mit dem Jackenärmel die Tränen abwischte. Er schaute zu Decker und Mars und ließ den Blick über ihre Verletzungen schweifen. »Ich habe gehört, er hätte Sie beide auch fast erwischt.«

»Fast«, sagte Decker. »Dabei war der Kerl viel kleiner als wir.«

»Klein, aber tödlich«, fügte Mars hinzu. »Ein Profi, jede Wette. Ich habe Typen gesehen, die mit allen Wassern gewaschen waren. Hartgesottene Häftlinge ohne Gewissen, die mit ihren selbst gebastelten Klingen auf alles losgingen, was ihnen nicht passte. Aber sie konnten mit der Klinge nicht annähernd so geschickt umgehen wie dieser Tätowierte.«

»Hartgesottene Häftlinge mit selbst gebastelten Messern?«, sagte Natty verdutzt. »Waren Sie mal Gefängniswärter?«

»Nicht ganz, aber ich weiß aus langjähriger Erfahrung, wie es im Knast zugeht«, sagte Mars trocken.

Decker rieb sich den Bauch. »Der Kerl hatte Fäuste wie Beton. Und verrückte Tätowierungen an beiden Armen.«

»Was haben Sie und Sally überhaupt dort gemacht?«, wollte Natty wissen.

Mit dieser Frage hatte Decker gerechnet und sich verschiedene mögliche Antworten überlegt. Er entschied sich für die Wahrheit.

»Ich wollte mich mit Sally im McArthur Park treffen. Als wir zurück auf die Straße kamen, hat der Kerl aus der Deckung gefeuert.«

»Warum haben Sie sich mit Sally getroffen?«

»Weil ich ihre Hilfe gebraucht habe. Ich kann den Fall nicht lösen, indem ich das Geschehen nur *beobachte*, Blake. Das wissen Sie so gut wie ich.«

Decker machte sich auf eine scharfe Erwiderung Nattys gefasst, doch zu seiner Überraschung nickte der Detective nur und rieb sich übers Gesicht. »Ja, das ist mir schon klar. Glauben Sie, dass er … dass er es auf Sally abgesehen hatte?«

»Nein. Eher auf mich. Es war ja nicht der erste Versuch. Wir standen so dicht beisammen, dass er zufällig sie getroffen hat.« Er stockte und blickte zu dem untröstlich dreinblickenden Natty. »Es tut mir leid, Blake. Sehr sogar. Sally wollte einfach nur das Richtige tun.«

Mars starrte Decker an. »Warum ist jemand so versessen darauf, dich umzubringen?«

»Die wollen verhindern, dass Decker die Wahrheit herausfindet«, beantwortete Natty seine Frage. »Hawkins ist zu Ihnen und Mary Lancaster gekommen, damit Sie seine Unschuld beweisen. Und genau das will jemand verhindern. Mary arbeitet nicht mehr an dem Fall, aber Sie.«

»Und Sie auch.« Decker blickte ihn fest an. »Ich glaube, wir alle müssen höllisch aufpassen.«

»Meinen Sie, dieser Tätowierte war ein Auftragskiller, den jemand angeheuert hat?«, fragte Natty.

»So sieht's aus. Und das heißt, Hawkins war tatsächlich unschuldig. Die Beweise, die wir finden sollten, waren allesamt getürkt.«

Natty sah ihn ungläubig an. »Die Fingerabdrücke und die DNA am Tatort … *getürkt?*«

»So was ist machbar«, betonte Decker.

»Aber verdammt schwierig«, wandte Natty ein.

»Schwierig, aber nicht unmöglich.«

»Wer kann ein Interesse daran gehabt haben, Hawkins die Morde in die Schuhe zu schieben?«, fragte Natty.

»Ich glaube, das müssen wir ein bisschen anders sehen.«

»Wie meinen Sie das?«

»Der Mörder hat damals jemanden gebraucht, den er uns als Schuldigen präsentieren konnte. Aus irgendeinem Grund ist er auf Hawkins gekommen. Weiß der Teufel wie.«

»Aber das stellt den ganzen Fall auf den Kopf, Decker«, erwiderte Natty.

»Nein, wir haben ihn bloß vom falschen Blickwinkel betrachtet.«

»Das heißt, wir müssen ganz von vorn anfangen?«, fragte Natty.

Decker zog den USB-Stick aus der Tasche und hielt ihn hoch. »Wir fangen damit an.« Er blickte auf Sally Brimmers Leichnam. »Die Toten haben Antworten verdient«, sagte er. »Manchmal mehr als die Lebenden.«

33

Mars schlief tief und fest auf dem Bett in Deckers Hotelzimmer. Es war schon kurz nach zwei Uhr nachts, doch Decker saß hellwach auf seinem Stuhl und arbeitete an seinem Laptop. Er scrollte sich durch die Informationsflut auf dem USB-Stick, den Brimmer ihm gegeben hatte.

Er hatte sein Gürtelholster mit der neuen Pistole abgenommen, die er sich zugelegt hatte, da seine alte Waffe beim Kampf in der Gasse beschädigt worden war. Es nagte immer noch an ihm, dass er den Angreifer hatte entkommen lassen.

Decker und Mars hatten das Material auf dem Datenträger gemeinsam durchgearbeitet, bis Mars zu müde geworden und auf Deckers Bett eingeschlafen war, statt auf sein eigenes Zimmer zu gehen. Draußen regnete es in Strömen; Decker hörte die Tropfen wie Hagelkörner gegen das Fenster trommeln. Es war eines der für Ohio so typischen Unwetter, die wie aus dem Nichts kamen und eine Weile über den ganzen Bundesstaat hinwegfegten.

Doch im Moment hatte er Regen und Wind ausgeblendet und konzentrierte sich ausschließlich auf die wichtigsten Fakten des Falles, der über dreizehn Jahre zurücklag.

Um 21:35 Uhr war damals der Notruf eingegangen; der Grund waren »verdächtige Geräusche« aus dem Haus der Richards. Das allein hätte ihn schon stutzig machen müssen, wie so vieles an dem Fall.

Wer hat den Notruf verständigt? Und weshalb?

Nicht einmal die Nachbarn hatten an dem Abend irgendetwas Ungewöhnliches gesehen oder gehört. Und es waren keine Reifenspuren beim Haus gefunden worden, außer jenen von David Katz' Auto. Bei dem Regen und dem schlammigen Boden wären frische Abdrücke nicht zu übersehen gewesen. Das heißt, es war kein anderes Fahrzeug dort gewesen.

Das Rätsel wurde noch größer, wenn man sich die Todeszeiten ansah, die der Gerichtsmediziner festgestellt hatte. Demnach waren alle vier Opfer gegen halb neun Uhr ermordet worden. Die Unterlagen belegten, dass diese Feststellung auf mehreren Indizien beruhte; eine davon war die Körpertemperatur der Leichen, als man sie gefunden hatte. Decker wusste, dass diese Temperatur von verschiedenen Faktoren beeinflusst werden konnte, doch es galt die Faustregel, dass sie mit jeder Stunde um fast ein Grad sank.

Der Gerichtsmediziner hatte seine Berechnung vor allem auf den Mageninhalt der Toten gestützt. Susan Richards hatte ausgesagt, für die Familie gekocht und das Essen im Ofen gelassen zu haben, bevor sie wegfuhr. Sie gab an, dass die Familie für gewöhnlich um sechs Uhr zu Abend aß. Die Obduktion hatte ergeben, dass zwischen der Mahlzeit und dem Tod etwa zweieinhalb Stunden vergangen waren. Die Zeit ließ sich nicht mit absoluter Präzision festlegen, doch der Gerichtsmediziner war sich seiner Sache ziemlich sicher gewesen. Um eine volle Stunde, hatte er erklärt, könne er unmöglich danebenliegen.

Mrs. DeAngelos Aussage zufolge war David Katz gegen halb sieben Uhr eingetroffen. Zu diesem Zeitpunkt musste die Familie bereits mit dem Abendessen fertig gewesen sein und die Küche aufgeräumt haben. Decker hatte damals die Spülmaschine überprüft und drei leere Teller sowie Gläser und Besteck darin gefunden. Das bestätigte, dass die Richards gegen sechs Uhr gegessen hatten. Falls sie noch beim Essen gewesen wären, als Katz eingetroffen war, hätten sie ihn wahrscheinlich eingeladen, mit ihnen zu essen, doch der Inhalt der Spülmaschine zeigte, dass dies nicht der Fall gewesen war. Wahrscheinlich war Katz also erst gekommen, nachdem die Richards das Abendessen beendet und das Geschirr abgeräumt hatten.

Donald Richards hatte Katz ein Bier angeboten, und die Kinder waren nach oben gegangen. Wenig später war jemand gekommen und hatte sie alle umgebracht.

Doch dann wurde es wirklich seltsam.

Nach allen vorliegenden Fakten hatten vier Menschen bereits über eine Stunde tot in dem Haus gelegen, als jemand den Notruf wählte und verdächtige Geräusche meldete. Zudem war der Anruf von einem Telefon gekommen, das sich nicht hatte zurückverfolgen lassen.

Nun, da Decker dies alles aus der Distanz betrachtete, waren die Ungereimtheiten nicht zu übersehen. Er stöhnte frustriert angesichts seines stümperhaften Vorgehens.

Die Todeszeit stimmt also nicht mit dem Notruf überein. Vier Leichen können ja wohl kaum Lärm verursachen, nachdem sie über eine Stunde tot waren.

Plötzlich fiel ihm eine andere Möglichkeit ein. Konnte es sein, dass jemand eine Stunde nach den Morden das Haus betreten und die vier Toten vorgefunden hatte? Und dass diese Person anschließend den Notruf verständigt hatte? War es vielleicht Meryl Hawkins gewesen? Das hätte seine Fingerabdrücke am Lichtschalter erklären können. Nicht aber, wie seine DNA unter Abigail Richards' Fingernägel gelangt war. Zudem war es schwer vorstellbar, dass Hawkins ein Telefon besessen hätte, das sich nicht zurückverfolgen ließ.

Decker schob den Gedanken beiseite und wandte sich einem anderen Problem zu. Man hatte nicht feststellen können, in welcher

Reihenfolge die vier Opfer im Haus gestorben waren. Decker war einfach davon ausgegangen, dass der Täter zuerst die beiden Männer im Erdgeschoss und danach die Kinder im ersten Stock getötet hatte.

Die Sache war jedoch problematisch, wie ihm schon damals bewusst gewesen war, nur hatte er es vor dreizehn Jahren als unwesentlich abgetan: Wenn zwei Personen im Erdgeschoss erschossen wurden, ging das höchstwahrscheinlich nicht lautlos vor sich. Schon vor den tödlichen Schüssen kam es möglicherweise zu einem lauten Wortwechsel. Das Haus war nicht besonders groß. Bestimmt hatte man die Geräusche bis nach oben gehört.

Im ersten Stock gab es einen Festnetzanschluss im Schlafzimmer der Eltern. Es hatte sich herausgestellt, dass keines der Kinder ein Handy besessen hatte. Man hätte annehmen können, dass sie zum Telefon im Schlafzimmer gelaufen wären, um die Polizei zu verständigen, oder dass sie versucht hätten, durchs Fenster zu entkommen. Doch sie hatten nichts dergleichen getan.

Als der Ältere war Frankie Richards wahrscheinlich eher in der Lage gewesen, auf die Bedrohung zu reagieren, als seine Schwester. Der Junge hatte Drogen genommen und gelegentlich gedealt; folglich musste er mit zwielichtigen Typen zu tun gehabt haben. In seinem Zimmer hatte man Bargeld und Stoff gefunden. War ihm denn nicht bewusst gewesen, dass irgendwann jemand auftauchen könnte, um beides zu stehlen? Damals waren Einbrüche wegen geringer Geldbeträge oder Drogenmengen keine Seltenheit gewesen. Es gab Leute, die wegen fünfzig Dollar oder ein paar Gramm Marihuana einen Mord begingen.

Hatten das Heulen des Windes, das Donnern und das Regengeprassel die Schüsse im Erdgeschoss überdeckt? Hatten die Kinder erst gemerkt, was vor sich ging, als es zu spät war?

Decker ging zur nächsten Frage weiter, während draußen der

Regen ans Fenster trommelte, so wie es damals in der schicksalhaften Nacht gewesen sein musste. Warum war Abigail erdrosselt worden, während der Täter die anderen Opfer erschossen hatte? In diesem Fall glaubte Decker die Antwort zu kennen.

Während seine Augen auf den Bildschirm geheftet waren, kamen in seiner Erinnerung plötzlich Bilder hoch, die ihm eine bleierne Übelkeit verursachten.

In Gedanken war er wieder in seinem ehemaligen Haus, an dem Abend, als er seine Familie ermordet aufgefunden hatte. Von allen Seiten strahlte ihm das gefürchtete stahlblaue Licht entgegen, das für den Tod stand. Decker hatte diese Erinnerung immer im Zaum halten können, indem er sie in den hintersten Winkel seines Bewusstseins verbannte. Doch in diesem Augenblick war er aus irgendeinem Grund machtlos dagegen. Er konnte sich nicht mehr gegen die Bilderflut wehren, die über ihn hereinbrach. Übelkeit erfasste ihn, und kalter Schweiß brach ihm aus. Auf zittrigen Beinen stemmte er sich hoch. Ob er es zur Toilette schaffte, bevor er sich übergeben musste?

Doch dann legte sich die Übelkeit – nur noch die quälenden Bilder blieben.

Er blickte zu Mars, der immer noch schlief.

Aus irgendeinem Grund hätte er seinen Freund zu gern geweckt, um ihm zu erzählen, was soeben passiert war. Aber wie sollte Mars ihm helfen? Niemand konnte ihm helfen, mit diesen furchterregenden Auswüchsen seiner Hirnschäden und deren unerklärlichen Folgen fertigzuwerden. Wer nicht selbst betroffen war, würde es niemals verstehen.

Also wankte Decker aus dem Zimmer, über den Flur und die Treppe hinunter, statt Mars zu wecken. Er verließ das Hotel durch die Hintertür, von der er Lancaster erzählt hatte, und ging im strömenden Regen zwischen den Müllcontainern hindurch.

Schließlich kauerte er sich unter ein Metalldach an der Rückseite des Hotelgebäudes.

Und dann kam das, was er fast so sehr fürchtete wie den Tod.

In Gedanken sah er sich sein ehemaliges Haus betreten, in dem nun eine junge Familie wohnte. Er bewegte sich wie in Trance, Schritt für Schritt, wie in Zeitlupe.

Gestochen scharf sah er vor sich, wie er sie gefunden hatte.

Zuerst seinen Schwager in der Küche.

Dann seine Frau auf dem Boden neben dem Bett, sodass er zuerst nur ihren Fuß sah, als er ins Zimmer kam.

Und schließlich Molly, mit dem Gürtel ihres Bademantels an der Toilette festgebunden. Sie war erwürgt worden, ähnlich wie Abigail Richards.

Und der Grund, warum sie hatten sterben müssen, war …

Ich.

Mit gesenktem Kopf saß Decker auf dem kalten Asphalt und weinte lautlos. Über ihm trommelte der Regen monoton auf das Metalldach.

Er hatte geglaubt, am absoluten Tiefpunkt angelangt zu sein, als er zuerst seine Familie verloren hatte, dann seinen Job, dann sein Zuhause, dann seinen Lebenswillen. Bis ihm rein gar nichts mehr geblieben war.

Aber vielleicht war das ein Irrtum, dachte er, während ihm die Bilder jenes Abends noch immer mit schrecklicher Klarheit vor Augen standen. Die Leichen der Menschen, die er über alles geliebt hatte, das Blut, das Übelkeit erregende Stahlblau. *Vielleicht bin ich jetzt erst ganz unten.*

34

»Alles in Ordnung?«

Als sie am nächsten Morgen im Speiseraum des Residence Inn saßen, sah Mars ihn über den Tisch hinweg beunruhigt an.

»Ja, warum?«, erwiderte Decker.

»Als ich aufgewacht bin, warst du im Badezimmer. Es hat so geklungen, als würdest du dich übergeben.«

»Quatsch. Mein Magen war ein bisschen nervös, mehr nicht.«

»Ich habe angeklopft, weißt du denn nicht mehr? Hab gefragt, ob du okay bist.«

»Ja, Und ich habe geantwortet, dass alles in Ordnung ist, worauf du auf dein Zimmer gegangen bist. Zuvor warst du auf meinem Bett eingeschlafen. Wahrscheinlich warst du noch nicht ganz wach, als du angeklopft hast.«

»Okay, ja. Ich war ziemlich kaputt.« Mars musterte ihn kurz und zuckte mit den Schultern. »Du hast lange gearbeitet.«

»Ich habe versucht, mir einen Reim auf ein paar Dinge zu machen, die nicht zusammenpassen.«

»Zum Beispiel?«

Decker berichtete ihm, womit er sich letzte Nacht beschäftigt hatte.

»Die Opfer wurden also gegen halb neun abends ermordet. Und der Notruf kam eine Stunde später«, fasste Mars zusammen. »Ich weiß aus Erfahrung, dass in einer solchen Ermittlung eine Stunde einen Riesenunterschied machen kann.«

»Eine Stunde und fünf Minuten, um genau zu sein. Der Notruf kam um einundzwanzig Uhr fünfunddreißig. Obendrein konnte der Gerichtsmediziner den Todeszeitpunkt natürlich nicht auf die Minute genau angeben. Die Abweichung beläuft sich also auf mindestens eine Stunde.«

»Bei dem Notruf, was genau wurde da gemeldet?«

»Verdächtige Geräusche aus dem Haus der Richards. Schreie und ein Schuss.«

»Das kann ja wohl nicht sein. Die Leute wurden um halb neun umgebracht, nicht um halb zehn.«

»Wir wissen nicht, ob die Person wirklich einen Schuss gehört hat oder etwas anderes. Und ob es ein Schuss war, der jemanden getötet hat, oder nur *irgendein* Schuss.«

»Na ja, Tote schreien jedenfalls nicht.«

»Richtig. Aber es könnte sein, dass zu der Zeit noch jemand im Haus war und geschrien hat, und dass es das war, was die Person gehört hat.«

»Und wer sollte geschrien haben? Und warum?«

»Keine Ahnung. Es ist reine Spekulation.«

Mars nickte düster. »So ziemlich alles, ja.«

»Aber zu einem anderen Problem habe ich eine Theorie.«

»Lass hören.«

»Abigail Richards wurde erdrosselt, nicht erschossen. Warum?«

»Du meinst, warum hat der Täter sie nicht auch erschossen wie die anderen, was vermutlich auch einfacher gewesen wäre?«

»Genau.«

Mars überlegte einen Augenblick und schüttelte den Kopf. »Ich passe.«

»Wenn du jemanden erschießt, kannst du keine DNA unter den Fingernägeln des Opfers hinterlassen. Beim Erdrosseln oder sonstigem Körperkontakt während des Tötens besteht diese Gefahr.«

»Moment, willst du damit sagen, jemand hat absichtlich Hautfetzen von Hawkins unter den Fingernägeln des Mädchens platziert?«

»Ja.«

»Ist so was überhaupt möglich?«

»O ja. Und Hawkins hatte ja auch Kratzer an den Armen. Von diesen Kratzern stammt wahrscheinlich die DNA, mit der er später belastet wurde.«

»Aber wenn ihn … sagen wir mal, jemand gekratzt hat, um Hautfetzen von ihm zu bekommen, hätte man dann nicht auch die DNA des Betreffenden unter Abigails Nägeln finden müssen?«

»Nicht unbedingt. Es kommt darauf an, wie man es anstellt. Jedenfalls wurde zweifelsfrei festgestellt, dass die Hautfetzen unter den Fingernägeln Hawkins' DNA enthalten haben.«

»Und der Fingerabdruck? Kann den auch jemand absichtlich dort platziert haben?«

»Möglich wäre es. Einen gefälschten Fingerabdruck findet man allerdings nur sehr selten. Viel häufiger kommt es vor, dass ein Abdruck nicht gefälscht, aber trotzdem absichtlich am Tatort hinterlassen wird.«

»Wo ist der Unterschied?«, fragte Mars neugierig.

»Stell dir vor, ein Cop findet ein Glas mit dem Abdruck eines Verdächtigen irgendwo fern vom Schauplatz eines Verbrechens, hinterlässt es direkt am Tatort und schwört, es dort gefunden zu haben. Die Konsequenz: Der Beschuldigte war zwar zu keiner Zeit am Tatort, aber das Glas mit seinem Fingerabdruck, weil jemand es dort platziert hat. So etwas lässt sich mit wenig Aufwand machen. Etwas anderes ist es, einen Fingerabdruck zu fälschen, ihn also von irgendeiner Oberfläche zu nehmen und auf eine andere Oberfläche am Tatort zu übertragen.«

»Muss verdammt schwierig sein.«

»Es braucht viel Wissen und Geschicklichkeit. Wenn man einen Fingerabdruck mit Klebeband abnimmt, verändert man dabei die Linien minimal. Und es kommt immer auch auf das Material an. Wenn du einen Abdruck von einer Metalloberfläche nimmst und auf Holz überträgst, kann es leicht passieren, dass sich geringfügige Veränderungen einschleichen, die bei der Analyse auffallen.«

»Heißt das, ein Experte wird eine solche Fälschung immer erkennen?«

»Leider nicht. Ich kann mich erinnern, dass man das mal mit einem Reihentest herausfinden wollte. In der Hälfte der Fälle haben die Forensik-Spezialisten einen gefälschten Abdruck für einen echten gehalten und einen echten für einen falschen. Das gibt einem schon zu denken.«

»Vor allem, wenn man schon einmal zu Unrecht verurteilt wurde, so wie ich. Und an Hawkins' Abdruck am Tatort ist niemandem etwas aufgefallen?«

Decker schüttelte den Kopf. »Auch ich hatte ihn mir sehr genau angesehen. Außerdem hatten wir einen zusätzlichen Experten herangezogen. Für ihn hat nichts darauf hingedeutet, dass der Abdruck gefälscht sein könnte.«

»Dann war Hawkins offenbar wirklich dort.«

»Sieht so aus. Aber wenn er dort war, wie kann er dann unschuldig sein? Zumindest müsste er in diesem Fall gewusst haben, wer der Täter war. Aber warum hat er es dann nicht gesagt, als er festgenommen wurde?«

»Rätsel über Rätsel«, meinte Mars kopfschüttelnd.

»Er könnte natürlich ins Haus gekommen sein, als die vier schon tot waren. In diesem Fall könnte er selbst den Notruf verständigt haben und dann verduftet sein. Das wirft dann allerdings die Frage auf, warum wir den Anruf nicht zurückverfolgen konnten.«

»Und wie ist dann die Mordwaffe in seinen Schrank gekommen?«

»Die hat jemand dort versteckt, um ihn zu belasten.«

»Das ergibt Sinn.«

Decker schüttelte den Kopf. »Ich weiß nicht. Falls Hawkins die Toten gefunden hat, nachdem der wahre Täter längst weg war – woher hat der Mörder dann gewusst, dass gerade Hawkins als Täter infrage käme?«

»Vielleicht wusste der Mörder, dass Hawkins an diesem Abend hier einbrechen wollte. Vielleicht hat er die Leute genau deshalb an diesem Abend umgebracht, weil er wusste, dass Hawkins ins Haus kommen würde. Also sorgt er dafür, dass Hawkins' DNA an der Leiche des Mädchens gefunden wird. Dann drückt Hawkins noch den Lichtschalter und hinterlässt seinen Fingerabdruck, was ihn zusätzlich belastet.« Mars hielt inne. »Was hältst du davon?«

»Klingt überzeugend, auch wenn es nicht alles erklärt. Aber es ist auf jeden Fall ein Ansatz, den wir weiterverfolgen sollten.«

»Es würde auch die eine Stunde erklären, die zwischen den Morden und dem Notruf vergangen ist«, fügte Mars hinzu und nahm einen Schluck Kaffee. »Hawkins hat gesehen, dass die Leute im Haus erschossen wurden, also gibt er bei seinem Anruf an, er habe Schreie und Schüsse gehört, um sicherzugehen, dass die Polizei zum Haus kommt.«

Decker nickte und schob sich eine Gabel voll Rührei in den Mund. Die qualvollen Erinnerungen an den Tod seiner Angehörigen waren gegen vier Uhr früh endlich verblasst. Er war auf sein Zimmer gegangen und hatte im Bad die regennassen Sachen ausgezogen. Dann hatte Mars gehört, wie Decker sich erbrochen hatte, und an die Tür geklopft, aber Decker hatte gelogen und erklärt, alles sei in Ordnung.

Ob das wiederkommt?, fragte sich Decker. *Wenn das noch mal passiert, weiß ich nicht, wie ich damit fertigwerden soll.*

Er verscheuchte diesen Gedanken und griff den Faden ihrer

Theorie wieder auf. »Dann stellt sich auch noch die Frage, woher Hawkins die Kratzer an den Armen hatte. Ihm musste doch klar geworden sein, dass seine DNA auf diesem Weg unter Abigails Fingernägel gekommen war. Trotzdem hat er dazu geschwiegen. Hat kein Wort davon gesagt, dass jemand ihn verletzt und sich vermutlich auf diese Weise seine DNA verschafft habe. Er hat behauptet, er sei gestürzt. Wenn er den Namen des Betreffenden genannt hätte, wären den Geschworenen zumindest Zweifel an seiner Schuld gekommen.«

»Du glaubst, er hat jemanden gedeckt?«

»Gut möglich.«

»Hast du einen Verdacht, um wen es sich handeln könnte?«

»Ja.«

35

Sie schien gar nicht erfreut, ihn wiederzusehen.

»Ich war gerade am Weggehen«, sagte Mitzi Gardiner durch die halb geöffnete Tür ihrer Luxusvilla.

Sie war makellos gekleidet: Faltenrock, Nylons und Pumps mit flachen Absätzen, dazu eine weiße Bluse mit offenem Kragen und eine kurze Jacke. Um den Hals trug sie eine dezente Perlenkette. Make-up und Lippenstift betonten ihre elegante Erscheinung; sie sah aus, als würde sie gleich die Vorstandssitzung eines Fortune-500-Unternehmens leiten.

»Wir können warten oder ein andermal wiederkommen«, sagte Decker, einmal mehr beeindruckt von der Verwandlung, die das ausgezehrte, drogenabhängige Mädchen durchgemacht hatte. »Es wird aber nicht lange dauern, falls Sie jetzt ein bisschen Zeit erübrigen könnten.«

Sie beäugte ihn und Mars, der ihren Blick mit einem freundlichen Lächeln erwiderte.

Stirnrunzelnd schaute sie auf die Uhr. »Fünf Minuten kann ich Ihnen geben.«

Mitzi Gardiner führte sie ins Haus und in eine beeindruckende Bibliothek. Drinnen schloss sie die Tür und deutete auf eine Couch. Decker und Mars setzten sich.

Mitzi nahm ihnen gegenüber Platz.

»Fünf Minuten«, betonte sie. »Ich muss zu einem wichtigen Treffen.«

Decker räusperte sich. Er würde behutsam vorgehen müssen, was ihm nicht leichtfiel; seine bevorzugte Vorgehensweise bestand darin, den Verdächtigen mit sehr direkten Fragen in die Enge zu treiben.

»Wir verfolgen einige Spuren, die darauf hindeuten, dass Ihr Vater unschuldig war. Dass ihm jemand die Morde in die Schuhe geschoben hat.«

Mitzi lehnte sich zurück und beäugte ihn kühl. »Das haben Sie schon beim letzten Mal angedeutet. Und ich habe Ihnen gesagt, dass Sie damit wahrscheinlich falschliegen.«

»Mag sein«, entgegnete Decker. »Übrigens, als ich nach unserem letzten Gespräch nach Burlington zurückfuhr, hat jemand versucht, mich umzubringen.«

»Was soll das jetzt?« Mitzi richtete sich schockiert auf. »Sie glauben doch wohl nicht, dass ich damit zu tun habe?«

»Keineswegs. Ich wollte es Ihnen nur sagen. Vielleicht sollten auch Sie in nächster Zeit besonders vorsichtig sein.«

»Danke für die Warnung, aber ich habe sowieso immer eine Waffe bei mir, wenn ich rausgehe.«

»Wirklich? Wieso?«

»Weil ich wohlhabend bin, Agent Decker. Und weil Leute, die es nicht sind, einem alles wegnehmen wollen. Das weiß ich selbst am besten, weil ich auch mal auf der anderen Seite gestanden habe.«

»Hat es in der Vergangenheit in der Hinsicht Probleme gegeben?«

»Ich wüsste nicht, was das mit Ihrer Ermittlung zu tun hat.« Sie tippte auf ihre Armbanduhr. »Ihre fünf Minuten sind gleich um.«

Decker kam auf den Punkt. »Bei dem, was vor dreizehn Jahren passiert ist, passt einiges nicht zusammen. Das hat meine Sicht auf das Verbrechen grundlegend verändert. Vor allem beim zeitlichen Ablauf gibt es Ungereimtheiten.«

»Und warum ist das damals niemandem aufgefallen?«

»Es wurde übersehen. Aber zwischen dem Todeszeitpunkt der Opfer und dem Notruf ist mehr als eine Stunde vergangen. Das ergibt einfach keinen Sinn.«

Mitzi lehnte sich zurück. »Verstehe. Ich muss Ihnen wohl glauben, dass es so war. Aber warum kommen Sie damit zu mir?«

»Ihr Vater hatte Kratzer an den Armen. Die Polizei hat damals angenommen, dass Abigail Richards ihm diese Kratzer zugefügt hat, indem sie sich verzweifelt gewehrt hat, als er sie erdrosselte.«

»Müssen wir wirklich noch einmal darüber reden?«, erwiderte sie gereizt.

»Als Ihr Vater festgenommen wurde, trug er ein langärmliges Hemd und eine Jacke darüber.«

»Ja, und?«

»Falls er in diesem Outfit ein paar Stunden zuvor im Haus der Richards war, wie kann das Mädchen ihn dann an den Armen gekratzt und dabei Hautfetzen mit seiner DNA unter die Fingernägel bekommen haben? Ihre Nägel hätten den Stoff niemals zerreißen können. Also kann seine DNA unmöglich auf diese Weise übertragen worden sein.«

»Ich kann Ihnen da auch nicht weiterhelfen – ich bin keine Ermittlerin. Vielleicht hat er sich umgezogen, nachdem er von dort zurückgekommen ist.«

»Aber Sie sagten doch, er war gar nicht zu Hause.«

»Ich habe nur gesagt, ich habe es nicht mitbekommen. Wahrscheinlich war ich zugedröhnt, wie ich ja bereits ausgesagt hatte.«

»Es war ziemlich kalt an dem Abend, und es hat heftig geregnet. Ich kann mir nicht vorstellen, dass Ihr Vater im kurzärmligen Hemd zu den Richards gegangen ist.«

Mitzi schaute auf ihre Uhr. »Mag sein, aber ist das überhaupt noch wichtig? Seine DNA wurde unter den Fingernägeln des Mädchens gefunden. Das ist doch das Entscheidende, oder?«

»Kommt darauf an. In dem Zusammenhang habe ich eine Frage an Sie: Fällt Ihnen irgendjemand ein, der einen Grund hatte, Ihrem Vater etwas anzuhängen?«

»Ihm etwas anhängen? Wie? Indem jemand vier Leute umbringt, die mein Vater gar nicht gekannt hat, und seine Fingerabdrücke und DNA am Tatort zurücklässt? Mein Vater war nicht so wichtig, dass jemand sich solche Mühe geben würde, ihn zu belasten.«

»Ist das ein Nein?«

Mitzi schwieg.

»Ihr Vater hat damals behauptet, die Kratzer kämen von einem Sturz, nicht von Abigails Fingernägeln.«

»Trotzdem – man hat seine DNA unter den Nägeln des Mädchens gefunden. Ist das kein Beweis?«

»Uns ist noch etwas aufgefallen. Wenn Ihr Vater wirklich unschuldig war, hätte er sich verteidigen und andere belasten können. Er hätte behaupten können, jemand habe ihn angegriffen und ihm die Kratzer an den Armen zugefügt. Und diese Person habe seine Hautfetzen und damit seine DNA unter Abigails Fingernägel geschoben.«

Decker lehnte sich zurück. Dies war der Augenblick der Wahrheit.

Er wusste, Mitzi Gardiner war intelligent genug, um die Tragweite seiner Argumentation zu erkennen.

Doch sie überraschte ihn. »Nachdem mein Vater seinen Job verloren hatte, ließ er sich mit üblen Typen ein, Agent Decker.«

»Davon war im Prozess keine Rede.«

»Es war aber so. Er brauchte Geld. Ich glaube, er hat sich mit kleinen Diebstählen über Wasser gehalten. Wie ich Ihnen schon gesagt habe, er hat alles getan, um meiner Mutter Schmerzmittel zu beschaffen. Vielleicht ist er in eine Schlägerei geraten und wurde dabei verletzt. Das hätte er niemandem gesagt, weil er sich damit selbst belastet hätte. Oder er hatte Angst, dass der andere sich rächen würde, wenn er zur Polizei geht.«

Mars sah sie skeptisch an. »Er wurde wegen Mordes angeklagt. Was hatte er da noch zu verlieren?«

Mitzi Gardiner ignorierte ihn und sah Decker unverwandt an. »Vielleicht wollte er meine Mutter und mich schützen und hat geschwiegen, damit seine … Kumpel uns nichts tun.«

In diesem Augenblick wurde Decker klar, dass er Mitzi gewaltig unterschätzt hatte.

»Eine interessante Theorie«, räumte er ein.

»Ich denke, es ist die einzig mögliche Erklärung.« Wieder schaute Mitzi auf ihre Uhr. »Tja, die Zeit ist um.«

»Und wenn wir weitere Fragen haben?«, wollte Decker wissen.

»Dann fragen Sie jemand anderen.«

Mitzi ging hinaus und ließ die Männer sitzen.

Augenblicke später hörten sie die Haustür auf- und zugehen. Dann wurde eine Garagentür geöffnet, und ein Auto fuhr hinaus. Durchs Fenster sahen sie Mitzi in einem silbernen Porsche SUV die Auffahrt hinunterfahren. Das Tor schwang auf, dann war sie verschwunden.

»Gentlemen?«

Decker und Mars drehten sich um und sahen eine Frau in Dienstbotentracht. »Mrs. Gardiner hat mir aufgetragen, ich soll Sie hinausführen.«

Als sie das Haus verließen, meinte Mars: »Die hat uns kalt abserviert, was?«

»Eiskalt.«

36

Es war Punkt 18:30 Uhr, als Decker und Mars die Auffahrt zum ehemaligen Haus der Richards hinauffuhren. Decker hielt auf dem Parkplatz hinter dem Gebäude, und sie stiegen aus. Es regnete noch nicht, doch der Wetterbericht hatte baldigen Regen vorhergesagt, und die dunklen Wolken ließen keinen Zweifel daran.

Mars betrachtete das alte Haus. »Hier ist es also passiert? Und hier hat auch deine Laufbahn als Detective der Mordkommission begonnen?«

»Kein vielversprechender Start, ich weiß«, meinte Decker mürrisch.

»Hey, es war deine erste Ermittlung. Glaubst du, ich war in meinem ersten Footballspiel für die Texas Longhorns so gut wie in meinem letzten? Man lernt aus seinen Fehlern, das weißt du so gut wie ich.«

»Ich habe allein in diesem Fall genug Fehler für eine ganze Laufbahn gemacht. Und jetzt komm.«

Er führte Mars zum Seiteneingang. Hier hatte David Katz vermutlich das Haus betreten. Decker hatte einen Schlüssel, den Natty ihm gegeben hatte. Er schloss die Tür auf und trat in eine Waschküche. Eine kurze Treppe führte zur Küche hinauf.

»Sind wir hier, um den Tatort noch einmal zu begehen?«, fragte Mars.

Decker schwieg einen Augenblick und sah sich in dem kleinen

Raum um, in dem sich neben der Klimaanlage auch die Anschlüsse für Waschmaschine und Trockner befanden.

»Warum hat Katz ausgerechnet auf diesem Weg das Haus betreten?«, sagte er mehr zu sich selbst als zu Mars.

»Vielleicht hat er es immer so gemacht.«

»Es gab keine Hinweise darauf, dass er zuvor schon mal hier gewesen war.«

Mars sah sich ebenfalls um. »Dann ist es allerdings merkwürdig. Ob Richards ihm vielleicht gesagt hat, er soll die Seitentür nehmen?«

»Das können wir nicht wissen«, erwiderte Decker. »Genauso wenig, weshalb sie sich getroffen haben. Ob es einen bestimmten Grund gab, oder ob sie einfach ein bisschen quatschen wollten.«

Sie stiegen die Treppe hinauf, gelangten in die Küche und kamen zu der Stelle, an der David Katz tot aufgefunden worden war.

»Hier wurde er erschossen. Die Bierflasche, die er in der Hand hielt, ist runtergefallen, aber nicht zerbrochen.«

»Und dann kam Don Richards an die Reihe, dessen Leiche …«, setzte Mars an.

»Moment mal.« Decker hob eine Hand. Er hatte soeben etwas aus seiner inneren »Cloud« heruntergeladen, das ihn stutzig machte.

»Was ist?« Mars kannte diesen Gesichtsausdruck seines Freundes: Decker war auf irgendetwas Wichtiges gestoßen.

»Zwei Dinge. Die Bierflasche war fast leer, als sie runterfiel.«

»Woher weißt du das?«

»Weil nur wenig Bier auf den Boden ausgelaufen war.«

»Kann nicht ein Teil verdunstet oder eingetrocknet sein?«

»Nein. Das hatten wir berücksichtigt.«

»Und den Rest hatte er zuvor getrunken?«

Decker schüttelte den Kopf. »Eben nicht. Bei der Obduktion hatte er kaum Bier im Magen.«

»Das ergibt wirklich keinen Sinn. Und Punkt zwei?«

Decker schloss die Augen und rief in Gedanken zwei Bilder auf. »Katz war Rechtshänder. Seine Fingerabdrücke auf der Flasche stammten von seiner linken Hand.«

»Das ist merkwürdig. Ist dir das damals nicht aufgefallen?«

»Doch. Aber ich hatte dem keine große Bedeutung beigemessen, weil es schon mal vorkommt, dass man irgendeinen Gegenstand in der anderen Hand hält.«

»Stimmt. Aber es könnte auch anders gewesen sein. Jemand könnte Katz' Hand auf die Bierflasche gedrückt haben, als er schon tot war.«

Decker blickte ihn an. »Damit es so aussieht, als hätte er das Bier getrunken? Aber warum sollte das wichtig sein?«

»Keine Ahnung. Hat es denn niemanden misstrauisch gemacht, dass der Tote kaum Bier im Magen hatte?«

»Leider nicht«, gestand Decker und schaute auf den Boden.

»Aber wenn Katz das Bier nicht getrunken hat, wer dann?«, fragte Mars.

Decker blickte zur Spüle. »Vielleicht wurde es weggeschüttet.«

»Um den Anschein zu erwecken, als hätte Katz es getrunken?«

»Was denn sonst. Aber wenn es so war, hatte der Betreffende keine Ahnung, wie eine Obduktion vonstattengeht. Leider hatte es keine Folgen, weil ich den Bericht nicht vollständig gelesen habe.« Er drosch die Faust mit solcher Wucht gegen die Wand, dass die Haut aufplatzte, und rieb sich die blutige Wunde. »Erst der Fingerabdruck am Lichtschalter hat alles geändert, Melvin. Ich wollte den Täter unbedingt finden. Und der Abdruck hat eindeutig auf Hawkins hingedeutet. Von diesem Moment an war mir alles andere egal.«

»Das verstehe ich, Decker. Genauso, dass du dir jetzt Vorwürfe machst. Aber du kannst deinen Fehler ausbügeln. Allerdings nur, wenn du diesmal kühlen Kopf bewahrst, die Schuldgefühle beiseiteschiebst und dich auf die Fakten konzentrierst, sonst begehst du die gleichen Fehler wie damals.«

Decker atmete ein paarmal tief durch. »Okay, okay, du hast recht.«

»Also?«

»Die große Frage war immer, wie der Täter hierhergekommen ist. Es gibt nur eine Straße zum Haus. Er muss an den anderen Häusern vorbeigekommen sein – trotzdem hat ihn niemand gesehen. Und es gab keine Reifenspuren eines anderen Autos.«

»Vielleicht ist er zu Fuß gekommen.«

»Als er kam, muss es bereits geregnet haben. Es waren aber keine Schuhabdrücke im Haus. Selbst wenn er hinterher sauber gemacht hat, ist es schwer vorstellbar, dass nicht der kleinste Rest von Schmutz übrig geblieben ist.«

»Kann es nicht sein, dass der Mörder schon im Haus war, bevor es zu regnen anfing? Dass er zuerst Katz auflauerte und dann die anderen umbrachte?«

Decker dachte einen Augenblick nach. »Dann müsste er am helllichten Tag gekommen sein. Irgendjemand müsste ihn gesehen haben.«

»Und wenn er von hinter dem Haus kam und nicht von der Straße aus?«

»Warum hat er dann so lange gewartet, bis er die vier umgebracht hat?«

»Vielleicht wollte er irgendwelche Beobachtungen anstellen. Oder er wollte Informationen von ihnen, bevor er sie getötet hat.«

»Wäre eine Möglichkeit, sogar eine ziemlich interessante«, gab Decker zu.

»Und das einzige Auto, das man hier gefunden hat, war das von Katz?«

Decker nickte. »Ja. Susan Richards war mit ihrem Wagen unterwegs, der andere war in der Werkstatt. Darum …«

Decker stockte abrupt.

»Was ist?«, drängte Mars.

Decker tauchte aus seinen Gedanken auf. »Don Richards und sein Sohn Frankie starben durch Schüsse in die Brust, mitten ins Herz. Null Überlebenschance. Bei Katz war es anders. Er starb durch zwei Kopfschüsse – einen in die Schläfe, einen zweiten in den Hinterkopf.« Er schaute zu Mars. »Warum hat der Täter es bei Katz anders gemacht?«

»Vielleicht gab es zuvor ein Handgemenge. Katz will fliehen. Der Täter schießt ihm in den Hinterkopf, dann in die Schläfe, um sicherzugehen.«

»Ja, nur war die Reihenfolge umgekehrt – zuerst kam der Schuss in die Schläfe, dann der in den Hinterkopf. Die Kugel in der Schläfe war zweifellos tödlich. Warum hat der Täter Katz noch in den Hinterkopf geschossen, wenn der Mann ohnehin schon tot war?«

Mars schüttelte den Kopf. »Frag mich was Leichteres.«

»Und Abigail wurde erdrosselt, weil es eine simple Erklärung bot, wie Hawkins' DNA unter ihre Fingernägel gelangt war. Vielleicht steckt genauso ein bestimmter Zweck dahinter, dass Katz mit zwei Kopfschüssen getötet wurde.«

»Und welcher?«

Decker formte Daumen und Zeigefinger zu einer Pistole und hielt sie an seine Schläfe. »*Bamm.* Der Mann fällt um. Der Täter beugt sich über ihn und schießt ihm noch eine Kugel in den Hinterkopf.«

»Aber warum?«

Decker richtete sich auf und schaute auf seine Hand. »Weil er etwas kaschieren will. Mit dem Schuss in die Schläfe war das anscheinend nicht möglich gewesen.«

»Und was sollte das sein?«

»Vielleicht eine Wunde am Hinterkopf.«

»Was für eine Wunde?«

»Die Katz bei einem Schlag abbekommen hatte. *Bevor* man ihn hierhergebracht hat, um ihn zu killen.«

37

Mars sah Decker verwirrt an. »Willst du damit sagen, er hat seinen Wagen gar nicht selbst gefahren?«

»Er wurde hierhergefahren. Aber woher wollen wir wissen, wer am Lenkrad saß? Wir haben einfach angenommen, dass Katz selbst es war. Aber möglicherweise hat er bewusstlos im Kofferraum oder auf dem Rücksitz gelegen, und der Täter kam mit ihm hierher. Die Nachbarn haben nur das Auto gesehen, nicht den Fahrer. Und Katz haben sie gar nicht gekannt, also wäre ihnen auch nichts aufgefallen, wenn sie den Fahrer gesehen hätten. Es wäre ihnen aber garantiert seltsam vorgekommen, wenn sie beobachtet hätten, wie jemand Katz ins Haus getragen hat.«

»Das würde erklären, warum der Fahrer den Wagen hinter dem Haus abgestellt hat und durch die Seitentür reinging«, fügte Mars hinzu.

»Richtig. Er konnte ja nicht gut einen Bewusstlosen durch die Haustür tragen. Das erklärt auch die Fingerabdrücke der linken Hand auf der Bierflasche. Der oder die Täter haben einfach seine Hand aufs Glas gedrückt. Es sollte nur so aussehen, als wäre Katz von sich aus hergekommen und hätte ein Bier getrunken, bevor ihn jemand erschossen hat.«

»Aber du hast doch gesagt, er hatte etwas Bier im Magen.«

»Vielleicht haben sie es ihm eingeflößt. Jetzt wird mir auch klar, warum kein anderes Auto hier war und der Mörder keine Schuhabdrücke im Haus hinterlassen hat. Der oder die Täter sind gekommen, bevor es zu regnen anfing – aber nicht, weil sie vor Katz hier waren, sondern weil sie *mit* ihm kamen. Als sie weggingen, hat es zwar geregnet, aber logischerweise haben sie keine Spuren im Haus zurückgelassen.«

»Und wenn sie zu Fuß hinten rausgegangen sind, hat der Regen sämtliche Fährten verwischt.«

Decker nickte. »Und dass ich das alles damals übersehen habe, daran war das hier schuld.«

Er führte Mars ins Wohnzimmer und deutete auf den Lichtschalter an der Wand. »Dort haben wir den Fingerabdruck gefunden. Ich bin überhaupt nur darauf aufmerksam geworden, weil da ein Blutfleck am Lichtschalter war. Ohne Fingerabdruck, als hätte jemand mit dem Arm oder der Hand drübergewischt. Erst danach habe ich nach Abdrücken gesucht und wurde fündig. Der Fingerabdruck stimmte perfekt mit Hawkins' Abdruck überein. Besser, als notwendig gewesen wäre, um vor Gericht als Beweis zu gelten. Es war wie ein Sechser im Lotto. Hawkins hat ausgesagt, er sei nie hier gewesen. Aber dass sein Fingerabdruck gefunden wurde ließ nur eine Schlussfolgerung zu: Er war an jenem Abend hier im Haus. Das hat ihn der Lüge überführt und sein Schicksal besiegelt … das und seine DNA unter Abigails Fingernägeln.«

»Zumal du ja gesagt hast, dass es verdammt schwierig ist, einen Abdruck zu fälschen.«

»Genau. Dazu muss man einiges über Forensik wissen, und man braucht spezielle Ausrüstung und muss damit umgehen können. Und selbst dann kann immer noch einiges schiefgehen.«

»Ich wusste gar nicht, dass es so kompliziert ist.«

»Du hast eben nie *CSI* geschaut.«

»Im Knast war *CSI* nicht allzu beliebt.«

»Ich habe jedenfalls Vertrauen zu dem Spezialisten, der Hawkins' Abdruck für echt gehalten hat.«

»Dann *muss* Hawkins hier gewesen sein, oder?«

Decker hörte nicht mehr zu. Er starrte wie gebannt auf den Lichtschalter. Dann eilte er in die Küche und sah sich dort den Lichtschalter an. Sekunden später rannte er in ein anderes Zimmer und überprüfte auch dort den Schalter. Mars folgte ihm verwirrt von einem Zimmer zum nächsten.

»Was ist los, Amos?«

Schließlich kehrte Decker ins Wohnzimmer zurück, zog sein Taschenmesser und klappte den Schraubenzieher heraus.

»Jede Wette, dass das der Schalter ist, der auch an dem Abend da war.«

»Und?«

»Es ist ein anderer als im Rest des Hauses.«

Mit dem Schraubenzieher löste Decker den Rahmen des Lichtschalters von der Wand. Darunter zeichnete sich ein kleineres Viereck ab.

»Siehst du das, Melvin?«

Mars schaute genau hin. »Ja, aber was hat es zu bedeuten?«

»Der ursprüngliche Schalter war kleiner, wie man an den Umrissen sieht. Darum herum ist die Farbe blasser, weil sie vom Licht gebleicht wurde. Sie mussten einen Schalter nehmen, der zumindest gleich groß war wie der ursprüngliche, damit es nicht auffällt.«

»Heißt das, jemand hat hier einen Lichtschalter mit Hawkins' Fingerabdruck montiert?«

»Richtig.«

»Verdammt!«

»Darum war es *tatsächlich* sein echter Fingerabdruck. Und darum hat der Spezialist zu Recht geschworen, dass es sich um keine Fälschung handelte.« Decker hielt einen Augenblick inne. »Es ist der typische Fall eines Gegenstands mit einem belastenden

Abdruck, der vom Täter absichtlich am Tatort platziert wurde. Ein Lichtschalter ist über jeden Verdacht erhaben – anders als ein Glas, das man am Tatort findet und das leicht jemand dort hinterlassen haben kann. Ein Lichtschalter gehört quasi zum Haus, sollte man glauben. Aber so ist es nicht. Zwei Schrauben rausdrehen, Schalter wechseln und fertig.«

»Da hat sich jemand aber sehr viel Mühe gegeben, um den Mann zu belasten.«

»Ja. Der Täter muss ein starkes Motiv gehabt haben. Aber es ging dabei nicht um Hawkins. Der war bloß als Opfer verfügbar. Der Täter hat ihn aus verschiedenen Gründen ausgesucht. Es war also kein Einbruch, der aus dem Ruder gelaufen und eskaliert ist. Die Opfer standen im Fokus. Wer hatte ein Motiv, sie zu töten?«

»Es waren vier, aber die Kinder können wir ausschließen. Ich kann mir nicht vorstellen, dass ein Schulkollege etwas gegen den Jungen hatte und deshalb seine Familie und alle Anwesenden umgebracht hat.«

Decker nickte. »Bleiben David Katz und Don Richards. Vielleicht ging es nur um einen der beiden, vielleicht um beide.«

»Du hast gesagt, sie hatten geschäftlich miteinander zu tun. Katz war Geschäftsmann und Richards sein Kontaktmann in der Bank.«

»Stimmt.«

»Waren sie auch privat befreundet?«

»Es hat nichts darauf hingedeutet. Rachel Katz hat es auch bestritten. Die Richards waren älter und hatten Kinder, die Katz nicht. Rachel zufolge hätten ihre Jobs ihnen kaum Zeit für freundschaftliche Kontakte gelassen.«

»Hat eine der Ehefrauen gewusst, warum Katz an dem Abend zu Richards kam?«

»Nein. Zumindest haben das beide behauptet. Was nicht heißt, dass es stimmen muss.«

»Also ein spontaner Besuch?«

»Es gab am Tag davor einen Anruf von Katz' Handy an Richards' Handy. Vielleicht haben sie bei der Gelegenheit das Treffen vereinbart.«

»Wenn Katz angerufen hat, kam der Vorschlag vermutlich von ihm.«

»Gut möglich«, stimmte Decker zu. »Es könnte aber genauso gut sein, dass Katz aus irgendeinem Grund angerufen und Richards ihn dann eingeladen hat, zu dem Gespräch vorbeizukommen.«

»An einem Abend, an dem seine Frau nicht zu Hause sein würde, was er natürlich wusste«, meinte Mars. »Vielleicht ist das irgendwie von Bedeutung.«

»Es könnte sogar von großer Bedeutung sein. Vor allem, wenn man bedenkt, dass Susan Richards verschwunden ist.«

»Richards hat bei der Bank gearbeitet«, fuhr Mars fort. »Vielleicht ist da irgendein krummes Ding gelaufen, und er hat Katz' Rat gesucht.«

»Aber jemand wusste von dem Treffen und kam ins Haus, um beide umzubringen. Und die Kinder, weil sie alles mitbekommen hatten. Aber das war extrem riskant. Warum hat der Täter seine Zielperson nicht getötet, als sie allein war, statt in einem Haus voller Leute?«

»Vielleicht hatte er nicht viel Zeit und fürchtete, jemand könnte die Sache auffliegen lassen, um was immer es sich handelte.«

Decker erwiderte nichts, schaute nur betreten auf den Lichtschalter. »Es ist eine Kleinigkeit, aber sie hätte mir auffallen müssen. Ein Anfängerfehler. Ich habe Dinge als gegeben angenommen, die man hinterfragen und überprüfen muss.«

»Aber jetzt kriegst du eine zweite Chance und kannst es geradebiegen. Wie du es in meinem Fall gemacht hast. Mir hast du auch eine zweite Chance verschafft.«

»Du bist sehr nachsichtig mit mir.«

»Einen guten Freund muss man ermutigen. Klar, wenn nötig, muss man ihm auch mal in den Arsch treten. Und glaub mir, in dem Fall werde ich nicht zögern.«

»Ich erwarte nichts anderes von dir, Melvin.«

Deckers Mobiltelefon klingelte. Er nahm den Anruf entgegen und hörte Captain Millers ernste Stimme.

»Susan Richards wurde gefunden.«

»Wo?«

»Zwei Städte weiter.«

»Bringt ihr sie zurück?«

»Ja. In einem Leichenwagen. Sie hat anscheinend Selbstmord begangen, Amos.«

38

Wieder sah Decker eine Leiche auf dem Stahltisch liegen.

Die Tote sah aus, als würde sie schlafen.

»Wenn das so weitergeht …«, meinte der Gerichtsmediziner lakonisch, als er das Tuch über Susan Richards' Leichnam breitete.

»Todesursache?«

»Im Moment würde ich von einer Überdosis ausgehen. Frauen greifen oft zu Drogen, wenn sie Selbstmord begehen. Männer pusten sich eher das Hirn aus dem Schädel.«

Ein Bauarbeiter, der in der Nähe beschäftigt gewesen war, hatte die Tote in einem leer stehenden Gebäude gefunden, nachdem er einen seltsamen Geruch bemerkt hatte.

»Todeszeitpunkt?«, fragte Decker.

»Die Totenstarre hat sich bereits gelöst, also dürfte sie schon eine ganze Weile tot sein. Einen genaueren Zeitpunkt kann ich Ihnen später sagen.«

»Könnte es sein, dass sie schon kurz nach ihrem Verschwinden gestorben ist?«

Der Mann schaute auf den Leichnam und rieb sich das Kinn. »Könnte durchaus sein.«

Decker hatte bereits erfahren, dass man den Koffer, mit dem Susan von zu Hause weggefahren war, nicht bei der Toten gefunden hatte.

»Hatte sie irgendwelche Medikamentenfläschchen bei sich? Oder einen Abschiedsbrief?«

Der Gerichtsmediziner schüttelte den Kopf. »Nein, nichts dergleichen.«

Die Tür wurde geöffnet, und Blake Natty kam herein, verhärmt und niedergeschlagen. Er warf einen kurzen Blick auf Susans Leiche. »Sie hat Selbstmord begangen?«, fragte er.

»Das ist noch offen«, erwiderte Decker.

»Falls es ein Suizid war, liegt der Grund auf der Hand: Die Frau hat Hawkins erschossen.«

»Dann hätte sie den Falschen umgebracht«, betonte Decker.

Natty winkte ab. »Das ist reine Spekulation.«

»Es ist mehr als das.« Decker berichtete ihm von seiner Entdeckung des ausgetauschten Lichtschalters. »Der Täter hat Katz' Blut auf den Rahmen geschmiert, um unsere Aufmerksamkeit auf den Schalter mit Hawkins' Fingerabdruck zu lenken.«

Natty runzelte die Stirn. »Verrückt. Und was glauben Sie, woher der Schalter mit dem Abdruck stammte?«

»Da würde ich als Erstes auf Hawkins' Haus tippen. Der Täter hat Katz' Blut nicht direkt auf den Schalter geschmiert, weil er den Abdruck nicht verwischen wollte.«

»Und die DNA unter den Fingernägeln des Mädchens?«, hakte Natty nach.

»Abigail war von den vier Opfern am leichtesten zu erdrosseln. Der Täter brauchte eine plausible Erklärung, wie die Hautfetzen unter die Fingernägel gelangt waren. Abigail wurde erwürgt und hat sich mit aller Kraft gewehrt – das klingt einleuchtend.«

»Moment mal, Decker«, wandte der Gerichtsmediziner ein. »Ich habe mir die Berichte von damals auch noch mal angesehen. Falls jemand, wie Sie vermuten, Hawkins ein paar Hautfetzen weggekratzt und sie irgendwie unter Abigail Richards' Fingernägel bugsiert hat, müsste die DNA dieser Person auch vorhanden gewesen sein.«

»Würde es von der DNA her einen Unterschied machen, wenn diese Person eine nahe Verwandte von Hawkins war?«, fragte Decker, der die Antwort bereits kannte.

»Natürlich. Alle Menschen haben zu 99,9 Prozent die gleichen Gene, aber das restliche Zehntel ist sehr unterschiedlich, außer bei eineiigen Zwillingen. Die Überprüfung der Hautfetzen unter Abigails Nägeln hätte jedenfalls keine Hinweise auf eine dritte Person ergeben, falls diese mit Hawkins verwandt wäre. Dazu hätte man zusätzliche Tests durchführen müssen.«

Natty sah Decker erwartungsvoll an. »Von welcher nahen Verwandten reden Sie?«

»Da kommt nur eine infrage: seine Tochter Mitzi.«

»Warum sollte sie ihren Vater belasten?«, fragte Natty skeptisch.

»Wenn ich das wüsste.« Decker wandte sich noch einmal an den Gerichtsmediziner. »Gibt es die DNA-Probe noch? Und wenn ja – könnte man sie noch einmal analysieren, um herauszufinden, ob sie auch Mitzi Gardiners DNA oder die einer anderen Person enthält? Ich hatte Sie ja schon gebeten, da nachzufragen.«

Der Gerichtsmediziner nickte. »Habe ich bereits getan. Es ist tatsächlich noch eine Probe von damals übrig. Ich lasse sie von einem Experten in Cincinnati analysieren. Die haben dort viel präzisere Instrumente, mit denen sie exakt zwischen der DNA von Vater und Tochter unterscheiden und obendrein klären könnten, ob eine dritte Person im Spiel war. Es wird allerdings eine Weile dauern.«

»Sagen Sie Bescheid, wenn Sie das Ergebnis haben.«

»Glauben Sie wirklich, die Tochter ist in die Sache verwickelt?«, hakte Natty nach.

»Es würde jedenfalls erklären, wie die Mordwaffe in den Wandschrank gekommen ist. Ich habe noch einmal den Bericht des

Teams gelesen, das damals Hawkins' Haus durchsucht hat. Da steht, Mitzi habe sie auf eine Unebenheit in der Schrankwand aufmerksam gemacht. Die Beamten haben nicht gefragt, woher sie davon wusste.«

»Werden *Sie* sie fragen?«, wollte Natty wissen.

»Wenn ich das tue, wird sie sich wahrscheinlich einen Anwalt nehmen. Vielleicht hat sie es bereits getan. Im Moment aber dürfte sie der Überzeugung sein, man könne ihr nichts anhaben.«

Decker schaute noch einmal auf Susan Richards' Leichnam. Er schloss die Augen und dachte an eine Bemerkung, die eine Zeugin ihm gegenüber gemacht hatte. Zu dieser Aussage fügte er verschiedene andere Fakten hinzu, die er aus seiner Cloud aufrief.

Und dann stieß er auf etwas, das nicht passte.

»Das war kein Selbstmord«, sagte er und öffnete die Augen. »Ich bin mir fast sicher.«

»Wie kommen Sie jetzt darauf?«, fragte Natty verdutzt.

»Ich glaube, sie war schon tot, als sie das Haus verließ.«

39

Am nächsten Tag standen Decker und Mars vor dem Haus der toten Susan Richards. Gegenüber sah Decker die steinalte Agatha Bates auf ihrer verglasten Veranda sitzen.

»Willst du damit sagen, in dem großen Koffer war ihre Leiche?«, fragte Mars.

Decker nickte gedankenverloren.

»Das hieße, eine andere Frau hat sich als Susan Richards verkleidet.«

»Agatha Bates hat die Person nur aus der Ferne gesehen. Es war dunkel, und mit ihrer dicken Brille sieht die alte Dame bestimmt nicht allzu gut. Die Person hat einen langen Mantel und einen Hut getragen. Das ist mir an dem warmen Abend gleich seltsam vorgekommen. Ich wette, es war eine Verkleidung, um Mrs. Bates zu täuschen, dass sie nicht Susan Richards vor sich hatte.«

»Wie kommst du überhaupt darauf, dass Richards nicht selbst mit ihrem Auto weggefahren ist?«

»Der Auspuff ihres Wagens war ziemlich laut, vorsichtig ausgedrückt. Darum hat der oder die Unbekannte den Motor angelassen und ist dann noch einmal ins Haus gegangen, um den Koffer zu holen.«

»Das verstehe ich jetzt nicht.«

Decker deutete zum Haus gegenüber. »Stell es dir einfach so vor: Das Ganze war eine Show für die Nachbarin, Agatha Bates. Die Person wollte, dass die alte Frau den Motorenlärm hört, aus dem Fenster schaut und Susan Richards aus dem Haus kommen sieht – oder jemanden, den sie für Richards hielt. Wäre die Person mit dem Koffer herausgekommen und hätte dann erst den Motor angelassen, um wegzufahren, hätte Bates nicht viel mitbekommen. Die alte Frau hat allenfalls ausgesagt, die Person hätte Mühe gehabt, den Koffer in den Wagen zu heben. Kein Wunder, wenn die Leiche drin war.« Er stockte einen Augenblick. »Außerdem hatte Richards kaum Kleidung und Schuhe mitgenommen. Wozu dann der große Koffer? Und Richards hat regelmäßig Medikamente genommen; ich habe die Fläschchen im Badezimmer gesehen. Eins davon war ein blutdrucksenkendes Mittel, das sie offenbar täglich nehmen musste. Das hätte sie bestimmt nicht vergessen.«

»Also hat jemand Susan Richards umgebracht. Aber warum?«

»Um ihr den Mord an Hawkins anzuhängen. Sie wird tot aufgefunden, und alle glauben, sie hätte sich das Leben genommen, weil sie die Schuldgefühle nicht ertragen konnte. Damit wäre der Mord an Hawkins aufgeklärt.«

Mars nickte nachdenklich. »Ich muss zugeben, es passt alles zusammen.«

»Trotzdem lässt es einige Fragen offen und wirft sogar neue auf. Und es sagt uns nicht, wer diese Morde vor dreizehn Jahren begangen hat. Auch nicht, wer Hawkins wirklich erschossen hat.«

»Aber du glaubst, seine Tochter ist in die Sache verwickelt?«

»Ja. Ich kann es nur nicht beweisen. Noch nicht.«

»Du glaubst also, es hängt alles irgendwie zusammen? Ich meine, was damals und heute passiert ist?«

»Ich bin mir sicher. Einen Faktor gibt es allerdings, von dem wir nicht wissen, wie er ins Bild passt.«

Mars überlegte einen Augenblick. »Du meinst den Kerl, der auf dich geschossen hat.«

»Richtig. Wer ist er? Wurde er von jemandem angeheuert, um mich zu beseitigen? War er es auch, der mich mit dem Wagen gerammt und fast ins Jenseits befördert hätte?«

Mars rieb sich den Arm, wo der Angreifer ihn mit dem Messer verletzt hatte. »Der Bastard konnte kämpfen, das muss man ihm lassen.«

»Ein Profi. Aber ich habe noch mehr Fragen.«

»Zum Beispiel?«

»Warum fährt jemand mit dem bewusstlosen David Katz zu den Richards und bringt ihn um – und nicht nur ihn, sondern auch Don Richards und seine Kinder?«

»Weil er etwas wusste, das den Täter hätte belasten können.«

»Genau. Aber wenn Katz etwas wusste – warum fährt der Täter dann mit ihm zu den Richards und bringt auch noch alle anderen um?«

»Vielleicht hatte auch Don Richards irgendwelche belastenden Informationen. Deshalb mussten sie beide sterben. Und auf diese Art war es für den Täter einfacher, als jeden für sich umzubringen.«

»Mag sein. Aber das Problem dabei ist, dass Susan Richards nicht zu Hause war. Wenn ihr Mann etwas Brisantes wusste, hätte er ihr möglicherweise davon erzählt.«

Mars schnippte mit den Fingern. »Vielleicht *hat* sie davon gewusst und sich mit dem Täter zusammengetan. *Deshalb* war sie an dem Abend nicht zu Hause.«

»Daran habe ich auch schon gedacht. Da ist nur ein Haken. Es wäre ja noch denkbar, dass sie ihren Mann opfert, aber dass sie ihre Kinder umbringen lässt, kann ich mir nun wirklich nicht vorstellen.«

»Dann hatte sie vielleicht einfach nur Glück, nicht zur falschen Zeit am falschen Ort zu sein.«

»Wie dem auch sei, jetzt ist sie tot, weil jemand ihr auf diese

Weise den Mord an Hawkins in die Schuhe schieben wollte. Immerhin hatte sie ein starkes Motiv, den Mann umzubringen.«

»Aber was könnten David Katz und Don Richards gewusst haben, dass jemand sie deswegen umgebracht hat?«

»Rachel Katz hat große Projekte hier in Burlington laufen, bei denen es um viel Geld geht. Sie ist extrem ehrgeizig. Und sie war an dem Abend nicht dort.«

»Okay, aber das macht sie noch nicht zur Mörderin, Amos. Vielleicht ist sie sogar selbst in Gefahr. Die wahren Täter könnten es darauf abgesehen haben, alle zu beseitigen, die ihnen gefährlich werden können.«

»Trotzdem – wenn ein Ehepartner ermordet wird, ist in neun von zehn Fällen der andere Partner der Täter. Ich glaube nicht, dass das für Susan Richards gilt, aber bei Rachel Katz wäre es denkbar.«

»Ein guter Grund, nicht zu heiraten«, meinte Mars.

»Sag das nicht Harper.«

Melvin lachte auf. »Wir haben sowieso keine dahingehenden Pläne. Wir brauchen keinen Trauschein, um auf unsere Kosten zu kommen.«

»Wie auch immer – ich werde noch einmal mit Rachel Katz reden müssen.«

»Soll ich dich begleiten?«

Decker musterte den Freund einen Augenblick. »Ja, das wäre vielleicht hilfreich. Du bist cooler als ich und siehst besser aus. Außerdem bist du reich. Rachel Katz wird sich freuen, dich kennenzulernen.«

»Danke für die Blumen.«

40

»Wein?«

Rachel Katz war mit schwarzer Hose, weißer Bluse und High Heels bekleidet. Ihre Haare hatte sie in einem kunstvollen Zopf hochgesteckt. Es war kurz vor neun Uhr abends. Sie hatte sich bereit erklärt, Decker und Mars nach der Arbeit in ihrem Luxusapartment zu empfangen. In der Hand hielt sie eine geöffnete Flasche Cabernet.

Decker verzichtete, doch Mars nahm das Angebot an. Sie schenkte ihm ein Glas ein und reichte es ihm. Dann wandte sie sich zum Tisch und nahm ihr eigenes Glas.

»Sie und Decker arbeiten also zusammen?«

»Nein, ich bin nur zu Besuch bei ihm.« Mars nahm einen Schluck und setzte sich neben Rachel auf die Couch, während Decker ihnen gegenüber Platz genommen hatte.

Rachel lehnte sich zurück, schlug die Beine übereinander und nippte von dem Wein. »Tut mir leid, dass Ihr Besuch durch diesen Mord getrübt wurde. Also, was kann ich für Sie tun?«

»Sie sehen aus, als wollten Sie heute noch ausgehen«, meinte Decker. »Ich hoffe, wir halten Sie nicht auf.«

»Ich gehe tatsächlich noch aus, habe aber noch ein bisschen Zeit.« Sie schaute zu Mars. »Es gibt da einen neuen Nachtclub, an dem ich beteiligt bin. Ich wollte mal dorthin und die Atmosphäre auf mich einwirken lassen. Hat der Laden keine Ausstrahlung, geht bald keiner mehr hin. Wie halten Sie es mit Clubbing?«

»In D. C. sind wir in der Hinsicht verwöhnt; es gibt da eine coole Szene. Ich investiere selbst in vielversprechende Projekte.« Er blickte zu Decker und fügte hinzu: »Ich überlege gerade, eine Bar mit Tanzfläche zu eröffnen.«

»Dann können Sie mich heute Abend ja begleiten. Wir sind hier zwar nicht in D. C., aber wir haben viel Zeit, Geld und Energie in die Gestaltung des Clubs investiert. Vielleicht können Sie ein paar Anregungen für Ihr eigenes Projekt mitnehmen.«

»Klar, das wäre interessant«, sagte Mars mit kurzem Blick zu Decker.

»Sie haben bestimmt schon gehört, was mit Susan Richards passiert ist, Mrs. Katz«, kam Decker zur Sache. »Es war ja heute früh in den Nachrichten.«

Rachel Katz verzog das Gesicht und beugte sich vor. »Ja, sicher. Die arme Frau. Unfassbar, sich das Leben zu nehmen. Andererseits, wenn sie Meryl Hawkins erschossen hat …«

»Sie glauben also, Susan war es?«, fragte Decker.

»Ich weiß es nicht, aber wie es aussieht …«

»Sie selbst waren mit Earl Lancaster zusammen, als Hawkins erschossen wurde?«

»Richtig. Er wird es Ihnen sicher schon bestätigt haben.«

»Seine Frau musste deswegen sogar den Fall abgeben.« Decker hielt inne, um zu sehen, wie Katz darauf reagierte.

»Verstehe«, sagte sie. »Es ist wie aus einer Folge von *Law and Order.*«

»Ja, so ähnlich. Sie haben gesagt, Sie wüssten nicht, warum Ihr Mann an dem Abend, als er ermordet wurde, zu Don Richards gefahren ist, richtig? Und dass er sich überhaupt mit ihm treffen wollte.«

»Das stimmt.«

»Haben Sie normalerweise gewusst, was Ihr Mann vorhatte?«

»Meistens schon. Aber nicht immer. Manchmal hat er einen Termin ganz kurzfristig vereinbart. Aber seine Sekretärin müsste Bescheid gewusst haben.«

»Wir haben damals mit ihr gesprochen. Aber ich habe gehofft, Sie könnten sich an etwas erinnern.«

»Da kann ich Ihnen leider nicht weiterhelfen. Ich verstehe gar nicht, warum Sie sich immer noch damit abgeben. Hawkins hat die Morde begangen, das hat der Prozess doch eindeutig gezeigt. Ich kann natürlich nicht mit hundertprozentiger Gewissheit sagen, wer Hawkins umgebracht hat, aber wenn eine Frau so plötzlich verschwindet und sich dann umbringt, sagt das doch wohl einiges.« Sie nahm noch einen Schluck Wein. »Ich bewundere sie fast dafür. Susan hatte wenigstens den Mut, sich an dem Kerl zu rächen. Den hatte ich nicht.«

»Es ist noch längst nicht erwiesen, dass sie es getan hat.«

Katz winkte mit einer beiläufigen Geste ab. »Egal. Sie müssen natürlich Ihren Job machen. Gibt es sonst noch etwas?«

»Kennen Sie zufällig Mitzi Gardiner?«

Katz machte ein verdutztes Gesicht. »Mitzi Gardiner?«

»Sie haben sie möglicherweise als Mitzi Hawkins gekannt.«

»Sie meinen seine Tochter?«

»Ja.«

»Nein, tut mir leid. Woher sollte ich sie kennen?«

»Möglicherweise haben Sie Mitzi bei einer Gerichtsverhandlung gesehen. Sie musste als Zeugin aussagen.«

»Mag sein. Ich kann mich aber nicht erinnern. Ich weiß allerdings noch, dass andere Zeugen sie erwähnt haben. Ich wüsste gar nicht, wie die Frau aussieht.«

»Sie hat sich extrem verändert seit damals. Zu ihrem Vorteil. Sie hat ihr ganzes Leben umgekrempelt.«

»Schön für sie. Sie hatte es sicher nicht leicht mit einem mehrfachen Mörder als Vater.«

»Sie haben nie mit ihr gesprochen? Hatten nie mit ihr zu tun?«

»Nie.«

»Sie lebt heute in Trammel, in einer eleganten Villa. Hat alles, was man sich nur wünschen kann, sogar einen kleinen Sohn.«

»Das freut mich für sie. Ich hätte auch gern Kinder gehabt.«

»Sie sind noch jung«, meinte Mars. »Es ist noch nicht zu spät.«

Katz lächelte. »Sie sind nett, aber der Zug ist abgefahren.« Sie wandte sich wieder an Decker. »Tja, ist sonst noch was?«

»Haben Sie an dem Tag, als Ihr Mann starb, mit ihm gesprochen?«

»Ja, sicher. Wir sind zusammen aufgestanden und haben Kaffee getrunken, bevor er wegging.«

»Ich meine später. Im Laufe des Tages.«

»Daran kann ich mich beim besten Willen nicht erinnern. Es ist so lange her.«

»Er hat nicht erwähnt, dass er noch zu Richards fahren wollte, oder?«

»Nein, das hatte ich Ihnen doch schon gesagt.«

»Ich wollte nur sicher sein.«

»Irgendwie habe ich bei Ihnen immer das Gefühl, Sie wollen mir eine Falle stellen.« Sie musterte ihn stirnrunzelnd. »Das wäre nicht sehr nett. Ich war immer offen zu Ihnen.«

»Ich will nur herausfinden, was damals geschehen ist.«

Katz leerte ihr Weinglas mit einem herzhaften Schluck und stellte es auf den Tisch. »Das kann ich Ihnen auch so sagen. Hawkins hat meinen Mann und drei andere Unschuldige ermordet. Jetzt hat Susan Richards ihn erschossen und sich dann das Leben genommen. So einfach ist das.«

Sie stand auf und sah auf Mars hinunter. »Wie wär's, wenn wir noch irgendwo einen Drink nehmen, bevor wir in den Club gehen? Ich kenne eine nette Bar.«

Mars erhob sich ebenfalls. »Hört sich gut an.«

Decker warf ein: »Vergiss nicht, Melvin, wir haben noch eine Sache zu erledigen. Du könntest Mrs. Katz ja später in diesem Club aufsuchen.«

Mars blickte zu Katz. »Wäre das für Sie in Ordnung?«

»Absolut.« Sie schrieb die Adresse auf einen Zettel und reichte ihn Mars. »Ich glaube, Sie werden sich heute Abend gut amüsieren, Mr. Mars.«

»Melvin, bitte.«

»Aber schön professionell bleiben«, scherzte Decker.

»Ich bin immer professionell«, betonte Katz. »Das wird auch Ihr Freund feststellen, glauben Sie mir.«

Als sie zum Auto gingen, fragte Mars: »Was haben wir denn zu erledigen?«

»Wir werden dich für heute Abend verkabeln.«

»Und wo wirst du sein?«

»Ich höre von draußen zu.«

»Nur für den Fall der Fälle? Oder willst du verhindern, dass ich mich mit der Frau einlasse?«

»Vielleicht beides, Melvin.«

41

Decker saß auf dem Fahrersitz seines Mietwagens vor einem Lokal, das nach seiner Adresse 10th & Main benannt war. Es war der Club, von dem Rachel Katz gesprochen hatte und an dem sie selbst beteiligt war.

Das Geschäft schien gut zu gehen. Der Türsteher, der beinahe so groß und schwer war wie Decker, hatte bereits eine lange Reihe von hauptsächlich jungen, offenbar gut betuchten Leuten eingelassen.

Vielleicht ist meine Heimatstadt wirklich wieder auf dem Weg nach oben, überlegte Decker. Blieb allerdings die Frage, ob eine überteuerte Bar für wohlhabende Millennials darauf schließen ließ, dass sich die wirtschaftlichen Verhältnisse auch für den Durchschnittsbürger verbesserten.

Decker rückte den Knopf im Ohr zurecht. Die Geräusche aus dem Club, die er übers Mikrofon und den Sender mitbekam, die Mars bei sich trug, klangen laut und klar.

Er stellte sich auf einen langen Abend ein.

*

Im 10th & Main saßen Mars und Katz in einem abgetrennten Bereich des Clubs, der für VIPs reserviert war. Die Musik war laut, das Lokal proppenvoll. Auf der Tanzfläche tummelten sich jede Menge Gäste, teilweise in bereits angeheitertem Zustand.

»Wie ist Ihr erster Eindruck?«, fragte Katz.

»Dass hier ziemlich was los ist. Flotte Stimmung, positive Ausstrahlung, zahlungskräftige Gäste. Der Laden floriert, das sieht man.«

»Wir haben die Theke so platziert, dass sie von den Tischen und der Tanzfläche aus gut zu erreichen ist.«

»Nicht übel. Das belebt das Geschäft. Tanzen macht die Leute hungrig und durstig. Auch das Verhältnis von Tischen zu Gästen ist okay. Sie kriegen hier eine Menge Leute rein, ohne dass man sich eingepfercht fühlt.«

»Sie verstehen etwas vom Geschäft.«

»Wie gesagt, ich beschäftige mich mit Bauinvestitionen. Ich habe ein paar Immobilien, vermiete aber hauptsächlich an Leute mit geringem Einkommen, um ihnen zu helfen, sich etwas aufzubauen. Das wirft zwar nicht so viel Gewinn ab, aber ich bin auf das Geld nicht angewiesen.«

Sie trank ihren Cocktail und wiegte den Kopf im Rhythmus der Musik. »Das ist sehr nobel von Ihnen. Ich habe ein etwas anderes Geschäftsmodell.«

»Welches?«

»So reich wie möglich zu werden und das so schnell wie möglich.« Sie lachte und ließ die Eiswürfel in ihrem Glas klimpern.

»Tja, jeder hat so seine eigene Philosophie«, meinte Mars grinsend.

»Wie lange arbeiten Sie schon mit Decker zusammen?«

»Wir arbeiten nicht zusammen. Ich bin nicht beim FBI oder so was. Wir sind Freunde, haben schon zu Collegezeiten gegeneinander Football gespielt. Ich war ein Texas Longhorn, er ein Ohio State Buckeye. Ich war Stürmer, und er hat versucht, mich zu stoppen.«

»Und? Hat er's geschafft?«

»Er hat sich jedenfalls alle Mühe gegeben. Mit begrenztem Erfolg.«

Sie lachte. »Es ist immer gut, wenn ein Mann weiß, was er kann.«

»Im letzten Collegejahr war ich unter den Finalisten für die Heisman Trophy, die Auszeichnung für den besten Spieler im Collegefootball. Den Preis hat dann aber ein anderer bekommen.«

Sie sah ihn mit großen Augen an. »Wow. Die Heisman Trophy? Haben Sie auch in der NFL gespielt?«

»Hätte ich. Aber meine Karriere wurde jäh unterbrochen.«

»Wodurch?«

»Durch einen Aufenthalt in der Todeszelle.«

Katz starrte ihn offenen Mundes an, bis Mars zu grinsen begann. Sie zeigte mit dem Finger auf ihn und kicherte. »Der war gut. Fast hätte ich's geglaubt.«

Mars sah sich im Lokal um. »Das alles hier war bestimmt nicht billig. Haben Sie es mit einem Kredit finanziert oder eigenes Vermögen investiert?«

»Ich habe finanzstarke Partner. Sie steuern das Geld bei, ich die Beziehungen zu lokalen Behörden. Ich fädle die Deals ein und betreue die Projekte. Mein Hintergrund als Wirtschaftsprüferin kommt mir da sehr gelegen. Das ist unser achtes Projekt in drei Jahren. Wir wollen dieses Club-Konzept auch in anderen Städten und Bundesstaaten umsetzen.«

»Eine langfristige Strategie also. Sehr lobenswert. Wenn Sie Ihre Lieferketten optimieren und dazu Management und Marketing konsolidieren, werden Sie sicher auch an Standorten mit größerer Konkurrenz Erfolg haben.«

Sie sah ihn mit wachsendem Respekt an. »So ist es geplant. Sie sagen, Sie sind nur hier, um Decker zu besuchen. Helfen Sie ihm auch bei der Ermittlung?«

»Ich spiele ehe die Rolle des Dr. Watson – er ist der Sherlock Holmes.«

»Ist er wirklich so gut?«

»Das FBI ist jedenfalls dieser Meinung. Und ich habe ihn selbst schon die schwierigsten Fälle knacken sehen. Und die gefährlichsten. Allein in den letzten Tagen wurden zwei Mordversuche auf ihn unternommen. Da hat jemand einiges zu verbergen, wenn Sie mich fragen.«

»O Gott, das wusste ich gar nicht!«

Mars beugte seinen verletzten Arm. »Der Kerl hat auch mich mit dem Messer erwischt, bevor er getürmt ist.«

»Meine Güte. Schlimm?«

»Halb so wild.«

»Haben Sie eine Ahnung, wer der Angreifer war?«

»Noch nicht. Aber die Cops fahnden nach ihm. Sie werden ihn finden, jede Wette.«

»Möchten Sie noch einen Drink? Geht aufs Haus.«

»Das ist wirklich nicht nötig.«

»Doch, Melvin.«

Er grinste. »Na schön, danke. Ich nehme das Gleiche noch einmal.«

Sie stand auf und ging zur Theke.

Mars saß da und wiegte scheinbar sorglos den Kopf im Rhythmus der Musik. Er bewegte die Lippen, als würde er den Text mitsummen. »Hörst du alles, Decker?«

»Laut und deutlich. Ich glaube, sie mag dich.«

»Sie ist verdammt attraktiv, aber nicht mein Typ.«

»Woran liegt das?«

»Sie ist mir ein bisschen zu geschäftstüchtig, um nicht zu sagen rücksichtslos. Ihr geht es nur ums Geld. Das ist nicht mein Ding.«

»Du hast leicht reden. Reich, wie du bist.«

»Ich gebe zu, da ist was dran. Okay, sie kommt zurück. Over and out.«

Katz stellte die frischen Drinks auf den Tisch und setzte sich neben Melvin, diesmal etwas näher.

»Haben Sie schon mal überlegt, nach D. C. zu kommen?«, fragte Mars. »Vielleicht können wir da gemeinsam etwas auf die Beine stellen.«

»Das klingt großartig«, sagte sie mit einem strahlenden Lächeln.

»Sie können auch Ihre aktuellen Geschäftspartner einbinden – ich will niemanden ausschließen. Falls Ihre Partner mich vorher kennenlernen wollen, können Sie gern ein Treffen arrangieren. Die Leute möchten sicher wissen, mit wem sie es zu tun haben.«

»Ja, vielleicht. Mal sehen.« Sie umschloss ihr Glas mit beiden Händen. »Das Problem ist, dass Decker nicht lockerlässt und mich immer wieder die gleichen Dinge fragt. Er scheint zu glauben, dass ich mit der Sache zu tun habe. Aber so ist es nicht, ich schwör's.«

»Machen Sie sich keine Sorgen. Decker ist nun mal sehr gründlich in seinem Job.«

»Hat er schon jemanden im Verdacht?«

»Zuerst hat er Susan Richards den Mord an Hawkins zugetraut, aber jetzt scheint er Zweifel zu haben.«

»Vertraut er Ihnen seine Gedanken nicht an?«

»Nicht alles. Holmes hat Watson ja auch nicht immer alles erzählt«, fügte er schmunzelnd hinzu.

Sie vermied es, seinen Blick zu erwidern. »Es war schrecklich, meinen Mann so zu verlieren.«

Mars legte ihr die Hand auf den Arm und wurde ernst. »Das glaube ich Ihnen. Niemand sollte so etwas durchmachen müssen. Niemand.«

Sie drückte seinen Arm. »Danke.«

Mars blickte sich um. »Decker hat mir erzählt, dass Ihnen auch noch ein anderes Lokal in der Stadt gehört. Der American Grill, richtig? Das nenne ich ein breites Spektrum.«

Sie lächelte. »Es war Davids erstes Projekt. Ich weiß auch nicht, warum ich es behalten habe – vielleicht als Erinnerung an ihn. Das Restaurant wirft nicht viel ab. Wenn ich mich hier so umsehe, verdiene ich mit dem Club wahrscheinlich in einem Monat mehr als mit dem Grill in einem halben Jahr.«

Mars hob sein Cocktailglas. »Verkaufen Sie diese Fünfzehn-Dollar-Highballs mal im American Grill, dann werden Sie schon sehen, wie die Umsätze in die Höhe schnellen.«

»Ich weiß nicht, ob Cocktails beim dortigen Publikum so gut ankommen. Da finden Sie mehr den Biertrinker.«

»Ich will nicht vom Thema ablenken, aber hatte Ihr Mann eigentlich Geschäftspartner?«

Sie verschränkte die Arme, und ihr Lächeln erlosch. »Warum fragen Sie?«

»Sehen Sie, da kommt schon wieder der Watson in mir durch.«

»Verstehe. Um Ihre Frage zu beantworten – nein, er hat das Lokal allein geführt und auf die herkömmliche Art finanziert.«

»Durch die hiesige Bank? Don Richards?«

»Richtig.«

»Gab es früher mal jemanden, der etwas gegen ihn hatte?«

»Warum fragen Sie mich das? Meryl Hawkins hat ihn umgebracht.«

»Und wenn nicht?«

»Nur weil er behauptet hat, unschuldig zu sein?«, erwiderte sie skeptisch. »Seine DNA und die Fingerabdrücke wurden am Tatort gefunden.«

»Die kann jemand absichtlich dort platziert haben, um ihn zu belasten.«

Rachel sah ihn verblüfft an. »Tatsache? Ich wusste gar nicht, dass so etwas möglich ist. Glaubt Decker, dass es so war?«

»Er schließt es nicht aus. Deshalb wäre es wichtig zu wissen, ob Ihr Mann Feinde hatte.«

Sie schüttelte den Kopf. »Nicht dass ich wüsste. Er war fair, freundlich und umgänglich. Immer gut zu allen. Auch zu mir. Er hat nie jemanden übers Ohr gehauen und niemandem einen Grund gegeben, ihn zu hassen.«

»Dann ging es denen vielleicht um Don Richards.«

»Denen?«

»Falls sich herausstellt, dass Hawkins unschuldig war, läuft irgendwo da draußen mindestens ein Mörder herum.«

»Gibt es denn einen Hinweis darauf, dass die Fingerabdrücke von jemand anderem in dem Haus platziert wurden?«

»Tut mir leid, Rachel, aber ich darf nicht über laufende Ermittlungen sprechen.«

»Ich dachte, Sie sind nicht beim FBI.«

»Das ändert nichts daran. Aber Sie können bestimmt das eine oder andere zwischen den Zeilen lesen.«

Nervös griff sie zu ihrem Cocktailglas und nahm einen Schluck. »Falls Hawkins es wirklich nicht getan hat, hieße das ja wohl, der Mörder ist noch auf freiem Fuß. Haben Sie eine Ahnung, wer er sein könnte?«

»Der Killer könnte auch eine Frau gewesen sein.«

Sie sah ihn finster an. »Ich habe für die Tatzeit ein Alibi.«

»Ich habe dabei nicht an Sie gedacht.«

»Was ist mit dieser Mitzi … wie war gleich ihr Nachname?«

»Gardiner.«

»Hatte sie ein Alibi für die Morde?«

»Da fragen Sie mich zu viel.«

»Sollten Sie das nicht überprüfen?«

»Decker kümmert sich bestimmt schon darum.«

»Kam in dem Prozess nicht heraus, dass sie drogenabhängig war?«

Melvin nickte. »Ich glaube, sie hatte Probleme in der Richtung.«

»Dann brauchte sie vielleicht Geld für Drogen und ist deshalb in das Haus eingebrochen.«

»Und Susan Richards?«

»Das liegt doch auf der Hand. Sie hat sich umgebracht, weil sie Hawkins erschossen hat.«

Mars sah sie zweifelnd an.

»Was ist?«, fragte Rachel. »Glauben Sie nicht, dass es so war?«

»Was Mitzi Gardiner betrifft – die hat Decker mir als dünnes Mädchen beschrieben, das ständig high war. Ich kann mir nicht vorstellen, dass sie imstande gewesen wäre, vier Leute umzubringen, darunter zwei erwachsene Männer. Außerdem wurden ihre Fingerabdrücke und DNA nicht am Tatort gefunden.«

»Haben Sie nicht gesagt, das muss nichts bedeuten?«

»Es ist leichter, Spuren vorsätzlich am Tatort zu platzieren, als welche verschwinden zu lassen. Glauben Sie mir, ich weiß, wovon ich rede.«

»Was heißt das jetzt?«

»Das heißt, es gibt einen vierfachen Mord aufzuklären.«

»Glauben Sie denn wirklich, das ist nach so langer Zeit noch möglich?«

»Es gab mal eine Situation, da habe ich gegen Amos Decker gewettet und die Wette verloren.«

»Wie schade für Sie.«

»Im Gegenteil. Er hat mir damals das Leben gerettet.«

»Im Ernst?«

»Absolut.« Er stand auf. »Danke, dass Sie mir den Club gezeigt haben. Ich glaube, Sie haben hier eine richtige Goldgrube.«

»Warten Sie, Melvin. Haben Sie noch Zeit für einen Absacker? Vielleicht bei mir zu Hause?«

»Danke, aber es war ein langer Tag. Können wir es auf ein andermal verschieben?«

»Sicher.« Die Enttäuschung war ihr anzusehen. »Hat mich gefreut, Sie kennenzulernen.«

»Ganz meinerseits. Sie haben mir einiges zum Nachdenken gegeben. Vielleicht beruht das ja auf Gegenseitigkeit.«

Ihre Miene verfinsterte sich, doch sie fing sich rasch wieder und hielt ihm lächelnd die Hand hin. »Bis zum nächsten Mal, Melvin.«

Sie schüttelten einander die Hand. »Ich freue mich darauf, Rachel.«

Als Mars ging, saß sie da und blickte in die Menge der feiernden Gäste, ohne irgendetwas zu sehen.

42

»Na, was meinst du?«, fragte Mars im Auto, während er mit Decker zurück zum Residence Inn fuhr.

»Als Ermittler wärst du gar nicht mal so übel.«

»Ich habe mich eher zurückgehalten, damit sie nicht das Gefühl hat, ich frage sie aus.«

»Genau das ist die Kunst. Du hast ihr Vertrauen gewonnen und sie dazu gebracht, über den Fall zu reden.«

Melvin grinste. »Sie wollte sogar, dass ich noch mit zu ihr komme. Was sagt man dazu?«

Decker seufzte. »Sie ahnt nicht, was ihr entgangen ist.«

»Was hältst du von ihr, Amos? Glaubst du, sie ist in die Sache verwickelt?«

»Sie verschweigt uns etwas – ich weiß nur nicht, was. Und Mitzi Gardiner genauso. Vielleicht hat uns auch Susan Richards nicht alles gesagt, was sie wusste.«

»In Burlington haben anscheinend viele Leute etwas zu verbergen.«

»So ist es in jeder Stadt«, meinte Decker. »Berge von Leichen in irgendwelchen Kellern.«

Mars schaute auf die Uhr. »Mitternacht. Wie wär's mit ein bisschen Schlaf? Wir sind nicht mehr die Allerjüngsten.«

»Klar«, sagte Decker, obwohl Schlaf so ziemlich das Letzte war, was ihn interessierte.

*

Nachdem Mars auf sein Zimmer im Residence Inn gegangen war, verließ Decker noch einmal das Hotel und stieg in seinen Wagen. Mit den Gedanken auf Autopilot fuhr er von der Innenstadt in die Siedlung, in der er mehr als ein Jahrzehnt zu Hause gewesen war.

Er fuhr rechts ran, ließ das Fenster herunter und schaltete Motor und Licht aus. Sein ehemaliges Haus wurde nur von einer Straßenlaterne und dem Mond beleuchtet.

Er hätte selbst nicht sagen können, warum er hier war. Es tat weh, das Haus zu sehen, unendlich weh. Hier hatte er ein Leben voller Licht, Lachen und Liebe geführt, das nun weiter weg war als die fernste Galaxis. Er schloss die Augen. Doch wieder gerieten die Bilder außer Kontrolle und jagten auf ihn herab wie ein tödlicher Meteoritenschwarm. Er konnte sie nicht aufhalten. Nicht mehr.

Sein Herz hämmerte. Übelkeit stieg in ihm hoch. Schweiß trat ihm auf die Stirn, und seine Haut fühlte sich kalt und feucht an. Er zitterte am ganzen Körper. Schweißgeruch aus den Achselhöhlen stieg ihm in die Nase.

Wehr dich, Decker. Wehr dich!

Er hielt das Lenkrad so fest umklammert, dass die Knöchel weiß hervortraten, als könne es ihm helfen, die Kontrolle zurückzugewinnen, doch das Gegenteil war der Fall. Sein Körper schien zu glühen, sein Puls raste, und er bekam kaum noch Luft. Als er schon glaubte, vor einem Herzinfarkt zu stehen, und seine Gegenwehr erlahmte, begann der Sturm seiner Erinnerungen sich langsam zu legen. Irgendwann lehnte Decker sich im Sitz zurück, schweißnass und abgekämpft, obwohl er sich keinen Zentimeter bewegt hatte. Er streckte den Kopf aus dem Fenster und sog die kühle Luft ein, die den Schweiß auf der Haut trocknete.

Scheiße, wenn man alt wird.

Er spie Galle aus dem Fenster und atmete tief durch. Er musste daran denken, wie er nach dem schicksalhaften Unfall auf dem

Footballfeld im Krankenhaus aus dem Koma erwacht war. Leute, die er nicht kannte, hatten an seinem Bett gestanden und ihm Fragen gestellt. An unzähligen Schläuchen hängend, war er sich vorgekommen wie Gulliver in der Gefangenschaft der Liliputaner.

Später hatte man ihm erzählt, er sei auf dem Spielfeld zweimal gestorben und beide Male von seinem Trainer ins Leben zurückgeholt worden. Der Schlag auf den Kopf war so heftig gewesen, dass der Helm davongeflogen und irgendwo auf dem Spielfeld gelandet war. Die Menge hatte gejohlt, begeistert von der spektakulären Aktion – bis den Leuten klar wurde, dass Decker nicht mehr aufstehen würde. Als der Trainer seine Brust zu bearbeiten begann, wurden die siebzigtausend still. Der Fernsehsender schaltete zu einem anderen Spiel um. Es war nicht gut für das Image der NFL, tote Spieler auf dem Feld zu zeigen.

Die Ärzte erklärten Decker, er habe eine schwere Kopfverletzung erlitten. Später wurde festgestellt, dass Deckers Hirn sich in den betroffenen Bereichen auf einzigartige Weise neu vernetzt und dabei die speziellen Eigenschaften der Hyperthymesie und Synästhesie entwickelt hatte. Durch den Zusammenprall veränderte sich alles für Amos Decker, denn sein Gehirn war gewissermaßen neu verdrahtet worden, sodass eine veränderte Persönlichkeit entstanden war.

Als er das erste Mal eine Farbe hatte aufflammen sehen, als er an eine bestimmte Zahl dachte, hatte er geglaubt, den Verstand zu verlieren.

Die Ärzte waren erst auf die seltsamen Folgen seiner Verletzung aufmerksam geworden, als Decker sich mit einem Mal an längst vergessene Dinge erinnern konnte. Bilder, Ereignisse, sogar Gerüche und Geräusche aus fernster Vergangenheit. Psychologen und Neurowissenschaftler begannen, seine kognitiven Fähigkeiten zu testen, legten ihm lange Reihen von Ziffern und Wörtern vor. Decker konnte alles lückenlos wiedergeben, weil er es in seinem Kopf vor sich sah – glasklar und unauslöschlich. Er wurde an ein Institut in Chicago geschickt, das auf Fälle wie ihn spezialisiert war.

Decker wusste nicht, was erstaunlicher war – seine neu erworbenen Fähigkeiten oder die Tatsache, dass er bei Weitem nicht der Einzige war, der sie besaß.

Er tauchte aus seinen Gedanken auf, schaute noch einmal zu seinem ehemaligen Haus und dachte an die Zeit vor fünf Jahren zurück, als Molly und Cassie noch gelebt und voller Freude auf ihn gewartet hatten, wenn er abends von seiner Arbeit als Cop nach Hause kam. Er hatte mit Molly gespielt, Cassie geküsst und das Familienleben genossen.

Wieder schloss Decker die Augen und hielt noch ein paar Sekunden an dem Bild fest, dann ließ er es los – ein Phantom, das sich verflüchtigte, weil es nicht mehr die Realität war.

Er schlug die Augen auf, die feucht geworden waren, und blickte ins Dunkel.

Entweder du lebst in der Vergangenheit, Amos, oder in der Gegenwart. Beides geht nicht.

Er ließ den Motor an, schloss das Wagenfenster und fuhr davon.

Er war zum Einzelgänger geworden, seit er damals auf dem Footballfeld beinahe gestorben wäre. Cassie hatte verhindert, dass er sich in seinen Kokon verkroch und nichts und niemanden an sich heranließ. Doch nach ihrem Tod war niemand mehr da gewesen, der auf ihn aufpasste.

Dann war Alex Jamison in sein Leben getreten und hatte ein Stück weit Cassies Rolle übernommen.

Decker wusste nicht, woher er den unbedingten Drang nach Gerechtigkeit hatte. Er wusste nur, dass er diese Neigung schon besessen hatte, lange bevor ihm die Familie genommen worden war.

Vielleicht hat der schwere Unfall auf dem Footballfeld diese Neigung verstärkt. Er hat mir meine alte Persönlichkeit geraubt, also habe ich mir etwas gesucht, um die Lücke zu füllen. Mörder zu fangen, scheint ein geeigneter Ersatz für mich zu sein, denn Mörder rauben ihren Opfern auch etwas – das Kostbarste überhaupt: das Leben.

Er hatte keine Ahnung, ob das die Erklärung war. Er wusste nur, dass er nichts anderes hatte, an dem er sich festhalten konnte.

Während er fuhr, konzentrierte er sich wieder auf den Hawkins-Fall, so gut es ging. Besonders eine Frage ließ ihn nicht los: Wie hatte der Mörder wissen können, dass David Katz sich an diesem Abend mit Don Richards treffen würde? Katz hatte das Treffen wahrscheinlich beim Anruf bei Richards vereinbart. Wie aber konnte jemand vom Inhalt des Telefongesprächs erfahren haben?

Und Susan Richards? Decker konnte nicht glauben, dass sie in die Sache verwickelt war und bereit gewesen wäre, ihre Kinder zu opfern. Ein verrückter Gedanke. Er hatte die Frau an jenem Abend gesehen. Wie nicht anders zu erwarten, war sie völlig aufgelöst und schockiert gewesen, als sie nach Hause kam und mit der Tatsache konfrontiert worden war, keine Familie mehr zu haben.

Decker drosselte das Tempo, während er intensiver über den Fall nachdachte.

Er konzentrierte sich auf das Telefonat zwischen Katz und Richards.

Natürlich konnte er nicht sicher sein, dass es wirklich Katz war, der Richards angerufen hatte. Er wusste nur, dass der Anruf über Katz' Telefon erfolgt war. Aus dem gleichen Grund stand genauso wenig fest, dass Richards den Anruf entgegengenommen hatte.

Was daraus folgte, war klar: Möglicherweise war gar kein Treffen vereinbart worden. Decker war einfach davon ausgegangen. Der oder die Mörder konnten es so arrangiert haben, dass es nur so aussah, als hätten die beiden Männer ein Treffen verabredet oder als wäre Katz auf ein Bier vorbeigekommen. Dazu passte auch Deckers Annahme, dass der oder die Täter Katz schon bewusstlos zum Haus der Richards gebracht hatten. Möglicherweise waren sie hineingegangen, hatten die Richards bedroht, Katz ins Haus geschleppt und dann einen nach dem anderen umgebracht. Danach konnten sie gezielt die Spuren im Haus hinterlassen haben, um Meryl Hawkins zu belasten. Eine Stunde nach der Tat hatten sie dann vielleicht selbst den Notruf verständigt.

Die Frage war nur, auf wen der oder die Täter es in Wahrheit abgesehen hatten. Richards oder Katz? Der Banker oder sein Kunde, der Geschäftsmann?

Und warum?

Aus welchem Grund war die Tat gerade an diesem Abend begangen worden?

Das waren die Fragen, die Decker klären musste, um den Fall zu lösen.

Aber dazu fehlte ihm noch einiges. Sehr viel sogar.

Hoffentlich nicht zu viel.

Er fuhr zu einem ihm wohlbekannten Ort, der Highschool, wo vor etwas mehr als zwei Jahren ein furchtbares Massaker die Stadt erschüttert hatte.

Decker parkte den Wagen und stapfte zum heruntergekommenen Footballfeld hinüber. Burlington hatte kein Footballteam mehr; es gab einfach nicht mehr genug Jungs, die sich für das Spiel interessierten.

Als Decker auf die Tribüne stieg, begann es leicht zu nieseln. Er setzte sich und schaute auf das Feld hinunter, wo er vor vielen Jahren ein Superstar gewesen war. Der einzige Spieler in der Geschichte der Stadt, der es in die NFL geschafft hatte, die höchste Liga überhaupt, wenn auch nur für ein Spiel. Er hüllte sich in seine Jacke und starrte mürrisch vor sich hin.

Als sein Blick nach rechts schweifte, zuckte er zusammen, als er sie auf sich zukommen sah. Mary Lancaster stieg langsam die Metallstufen hinauf und setzte sich neben ihn.

»Waren wir nicht schon mal zusammen hier?«, fragte sie.

Er nickte. »An dem Tag hat es auch geregnet. Es war nach der Schießerei in der Schule. Woher hast du gewusst, dass du mich hier findest?«

»Ich hab's nicht gewusst. Aber ich wohne gleich hinter der Schule und gehe gern nachts spazieren. Da hab ich dich gesehen.«

»Aber es ist ein Uhr früh. Fühlst du dich sicher, so allein mitten in der Nacht?«

»Ja.« Sie öffnete ihren Mantel, und er sah die Pistole im Holster. »Wer mich überfallen will, fängt sich eine Kugel ein.«

»Ich sehe schon«, sagte er.

»Und du?«

»Ich bin ein bisschen anders gebaut als du.«

Sie kicherte. »Stimmt. Du bist ungefähr doppelt so groß und schwer.«

»Und wie geht's dir so, Mary?«

»Es geht. Ich habe gehört, du kommst mit dem Fall gut voran.«

»Von wem hast du das gehört?«

»Du wirst es nicht glauben – von Natty. Aus irgendeinem Grund scheint er seine Meinung über dich geändert zu haben, nachdem Sally erschossen wurde.«

»Hast du gewusst, dass die zwei etwas miteinander hatten?«, fragte Decker.

Lancaster sah ihn erstaunt an. »Was? Nein, ich hatte keine Ahnung. Ich meine … Natty ist verheiratet.«

»Sally hatte Schluss gemacht. Ihr ist klar geworden, dass es nicht richtig war.«

Mary schüttelte den Kopf. »Damit hätte ich wirklich nicht

gerechnet. Aber das Schlimmste ist, dass Sally tot ist. Ich kann's immer noch nicht glauben.«

Er schaute zu ihr, während der Regen stärker wurde. Sie trug einen langen Trenchcoat und eine Baseballkappe, unter der ihre grauen Haare herabfielen. Sie sah Decker an, als trüge sie ein enormes Gewicht auf ihren zarten Schultern.

»Darf ich dir eine sehr persönliche Frage stellen, Mary?«

»Klar.«

»Bist du krank? Ich meine, sehr krank?«

Sie sah ihn nicht an, sondern schaute auf das Spielfeld hinunter. »Warum fragst du?«

»Weil du so anders bist. Und ich glaube nicht, dass es nur daran liegt, was zwischen dir und Earl vorgefallen ist.«

Sie beugte sich vor und streckte die Finger. »Es ist keine Krankheit in dem Sinne. Nicht Krebs, obwohl ich zu viel rauche.«

»Was dann?«

Sie zögerte einen Augenblick und sagte dann in resignierendem Ton: »Hast du schon mal von frühzeitiger Demenz gehört?«

Decker sah sie entsetzt an. »Demenz? Du bist doch noch jung, gerade mal so alt wie ich.«

Sie lächelte betrübt. »Deshalb nennt man es ja ›frühzeitig‹, Amos.«

»Bist du sicher? Seit wann weißt du es?«

»Seit ungefähr sechs Monaten. Die Ärzte sind sich sicher. Haben Hirnscans und jede Menge MRTs gemacht. Außerdem Blutproben, Biopsien und vieles mehr. Ich nehme regelmäßig Medikamente.«

»Also kann man etwas dagegen tun?«, fragte er mit ein klein wenig Hoffnung.

Sie schüttelte den Kopf. »Nein, eine Heilung gibt es nicht. Man kann es höchstens verlangsamen.«

»Wie ist denn die Prognose?«, fragte er leise.

»Schwer zu sagen. Es gibt ja nicht so viele Fälle wie meinen. Und jeder Verlauf ist anders.«

»Gibt es eine Schätzung?«

Sie nahm einen tiefen Atemzug. Ihr Gesicht zuckte, aufgewühlt, wie sie war. »Es kann sein, dass ich mich in einem Jahr selbst nicht mehr erkenne. Oder jemand anderen. Vielleicht dauert es auch fünf Jahre. Aber sehr viel länger nicht. Dann bin ich noch nicht mal fünfzig.«

Sie schwiegen einen langen Augenblick. Tränen liefen Mary über die Wangen.

»Es tut mir schrecklich leid, Mary.«

Sie wischte sich über die Augen und winkte ab. »Ich brauche kein Mitleid, Decker, am wenigsten von dir. Ich weiß ja, dass das nicht dein Ding ist.« Sie klopfte ihm auf die Schulter und fügte in sanfterem Ton hinzu: »Trotzdem danke, dass du es versucht hast.«

»Woran ist dir aufgefallen, dass etwas nicht stimmt?«

»Einmal bin ich in der Früh aufgewacht und hab mich eine ganze Minute nicht an Sandys Namen erinnert. Ich hatte es mir damit erklärt, dass ich überarbeitet war. Aber dann sind mir solche Dinge immer öfter passiert. Da bin ich dann zum Arzt gegangen.«

Decker lehnte sich zurück und dachte daran, dass ihm erst neulich Cassies Lieblingsfarbe nicht hatte einfallen wollen. »Ist das der Grund, warum ihr euch getrennt habt, du und Earl?«

»Earl ist ein guter Kerl. Ich könnte mir keinen besseren vorstellen. Aber er hat genug damit zu tun, sich um Sandy zu kümmern. Ich will ihm nicht noch mehr aufhalsen.«

»Ein guter Kerl würde es nicht als Last empfinden.«

Sie sah ihn an. »Cassie hat dich jedenfalls nie als Last empfunden. Ich hoffe, du weißt das.«

Decker schaute zur Seite, ließ den Blick über das Footballfeld schweifen, über das er einst hinweggefegt war wie ein Tornado und die Gegner reihenweise an sich hatte abprallen lassen. Die Leute hatten ihm zugejubelt, einem ganz normalen Jungen mit außergewöhnlichen athletischen Fähigkeiten. Es waren glückliche Jahre gewesen. Noch glücklicher war er nur als Ehemann und Vater gewesen.

»Ich weiß«, sagte er leise. »Aber ich finde, du solltest Earl nicht so einfach aufgeben. Heißt es nicht ›in guten wie in schlechten Zeiten‹?«

»›Bis dass der Tod uns scheidet.‹ Das kann man leicht versprechen, wenn man jung, gesund und verliebt ist und das ganze Leben vor sich hat.«

»Liebst du Earl noch?«

Sie blickte ihn beinahe erschrocken an. »Was?«

»Ich liebe Cassie immer noch. Und das wird sich nie ändern. Obwohl sie nicht mehr lebt. Aber Earl ist nicht tot. Earl ist noch da. Ich würde alles dafür geben, wenn Cassie jetzt da sein könnte. Und nichts, auch keine frühzeitige Demenz oder sonst was, könnte mich von ihr trennen. Jede Sekunde ohne sie wäre verschwendete Lebenszeit.«

Decker stand auf und stieg die Stufen hinunter, während der Regen stärker wurde.

Marys Blick folgte ihm bis nach unten.

43

»Du siehst müde aus. Hast du schlecht geschlafen?«

Mars musterte Decker besorgt, als sie am nächsten Morgen im Speiseraum des Residence Inn saßen und Kaffee tranken.

»Ich hab geschlafen wie ein Baby«, log Decker, lehnte sich zurück und fummelte an seiner Papierserviette herum. »Aber vorher hab ich über den Fall nachgedacht.«

»Mit welchem Ergebnis?«

»Die Sache war bis ins kleinste Detail geplant, jede Wette. Die Täter brauchten den Fingerabdruck, die DNA und den Lichtschalter. Sie haben David Katz entführt, die Morde begangen und danach die Spuren im Haus platziert. Die haben nichts dem Zufall überlassen.«

»Das sehe ich auch so.«

»Aber warum genau an diesem Abend? War es nur Zufall, dass es kurz nach dem einzigen bekannten Telefonat zwischen den beiden Männern passiert ist?«

»Vielleicht haben die Täter irgendwie von dem Gespräch erfahren. Wissen wir die genaue Uhrzeit?«

»Zehn nach zwölf.«

»War Richards in der Bank, als Katz anrief?«

»Er wurde auf seinem Mobiltelefon angerufen, aber nach der Uhrzeit zu schließen …« Decker richtete sich auf und riss die Augen auf.

»Was ist?«, fragte Mars alarmiert.

»Es war ein Montag im Oktober.«

»Ja, und?«

»Columbus Day.«

»Ein Feiertag.«

»Ja, und das bedeutet zweierlei. Es war schulfrei, und die Bank hatte geschlossen.«

»Dann stellt sich die Frage, wo Richards war, als er den Anruf bekam.«

»Er könnte zu Hause gewesen sein«, meinte Decker.

Melvin nickte. »Bei seinen Kindern und seiner Frau. Könnte es sein, dass einer von ihnen mitgehört und jemandem davon erzählt hat?«

»Möglich. Aber dann hätten die Täter sehr schnell handeln müssen, um sich den Lichtschalter mit Hawkins' Fingerabdruck zu verschaffen. Außerdem mussten sie Hawkins die Kratzer zufügen, um seine DNA zu bekommen.«

»Du denkst dabei an seine Tochter Mitzi.«

»Ja. Das würde erklären, warum Hawkins geschwiegen hat. Er wird ja wohl gewusst haben, wer ihm die Kratzer zugefügt hat.«

»Verstehe«, sagte Mars nachdenklich. »Seine Frau lag im Sterben, und er wollte seiner Tochter nicht noch mehr Schwierigkeiten machen, auch wenn es ihn seine Freiheit gekostet hat.«

Decker nickte. »Ich bin mir sicher, die Untersuchung der DNA-Probe wird ergeben, dass auch Mitzis DNA unter Abigails Fingernägeln war.«

»Aber warum sollte sie ihren eigenen Vater belasten?«, fragte Mars ungläubig.

»Sie war drogenabhängig und entsprechend verzweifelt. Wahrscheinlich war es nicht schwer, sie dazu zu überreden.«

»Bleibt die Frage nach dem Motiv. Warum hat jemand das alles inszeniert, um Katz und Richards zu ermorden?« Melvin hielt kurz inne. »Oder könnte es sein, dass die zwei auch mit Drogen zu tun hatten?«

»Davon ist nichts bekannt.« Decker überlegte einen Augenblick. »Aber Richards' Sohn Frankie hat Drogen genommen und gedealt.«

»Und wie hängt das alles zusammen?«

Decker schloss die Augen und rief seine innere Cloud auf. Sekunden später schüttelte er den Kopf. »Es steht nicht in den Fallakten.«

»Was steht nicht drin?«

»Der Name von Mitzis Dealer.«

44

Natty saß mürrisch an seinem Schreibtisch im Großraumbüro der Mordkommission. Vier andere Detectives saßen ebenfalls bei der Arbeit, unter ihnen Mary Lancaster.

Als Decker und Mars hereinplatzten, schaute Lancaster mit fragendem Blick auf, während Decker geradewegs zu Natty ging.

»Karl Stevens«, sagte er.

»Wer?«

»Der Dealer, der Frankie Richards mit Stoff versorgt hat.«

Lancaster erhob sich von ihrem Stuhl und trat zu ihnen. »Das wissen wir, aber er hatte ein Alibi für die Morde. Wir haben es damals überprüft.«

»Darum geht es nicht«, sagte Decker.

»Worum dann?«, konterte Natty gereizt.

»Hat er auch Mitzi Hawkins mit Stoff versorgt?«

Lancaster und Natty wechselten einen kurzen Blick. »Keine Ahnung«, sagte Natty. »Ist das wichtig?«

»Es könnte wichtig sein.«

Natty seufzte. »Das lässt sich überprüfen. Aber ich kann Ihnen nicht garantieren, dass wir es irgendwo in den Akten haben. Dieser Stevens hat seinen Stoff an viele verkauft.«

»Wo ist er jetzt?«, wollte Mars wissen.

»Kann ich Ihnen sagen«, warf Lancaster ein. »Er sitzt im Travis Correctional Center. Wie Sie vielleicht wissen, ist das mittlerweile ein privater Knast. Stevens sitzt mindestens zehn Jahre wegen

Mord zweiten Grades ab. Er hat einen Kerl wegen eines Heroindeals umgebracht. Fünf Jahre hat er schon um. Ich habe ihn damals festgenommen.«

»Travis Correctional …«, murmelte Decker. »Hat dort nicht auch Hawkins eingesessen?«

Natty drückte ein paar Tasten an seinem Computer. Als er zur betreffenden Seite gelangte, fiel ihm die Kinnlade herunter. Er blickte auf.

»Hawkins war dort.«

»Waren sie beide im allgemeinen Trakt?«, fragte Decker.

»Keine Ahnung, aber ich denke schon. Die haben dort nicht genug Platz, um Häftlinge getrennt unterzubringen. Die Bude ist total überfüllt.«

»Dann könnte es sein, dass sie drinnen miteinander zu tun hatten«, sprach Lancaster aus, was alle dachten. Sie schaute zu Decker. »Was meinst du?«

»Falls sie Kontakt hatten, könnte Stevens ihm etwas Wichtiges über seinen Fall erzählt haben. Vielleicht hat das Hawkins bewogen, zu uns zu kommen, damit wir seine Unschuld beweisen. Er wollte sich mit mir treffen und darüber reden. Vielleicht hätte er mir gesagt, was er wusste.«

»Wenn das stimmt, muss er es erst vor Kurzem erfahren haben«, meinte Lancaster. »Sonst hätte er schon früher versucht, seine Unschuld zu beweisen.«

»Was kann Stevens ihm gesagt haben?«, fragte Natty.

»Zum Beispiel, dass er Mitzis Dealer war«, sagte Decker.

»Na und?«

»Das könnte auf eine Verbindung zwischen Frankie Richards und Mitzi hindeuten.«

»Was für eine Verbindung?«, fragte Natty. »Ich kapier nicht, worauf Sie hinauswollen.«

»Können Sie uns eine Genehmigung verschaffen, Stevens zu besuchen?«, fragte Decker, ohne auf den Einwand einzugehen. »Heute noch?«

»Ich kann es versuchen. Aber was kann er Ihnen schon sagen?«

»Das weiß ich erst, wenn ich ihn gefragt habe.« Decker zögerte einen Augenblick. »Wollen Sie vielleicht mitkommen?«

Natty schaute kurz zu Lancaster, dann sagte er kleinlaut: »Ich … ich wollte meine Frau zum Essen ausführen.«

Decker sah ihn einen langen Augenblick an. »Gute Idee. Ich erzähle Ihnen dann hinterher, was wir erfahren haben.« Er deutete auf das Telefon auf Nattys Schreibtisch. »Rufen Sie an und sagen Sie, wir kommen zu zweit.«

»Zu dritt«, warf Lancaster ein.

»Mary, du arbeitest nicht mehr an …«

»Scheiß drauf, Amos. Außerdem hat das nichts mit dem Mord an Hawkins zu tun.«

Decker schaute zu Natty. Der zuckte mit den Schultern. »Ich habe kein Problem damit.«

»Gehen wir.« Ohne noch ein Wort zu sagen, stapfte Lancaster zur Tür.

»Hey, Decker«, sagte Mars grinsend. »Der Abgang war ganz dein Stil.«

*

Während der zweistündigen Fahrt schlief Mars auf dem Rücksitz. Beim Verlassen des Reviers hatte Decker Mars und Lancaster miteinander bekannt gemacht.

Lancaster blickte kurz zum Rücksitz, dann wieder zu Decker. »Gestern auf dem Footballplatz …«, begann sie leise.

»Ja?«, fragte Decker, den Blick auf die Straße gerichtet.

»Was du gesagt hast … da war was dran.«

Decker behielt die Straße und das aufziehende Unwetter im Auge und schwieg.

»Ich habe heute früh mit Earl geredet.«

Decker schaute sie fragend an.

»Ich glaube, wir … versuchen es noch einmal.«

»Und seine Freundin?«, fragte Decker.

»Ich habe ihn ja selbst in diese Beziehung gedrängt. Versteh mich nicht falsch – Nancy ist nett, und Earl mag sie. Sie ist wirklich in Ordnung.«

»Aber es ist nicht das, was Earl will?«

»Nein. Das hat er mir heute früh gesagt. Was er will …«

»Bist du.«

Mary betastete ihr faltiges Gesicht und fuhr sich über die strähnigen Haare. »Ich verstehe nur nicht, warum. Ich sehe schrecklich aus. Und Nancy ist verdammt hübsch.«

»Also, wer von uns ist jetzt oberflächlich?«

Sichtlich verlegen ließ Mary die Hände in den Schoß sinken. »Ich muss sagen, es hat mich überrascht, dass du an meiner Situation Anteil genommen und mir einen Anstoß gegeben hast.«

»Obwohl ich von diesen Dingen ja eigentlich keine Ahnung habe, wie du mir zu verstehen gegeben hast.«

»Nun ja, solche Situationen sind für dich schwer zu erfassen angesichts deiner speziellen …«

»Vielleicht legt sich das, und ich werde allmählich wieder wie früher«, fiel Decker ihr ins Wort.

Mary fasste sich nachdenklich an die Schläfe. »Wie hat es sich angefühlt, als dein … dein Gehirn plötzlich so anders war?«

Als er zu ihr blickte, schaute sie ihn so eindringlich an, dass er nicht wusste, was er sagen sollte. Er spürte, dass sie etwas von ihm erwartete. Vielleicht wollte sie hören, dass es nicht so schlimm gewesen sei.

»Ich hatte nicht viel Zeit, mich darauf einzustellen, Mary. Ich bin im Krankenhaus aufgewacht und kannte mich selbst nicht mehr. In meinem Kopf haben sich Dinge abgespielt, die mir völlig neu waren.«

»Das hat dir wahrscheinlich Angst gemacht.«

Wieder schaute er zu ihr; sie starrte auf ihre Hände hinunter.

»Was denn sonst, Mary. Es war der reine Horror. Aber ich habe mir professionelle Hilfe geholt und mich angepasst. Ich sage dir jetzt nicht, dass es mit der Zeit leichter wird. Nur, dass ich es geschafft habe, damit umzugehen. Irgendwie habe ich es hingekriegt, mein Leben weiterzuführen.«

»Für mich wird es ein bisschen anders, glaube ich.«

»Es gibt kein Mittel gegen das, was wir beide haben, obwohl es natürlich völlig verschiedene Dinge sind. Aber die Forschung bleibt nicht stehen. Wer weiß, ob es in fünf Jahren nicht eine wirkungsvolle Behandlung deiner Erkrankung gibt.«

Sie nickte, doch ihre Miene blieb besorgt. »Falls ich so lange lebe.«

Decker streckte die Hand aus und drückte ihre Schulter.

Sie erschrak über die unerwartete Geste. So etwas war sie von Amos nicht gewohnt. Sie wusste, dass er selbst sich nicht gern von anderen berühren ließ.

»Du hast Earl und Sandy … und mich. Wir helfen dir da durch, Mary.«

»Aber du wohnst nicht mehr in dieser Stadt.«

»Jetzt bin ich aber hier. Und du weißt, dass ich immer wieder nach Burlington zurückkomme.«

»Wegen deiner Familie.«

»Und nun auch wegen dir.«

Mit einem solchen Bekenntnis hatte sie nicht gerechnet. Mit einem kleinen Schluchzer nahm sie seine Pranke in beide Hände und drückte sie, während die Tränen hervorbrachen, als wäre ein Damm gebrochen.

»Du bist ein echter Freund, Amos. Ich glaube, das habe ich manchmal vergessen.«

»Du hast mich viele Jahre ertragen, Mary. Länger als sonst jemand, außer Cassie. Allein dafür müsste man dir einen Orden verleihen. Aber ich kann dir nichts bieten als meine Freundschaft.«

»Die ist mir tausendmal mehr wert als jeder Orden.«

Den Rest der Fahrt legten sie schweigend zurück.

45

Mit seinen Betonmauern, Stacheldrahtrollen, Schäferhunden und den von Scharfschützen besetzten Wachtürmen erhob sich das Travis Correctional Center aus dem flachen Landstrich Ohios und ließ dabei keinen Zweifel an seinem Status als Hochsicherheitsgefängnis.

Decker fuhr zum Eingang, wo sie die Sicherheitskontrolle passierten. In diesem Moment öffnete der Himmel seine Schleusen, und der Regen prasselte so heftig herab, dass sie im Sprint den Parkplatz überquerten. Natty hatte ihnen einen Gesprächstermin mit Karl Stevens besorgt, zu dem man sie sofort in den Besucherraum führte.

Aus höchst unterschiedlichen Gründen waren sie alle drei – Decker, Lancaster und Mars – mit dem Innenleben von Gefängnissen bestens vertraut. Pfiffe, Rufe, Schreie, dazu die Ausdünstungen von über zweitausend Männern, die dicht zusammengedrängt in eine für halb so viele Insassen konzipierte Einrichtung gepfercht waren, vermischte sich mit den Gerüchen eingeschmuggelter illegaler Substanzen.

Sie nahmen an einem Tisch Platz und warteten. Wenige Minuten später wurde Karl Stevens in den Raum geführt. Decker hatte ihn als groß und schlank in Erinnerung, mit ungepflegtem Bart und schmuddeligem langem Haar, das zu einem Pferdeschwanz zusammengebunden war. Doch der Mann, der nun in seinem orangefarbenen Gefängnisoverall und Hand- und Fußfesseln vor ihnen erschien, besaß durch intensives Hanteltraining erworbene gewaltige Muskelberge, einen kahl geschorenen Schädel und glatt rasierte Wangen. Seine kräftigen Arme mit den dick hervortretenden Adern waren voller Tattoos, die sich über den Hals bis auf seinen kahlen Hinterkopf hinzogen.

Stevens grinste das Trio an, während man ihn vor sie hinsetzte und seine Fesseln an eine im Boden fixierte Ringschraube schloss.

Die Wärter traten ein paar Schritte zurück, behielten ihn aber von der Tür aus genau im Auge.

»Ich kenne Sie«, sagte Stevens zu Decker. »Decker, richtig?«

Decker nickte.

Der Insasse blickte zu Lancaster. »Und Sie, Lady, vergesse ich mein Lebtag nicht. Sie haben mir die Scheiße hier eingebrockt.«

»Falsch. Immer schön bei den Fakten bleiben. Sie sind hier, weil Sie jemanden umgebracht haben.«

»Nebensache, reine Nebensache«, erwiderte Stevens grinsend. Sein Blick wanderte zu Mars, und seine Miene verdüsterte sich. »Sie kenne ich nicht.«

»Stimmt«, erklärte Mars.

»Auch ein Cop?«

»Er hilft uns bei einem Fall«, erklärte Decker.

»Der Typ sieht aus wie einer, der selbst gesessen hat«, fuhr Stevens fort, ohne den Blick von Mars zu nehmen.

»Schon mal in Texas im Knast gewesen?«, fragte Mars.

»Nee, warum?«

»Nicht empfehlenswert.«

»Was wollen Sie?«, wandte Stevens sich wieder an Decker. »Eigentlich ist das meine Trainingszeit, aber dann wurde mir gesagt, dass Sie mich sehen wollen.«

»Sorry, dass wir Ihr Sportprogramm stören«, erwiderte Decker trocken. »Wir hätten nur gerne gewusst, ob Sie der Dealer von Mitzi Hawkins waren.«

»Wer zum Teufel ist Mitzi Hawkins?«

»Die Tochter von Meryl Hawkins.«

»Nie gehört«, erwiderte Stevens achselzuckend. »Ich hab einen Haufen Leute versorgt. Da frag ich doch nicht nach irgendeiner bescheuerten ID.«

Decker beschrieb ihm Mitzi.

»Wollen Sie mich verarschen?«, sagte Stevens mit amüsiertem Glucksen. »Die Beschreibung passt auf so ziemlich jede durchgeknallte Schlampe, der ich irgendwas vertickt hab.«

»Und wie steht's mit Frankie Richards? Erinnern Sie sich an den? Er war erst vierzehn. Starb zu Hause gemeinsam mit seinem Vater, seiner Schwester und einem Mann namens David Katz. Sie alle wurden ermordet.«

»Zu schade, aber das sagt mir alles nichts.«

Decker betrachtete die Tattoos auf den Unterarmen des Mannes. Worte und Symbole.

Als Stevens den Blick bemerkte, verbarg er die Arme hastig unter der Tischplatte, was seine Fesseln leise klirren ließ.

»Welcher Gang gehören Sie hier drin an, Karl?«, fragte Decker.

»Hey, ich bin wie die Schweiz, Mann«, antwortete Stevens und grinste wieder. »Neutral. Hier drin sind die meisten Hispanics, oder sie haben die Hautfarbe von Ihrem Kumpel da.« Er deutete auf Mars. »*Diese* Typen bilden die Gangs, nicht die Weißen. Wir sind in der Minderheit.«

»Der einzige Weiße hier drin sind Sie aber nicht«, widersprach Lancaster. »Nicht mal annähernd.«

»Die meiste Zeit komme ich mir aber so vor. Und genau dagegen sollten wir mal was unternehmen.« Er fletschte die Zähne. »Wir sollten uns unser Land zurückholen.«

»Und wie?«, fragte Mars.

»Leute wie Sie aus den USA raushalten wäre schon mal ein Anfang.«

»Ich bin hier geboren.«

»Aber kein Weißer«, entgegnete Stevens, nun wieder grinsend. »Okay, sind wir fertig?«

»Spielen Sie mit offenen Karten, Karl, und wir können Ihnen vielleicht raushelfen«, sagte Lancaster.

Er musterte sie, plötzlich hellwach. »Raushelfen?«

»Bei Ihrem Strafmaß besteht ein gewisser Spielraum.«

»Ich hab erst fünf von zehn bis zwanzig Jahren abgesessen. Was wollen Sie da groß tun?«

»Hängt davon ab, was Sie für *uns* tun.«

Stevens verdrehte die Augen. »Es ist immer dieselbe Scheiße mit euch Typen. Ich soll erzählen, was ich weiß, sofern ich überhaupt etwas weiß, und erst anschließend macht ihr mir irgendein Angebot. Friss oder stirb. Wo in der freien Wirtschaft wird so verhandelt?«

»Das hier ist nicht die freie Wirtschaft«, stellte Decker klar. »Das hier ist ein verdammter Knast. Und wir machen einen Vorschlag, wie Sie hier ein paar Jahre früher rauskommen können.«

»Ich könnte lügen und Ihnen einfach alles Mögliche erzählen, was Sie so hören wollen.« Stevens grinste. »Anschließend geben Sie mir einen Sonderrabatt. Wie wär's?«

»Lügengeschichten zählen nicht. Wir brauchen die Wahrheit. Die *nachweisbare* Wahrheit.«

»Nachweisbar. Na toll. Und wie? Ist doch alles endlos lange her, Mann! Wie soll ich mich noch daran erinnern, wie das damals gelaufen ist?« Kaum waren Stevens die Worte herausgerutscht, spannten sich seine Gesichtszüge.

»*Was* ist schon endlos lange her?«, hakte Decker sofort nach.

Als Stevens nicht antwortete, fügte er hinzu: »Ich dachte, Sie könnten sich nicht an Frankie Richards und Meryl Hawkins erinnern.«

»Kann ich auch nicht. War nur so dahergesagt«, murmelte Stevens. Doch seine großkotzige Art war verflogen.

»Wollen Sie jetzt einen Deal oder nicht?«, versuchte es Lancaster noch einmal. »Wir können die Sache hier sofort abbrechen, aber dann sorgen wir dafür, dass in Ihrer Akte vermerkt wird, wie unkooperativ Sie sich verhalten haben. Damit wandern Sie in Richtung zwanzig Jahre.«

Stevens schoss hoch und wäre womöglich über den Tisch gehechtet, hätten ihn seine Fesseln nicht daran gehindert. Sein Gesichtsausdruck ähnelte dem eines Zähne fletschenden Raubtiers. »Wenn du mich hier reinreitest, Miststück, wirst du dafür bezahlen. Dafür sorgen meine Freunde. Ich hab euch Ärsche nicht gebeten, herzukommen und mich vollzulabern.«

»Glauben Sie das wirklich, Karl?«, fragte Lancaster.

»Was?«

»Dass Sie da draußen Freunde haben?«

»Ich hab überall Freunde.«

»Und wo waren die, als Sie in den Bau einfuhren?« Lancaster legte eine vielsagende Pause ein. »Und wie kommen Sie darauf, dass Sie denen etwas schulden?«

»Wer hat behauptet, dass ich irgendjemand irgendwas schulde?«, blaffte er herausfordernd.

Die Wärter traten einen Schritt vor, aber Decker winkte ab und meinte: »Weil es viel zu viele Drecksäcke wie Sie gibt und weil Mrs. Lancaster und ich das Ganze schon Dutzende Male erlebt haben. Ihr baut Mist, werdet geschnappt, und sämtliche *Freunde* kennen euch plötzlich nicht mehr. Das Ergebnis: Ihr hockt drin, die Freunde nicht.«

»Sie haben ja keine Ahnung, mit wem Sie's zu tun haben.«

»Dann erzählen Sie es uns«, erwiderte Decker. »Ich weiß immer gerne, wer zur gegnerischen Mannschaft gehört.«

»Da gibt's nichts zu erzählen«, wiegelte Stevens mit einer Handbewegung ab, die seine Ketten erneut zum Rasseln brachte. »War nur so dahergesagt.«

»Kommen wir noch einmal zu Richards und Hawkins«, bohrte Decker weiter. »Ich wette, Sie haben mit beiden Ihre Geschäfte gemacht. Wahrscheinlich hat Ihnen einer von denen etwas erzählt, das mit der Sache zu tun hat.«

»Und wahrscheinlich ist Ihnen Meryl Hawkins hier drin über den Weg gelaufen, und Sie beide haben sich unterhalten«, ergänzte Lancaster. »Über damals, stimmt's? Und dann wurde Hawkins entlassen.«

»Der Typ war ein alter, kranker Sack. Aber krank bin ich auch. Ich hab's an der Leber.«

»Demnach *wussten* Sie, dass er wegen Krebs im Endstadium entlassen wird?«, hakte Decker nach.

Als Stevens aus Wut über seinen erneuten Patzer schwieg, fuhr Decker fort: »Jetzt haben Sie sich schon zum zweiten Mal verquatscht, Kumpel. Sie sollten uns lieber erzählen, was Sie wissen, und wir sehen, was sich mit Ihrer Reststrafe machen lässt. So kommen Sie hier schneller raus, als es sonst je möglich sein wird.«

»Schwachsinn. So einfach geht das nicht.«

»Warum lassen Sie es uns nicht probieren?«

»Da muss ich erst drüber nachdenken.«

»Was gibt's da nachzudenken?«, warf Lancaster ein. »Sie helfen uns, wir helfen Ihnen.«

Stevens schüttelte den Kopf.

»Erzählen Sie uns wenigstens, ob Sie mit Hawkins gesprochen haben«, versuchte es Decker.

»Könnte sein, dass ich ihm mal begegnet bin.«

»Und könnte es auch sein, dass Sie mit ihm über die Morde gesprochen haben?«

»Warum fragen Sie ihn nicht selbst?«

»Würden wir ja«, erwiderte Lancaster. »Aber irgendjemand hat ihn umgebracht.«

Stevens wurde aschfahl. Er sah aus, als würde er sich jeden Moment übergeben. »Ich muss gehen.« Er wandte sich an die Wärter: »Hey, ich bin hier fertig.«

»So muss die Sache bei Ihnen nicht laufen, Karl«, versicherte ihm Decker.

»O doch! Und jetzt lassen Sie mich verdammt noch mal in Ruhe.«

»Ich hab's verbockt«, erklärte Lancaster, nachdem die Wärter den Häftling weggeführt hatten. »Ich hätte ihm nicht sagen dürfen, was mit Hawkins geschehen ist.«

»Das hätte vermutlich auch nichts geändert, Mary«, beruhigte sie Decker. »Außerdem haben wir eine neue Spur.«

»Welche?«

»Die Tattoos auf seinem Arm ähneln stark denen, die ich bei dem Killer gesehen habe, der Sally Brimmer das Hirn rausgepustet hat.«

»Bist du sicher?«

»Absolut.«

*

Kaum waren sie zurück in Burlington, platzte Natty in den Ermittlungsraum. »Was zum Teufel habt ihr da oben angestellt?«

»Was meinst du?«, entgegnete Lancaster.

»Gerade wurde Karl Stevens mit einer Klinge im Hals gefunden. Er ist tot.«

46

Während draußen in der Dunkelheit der Regen prasselte, besprachen Decker, Lancaster und Mars im menschenleeren Speisesaal des Residence Inn die Lage.

»Tja, das beweist zumindest, dass wir mit unserer Annahme richtig lagen, Amos«, sagte Lancaster. »Irgendwie war Stevens in die Sache verwickelt.«

»Und weil er mit uns geredet hat, musste er sterben«, fügte Mars bissig hinzu. »Ich weiß, der Kerl war ein mieser Hundesohn, aber so was hat keiner verdient.«

Decker hielt die Hände im Schoß und starrte auf eine Stelle an der Decke. »Der Killer, der Sally Brimmer erschossen hat, trug die gleichen Tattoos. Offensichtlich gibt es eine Verbindung zwischen ihm und Stevens.«

»Bist du dir sicher, dass es die gleichen Tätowierungen waren?«, fragte Lancaster.

»Ich konnte sie in der Gasse deutlich sehen, genau wie bei Stevens im Gefängnis. Stevens muss das erkannt haben, denn er hat die Arme unter den Tisch versteckt, kaum dass er meinen Blick bemerkt hat, nur damit ich die Tätowierungen nicht mehr sehen konnte.«

»Mitgliedschaft in derselben Gang«, folgerte Lancaster. »Sicherlich eine Option.«

»Diese Typen haben schnell reagiert«, sagte Decker. »Keine zwei Stunden nach unserem Treffen war Stevens tot.«

»Wie konnten die bloß so schnell zuschlagen?« Lancaster schüttelte den Kopf. »Vielleicht hatte es gar nichts mit unserem Besuch zu tun. Knackis bringen ständig andere Insassen um.«

»Das wäre ein extrem verrückter Zufall«, meinte Decker. »Und du hast ja mit eigenen Augen gesehen, wie Stevens der Schreck in die Glieder fuhr, als er hörte, dass jemand Hawkins ermordet hat. In dem Moment wusste er, dass auch sein Leben in Gefahr ist. Er hat es zu überspielen versucht, aber da war es bereits zu spät.«

»Wie finden wir jetzt ohne ihn die Wahrheit?« Lancaster seufzte. »Ständig sterben uns potenzielle Informanten weg. Und noch wissen wir nicht mal, wie der oder die Mörder zum Haus der Richards gekommen und wieder von dort abgehauen sind.«

»Ich denke, das wissen wir inzwischen«, wandte Decker ein und erzählte ihr von seiner Theorie, dass Katz entführt und in seinem eigenen Wagen zum Richards-Haus gebracht worden war, vom Austausch der Lichtschalter und auch von der DNA, die wahrscheinlich von Mitzi stammte. »Und bevor du jetzt fragst – Natty kennt meine Vermutungen bereits.«

»Deshalb also wolltest du mit diesem Stevens sprechen«, murmelte Lancaster.

Decker nickte. »Vermutlich hat Frankie Richards die Unterhaltung zwischen seinem Vater und Katz mitgehört und Stevens bei ihrer nächsten Begegnung oder am Telefon davon erzählt. Der Anruf erfolgte an einem Feiertag, sodass davon auszugehen war, dass sowohl Vater als auch Sohn zu Hause waren. Was immer Frankie von diesem Telefonat dann Stevens berichtet hat, hat dieser anderen weitererzählt. Und diese Leute sind am nächsten Abend zum Richards-Haus und haben alle Anwesenden getötet. Warum entschieden sie sich für diesen Abend und diesen Ort? Ganz einfach: Weil Richards mit dem Besuch von Katz gerechnet hatte. Denn genau darum ging es offenbar in dem Telefonat zwischen den beiden.«

»Und vielleicht wählten die Mörder genau diese Nacht, weil sie wussten, dass Susan Richards nicht zu Hause sein würde«, ergänzte Mars. »Wahrscheinlich hatte sie nicht die leiseste Ahnung, worüber ihr Mann und Katz sprechen wollten.«

»Genau wie wir. Wenn wir herausfinden, was die beiden zu bereden hatten, kommt vielleicht Klarheit in die ganze Sache«, meinte Lancaster. »Immerhin gab es eine Verbindung zwischen Katz und Richards. Das American Grill Restaurant.«

»Deren Eigentümerin und Betreiberin nach wie vor Rachel Katz ist«, spann Mars den Faden weiter. »Was verwunderlich ist, da sie mir selbst erzählt hat, dass sie mit ihrem Nachtclub wahrscheinlich in einem Monat mehr verdient als mit dem American Grill in einem halben Jahr.«

Decker nickte. »Und bei den vielen anderen Projekten, die sie betreibt, fragt man sich, warum sie den Laden behält, wenn er so wenig abwirft.«

»Mir hat sie gesagt, sie hält an dem Laden fest, weil der American Grill das erste Immobilienprojekt ihres Ehemanns gewesen sei«, erklärte Mars. »Allerdings machte sie auf mich nicht den Eindruck, als wäre sie besonders nostalgisch veranlagt.«

»Sie hat dir aber auch erzählt, dass sie meist nur für das lokale Know-how sorgt und ihre Partner die Finanzierung übernehmen, stimmt's?«, gab Decker zu bedenken.

»Du meinst, ihre Geldgeber haben die Finger im Spiel?«, fragte Lancaster.

»Keine Ahnung. Aber wenn, müssten sie bereits vor dreizehn Jahren hier aktiv gewesen sein. Es könnte sich lohnen, mal nachzuforschen, um wen es sich handelt.«

»Wer immer dahintersteckt – sie müssen über extrem gute

Verbindungen in die Gefängnisflure des Travis Correctional verfügen«, bemerkte Lancaster.

»Wie willst du denn jetzt bei Rachel Katz vorgehen, Mary?«, fragte Decker. »Aufgrund unseres Treffens mit Stevens wissen diese Unbekannten bereits, dass wir herumschnüffeln. Ich möchte Rachel ungern in noch größere Panik versetzen.«

»Wie wär's mit mir?«, schlug Mars vor.

»Was soll mit dir sein?«, fragte Lancaster.

»Die Lady hat eindeutig Gefallen an mir gefunden.«

»Die Lady weiß aber auch genau, dass du mit uns zusammenarbeitest«, sagte Decker.

»Gestern Abend hat sie mir jedenfalls eine Menge erzählt. Vielleicht plaudert sie ja noch mehr aus.«

»Gefällt mir nicht«, erklärte Lancaster.

»Mir auch nicht«, gab Decker zu. »Aber es könnte unsere beste Chance sein. Und wir könnten währenddessen herausfinden, wer Rachels Partner sind. Irgendwo müssten Akten vorliegen, die Auskunft über ihre Projekte geben.«

»Okay, darum kümmere ich mich«, sagte Lancaster und fügte mit einem warnend erhobenen Zeigefinger an Mars gewandt hinzu: »Das ist kein harmloser Feierabendspaß. Diese Leute gehen über Leichen.«

»Yeah.« Melvin nickte. »Genau deshalb müssen wir sie zur Strecke bringen.«

»Glaubst du etwa, von solchen Killern viel zu verstehen?«

»Ich habe immerhin jahrelang im Todestrakt gesessen.«

Lancaster blickte Hilfe suchend zu Decker. »Könntest du ihn bitte dazu bringen, ernst zu bleiben?«

»Das *war* ernst gemeint, Mary.«

Lancaster drehte sich abrupt zu Mars um und musterte ihn mit einer Mischung aus Entsetzen und Unglauben.

»Keine Bange, am Ende hat sich meine Unschuld herausgestellt«, sagte er. »Kostete mich bloß zwanzig Jahre meines Lebens und jegliche Aussichten auf eine Karriere in der Football-Profiliga.«

»Du meine Güte.« Lancaster schlug sich die Hand vor den Mund. »Heiliger Himmel.«

»Heilige Scheiße träfe es besser.«

»Wie willst du bei Rachel vorgehen, Melvin?«, fragte Decker.

»Anscheinend glaubt sie, mich um den Finger wickeln und aushorchen zu können. Das hat sie schon gestern Abend versucht. Ich habe ihr nicht viel verraten, sie nur hier und da mit einem Häppchen geködert. Diesmal könnte ich vortäuschen, dass ihre Masche Erfolg hat, und umgekehrt *sie* aushorchen.«

Decker nickte. »Versuch's.«

Mars zögerte einen Moment. »Irgendwas ist seltsam an der Frau.«

»Wie meinst du das?«, fragte Lancaster.

»Ich kann es nicht genau erklären. Sie ist attraktiv, reich, hat studiert. Dennoch kommt sie mir vor wie eine Einzelgängerin. Warum hat sie nie wieder geheiratet? Und warum blockt sie alle Nachfragen immer sofort ab? Als ich wissen wollte, ob man ihre Geschäftspartner mal kennenlernen könnte, schien ihr das Bauchschmerzen zu bereiten.«

»Dann musst du umso vorsichtiger sein«, mahnte Lancaster.

»Versprochen. Aber wenn ich die Chance bekomme, bei ihr nachzubohren, werde ich nicht zögern.«

»Wow, jetzt hältst du dich wohl schon für so eine Art Geheimagent, was?«

»Na ja, meine Freundin ist tatsächlich Agentin.«

»Du verarschst mich, oder?«

»Nein, es stimmt, so wahr mir Gott helfe«, erwiderte Mars mit erhobener rechter Hand.

Mary blickte zu Decker, der nickte. »Militärischer Geheimdienst.«

»Ach du meine Fresse«, rief Lancaster aus. »In welchen Kreisen suchst du dir inzwischen deine Freunde, Amos?«

»Was nicht wächst, verkümmert, heißt es nicht so?«, warf Mars ein.

Decker legte ihm die Hand auf die Schulter. »Sei vorsichtig. Die Sache ist gefährlich, Melvin. Diese Leute wissen, auf welcher Seite du stehst. Da können die Dinge rasch kippen. Wenn du spürst, dass irgendwas nicht stimmt, machst du die Fliege. Und zwar *pronto.*«

»Ich bin immer schon schnell auf den Beinen gewesen, Amos. Das müsstest du aus unseren Zeiten beim Football doch am besten wissen.«

»Ihr beide habt Football gespielt?«, fragte Lancaster erstaunt.

»Ja. Gegeneinander. Longhorn gegen Buckeye«, sagte Mars. »Und jetzt rate mal, wer gewonnen hat.«

»Er«, gestand Decker. »Ich hoffe, du behältst auch diesmal die Oberhand, Melvin. Aber anders als zu Collegezeiten bin ich diesmal auf deiner Seite.«

Mars lächelte, doch als er die ernste Miene Deckers sah, packte er dessen Schulter und versicherte: »Ich weiß, hier sind Menschen umgebracht worden, nur weil irgendwelche Drecksäcke der Meinung waren, sie dürften nicht weiterleben. Selbst Kinder mussten sterben. Wenn ich dir helfen kann, diese Schweine aus dem Verkehr zu ziehen, dann tue ich das.«

Lancaster und Decker tauschten einen Blick. »Das Niveau deiner Freunde hat sich wirklich verbessert, Amos«, sagte Mary.

»Ich weiß«, erwiderte er. »Deshalb würde ich sie gerne behalten.«

47

»Was zum Teufel macht der hier?«

Kaum hatten Decker, Mars und Lancaster am nächsten Morgen die Polizeiwache betreten, stürmte Childress quer durch die Eingangshalle auf sie zu.

Decker musterte den Superintendent, der ihn wütend anfunkelte. »Ich beobachte«, sagte er. »Wie es mir zugestanden wurde. Natty ist einverstanden.«

»Ist mir doch scheißegal, ob Natty einverstanden ist!«, fauchte Childress und rammte Decker den Zeigefinger vor die Brust. »Und erzählen Sie mir nicht, dass Sie bloß beobachten. Sie ermitteln auf eigene Faust, da wette ich drauf.«

»Und wenn es so wäre? Ich will die Wahrheit herausfinden, Childress.«

»Bilden Sie sich etwa ein, Sie könnten einfach hier reinmarschieren und uns zeigen, wie wir unsere Arbeit zu erledigen haben?«, gab Childress in verächtlichem Tonfall zurück. »Wir sind sehr wohl in der Lage, diesen Fall selbst zu untersuchen. Dafür brauchen wir weder Ihre Hilfe noch die des FBI.« Er starrte Mars an. »Sind Sie vom FBI?«

»Nein, nur Ihr freundlicher Mitbürger vom stets hilfsbereiten Nachbarschaftsschutz.«

»Gegen Kooperation gibt es doch nichts einzuwenden«, warf Decker ein. »Passiert ständig.« Er warf einen Seitenblick zu Lancaster, war aber nicht überrascht, dass sie stumm blieb. Immerhin ging es hier um ihren Job, mit dem sie für den Unterhalt der Familie sorgte. Und angesichts ihrer gesundheitlichen Probleme konnte Childress ihr das Leben zur Hölle machen.

»Denken Sie daran, dass immer noch eine Anklage gegen Sie läuft«, zischte Childress und näherte sich Decker drohend einen weiteren Schritt. »Sie werden demnächst wieder vor Gericht erscheinen müssen. Schon einen Anwalt besorgt? Den werden Sie nämlich brauchen.«

»Ken Finger werde ich jedenfalls nicht anheuern.«

»Was? Warum nicht?« Childress wirkte erstaunt. »Er hat einen exzellenten Ruf.«

»Kein Wunder. Er hat einen spitzenmäßigen Job für den armen Meryl Hawkins gemacht.«

»Herrgott noch mal, selbst der beste Anwalt der Welt hätte Hawkins nicht rausboxen können. Die forensische Beweislage war erdrückend.«

»Meinen Sie?«

»Sie haben die verdammte Anklage doch selbst zusammengetragen, Decker«, blaffte Childress.

»Bloß dass ich dabei falschlag.«

Childress wollte etwas erwidern, schluckte den Kommentar aber herunter und meinte nur: »Was reden Sie? Was soll das heißen?«

»Dass wir alle reingelegt worden sind.«

»Sie sind ja verrückt. Die Forensik lügt nicht.«

»Die Forensik nicht, aber gewisse Leute. Und zwar andauernd.«

»Ihr Gerede geht mir auf die Nerven«, sagte Childress und wandte sich an Lancaster. »Wie können Sie mit diesem Typen bloß arbeiten, Mary?«

»Er erzielt Ergebnisse. Das wissen Sie so gut wie ich.«

»Ich warne Sie, Decker«, sagte Childress. »Wenn Sie Ihre

Befugnisse noch einmal überschreiten, und sei es nur um einen winzigen Schritt, kriege ich Sie am Wickel.«

»Klingt verlockend«, gab Decker zurück.

Childress sah aus, als würde er am liebsten zuschlagen, bezwang sich dann aber und stapfte davon.

»Ist der immer so?«, fragte Mars.

»Nein, er ist umgänglicher geworden«, erklärte Lancaster. »Früher war er ein idiotisches Scheusal, heute ist er nur noch ein Idiot.«

»Hast du wirklich eine Anklage am Hals, Decker?«, erkundigte sich Mars. »Ich dachte, das wäre ein Scherz.«

»Nein, nein, das stimmt schon. Aber ich bezweifle stark, dass die Sache jemals vor Gericht kommt.«

»Wenn Childress seine Finger im Spiel hat, wäre ich mir da nicht so sicher.« Lancaster verzog das Gesicht. »Er wird nicht lockerlassen.«

»Genau das sollten wir auch nicht und uns jetzt verdammt noch mal auf den Fall konzentrieren«, sagte Decker.

»Du hast recht. Wie sieht der nächste Schritt aus?«, fragte Lancaster.

»Wir setzen bei Susan Richards an. Am Tag ihres Verschwindens hat jemand sich als sie verkleidet.«

»Bewiesen ist das noch nicht«, bemerkte Lancaster. »Bislang bleibt das Spekulation.«

»Egal. Wir müssen der Sache nachgehen.«

»Okay. Wie wär's, wenn ihr beide euch darum kümmert, während ich versuche, bei Rachel Katz zu landen?«, schlug Mars vor. »Sie hat mir ihre Handynummer gegeben.«

»Wir wären gerne in der Nähe, wenn du den Versuch startest«, sagte Decker.

»Okay. Ich melde mich, wenn die Verabredung steht.«

»Wir könnten dich wieder verwanzen.«

»Nein«, erklärte Mars kopfschüttelnd. »Zu riskant. Dann wäre die ganze Sache gestorben.«

»Hast recht«, gab Decker widerstrebend nach. »Aber sei vorsichtig.«

Mars reckte den Daumen hoch und stapfte davon.

Lancaster schaute ihm hinterher. »Keine Bange, Decker. Er macht den Eindruck, als könne er auf sich aufpassen.«

»Ich wäre weniger besorgt, wenn ihm eine Kneipenschlägerei mit fünf schweren Jungs bevorstünde. Die hätte er in null Komma nichts auf die Bretter geschickt.«

»Warum dann diese Besorgnis? Schließlich hat er nicht fünf Kerle vor sich, sondern nur ein Treffen mit einer einzelnen Frau.«

»Genau das bereitet mir ja Sorgen.«

»Er kommt schon klar. Sag mir lieber, was du jetzt vorhast.«

»Etwas, bei dem du mir nicht helfen kannst.«

»Warum nicht?«

»Weil es mit Susan Richards zu tun hat. Und was ich überprüfen möchte, betrifft auch Rachel Katz. Zu diesem Aspekt des Falles darfst du wegen Earl aber leider nicht ermitteln, Mary.«

»Earl ist das Alibi von Rachel Katz für den Mord an Hawkins. Mit Susan Richards hat es nichts zu tun.«

»Glaubst du wirklich, dass Childress das auch so sehen wird?«

»Was kümmert mich diese Dumpfbacke«, schimpfte sie und fügte mit einer gehörigen Portion schwarzem Humor hinzu: »In einem Jahr kann ich mich womöglich nicht mal daran erinnern, wer dieser Hampelmann überhaupt ist.«

»Also schön. Du bist mit von der Partie.«

»Aber was soll Rachel Katz mit Susan Richards' Verschwinden zu tun haben?«

»Irgendjemand hatte sich so ausstaffiert, dass die alte Mrs. Bates ihn oder sie als Richards identifiziert hat«, erklärte Decker.

»Sowohl Rachel als auch Mitzi Gardiner haben ungefähr die richtige Körpergröße und Figur. Mit langem Mantel und Hut könnte man sie aus der Entfernung für Susan halten. Vor allem, wenn die Sehkraft der Zeugin, wie im Fall von Mrs. Bates, nicht mehr die beste ist.«

»Denkst du im Ernst, eine der beiden hätte Richards umgebracht, die Leiche in einen Koffer gesteckt und dann ihren Platz eingenommen?«

»Entweder das, oder es lief anders.«

»Wen nehmen wir uns zuerst vor? Katz oder Gardiner?«

»Katz überlassen wir einstweilen Melvin. Wir fangen mit Mitzi Gardiner an.«

»Du weißt aber, dass sie nicht verpflichtet ist, uns Auskunft zu geben?«

»Dann soll sie uns das sagen.«

»Willst du die Frau rundheraus des Mordes beschuldigen?«

»Nicht doch. Du hast noch nie die feinfühlige Seite meiner Persönlichkeit zu würdigen gewusst, Mary.«

»Was daran liegen dürfte, dass ich sie nie kennengelernt habe, Amos.«

»Na, dann pass mal gut auf, was du gleich erleben wirst.«

48

»Jetzt wird's aber Schikane, verflucht noch mal.«

Mitzi Gardiner stand in der Eingangstür ihres Hauses und funkelte Decker und Lancaster, die auf der Veranda warteten, wütend an.

»Ich kann durchaus verstehen, dass Sie es so empfinden, Mrs. Gardiner. Doch wir setzen derzeit alles daran, eine Reihe von Morden aufzuklären, die in Verbindung mit Ihrem Vater stehen. Und auch wenn es Ihnen nicht gefällt – Sie zählen nun mal zu den besten Informationsquellen, die uns zur Verfügung stehen. Wir haben nur ein paar Fragen an Sie und werden dabei so behutsam wie möglich vorgehen, das verspreche ich Ihnen.«

Mary Lancaster musterte Decker ungläubig, da sie ihn noch nie auf diese Weise mit einer Verdächtigen oder Zeugin hatte reden hören.

»Sie waren damals auch bei den Ermittlungen dabei, nicht wahr?«, sagte Mitzi und musterte Lancaster. »Ich erinnere mich an Sie.«

»Ja. Und ich muss zugeben, dass ich Sie vermutlich nicht wiedererkannt hätte.« Mary ließ den Blick über Mitzis schlanke Figur, die elegante Kleidung, das perfekt frisierte Haar und den makellosen Teint schweifen.

»Sie sehen fabelhaft aus«, sagte sie.

Mitzi lächelte. »Danke.«

»Und ich kann Ihnen versichern, dass ich eine Neuaufnahme

dieses Falls nie für möglich gehalten hätte. Aber dann kehrte Ihr Vater in die Stadt zurück und beschwor seine Unschuld.«

»Wie ich Ihrem Kollegen da bereits erzählt habe, halte ich das für Schwachsinn«, erklärte Mitzi mit einem Nicken Richtung Decker. »Mein Vater wollte bloß seine Spielchen mit Ihnen treiben. Sie dazu bringen, an seiner Schuld zu zweifeln.«

»Wir haben noch immer nicht herausgefunden, wer ihn erschossen hat«, sagte Decker.

»Wollten Sie die beiden Witwen deshalb genauer unter die Lupe nehmen?«

»Ja. Nur dass eine von ihnen ermordet wurde.«

Mitzi Gardiner riss erschrocken den Mund auf. Decker bemerkte, wie ihre Finger am Türblatt zitterten. »Ermordet?«, wiederholte sie. »Welche?«

»Susan Richards. Wir glauben, dass sie aus ihrem Haus entführt und anschließend getötet worden ist.«

Als Mitzi nicht reagierte, fügte Decker hinzu: »Dürfen wir reinkommen?«

»Ja … bitte«, sagte Mitzi stockend.

Sie führte die Besucher durch den Flur in den Wintergarten und bedeutete ihnen, sich zu setzen, während sie selbst stehen blieb und ihre Hände immer wieder verschränkte und löste.

»Sie wirken sehr überrascht«, bemerkte Decker.

»Was erwarten Sie denn? Erst mein Vater und jetzt Susan Richards.« Mitzi ließ sich abrupt auf einen Platz ihnen gegenüber sinken und starrte in ihren Schoß.

»Sie haben es sehr schön hier«, sagte Lancaster und schaute sich dabei in dem großzügig gestalteten Raum um.

Mitzi nickte abwesend, vermied aber weiterhin jeden Blickkontakt.

Decker zog etwas aus der Jackentasche und hielt es ihr hin. Es war ein vergilbtes Bild. »Ich dachte, Sie wollten das hier vielleicht haben.«

Mitzi schaute auf, griff jedoch nicht nach dem Foto.

»Das sind Sie als kleines Mädchen. Wir haben es im Portemonnaie Ihres Vaters gefunden. Viel mehr war nicht drin. Offenbar hatte er dieses Foto all die Jahre aufgehoben.«

»Ich … ich will es nicht.« Mitzi schüttelte den Kopf.

Decker legte das Foto mit der Bildseite nach oben auf den Tisch.

»Also, was wollten Sie mich fragen?« Mitzi schaute kurz auf das Bild und sah rasch wieder fort.

»Wir müssen wissen, wo Sie gewesen sind, als Susan Richards zuletzt gesehen wurde.«

»Wie bitte? Sie nehmen doch wohl nicht an, ich hätte etwas mit ihrem Tod zu tun?«

»Aber nein, ich beschuldige Sie nicht im Geringsten. Derzeit versuchen wir nur, mögliche Beteiligte auszuschließen. Das könnten wir auch in Ihrem Fall, wenn Sie uns einfach nur sagen würden, wo Sie gewesen sind.«

»Wann genau?«

Decker nannte den Tag und die abendliche Uhrzeit.

Mitzi lehnte sich zurück und schloss die Augen. Dann holte sie ihr Handy aus der Tasche, rief den Kalender auf und wischte durch ein paar Seiten, bevor sie erleichtert aufzuatmen schien. »Ich war mit meinem Mann zu einem Geschäftsessen. Wir waren insgesamt acht Personen. In einem Restaurant gleich hier in Trammel. Von sieben Uhr bis weit nach Mitternacht.«

»Kann Ihr Mann das bestätigen?«, fragte Lancaster.

»Natürlich könnte er das. Aber müssen Sie unbedingt mit ihm sprechen?«, erkundigte Mitzi sich besorgt. »Er weiß nicht von alldem … von meinem damaligen Leben.«

»Okay, wie wäre es stattdessen mit den Namen einiger anderer Teilnehmer an diesem Geschäftsessen?«

»Tut mir leid«, sagte Mitzi ungehalten. »Das ist Privatsache. Mein Mann hat sich hier in der Gegend einen hervorragenden Ruf aufgebaut, und die Leute vertrauen ihm. So eine Sache könnte ihm alles kaputt machen.«

»Fällt Ihnen sonst jemand ein, der bestätigen könnte, wo Sie gewesen sind?«, fragte Lancaster.

»Ich kenne die Besitzerin des Restaurants. Sie müsste es bezeugen können. Wir hatten einen separaten Raum und haben mit Kreditkarte bezahlt. Sie können den Beleg checken.«

Mary nickte. »Dann machen wir es so.« Sie holte ihr Notizbuch heraus und nahm die Kontaktdaten auf.

»Ist das jetzt alles?«, fragte Mitzi, noch immer sichtlich verärgert.

»Es wäre hilfreich, wenn Sie uns sagen könnten, wo Sie gewesen sind, als Ihr Vater umgebracht wurde.«

»Mein Vater? Beschuldigen Sie mich jetzt etwa noch, den eigenen Vater ermordet zu haben?«

»Es geht hier nicht um irgendwelche Beschuldigungen, Mrs. Gardiner, wie ich Ihnen bereits gesagt habe«, warf Decker ein. »Wir schließen lediglich potenzielle Verdächtige aus, so wie wir es eben im Hinblick auf Susan Richards' Tod getan haben.«

Decker nannte Mitzi den betreffenden Zeitraum, und sie zog erneut ihren Kalender zurate. »Ich war zu Hause mit meiner Familie«, erklärte sie. »Genauer gesagt, dürfte ich um diese Uhrzeit wohl geschlafen haben. Wie die meisten Leute.«

»Und Ihr Mann kann das bestätigen?«

»Wenn es unbedingt sein müsste, selbstverständlich«, presste sie durch die zusammengebissenen Zähne hervor. »Ist das jetzt endlich alles?«

»Eine Unstimmigkeit wäre da noch«, sagte Decker. »Aber ich bin sicher, die können Sie aufklären.«

»Ich weiß noch, dass Sie schon damals nicht aufhören konnten, Fragen zu stellen«, meinte Mitzi erschöpft.

»Ich fürchte, in dem Punkt habe ich mich kaum geändert.«

»Welche Unstimmigkeit?«

»Sie sagten, Sie hätten den Ankleideraum Ihres Vaters nie betreten.«

Mitzi schien sofort in die Defensive zu gehen. »Wer behauptet das?«

»Sie selbst. Als ich das erste Mal hier war, um Sie zu befragen.«

»Oh, okay. Aber ich sehe nicht, was daran unstimmig sein soll.«

»Laut Polizeibericht waren Sie diejenige, die den Kriminaltechnikern die Holzverkleidung in diesem Wandschrank gezeigt hat.«

»Davon weiß ich nichts mehr«, erklärte Mitzi stirnrunzelnd.

»So steht es im Bericht.«

»Dann ist der Bericht eben falsch. Kann doch sein, oder?«

»Sie sagen also, Sie hätten den Kollegen damals nicht das betreffende Holzpaneel gezeigt?«, bohrte Decker nach.

»Ich sage bloß, dass ich mich nicht daran erinnern kann.«

»Okay. Die Männer könnten also einfach nur gesucht und von ganz allein darauf gestoßen sein.«

»Ja, sicher.«

»Warum sollten sie dann aber angeben, dass Sie es ihnen gezeigt haben?«, fragte Lancaster.

»Woher soll ich das wissen«, erklärte Mitzi, die inzwischen bleich geworden war. »Vielleicht habe ich es tatsächlich. Möglicherweise habe ich sie herumgeführt und ihnen bei der Suche geholfen. Es ist verdammt lange her. Und ich war damals in keiner besonders guten Verfassung. Ich kann mich an vieles nur noch verschwommen erinnern.«

»Okay«, sagte Decker. »Tja, dann schönen Dank, dass Sie sich Zeit für uns genommen haben.«

Er stand auf. Lancaster wirkte ein wenig erstaunt, dass Decker bereits fertig war, folgte aber seinem Beispiel und erhob sich ebenfalls.

»Das wäre dann alles?«, fragte Mitzi, die ebenso verwundert schien wie Lancaster.

»Einstweilen, ja.« Decker schob ihr das Kinderfoto hin.

»Ich sagte doch, ich will es nicht.«

»Ich weiß. Aber manchmal ändern die Menschen ihre Meinung, habe ich recht?«

Mitzi machte keine Anstalten, das Foto vom Tisch zu nehmen.

»Wir finden selbst nach draußen«, sagte Decker.

*

»Deine neue feinfühlige Seite ist gar nicht mal so übel«, bemerkte Mary, als sie in den Wagen stiegen. »Stellt sich allerdings die Frage, weshalb du die Vernehmung so plötzlich abgebrochen hast. Es wurde gerade erst richtig interessant.«

»Stimmt. Aber man kann jemanden auch zu weit treiben.«

»Sie hat Angst«, meinte Mary.

»Und wie! Denn sie weiß mehr, als sie uns erzählt. Und sie ist äußerst beunruhigt darüber, dass es jemandem auffallen könnte.«

»Glaubst du, sie ist in Gefahr?«, fragte Mary.

»Jeder, der mit diesem Fall zu tun hat, ist in Gefahr. Du und ich eingeschlossen.«

»Wir sind Cops. Mitzi Gardiner nicht.«

»Wirklich nicht?«, fragte Decker und schob den Automatikhebel auf Drive.

49

Eine Szene-Kneipe.

Das Wort kam Mars in den Sinn, als er den Wagen auf dem Parkplatz des Silver Oak Grill abstellte. Er wusste zwar nicht, was es früher gewesen war, aber dem alten Gemäuer war eindeutig neues Leben eingehaucht worden. Um ihn her auf dem Parkplatz stand eine kleine Auswahl exklusiver Modelle neuesten Baujahrs. Neben dem mit einer Markise geschützten Eingang parkte sogar ein Maserati-Cabrio.

Mars ging hinein und schaute sich um. Für die Sanierung war erkennbar viel Geld investiert worden. Durch seine Immobilienbeteiligungen in D. C. hatte Mars inzwischen so einiges über Baukosten gelernt. Antike Balken, kostspieliger Steinboden, eine kunstvoll maßgefertigte Bar, dazu edle Tapeten, die mit dem modernen Mobiliar korrespondierten.

Jetzt, zur Mittagszeit, war das Lokal voll besetzt. Vor Mars warteten noch drei andere darauf, einen Tisch zugewiesen zu bekommen.

»Melvin?«

Er schaute nach rechts und sah Rachel Katz, die ihm von einem Ecktisch zuwinkte. Er ging zu ihr hinüber.

Sie stand auf und musste sich auf die Zehenspitzen stellen, um ihn zu umarmen und einen Begrüßungskuss auf die Wange zu geben. Einen Moment verharrte sie so und betrachtete sein Outfit. Graues Sakko, schwarzer Rollkragenpullover, anthrazitfarbene Hose und schwarze Loafer.

»Sehr geschmackvoll.«

»Vielen Dank«, sagte er und fügte mit einem Blick auf ihre Kombination aus Hose, Bluse, Jackett und flachen Schuhen hinzu: »Sie sehen aber auch todschick aus.«

»Tja, ich komme direkt von der Arbeit.«

Sie nahmen Platz, und er bemerkte das fast leere Cocktailglas vor ihr.

»Einen Drink?«, fragte sie.

»Was hatten Sie denn?«, erwiderte er mit Blick auf ihr Glas.

»Dewar's mit Soda. Ich wäre bereit für eine zweite Runde.«

»So harte Sachen zu Mittag?«

»Yep.«

»Da bin ich dabei«, sagte er grinsend.

Sie bestellten ihre Drinks und lehnten sich zurück.

»Als Sie anriefen, war ich überrascht, dass Sie mich noch einmal treffen wollten«, sagte Rachel unvermittelt.

»Warum?«

»Na ja, unser letzter Abend endete … wie soll ich sagen, wenig prickelnd.«

»Mich interessieren mehr langfristige Entwicklungen. Einzelne Dates sind nicht so wichtig.«

»Ich fühle mich geschmeichelt, dass Sie es ein Date nennen.«

Die Getränke kamen. »Zeit, zum Du zu wechseln, findest du nicht auch?« Katz hob ihr Glas.

»Gern. Auf dich, Rachel.« Mars stieß mit ihr an.

»Wieso hat Decker dir eigentlich erlaubt, mich zu treffen?«, fragte Katz, nachdem sie einen Schluck getrunken hatte.

»Wie meinst du das?«, fragte Mars verwirrt.

»Nun ja, seine Ermittlungen gehen weiter, und ungeachtet aller Gegenbeweise bleibe ich vermutlich eine Person von polizeilichem Interesse oder wie ihr das nennt.«

Er lächelte. »Du kennst dich gut aus im Polizeijargon.«

»Ich schaue mir Krimiserien an, da bleibt so was hängen.«

»Bei deiner vielen Arbeit und all deinen Projekten wundert es mich, dass dir Zeit für Krimis bleibt.«

Sie lehnte sich vor. »Was würdest du sagen, wenn ich dir erzählte, dass ich an den meisten Abenden bloß nach Hause gehe, in meinen Pyjama schlüpfe, mir ein Sandwich mit Erdnussbutter, Marmelade und einer Lage Chips obendrauf mache und mir alte Filme anschaue?«

Er betrachtete sie. »Ich wäre erstaunt. Ich könnte mir vorstellen, dass du in der hiesigen Männerwelt die freie Auswahl hast.«

Sie verzog das Gesicht. »Das Problem ist nur, dass mir keiner aus der hiesigen Männerwelt gefällt.«

»Warum ziehst du nicht einfach von hier weg? Chicago ist nicht weit.«

»David und ich hatten mit dem Gedanken gespielt. Aber dann ist er gestorben.«

»Und deshalb fühlst du dich an diesen Ort gebunden?«

»In gewisser Weise. Hier ist alles, was David aufgebaut hat. Und hier liegt er begraben.«

Mars nickte. »Bei Decker ist es ähnlich. Der lebt zwar nicht mehr hier in Burlington, bleibt dem Ort aber weiterhin verbunden und kommt regelmäßig her, um das Grab seiner Familie zu besuchen. Jeder Mensch hat seine eigenen Beweggründe. Du möchtest gerne bleiben, also bleib. Das entscheidest ganz allein du, niemand sonst.«

Sie setzte zu einer Antwort an, trank dann aber einen weiteren Schluck Whisky. »Sollen wir Essen bestellen?«, fragte sie schließlich. »Der Lachs ist gut. Auch das Thunfischtatar.«

Er warf einen Blick in die Speisekarte. »Wie ist das Wagyu?«

»Hervorragend. Wir bekommen das Fleisch jeden Tag frisch.«

»Wir?«

»Oh, hatte ich das nicht erwähnt? Auch an diesem Laden gehören mir Anteile.«

»Wow. Eine Lady, die an allem Anteil nimmt. Das hält die Welt am Laufen.«

Sie bestellten. Mars ließ den Blick durch das Lokal schweifen, bevor er ihn wieder auf Katz richtete. »Eine Menge Geld an den Tischen und auch draußen auf dem Parkplatz. Sogar ein Maserati.«

»Der gehört dem Gentleman da drüben.« Sie deutete auf einen eher klein gewachsenen Endsechziger mit vollem grauem Haar. Er trug einen Dreiteiler ohne Krawatte, Slipper aus Krokoleder und trotz der kühlen Temperaturen keine Socken. An seinem Tisch saßen noch sechs andere Gäste. Vier Männer und zwei Frauen.

»Er hat Stil. Ein Dandy.«

»Mit einem Riesenvermögen. Sein Name ist Duncan Marks.«

»Einer deiner Geschäftspartner?«

»Nein, er ist nicht gerade ein Partner. Er steckt allerdings hinter vielen Projekten in der Stadt. Ein paarmal haben wir tatsächlich zusammen Geschäfte gemacht. Aber verglichen mit ihm bin ich ein kleiner Fisch.«

»Na, in meinen Augen bist du jedenfalls der weitaus verlockendere Fang.«

Sie lächelte. »Wie laufen die Ermittlungen dann so?«

»Decker befragt zurzeit Mitzi Gardiner. Alibis überprüfen und dergleichen.«

»Du meinst wegen des Mordes an Susan Richards?«

»Ja, unter anderem.«

»Womit wir wieder bei meiner Überlegung vom Anfang wären. Wie kommt es, dass Decker dich mit mir ausgehen lässt? Hofft er vielleicht, du würdest etwas erfahren, das genügt, mich zu verhaften?« Den letzten Satz sprach sie betont ungezwungen aus, aber Mars konnte doch einen besorgten Unterton heraushören.

»Wie ich dir schon sagte, ich bin kein Kollege von ihm. Ich bin sein Freund. Ich sage ihm nicht, was er zu tun hat, und umgekehrt genauso.«

»Aber du willst ihn trotzdem unterstützen?«

»Sicher.« Er breitete die Arme aus. »Einem Freund hilft mal nun mal. Wenn du mir irgendwas sagen kannst, was uns weiterhilft – nur raus damit.«

Sie lachte. »Du bist ein interessanter Mann. Von der Sorte gibt es in dieser Stadt nicht allzu viele.«

»Einen habt ihr verloren, als Decker fortgezogen ist.«

Ein paar Minuten später kam ihr Essen. Mars probierte das Steak, und seine Augen weiteten sich.

»Und?«, fragte Rachel.

»Schmeckt verboten gut.«

»Wir hatten Glück bei der Einstellung unseres Küchenchefs. Er kommt aus Indianapolis und hat bei einem dieser Sterneköche gelernt.«

»Offensichtlich.«

»Er beherrscht sein Handwerk, nicht wahr? So wie dieser Decker. Er vernimmt gerade Mitzi Gardiner, sagtest du?«

»Ja.«

»Denkst du, sie hat ein Alibi für den Mord an Susan?« Die Frage kam so abrupt, dass Mars von seinem Teller aufschaute.

»Keine Ahnung. Sofern sie eins hat, wird Decker es noch überprüfen müssen.«

»Wie er es bei meinem tun wird?«

»Genau«, sagte er und legte Messer und Gabel ab. »Du wirkst besorgt.«

»Wartest du auf mein Geständnis?«

»Unsinn. Ich kenne dich zwar noch nicht besonders gut, aber wie eine Mörderin kommst du mir nicht vor.«

Sie lächelte. »Da bin ich ja beruhigt.«

»Ich hab für so was einen guten Riecher. Aber irgendetwas anderes könnte dir Sorgen bereiten.«

»Nein, alles gut. Ich bin bloß müde. In letzter Zeit habe ich einfach zu viel gearbeitet.« Sie rieb sich die Schläfen. »Ich muss schrecklich aussehen.«

»Ganz im Gegenteil. Du bist äußerst attraktiv. Obendrein intelligent, einfühlsam und kultiviert.«

»Warum habe ich das Gefühl, dass jetzt ein ›aber‹ kommt?«

»Ich bin derzeit liiert.«

»Die Glückliche.«

»Ich hoffe, sie sieht es genauso«, sagte Mars. »Und ich hoffe auch, dass ich dir keinen Anlass zu Missverständnissen gegeben habe.«

»Aber nein. Es ist besser, man stellt die Dinge von vornherein klar.« Sie lächelte. »Aber träumen darf man ja.«

Mars setzte sich ganz nach vorn in seinem Stuhl. »Hör zu, Rachel, ich mag dich. Ich mag dich wirklich. Und ich arbeite zwar nicht offiziell mit Decker zusammen, aber ich helfe ihm, wie gesagt, wo ich kann.«

Katz nahm ihr Glas und lehnte sich zurück. »Okay. Und?«

»In dieser Stadt kommen eine Menge Leute gewaltsam zu Tode. Vier Menschen sind vor dreizehn Jahren ermordet worden, darunter dein Ehemann. Dann Meryl Hawkins. Dann Sally Brimmer, obwohl in dem Fall Decker das Ziel gewesen sein dürfte. Und dann Susan Richards.«

»Worauf willst du hinaus?«

»Wenn du irgendetwas weißt, egal was, musst du es uns sagen. Ich möchte unbedingt vermeiden, dass am Ende dir auch noch was zustößt.«

Rachel versteifte sich. »Vielen Dank für deine Besorgnis, Melvin. Aber ich kann sehr gut allein auf mich aufpassen. Und da ich nichts weiß, gibt es auch keinen Anlass, mich vor etwas zu fürchten.«

Mars nickte langsam. »Na schön, wenn du dir sicher bist.«

»Absolut.«

»Denn es hat inzwischen noch einen Mord gegeben, von dem du wahrscheinlich noch nicht gehört hast.«

Bei dieser Nachricht legte Rachel die Gabel, die sie in die Hand genommen hatte, langsam wieder ab. »Was? Wer?«

»Ein Mann namens Karl Stevens. Hat früher mal hier in Burlington mit Drogen gedealt. Unter anderem versorgte er Mitzi und Frankie Richards mit Stoff. Decker glaubt, dass er in die Sache verwickelt war.«

»Und jetzt ist er tot?«

»Er saß im Gefängnis. Wir haben ihn besucht. Auch er hat behauptet, von nichts zu wissen. Wir waren kaum in Burlington zurück, stieß ihm jemand ein Messer in den Hals.« Mars griff nach seinem Dewar's und trank einen Schluck. »Offenbar gibt es hier Leute, denen es egal ist, ob jemand etwas weiß oder nicht. Sie töten trotzdem, um auf Nummer sicher zu gehen.«

»Aber wie sollte … Ich meine, dieser Stevens war doch im Gefängnis. Da werden doch ständig Menschen umgebracht. Von rivalisierenden Banden und so.«

»Das stimmt schon. Aber da waren die Tattoos, die Stevens auf den Armen hatte.«

»Was ist mit denen?«, fragte Rachel mit zitternder Stimme.

»Sie entsprachen genau den Tattoos des Mannes, der Sally Brimmer erschossen hat. Decker war sich in diesem Punkt vollkommen sicher, und sein Erinnerungsvermögen ist unschlagbar.«

»Du hältst es nicht für möglich, dass es sich um einen Zufall handelt?«

»Du etwa?«

Rachel setzte sich gegen die Rückenlehne, atmete mehrmals tief durch und gewann nach und nach ihre Fassung zurück. »Nun, das mit diesem Mr. Stevens tut mir leid, aber mit mir hat das nichts zu tun.«

»Wenn du dir sicher bist.«

»Ich *bin* mir sicher.«

»Dann widmen wir uns doch einfach wieder diesem vorzüglichen Essen.«

Während Mars sein Steak komplett verputzte, rührte Katz ihr Essen kaum an. Ihren zweiten Dewar's jedoch leerte sie bis zum letzten Tropfen.

Beim Hinausgehen kamen sie am Tisch von Duncan Marks vorbei, dem Maserati-Fahrer. Marks streckte die Hand aus und packte Katz am Arm. »Rachel! Ich dachte mir gleich, dass du das da hinten bist.«

»Hallo, Duncan.«

»Der Laden läuft fantastisch. Wieder ein geschäftlicher Volltreffer von dir.«

»Danke.«

Marks wandte sich an Mars. »Ich glaube, deinen Freund kenne ich noch gar nicht.«

»Melvin Mars.« Der Hüne bot ihm die Hand dar. »Erfreut, Ihre Bekanntschaft zu machen, Sir.«

Sie schüttelten sich die Hände, während die anderen Personen am Tisch sie gelangweilt beobachteten.

»Wie Rachel mir erzählte, gehört Ihnen der Sportwagen da draußen. Schönes Auto.«

»O ja. Deutsche Ingenieurskunst und italienisches Design. Unschlagbar.«

»Eine göttliche Kombination«, sagte Mars.

Alle lachten.

»Vielleicht sieht man sich noch mal, Sir.«

Marks nickte. »Würde mich freuen.«

Sie verließen das Restaurant.

Mars spürte, wie Rachel seinen Arm kräftiger umfasste. »Ich weiß, Melvin, wir haben uns gerade erst zum Lunch getroffen, aber wie wär's heute mit einem gemeinsamen Abendessen?«

»Klar, einverstanden. Wo?«

Sie zögerte. »Bei mir«, schlug sie dann vor. »Ich kann tatsächlich kochen.«

Als sie sein Unbehagen bemerkte, legte sie ihre Hand auf die seine. »So wird es nicht kommen, das verspreche ich. Ich … ich brauche nur mal jemanden, mit dem ich reden kann. Und ich hätte gerne, dass du dieser Jemand bist.«

Mars drückte ihre Hand und nickte. »Sicher.«

»Um sieben?«

»Ich werde da sein. Soll ich etwas mitbringen?«

»Nur dich, Melvin. Das genügt völlig.«

50

Decker und Lancaster saßen im Büro der Detectives, als die Tür aufging. Es war der Gerichtsmediziner. Er hatte seinen weißen Laborkittel abgelegt und trug nun einen Anzug.

»Ich habe ein paar Ergebnisse für euch«, sagte er, hielt eine Akte hoch, setzte sich zu ihnen und blätterte in den Befunden. »Zunächst einmal: Meryl Hawkins hatte Schmerzmittel im Blut. Oxycodon.«

»Hätte ihn das außer Gefecht gesetzt?«, fragte Decker. »Ich meine, könnte er bewusstlos gewesen sein, als man ihn erschoss?«

»Durchaus möglich«, antwortete der Gerichtsmediziner. »Und Susan Richards starb an einer Überdosis Fentanyl. Von dem Zeug braucht es nicht viel. Ein extrem starkes Schmerz- und Narkosemittel und eine der neuesten Modedrogen, wie ihr wisst.«

»Gab es bei der Obduktion irgendwelche Anzeichen für regelmäßigen Drogenkonsum?«

»Nein. Körperlich war sie sogar in ziemlich guter Verfassung. Sie hätte bestimmt noch eine ganze Weile gelebt.«

»Todeszeitpunkt?«, fragte Decker.

»Liegt auf jeden Fall schon länger zurück, Amos.«

»Ich habe dich das schon einmal gefragt. Könnte sie bereits tot gewesen sein, als sie an diesem Abend angeblich ihr Haus verließ?«

»Nun, ich kann zumindest bestätigen, dass der vermutliche Todeszeitpunkt deiner Theorie nicht widersprechen würde«, erwiderte der Gerichtsmediziner und verstummte kurz. »Du meinst also, sie wurde in ihrem Haus umgebracht?«

»Etwas in der Art.«

»Dieser Fall wird von Minute zu Minute verworrener«, sagte der Gerichtsmediziner kopfschüttelnd. »Was bin ich froh, dass es nicht mein Job ist, da noch durchzublicken. Man sieht sich, Leute.«

Nachdem der Mann gegangen war, sagte Mary: »Tja, wenn du richtigliegst, müsste jemand Susan Richards umgebracht und ihre Leiche in diesem Koffer im Auto verstaut haben, um sie anschließend zu entsorgen. Was bedeutet, dass die Person, die Agatha Bates' Aussage zufolge an dem Abend das Haus verlassen hat, nicht Susan gewesen sein kann.«

»Groß, schlank und blond«, sagte Decker.

»Mitzi Gardiner oder Rachel Katz, wie du schon vermutet hattest. Aber ich habe das Alibi von Mitzi für die Zeit, in der Richards' Leiche vermutlich weggeschafft wurde, überprüft. Das Restaurant hat bestätigt, dass Mitzi den ganzen Abend dort gewesen ist, bis weit nach der Zeit von Richards' Verschwinden.«

»Also doch Rachel Katz?«

»Anscheinend. Wo wir gerade dabei sind – Neues dazu von deinem Kumpel?«

»Er hat gemailt. Sie waren gemeinsam zum Lunch. Katz wirkte irgendwie sonderbar, meint Melvin. Sie hat sich für heute Abend mit ihm zum Essen verabreden wollen. Melvin vermutet, dass sie ihn ins Vertrauen ziehen möchte. Offenbar hat er ihr vom Mord an Karl Stevens erzählt, was ihr einen Riesenschreck eingejagt haben muss, obwohl sie es zu überspielen versuchte. Duncan Marks war übrigens auch im Restaurant.«

»Der hiesige Großinvestor?«

»Und Sportwagenfan, ja. Melvin hat kurz mit ihm gesprochen. Laut Katz war er an einigen ihrer Projekte beteiligt.«

»Davon wusste ich gar nichts. Erinnerst du dich überhaupt noch an Marks?«

»Weißt du immer noch nicht, dass ich mich an fast alles erinnere? Ich habe sogar mal für Marks gearbeitet, als Jenny, seine Tochter, an einen Hochstapler geriet. Marks kam schon vor langer Zeit nach Burlington und begann als Immobilienaufkäufer. Während der Konjunkturflaute kam er günstig an Objekte und kassierte einen Haufen Geld. Als ich noch hier lebte, gehörte ihm das größte Haus in der ganzen Gegend.«

»Daran hat sich nichts geändert«, sagte Lancaster. »Seine Villa steht auf dem Hügel vor der Stadt. Wirkt auf mich immer, als würde der Typ von dort oben auf uns Normalsterbliche herabsehen. Angeblich hat er schon vor seiner Ankunft in Burlington mächtig abgesahnt. Irgendwelche Investments bei Börsengängen, Auslandskonten, Termingeschäften und dergleichen.«

»Warum hat er sich dann für Burlington entschieden? Er könnte in Florida leben, oder in Monaco, was weiß ich.«

»Angeblich stammt sein Vater von hier. Arbeitete wohl in der alten Schuhfabrik, bevor er fortzog. Auch die hat Marks später gekauft und in sündhaft teure Eigentumswohnungen umgewandelt.«

»Wohnt da nicht auch Rachel Katz?«

Lancaster schnippte mit den Fingern. »Genau!«

»Melvin zufolge hat die Nachricht von Stevens' Ermordung Rachel einen Riesenschreck eingejagt.«

»Kein Wunder.«

»Jetzt möchte sie unbedingt mit ihm reden und hat ihn für heute Abend zu sich zum Essen eingeladen.«

»Ach du Scheiße.«

»Wieso?«

»Hawkins wollte auch mit dir reden, und nun ist er tot. Und bei Susan Richards war es möglicherweise genauso.«

Sie sahen einander an.

»Vielleicht sollten wir deinen Freund heute Abend besser im Auge behalten.«

»Dasselbe dachte ich auch gerade.«

51

Rachel Katz öffnete ihre Wohnungstür, deren Rahmen die Gestalt von Mars nahezu ausfüllte.

Er trug eine hellgraue Hose zu einem offenen weißen Hemd und darüber ein dunkelblaues Jackett. Eine Hand hielt eine Flasche Rotwein, die andere einen Strauß Blumen.

Rachel war barfuß und lässig gekleidet in Jeans und langärmligem T-Shirt.

»Jetzt fühle ich mich overdressed«, bemerkte ein lächelnder Mars und trat ein.

»Du siehst fantastisch aus. Mir war heute Abend nur mehr nach Jeans und nackten Füßen.«

Sie dankte ihm für die Blumen und den Wein und gab ihm einen Kuss auf die Wange. »Das wäre doch nicht nötig gewesen«, sagte sie und nahm eine Vase aus dem Schrank, die sie mit Wasser füllte. Sie kappte die Stängel und stellte die Blumen hinein.

»Aus Höflichkeit und Wertschätzung sollte man immer eine Kleinigkeit mitbringen, hat meine Mom mir beigebracht.«

»Womit deine Mom ganz recht hatte. Seht ihr euch noch häufig?«

»Nein, sie und mein Vater sind beide tot.«

»Oh, das tut mir leid.«

»Ist lange her«, sagte er mit einem Schulterzucken. »Soll ich mich um das Fläschchen hier kümmern?«

»Ja, bitte. Der letzte Schluck Dewar's scheint schon Ewigkeiten her. Der Korkenzieher ist in der Schublade dort.«

Er schenkte zwei Gläser ein, reichte ihr eins und schnüffelte dabei genießerisch. »Irgendwas riecht verdammt gut. Was gibt's denn?«

»Caprese als Vorspeise, danach Chicken Parmesan mit meiner ganz persönlichen Geheimsoße und zum Abschluss Cannoli. Nennen wir's mein italienisches Festmahl.«

»Und das hast du alles nach der Arbeit noch gekocht?«

»Ich koche gern. Und die Cannoli sind zugegebenermaßen aus dem Laden.«

»Trotzdem sehr beeindruckend. Kann ich was helfen?«

»Du hast deinen Part schon erfüllt, indem du den Wein und die Blumen mitgebracht hast.«

»Irgendwie kommen Jungs immer günstig weg.«

»Sehr klug bemerkt, Mr. Mars.«

*

Etwa eine halbe Stunde später aßen sie. Nach dem Dessert bestand Mars darauf, das Abräumen und Saubermachen zu übernehmen. »Du hast gekocht, jetzt bin ich dran«, sagte er entschieden.

Während sie beobachtete, wie er das Geschirr einsammelte, strich sie mit dem Finger am Stiel ihres Weinglases entlang und sagte: »Hoffentlich weiß die Frau, mit der du zusammen bist, was sie an dir hat.«

»Ich glaub schon. Aber in einer Beziehung sollten beide Seiten darum bemüht sein, dass es gut läuft.«

»Das hat David auch immer gesagt.«

Mars spülte Teller, Gläser und Besteck ab und räumte alles in den Geschirrspüler. »Hört sich an, als hättet ihr beide euch toll verstanden.«

»Haben wir auch. Es war nur viel zu schnell vorbei.«

Sobald Mars fertig war, kehrte er ins Wohnzimmer zurück und setzte sich zu ihr aufs Sofa. Sie klemmte die Beine unter sich und hielt ihm das Glas zum Auffüllen hin.

»Ja, das war mehr als tragisch«, sagte er.

»Und jetzt hat Decker die ganze Sache wieder aufgerüttelt, weil er glaubt, Meryl Hawkins wäre es gar nicht gewesen. Aber wenn er es nicht war, wer dann?«

»Hatte dein Mann irgendwelche Feinde?«

»Nein, nichts in der Richtung. Das habe ich Decker bereits gesagt.«

»Vielleicht hatte Don Richards sich Feinde gemacht. Oder dein Mann war einfach im falschen Moment am falschen Ort.«

»Genau davon bin ich bislang ausgegangen. Nur dachte ich die ganze Zeit, Hawkins hätte die Morde verübt und die Sachen gestohlen, die dann verscherbelt wurden.«

»Das könnte jemand vorgetäuscht haben.«

Sie nickte langsam, ohne überzeugt zu wirken.

»Als du mich für heute Abend eingeladen hast, schien dir etwas auf der Seele zu liegen«, sagte Mars. »Du würdest gerne mit mir reden, hast du gesagt.«

Rachel stellte ihr Glas ab und schaute ihn an. »Ich habe Angst.«

»Wovor?«

»Du hast ja selbst heute Mittag aufgezählt, wie viele Menschen schon gestorben sind. Hawkins. Susan Richards. Diese Frau, die bei der Polizei gearbeitet hat.«

»Ich weiß, Rachel. Das ist tatsächlich beängstigend.«

»Und meinen Mann hat auch jemand ermordet. Und jetzt … scheint uns all das Vergangene auf einmal wieder einzuholen. Es fühlt sich an, als würden mich Geister quälen, die ich schon lange Zeit begraben glaubte.« Sie führte eine Hand zum Gesicht und wischte sich über die plötzlich feucht gewordenen Augen.

Er legte den Arm um sie. »Ich erzähl dir mal was. Vor nicht allzu langer Zeit habe ich noch bis zum Hals in Schwierigkeiten gesteckt. Echt beschissene Schwierigkeiten. Dann tauchte Decker auf, brachte die Wahrheit ans Licht und rettete mir das Leben, nachdem alle Welt zwanzig Jahre lang fest an die Unwahrheit geglaubt hatte. Nur er nicht. Nicht Decker. Er bohrt immer weiter. Er gibt nie auf, der Mann.«

Rachel durchlief ein Schauer. »Klingt nach jemandem, der kaum zu bremsen ist.«

»Stimmt. Das haben schon so einige versucht.« Er grinste. »Aber zweieinhalb Zentner zu bremsen ist nicht so einfach. Und wie gesagt, wenn er erst ins Rollen gekommen ist, walzt er alles platt.«

»Ob er … begreift, dass die Wahrheit unterschiedliche Gesichter annehmen kann?«

Mars rückte ein wenig von ihr ab und musterte sie aufmerksam. »Was meinst du damit?«

»Manchmal sagt man die Wahrheit, doch die anderen sehen sie nicht, zumindest nicht so wie derjenige, der sie erzählt. Und manchmal hat man das Gefühl, Dinge tun zu müssen aus Gründen, die andere für falsch halten könnten. Nur nicht derjenige, der diese Dinge tut. Für ihn ist es das Einzige, was ihm bleibt.«

Mars machte ein verwirrtes Gesicht. »Da bin ich jetzt nicht mitgekommen.«

»Schon gut. Ich weiß, dass mein Gestammel wenig Sinn ergibt. Es ist nur … manchmal ist der Übergang zwischen Recht und Unrecht, Wahrheit und Lüge fließend.« Sie schaute ihn an. »Decker ist also wirklich überzeugt davon, dass Hawkins unschuldig ist?«, wechselte sie das Thema. Eine ganze Weile betrachtete Mars sie schweigend, ohne seine Enttäuschung über den abrupten Richtungswechsel in ihrer Unterhaltung zu verhehlen. »Sagen wir mal so«, antwortete er dann, »Hawkins steckt bestimmt nicht hinter den beiden Mordversuchen auf Decker, denn zu diesem Zeitpunkt war der Mann längst tot.«

»Du meinst, jemand will verhindern, dass die Wahrheit ans Licht kommt? Deshalb die Versuche, Decker zu stoppen? Und Hawkins haben sie zum Schweigen gebracht, weil er womöglich etwas gewusst hat?«

»Das vermuten wir, ja«, antwortete Melvin und fügte nach kurzer Pause an: »Weißt du denn etwas, das uns weiterhelfen könnte?«

»Wenn ich etwas wüsste, würde ich es dir erzählen. Ich hätte es den Leuten schon vor dreizehn Jahren erzählt.«

»Aber die Wahrheit hat unterschiedliche Gesichter, hast du mir eben noch erklärt.«

Sie rückte ein Stück von ihm ab, als wollte sie sich damit auch von diesem Gesprächsthema distanzieren. »Schon erstaunlich, wie ein paar Gläser Wein einen aus der Reserve locken können«, sagte sie mit müdem Lächeln.

»Ich möchte nur herausfinden, was damals wirklich geschehen ist, Rachel, und aus welchen Gründen.«

»Die Wahrheit, ja. Aber manchmal hat die Wahrheit nichts Befreiendes für uns. Manchmal ist sie eine Falle.«

»Ist das auf dich bezogen?«

»Nein, natürlich nicht. Ich habe bloß … vor mich hin gegrübelt. Geplappert, ohne viel nachzudenken.«

Er nahm ihre Hand. »Ich möchte dir helfen, Rachel.«

»Aber du arbeitest mit Decker zusammen.«

»Was spielt das für eine Rolle? Ich halte es für unmöglich, dass du jemanden auf dem Gewissen hast.«

»Aber …«, begann sie, brach jedoch sofort wieder ab.

»Aber was?«

Sie erhob sich abrupt. »Tut mir leid, Melvin, aber ich bin hundemüde und rede dummes Zeug. Ich denke, mir reicht's für heute.«

Mars schaute zu ihr hoch.

Er öffnete den Mund zu einer Antwort, doch binnen eines Sekundenbruchteils wechselte sein Gesichtsausdruck. Er schnellte vom Sofa und warf seinen mächtigen Körper auf sie. Im selben Augenblick zerbarst eine der großen Fensterscheiben. Beide prallten heftig zu Boden, doch es war zu spät. Der Schuss durch das Fenster hatte sein Ziel bereits gefunden.

52

»Verfluchter Mist!«, brüllte Decker.

Er und Lancaster sprangen aus dem Wagen, der ein paar Meter weiter auf der anderen Straßenseite parkte. Sie zogen ihre Waffen und kauerten sich neben das Auto.

»Da!« Lancaster deutete auf das Gebäude gegenüber von Katz' Haus. »Von dort kam der Schuss. Ich habe das Mündungsfeuer gesehen.«

»Ruf Verstärkung!« Decker drückte bereits die Nummer von Mars.

Es klingelte, doch niemand ging ran.

»Shit!«

»Meinst du, der Schütze wartet noch ab?«, fragte Lancaster, nachdem sie ihr Handy wieder eingesteckt hatte. »Sollen wir nach Mars und Katz sehen?«

»Was denn sonst. Bloß laufen wir dann direkt in sein Schussfeld, also übernehme ich das allein«, sagte Decker. »Könnte derselbe Mistkerl sein, der Brimmer erschossen hat. Du wartest hier auf das Eintreffen der Cops. Versuch weiter, Melvin zu erreichen.« Er schickte ihr seine Nummer aufs Handy.

»Und was machst du?«

»Ich werde versuchen, den Drecksack zu erwischen.«

»Amos …«

Doch er stürmte bereits davon und lief dabei dicht an dem Gebäude entlang, aus dem der Schuss abgefeuert worden war, um dem Schützen einen möglichst ungünstigen Winkel zu bieten.

Er erreichte die Eingangstür und ließ den Blick schweifen. Die Fenster im Erdgeschoss waren mit Sperrholzplatten vernagelt. Das Gebäude schien leer zu stehen. Decker schaute in die Höhe. Von den obersten Stockwerken musste man eine perfekte Sicht in die Wohnung von Katz haben.

Er stürmte die Eingangsstufen hoch, doch die schwere, doppelflügelige Tür war mit Ketten verriegelt. Er warf sich dagegen, aber nicht einmal seine Masse und Kraft genügten, sie zu erschüttern.

Fluchend rannte er weiter die Straße hinunter bis zur nächsten Ecke, bog nach links in die Nebenstraße und lauschte nach startenden Automotoren oder davoneilenden Schritten. Die Nachtluft war frisch, der Himmel ausnahmsweise klar.

Kein Auto. Keine Schritte.

Außer seinem raschen Atmen konnte er nichts hören.

An der nächsten Ecke blieb er stehen und schaute die Querstraße hinab.

Nichts. Keine Menschenseele und auch kein Wagen, der dem Schützen zur Flucht dienen könnte.

Decker zwang sich, nicht daran zu denken, was Mars womöglich zugestoßen war. Falls doch, würde er alles daransetzen, ihn zu rächen.

Er rannte zum Hintereingang. Hier endlich wendete sich das Blatt. Die Tür stand einen Spalt offen.

Decker wusste nur zu gut warum: Hier hatte der Schütze sich Zugang verschafft.

Er drückte die Tür ganz auf und drang ins Gebäude ein, so leise er konnte. Da er von Natur aus ein großes Ziel abgab, ging er ein wenig in die Hocke, um sich kleiner zu machen.

Fieberhaft überdachte er die Situation. Womöglich war der

Schütze bereits aus dem Hinterausgang geflohen und hatte sich mit einem Wagen oder zu Fuß aus dem Staub gemacht.

Allerdings hatte Decker nichts gehört, was dafür sprechen würde. Er bezweifelte auch, dass die bisher verstrichene kurze Zeit dem Schützen für eine solche Flucht genügt hätte.

Demzufolge musste er sich noch immer in dem leer stehenden Gebäude aufhalten, vermutlich mit einem präzisen Scharfschützengewehr bewaffnet, während Decker nur seine neue Pistole besaß, die er bislang noch nie abgefeuert hatte und die über größere Distanz nicht sonderlich zielsicher sein würde. Der Schütze konnte ihn auf jeden Fall viel früher erfolgreich ins Visier nehmen.

Er bemerkte mehrere Fahrstuhltüren, doch der Strom in dem verlassenen Haus war mit hoher Wahrscheinlichkeit längst abgestellt worden. Blieb nur die Treppe. Im Licht seiner Maglite fand er die Tür zum Treppenhaus.

Wie Lancaster hatte auch er das Mündungsfeuer gesehen, das Bild sofort im Gedächtnis abgespeichert und die Stockwerke gezählt.

Das fünfte.

Leise drückte er die Tür auf und stieg langsam hinauf. Gut möglich, dass der Hurensohn mit dem Präzisionsgewehr ihm entgegenkommen würde. Oder der Kerl lauerte da oben auf ihn.

Decker zählte die Etagen, bis er Nummer fünf erreichte. Dabei war ihm klar, dass der Schütze inzwischen in eins der tieferen Stockwerke gestiegen sein könnte, um den Verfolger passieren zu lassen und anschließend durch den Hinterausgang zu entkommen.

Einen Moment später hörte er die Sirenen. Die Gesetzeshüter rückten an, dazu vermutlich ein Rettungswagen, je nachdem, was in Rachel Katz' Wohnung geschehen war.

Decker öffnete die Tür zum fünften Stock und spähte hindurch.

Seine Maglite wollte er lieber nicht benutzen; das Licht hätte ihn zum leichten Ziel gemacht. Durch die Fenster drang genügend Helligkeit, um seine Augen rasch an die Verhältnisse zu gewöhnen. Die Etage breitete sich ohne Zwischenwände offen vor ihm aus, was gut und schlecht zugleich war. Zum einen verringerte es zwar die Zahl möglicher Verstecke, die Decker überprüfen musste, auf der anderen Seite bot es ihm selbst kaum Deckung.

Geräuschlos schloss er die Tür hinter sich und huschte hinter einen alten Metallschreibtisch.

Zeit lassen, konzentrieren, Ohren spitzen.

Alles, was er hörte, war das anschwellende Heulen der Sirenen. In diesem Lärm konnte jedes Geräusch hier oben leicht untergehen. Er verstärkte seine Bemühungen, irgendeinen Laut zu hören, der vom Schützen stammen könnte.

Nichts.

Seine Position war clever gewählt. Sollte der Schütze flüchten wollen, würde er unweigerlich die Tür benutzen müssen, durch die Decker gekommen war.

Er beschloss, einen kleinen Versuchsballon loszuschicken.

»Polizei. Sie sind umstellt. Legen Sie Ihre Waffe nieder und kommen Sie raus, wo ich Sie sehen kann. Hände über dem Kopf, Finger verschränkt. Jetzt sofort!«

Er schwieg, wartete.

Draußen waren die Sirenen mittlerweile verstummt. Er rechnete damit, jeden Augenblick zu hören, wie die Eingangstür aufgebrochen wurde und Fußgetrappel durch das Gebäude hallte.

Er musste nichts anderes tun, als die Stellung zu halten.

Na komm, du Schweinepriester, mach endlich, zeig dich.

Sollte es der brandgefährliche Tätowierte sein, hatte Decker wenig Lust, sich erneut auf ein Handgemenge mit dem Kerl einzulassen. Auch wenn er mindestens vierzig Kilo mehr auf die Waage brachte, bezweifelte er stark, dass er in solch einer Auseinandersetzung die Oberhand behalten würde.

In diesem Moment sah er ihn.

Den roten Punkt, der auf der Suche nach ihm durch den Raum wanderte.

Der Kerl benutzte ein Laservisier.

Damit war er Decker gegenüber im Vorteil, zumindest in gewisser Hinsicht. Während Decker dem herumwandernden Punkt folgte, sah er, wie der Staub in dem verlassenen Gebäude sich um den vom Zielfernrohr ausgehenden Laserstrahl sammelte, als wären Staubtücher davor ausgeschüttelt worden.

Decker glitt leise ein Stück nach links, wobei er für einen winzigen Moment aus der Deckung musste, bevor er hinter ein paar Kisten Schutz fand. Er spähte über die Oberkante der Kisten hinweg, konnte den roten Punkt aber nirgends entdecken.

Er duckte sich genau in dem Sekundenbruchteil, als das Geschoss hinter ihm in die Wand einschlug. Beton und Putz wirbelten durch die Luft. Der Laserpunkt hatte sich offenbar genau auf seiner Stirn befunden.

Schwein gehabt.

Er bewegte sich weiter, ständig verborgen hinter allem, was ihm als Deckung dienen konnte, bis er zum anderen Ende des Raums gelangte. Er legte sich auf die Seite und lugte um das Bein eines Schreibtischs herum. Da war der rote Strahl wieder.

Diesmal folgte er ihm bis zum Ausgangspunkt.

Decker wählte sein Ziel, eine große Holzkiste, und feuerte in rascher Folge fünf Schüsse ab. Die ersten vier durchschlugen das Holz. Sobald die Geschosse den Kerl aufgescheucht hatten, traf die fünfte Kugel das Stück Haut, das für einen Sekundenbruchteil zu sehen war.

Decker hörte ein Aufstöhnen.

Er hatte den Mistkerl getroffen. Aber damit war es noch lange nicht vorbei.

Er hielt Ausschau nach weiteren roten Punkten, fand aber keine. Auf dem Bauch liegend, schob er sich vorwärts, bis er die Hälfte der Distanz zwischen ihm und dem Gegner hinter sich gebracht hatte.

In diesem Moment hörte er schwere Stiefel die Stufen hinaufpoltern.

Der Schütze dürfte die Geräusche ebenfalls hören. Vielleicht lockten sie ihn aus seinem Bau und trieben ihn zu einer Verzweiflungstat.

So war es auch – allerdings nicht so, wie Decker es erwartet hatte.

Wie aus dem Nichts kam plötzlich eine verschwommene Gestalt durch die Luft gesegelt und landete mit verheerender Wucht auf ihm, bevor er feuern konnte.

Die beiden Männer rollten über den Boden. Jeder kämpfte darum, oben zu bleiben. Dank seiner Bärenkräfte brachte Decker den Gegner unter sich in der Hoffnung, ihn durch sein schieres Gewicht zu erdrücken. Er spürte etwas Warmes im Gesicht und begriff, dass es das Blut des anderen war.

Dann knallte ein spitzer Ellbogen gegen seine Schläfe und machte ihn für einen Moment benommen.

Seine rechte Pranke packte das Kinn des Mannes und drückte es mit aller Macht nach hinten, um den Hals in einen Winkel zu zwingen, bei dem die Nackenwirbel brachen.

Unglücklicherweise hatte er den anderen Arm des Gegners nicht berücksichtigt. Die Faust traf ihn mit fürchterlicher Wucht. Dann noch einmal. Deckers Griff löste sich, und der Mann warf ihn ab.

Decker sah eine Klinge aufblitzen. Er riss den Arm hoch, um sich zu schützen.

Zwei Schüsse hallten durch den Raum.

Der Mann schrie auf, zuckte heftig zusammen und taumelte zurück. Das Messer fiel ihm aus der Hand. Dann stürzte er mit einem dumpfen Schlag zu Boden.

Decker setzte sich auf. Ein paar Schritte entfernt stand Lancaster und senkte langsam ihre Waffe.

53

Wieder war ein Abstecher in die Leichenhalle fällig.

Decker fühlte sich noch immer ein wenig flau nach dem Kampf.

Er betrachtete den aufgebahrten Leichnam.

Wäre Mary nicht gewesen, läge ich jetzt hier auf dem Tisch.

Zu seiner unermesslichen Erleichterung hatte Decker erfahren, dass Melvin Mars unverletzt geblieben war. Allerdings hatte Rachel eine Schussverletzung erlitten und wurde derzeit operiert.

Er hob das Tuch, um sich den Mann anzusehen. Die Tattoos auf seinen Armen waren tatsächlich nahezu identisch mit denen des ermordeten Karl Stevens. Um ganz sicherzugehen, hatte Decker sich zum Abgleich aus dem Gefängnis Fotos von Stevens' tätowierten Armen schicken lassen.

Er betrachtete sie aus der Nähe und war erneut verblüfft von der ungewöhnlichen Vielzahl der eingestochenen Motive. Eines aber hatten sie alle gemeinsam: Es waren durchweg Symbole von Hassgruppen. Er ging sie der Reihe nach durch, angefangen am rechten Unterarm bis zur linken Schulter des Toten. Von seiner Zeit bei der Polizei und später beim FBI waren Decker die meisten der Symbole vertraut. Wer solche Tätowierungen trug, scherte sich selten um irgendwelche Gesetze.

Da war die Zahl 88. Das Äquivalent zum Doppel-H, dem achten Buchstaben im Alphabet, bedeutete »Heil Hitler«.

Das Kleeblatt mit dem eingefügten Hakenkreuz war ein geläufiges Zeichen der Aryan Brotherhood.

Das »Blood Drop Cross« wiederum bildete die verbreitetste Insignie des Ku-Klux-Klan und war auch unter der Abkürzung MIOAK bekannt, »Mystic Insignia Of A Klansman«.

Dann gab es noch die Initialen »KI«, die sich vermutlich auf eine weitere Hassgruppe bezogen, obwohl Decker sich in der Hinsicht nicht sicher war.

Andere Bezüge musste er googeln, etwa das Symbol der »Aryan Terror Brigade« oder den Schriftzug »Weiße Macht«, der für eine deutsche Neonazigruppe stand. Daneben gab es das Sonnenrad, das offenbar auf ein indogermanisches Symbol zurückging, dem die Nazis Hakenkreuze hinzugefügt hatten.

Als Nächstes stieß Decker auf die SS-Runen und das Dreieckzeichen des Klans, das auf den ersten Blick wie ein Dreieck mit einem kopfüber eingepassten zweiten Dreieck aussah, sich aber aus drei jeweils nach innen gerichteten K's zusammensetzte.

Alles in allem war es ein ziemliches Sammelsurium an tätowierten Bekenntnissen. Decker hatte zwar keine Ahnung, warum es all diese Zeichen hatten sein müssen, aber der Mann war ohne jeden Zweifel ernsthaft geistig verwirrt gewesen.

Selbst im Tod war ihm seine Härte noch anzusehen. Er war einer von der Sorte gewesen, der keinerlei Skrupel hatten einen anderen Menschen zu töten. Decker ließ den Blick über den Körper wandern, sah Narben, alte Verletzungen und allerlei weitere Hinweise auf ein Leben voller Gewalt.

Er musste an Mitzi Gardiner denken. Auch sie hatte in ihrer Jugend wilde Zeiten durchgemacht. Doch dann hatte sie die Kurve bekommen und war wieder so was wie Papas kleiner Glücksstern geworden – genau wie auf der Rückseite der Fotografie vermerkt, die sie bei Hawkins gefunden hatten: *Daddy's Little Star*. Erst war ihr Stern gesunken, dann zu neuem Glanz erwacht. Aber war er das wirklich?

Decker schaute hinüber zur Wand aus Schubfächern, in denen die Leichen aufbewahrt wurden. Er ging zum letzten Fach auf der linken Seite, öffnete die Tür und zog die Bahre heraus. Unter dem Tuch lag die Leiche von Meryl Hawkins. Decker hob den Arm des Mannes an.

Da war das Tattoo mit dem von einem Pfeil durchbohrten Stern.

Wofür stand dieses Symbol?

Kaum hatte er sich diese Frage gestellt, kam ihm ein Einfall.

Er rief Mary Lancaster an. Sie war noch im Büro und erledigte Papierkram.

»Hawkins hat uns doch erzählt, das Gefängnis hätte seine Entlassung aus Härtefallgründen initiiert.«

»Ich weiß«, sagte Lancaster.

»Ich glaube, der Mann hat gelogen.«

»Wie kommst du darauf?«

»Er bezeichnete Mitzi als seinen ›kleinen Glücksstern‹. Das belegt die Rückseite des Fotos von ihr, das er ständig bei sich trug. Er hatte sie mit Sternchen übersät. Das letzte Tattoo, das er sich stechen ließ, war das mit dem Stern, der von einem Pfeil durchbohrt wird. Ich nehme an, dass er Karl Stevens über den Weg gelaufen ist und der ihm erzählt hat, warum seine Tochter ihm die ganze Sache angehängt hatte. Daraufhin beantragte Hawkins seine vorzeitige Haftentlassung, besorgte sich das Tattoo und kehrte nach Bewilligung seines Antrags hierher zurück.«

»Seiner Geschichte zufolge sind die Gefängnisleute aber auf ihn zugekommen«, wandte Lancaster ein.

»Wenn wir das nachprüfen, wird sich vermutlich herausstellen, dass es so gar nicht läuft. Der Insasse stellt den Antrag, nicht die Gefängnisleitung.«

»Na schön, aber deiner Meinung nach war ihm doch von Anfang

an klar gewesen, dass seine Tochter geholfen hatte, ihn reinzulegen. Und damals hatte er absichtlich nichts unternommen.«

»Weil er da noch nicht den wahren Grund kannte. Wer dahintersteckte. Wahrscheinlich dachte er einfach, Mitzi wäre stoned gewesen und hätte irgendeinen Mist gebaut. Vielleicht, dass einer von Mitzis drogensüchtigen Freunden einen Raubüberfall geplant hatte, aus dem Hawkins sie heraushalten wollte. Dann erfuhr er die wahren Hintergründe.«

»Du meinst, er hat es erst von Stevens gehört?«

»Genau«, bestätigte Decker. »Und wahrscheinlich wusste Stevens auch davon, dass Mitzi inzwischen in Geld schwamm. In diesem Moment sah Hawkins plötzlich keinen Grund mehr, seine Tochter zu schützen. Sie hatte mächtig abkassiert, indem sie ihm die Sache anhängte. Bevor er starb, wollte er seinen Namen reinwaschen. Er jagte einen Pfeil durch seinen kleinen Glücksstern, bemühte sich um seine Entlassung und wandte sich an uns.«

»Wenn seine Tochter das alles wusste, wäre sie die Hauptverdächtige für den Mord am eigenen Vater.«

»Ja. Und sie konnte uns kein Alibi für die Tatzeit geben, also müssen wir da unbedingt nachbohren.« Er schwieg einen Wimpernschlag lang. »Ach ja, Mary, noch was.«

»Ich höre.«

»Danke für heute Abend.«

Decker legte auf und betrachtete erneut Hawkins' runzligen Leichnam. Der Mann war für ein Verbrechen, das er nicht verübt hatte, ins Gefängnis gegangen. Dann erkannte er, wie mies man ihn hereingelegt hatte, und hatte nur noch den Wunsch, dass vor seinem Tod die Wahrheit ans Licht kam.

Decker beschloss, in dieser Sache jetzt Druck zu machen.

»Tut mir leid, Meryl. Das hattest du nicht verdient. Weder von mir, noch von all den anderen.«

Er schob Hawkins' sterbliche Überreste zurück ins Fach und verriegelte die Tür.

Für einen Besuch bei Mitzi Gardiner war es nun zu spät.

Aber etwas gab es noch, das er tun musste.

54

Decker fuhr dorthin, wo er an diesem Abend fast sein Leben verloren hätte. Aber er kehrte nicht ins leer stehende Gebäude zurück, sondern zeigte am Eingang gegenüber dem wachhabenden Polizisten kurz seinen Ausweis und nahm den Fahrstuhl zur Wohnung von Rachel Katz.

Die Kriminaltechniker waren noch mit ihren Untersuchungen beschäftigt. Decker entdeckte Kelly Fairweather, die gerade das Muster der Blutspritzer am Sofa analysierte. In einer anderen Ecke stand Natty und unterhielt sich mit einem zweiten Spurensicherer. Als er Decker bemerkte, kam er herüber.

»Junge, Junge, da hätte es Sie heute um ein Haar erwischt, was?«, sagte Natty.

»Yep. Mary hat mir den Arsch gerettet.«

»Und den Drecksack erledigt, der Sally umgebracht hat«, ergänzte Natty mit grimmigem Lächeln.

»Irgendwas Neues von Rachel Katz?«

»Sie wird noch operiert. Nach meinen letzten Informationen dürfte sie durchkommen. War allerdings eng, da die Kugel nur ganz knapp eine Arterie verfehlt hat. Ihr Freund hat ihr das Leben gerettet.«

»Ich weiß. Melvin ist jetzt drüben im Krankenhaus. Wahrscheinlich ist er noch immer um ihren Schutz besorgt.«

»Der Täter hat ein Hochpräzisionsgewehr mit supermodernem Zielfernrohr benutzt.«

»Ja, aber das Laservisier hatte mir immerhin einen kleinen Vorteil verschafft.«

Natty nickte. »Mag sein. Die Frau jedenfalls hätte der Kerl mit dieser Waffe auch aus dreifacher Entfernung ohne Probleme tödlich getroffen. Meinte zumindest mein Waffenspezialist.«

»Ist der Schütze schon identifiziert?«

»Seine Fingerabdrücke werden gerade in den Datenbanken überprüft.«

»Er hatte fast genau die gleichen Tattoos wie Karl Stevens.«

»Ja, hat Mary mir schon durchgegeben. Ihr seht darin bestimmt eine Verbindung, vermute ich mal.«

»Wir haben mit Stevens gesprochen. Jetzt ist er tot. Der Killer erschießt Sally Richards und versucht dann auch Rachel Katz umzubringen. Für mich besteht hier definitiv eine Verbindung. Und die Tattoos könnten uns dabei helfen, die Suche auf eine bestimmte Gang einzuengen. Auf den ersten Blick schien es eine reichlich schräge Mischung aus Neonazis und Klansmännern zu sein.«

»Grandiose Kombination«, meinte Natty sarkastisch. »Die Frage ist nur, ob solch eine Gang auch schon vor dreizehn Jahren hier in Burlington ihr Unwesen getrieben hat. Ich kann mich jedenfalls nicht erinnern.«

»Ich auch nicht. Aber es ist nicht auszuschließen, dass die Leute, die vor dreizehn Jahren das ganze Unheil hier angerichtet haben, inzwischen über neue Handlanger verfügen.«

»Stimmt.«

Decker musterte Natty aufmerksam. »Wie lief denn das Mittagessen mit Ihrer Frau?«

Zuerst schien Natty vor Ärger an die Decke gehen zu wollen, doch als er Deckers aufrichtig besorgte Miene sah, sagt er nur: »Ganz okay.«

»Hat sie etwas … gewusst?«

»Nein. Glaube ich nicht. Vielleicht einen leisen Verdacht. Aber ich will Ihnen mal in aller Deutlichkeit was sagen, Decker. Zwischen Sally und mir ist nie etwas gelaufen, verstehen Sie? Wir waren bloß befreundet. Okay, vielleicht mehr als nur befreundet.« Er stieß einen erschöpften Seufzer aus. »Es liegt alles an diesem beschissenen Job. Der macht einen fix und fertig. Wobei ich mich damit gar nicht rausreden will.«

Decker musste an Lancaster und deren Ehe denken. »Der Job setzt vielen von uns zu, Natty.«

»Fragt sich nur, wie man damit umgehen soll.«

»Wenn ich das wüsste, würde ich eine nationale Beratungsstelle für Cops aufmachen und ein Vermögen verdienen. Mehr Zeit mit der eigenen Frau zu verbringen, ist auf jeden Fall schon mal ein guter Anfang. Etwas dagegen, wenn ich mich hier ein wenig umschaue?«

»Nur zu. Vorausgesetzt, Sie behalten Ihre ›Beobachtungen‹ nicht für sich.«

Decker nickte und schlenderte davon.

Zu Beginn schaute er sich im Schlafzimmer um. Er wusste selbst nicht, wonach er suchte. Dass Rachel Katz hier irgendwo ein Kästchen mit dem eingravierten Hinweis »Streng vertraulich« versteckt hatte, dessen Inhalt ihm alle Antworten verriet, war eher unwahrscheinlich.

Andererseits war Rachel als scharf kalkulierende Finanzverwalterin bekannt. Sie war entsprechend gut organisiert und detailversessen. Das sah man schon an ihrer Wohnung auf den ersten Blick. Es konnte hier also etwas Bedeutsames geben, von dem Rachel geglaubt hatte, sie sollte es aufheben. Und sei es bloß, um vor jemandem geschützt zu sein.

Decker durchsuchte sämtliche Schubladen und ging anschließend ebenso methodisch den Ankleideraum durch. Genau wie

Susan Richards besaß Rachel Unmengen an Kleidung und Schuhen, aber selbst Decker erkannte sofort, dass die Sachen, die Katz gehörten, weitaus teurer waren als die von Richards.

Er kramte auch noch im hintersten Winkel der Kammer in diversen Kartons und Taschen herum, ohne nach einer halben Stunde irgendeinen Lohn für seine Mühen vorweisen zu können.

Also setzte er die Suche im Badezimmer fort. Im Arzneischränkchen entdeckte er, dass Rachel verschreibungspflichtige Medikamente gegen innere Unruhe nahm. Daran war nichts Ungewöhnliches. Unzählige Menschen schluckten solche Mittel. Und dennoch. Die Frage blieb, was genau sie so sehr beunruhigte.

Aber allein die Tatsache, dass jemand versucht hat, sie umzubringen, bestätigt zur Genüge, dass sie Grund zur Beunruhigung hatte.

Auf dem Nachttisch lag noch ihre Handtasche. Darin fand Decker ihr Portemonnaie, ein Schlüsselbund und den Sicherheitsausweis für einen Gebäudezugang. Er steckte die Sachen ein und kehrte ins Wohnzimmer zurück, wo er feststellte, dass Natty bereits zurück zum Polizeirevier gefahren war. Auch die Kriminaltechniker hatten ihre Arbeit abgeschlossen. Kelly Fairweather packte gerade ihren Koffer wieder voll.

»Irgendwas Interessantes gefunden?«, fragte Decker.

»Nur Blut. Und die Kugel. Steckte im Sofa.« Sie zeigte ihm eine kleine durchsichtige Plastikdose.

Decker nahm sie und schaute sich das Geschoss an, das ohne jede Deformation zu sein schien.

»Kaliber 7,62«, bemerkte Decker.

Kelly nickte. »Genau. Auch als NATO-Kaliber bekannt. Zahlreiche Streitkräfte benutzen es bis heute, auch unsere. Hätte das Ding sie im Kopf statt in der Schulter erwischt, läge sie jetzt nicht im Krankenhaus, sondern in der Gerichtsmedizin.«

Deckers Gesicht nahm einen merkwürdigen Ausdruck an.

»Alles okay mit dir?«, fragte Fairweather.

»Okay bin ich erst wieder, wenn dieser Fall endlich gelöst ist.«

Er ging, schlug aber nicht die Richtung zu seinem Wagen ein. Es gab noch einen Ort, an dem Rachel etwas Wertvolles aufbewahrt haben könnte. Ihr Büro. Da es nur wenige Straßenzüge entfernt lag, ging Decker den Weg zu Fuß.

Als er eintraf, war die Eingangstür zu dem Gebäude erwartungsgemäß verschlossen. Er hielt die Schlüsselkarte ans Lesegerät, und die Tür sprang mit einem Klicken auf. Die Tafel in der Eingangshalle verriet ihm die Lage von Rachels Büro. Er nahm den Aufzug zu ihrer Etage und lief den Flur hinunter, den Blick auf die Bürotüren gerichtet. Alle Büros, an denen er vorbeikam, besaßen die gleichen genormten Stahltüren. Nur bei Rachel bestand der Eingang aus einer repräsentativen Massivholztür mit passendem Rahmen. Decker, der ihre Vorliebe für kostspielige Einrichtungen inzwischen kannte, überraschte das nicht.

Er probierte die Schlüssel aus ihrer Handtasche, bis einer passte. Drinnen entschied er sich, lieber seine Maglite als die Bürobeleuchtung zu benutzen. Links hinter dem Empfangstresen ging ein kurzer Flur ab, an dem zwei Büros lagen sowie eine Küche samt Technikraum, von dem wiederum eine Tür zurück zum Empfangsbereich führte. Dort befand sich auch die grün schimmernde Steuerung der Alarmanlage.

Decker kehrte zum ersten Büro zurück und öffnete die Tür. Zweifellos Rachels Büro. Es war größer als das andere, hatte auf Maß eingebaute Schrankwände, eine Sitzecke mit Polstermöbeln und einen geschmackvollen, überbreiten Partnerschreibtisch. Erinnerungsfotos, meist beruflicher Natur, füllten die Regale. Sie zeigten Rachel mit verschiedenen Amtsträgern der Stadt oder mit Leuten, bei denen es sich vermutlich um ihre Geschäftspartner handelte. Andere Fotos zeigten diverse Immobilien und Projekte.

Auf jedem Foto strahlte Rachel glücklich in die Kamera. Bei näherer Betrachtung hatte Decker jedoch den Eindruck, als wäre die Freude eher gespielt und als wäre auf jedem Bild eine unterschwellige Melancholie spürbar. Aber möglicherweise interpretierte er nur etwas in die Bilder hinein, was er inzwischen über diese Frau erfahren hatte.

Dann bemerkte er den Netzanschluss auf dem Schreibtisch. Er gehörte zu einem Laptop, der aber nirgends zu sehen war. Auch in Rachels Wohnung war kein solches Gerät gewesen, erinnerte er sich. Decker öffnete ein paar Schubladen der Registerschränke und sah seinen Verdacht bestätigt. Jemand hatte das Büro mit großer Gründlichkeit durchsucht und sich dabei alle Mühe gegeben, es zu vertuschen. Er schob die letzte Schublade wieder zu und betrachtete den Aufbau der Schrankwand. Es war die gleiche Ausführung wie in Rachels Wohnung.

Aber nicht exakt dieselbe.

Er trat näher und besah sich eine Blende, die zwischen zwei offenen Regalelementen eingepasst war. So war es auch bei den Schränken in ihrer Wohnung gewesen – mit einem Unterschied: In Rachels Wohnung war an diesem Holzrechteck ein Knopf angebracht. Decker hatte das Ganze deshalb für eine Tür gehalten, hinter der sich ein weiteres Fach befand. Und tatsächlich hatte sich die Tür aufziehen lassen.

An dieser Blende jedoch gab es keinen Knopf. Decker trat ein paar Schritte zurück und betrachtete den Aufbau der Schrankwand erneut. Er zog die in seinem Gedächtnis abgespeicherte Vorlage von Rachels Wohnung heran und verglich sie mit dem, was er jetzt vor sich sah. Der fehlende Knopf war der einzige Unterschied.

Wieder stellte er sich vor den Schrank und strich mit den Fingern prüfend die Einfassung der Blende entlang. In der linken unteren Ecke gab die Leiste auf Druck ein wenig nach, und die Tür sprang auf.

Bingo.

Das Fach war angefüllt mit Unterlagen und Akten.

Decker nahm alles heraus und legte es auf den Schreibtisch. Er wollte sich schon daranmachen, die Papiere durchzuarbeiten, hielt dann aber inne, stand auf, verließ das Büro durch die Küche und ging in den Technikraum. An der Wand hing die Steuerung der Alarmanlage.

Warum war sie ausgeschaltet?

Decker selbst hatte die Anlage nicht angerührt. Er hätte den Code auch gar nicht gewusst. Ihm war klar gewesen, dass Rachel im Büro wahrscheinlich ein eigenes unabhängiges Sicherheitssystem haben würde. Die Überwachung des Außenbereichs hatte funktioniert, denn die Eingangstür zu ihrem Büro war verriegelt gewesen. Nur war das Alarmsystem nicht scharf gestellt.

Ein Versehen?

Das fauchende Geräusch von irgendetwas, das sich entzündete, und der sich unmittelbar danach ausbreitende Geruch nach Rauch beantworteten Decker diese Frage.

55

Jetzt hast du ein echtes Problem, Amos.

Der Empfangsbereich stand in Flammen, womit der einzige Fluchtweg blockiert war.

Decker wählte den Notruf, meldete das Feuer und äußerte in aller Ruhe die Bitte, die Feuerwehr solle doch rasch kommen, bevor von ihm nur noch Asche übrig sei.

Er spähte in den Flur und sah, wie sich der Empfangsraum mit Rauch füllte. Dann warf er einen Blick zur Decke. Dort oben waren Sprinkler installiert. Alles gut und schön, aber warum sprangen die Dinger nicht an?

Hustend zog er sich zurück.

Tja, zumindest bewies es, dass er richtig vermutet hatte. Hier gab es irgendetwas, dessen Entdeckung jemand um jeden Preis verhindern wollte. Dieser Jemand hatte die Räume durchsucht und beschlossen, als zusätzliche Vorsichtsmaßnahme den ganzen Laden abzufackeln, wobei es ihm irgendwie gelungen war, die Sprinkleranlage außer Betrieb zu setzen.

Decker huschte in Rachels Büro und schaute sich gehetzt um. Ein Fenster einschlagen und auf diesem Weg flüchten, schied als Option aus: Die Büroräume lagen im vierten Stock.

Er stopfte alles, was er aus dem Fach in der Schrankwand genommen hatte, in einen Karton, rannte damit in den Technikraum und umklebte das Ganze dick mit Luftpolsterfolie. Zurück in Rachels Büro überzeugte er sich, dass niemand sich auf dem

Bürgersteig vor dem Gebäude befand. Dann packte er den Schreibtischstuhl, schmetterte ihn so lange gegen die Scheibe, bis das Glas zerplatzte, und schlug mit der Stuhllehne die verbliebenen Scheibenreste heraus.

Nachdem er noch einmal kontrolliert hatte, dass unten alles frei war, ließ er den Karton auf den Bürgersteig fallen. Das Platzen der Luftbläschen der Polsterfolie beim Aufprall war bis oben zu hören. Dass irgendetwas im Karton zerspringen könne, hatte ihm keine Sorgen bereitet. Schließlich konnte Papier nicht zerbrechen. Aber es war stürmisch draußen. Wäre der Karton aufgeplatzt, hätte er den Inhalt über das gesamte Stadtgebiet aufsammeln müssen.

Fatalerweise fuhr der Wind jetzt auch durch das zerschmetterte Fenster ins Zimmer und sorgte damit für einen enormen Sauerstoffschub.

Decker schnellte herum und sah die Bürotür bereits in Flammen stehen.

Verflucht.

Jetzt wurde die Sache eng.

Decker hörte das Heulen von Sirenen, gefolgt von kreischenden Reifen, und sah, wie unten zwei Feuerwehrwagen hielten. Er lehnte sich aus dem Fenster und brüllte: »Beeilung! Die Flammen schlagen bereits ins Zimmer. Ich muss hier raus. Sofort!«

Ein Feuerwehrmann gab ihm ein Zeichen. Zu viert zogen sie aus einem der Wagen ein Sprungpolster heraus, bliesen es rasch auf und richteten es unter dem Fenster aus.

Decker schaute hinab. Von hier oben schien es die Größe eines Doppelbetts zu haben.

Scheiße!

»Na los! Springen!«, brüllte einer der Feuerwehrleute.

»Ich bin kein Leichtgewicht«, schrie Decker zurück. »Wird das Ding bei mir halten, oder habt ihr was Größeres?«

»Es hält, keine Bange«, brüllte der Feuerwehrmann zurück. »Springen Sie einfach vom Gebäude weg. Zum Gehsteig hin. Notfalls passen wir die Position an.«

Die Position anpassen? Das klingt ja sehr beruhigend.

Decker fragte sich, wann diese Jungs wohl den letzten Auffrischungskurs zur Rettung überdurchschnittlich schwerer Menschen, die aus großer Höhe stürzen, absolviert hatten. Hoffentlich erst heute Morgen.

Er schaute sich nach dem Feuer um.

Lieber doch da durch?

Plötzlich erschütterte eine Explosion die Büroräume, und eine sengend heiße Druckwelle fauchte ihm glühende Asche entgegen.

Okay. Spring, Dicker.

Er stieg auf das Fensterbrett, vergewisserte sich, dass er möglichst genau zum Polster hin ausgerichtet war, sprach ein leises Gebet und ließ sich fallen.

Er schaute lieber zum Himmel als auf die Stelle, auf die er zuraste. Passten sie gerade die Position an? Oder waren sie in Panik, weil sie die Sache verbockt hatten? Würde er jeden Moment aufs Pflaster knallen?

Es fühlte sich an, als würde er fünf Meilen hinabstürzen, nicht bloß fünf Stockwerke.

Als er aufs Kissen fiel, war der Aufprall so wuchtig, dass es ihm sekundenlang den Atem verschlug. Kräftige Hände packten ihn und stellten ihn auf die Beine.

»Geht's?«, fragte einer der Feuerwehrleute. »Alles okay?«

»Inzwischen schon.«

»Ist noch jemand da oben?«

»Nicht in dem Büro, aus dem ich komme. Was den Rest des Gebäudes angeht … keine Ahnung.«

»Irgendeine Idee, was das Feuer entfacht hat?«

»Yeah. Und genau aus diesem Grund werde ich jetzt die für Brandstiftung zuständigen Kollegen kommen lassen«, sagte Decker und zeigte den verblüfften Feuerwehrleuten seinen Ausweis. »Jemand hat das Sprinklersystem im Gebäude ausgeschaltet.«

Ein anderer Feuerwehrmann kam mit dem Karton, den Decker hatte in die Tiefe fallen lassen. »Den haben wir auf der Straße gefunden.«

»Exakt, wo ich ihn deponiert hatte«, sagte Decker und nahm ihm den Karton ab. »Danke.«

Während die Feuerwehr die Flammen einzudämmen versuchte, setzte sich Decker auf der anderen Straßenseite auf den Bordstein und unterrichtete die Brandermittler. Danach rief er Lancaster an und brachte auch sie auf den neuesten Stand.

»Du bist aus einem Gebäude gesprungen?«, wiederholte sie ungläubig.

»Na ja, nicht ganz freiwillig. Ich hatte die Wahl zwischen springen oder Ganzkörperbranding. Beides kann ich nicht unbedingt empfehlen.«

»Das ist ja wie ein Krieg, Decker«, sagte sie. »Als hätten feindliche Truppen die Stadt im Visier.«

»So ähnlich dürfte es auch sein.«

»Ich bin noch immer mit Papierkram beschäftigt. Inzwischen tut's mir beinahe schon leid, den Kerl erschossen zu haben.«

»Nun übertreib's mal nicht. Hör zu, ich habe hier einen Karton voller Unterlagen, die ich in Katz' Büro gefunden habe. Wir treffen uns auf dem Revier.«

Decker packte den Karton unter den Arm und warf noch einen Blick auf Drehleitern, Schläuche und die Einsatzkräfte, die den Brand bekämpften. Dann ging er die Straße hinunter zu seinem Wagen.

*

Zurück auf dem Revier suchte er Lancaster auf und folgte ihr in den kleinen Konferenzraum, wo er den Karton auf dem Tisch abstellte und die Luftpolsterfolie entfernte. Die eine Hälfte der Unterlagen reichte er Lancaster, die andere legte er sich selbst hin.

»Ihr Laptop war nicht da«, erklärte er. »Wer immer ihr Büro durchsuchte, hat ihn vermutlich mitgehen lassen. Oder Katz hat ihn woanders aufgehoben. Sobald sie aus der OP kommt und wieder bei Bewusstsein ist, müssen wir sie danach fragen.«

»Glaubst du wirklich, sie spielt mit?«, fragte Lancaster zweifelnd.

»Was bleibt ihr anderes übrig, wo sie gerade knapp einem Mordanschlag entgangen ist?«

»Du würdest dich wundern.«

»Tja, das Leben steckt voller Überraschungen. Genau das bringt uns ja dazu, ständig weiterzumachen.«

Er richtete seine Aufmerksamkeit auf die vor ihm liegenden Papiere: Finanzbelege, Baupläne, Excel-Tabellen.

»Sie hatte wirklich bei vielen Projekten die Finger drin«, bemerkte Lancaster und nahm sich die erste Akte vor.

»Hast du schon etwas über ihre Geldgeber herausfinden können?«

»Ja. Es waren überwiegend Briefkastenfirmen aus Ländern, in denen Transparenz ein Schimpfwort ist.«

»Na, so ein Zufall.«

»Ihre Geldgeber wollen anscheinend unerkannt bleiben. Das heißt aber nicht, dass deren Geschäfte unbedingt schmutzig sein müssen.«

»Lässt sich herausbekommen, wer hinter diesen Firmen steckt?«

»Wie wär's mit deinen Kollegen vom FBI?«

»Ich bin mir nicht sicher, ob sie noch *meine* Kollegen sind.«

»Dann musst du dich mit den bescheidenen Möglichkeiten eines Provinz-Polizeireviers zufriedengeben.«

»Na super.«

»Ich habe dich übrigens schießen hören, als ich die Treppe hochkam.« Lancaster schaute ihn an. »Wie hast du den Kerl vor den Lauf bekommen?«

»In dieser Situation war sein Laser für ihn eher von Nachteil. Der viele Staub in der Luft hat es mir ermöglicht, den Laserstrahl zu seiner Quelle zurückzuverfolgen. Rachel hatte Glück, dass Melvin sie noch zu Boden reißen konnte. Ich hab das Gewehr von dem Typen gesehen. Hochmodernste Technik. Damit hätte er auch aus anderthalb Kilometer Entfernung …«

Es verstummte abrupt.

»Was ist?«, fragte Lancaster. »Alles in Ordnung?«

»Bin gleich wieder da.« Decker sprang auf und stürmte aus dem Zimmer, ohne Mary auch nur anzusehen.

Er rannte den Flur hinunter zur Asservatenkammer und erklärte dem Diensthabenden, was er brauchte. Der Mann ließ ihn in den eingegitterten Bereich und führte ihn zu einem Regal, in dem ein Gewehr mit montiertem Zielfernrohr samt Laservisier lag. Es steckte in einem großen Plastikbeutel, auf dem der Aufkleber der Dienststelle prangte.

Decker betrachtete Gewehr und Zielvorrichtung aufmerksam und dachte zurück an den Moment, als beides benutzt worden war.

Dann machte er auf dem Absatz kehrt und eilte zurück in den Konferenzraum.

»Meine Güte, was ist denn los?«, fragte Lancaster.

»Die hatten es gar nicht auf mich abgesehen, Mary.«

»Wie?«, fragte sie verwirrt. »Wann?«

»Neulich in der Nacht vor dem McArthur Park.«

»Wovon redest du?«

»Von mir und Sally Brimmer. *Sie* war das Ziel.«

56

»Eric Tyson«, sagte Mary Lancaster am nächsten Morgen. »Ehemaliger Soldat. Ist erst aus der Ranger School geflogen, dann aus der Army.«

Sie schaute von dem Bericht auf. Decker saß ihr gegenüber am Schreibtisch.

»Steile Karriere«, lästerte Decker.

»Nicht wahr? Das haben wir gerade von der Army reinbekommen«, fuhr Mary fort. »Wir haben seine Fingerabdrücke durch sämtliche Datenbanken von Straftätern laufen lassen und tatsächlich einen Treffer gelandet. Tyson wurde vor etwa zehn Jahren während seiner Zeit als Soldat wegen Körperverletzung verhaftet. Die Sache geschah außerhalb seiner Militärbasis und war gegen einen Zivilisten gerichtet. Deshalb waren die Fingerabdrücke überhaupt bei uns gespeichert. Wir haben uns dann an die Army gewandt, denen erzählt, was passiert ist, und die haben uns diese Akte geschickt.«

»Besondere Qualifikationen?«

»Ausbildung zum Scharfschützen. Du hast also richtig vermutet. Der Schuss, mit dem er Sally umbrachte, war nicht für dich gedacht. Dieser Tyson war kaum fünfzig Meter von seinem Ziel entfernt. Als Scharfschütze hätte er sie auch dann noch getroffen, wenn er ein paar Hundert Meter weiter weg gewesen wäre.«

»Weshalb ist er bei der Army rausgeflogen?«, fragte Decker.

»Hat sich offenbar in schlechter Gesellschaft herumgetrieben, was ihm eine unehrenhafte Entlassung einbrachte.«

»Und was hat er anschließend gemacht?«

»Das wissen wir noch nicht«, erklärte Lancaster achselzuckend. »Die Ermittlungen laufen. Mit etwas Glück wissen wir bald Näheres. Bislang weist jedenfalls nichts darauf hin, dass Tyson im Gefängnis gesessen hat.«

»Na ja, auch wenn er nicht im Knast war, sprechen die vielen Tattoos dafür, dass er nichts Gutes im Schilde geführt haben dürfte.«

»Da hast du wohl recht«, pflichtete Lancaster ihm bei und lehnte sich im Stuhl zurück. »Aber warum der Mord an Sally Brimmer? Dazu hast du gestern nichts mehr gesagt.«

»Weil ich es nicht weiß. Ich weiß nur, dass ich ein so großes Ziel abgebe, dass Tyson mich ganz sicher nicht verfehlt hätte. Also konnte ein Scharfschütze wie er es unmöglich auf mich abgesehen haben. Sally wollte mich gerade zum Abschied umarmen, als der Schuss fiel. Ich habe sie um mindestens zwanzig Zentimeter überragt und bin um einiges breiter. Vollkommen egal, wie nahe sie mir war – er hätte niemals vorbeigeschossen, wäre ich das Ziel gewesen.« Decker knallte die offene Hand auf den Tisch. »Das hätte ich schon viel früher erkennen müssen.«

»Das gilt für mich genauso. Aber damit wissen wir noch immer nicht, warum sie zum Ziel wurde.«

»Sie hatte mir die Akten besorgt, um die ich sie gebeten hatte, nachdem du vom Fall abgezogen wurdest.«

»Wie bist du denn überhaupt mit ihr in Verbindung gekommen?«

»Sie hatte mich aufgesucht, als ich eingebuchtet worden war. Ich bat sie um den Gefallen, und sie erklärte sich dazu bereit. Wir verabredeten uns im Park. Als wir wieder gehen wollten, fiel der Schuss.«

»Wenn die gewusst haben, dass Sally dir Informationen zukommen lassen wollte, warum dann nicht gleich euch beide erschießen und das Material an sich nehmen?«

»Offenbar ging es gar nicht um die Papiere«, erwiderte Decker.

»Wie kommst du darauf?«

»Hätten sie gewusst, dass Sally mir etwas gebracht hat, hätten sie garantiert auch gewusst, dass es sich um Kopien von Polizeiakten handelte. Warum sollte das Sallys Todesurteil bedeuten? Diese Typen hätten auf tausend anderen Wege an die Papiere kommen können. Nein, es ging um Sally.«

»Willst du damit sagen, Sally Brimmer war so eine Art Komplizin bei irgendwas?«

»Oder sie wusste etwas, das für andere hätte gefährlich werden können.«

»Welche anderen?« Lancaster musterte ihn gespannt.

Decker ließ den Blick durch den Raum wandern und antwortete: »Nun ja, sie hat hier gearbeitet.«

»Decker«, zischte Lancaster und senkte die Stimme zu einem Flüstern. »Ist dir klar, was du da sagst?«

»Schlechte Menschen gibt es überall, Mary. Cops sind da nicht immun, das weißt du doch auch.«

»Ja, schon, aber das ergibt doch keinen Sinn«, entgegnete sie kopfschüttelnd.

»Den wird es geben, Mary. Wir haben nur noch nicht herausgefunden, welchen. Gibt's eigentlich neue Erkenntnisse zum Feuer im Büro von Rachel Katz?«

»Der vorläufige Bericht der Brandermittler ist da. Gefunden wurden Überreste eines Brandsatzes mit Zeitzünder. Die Täter müssen ihn nach der Durchsuchung des Büros dort deponiert haben. Du hattest dir bloß einen ungünstigen Zeitpunkt für deinen Besuch ausgesucht.«

»So kann man es auch nennen.« Decker stand auf.

»Wohin?«

»Ins Krankenhaus, um nach Rachel und Melvin zu sehen.«

»Mehr nicht?«

»Ist das nicht Grund genug?«

»Doch, sicher.«

»Danach fahre ich bei Mitzi Gardiner vorbei.«

»Soll ich dich nicht lieber begleiten?«

»Musst du nach den tödlichen Schüssen nicht noch Papierkram erledigen?«

»Na ja …«

»Ich erzähle dir alles, sobald ich zurück bin.«

*

»Die Ärzte glauben, sie kommt durch«, berichtete Mars.

Er und Decker saßen im Besucherraum vor der Intensivstation.

»Sie *glauben?*«

»Ihr Zustand ist stabil, allerdings *kritisch* stabil. Aber immerhin.«

»Ja, immerhin.«

Mars rieb sich die Augen.

»Du siehst hundemüde aus, Melvin. Warum legst du dich nicht eine Weile aufs Ohr?«

»Nein, nein, mir geht's gut«, versicherte Mars und dehnte die langen Arme. »Ich hab kurz auf der Couch geschlummert. Sie haben Cops vor Rachels Tür postiert.«

»Yeah, ich weiß.«

Mars schüttelte den Kopf. »Ich werde einfach das Gefühl nicht los, dass ich schuld daran bin, was mit ihr passiert ist.«

»Du? Wie kommst du denn darauf?«

»Weil die Leute, die Rachel ermorden wollten, gewusst haben, dass sie mit mir sprechen wollte. Aus Angst, sie könnte etwas verraten, haben sie ihren Tod beschlossen. Hätte ich sie nicht gedrängt, läge sie jetzt nicht hier.«

»Das ist ziemlich weit hergeholt, Melvin. Und außerdem falsch. Du hast ihr das Leben gerettet. Ohne dich läge sie jetzt im Leichenschauhaus.«

»Ich sehe immer noch diesen verfluchten roten Fleck über ihr Gesicht wandern. Scheiße, Mann, da hab ich Panik bekommen. Ich hab Rachel einfach gepackt und zu Boden gerissen. Im selben Moment hörte ich schon das Glas splittern. Zuerst dachte ich noch, sie wäre unverletzt, aber dann … dann war ich plötzlich voller Blut. *Ihrem* Blut.«

»Was hat sie dir denn erzählt, bevor der Schuss fiel?«, fragte Decker.

»Sie war extrem nervös. Hatte Angst um ihr Leben.«

»Zu Recht, wie sich gezeigt hat. Sonst noch was?«

»Sie wollte gerne reden, hatte ich den Eindruck. Aber sie konnte sich nicht dazu durchringen. Sie sagte etwas von ›unterschiedlichen Gesichtern‹, die die Wahrheit annehmen kann.«

»Unterschiedliche Gesichter der Wahrheit? Was hat sie damit gemeint?«

»Keine Ahnung.«

»Schlechtes Gewissen vielleicht?«

Mars machte ein gequältes Gesicht. »Vielleicht«, räumte er ein. »Sie sagte noch, dass man manchmal Dinge tun muss, die anderen falsch vorkommen mögen, für einen selbst aber die einzige Wahl zu sein scheinen. Und auch, dass die Wahrheit manchmal eine Falle ist.«

»Dir ist klar, dass Rachel sehr wohl diejenige gewesen sein könnte, die sich als Susan Richards ausgegeben hat«, sagte Decker nach kurzem Überlegen. »Mitzi Gardiner war die zweite Möglichkeit, aber die hat ein Alibi.«

»Wenn es Rachel gewesen ist, kennt sie Susan Richards' Mörder. Für ein schlechtes Gewissen reicht das allemal.«

»Ja. Wir müssen mit ihr reden, sobald sie dazu in der Lage ist.«

»Vielleicht sagt sie uns jetzt endlich die Wahrheit.«

»Wenn man so knapp dem Tod entronnen ist, sollte das ein Anreiz sein«, meinte Decker. »Und dann haben sie ihr auch noch das Büro durchwühlt und abgefackelt. Wer immer das gewesen ist – er zieht es mit aller Konsequenz durch.«

Mars starrte ihn aus großen Augen an. »Ihr Büro abgefackelt?«

»Während ich drin war. Ich musste aus dem Fenster springen.«

»Du bist aus dem Fenster gesprungen?«, staunte Mars.

»Aus dem fünften Stock mitten in ein Sprungtuch.«

»Da hast du ja ganz schön Schwein gehabt.«

»So wie Rachel. Ihr wird keine andere Wahl mehr bleiben, als die Wahrheit zu sagen.«

»Und wenn sie an irgendeinem Verbrechen beteiligt war?«

»Handeln wir einen Deal aus. Wer zuerst redet, hat die besten Karten.«

Decker stand auf und wandte sich zum Gehen. »Brauchst du noch irgendwas?«

»Ein bisschen weniger Aufregung würde meinem Leben guttun.«

»Dann solltest du dich am besten von mir fernhalten.«

57

Da Decker das Tor zur Einfahrt bei seiner Ankunft offen vorfand, parkte er direkt vor dem Haus der Gardiners. Diesmal kam ein Mann an die Tür. Er war in den Vierzigern, groß, breitschultrig und gut aussehend, und er trug einen Anzug, der vermutlich mehr gekostet hatte als Deckers gesamte Garderobe. Nein, *vermutlich* erübrigte es sich in diesem Fall.

»Ja?«, fragte der Mann.

»Ich würde gerne mit Mitzi Gardiner sprechen.«

»Worum geht's?«, erkundigte der Mann sich misstrauisch. »In dieser Gegend ist Hausieren ausdrücklich verboten«, fügte er drohend hinzu. »Wie sind Sie überhaupt auf das Grundstück gekommen?«

»Das Tor stand offen«, antwortete Decker und zückte seinen Ausweis. »Und ich will nichts verkaufen. Ihre Frau weiß, worum es geht. Ich komme nicht zum ersten Mal.«

»Sie sind schon mal hier gewesen?«, erwiderte der Mann verblüfft.

»Ja. Sind Sie ihr Ehemann?«

»Ich bin Brad Gardiner.«

»Ist sie da?«

»Sie liegt noch im Bett. Ehrlich gesagt, fühlt sie sich nicht wohl.«

»Ich kann warten.«

»Nein, das ist nicht möglich. Sie … sie ist krank.«

»Ich verstehe schon, Mr. Gardiner, aber in diesem besonderen Fall handelt es sich um eine laufende Mordermittlung. Daher ist Eile geboten.«

»Mord? Wovon zum Teufel reden Sie?«

»Schon in Ordnung, Brad«, sagte eine Frauenstimme.

Decker sah an Gardiner vorbei zu Mitzi, die in Bademantel und Slippern hinter ihm stand und Decker wütend anfunkelte. »Ich kümmere mich darum. Warum fährst du nicht schon zur Arbeit? Du hast doch dieses Meeting.«

»Aber, Mitzi …«

Sie küsste ihn auf die Wange. »Alles okay, Liebling, ich komme zurecht. Glaub mir.«

»Sicher?«

»Todsicher.«

Nachdem ihr Mann gegangen war, wandte Mitzi sich an Decker: »Sie können einfach keine Ruhe geben, wie?«

»Ich tue nur meinen Job.«

»Behaupten das nicht alle Polizisten?«

»Keine Ahnung, ich bin nur ein einzelner Cop.«

Mitzi führte ihn erneut in den Wintergarten, wo sie einander gegenüber Platz nahmen.

»Also, was gibt's?«, fragte sie drängend.

»Neue Entwicklungen, über die Sie womöglich gerne informiert wären, dachte ich mir.«

»Zum Beispiel?«

»Jemand hat versucht, Rachel Katz umzubringen. Er hat durch das Fenster ihrer Wohnung auf sie geschossen.«

»Du meine Güte. Geht es ihr gut?«, fragte Mitzi, die die Nachricht bemerkenswert gefasst aufnahm.

»Sie wurde von der Kugel eines Scharfschützen getroffen. Inzwischen ist sie operiert und befindet sich in stabilem, aber immer noch kritischem Zustand. Ein, zwei Zentimeter weiter rechts, und ihr Begräbnis würde vorbereitet.«

»Gott sei Dank, dass es nicht so ist.«

»Der Mann, der sie umbringen wollte, wurde anschließend von der Polizei erschossen.«

»Weiß man schon, wer er ist?«

»Ja«, sagte Decker, ohne weiter darauf einzugehen.

»Und was hat das alles mit mir zu tun?«

»Haben Sie noch das Foto, das ich Ihnen gegeben habe?«

Die Frage schien sie zu verwirren. »Äh … nein«, sagte sie und setzte sich auf. »Ich hab's weggeworfen. Warum?«

»Wie gut, dass ich es abfotografiert habe.« Decker nahm sein Handy heraus und zeigte ihr das Bild.

»Das ist aber die falsche Seite«, sagte sie mit Blick auf sein Display. »Sie haben die Rückseite fotografiert.«

»Ja. Weil es die für meine Ermittlungen relevante Seite ist.« Er deutete auf den handschriftlichen Zusatz. »›Daddys Little Star.‹ Er war ein sehr stolzer Papa.«

Mitzi sah aus leicht zusammengekniffenen Augen zu ihm hoch und meinte: »Das ist lange her.«

»Ja. Dinge ändern sich mit der Zeit. Menschen nicht weniger. Da ist noch ein Bild, das ich Ihnen gerne zeigen möchte.« Er wischte kurz einige Fotos weiter. »Es ist eine Aufnahme des Unterarms Ihres Vaters von der Autopsie.«

»O bitte, mein Gott, nein, das möchte ich nicht sehen«, sagte sie angeekelt.

»Es ist nichts Grausiges daran, Mrs. Gardiner. Ich hätte nur gerne, dass Sie sich die Tattoos an seinem Unterarm ansehen.«

»Mein Vater war nicht tätowiert.«

»Die Tattoos hat er sich erst nach seiner Verurteilung machen lassen.«

»Nachher?«, fragte sie deutlich kleinlauter.

»Yeah. Das hier zuerst. Ein Spinnennetz.« Er erklärte ihr, wofür es stand.

»So etwas lassen sich bestimmt viele Insassen machen, weil sie trotz ihrer Schuld irgendwie nicht akzeptieren können, was sie getan haben«, bemerkte Mitzi abwehrend.

»Das kam als Nächstes«, fuhr Decker fort, ohne auf ihre Bemerkung einzugehen, deutete auf die Träne und beobachtete sie aufmerksam.

»Und wofür steht das?«, fragte sie verständnislos.

»Das Travis Correctional ist ein reines Männergefängnis. Und manche der Insassen fühlen sich nun mal … einsam. Diese Einsamkeit reagieren sie dann an anderen ab, wie in diesem Fall an Ihrem Vater.«

Sie blinzelte heftig, während sie seine Worte verarbeitete. »Sie meinen …?«

»Ja. Und hier ist das dritte Tattoo. Schauen Sie es sich bitte besonders genau an.« Er rief das Bild mit dem von einem Pfeil durchbohrten Herzen auf. »Ich habe in Gefängnissen schon viele Tattoos gesehen, aber so eins noch nie.« Er wartete gespannt auf ihre Reaktion.

Einen Moment schien es, als hätte Mitzi aufgehört zu atmen. Dann fuhr sie sich mit der Zunge über die Lippen, drückte den Bademantelärmel gegen die Augen und wandte den Blick ab.

»Irgendeine Idee, was das bedeuten könnte?«, fragte er.

»Ich verstehe schon, worauf Sie hinauswollen.«

»Und das wäre?«

»Das Foto! Der Kommentar auf der Rückseite.« Sie wedelte mit ihrer zitternden Hand zu seinem Handy. »Und dann … das.«

Er ließ sich zurück in den Stuhl sinken und musterte sie.

Mitzi trocknete sich die Augen erneut am Ärmel ab und erwiderte schließlich seinen Blick. »Was genau wollen Sie von mir?«

»Die Wahrheit wäre nett.«

»Ich habe Ihnen alles gesagt.«

»Nein, haben Sie nicht.«

»Mein Gott, das alles ist so lange her! Was spielt es noch für eine Rolle? Jeder ist darüber hinweg und hat sein Leben weitergelebt. Zumindest ich.«

»Sagen Sie das mal Susan Richards oder Rachel Katz … oder Ihrem Vater.«

Mitzi schüttelte den Kopf und schaute zu Boden.

»Ich bin nicht gekommen, um Ihnen ein schlechtes Gewissen zu machen, Mrs. Gardiner.«

»Ach, sagen Sie doch einfach Mitzi«, murmelte sie. »Mehr wird sowieso nie aus mir. Ditzy Mitzi. Eine drogensüchtige Niete, die ihren Vater ein Leben lang nur enttäuscht hat.« Sie hob den Kopf und meinte eisig: »Man kann einem Schwein Lippenstift auflegen, es bleibt trotzdem ein Schwein.«

»Sich ein neues Leben aufzubauen war bestimmt nicht einfach.«

»Ist jetzt auch egal«, erwiderte sie mit einer wegwerfenden Handbewegung.

»Ich bin auch gekommen, um einen Punkt unmissverständlich klarzumachen.«

»Welchen?«

»Menschen, die mit diesem Fall in Verbindung standen, sind gestorben oder kämpfen im Krankenhaus um ihr Leben. Wenn ich es richtig überblicke, sind Sie als Einzige übrig.«

»Wie ich Ihnen bereits sagte, kann ich auf mich allein aufpassen.«

»Das haben die anderen auch gedacht«, gab Decker zurück.

»Aber der Kerl, der auf Rachel geschossen hat, war ein echter Profi. Aus der Army geflogen, auf die schiefe Bahn geraten und zum Vollblutrassisten geworden. Ein ausgebildeter Scharfschütze, den jemand beauftragt hat, den Mord auszuführen. Der Kerl ist tot, aber wer weiß, ob ihn nicht bereits ein anderer ersetzt hat. Sie können natürlich von nun an bewaffnet nach draußen gehen, aber eine Pistole wird Ihnen wenig helfen gegen eine Hochpräzisionswaffe und einen Distanzschuss, der einen erwischt, bevor man überhaupt etwas gehört oder gesehen hat.«

»Sie versuchen ja nur, mir Angst einzujagen«, erklärte sie nassforsch, aber ihre Stimme schwankte.

»Ich will Ihnen tatsächlich Angst machen, damit Sie entsprechend reagieren. Zu Ihrem eigenen Besten.«

»Ich weiß wirklich nicht, wie ich Ihnen helfen kann.«

»Können Sie nicht, oder wollen Sie nicht?«

»Mein Vater wurde verurteilt, weil er diese Leute auf dem Gewissen hatte. Was gibt es da noch zu sagen?«

»Wie stand Ihr Vater zu Ihrem Drogenkonsum?«

»Er hat ihn verabscheut. Warum?«

»Er hat doch offensichtlich versucht, Sie zu einer Entziehungskur zu überreden.«

»Das hatte er auch früher schon, aber ich bin nie lange geblieben. Trotzdem hat er es immer wieder versucht.«

»Er selbst hat nie Drogen genommen?«

»Spinnen Sie? Er hat das Zeug gehasst. Er ist sogar mal auf einen Typen los, der bei uns zu Hause vorbeikam, bloß um ein bisschen Gras zu verticken.«

»Okay. Ihr Dad wurde in einem üblen Viertel der Stadt aufgegriffen. Die Verteidigung hat im Prozess von der Möglichkeit gesprochen, dass er irgendwelche Betäubungsmittel für Ihre kranke Mutter besorgen wollte.«

»Das sind wir doch schon alles durchgegangen. Könnte so gewesen sein. Ich meine, wie ich Ihnen ja bereits erzählt habe, bemühte er sich nach Kräften, Mom zu helfen.« Sie verstummte kurz und lächelte dann unvermittelt.

»Was ist?«, fragte Decker.

»Dad konnte alles Mögliche bauen und reparieren. Als ich zehn war, hat er mir zum Geburtstag einen kleinen Roller zusammengebastelt, aus irgendwelchen Schrottteilen. Das Ding hatte einen kleinen Motor samt Batterie. Sogar die hat er selbst gebaut. Der Roller fuhr kaum schneller als Schritttempo, aber ich bin überall damit hin.« Ihr Lächeln schwand. »Aber er konnte nichts bauen, um Mom damit zu helfen. Das überstieg sogar seine Fähigkeiten.«

»Woher wusste er, dass er in diesem Viertel an Stoff kommen konnte?«, fragte Decker.

Er sah Mitzi erneut zusammenschrecken.

»Was?«

»Wie Sie mir gerade erzählten, hat Ihr Vater nie Drogen genommen, weil er sie hasste. Woher wusste er dann, wen er ansprechen musste, um an Stoff zu kommen? Und woher hatte er die fünfhundert Dollar, die die Polizei bei ihm fand, als sie ihn verhaftet hat?«

»Ich … ich weiß nicht, woher er das Geld hatte. Und in welchen Gegenden man Drogen kaufen konnte, war damals kein großes Geheimnis. Auch das habe ich Ihnen doch schon gesagt. Und Sie waren damals Cop in dieser Stadt. Sie müssten es doch selbst ganz genau wissen.«

»Nun, Mitzi, die Sache ist bloß die, dass Ihr Dad für Ihre Mutter nicht *irgendeine* Droge wollte. Er wollte so etwas wie reines Morphium. Keinen verschnittenen Straßendreck, sondern saubere Ware, die direkt aus einem Krankenhaus oder einer Apotheke geklaut war. Und da ich als Cop hier eng mit den Jungs vom Drogendezernat zusammengearbeitet habe, weiß ich, dass es auf diesem speziellen Markt nur wenige Anbieter gab. Um an die heranzukommen, musste man sich in der Szene bestens auskennen.«

Mitzis Züge wurden immer besorgter. »Ich ... ich weiß wirklich nicht, was ich Ihnen sagen könnte.«

»Und dann lief Ihr alter Herr nur ein paar Stunden, nachdem er vier Menschen umgebracht haben soll, auch noch seelenruhig herum? Man sollte doch annehmen, so jemand würde sich sofort aus dem Staub machen.«

Sie fuhr sich nervös über die Lippen. »Wahrscheinlich war er völlig schockiert über das, was er getan hatte. Oder er wollte mit Absicht etwas Unauffälliges machen in der Hoffnung, die Polizei würde die gleichen Überlegungen anstellen wie Sie gerade.«

»Aber wenn er die Morde verübt *hätte*, wäre ihm klar gewesen, dass seine DNA sich unter den Fingernägeln des Mädchens befand. Es wäre also nur eine Frage der Zeit gewesen, bis wir an seine Tür geklopft hätten.«

»Verdammt, ich kann es mir auch nicht erklären!«, rief Mitzi und atmete hektisch aus. »Es ist nun mal so passiert.«

Decker stand auf. »Es tut mir leid.«

»Was tut Ihnen leid?« Sie schaute angsterfüllt zu ihm auf.

»Ihr Leben muss wirklich total kaputt gewesen sein, wenn Sie Ihrem Vater so etwas antun konnten.«

»Ich verstehe nicht ...«

Er hob die Hand, um sie zu unterbrechen. »Sparen Sie sich die Mühe. Mir fehlen die Geduld und die Zeit, mir Ihren Schwachsinn noch länger anzuhören.« Er senkte die Hand und fuhr fort: »Meiner Meinung nach haben Sie ihm die fünfhundert Dollar gegeben, nachdem Sie das Geld von dritter Seite bekommen hatten.

Außerdem ist es Ihnen gelungen, ihm die Arme so heftig zu zerkratzen, dass Sie ein paar seiner Hautfetzen und damit seine DNA an denjenigen weitergeben konnten, der Sie dafür bezahlt hat. Wahrscheinlich hielt Ihr Vater es bloß für einen Ihrer Suchtanfälle. Ich bin sicher, er hatte einige davon erlebt, stimmt's?«

Mitzi schwieg.

»Und dann erklärten Sie Ihrem Vater, an wen er sich wenden müsse, um an gestohlene Krankenhausmedikamente zu kommen. Allerdings war der Kontaktmann nicht zu finden, da er gar nicht existierte. Wahrscheinlich haben Sie ihm geraten, nicht lockerzulassen und die verschiedensten Orte aufzusuchen, wo am Ende aber auch keiner war. Doch in seiner Verzweiflung machte er immer weiter, weil er es letztlich für seine Frau tat. Deshalb fehlte ihm für die Morde ein Alibi, zumal wir ihn ausgerechnet in einem verrufenen Stadtviertel geschnappt haben, mit einem Haufen Bargeld in der Tasche. Als wir später in der Nacht bei Ihnen auftauchten, spielten Sie die Zugedröhnte. Wahrscheinlich hatten Sie die Tatwaffe zu dem Zeitpunkt schon erhalten und hinter der Rückwand der Kleiderkammer versteckt.«

Während Deckers Zusammenfassung wurden Mitzis Augen immer größer, und ihr Gesicht wurde blass.

»Ich kann mir gut vorstellen, wie erstaunt Ihr Daddy ausgesehen haben muss, als ihm im Gefängnis dieser Dreckskerl Karl Stevens über den Weg lief«, nahm Decker den Faden wieder auf. »Und Stevens steckte ihm auch prompt, was der ›kleine Glücksstern‹ seinem Vater eingebrockt hatte.« Decker schaute sich in aller Ruhe in dem schmucken Zimmer um.

»Ich hoffe nur, die Sache war es wert, Mitzi. Aber wenn ich ehrlich sein soll, ich kann es mir nicht vorstellen.«

58

Das Haus.

Der Regen.

Decker saß im Auto und betrachtete über die Straße hinweg sein ehemaliges Zuhause.

Seine Stimmung war düsterer als die einbrechende Nacht.

Entweder in der Vergangenheit leben oder in der Gegenwart, hatte er sich gesagt. Bloß beides ging nicht.

Wofür entscheide ich mich? Die Wahl sollte einfach sein. Warum ist sie es dann nicht?

Seine Ermittlungen steckten in einer Sackgasse und das in mehr als einer Hinsicht. Mitzi Gardiner war der Schlüssel, doch sie schien nicht kooperieren zu wollen. Sollte auch Rachel Katz nicht bereit sein, ihnen zu helfen, wenn sie das Bewusstsein wiedererlangte, stand zu befürchten, dass sie die Wahrheit niemals erfuhren.

Deshalb war er hergekommen. Zurück an den Ort, wo für ihn der Absturz ins Bodenlose den Anfang genommen hatte.

Im vorderen Zimmer brannte Licht. Ab und zu lief jemand am Fenster vorbei. Da war das kleine Mädchen, das er schon gesehen hatte. Dann ihre Eltern.

Die Familie Henderson. Für sie begann das gemeinsame Leben gerade erst richtig, genau wie es damals bei Decker und seiner Familie gewesen war. Man arbeitete daran, das Glück zu bewahren, Träume zu verwirklichen, und barg kostbare Erinnerungen, die man nie vergessen würde.

Das letzte Weihnachtsfest mit seiner Familie war so etwas gewesen. Kostbar. Wundervoll. Unvergesslich. Decker hatte ein paar Tage freibekommen, und netterweise beschloss auch die Unterwelt, so kurz vor dem Fest keinen Mord mehr zu begehen.

Sie hatten zusammen die Schulaufführung besucht, in der Molly mitwirkte. Es war eine Weihnachtsfassung von *Peter Pan* gewesen. Molly hatte Wendy gespielt. Zwei Wochen lang hatte sie ständig ihren Text gelernt, hatte ihn aufgesagt, sobald ein Elternteil in Hörweite war, hatte Decker damit beim Rasieren und selbst beim Anziehen keine Ruhe gelassen.

Und dann hatte sie den Text auf der Bühne ohne jeden Hänger aufgesagt, hatte den anderen sogar bei ihren Rollen souffliert, weil Molly offensichtlich auch den restlichen Text perfekt auswendig gewusst hatte.

Decker lächelte voller Wehmut. Seine Augen brannten.

Von ihrem Dad hatte Molly ihr fabelhaftes Gedächtnis jedenfalls nicht geerbt. Vor seiner Verletzung war Deckers Erinnerungsvermögen allenfalls durchschnittlich gewesen. Und die Folgen eines Schädel-Hirn-Traumas würde er wohl kaum an sein Kind vererben können.

Er hatte an jenem Abend neben Cassie im Publikum gesessen und gespannt verfolgt, wie ihr kleines Mädchen mit erstaunlicher Leidenschaft auf der Bühne agierte, ihn immer wieder mit Kleinigkeiten verblüffte, winzigen Nuancen, mit denen sie instinktiv ihre Darbietung anzureichern schien. Womöglich wäre aus ihr mal eine großartige Schauspielerin geworden.

Er würde es nie erfahren.

Ja, es waren wundervolle Weihnachten gewesen. Nach der Aufführung waren sie gemeinsam essen gegangen, um Mollys Vorstellung zu feiern. Mit Vanilleeisbechern hatten sie auf ihre Tochter angestoßen.

Decker hatte damals jeden Augenblick genossen, trunken vor Glück, zumal er davon ausgegangen war, dass noch viele derartige Momente folgen würden. Genug jedenfalls, um für ein Leben voller Erinnerungen zu reichen, selbst für jemanden wie ihn. Molly würde heranwachsen, heiraten, Kinder bekommen, und er würde sich in einen lächerlich vernarrten Großvater verwandeln, zumindest in dem Maße, in dem jemand wie er dazu fähig wäre.

Er schaute wieder zum Fenster und sah das kleine Mädchen neben seiner Mutter auf dem Sofa sitzen. Ein Buch wurde aufgeschlagen. Eine Geschichte nahm ihren Anfang.

Decker ließ den Motor an und fuhr davon.

Durch den Tränenschleier vor seinen Augen konnte er die Straße kaum erkennen.

Du hättest nicht zurückkommen sollen.

Es zerriss ihn innerlich – etwas, das er sich gerade jetzt so gar nicht leisten konnte.

Und eigentlich ging es für einen wie ihn doch immer nur um den nächsten Fall, versuchte er sich ein wenig zu trösten. Selbst als Cassie und Molly noch lebten, war es so gewesen. Die Arbeit hatte verhindert, dass ihm klar geworden war, wie viel kostbare Zeit ihm damals mit den beiden verloren gegangen war, wie viele schöne, helle Tage, Monate, Jahre. Das war Segen und Fluch zugleich. Wo es keine wundervollen Erinnerungen gab, konnte man ihnen nicht nachtrauern. Ständig war er auf Verbrecherjagd gewesen. Er dachte an all die Nächte, als er erst nach Hause kam, als die beiden längst im Bett lagen. Und meist hatte er schon wieder losgemusst, bevor sie aufgestanden waren.

Ich dachte immer, mir würde irgendwann mehr Zeit für die beiden bleiben. Viel mehr Zeit. Dabei lief mir die Zeit davon, und ich habe es nicht gemerkt.

Zum Glück ließen die qualvollen Grübeleien nach, je weiter er sich von dem Haus entfernte. Er fuhr in die Innenstadt und hielt vor dem Gebäude, in dem er gestern fast gestorben wäre. Auf der Straßenseite gegenüber hatte es Rachel Katz beinahe erwischt, was dem Ganzen eine makabre Symmetrie verlieh.

Nachdem er sich beim Wachposten vor der Tür ausgewiesen hatte, nahm er noch einmal ihre Wohnung in Augenschein. Er betrachtete die zerschmetterte Scheibe, das Blut auf Sofa und Teppich. Was diese Dinge ihm verrieten, wusste er bereits. Rachel besaß geheimnisvolle Geldgeber, die über Offshore-Briefkastenfirmen beträchtliche Summen in ihre zahllosen Projekte im beschaulichen Burlington schossen. Was reizte diese Leute so daran?

Das ließ einen zwangsläufig stutzig werden.

Und dann die Sache mit dem American Grill. Von solchen Läden gab es Tausende im Land. Mächtig aufgetürmte Burger, gigantische Pommesberge, Chicken Wings, Bier aus Pitchern und übergroße Fernsehbildschirme für Sportübertragungen. Dafür mochte sich immer ein Publikum finden, aber wirklich reich wurde damit keiner, was Rachel ja Melvin gegenüber auch zugegeben hatte.

Decker durchsuchte noch einmal die gesamte Wohnung und war anschließend genauso schlau wie bei seiner Ankunft.

Offenbar würden sie warten müssen, bis Rachel vernehmungsfähig war.

Das Frustrierendste an diesem Fall war, dass man einfach keine brauchbare Spur in die Finger bekam. Mitzi Gardiner hüllte sich weitgehend in Schweigen, und Decker hatte nichts, dessen er sie anklagen konnte. Die Beweislage gab einfach nicht genug her. Er wusste, dass Mitzi dazu beigetragen hatte, ihrem Vater die Morde anzuhängen, aber beweisen konnte er es nicht. Sie war großzügig belohnt worden, führte ein neues Leben. Und dennoch hatte er sich heute von einer Frau verabschiedet, die unübersehbar Gewissensbisse quälten.

Nur brachte ihn das dem Ziel einer wasserdichten Anklage keinen Deut näher. Für die gerichtsfeste Wahrheit würde er einen anderen Weg beschreiten müssen. Die Option Mitzi Gardiner schied offenkundig aus.

Er setzte sich in der Küche auf einen Stuhl und überdachte seine Möglichkeiten. Viele gab es nicht, weshalb es ihn auch nicht viel Zeit kostete. Der Entschluss war rasch gefällt.

Sally Brimmer.

Sie war nicht ohne Grund ermordet worden. Er musste herausfinden, was genau dieser Grund gewesen war.

Zwei Orte gab es, an denen er mit der Suche beginnen konnte.

Er entschied sich für einen davon, rief Lancaster an, bat sie, ihn dort zu treffen, und machte sich auf den Weg.

59

Mary Lancaster traf Decker im Westen der Stadt vor dem Mietshaus, in dem Sally Brimmer gewohnt hatte. Der sechsgeschossige Backsteinbau wirkte einförmig und gesichtslos.

»Wie geht's Katz?«, fragte Lancaster zur Begrüßung.

»Noch immer nicht bei Bewusstsein, aber außer Lebensgefahr, wie es scheint.«

»Gott sei Dank.«

»Dem sollten wir erst danken, wenn sie aufwacht und uns alles erzählt.«

Sie betraten das Gebäude und nahmen den Fahrstuhl in den dritten Stock. Lancaster hatte die Schlüssel zu Brimmers Wohnung dabei.

»Die Kollegen haben bereits alles durchsucht, aber nichts gefunden. Ich bin mir allerdings nicht sicher, wie gründlich sie dabei vorgegangen sind. Schließlich dachten wir zu dem Zeitpunkt ja noch, *du* wärst das Ziel gewesen.«

»Genau wie ich, bevor ich mir das Ganze anders überlegt habe.«

Sie gingen in die Wohnung und schauten sich um. Brimmers Job war nicht besonders einträglich gewesen, wie sie beide wussten, trotzdem war ihre Wohnung hübsch eingerichtet und dekoriert. Den Dielenboden bedeckten geschmackvolle Orientteppiche, die Möbel waren massiv, und überall gab es Vorhänge und Zierkissen.

Decker warf Lancaster einen fragenden Blick zu.

»Ihre Eltern haben Geld«, erklärte sie. »Ich war mal hier zu einer Geburtstagsfeier und habe sie kennengelernt. Ausgesprochen nette Leute, die Sally bisweilen finanziell unter die Arme gegriffen haben.«

»Verstehe. Umso schlimmer für sie, was passiert ist, stimmt's?«

»Sie waren am Boden zerstört, als sie davon erfuhren. Sie sind hergekommen, um Sallys sterbliche Überreste an die Ostküste zu überführen, wo ihre Familie lebt.«

»Wie ist sie überhaupt hier gelandet?«

»Sie hat das College unweit von Burlington besucht. Schon als Studentin übernahm sie gelegentlich PR-Jobs. Ihr Bruder arbeitet als Cop in Boston. Vermutlich stammte daher Sallys Interesse an diesem Arbeitsfeld. Im Department war eine Stelle frei. Also zog sie her und hat ihre Sache dann wirklich gut gemacht. Ob sie längerfristig hiergeblieben wäre, wage ich zu bezweifeln. Dafür hatte sie zu viel Potenzial. Und sie war ja auch noch jung.«

»Wir haben alle viel Potenzial, bis es dahinschwindet«, murmelte Decker.

»Wonach suchen wir überhaupt?«

»Nach allem, was relevant sein könnte.«

»Na, vielen Dank für den Tipp.«

Sie arbeiteten sich methodisch durch sämtliche Räume, bis sie schließlich Brimmers Schlafzimmer erreichten. Während Decker im dazugehörigen Bad nachsah, durchforstete Lancaster die Kleiderkammer.

»He, Amos«, rief sie kurz darauf.

Er trat zu ihr in die geräumige Kammer.

»Was ist?«

Sie hielt einen Gegenstand hoch. Es war eine Kurzhaarperücke. Blond.

Decker erwiderte Lancasters Blick. »Du meinst, Sally hat Susan Richards gespielt?«

»Denkbar wär's. Mitzi Gardiner scheidet aus. Und wenn Rachel es nicht gewesen ist, auf wen sonst passt dann noch die Beschreibung?«

Decker nickte. »Sally besaß die richtige Größe und Statur«, räumte er ein.

»Und die hier entspricht in Länge und Schnitt ziemlich genau Susan Richards' Frisur.« Lancaster zupfte die Perücke in Form. »Und Mrs. Bates ist eine steinalte Frau, die die angebliche Susan Richards nur von Weitem und auch nur von hinten gesehen hat. Da fällt eine Verwechslung nicht schwer.«

Decker nahm die Perücke und betrachtete sie. Mühelos rief seine Erinnerung ein Bild wach. Sally im Park. Sie trug Trenchcoat, Handschuhe und Hut. Exakt das, was die oder der Unbekannte beim Verlassen von Richards' Haus getragen hatte.

»Sollte Sally tatsächlich an der Sache beteiligt gewesen sein, hat sie dann gewusst, dass Richards entweder bereits tot oder betäubt in diesem Koffer steckte?«, fragte Decker.

»Das dürfte ihr wohl kaum entgangen sein«, entgegnete Lancaster. »Bleibt die Frage, warum sie so etwas getan haben soll.«

»Seltsam benommen hat sie sich schon«, meinte Decker. »Ich meine, als wir miteinander gesprochen haben, kurz vor und nach Richards' Verschwinden.«

»Was meinst du mit seltsam?«

»Irgendwie … schuldbewusst. Damals habe ich es darauf zurückgeführt, dass sie die Affäre mit Natty hatte.«

»Und nun hältst du es für möglich, sie steckte in der Sache mit drin?« Mary schüttelte den Kopf. »Ich habe Sally stets für grundanständig gehalten. Warum um alles in der Welt sollte sie sich auf ein so mieses Verbrechen einlassen?«

»Nun, mit Sicherheit wissen wir ja noch nicht, ob sie die vermeintliche Susan Richards gewesen ist. Wir haben eine Perücke gefunden, die Richards' Frisur gleicht, aber das könnte auch Zufall sein. Viele Frauen haben die ein oder andere Perücke in ihrem Fundus.«

»Stimmt. Und selbst wenn wir Sallys Haar im Innern dieser Perücke nachweisen können, beweist das gar nichts. Sie könnte das Teil bei einer anderen Gelegenheit getragen haben.«

»Stimmt. Also müssen wir eine mögliche Beteiligung an dem Verbrechen auf andere Weise überprüfen. Falls sie dafür bezahlt wurde, müssten sich in ihren Kontoauszügen entsprechende Eingänge finden lassen.«

»Und wenn sie nicht bezahlt wurde?«

»Könnte jemand sie genötigt haben mitzuspielen.«

»Aber wer? Und wie?«

»Vielleicht wusste jemand von ihrer Beziehung zu Natty.«

»Möglich. Aber die beiden haben sich große Mühe gegeben, ihr Verhältnis zu verheimlichen. Nicht mal ich hab's bemerkt.«

Mary nahm ihm die Perücke ab und verstaute sie in einem Beweisbeutel, den sie aus ihrer Jackentasche zog. »Und du bist noch immer der Meinung, Richards wurde umgebracht, damit es so aussieht, als hätte sie den Mord an Hawkins auf dem Gewissen?«

»Irgendwelche Leute wollten den Ermittlungen unbedingt ein Ende bereiten, Mary. Solange die Polizei Hawkins' Behauptungen weiter nachging, konnte es ungemütlich werden für die Hintermänner. Richards' vermeintlicher Selbstmord hätte den Zweck fast erfüllt.«

»Aber nur fast.«

»Was diese Leute nicht ahnen konnten. Sie mussten es irgendwie versuchen. Und da war Richards ihre beste Chance.«

»Wieso nicht Rachel Katz? Sie hatte doch ebenfalls ein Motiv, Hawkins umzubringen.«

»Ja. Aber ich glaube nicht, dass die Hintermänner es sich leisten konnten, Rachel zu töten.«

»Warum nicht? Am Ende hat man ja doch versucht, sie umzubringen.«

»Das war später, Mary.«

»Was gab denn nun den Ausschlag für eine der beiden?«

»Du musst das Ganze so sehen: Rachel Katz hat es nach dem Tod ihres Mannes zu etwas gebracht, Susan Richards nicht.«

»Dann war Rachel also doch in die Morde vor dreizehn Jahren verwickelt?«

»So weit würde ich nicht gehen, Mary. Aber Rachel ist ihnen später irgendwie nützlich gewesen, Richards nicht. Das machte sie entbehrlich.«

Mary schüttelte den Kopf. »Was zum Henker geht hier ab, Amos?«

»Tja, was immer es ist, es läuft jedenfalls schon seit mindestens dreizehn Jahren.«

»Seit den Morden damals?«

»Vermutlich hat es noch früher angefangen.«

»Die hier werde ich Natty zeigen müssen«, sagte Lancaster mit Blick auf die Perücke im Beweisbeutel. »Immerhin leitet er inzwischen die Ermittlungen.«

»Er wird bestimmt nicht sonderlich begeistert sein, dass wir Sally der Tatbeteiligung im Mordfall Richards verdächtigen.«

»Worauf du dich verlassen kannst«, bekräftigte Mary und fügte hinzu, als wäre ihr ein plötzlicher Einfall gekommen: »Es sei denn, er ist ebenfalls in die Sache verstrickt. Hältst du das für möglich?«

»In dieser vertrackten Sache halte ich alles für möglich. Und verdächtig ist jeder so lange, bis er es nicht mehr ist.«

60

»Wie läuft's denn so bei euch?«, erkundigte sich Alex Jamison am Telefon.

Es war ein Abend später, und Decker saß in seinem Zimmer im Residence Inn.

»Geht so. Und bei euch?«

»Sehr zäh. Kommen einfach nicht voran. Bogart vermisst deinen Elan.«

»Hat er das gesagt?«

»Das merke ich ihm an.«

»Er hat mir bei unserem letzten Telefonat unmissverständlich klargemacht, wo für ihn die Grenzen sind. Ich bin mir nicht sicher, ob ich noch Teil des Teams sein werde, wenn ich hier fertig bin.« Decker sagte es nicht nur, um es sich von der Seele zu reden – ihn interessierte auch Jamisons Reaktion.

»Da wäre ich mir auch nicht sicher, Decker.«

Seine Stimmung sank in den Keller. Ihm war bewusst geworden, dass er gern zum FBI zurückkehren würde, wenn die Sache hier vorbei war. Jetzt schien diese Option verbaut.

»Die erfreulichen Nachrichten reißen einfach nicht ab«, spöttelte er.

»Wenn es bloß nach Bogart ginge, kämst du damit vermutlich durch. Aber er hat selbst eben auch Bosse. Sie wissen, dass du entgegen ausdrücklicher Anordnungen noch immer in Burlington steckst, worüber sie ganz und gar nicht glücklich sind. Bogart hat sich schon diverse Male weit für dich aus dem Fenster gelehnt, Decker. Er hat dir den Rücken freigehalten, wenn es von oben Stress gab. Wobei allen natürlich klar ist, was du für den Laden hier geleistet hast und wie viele Menschen dir ihr Leben verdanken. Aber nicht einmal das wird dir immer wieder den Kopf retten.«

»Danke für die offenen Worte, Alex. Das rechne ich dir hoch an.«

»Ich würde dasselbe von dir erwarten, wären die Rollen umgekehrt.«

»Okay, zurück zum Fall. Wenn ich dir eine Liste von Firmen schicke, würdest du die Zeit finden, sie für mich unter die Lupe zu nehmen?«

»Decker! Das ist doch wohl nicht dein Ernst?«

»Ich weiß, ich weiß. Aber es ist wirklich wichtig. Wir verfügen hier nun mal nicht über die Möglichkeiten des FBI.«

Die eintretende Pause dehnte sich so lange, dass Decker schon fürchtete, Jamison könnte aufgelegt haben. Schließlich sagte sie knapp: »Mail sie mir, und ich sehe, was sich machen lässt.«

»Danke, Alex. Nett von dir.«

Er schickte ihr die Namen der Firmen und legte sich auf sein Bett. Draußen frischte der Wind immer stärker auf – vermutlich die Ankündigung des nächsten Gewitters. Da es zugleich kälter geworden war, konnte es diesmal sogar Graupel oder die ersten Schneeflocken mit sich bringen.

Decker schlang die Jacke enger um sich, da das Heizungssystem im Residence Inn nicht das allerbeste war und nur in der Lage schien, einen kleinen Teil des Hotels mit Wärme zu versorgen. Derzeit hatte es offenbar seine Leistungsgrenze erreicht, und alle glücklosen Gäste mussten sehen, wie sie dem Erfrierungstod entgingen.

Die Winter im Mittleren Westen konnten extrem sein. Natürlich gab es auch an der Ostküste bitterkalte Tage, aber hier gab es nichts, was die eisigen Stürme aufhielt, die erbarmungslos übers Land fegten.

Dennoch blieb Burlington Deckers Heimatstadt, so wie Ohio sein Heimatstaat blieb. Er hatte für die traditionsreichen Buckeyes gespielt und später, wenn auch nur kurz, für die Cleveland Browns. Der Mittlere Westen hatte ihn geprägt, hatte ihn zu einem Realisten werden lassen, der nie zu euphorisch, aber auch nie zu niedergeschlagen wurde. Sein Blick auf die Welt war nüchtern. Der eines Jeans-und-Bier-Typen mit der Figur eines Catchers. Er war stets darum bemüht, das Richtige zu tun. Er half denen, die Hilfe benötigten, und er brauchte keinen Luxus. Er würde sowieso niemals in einen Ferrari passen, nicht mal den Wunsch dazu verspüren. Stattdessen brachte er Mörder zur Strecke.

Das war so ziemlich alles, was Amos Decker ausmachte.

Er zog die Hände aus den Taschen, rieb sich die Schläfen und presste die Augen zusammen. Irgendetwas Seltsames ging in seinem Schädel vor, der vor so langer Zeit so übel malträtiert worden war. Er spürte eine Art gespannter Erwartung, die sich tief in seinem Innern zu regen begann. Es wurde so schlimm, dass er aufsprang, ins Bad stapfte und ein paar Schlucke Wasser trank, um sich zu beruhigen.

Vergeblich. Wieder einmal peinigten ihn ständig wiederkehrende Erinnerungen, die sich wie mächtige Lavaströme unablässig über ihn ergossen. Decker versuchte, sie aus seinem Kopf zu verbannen, war aber nicht in der Lage, der Qual ein Ende zu bereiten.

Kaum hatte er sich wieder aufs Bett gelegt, durchlief ihn ein Schauer, als würde sich eine Krankheit ankündigen. Er atmete tief ein und aus. Noch einmal. Und noch einmal. Endlich löste sich die Blockade, die Anspannung ließ nach.

Vielleicht sollte ich mit Yoga anfangen. Ein herabschauender Hund jeden Morgen könnte die Lösung sein.

Er blickte aus dem Fenster und stellte fest, dass er hungrig war. Und es gab nur ein Lokal, das für ihn infrage kam.

Er fuhr zum American Grill.

Weshalb Rachel Katz der Laden noch immer gehörte, war weiter ungeklärt. Jedenfalls nahm er ihr nicht ab, dass sie das Lokal behalten hatte, weil es die erste Geschäftsinvestition ihres Mannes gewesen war.

Er wurde an einen freien Tisch geführt und studierte die Speisekarte. Um sieben Uhr abends war der American Grill zu etwa drei Viertel besetzt. Die Gäste schienen überwiegend Arbeiter zu sein. Manche waren mit ihren Frauen gekommen, manche mit Frau und Kindern. Ein paar Halbwüchsige schlangen gierig Burger und Wings herunter. Auf dem riesigen Fernsehbildschirm lief eine Show des Sportsenders ESPN. Eine Expertenrunde diskutierte über die bevorstehenden Sonntagsspiele im Football.

Decker blickte durchs Fenster auf das gegenüberliegende Gebäude. Es war eine Bank. Die Filiale, in der Don Richards gearbeitet hatte. Auf der anderen Seite des American Grill befand sich ein Wohnblock. Decker wusste es deshalb, weil er nach dem vorzeitigen Ende seiner Footballkarriere kurz dort gewohnt hatte.

Er betrachtete die Inneneinrichtung des Lokals. Von der Decke baumelten große Modelle von Propellerflugzeugen, Schiffen und Autos. Fotos alter Filmstars hingen an den Wänden, dazwischen Schildchen mit witzigen Sprüchen. In den Ecken verstaubten künstliche Grünpflanzen. Mitten im Raum stand eine Buffet-Bar. Das Personal trug weiße Hemden und schwarze Hosen.

Durch ein Paar Schwingtüren ging es in die Küche. Rechts waren die Herrentoiletten, links die für Damen. Am Eingang das Empfangspult. Computerterminals im hinteren Bereich, an denen der Service die Bestellungen eingab. Entlang der Rückwand schließlich ein reich bestückter Bartresen, über dem diverse Bildschirme flimmerten. Der Teppichboden war in einem Dunkelgrün gehalten, das Flecken und Dreck nicht auf den ersten Blick erkennen ließ. Die an den Seiten aufgereihten Vierertische waren aus massivem Holz. In der Luft hing ein Geruchsmix aus frittiertem Essen, billigem Bier und süßlichem Nachtisch.

Es war Americana in bester Monotonie.

Besonders profitabel war der Schuppen sicherlich nicht. Dennoch lief er weiter, obwohl Rachel ihre Zeit stattdessen einigen ihrer weitaus einträglicheren Projekte hätte widmen können.

Decker bestellte ein Reuben-Sandwich mit Pommes, dazu ein Bier. Beinahe hätte er sich schuldbewusst umgedreht, ob Jamison gerade irgendwo auftauchte, um ihm einen Anpfiff zu verpassen.

Das Sandwich war gut, schön saftig, ohne gleich über den ganzen Teller zu laufen. Die Pommes waren heiß und knusprig. Das Bier schmeckte süffig.

Er warf einen Blick zu dem Tisch, an dem er Earl Lancaster zusammen mit seiner »Bekannten« gesehen hatte. Dass sein Gespräch mit Mary Lancaster auf dem Footballplatz irgendwelche Nachwirkungen haben würde, hatte er gar nicht erwartet, aber er freute sich über ihren Entschluss, der gemeinsamen Beziehung noch eine Chance zu geben.

Der angenehme Gedanke verpuffte jedoch prompt, als er sich einen Moment lang ausmalte, wie die nächsten Jahre im Leben seiner ehemaligen Partnerin aller Wahrscheinlichkeit nach verlaufen würden.

Kein menschliches Organ war so einzigartig wie das Gehirn. Niemand wusste das besser als Decker. Ließ es dich im Stich, waren die Folgen mit keinem anderen Versagen im Körper zu vergleichen. Wenn das Herz seinen Dienst aufgab, war es natürlich auch mit dir vorbei. Ab in die Grube. Verblichen, doch unvergessen. Hoffentlich vor allem dafür, wie du *tatsächlich* gewesen warst.

Wenn aber das Gehirn streikte, war zwar ebenfalls Schluss mit dir, doch der Körper zögerte das Ganze heraus und wurde völlig abhängig von fremder Hilfe. Und das war dann der letzte Eindruck, den Freunde und Angehörige von dir in Erinnerung behielten, obwohl er gar nicht wirklich dich selbst zeigte. Nicht mehr.

Decker schüttelte die Grübeleien ab und hob den Kopf eben noch rechtzeitig, um zu bemerken, dass ihn durch das Fenster in der Küchentür ein Mann beobachtete. In der nächsten Sekunde war der Kopf auch schon wieder verschwunden. Dunkles Haar und ein stechender Blick waren das Einzige, was bei Decker hängen blieb.

Der Cop in Decker war sofort hellwach. Fast sein gesamtes Erwachsenenleben arbeitete er inzwischen schon als Polizist. Gesichtsausdrücke deuten, böse von guten trennen oder ängstliche von denen, die etwas zu verbergen hatten – es waren keine Fähigkeiten, die er anderen hätte beibringen können. Es geschah mittlerweile eher instinktiv. Zahllose Kleinigkeiten, die zusammen zu etwas führten, das einer plausiblen Schlussfolgerung nahekam.

Und gerade schrillten bei ihm die Alarmglocken.

In aller Ruhe nahm er sein Handy heraus, schaltete das Blitzlicht aus und begann, Fotos aller durch den Raum eilenden Bedienungen zu machen, wobei er so tat, als würde er die Nachrichten auf dem Bildschirm lesen. Die für ihn zuständige Kellnerin kannte er noch von seinem letzten Besuch. Heute hatte sie einen jungen Mann namens Daniel im Schlepptau, der von ihr eingearbeitet werden sollte.

Decker steckte das Handy fort und schaute noch einmal zu den Schwingtüren, die in die Küche führten. Erneut hatte er das Gefühl, als wäre hinter der Scheibe jemand gewesen.

Hatte ihn derselbe Kerl noch einmal beobachtet?

Decker winkte der jungen Frau, die an seinem Tisch bediente. Daniel war kurz zuvor in der Küche verschwunden.

»Darf ich Ihnen noch etwas bringen?«, fragte sie, als sie neben ihm stand.

»Nein danke, das Essen war hervorragend.«

»Danke, Sir. Möchten Sie die Rechnung?«

»Ja, bitte.« Wieder ließ er den Blick durchs Lokal schweifen. »Ganz schön viel zu tun heute Abend.«

»Yeah, manchmal wird's ein bisschen verrückt.«

»Arbeiten Sie schon lange hier?«

»Ungefähr ein Jahr.«

»Als ich das letzte Mal hier war, ist Ihnen ein Trainee auf Schritt und Tritt gefolgt.«

»Oh ja, stimmt. Daniel. Tja, so haben wir alle mal angefangen.«

»Sie auch? Ich meine, hier im American Grill?«

»Nein, ich hatte schon ein paar Jahre Erfahrung im Kellnern. Nur deshalb habe ich auch den Job bekommen. Aber es ist schon irgendwie albern, wenn Sie mich fragen.«

»Was ist albern?«

»Ständig all die Neuen anzulernen. Sie bleiben ja doch nie. Zwei, drei Monate, dann sind sie weg. Manche Leute wissen gute, aufrichtige Arbeit eben nicht zu schätzen … all die Zeit und den Aufwand, die jede Einarbeitung kostet.«

»Yep, das stimmt. Wirklich Sinn macht das nicht.«

»Na, mir kann's egal sein, weil ich sowieso nicht mehr lange hier arbeite. Hab ein anderes Jobangebot. Bessere Bezahlung plus Zusatzleistungen.«

»Gratuliere.«

»Meine Mutter hat hier früher auch mal gearbeitet, vor etwa

zehn Jahren. Sie war es, die mir geraten hatte, mich zu bewerben. Der Stundenlohn ist nicht besonders, aber das ist beim Kellern immer so. Wenigstens sind die Trinkgelder ganz ordentlich, vor allem an den Wochenenden, wenn die Jungs sich volllaufen lassen und die Scheine locker sitzen. Entschädigt ein bisschen für all den Quatsch und die plumpe Anmache. Aber sobald einer übergriffig wird, und das werden viele von denen, fliegt er bei mir raus.«

»Richtig so. Hat Ihre Mutter lange hier gearbeitet?«

»Nein. Gewollt hätte sie schon. Aber nach etwa einem Jahr wurde ihr gekündigt.«

»Warum?«

»Hat man ihr nie verraten. Später wurde dann eine ihrer Freundinnen als Kellnerin eingestellt. Ungefähr ein Jahr später ist ihr dann ebenfalls gekündigt worden. Ohne jeden Grund.«

»Ganz schön seltsam.«

»Tja, nicht mein Problem. Ich bin bald weg, Gott sei Dank, denn ich bin jetzt auch seit ungefähr einem Jahr hier. Würde ich nicht freiwillig gehen, hätten sie mich wahrscheinlich demnächst ebenfalls gefeuert.«

»Aber seit den Zeiten Ihrer Mom hat doch bestimmt die Geschäftsführung gewechselt.«

»Nein, eben nicht.«

»Im Ernst?«

»Bill Peyton ist der Manager vom American Grill. Das war er schon, als meine Mom hier gearbeitet hat. Sie konnte ihn nicht leiden. Er hatte seine Augen ständig überall.«

»Dafür werden Manager vermutlich bezahlt.«

»Kann schon sein.«

»Und das Küchenpersonal?«

»Da hat sich in all den Jahren auch nie was geändert. Es sind noch dieselben Leute, mit denen meine Mom zusammengearbeitet hat. Soweit ich weiß, sind sie seit der Eröffnung des Ladens dabei.«

»Sie meinen die Köche, Küchenhelfer und die alle?«

»Genau.«

»Wie sind die denn so?«

»Was meinen Sie damit?«

»Alt, jung? Männer, Frauen? Leute von hier?«

»Nur Männer. Ich glaube, aus Ohio stammt keiner von denen. Um ehrlich zu sein, hab ich keine Ahnung, woher sie kommen. Die reden nicht viel mit uns. Altersmäßig dürften sie so in den Fünfzigern sein.«

»Ganz schön lange Zeit, um nur als Hilfskoch oder Tellerwäscher zu arbeiten.«

»Vermutlich sind sie zufrieden mit dem, was sie haben. Man gerät schnell in einen Trott, stimmt's? Deshalb will ich ja auch raus hier. Außerdem besuche ich Programmierkurse. Ich will nicht mein ganzes Leben als Kellnerin verbringen.«

»Dann wünschen ich Ihnen alles Gute für Ihre neue Stelle.«

»Danke. Ich bringe Ihnen die Rechnung.«

Decker gab ihr ein hübsches Trinkgeld und stand auf.

Beim Hinausgehen bemerkte er ein Schild neben der Tür.

Bill Peyton, Manager.

Er warf einen Blick zurück ins Restaurant.

Zum Stammgast hatte er es zwar nie gebracht, aber einige Male hier gewesen war er schon, als sein Leben noch nicht in Trümmern lag.

Bis heute war ihm an dem Laden nie etwas Besonderes aufgefallen.

Doch nun bekam etwas, das er in Rachels Büro gefunden hatte, plötzlich eine ganz neue Bedeutung.

61

»Was ist das, Decker?«

Es war eindeutig nicht Lancaster, die wissen wollte, was für ein Dokument er da in dem kleinen Konferenzraum des Reviers studierte.

Es war Blake Natty, der einen übermüdeten und reichlich zerknautschten Eindruck machte.

»Bloß das übliche Klein-Klein der täglichen Polizeiarbeit«, antwortete Decker. »Sie sehen ziemlich fertig aus, Natty.«

Natty betastete sein Stoppelkinn, strich sich durch die ungekämmten Haare und versuchte, den Knoten seiner Krawatte zu richten, gab dann aber auf. Er sank gegenüber von Decker auf einen Stuhl und verschränkte die Hände vor sich.

»Fran hat mich rausgeworfen.«

Decker lehnte sich zurück. »Tatsache? Was ist passiert?«

»Sie hat es rausgefunden.«

»Von Ihnen und Sally?«

Natty nickte.

»Wie?«

»Irgendein Trottel hat uns in meinem Wagen fotografiert und ihr die Bilder gemailt.«

»Na und? Ihr hättet doch bloß irgendwohin gefahren sein können.«

»Natürlich hat der Typ uns nicht beim Fahren fotografiert, sondern beim ….«

»Verstehe. Jedenfalls, Ihre Frau sollte auch erfahren, was Sally zugestoßen ist.«

»Das weiß sie schon. Ich glaube allerdings nicht, dass es eine Rolle spielt. Es ist nämlich so …« Er brach verunsichert ab.

»Sally war nicht die Erste, stimmt's?«, fragte Decker.

»Stimmt. Ich hab schon davor Mist gebaut. Damals hat Fran mir verziehen, aber das wird sie diesmal wohl nicht mehr tun.«

»Wie ich hörte, sind Sallys Angehörige gekommen, um ihre sterblichen Überreste in die Heimat zu überführen.«

Natty nickte. »Ich würde gern zu ihrer Beerdigung. Aber das wäre vermutlich wenig hilfreich.«

»Da könnten Sie recht haben.« Decker beugte sich vor. »Tut mir leid, Kumpel.«

Natty starrte nur schweigend auf die Tischplatte.

»Sagen Sie mal, hat Sally sich in letzter Zeit irgendwie sonderbar benommen?«, fragte Decker unvermittelt.

Natty hob den Blick. »Sonderbar? Was meinen Sie damit?«

»Als würde ihr etwas auf der Seele liegen.«

»Wir hatten eine Affäre, Decker. *Das* dürfte ihr auf der Seele gelegen haben.«

»Das meine ich nicht. Als sie sich bereit erklärte, mir zu helfen, war ihr anzumerken, dass irgendwas ihr keine Ruhe ließ. Und dabei ging es nicht um die Beziehung zu Ihnen, denn von der wusste ich ja bereits.«

»Was soll es denn sonst gewesen sein?«

»Vielleicht hat sie Ihnen gegenüber mal irgendwelche Andeutungen gemacht.«

Decker hätte viel lieber offen seinen Verdacht geäußert, aber das ging nicht. Im Augenblick wusste er nicht, wer worin verwickelt war, deshalb durfte er keine Vermutungen preisgeben, wenn keine Notwendigkeit bestand.

Natty rieb sich den Nacken und schien über die Frage nachzugrübeln. »Wenn Sie mich so fragen … Sally wirkte tatsächlich ein bisschen nervös in letzter Zeit. Vielleicht, weil Sie uns zusammen gesehen hatten.«

»Dafür haben Sie selbst gesorgt, Natty. *Sie* haben vor mir angehalten und mich angebrüllt, obwohl Sally neben Ihnen im Wagen saß.«

Decker rechnete mit einer heftigen Reaktion Nattys, aber sie blieb aus. Womöglich hatten Sallys Tod und der Rauswurf durch seine Frau den Mann ja doch geändert.

»Bevor Sie kamen, Decker, hatte ich hier das Sagen. Ich war schon vor Ihnen zum Detective aufgestiegen, und alle hielten Riesenstücke auf mich.«

»Sie haben bloß Ihren Job gemacht, Natty, wie alle anderen. Sie haben Ihre Fälle bearbeitet und schwere Jungs hinter Gitter gebracht. Punkt, Ende, aus.«

»Das meine ich nicht. Wir haben nie in derselben Liga gespielt, Decker. Sie waren immer schon eine Nummer besser als die anderen. Sie sind für diesen Dreck hier geboren.«

»Keine Ahnung, ob ich dafür geboren bin, aber derzeit ist es das Einzige, was ich im Leben habe.«

Natty wirkte betroffen von diesem aufrichtigen Eingeständnis. »Als Ihre Familie umgebracht wurde, konnte ich es nicht begreifen. Ehrlich nicht. So etwas hatte es hier noch nie gegeben. Und wie ich zu meiner Schande gestehen muss, hat es mir gefallen, Sie am Boden zu sehen. Mit jedem Tag sind Sie tiefer abgerutscht – bis zu dem Punkt, an dem Sie keine Konkurrenz mehr für mich darstellten.«

Decker schwieg. Er hätte angesichts dieser unverblümt zynischen Haltung aus der Haut fahren können, bezwang sich jedoch.

»Nach Ihrem Abgang geschah etwas Seltsames. Unsere Aufklärungsrate war nicht mehr annähernd so gut wie früher. Dann geschah dieses Massaker an der Highschool. Und wir kamen einfach nicht weiter mit unseren Ermittlungen. Und was passierte? Kaum hatten Sie sich wieder eingeklinkt, war die Sache aufgeklärt.«

»In diesem Fall blieb mir ja wohl nichts anderes übrig, Natty. So unmittelbar, wie mich die ganze ›Sache‹, wie Sie es bezeichnen, anging.«

»Aber dann bekamen Sie den Job beim FBI und verschwanden von hier. Ich löste ein paar Fälle gemeinsam mit Mary. Es lief ganz gut. Wahrscheinlich wäre ich sogar befördert worden.« Er schwieg, mahlte mit dem Kiefer. »Aber dann fing diese Geschichte mit Sally an. Gefährlich und dämlich zugleich, das war uns beiden klar, aber wir konnten einfach nicht aufhören.« Er schaute Decker an. »Dabei hatten wir kaum Sex. Sally war in dieser Hinsicht … na ja, ein bisschen seltsam.«

»Sie schulden mir keine Erklärungen, Natty.«

»Und dann tauchen Sie erneut in der Stadt auf, und dieser ganze Scheißdreck mit Hawkins fängt wieder von vorne an. Als ich Sie hier wiedersah, wäre ich beinahe ausgeflippt. Ich war fest davon ausgegangen, Sie für immer los zu sein. Aber dann stehen Sie schon wieder da!«

»Ich war nur zurückgekommen, um das Grab meiner Familie zu besuchen. Mein Wunsch war es nicht, dass Hawkins mich auf dem Friedhof kontaktiert und mir erzählt, er sei unschuldig. Andernfalls wäre ich längst wieder weg und würde frühestens zum nächsten Jahrestag zurückkommen.«

Natty räusperte sich. »Ich bin inzwischen länger als die Hälfte meines Lebens Cop«, erklärte er ruhig. »Es ist mir zur Berufung geworden, so geschwollen sich das anhören mag. Und ich glaube, ich bin sogar ganz gut in meinem Job. Aber so wie Sie bin ich nicht.«

»Unsinn«, erwiderte Decker. »Und glauben Sie mir, in meinen Schuhen möchten Sie auch nicht stecken.«

»Tja, und jetzt ist Sally tot und meine Frau fort. Zum Glück sind die Kids aus dem Gröbsten raus. Bleibt mir also nur … das hier.« Er schaute sich um.

»Sobald der Fall abgeschlossen ist, bin ich weg, Natty«, sagte Decker. »Das alles hier können Sie ganz für sich allein haben.«

Natty stieß ein kehliges Lachen aus. »Mir wird langsam klar, dass meine eigentlichen Probleme tiefer liegen als mein Neid auf Sie, Decker.«

»Dann stellen Sie sich diesen Problemen. Arbeiten Sie daran. Sie haben in Ihrem Leben schon viele schlimme Dinge gesehen, genau wie ich. Das Leben ist nie perfekt. Man muss das Beste aus dem machen, was man hat. Man kann in Selbstmitleid ertrinken, oder man kann es überwinden. Warum versuchen Sie nicht, dagegen anzukämpfen? Am besten gleich jetzt, auf der Stelle.«

Natty schwieg nachdenklich.

»Denken Sie noch mal scharf über meine Frage zu Sally nach. Hat ihr irgendetwas zu schaffen gemacht? Raus mit der Sprache.«

»Warum löchern Sie mich ständig damit?«, erwiderte Natty misstrauisch. »Haben Sie etwas herausgefunden, was …«

»Sally hatte rötliches Haar.«

»Weiß ich«, sagte Natty verwundert.

»Hat sie jemals eine Perücke getragen?«

»Eine Perücke? Soll das ein Witz sein?«

»Nein. Eine blonde Kurzhaarperücke.«

»Nein, wieso? Warum sollte sie? Tragen Frauen überhaupt noch Perücken?«

»Keine Ahnung. Manche wahrscheinlich schon.«

»Nun, Sally jedenfalls nicht. Zumindest habe ich sie nie mit einer gesehen. Sie hatte von Natur aus schönes Haar. Warum fragen Sie mich danach? Haben Sie eine Perücke gefunden oder was?«

»In ihrem Ankleideraum.«

»Was haben Sie in ihrem Ankleideraum verloren?«

»Eigentlich hat Lancaster die Perücke entdeckt. Wir haben ihre Wohnung nach einem möglichen Mordmotiv durchsucht.«

»Aber der Schuss galt doch Ihnen, nicht Sally!«

Decker schüttelte den Kopf. »Der Kerl, der auf Rachel Katz geschossen hat, ist derselbe, der Sally auf dem Gewissen hat. Wie wir kürzlich erfahren haben, hat er eine Scharfschützenausbildung absolviert. Er hat ein Laservisier benutzt, mit dem er mich noch aus tausend Meter Entfernung erwischt hätte. Dass der Schweinehund aus einem Zwanzigstel dieser Distanz sein Ziel verfehlt hat, ist ausgeschlossen. Schauen Sie mich doch an, Natty. Ich bin ein ziemlicher Brocken. Selbst mit einer beschissenen Dienstpistole hätten Sie mich aus dieser Entfernung getroffen.«

Natty ließ sich gegen die Rückenlehne sinken. »Aber warum um alles in der Welt hätte jemand Sally umbringen wollen? Sie war … sie war ein guter Mensch. Sie hatte keine Feinde.«

»Von denen Sie wissen.«

Natty funkelte ihn scharf an. »Und was hat diese Perücke mit der Sache zu tun?«

»Sie entspricht ziemlich genau der Frisur von Susan Richards.«

Es dauerte ein paar Sekunden, bis Natty die Zusammenhänge begriffen hatte. »Moment mal, wollen Sie etwa behaupten …«

»Dass Sally die Perücke getragen hat, um sich als Richards auszugeben? Ja, genau das behaupte ich. Meiner Meinung nach befand sich Richards' Leiche in diesem Koffer. Das Ganze war eine reine Inszenierung für Richards' Nachbarin. Wir sollten annehmen, dass Richards getürmt ist und anschließend Selbstmord beging.«

»Wollen Sie damit sagen, Sally hätte Richards umgebracht? Das ist lächerlich! Ich bin in meinem Leben schon vielen Mördern begegnet, Decker, genau wie Sie. Sally hätte keiner Fliege etwas zuleide tun können.«

»Ich denke nicht, dass sie Richards umgebracht hat. Möglicherweise hat sie nicht einmal gewusst, dass Richards in dem Koffer steckte. Vielleicht war er abgeschlossen. Aber ich bin der Meinung, dass man sie dazu gebracht hat, Richards' Rolle zu spielen und mit deren Wagen samt Koffer wegzufahren. Irgendwo haben dann andere den Koffer übernommen und die Leiche dort abgelegt, wo wir sie gefunden haben.«

»Warum sollte Sally bei so was mitgemacht haben?«

»Vielleicht hat jemand sie erpresst.«

»Womit denn?«

»Dreimal dürfen Sie raten, Natty.«

In Nattys Zügen spiegelte sich Entsetzen. »Unsere … Affäre?«, murmelte er mehr zu sich selbst. »Aber wie …«

»Jemand hat gedroht, Ihrer Frau alles zu verraten, es sei denn, Sally zieht diese Perücke an. Tut sie es nicht, ist sie beruflich ruiniert. Sie müssen ihr nicht einmal erzählen, dass Richards tot ist oder in diesem Koffer steckt. Sie muss nur damit wegfahren.« Decker legte eine kurze Pause ein, bevor er fortfuhr: »Kapieren Sie jetzt? *Deshalb* hätte ich gerne von Ihnen gewusst, ob Sally sich irgendwie merkwürdig verhalten hat.«

»Aber Sally wurde doch umgebracht, *bevor* man Richards fand.«

»Sally hätte in der Zwischenzeit von ihrem Tod erfahren haben können.«

Natty brauchte eine Weile, um das alles zu verdauen. Dann schien der Detective in ihm die Oberhand zu gewinnen, und er beugte sich vor.

»Also gut. Ich dachte, Sally wäre einfach nur nervös wegen unserer Beziehung. Kurz nach Richards' Verschwinden haben wir uns allerdings abends mal in ihrer Wohnung getroffen …«

»Und?«, fragte Decker gespannt.

»Sie wollte wissen, was ich von Richards' Verschwinden halte. Ich sagte, dass sie Hawkins getötet haben könnte und dann geflüchtet ist.«

»Wie hat sie darauf reagiert?«

»Um ehrlich zu sein, schien sie es mir nicht abzunehmen. Ich bin sogar noch darauf eingegangen und habe sie gefragt, ob sie eine andere Theorie habe.«

»Hatte sie?«

»Sie … sie meinte, dass Menschen die Dinge manchmal falsch betrachten. Etwa so, als würden sie in einen Spiegel schauen. Sie gab mir ein Beispiel: Wenn man vor einem Spiegel die rechte Hand hebt, sorgt die Spiegelung dafür, dass dein Kopf denkt …«

»Es sei die linke«, beendete Decker den Satz.

Natty nickte. »Was hat sie damit sagen wollen? Was meinen Sie?«

Decker antwortete nicht.

Aber er hatte eine ziemliche genaue Vorstellung, was die Tote damit gemeint haben könnte.

62

Zurück im Residence Inn breitete Decker auf seinem Bett sämtliche Konstruktionspläne für den American Grill aus, dessen Bau David Katz fünfzehn Jahre zuvor geleitet hatte. Die Pläne wirkten ziemlich normal für ein solches Restaurantprojekt, allerdings war ihm der Name des ausführenden Architekten auf den Plänen gänzlich unbekannt. Und wie die angegebene Adresse verriet, befand sich das Büro nicht einmal in diesem Bundesstaat.

Decker rief Mary Lancaster an. Sie war zu Hause. Er bat sie, Earl ans Telefon zu holen.

»Was gibt's, Amos?«, meldete der sich Sekunden später.

»Ich hätte da ein paar bautechnische Fragen an dich.«

»Klar, schieß los«, sagte Earl, der erleichtert schien, dass die Fragen nicht wieder persönlicher Natur waren.

»Erinnerst du dich an das Bauprojekt American Grill?«

»Das Restaurant von Katz?«

»Genau.«

»Yeah. Ich meine, beteiligt war ich nicht daran, aber ich weiß noch, wie es gebaut wurde.«

»Hattest du dich dafür beworben?«

»Damals hatte ich meine Lizenz als Generalunternehmer noch nicht, konnte die Bauleitung also nicht übernehmen, hatte aber bereits meine Schreinerei für den Innenausbau. Also habe ich mich für einige der Einrichtungsarbeiten beworben, aber keinen Zuschlag erhalten.«

»Weißt du noch, wer der Generalunternehmer war?«

»Lustig, dass du danach fragst. Ich hab den Typen nämlich gar nicht gekannt. Niemand kannte ihn, da Katz eine Firma von außerhalb beauftragt hatte. Wenn ich mich recht erinnere, war die nicht einmal aus Ohio.«

»Was? Du meinst, selbst die Arbeiter?«

»Genau. Meines Wissens hat keiner von hier an diesem Projekt gearbeitet.«

»Wieso hat Katz eine solche Entscheidung getroffen? Ist ihn das nicht teurer gekommen?«

»Tja, sollte man annehmen. Alle, die von außen kommen, müssen irgendwo untergebracht und versorgt werden. Wer hier lebt, geht nach der Arbeit einfach nach Hause. Es dürfte kostspieliger gewesen sein, Leute von außerhalb zu holen.«

»Gab es damals zu wenig geeignete Kandidaten hier? Musste Katz deshalb außerhalb von Ohio nach Mitarbeitern suchen?«

»Gott bewahre. Alle hier suchten händeringend nach Aufträgen. Als sie mein Angebot ablehnten, bin ich noch zu Katz ins Büro, um nachzufragen, ob sie vielleicht etwas anderes für mich hätten. Mary und ich waren noch nicht lange verheiratet und wollten eine Familie gründen. Ich versuchte alles, um meine Firma in Schwung zu bringen. Katz kam mit einem Haufen Geld und vielen ehrgeizigen Plänen in die Stadt gerauscht, da wollte ich natürlich gerne mit ins Boot.«

»Und wie lief das Gespräch?«

»Mit ihm selbst habe ich nicht einmal gesprochen, aber mit einem seiner Leute. Den Namen habe ich vergessen. Er hat mir in nicht eben freundlichem Ton mitgeteilt, dass Mr. Katz sein eigenes Team habe. Das hat mich natürlich schon ein wenig geärgert. Ich meine, warum bittet er lokale Betriebe, Angebote einzureichen, wenn er sowieso seine eigenen Leute nimmt.«

»Was hat der Mann dazu gemeint?«

»Ich sag dir eins, Decker, ich bin wirklich kein Hänfling. Ich bin ein großer, kräftiger Kerl, aber der Typ damals hat mir allein schon mit seinem Blick eine Höllenangst eingejagt.«

»Kannst du ihn beschreiben? Ich weiß, es ist verdammt lang her.«

»Doch, kann ich. Daran merkst du, welchen Eindruck er auf mich gemacht hat. Gewicht und Größe etwa wie ich. Dunkles Haar, dunkle Augen. Er sah nicht unbedingt amerikanisch aus. Zumindest für mich nicht.«

»Sprach er mit Akzent?«

»Habe ich nicht bemerkt, aber solche Dinge fallen mir auch selten auf.«

»Und dann bist du wieder weg?«

»Was blieb mir anderes übrig? Ich konnte sie ja schlecht zwingen, mir einen Auftrag zu geben.«

»Die Arbeiten wurden demnach komplett von auswärtigen Kräften erledigt?«

»Soviel ich weiß, ja. Das heißt, so ganz stimmt das nicht. Die Baugrube hat Fred Palmer ausgehoben. Der ist von hier.«

»Baugrube?«

»Ja, für das Fundament und so. Dafür braucht es schweres Gerät. Wahrscheinlich wollte Katz das nicht extra heranbkarren.«

»Gibt's diesen Palmer noch?«

»Klar, ich habe sogar seine Nummer, weil ich ihn inzwischen selbst oft beauftrage. Ein anständiger Kerl, der erstklassige Arbeit leistet.« Earl gab ihm die Kontaktdaten.

»Danke. Erinnerst du dich noch an die Bauarbeiten am American Grill?«

»Ja, ich bin immer mal wieder daran vorbeigekommen.«

»Erschien dir irgendwas merkwürdig daran?«

»Na ja, es gab einen hohen Zaun und reichlich Sicherheitsmaßnahmen um die Baustelle.«

»Das ist aber doch nicht ungewöhnlich, oder? Es soll doch bloß verhindern, dass Unbefugte das Gelände betreten und dass Material oder Maschinen gestohlen werden.«

»Yeah, nur dass sie sich damals zuerst um die Sicherheitsmaßnahmen gekümmert haben, noch bevor überhaupt irgendwelches Material auf der Baustelle lagerte. Und einen Zehn-Tonnen-Bagger klaust du nicht einfach und fährst damit auf der Straße davon.« Nach kurzem Überlegen fügte er hinzu: »Und sie haben alles zugehängt.«

»Was meinst du damit?«

»Alles war ringsum mit Planen verdeckt.«

»Damit keiner hineinsehen konnte?«

»Genau. Ich fand das sonderbar.«

In diesem Moment entriss Mary ihrem Mann offenbar das Telefon. »Warum interessierst du dich plötzlich so für den American Grill, Amos?«

»Nur so eine Theorie.«

»Was für eine Theorie?«

»Die formt sich erst so langsam. Aber ich glaube, eins haben wir falsch gemacht.«

»Was?«

»Mit unseren Ermittlungen erst beim Zeitpunkt der Morde anzusetzen.«

»Wann denn sonst?«

»Welchen Grund hatte David Katz, sich ausgerechnet in Burlington, Ohio, niederzulassen? Oder hatte womöglich jemand anders diese Entscheidung für ihn getroffen?«

63

Fred Palmer war in den Siebzigern, hatte Übergewicht und Glatze, einen rötlichen Teint und freundliche Gesichtszüge. Sein fensterloses Büro bestand aus Schreibtisch mit Stuhl und zwei Sitzgelegenheiten für Besucher. Keine Bilder an der Wand. Kein Teppich auf dem Boden.

Er blätterte gemächlich in einer Akte, während Lancaster und Decker ungeduldig auf ihren Besucherplätzen hockten.

»Fast fünfundvierzig Jahre bin ich jetzt schon im Geschäft«, erklärte Palmer.

»Ja, das sagten Sie bereits«, erwiderte Lancaster. »Haben Sie gefunden, wonach wir suchen?«

»Ja, hier haben wir's. Dachte ich's mir doch. Der American Grill. Ich esse da allerdings nie. Leide an Sodbrennen. Von all dem scharfen Zeug, das die da auf der Karte haben, bekomme ich Reflux.«

»Und als es damals gebaut wurde? Mein Mann meinte, Sie hätten auch daran gearbeitet.«

»Earl ist ein netter Kerl. Sie dürfen sich glücklich schätzen, den zu haben, Ma'am.«

»Ja, sehr. Was ist nun mit den Unterlagen? Haben Sie sie gefunden?«

Palmer legte seinen dicken Daumen auf die Mitte der Seite. »Miete von schwerem Gerät«, las er vor.

»*Miete?*«, wiederholte Decker. »Sie haben da gar nicht gearbeitet?«

»Nein, *Miete* bedeutet Ausleihen«, erklärte Palmer lachend und warf Mary Lancaster einen amüsierten Blick zu. »Ihr Kollege hat keinen blassen Schimmer vom Baugewerbe, was?«

»Was für schweres Gerät?«, fragte Decker.

»Bagger, Kipplaster, Radlader, Bulldozer. Alles hier vermerkt.« Er tippte auf das Formular.

»Wie lange wurden die Maschinen gemietet?«

»Hier steht zwei Wochen«, antwortete Palmer nach kurzem Blick in die Unterlagen.

»Kommt es häufig vor, dass Sie Baumaschinen nur ausleihen, oder erledigen Sie üblicherweise auch die Arbeiten?«

Palmer schloss die Akte und lehnte sich zurück. »Uns ist es natürlich lieber, wenn wir auch den Auftrag dazu bekommen. Aber das Projekt war sowieso eigenartig.«

»Inwiefern?«, bohrte Decker nach.

»Dieser Mr. Katz. Darren?«

»David«, verbesserte Decker.

»Richtig, David Katz. Der Typ wurde später umgebracht, wissen Sie.«

»Ach was?« Lancaster hätte beinahe die Augen verdreht.

»O ja. Ermordet. Zusammen mit ein paar anderen. Na ja, egal. Der Typ zog jedenfalls her, erhielt den gewünschten Kredit und wollte dieses Restaurant bauen. So weit, so gut. Ein Haufen Leute hier hätte das für ihn erledigen können.«

»Aber er holte sich dafür eine auswärtige Firma«, ergänzte Decker. »Das wissen wir bereits.«

»Und er zäunte alles mit Planen ein und traf extrem scharfe Sicherheitsvorkehrungen auf der gesamten Baustelle«, fügte Lancaster hinzu.

»Das war ganz schön schräg«, sagte Palmer. »Ich hatte mich sogar selbst für den Auftrag beworben, erhielt aber eine Absage.

Dabei waren wir damals der größte Anbieter in der Gegend. Zählen noch heute zu den Größten. Hat mich schon überrascht, aber es war ja sein Geld.«

»Kam Ihnen sonst noch etwas merkwürdig vor?«, fragte Lancaster.

»Na, das hier natürlich«, antwortete Palmer und tippte auf die Akte.

»Da kann ich Ihnen jetzt nicht folgen«, erklärte Lancaster verwirrt.

»Ich will damit sagen, wofür braucht man derart viel schweres Gerät, bloß um das Fundament für ein Restaurant zu legen? Ich meine, was gibt es da groß zu buddeln? Bei den meisten derartigen Projekten überhaupt nichts. Man nivelliert allenfalls das Grundstück, gießt das Fundament und baut dann da drauf.« Er lachte. »Mit all dem Zeug, das sie von mir ausgeliehen hatten, hätten sie sich bis nach China durchbuddeln können.«

»Haben Sie jemals nachgefragt, wofür diese Leute überhaupt so viel schweres Gerät brauchten?«, fragte Decker.

»Was, sind Sie verrückt?«, gab Palmer mit ungläubiger Miene zurück. »Natürlich nicht. Für mich bedeutete das nur mehr Umsatz. Was schert es mich, wofür sie das brauchen, solange ich nur pünktlich mein Geld bekomme. Und das habe ich. Ich kann Ihnen allerdings sagen, dass die Baumaßnahmen länger gedauert haben als kalkuliert. Und für diese Überziehung haben sie mir noch Extragebühren zahlen müssen. Ich weiß noch, dass ich manchmal beim Vorbeifahren gedacht habe, wann zum Teufel die wohl endlich fertig werden.«

»Warum hat es wohl so lange gedauert?«, fragte Lancaster.

»Weiß ich nicht, nur dass es wirklich verdammt lange gedauert hat«, antwortete Palmer und lachte kurz auf. »An eine Sache erinnere ich mich aber.«

»Welche?«

»Als wir die Baumaschinen zurückbekamen, waren alle gewaschen. Picobello sauber. Also, ich wüsste nicht, dass ich so was schon einmal erlebt hätte. Meist kommt das Zeug total verdreckt zurück, und wir müssen selbst die Reinigung übernehmen. Bei denen nicht. Die Maschinen waren so sauber, dass man sich auf dem Blech glatt hätte was braten können.« Er lachte schallend. »Ein Spiegelei!«

»Yeah«, sagte Decker. »Zum Schießen.«

*

»Und was sagt uns das jetzt?«, fragte Lancaster, als sie draußen waren.

»Dass David Katz das allem Anschein nach sonderbarste Bauvorhaben in der Stadtgeschichte von Burlington umgesetzt hat.«

»Und das bedeutet?«

»Dass es Zeit wird, endlich herauszubekommen, wer dieser verdammte David Katz tatsächlich war.«

Sie gingen den Bürgersteig entlang, als ein Wagen an ihnen vorbeifuhr und dann abbremste. Die Seitenscheibe glitt herunter.

»Amos Decker?«

Decker sah zu dem teuren Wagen hinüber. Hinter dem Steuer saß Duncan Marks, der alternde Dandy und Maseratifahrer.

»Mr. Marks, wie geht es Ihnen?«

»Gut, gut. Aber Sie sehen blendend aus. Viel besser als bei unserer letzten Begegnung.«

»Nun ja, kann mich nicht beklagen.«

»Wie ich hörte, sind Sie wieder heimgekehrt.«

»Nur vorübergehend.«

»Was Sie für meine Tochter getan haben, werde ich Ihnen niemals vergessen.«

»Ich hoffe, sie kommt zurecht.«

»Ja. Jenny hat endlich Vernunft angenommen.«

»Das freut mich.«

»Mein Gott, ich habe gehört, was Rachel Katz zugestoßen ist. Grauenvoll. Wird sie durchkommen?«

»Das hoffen wir«, sagte Lancaster.

»Wir haben gemeinsam an ein paar Bauprojekten gearbeitet. Die Frau hat wirklich Geschäftssinn und ist ausgesprochen intelligent.«

Decker nickte langsam. »Wären Sie bereit, uns ein paar Fragen über Katz zu beantworten? Wir versuchen herauszufinden, wer hinter dem Anschlag auf sie steckt, und da könnten Ihre Einblicke nützlich sein.«

»Klar doch. Kein Problem. Kommen Sie doch einfach heute Abend zum Essen bei mir vorbei.« Er wandte sich an Lancaster. »Und bringen Sie Ihre Partnerin mit.«

»Sie müssen uns nicht gleich einladen«, erklärte Decker.

»Ich bestehe darauf. Das ist das wenigste nach allem, was Sie für Jenny getan haben. Sagen wir, gegen sieben?«

Decker nickte, und Marks fuhr davon.

»Könnte ein interessanter Abend werden«, bemerkte Lancaster.

»Hoffen wir, dass er mehr als nur interessant wird.«

64

Decker und Mars betrachteten die vor ihnen liegende Frau. Über ihren Körper zogen sich derart viele Schläuche und Kabel, dass das menschliche Wesen unter all dem medizinischen Wust kaum noch auszumachen war.

Aber es war Rachel Katz. Die noch lebte. Und die sich noch immer in kritisch stabilem Zustand befand.

»Was sagen die Ärzte?«, fragte Decker.

»Dass sie irgendwann aufwachen wird. Sie wissen bloß nicht wann.«

»Du bist doch fast ununterbrochen bei ihr gewesen. Hat sie sich jemals geregt? Irgendwelche Laute von sich gegeben? Im Schlaf geredet?«

»Nein, nichts dergleichen.«

»Du musst mal eine Pause einlegen, Melvin. Sie ist hier in besten Händen. Und unter ständiger Bewachung.«

»Ich weiß nicht, Decker«, erwiderte er unschlüssig.

»Ich aber. Außerdem würde ich dich heute Abend gerne mitnehmen.«

»Wohin?«

»Zu Duncan Marks. Er hat Lancaster und mich zum Essen eingeladen und bestimmt nichts dagegen, wenn du uns begleitest. Er hat sich heute nach Rachel erkundigt.«

»Okay, aber warum isst du dann gleich mit ihm zu Abend?«, wollte Melvin wissen.

»Weil die beiden ein paar gemeinsame Geschäfte verbindet und ich gerne mehr über die Vorgeschichte hier erfahren würde.«

»Na schön, wenn du meinst, dass es hilft.«

»In unserer momentanen Lage, Melvin, hilft einfach alles.«

*

Sie fuhren in Deckers Wagen die lange, kurvenreiche Straße zu Marks' Haus, oder besser gesagt zu seinem Anwesen hinauf und bogen vor der Villa auf einen kunstvoll gepflasterten Parkplatz.

Decker schaute in Richtung Burlington und sah tief unter sich die Lichter der Stadt glitzern. Marks hatte einen herrlichen Blick.

Beim Aussteigen zupfte Lancaster unsicher an ihrem Kleid und steckte ein paar lose Haarsträhnen an ihren Platz. »Für so ein Drumherum hatte ich nun wirklich nicht das passende Outfit in meiner Garderobe«, sagte sie und starrte den mächtigen Bau aus Stuck und Naturstein an, der ebenso gut auf einem französischen oder italienischen Landsitz hätte thronen können. »Und für den Friseur blieb mir auch keine Zeit.«

»Du siehst gut aus«, versicherte ihr Decker.

»Für euch Männer ist das anders, Decker«, erwiderte sie.

»Hauptsache, du hast deine Waffe dabei.«

»Jetzt machst du aber Witze, hoffe ich«, sagte Mary lächelnd.

Decker lächelte nicht zurück.

Er trug ein Cordsakko, das vor etwa dreißig Jahren mal neu gewesen sein dürfte, dazu kakifarbene Hosen und das sauberste Hemd, das er finden konnte.

Mars dagegen wirkte piekfein in weißem Hemd mit Hose und maßgeschneidertem Schurwollsakko samt Einstecktuch.

»Du siehst aus, Melvin, als könntest du für GQ posieren«, meinte Lancaster.

»Danke. Wenn man zwanzig Jahre lang immer das Gleiche getragen hat, in meinem Fall einen weißen Gefängnisoverall, weiß man ein bisschen Eleganz zu schätzen.«

Sie traten an die massive doppelflügelige Eingangstür, und Decker klingelte. Augenblicke später öffnete ihnen ein Mann in Butlerlivree, der sie in die Bibliothek führte, wo seinen gewählten Worten zufolge Marks und die anderen Gäste ihre Aperitifs einnahmen.

Der lang gestreckte, holzgetäfelte Raum hatte zwar nur wenige Bücher zu bieten, dafür aber ein prasselndes Kaminfeuer sowie mehrere Sitzbereiche mit edlen Polstermöbeln, die nach Exklusivanfertigungen aussahen und es vermutlich auch waren.

Marks stand mit einem Glas in der Hand neben dem Kamin. Er war umringt von zwei anderen Männern und drei Frauen, darunter, wie Decker sofort erkannte, auch seine Tochter Jenny. Die groß gewachsene Blondine war inzwischen in den Zwanzigern und reichlich fade, zumindest in Deckers Augen. So häufig, wie sie sich bereits über beide Ohren verliebt hatte, gelang das den meisten Menschen in einem ganzen Leben nicht. Das Problem daran war, dass die Männer allesamt das Geld ihres Vaters weit mehr geliebt hatten als sie.

Der Blick, den sie Decker schenkte, wirkte auf ihn eher unfreundlich. Wahrscheinlich war sie sauer, dass er mehr über sie und ihre gescheiterten Beziehungen wusste, als ihr lieb sein konnte. Jenny entstammte Duncan Marks' zweiter Ehe mit einer deutlich jüngeren Frau, die das Weite gesucht hatte, als Jenny gerade einmal drei Jahre alt gewesen war. Es sprach für Duncan Marks, dass er seine Tochter allein großgezogen hatte. Deckers Meinung nach hatte er sie allerdings viel zu sehr verwöhnt und ihr damit allen Ehrgeiz geraubt, aus eigenen Kräften etwas zu erreichen.

»Decker«, rief Marks und winkte sie zu sich.

»Mein Freund, Melvin Mars«, stellte Decker vor. »Offenbar sind Sie einander ja bereits begegnet. Es ist Ihnen doch recht, dass wir ihn mitgebracht haben?«

»Aber sicher. Sie waren mit Rachel zusammen, richtig?« Er schüttelte traurig den Kopf. »Tragische Sache. Ich hoffe nur, sie wird es schaffen.«

»Sie kämpft tapfer«, erwiderte Mars. »Ich bin bei ihr im Krankenhaus gewesen, und inzwischen sieht es etwas besser aus.«

»Schön, schön«, sagte Marks und machte eine ausladende Handbewegung zum Rest der Gruppe. »Meine Tochter Jenny kennen Sie ja schon, Decker.«

Jenny Marks nickte Decker kurz zu.

»Und dies sind einige meiner Geschäftspartner.«

Decker musterte die kleine Gruppe von Männern und Frauen. Sie wirkten durchweg machtbewusst, wohlhabend und von seiner Größe und seinem Auftreten wenig beeindruckt. Die zwei Frauen waren elegante schlanke Erscheinungen in kostspieliger Abendgarderobe mit juwelenbesetzten Ohrringen und Halsketten. Beide bedachten die schlicht gekleidete Lancaster mit herablassenden Blicken. Eine von ihnen lehnte sich zu der anderen und flüsterte ihr etwas zu, das diese zum Lächeln brachte.

Decker bemerkte, wie Mary Lancaster ihr Jackett enger um sich schlang.

Getränke wurden gereicht, und alle drängten sich vor dem Feuer. Man konnte den Wind hören, der durch den Kamin pfiff.

»O Gott, diese Winter in Ohio«, bemerkte Marks lachend. »Es geht schon wieder damit los. Zieht einem so richtig in die Knochen.«

»Du verbringst deine Winter doch eh in Palm Beach oder Palm Springs, Dad«, warf seine Tochter ein.

»Na ja, dafür habe ich früher genug Winter *hier* verbracht«, entgegnete er lächelnd. »Schon mal in Palm Beach gewesen, Decker?«

»Nein, nie.«

»Wunderschön da unten.«

»Sofern man reich ist«, sagte Jenny.

»Nein«, widersprach ihr Vater. »Schön ist es da auch ohne Geld. Blick und Wetter kosten nichts. Aber mit Geld macht es viel mehr Spaß, da gebe ich dir recht.« Marks wandte sich wieder an Decker. »Und, haben Sie schon irgendeine heiße Spur, was diese Sache mit Rachel betrifft? Ich meine, welcher kranke Spinner tut denn so was?«

»Den kranken Spinner, der geschossen hat, haben wir bereits«, erklärte Decker und wies auf Lancaster. »Was wir allein meiner Partnerin hier zu verdanken haben, die ihn unter Einsatz des eigenen Lebens erschießen konnte, kurz bevor er mich erledigt hätte.«

Plötzlich betrachteten die beiden Frauen Mary Lancaster mit ganz anderen Augen. Die eine, die über Mary gewitzelt hatte, wurde bleich, wich einen Schritt zurück und musterte sie voller Respekt.

»Wow, höchst beeindruckend«, sagte Marks. »Tödliche Treffer konnte ich bislang allenfalls mal auf dem Immobilienmarkt landen«, fügte er ohne jede Spur von Ironie hinzu. Er hob sein Glas in Marys Richtung. »Auf Ihre außergewöhnlich mutige Tat, Detective Lancaster.«

Die anderen stimmten in den Toast ein. Mary lächelte leicht errötend und nippte an ihrem Gin Tonic.

»Wir glauben allerdings, dass der Killer im Auftrag handelte«, ergänzte Decker.

»Im Auftrag!«, wiederholte Marks erregt. »Wer um alles in der Welt würde Rachel nach dem Leben trachten?«

»Keine Ahnung«, antwortete Decker und schaute in die Runde. »Sie hatten doch alle geschäftlich mit ihr zu tun. Hatte sie irgendwelche Feinde?« Er ließ den Blick von einem zum anderen wandern, doch alle schüttelten nur den Kopf.

»Rachels einzig richtiger Geschäftspartner bin ich gewesen, Decker«, erklärte Marks. »Obwohl wir längere Zeit kaum noch etwas zusammen gemacht haben. Sie hat ihre eigenen Geldgeber und ist auf jemanden wie mich nicht unbedingt angewiesen. Ich könnte also nicht behaupten, umfassend über Rachel Bescheid zu wissen. Aber dass sie Feinde hätte, ist mir nie aufgefallen. Ich meine, ich weiß, was ihrem Ehemann zugestoßen ist, aber das ist schon lange her. Und er war damals einfach nur zur falschen Zeit am falschen Ort, wenn ich mich richtig erinnere.«

Der Butler trat ein und verkündete, dass serviert werde.

Während sie ins Speisezimmer wechselten, meinte Marks mit breitem Grinsen zu Decker: »Schon ziemlich britisch, das mit dem Butler, und irgendwie albern, ich weiß. Aber egal, mir gefällt's.«

An der langen Tafel platzierte er Decker direkt neben sich, setzte Mars zwischen die anderen beiden Frauen und Lancaster zwischen die anderen beiden Männer. Jenny Marks nahm gegenüber von Decker Platz, zur Seite ihres Vaters, der am Kopfende präsidierte.

»Was können Sie mir über David Katz erzählen?«, erkundigte sich Decker beim Essen.

»David?« Marks wischte sich mit der Serviette über den Mund. »Tja, er tauchte vor Jahren in der Stadt auf. Jung, clever und brennend vor Ehrgeiz.«

»Angeblich hatte er da schon mit anderen Sachen irgendwo Geld gemacht.«

»Ganz recht. So habe ich das auch gehört.«

Marks kaute auf einem Stück Steak.

»Wissen Sie, womit genau er zu Geld gekommen ist?«, bohrte Decker weiter.

»Nicht genau. Ich glaube, es war am Aktienmarkt oder im Anleihengeschäft, aber sicher bin ich mir da nicht.«

In der Zwischenzeit fragten die beiden Frauen den zwischen ihnen sitzenden Mars aus.

»Sie sehen aus wie ein Sportler«, sagte die Brünette zu seiner Linken. »Waren Sie mal Profi?«

»Auf dem College habe ich Football gespielt. Danach wollte ich in die NFL, aber daraus wurde nichts.«

»Sie machen den Eindruck, als könnten Sie immer noch mitmischen.«

»Da habe ich meine Zweifel. Die Jungs heute sind noch viel größer und schneller als zu meiner Zeit.«

Die Frau rechts von ihm deutete in Richtung Decker. »Und woher kennen Sie ihn?«

»Der Kollege da hat mir mal das Leben gerettet.«

»Ist er nicht Detective oder so etwas?«, fragte die Frau.

»Einer der besten.«

»Sieht gar nicht aus wie ein Detective.«

»Wie sehen die denn aus?«

»Keine Ahnung. Halt wie im Fernsehen, denke ich.«

»Die steckt Decker alle locker in die Tasche, glauben Sie mir.«

*

Der Mann links von Mary Lancaster knabberte an einem Stück Brot und beobachtete sie dabei aus den Augenwinkeln. Sie bemerkte es und drehte sich zu ihm um. »Arbeiten Sie schon lange mit Mr. Marks zusammen?«

»Spielt das eine Rolle?«, fragte er zurück, änderte aber seine

Haltung, als er sah, wie der Mann auf der anderen Seite von Lancaster das Gesicht verzog. »Ja, ich arbeite seit ungefähr fünfzehn Jahren für ihn. Ein prima Boss.«

»Was tun Sie denn so?«

»Im Grunde alles, worum er mich bittet«, antwortete der Mann und grinste sie an, was er vermutlich für ein entwaffnendes Lächeln hielt.

Mary Lancaster nickte bloß, konzentrierte sich auf ihr Essen und bat den Butler, ihr noch Wein nachzuschenken.

*

»Woher das plötzliche Interesse an David Katz?«, fragte Marks.

Decker schaute ihn an. »Sind Sie schon mal im American Grill gewesen?«

»In solchen Läden werden Sie mich nicht finden«, antwortete Marks mit einem Lachen. »Burger und Pommes sind nicht mein Ding, und ich trinke lieber Wein als Bier.«

»Meinen Sie, jemand hätte einen Killer angeheuert, um Rachel zu töten, Detective Decker?«, mischte Jenny sich von der anderen Tischseite ein.

Decker schaute sie aufmerksam an. »Gut möglich.« Er bemerkte, wie ihr Vater sich aufrechter setzte.

»Aber warum sollte jemand auf eine solche Idee kommen? Rachel hat doch keiner Menschenseele je etwas getan.«

»Haben Sie sie gut gekannt, Jenny?«

»Ich würde uns sogar als Freundinnen bezeichnen. Sie hat mir eine Menge über gutes Outfit und angemessenes Auftreten beigebracht. Ich fange gerade an, bei Dad ein wenig mitzuarbeiten, und Rachel bewegte sich schon lange erfolgreich in der Geschäftswelt. Für mich war sie eine Art Mentorin.«

»Mit Erfolg. Du schlägst dich bislang sehr gut«, erklärte Marks stolz.

Deckers Überraschung musste sich in seiner Miene gespiegelt haben, denn Jenny meinte mit einem Lächeln: »Seit unserem letzten Zusammentreffen bin ich reifer geworden, Detective Decker. Sogar meinen Master of Business Administration habe ich abgeschlossen.«

»Freut mich zu hören, Mrs. Marks.«

»Bitte, bleiben Sie bei Jenny. Immerhin haben Sie mich vor gut zwei Jahren vor diesem Versager gerettet. Da steht es Ihnen zu, mich beim Vornamen zu nennen.«

»Gern, Jenny. Wann haben Sie Rachel denn das letzte Mal gesprochen?«

»Vor einer etwa Woche. Wir haben zusammen zu Mittag gegessen, um mal wieder ein bisschen zu reden.«

»Wirkte sie normal?«

Jenny runzelte die Stirn. »Ja, ganz wie sonst.«

»Was steckt denn Ihrer Meinung nach hinter der ganzen Sache, Mr. Decker?«, fragte Marks dazwischen.

»Keine Ahnung. Aber jemand wollte Rachels Tod. Und ihr Mann wurde ebenfalls ermordet.«

»Aber das ist eine Ewigkeit her. Und der Täter wurde damals geschnappt.«

»Nein, eben nicht. Jemand wurde für die Tat verurteilt, aber er hat weder David Katz noch die anderen getötet. Am Ende kehrte er nach Burlington zurück und wurde selbst umgebracht.«

»Oh, sicher, stimmt ja.« Marks nickte. »Jetzt fällt's mir wieder ein, dass darüber berichtet wurde. Wie war noch sein Name?«

»Meryl Hawkins.«

»Richtig. Die Nachrichten waren voll davon. Meine Güte, diese Morde hatten seinerzeit wirklich einen langen Schatten auf unsere

Stadt geworfen. Und jetzt sagen Sie, der Mann sei unschuldig gewesen?«

Decker bemerkte, wie Jenny bei den Worten ihres Vaters heftig zusammenzuckte.

»Was ist, Jenny?«, fragte er.

»Ich muss gerade an etwas denken, das Rachel gesagt hat.«

»Wann?«

»Als ich das letzte Mal mit ihr geredet habe. Wir sprachen über Geschäftliches und …«

»Und was?«

»Sie sagte irgendetwas über Sünden und lange Schatten.«

»Alte Sünden werfen lange Schatten?«, half Lancaster aus, die dem Gespräch gefolgt war.

»Ja, richtig«, rief Jenny und deutete mit dem Finger auf sie. »Genau das. Alte Sünden werfen lange Schatten.«

»Klingt wie aus einem englischen Schauerroman«, bemerkte Marks.

»Wissen Sie noch mehr über das Vorleben von David Katz, Mr. Marks?«, fragte Decker.

»Nun ja, ich ließ Erkundigungen über ihn einholen, als wir darüber sprachen, gemeinsame Geschäfte zu machen. Durch seinen Tod zerschlugen sich diese Pläne. Aber bei ihm schien alles über Jahre hinweg in Ordnung zu sein.«

»Über Jahre hinweg? Wie weit zurück sind Sie denn gegangen?«

»Das weiß ich nicht mehr genau«, antwortete Marks und wandte sich an den kleinen, schmächtigen Mann mit dem schütteren schwarzen Haar und den hageren Gesichtszügen, der rechts von Lancaster saß. »George?«

»Gewöhnlich ziehen wir in solchen Fällen Erkundigungen über die finanzielle Situation der betreffenden Person ein und gehen dabei etwa fünf Jahre zurück«, erklärte George. »Die

Überprüfung von Mr. Katz habe ich allerdings nicht selbst durchgeführt.«

»Fünf Jahre«, murmelte Decker vor sich hin.

»Meinen Sie nicht, das reicht?«, fragte Marks.

»Offensichtlich nicht«, erwiderte Decker.

65

Es war sieben Uhr morgens. Decker saß auf seinem Bett im Residence Inn und studierte einmal mehr die Baupläne für den American Grill. Er hatte Jamison eine Reihe von Fragen getextet und um Hilfe gebeten. Weder darauf noch auf die Liste mit Geldgebern von Rachel Katz, die er ihr zugeschickt hatte, war bislang eine Reaktion erfolgt, und er war sich nicht sicher, ob je eine erfolgen würde.

Er blätterte langsam durch die Unterlagen, hielt bei einer Zeichnung plötzlich inne und betrachtete sie genauer. Dann schlug er einige Seiten zurück und überprüfte die dort gemachten Angaben. Er nahm eine andere Akte zur Hand und ging die Auftragspositionen in den Rechnungen durch. Schließlich griff er nach seinem Handy und wählte eine Nummer.

»Ich wollte gerade unter die Dusche, Decker«, meldete sich Lancaster. »Kann ich gleich zurückrufen? Und zu viel getrunken habe ich gestern auch. Mir brummt der Schädel.«

»Eigentlich wollte ich Earl sprechen.«

»Bleib dran.«

Wenig später hörte Decker die Stimme von Earl. »Was gibt's, Amos?«

»Ich hätte da noch eine Frage an den Baufachmann.«

»Schieß los.«

»Ich habe gerade die Pläne für den American Grill und die Belege für Baumaterialien vor mir.«

»Okay. Und?«

»Die Größe des Ladens ist dir ja bekannt, oder?«

»Ungefähr. Für einen Restaurantbetrieb dieser Art ist das so die gängige Grundfläche.«

»Erklär mir das doch bitte etwas ausführlicher.«

»Na, wir sprechen hier über einen simplen eingeschossigen Quaderbau mit vier Außenwänden, errichtet aus Hohlblocksteinen mit Ziegelblende, dazu ein mit Teerpappe abgedichtetes Flachdach mit Kiesschicht, auf dem die Anlage für Heizung, Lüftung und die Klimatechnik installiert wird.«

»Wie viele Quadratmeter umfasst so etwas in der Regel?«

»Anders als beim reinen Fast-Food-Lokal kalkuliert man beim Speiserestaurant mit sechzig Prozent für Gästeraum und Thekenbereich und vierzig Prozent für Küche, Anrichtungsfläche und Lager. Der American Grill dürfte meiner Schätzung nach etwa fünfhundert Quadratmeter Grundfläche haben, wovon also etwa dreihundert auf Tische und Theke entfallen, der Rest auf Küche, Anrichte und Lager. Dann gibt es noch den integrierten Abfallbereich auf der Rückseite. Im Innenbereich veranschlagt man Pi mal Daumen anderthalb Quadratmeter Platz pro Gast, sodass der American Grill bequem zweihundert Leute auf einmal bewirten kann. Was vermutlich auch der vom Brandschutz her zulässigen Höchstgrenze für derartige Lokale entspricht.«

»Okay. Wie viel Beton würde man für einen solchen Bau benötigen?«

»Pfahlgründung und Bodenplatte müssen gegossen werden. Dafür braucht man aber nicht besonders viel. Darauf zieht man dann die Wände aus Hohlblocksteinen hoch.« Er nannte Decker einen Schätzwert für die benötigte Menge an Beton und Steinen.

Decker verglich die Angaben mit den Summen in den Rechnungen. »Für die Steine entspricht das den Zahlen, die ich hier habe, fast genau. Aber was, wenn ich dir sagen würde, dass der Betonverbrauch deine Schätzung um mehr als das Vierfache übertroffen hat?«

»Das kann nicht sein.«

»Wie wären solche Mengen möglich?«

Earl blieb eine Weile stumm. »Also, diese Masse an Beton ließe sich nur erklären, wenn man den Bau komplett unterkellert hätte, denn für ein solches Fundament würde natürlich erheblich mehr draufgehen. Aber warum ein Restaurant aufwendig unterkellern, wenn es eine simple Bodenplatte auch tut? Ich meine, so viel Lagerfläche kann doch kein Mensch brauchen, oder?«

»Gute Frage«, sagte Decker. »Hoffentlich weiß ich bald die Antwort.«

Er dankte Earl, bat ihn, Mary auszurichten, ihn zurückzurufen, sobald sie fertig wäre, und legte auf. Sein Blick richtete sich wieder auf die Pläne.

Wie sich herausstellte, war der American Grill doch außergewöhnlicher, als er angenommen hatte.

Ein komplettes Kellergeschoss?

Wofür?

Wenn man wüsste, *was* da gebaut worden war, würde es wahrscheinlich auch erklären, warum David Katz es überhaupt gebaut und Rachel Katz es all die Jahre behalten hatte.

Decker gab den Namen William Peyton in sein Laptop ein, dazu »American Grill«. Die Suchanfrage brachte kein einziges relevantes Ergebnis in Bezug auf den langjährigen Manager des Restaurants.

Decker rief auf seinem Handy die Fotos auf, die er vom Personal gemacht hatte, einschließlich der vom Trainee namens Daniel. Einer der vielen Trainees, die nie lange blieben. Dann kam ihm der andere Mann in den Sinn, der ihn von der Küche aus beobachtet hatte. Dessen Blick war eindeutig voller Misstrauen gewesen.

Er schaute zurück in den Baupläne und rief sich Earl Lancasters Worte in Erinnerung.

Diese Masse an Beton ließe sich nur erklären, wenn man den Bau komplett unterkellert hätte.

Außerdem hatte Earl die Frage aufgeworfen, weshalb David Katz den vielen Mehraufwand an Zeit und Geld für letztlich überschüssigen Lagerraum hätte investieren sollen. Und wenn ein Kellergeschoss vorhanden war, brauchte es einen Zugang. Also musste irgendwo eine Tür sein. Und eine Treppe.

Was würde man dort unten finden?

Nach zwanzig Minuten rief Mary Lancaster ihn zurück.

»Ganz schön lange geduscht«, murrte Decker.

»Anziehen und Haare föhnen musste ich ja auch noch und das alles mit einem Riesenkater«, verteidigte sie sich. »Earl hat mir erzählt, wonach du dich erkundigt hast. Worauf willst du hinaus?«

»Ich vermute, es gibt unter dem American Grill einen weiteren Raum.«

»Und wozu sollte der dienen?«

»Ich habe nicht die leiseste Ahnung. Aber ein Kellerraum ist die einzige Erklärung, die Earl für den immensen Betonverbrauch eingefallen ist. Womöglich hat Rachel Katz genau darum die Unterlagen so gut versteckt. Auf denen war der zusätzlich verbaute Beton nämlich vermerkt.«

»Mit anderen Worten: Sie wusste von dem Kellergeschoss?«

»Rachel hat mir erzählt, dass sie und ihr Mann sich bei einem Blind Date kennengelernt und sechs Monate später geheiratet hätten. Da gab es den American Grill bereits.«

»Demnach wusste sie vielleicht gar nichts von dem Kellerraum?«

»Zumindest nicht zu dem Zeitpunkt. Das alles würde übrigens auch erklären, warum sie die Baustellen mit Planen verdeckt, Firmen von außerhalb beauftragt und Baumaschinen angemietet hatten. Niemand sollte mitbekommen, was genau da gebaut wurde.«

»Und laut Fred Palmer war die Ausrüstung, die sie gemietet hatten, im Grunde drei Nummern zu groß für das eigentliche Vorhaben. Wenn sie jedoch eine Baugrube ausheben wollten, die für eine komplette Unterkellerung reichte, hätten sie so viel schweres Gerät brauchen können.«

»Genau. Allerdings mussten sie wahrscheinlich an irgendeinem Punkt des Genehmigungsverfahrens die Aufsichtsbehörden in ihre Pläne einweihen, um die nötigen Unterschriften zu bekommen. Einhaltung der gesetzlichen Vorschriften, Abnahmen, Inspektionen und all das. Andererseits dürfte es auch kein Gesetz geben, das die Unterkellerung eines Restaurants verbietet.«

»Dann muss aber irgendwo ein Zugang sein, wie du schon sagtest«, meinte Mary Lancaster.

»Neulich habe ich von einer Kellnerin ein paar interessante Dinge erfahren«, berichtete Decker und fasste kurz zusammen, was sie ihm erzählt hatte über das Servicepersonal, den langjährigen Manager und den Einjahresrhythmus, in dem alle Angestellten mit Ausnahme der Küchencrew anscheinend stets ausgewechselt wurden.

»Sieh einer an, die Sache wird immer schräger«, bemerkte Lancaster. »Was könnte in dem vermeintlichen Raum unter dem Restaurant denn vor sich gehen? Irgendwelche Drogengeschäfte vielleicht?«

»Wenn, müssten die schon sehr seltsam sein.«

»Also wäre mit Katz kein unbescholtener Bürger ermordet worden, der einfach nur zur falschen Zeit am falschen Ort war, sondern jemand, der Dreck am Stecken hatte. Vielleicht liegt da das Motiv.«

»Wenn er jemandem im Weg stand, wäre das sehr gut möglich.«

»Aber warum noch die drei Richards umbringen?«

»Don Richards hat ihm den Kredit für den American Grill gegeben. Vielleicht liegt da die Verbindung.« Decker schwieg einen Moment und fügte dann hinzu: »Eins frage ich mich.«

»Was?«

»Ob der Kredit jemals zurückbezahlt wurde«, antwortete Decker.

66

»Ich hab eine gute und eine schlechte Nachricht für dich«, drang Jamisons Stimme aus Deckers Handy. »Welche zuerst?«

»Tja, macht wohl keinen Unterschied, was?«

»Okay, die schlechte zuerst: An deiner Liste mit Briefkastenfirmen sind wir gescheitert. Da bekommen wir keinen Zugang.«

»Das nennt man wohl Pech.«

»Dann zu den Tattoos der beiden Toten. Ich habe sie durch sämtliche infrage kommenden Datenbanken laufen lassen und keinen einzigen Treffer gelandet. Ich meine, einzeln sind diese Tattoos natürlich überall bekannt. Aber beim FBI hat man sie noch nie gemeinsam gesehen. Neonazis, Aryan Brotherhood, der Klan – das ist schon eine explosive Mischung.«

»Kann man wohl sagen. Okay, danke fürs Nachsehen.«

»Ich fürchte, du verstehst nicht richtig, Decker. Hier gibt es Leute, die das regelrecht in Panik versetzt hat. Wenn das FBI in irgendeiner Sache rein gar nichts herausfinden kann, schrillen die Alarmglocken. Außerdem befürchtet man, die verschiedenen Hassgruppen könnten sich einander annähern, was es ihnen ermöglichen würde, Ressourcen zu bündeln, koordinierte Terroranschläge zu verüben oder andere üble Pläne umzusetzen, zu denen sie allein nicht in der Lage wären.«

»Du meinst, die Briefkastenfirmen sind außergewöhnlich gut geschützt, und die Tätowierungen könnten irgendeine neue Form von terroristischer Bedrohung darstellen?«

»Bingo! Als ich Bogart davon erzählte, war er zutiefst beunruhigt.«

»Die Beunruhigung teile ich.«

»Schon was Neues von Rachel Katz?«

»Sie hat das Bewusstsein noch nicht wiedererlangt, was den Ärzten langsam Sorgen bereitet.«

»Was kannst du jetzt noch tun?«

»Herausbekommen, was sich im Kellergeschoss des American Grill befindet.«

»Nie in den Keller gehen! Weißt du das nicht aus dem Kino?«

»In Baronville hab ich's gemacht.«

»Genau das meine ich damit.«

Decker legte auf und begab sich auf die Suche nach Mary Lancaster, die er schließlich im Pausenraum beim Kaffeetrinken antraf.

»Willst du auch eine Tasse?«, fragte sie.

»Wir müssen zur Bank«, erwiderte er mit einem Kopfschütteln.

»Warum? Brauchst du Geld?«

»Nein. Antworten.«

*

»Zum Zeitpunkt seiner Ermordung war auf David Katz ein viertüriger Mercedes älteren Baujahrs zugelassen«, erklärte Decker auf der Fahrt zur ehemaligen Arbeitsstätte von Don Richards. »Meiner Ansicht nach kamen seine Mörder am Tatabend mit diesem Wagen zum Haus. Katz und seine Frau bewohnten eine hübsche Wohnung im Stadtzentrum. Mit einem Baukredit und einer Anschubfinanzierung hatte er den American Grill aufgebaut, der ihm nun gehörte. Und er könnte sehr wohl noch weitere Kredite bei der Bank aufgenommen haben.«

»Und?«

»Und wie erhält man einen derart fetten Kredit, ohne Sicherheiten bieten zu können?«

»Vielleicht besaß er ja Sicherheiten.«

»Was bedeuten würde, dass er über eigenes Vermögen verfügte.«

»Yeah. Geld hatte er doch schon bei seiner Ankunft in der Stadt. Wie du weißt, hat Duncan Marks das beim Abendessen erwähnt.«

»Schon richtig, alle erzählen mir das ständig, aber keiner kann mir sagen, *woher* er das Geld hatte.«

»Na, vielleicht kann die Bank da weiterhelfen.«

»Deshalb fahren wir jetzt dahin. Andernfalls bekämen mich keine zehn Pferde in so einen Laden.«

»Magst du keine Banken?«

»Nicht seit sie mein Haus zwangsversteigern ließen und mir mein Auto weggenommen haben, als ich ohnehin schon am Boden war«, erwiderte Decker.

*

Bart Tinsdale war stellvertretender Leiter der Bank und schon lange genug in dieser Filiale beschäftigt, um Don Richards noch persönlich gekannt zu haben. Tinsdale war groß und schlaksig, und sein Anzug saß so schlecht, dass es Ärmeln wie Beinen an der nötigen Länge fehlte. Seine Schuhe wirkten alt und abgetragen, die Socken ohne jede Spannkraft.

Sein Blick dagegen war hellwach, sein Handschlag fest. Rasch führte er die Besucher in sein kleines, mit Glaswänden vom zentralen Kundenraum abgetrenntes Büro, wo sie an seinem Schreibtisch Platz nahmen.

»Jedes Mal, wenn ich da hinausschaue«, sagte er und deutete

auf das Fenster, »und den American Grill sehe, muss ich an Don und David denken.«

»Sie kannten beide?«, fragte Decker.

Tinsdale nickte. »Ich war damals noch einfacher Schalterbeamter.«

»Und jetzt stellvertretender Chef. Da haben Sie sich ja tüchtig hochgearbeitet«, bemerkte Lancaster.

»Ich bin bloß ein kleiner Fisch in einem kleinen Teich«, wehrte Tinsdale ab, wobei amüsierte Fältchen auf seinem Gesicht erschienen. »Und vollkommen glücklich damit. Burlington ist ein guter Ort, um Kinder großzuziehen, und ich habe gleich fünf davon.«

»Wow. Ich habe nur eins, und schon das übersteigt an so manchen Tagen meine Kräfte«, gestand Lancaster.

Der Banker nickte verständnisvoll. »Meine Frau ist ein Engel. Sollte aus unseren Kindern mal was werden, ist das in erster Linie ihr Verdienst. Meine Leidenschaft ist eher der Sport. Ich bin Trainer des Fußball- und Baseballteams. Und Assistenztrainer beim Basketball, den ich an der Highschool selbst gespielt habe. Das sorgt für einen garantiert vollen Terminkalender.«

»Kann ich mir denken.«

»Aber deshalb sind Sie bestimmt nicht gekommen.« Tinsdale beugte sich vor.

»Nein«, erklärte Decker. »Wir haben die Ermittlungen in den Mordfällen David Katz und Don Richards neu aufgenommen. Und wir ermitteln außerdem im Mordversuch an Rachel Katz.«

Tinsdale erschauderte unwillkürlich. »Diese Stadt hat schon viel zu viele gewaltsame Tode gesehen«, sagte er und blickte zu Decker. »Sie waren ja hier, als das Massaker an der Highschool geschah. Meine Älteste besuchte damals gerade die Eingangsklasse. Gott sei Dank ist ihr nichts passiert.«

»Yeah, Gott sei Dank«, sagte Lancaster.

»Also, was kann ich für Sie tun?«, kam Tinsdale zur Sache.

»Für den Anfang wüssten wir gerne mehr über den Kredit, den David Katz von Don Richards erhalten hatte. Haben Sie die betreffenden Akten noch?«

»Nun, die müssten im Computer sein. Alles ist jetzt im Computer. Selbst die alten Unterlagen.« Er schaute kurz auf die Tastatur und hob wieder den Kopf. »Brauchen Sie dafür nicht eine richterliche Anordnung?«

»Katz ist tot. Ich wüsste nicht, wen der Einblick in irgendwelche alten Akten stören könnte.«

»Stimmt auch wieder.« Tinsdale tippte auf ein paar Tasten und klickte sich durch einige Seiten. »Okay, was genau hätten Sie gerne gewusst?«

»Wie hoch war die Kreditsumme?«, fragte Decker.

»Zwei Komma fünf Millionen«, las Tinsdale vom Bildschirm ab.

»Ein ziemlich hoher Kredit, oder?«, sagte Lancaster erstaunt.

»Ich hatte schon mit größeren Summen zu tun. Aber für ein Restaurant in Burlington ist die Summe beträchtlich, das gebe ich zu, vor allem, da es schon so viele Jahre zurückliegt. Offenbar handelte es sich um aufwendige Baumaßnahmen.«

»Sind Sie schon mal im American Grill gewesen?«, fragte Decker.

»Bin ich, ja.«

»Für mich sieht es aus wie eins der Restaurants, die man überall zuhauf findet. Keineswegs besonders nobel oder gar schick.«

Tinsdale nickte, noch während Decker sprach. »Ich muss zugeben, dass ich genau das auch gedacht habe. Aber der Kredit wurde so gewährt.«

»Musste Katz irgendwelche Sicherheiten für den Kredit stellen?«

»Tja, wir belegen die Immobilie natürlich mit einer Hypothek, inklusive aller Wertsteigerungen. Das ist Standard. Und, ja, ich könnte mir vorstellen, dass er auch ein gewisses Eigenkapital aufbringen musste. Solche Projekte finanzieren wir in der Regel nie vollständig. Wir achten stets darauf, dass der Kreditnehmer sozusagen selbst etwas zu verlieren hat. Katz hatte Finanzhilfen für den Bau, aber auch für die Aufnahme des Restaurantbetriebs und die Anlaufphase beantragt. Er konnte ja schlecht schon mit der Rückzahlung beginnen, solange das Ding noch nicht komplett fertig war und Gewinn machte. Die Zinsen werden dann in den Kreditumfang eingerechnet und die Raten danach festgelegt. Lassen Sie mich kurz ein paar Punkte klären.« Er überflog ein paar weitere Seiten. »Gut, ja, er hatte Eigenkapital als Sicherheit. Etwas über eine halbe Million, die in den Grundstückskauf flossen. Außerdem haftete er persönlich für den Kredit.«

»Ist das üblich?«, fragte Lancaster.

»O ja«, antwortete Tinsdale mit vielsagendem Blick. »Insbesondere bei einem Restaurant. Da sind die Ausfallraten nämlich extrem hoch. Und wenn der Kunde zahlungsunfähig wird, möchte die Bank nur ungern allein auf die Sicherheiten angewiesen sein. Schließlich betreiben wir keine Restaurants. Und die Wiederverkaufsmöglichkeiten bei gescheiterten Restaurantprojekten sind nicht sonderlich gut. Allenfalls ein paar Pennys für jeden Dollar. Wenn es einmal nicht funktioniert hat, sagen sich die Leute, warum sollte es dann beim zweiten Mal klappen?«

»Da Mr. Katz persönlich für den Kredit gehaftet hat, muss er also über entsprechende Vermögenswerte verfügt haben«, sagte Lancaster.

»Unbedingt. Wir hätten routinemäßig eine umfassende Prüfung seiner finanziellen Situation durchgeführt. Er hätte Vermögenswerte als zusätzliche Sicherheiten nachweisen müssen, auf die wir uns dann Ansprüche hätten verbriefen lassen. Aktien, Anleihen, Geldkonten oder irgendeine andere Sicherheit, auf die der Bank im Falle einer Zahlungsunfähigkeit ein bevorzugtes Zugriffsrecht gewährt werden muss.«

»Können Sie uns sagen, wie hoch sein Nettovermögen damals war?«, fragte Decker.

»Wollen mal sehen«, murmelte Tinsdale und fingerte erneut auf der Tastatur herum. »Ah, hier, wir hatten Sicherheitsansprüche gegenüber einigen Einlagenzertifikaten, die er besaß und die etwa achtzig Prozent des Kreditumfangs abdeckten. Alles in allem geht hieraus hervor, dass er seinerzeit über ein Nettovermögen von ungefähr neun Millionen Dollar verfügte.«

»Wow«, sagte Lancaster. »Wenn er so viel Geld hatte, warum finanzierte er den Bau nicht einfach aus eigener Tasche?«

»Oberste Regel im Geschäftsleben«, erwiderte Tinsdale lächelnd. »Wann immer möglich, fremdes Geld benutzen.«

»Stimmt.«

»Aus welchen Quellen stammte denn *sein* Geld?«, fragte Decker.

»Allem Anschein nach aus Aktien- und Anleihengeschäften, ein paar regelmäßige Eingänge. Durchweg liquide Mittel.«

»Lässt sich erkennen, woher sein Vermögen ursprünglich kam?«

»Nein. Alle Vermögenswerte liefen jedoch rechtmäßig auf seinen Namen.«

»Und er war alleiniger Kreditnehmer?«

»Ja, bei Vertragsabschluss war er noch ledig.«

»Und Don Richards hat alles streng nach Vorschrift abgewickelt?«, fragte Lancaster.

»Absolut. Alles entsprechend der hauseigenen Vorschriften zur Kreditvergabe.«

»Was wissen Sie denn über den Lebenslauf von Katz? Schulabschluss? Geburtsort? Vorgeschichte?«

Tinsdale zog den Bildschirm zurate. »Auf seinem Kreditantrag hier steht, dass er einen Bachelor und einen Master of Business Administration hatte. Als Beruf hat er ›Entrepreneur‹ angegeben.«

»Noch einmal, abgesehen von der reinen Höhe keinerlei Angaben zur Herkunft des Vermögens?«

»Nun, es war jedenfalls *sein* Geld. Das ist belegt. Er könnte es geerbt haben.«

»Ich gehe mal davon aus, dass der Kredit nach seinem Tod auf seine Frau übergegangen ist, richtig?«

»Nein, das nicht.«

»Warum nicht?«

»Es war ein Baukredit mit einer Laufzeit von fünf Jahren bei festem Zinssatz. Aber sechs Monate nach Eröffnung des Restaurants hat Katz ihn in einer Summe zurückgezahlt.«

»Wie hat er das denn geschafft?«, fragte Decker.

Tinsdale studierte noch einmal den Bildschirm. »Ist nicht so ganz klar, aber wie es aussieht, hat er Geld von privaten Investoren auftreiben können und es dazu benutzt, den Kredit vorab vollständig zu begleichen.«

»Hat er noch andere Kreditverträge mit der Bank abgeschlossen?«

»Es gab noch zwei Kredite mit einem Verfügungsrahmen von jeweils einer Million, die er etwa zur selben Zeit abschloss. Beide wurden voll ausgeschöpft und anschließend zurückgezahlt. Dann erwarb er ein altes Fabrikgebäude für ungefähr drei Millionen mit dem Plan, das Ganze in Wohnungen und Läden umzuwandeln. Dafür hat er ebenfalls einen Kredit aufgenommen. Das Projekt wurde erst nach seinem Tod abgeschlossen.«

»Läuft der Kredit dafür noch?«

»Nein«, erklärte Tinsdale, nachdem er sich erneut durch ein paar Seiten geklickt hatte. »Den hat Katz ebenfalls beglichen.«

»Wann?«

»Lassen Sie mich sehen. Den Akten zufolge wurde er ein Jahr nach Auszahlung komplett getilgt.«

»Aber Sie sagten doch, der Umbau wurde *nach* seinem Tod abgeschlossen«, wandte Decker ein.

»Stimmt. Als er starb, waren die Arbeiten erst zu etwa der Hälfte erledigt. Anscheinend hat er noch Investorengelder auftreiben können und den Kredit damit vorab beglichen.«

»Und Don Richards war für all diese Vertragsabschlüsse verantwortlich?«

»Richtig. Er war so etwas wie der persönliche Finanzberater von Katz.«

»Hat Rachel Katz schon mal Kredite bei Ihrer Bank beantragt?«

»Nein. Sie unterhält nicht einmal ein Konto bei uns. Sie hat offenbar ein paar äußerst potente Kapitalgeber hinter sich. Auf institutionelle Quellen ist sie nicht mehr angewiesen. Derzeit scheint sie jedenfalls das Geld nur so zu scheffeln.«

»Daran könnte ich mich auch gewöhnen«, bemerkte Lancaster trocken.

*

Draußen schaute Decker zum Himmel. »Uns wurde glauben gemacht, dass sich die geschäftlichen Kontakte zwischen Katz und Richards lediglich auf den American Grill bezogen. Aber das war nicht der Fall. Es gab darüber hinaus noch die beiden Kreditrahmen und das alte Fabrikgebäude.«

»Na schön, aber was sagt uns das, außer dass manche Leute unverschämtes Glück und dazu noch unverschämt viel Geld haben?«, fragte Lancaster.

»Wenn jemand hohe Kredite immer wieder ungewöhnlich früh zurückbezahlt, weil ›Investorengelder‹ von Briefkastenfirmen reinkommen, sagt mir das bloß eins«, antwortete Decker und blickte seine Partnerin an.

Lancaster nickte. »David Katz hat Geld gewaschen.«

»Genau. Und nun frage ich mich, ob Rachel nach seinem Tod das Wäschereigeschäft womöglich übernommen hat.«

67

Decker und Lancaster saßen Bill Peyton in dessen kleinem Büro im American Grill gegenüber. Peyton war ein massiger Kerl, fast so riesig wie Decker, gut eins neunzig groß und zwei Zentner schwer, mit breiten Schultern und muskulösen Armen. Das graue Haar war zu einem kurzen Bürstenhaarschnitt rasiert und wurde an den Schläfen bereits weiß. Mit Anfang sechzig machte er noch den Eindruck, als könnte er halbe Ochsen stemmen.

»Danke, dass Sie uns empfangen«, sagte Mary Lancaster.

»Kein Problem. Wie geht's Mrs. Katz?«

»Sie ist noch nicht aus dem Koma erwacht«, antwortete Lancaster. »Aber die Ärzte sind weiter hoffnungsvoll.«

Decker zog ein Foto aus einer Klarsichthülle und reichte es Peyton. »Kennen Sie diesen Mann?«

Peyton nahm das Foto in die Hand. »Nein, wer ist das?«

»Der Mann, der Ihre Chefin umbringen wollte. Er wurde bei dieser Gelegenheit selbst getötet. Sein Name ist Eric Tyson. Ex-Soldat.«

»Nein, noch nie gesehen und ganz bestimmt nicht hier. Ich kann beim Personal nachfragen, ob jemand etwas weiß. Aber offen gesagt, ist Mrs. Katz nur selten hier gewesen.«

»Aber das Lokal gehört ihr doch weiterhin«, hielt Lancaster ihm entgegen.

»Ja. Aber in ihrem lokalen Reich sind wir nur unbedeutende

Lichter.« Er grinste. »Und sie hat vollstes Vertrauen in mich als Geschäftsführer, genau wie ihr Ehemann früher.«

»Sie sind von Anfang an dabei, nicht wahr?«, fragte Decker.

»Stimmt. David Katz hatte mich eingestellt.«

»Ich nehme an, Sie hatten Erfahrung bei der Leitung von Restaurants, Bars und ähnlichen Etablissements.«

»Ich bin mit dem Geschäft bestens vertraut.«

»Nur dass viele Restaurant pleitegehen.«

»Bedauerlicherweise. Und wir haben inzwischen einiges an Konkurrenz bekommen. Aber wir schlagen uns wacker.«

»Waren Sie schon dabei, als dieses Restaurant gebaut wurde?«, fragte Decker.

»Ja. David holte mich frühzeitig dazu, damit ich mein Knowhow einbringen konnte.«

»Wie war er als Chef?«

»Überaus professionell und zielorientiert, genau wie später seine Frau.« Er schaute auf die Uhr. »Sonst noch was?«

»Was wird aus dem Lokal, sollte Rachel es nicht schaffen?«, erkundigte sich Decker.

»Keine Ahnung«, erklärte Peyton. »Vermutlich hängt es von ihrem Testament ab und dem, was ihre engsten Angehörigen vorhaben. Hoffen wir, dass es erst gar nicht dazu kommt.«

»Ja, hoffen wir's«, sagte Decker. »Vielen Dank, dass Sie uns Ihre Zeit geopfert haben.« Er zog noch ein Foto von Eric Tyson aus der Hülle und reichte es Peyton. »Geben Sie uns bitte Bescheid, sollte jemand diesen Mann hier irgendwo gesehen haben.«

»Wird gemacht«, versicherte Peyton und nahm das Foto, ohne einen Blick darauf zu werfen.

Sie verließen das Lokal.

»Und?«, fragte Lancaster.

Decker holte die Klarsichthülle mit dem ersten Foto heraus.

»Sieht aus, als hätten wir da einen wundervollen Fingerabdruck auf dem Bild. Lassen wir das Prunkstück durch die Datenbanken laufen. Mal sehen, ob Mr. Peyton tatsächlich der ist, der zu sein er behauptet.«

*

Decker setzte Lancaster mit dem Foto am Revier ab und fuhr weiter ins Krankenhaus, wo Mars sich erneut in Rachel Katz' Zimmer häuslich niedergelassen hatte.

»Nichts?«, fragte Decker und setzte sich neben ihn.

Mars schüttelte den Kopf.

»Es gibt da etwas, das du wissen solltest.« Decker informierte Mars über seinen Verdacht der Geldwäsche.

»Du meinst, sie hängt da mit drin?«, fragte Mars und blickte zu Rachel.

»Sicher bin ich mir nicht, aber anzunehmen, dass sie gar nichts davon wusste, wäre ziemlich weit hergeholt. Ihre obskuren Finanzgeber kann nicht mal das FBI identifizieren.«

Mars nickte bedächtig. »Würde auch ihr schlechtes Gewissen erklären und all das wirre Zeug, das sie zu mir gesagt hat.«

»Schon möglich. Wir haben übrigens mit dem Kerl gesprochen, der den American Grill führt. Mit einem kleinen Trick sind wir an seinen Fingerabdruck gekommen, den Mary gerade durch die Datenbanken laufen lässt.«

»Was erhoffst du dir davon?«

»Ich glaube nicht, dass es hier nur um Geldwäsche geht, Melvin. Dahinter steckt mehr. Man muss kein Kellergeschoss unter ein Restaurant bauen, um Geld zu waschen. Dafür braucht man bloß irgendein legales Geschäft, in das schmutziges Geld gepumpt und in andere Vermögenswerte oder sauberen Umsatz verwandelt wird. Das hätte sich über sämtliche Unternehmungen erledigen lassen.«

»Und du meinst, das ist nicht alles? Was denn noch?«

»Keine Ahnung«, erwiderte Decker achselzuckend. »Aber ich denke, David Katz und Don Richards wurden umgebracht, weil irgendetwas schieflief.«

»Und was?«

»Irgendwas bei ihren Machenschaften. Jemand fühlte sich bedroht, von einem oder von beiden. Man bringt sie um und hängt das Ganze Meryl Hawkins an, mithilfe von dessen Tochter.«

»Mitzi? Welchen Vorteil hätte sie davon gehabt?«

»Sie bekam einen kompletten Neuanfang. Neues Leben, neue Chance. Mit einem Schlag einfach alles neu.«

»Wie Audrey Hepburn in *My Fair Lady*. Einer meiner Lieblingsfilme.«

Decker warf ihm einen amüsierten Blick zu. »Hätte dich gar nicht für den *My-Fair-Lady*-Typ gehalten.«

»Mensch, Decker, da erkenne ich mich doch sofort wieder. In meiner Jugend in Westtexas oder später im Knast musste ich mich tagtäglich neu verwandeln. Und nach meiner Entlassung natürlich auch.«

»Warum bist du nicht einfach du selbst?«

»Du hast leicht reden.«

Decker lehnte sich zurück. »Da hast du wahrscheinlich recht.«

»Yeah, damals an der Highschool und im College war ich der große Sportstar. Beliebt und gefeiert in ganz Texas. Ich war ein Held. Aber Gott behüte, dass ich mit dem Geldadel zusammen am Tisch aß. Oder mit den Töchtern ausging.«

Decker blickte abrupt zu Rachel. »Jenny Marks erzählte, dass Rachel eine echte Mentorin für sie gewesen sei. Sie habe ihr gezeigt, worauf es in der Geschäftswelt ankommt.«

»Hab ich gehört. Und?«

»Und jetzt frage ich mich, ob Rachel das Gleiche womöglich

für Mitzi Gardiner getan hat, für die Frau, die sie nie gekannt haben will.«

»Moment mal. Du meinst, Mitzi Gardiner ist Hepburn?«

»Das würde bedeuten, dass Rachel die Rolle von Rex Harrison übernommen hätte.«

68

»Wir … äh, also … es gibt da ein Problem.«

Decker musterte Brad Gardiner, der zitternd und mit kreidebleichem Gesicht im Eingang seines Hauses stand, nachdem er auf Deckers Klopfen hin die Tür aufgerissen hatte.

»Was für ein Problem?«, fragte Decker.

»Mitzi … Sie hat sich in unserem Schlafzimmer eingeschlossen und will nicht herauskommen. Und … und ich glaube, sie hat eine Waffe. Sie droht sich umzubringen und auf jeden zu schießen, der durch die Tür kommt.«

»Haben Sie die Polizei verständigt?«

»Ich … nein. Ich weiß nicht, was ich tun soll.«

»Ist jemand bei ihr im Zimmer? Ihr Sohn?«

»Nein, der ist Gott sei Dank in der Schule.«

»Sonst jemand?«

»Das Hausmädchen habe ich fortgeschickt, als … als es irgendwie aus dem Ruder zu laufen begann.«

»Warum sind Sie überhaupt um die Uhrzeit zu Hause?«

»Ich hatte ein paar Unterlagen vergessen und kam zurück, um sie zu holen. Als ich die Schlafzimmertür öffnen wollte, hat Mitzi mich angeschrien.«

»Hat sie irgendwas genommen? Hat sie getrunken?«

»Ich … ich weiß nicht«, stammelte Gardiner, der aussah, als würde er gleich in Tränen ausbrechen. »Was zum Teufel ist bloß los?«

»Bringen Sie mich hin.«

Decker folgte ihm durch den Flur bis zur Schlafzimmertür.

»Liebling, ich habe Mr. Decker hier.«

»Schmeiß den Kerl gefälligst sofort aus meinem Haus!«, kreischte Mitzi.

»Mrs. Gardiner …«, sagte Decker.

Im nächsten Moment schnellten er und Gardiner zurück, denn Mitzi feuerte einen Schuss direkt durchs Holz. Die Kugel verfehlte die beiden Männer und schlug in die gegenüberliegende Wand ein.

»Um Himmels willen!«, schrie Gardiner, der sich zu Boden geworfen hatte, am ganzen Körper zitternd.

Decker huschte gebückt neben ihn. »Was genau für eine Schusswaffe hat sie?«

»Eine Sig Sauer. Ich habe sie ihr geschenkt. Aber sie hat sie selbst ausgesucht.«

»Welches Modell?«

»Äh …«

»Denken Sie nach!«

»Sie ist ziemlich klein, damit sie in ihre schmale Handtasche passt.«

»Eine P238 Micro Compact mit Magazin für neun Millimeter Kurzwaffenpatronen?«

»Ich glaube, die ist es.«

»Mit Standardmagazin? Oder wollte Ihre Frau etwas Besonderes?«

»Standard, soviel ich weiß.«

Decker nickte. »Rufen Sie die Polizei und warten Sie an der Haustür auf deren Eintreffen.«

»Was zum Teufel treibt ihr beiden da draußen?«, schrie Mitzi und jagte eine weitere Kugel durch die Tür.

Gardiner warf einen letzten Blick zum Schlafzimmer, bevor er Deckers Aufforderung nachkam und erst auf allen vieren davonkroch, bis er schließlich aufstand und losrannte. Decker richtete sich auf, behielt einen gehörigen Sicherheitsabstand zur Tür und sagte: »Mitzi, hier ist Amos Decker.«

»Ich sagte, Sie sollen verschwinden, Sie Dreckskerl.«

»Wir müssen reden.«

»Worüber? Sie haben mein Leben ruiniert. Was gibt es da noch groß zu reden, Sie Arschloch!«

»Ich habe Ihr Leben ruiniert? Wodurch denn?«

Eine weitere Kugel fetzte durch das Holz und schlug zwei Handbreit unter den anderen beiden in die Wand ein.

»Das wissen Sie verdammt gut«, kreischte Mitzi. »Aber Sie mussten ja einfach … mussten unbedingt all diesen Mist wieder ausgraben, obwohl das schon Ewigkeiten her ist. Aber Ihnen ist ja scheißegal, was Sie den Leuten damit antun. Was Sie *mir* damit antun, Sie verfluchter Hurensohn!«

Wieder durchschlug ein Geschoss die Tür. Decker zuckte bei dem Knall kurz zusammen, rührte sich aber nicht von der Stelle.

»Das lag nicht in meiner Absicht.«

»Reden Sie keinen Stuss! Genau das haben Sie gewollt. Mich fertigmachen!«

Sie feuerte erneut. Diesmal riss die Kugel ein großes Stück aus der Tür, da das Holz um die anderen Löcher herum nachgab.

»Wenn Sie mit der Ballerei aufhören würden, könnten wir darüber reden.«

»Ich rede nicht mit Ihnen. Ich bringe mich um.«

»Was soll der Blödsinn?«

»Das ist kein Blödsinn. Mein Leben ist im Eimer.«

»Ihr Mann sieht es anders. Und Ihr Sohn sicherlich auch.«

»Halten Sie meinen Sohn da raus. Er ist das einzig Gute, was ich in meinem erbärmlichen Leben jemals zustande gebracht habe.«

»Wie sollen wir ihn raushalten, wenn Sie vorhaben, ihn ohne Mutter zurückzulassen?«

Sie begann zu schluchzen. Decker konnte die gequälten Laute durch die Tür hören.

Vorsichtig riskierte er einen Blick durch eins der Löcher. Nur mit einem übergroßen T-Shirt bekleidet, lag Mitzi auf dem Bett, die langen Beine nackt und bleich. Die Waffe hielt sie in der rechten Hand.

»Mitzi, ich kann Ihnen helfen.«

»Keiner kann mir helfen. Jetzt nicht mehr.«

»Das ist doch Unsinn!«

»Hauen Sie ab, hab ich gesagt.«

Er sah, wie die Waffe in ihrer Hand zuckte, und duckte sich rasch. Diesmal drang die Kugel nicht durch die Tür, sondern schlug in die Wand ein. Offenbar prallte sie dabei an einem Ständer in der Rigipswand ab, denn sie jaulte in einem seltsamen Winkel durch den Flur und hätte Decker beinahe im Gesicht getroffen.

Schwer atmend kauerte er neben der Tür und fragte sich, wo zum Henker die Verstärkung blieb.

»Ich kann Sie so nicht hier zurücklassen. Ich kann nicht riskieren, dass Sie sich wirklich etwas antun.«

»Scharf kombiniert, Sherlock.«

»Rachel würde das nicht wollen, Mitzi. Sie hat Ihnen geholfen, Ihrem Leben eine Wende zu geben. Und jetzt kämpft sie selbst ums Überleben.«

Schweigen.

Ein paar Sekunden vergingen.

Dann sagte Mitzi leise: »Wissen Sie schon von irgendwas?«

»Ich weiß einiges, Mitzi. Und ich wüsste gern noch mehr.«

»Sie sind hergekommen und … und haben mich beschuldigt, meinem eigenen Vater die Morde angehängt zu haben.«

»Dann sagen Sie mir, dass Sie es nicht getan haben. Sagen Sie mir, dass Sie unschuldig sind.«

»Wozu? Sie würden mir sowieso nicht glauben.«

»Einen Versuch wäre es wert.«

»Also, ich …«, sagte sie in etwas ruhigerem Ton. »Die Sache ist kompliziert.«

»Das ist mir klar. Aber warum habe ich den Eindruck, dass Rachel Katz von den Ereignissen damals vollkommen überrascht wurde? Und Sie wussten doch vorher auch nicht, was wirklich geplant war, Mitzi, oder? Ich denke, Sie wurden beide benutzt. Wahrscheinlich dachten Sie beide, ihnen bliebe nichts anderes übrig.«

»Ich möchte nicht darüber reden.«

»In der jetzigen Lage werden Sie darüber reden *müssen*.«

»Leck mich, Decker!«

Er warf sich genau in dem Moment, als die Kugel durchs Holz krachte, flach auf den Flurboden, sprang sofort wieder auf und rammte die Schulter so fest gegen die Tür, dass sie aufflog.

Mitzi, deren Mund vor Verblüffung offen stand, beobachtete, wie der riesige Mann aufs Bett zustürmte. Sie hob die Pistole und drückte ab.

Klick. Klick.

Decker riss ihr die Waffe aus der Hand und steckte sie ein. »Das Standardmagazin der P238 Micro Compact fasst sieben Patronen«, sagte er zu ihr und nickte dann in Richtung durchlöcherter Tür und Wand. »Und Sie haben eben Ihre letzte verfeuert.«

»Raus hier!«, schrie sie und bedeckte sich mit einem Laken.

»Kann ich nicht machen. Die Polizei ist bereits im Anmarsch.«

»Warum?«, erwiderte sie und wirkte ehrlich verwundert.

»Na ja, nicht zuletzt, weil Sie versucht haben, mich und Ihren Mann umzubringen.«

»Hab ich nicht. Ich wollte nur, dass Sie beide mich in Ruhe lassen.«

»Ob der Richter das genauso sehen wird, wage ich zu bezweifeln. Wer mit einer Pistole auf jemanden schießt, tut das in aller Regel mit dem Vorsatz zu töten.«

Ihre Lippen begannen zu zittern. »Sie meinen, ich könnte dafür ins Gefängnis kommen? Aber ich bin unschuldig!«

»Wie Ihr Vater? Der war tatsächlich unschuldig und ist trotzdem ins Gefängnis gewandert. Und jetzt hat ihm jemand eine Kugel in den Kopf gejagt. Diese Leute haben ihn nicht einmal in Frieden sterben lassen.«

Decker setzte sich auf die Bettkante und schaute sie an.

»Jetzt ist der Moment, Mitzi. Sie stehen am Scheideweg. Treffen Sie die richtige Entscheidung. Sie können vieles geradebiegen, was falsch gelaufen ist. Sind Sie bereit dazu? Bringen Sie den Mut dafür auf?«

»Und wenn nicht?« Sie zog die Beine an und schlang die Bettdecke um sich.

»Dann wandern Sie ins Gefängnis. So einfach ist das.«

»Ich komme doch sowieso in den Knast.«

»Nicht unbedingt. Sie können sich aber auch weiter hier verkriechen, bis jemand versucht, auch Sie umzubringen, wie man es bei Rachel Katz getan hat.«

Sein Blick fiel auf den Nachttisch und erstarrte, als er das halb leere Fläschchen mit offensichtlich verschreibungspflichtigen Pillen sah. »Wie viele davon haben Sie geschluckt?«, fuhr er sie an.

»Nicht besonders viele«, erklärte sie zögerlich.

»Wie viele?«

»Vier oder fünf.«

Er griff nach dem Fläschchen und studierte das Etikett. »Herrgott, Mitzi.«

Er wählte 911, forderte einen Notarzt wegen Verdachts auf Medikamentenüberdosis an und drängte auf Eile.

Sie ließ sich gegen das Kopfteil sinken, schaute sich im Raum um und lächelte. »Mein Leben ist perfekt, haben Sie das gewusst?«

»Nein. Wieso?«

»Sehen Sie es denn nicht? Perfektes Heim, perfekter Ehemann, perfektes Kind.« Sie zeigte ihre nackten Beine. »Perfekte Figur.« Sie tippte sich an die Zähne. »Erstklassige Keramikverblendungen, die all das hässliche, beschissene Grau verbergen.« Sie deckte sich erneut zu, und das Lächeln erstarb. »Doch das hässliche, beschissene Grau liegt dicht unter der Fassade. Immer noch. Es lässt sich nicht entfernen. Es wird immer ein Teil von mir bleiben.«

»Aber Sie haben es geschafft, Ihr Leben umzukrempeln. Dazu gehören ein starker Wille und eine Menge Durchhaltevermögen. Das kann kein Zuckerschlecken gewesen sein.«

»War es auch nicht. Es hieß leben oder sterben«, murmelte sie mit trotziger Miene. »Ich wollte leben.«

»Eine kluge Entscheidung. Und jetzt haben Sie Familie. Einen Sohn, der sich auf Sie verlässt. Also sollten Sie sich jetzt erst recht für das Leben entscheiden.«

Ihre Lippen begannen zu zittern, und sie rieb sich die Augen. »Aber alles ist so … so völlig kaputt. Was soll ich da noch …«

Decker bemerkte, wie ihre Augenlider bei diesen Worten herabsanken und ihr Gesichtsausdruck immer apathischer wurde. Er ließ ein paar Sekunden vergehen; dann fragte er in möglichst ruhigem Ton: »Haben Sie hier irgendwo Naloxon?«

Sie schüttelte lächelnd den Kopf. »So was ist für Junkies. Ich bin kein Junkie. Nicht mehr. Ich bin die bezaubernde Herrin dieses bezaubernden Anwesens. Die perfekte Dame des Hauses. Alle sagen das.«

»Sind Sie sicher, dass es nur vier oder fünf Pillen waren?«, fragte er rasch.

Sie dehnte sich katzengleich. »Vielleicht auch mehr. Ich kann mich nicht erinnern.« Sie schmiegte sich ins Kissen und schloss die Augen.

»Hierbleiben, Mitzi! Na, komm schon!« Er setzte sich neben sie und verpasste ihr eine Ohrfeige. Das war zwar ein armseliger Ersatz für Naloxon, aber irgendwas musste er tun.

»Hey«, zischte sie wütend und schwang mit der Hand nach ihm. »Sie haben mich geschlagen.«

»Sie haben Ihrem Vater das angehängt. Warum?«

Sie antwortete nicht.

»*Warum?*«, wiederholte er und schüttelte sie. »Na los, reden Sie mit mir.«

»Für Stoff.«

»Nur für Ihren Stoff?«

»Quatsch, nee«, sagte sie mit einer wegwerfenden Handbewegung. »Für Mom. Morphium. Flüssig, für ihre Infusion. Reinster Stoff. Direkt aus 'm Krankenhaus. Hab's ihr gegeben, bis sie starb.« Ihre Stimme wurde immer schleppender. »Und sie ist in Frieden gestorben. Mehr konnte ich nicht für sie tun. Aber immerhin etwas, richtig?«

»Wer hat Ihnen das Zeug besorgt?«

»Na, die.«

»Wer die?«

»Sie wissen schon«, sagte sie und wedelte mit der Hand in sämtliche Richtungen. »Die!«

Sie gähnte, schloss die Augen.

Decker ohrfeigte sie erneut. Diesmal beschwerte sie sich nicht. Und öffnete auch nicht wieder die Augen.

Scheiße.

Draußen näherte sich Sirenengeheul.

Decker packte Mitzi an den Schultern, als sie langsam zur Seite kippte. »Was haben die Ihnen versprochen, Mitzi? Ein neues Leben? Hat Rachel Katz Ihnen dabei geholfen? Wurde sie Ihre Mentorin?«

»Nette … Person«, murmelte Mitzi. »Half mir …«

»Das glaube ich gern. Sie töteten also deren Ehemann und Don Richards. Und die anderen. Und schoben es auf Ihren Dad.«

»Alles auf … ihn.«

»Wie kam der Kontakt zu Ihnen zustande?«

»Ka…« Sie stockte, versuchte es noch einmal. »Karl …«

»Karl Stevens. Richtig. Er war der Mittelsmann. Mit wem hat er zusammengearbeitet?«

»Der lebt nicht mehr. Sie haben gesagt, er ist tot.«

Das Sirenengeheul kam immer näher.

»Ja, aber Sie nicht. Sie können mir alles darüber erzählen.«

Sie schüttelte den Kopf. »Zu spät.«

»Für die Wahrheit ist es nie zu spät.«

Sie sackte zur Seite. Er schlug sie noch einmal. Ohne Wirkung. Die Sirenen heulten lauter und lauter. Dann verstummte der Lärm abrupt. Die Rettungsfahrzeuge hatten die Einfahrt erreicht.

»Karl Stevens ist tot, aber mit wem hat er zusammengearbeitet? Hatte es etwas mit dem American Grill zu tun? Bill Peyton? Kennen Sie ihn?«

Sie öffnete die Augen und flüsterte: »Peyton …«

»Genau. Der Manager des American Grill. War er mal bei Ihnen? Hat er Ihnen vorgeschlagen, dabei mitzuhelfen, die Sache Ihrem Vater anzuhängen?« Decker schüttelte sie heftig. »War es so?«

Wieder schloss sie die Augen und erschlaffte in seinen Armen.

Im Flur waren schwere Schritte zu hören. Die Tür flog auf, und drei Rettungssanitäter platzten ins Zimmer.

»Amos Decker, FBI«, rief Decker. »Sie hat Pillen geschluckt aus dem Fläschchen da. Mehr als fünf. Sie hört mich nicht mehr. Ich glaube, sie hat gerade das Bewusstsein verloren.«

Einer der Sanitäter nahm das Fläschchen und warf einen kurzen Blick darauf. »Okay, treten Sie zur Seite.«

Decker machte Platz. Sofort umringten die drei Männer das Bett, da Mitzi in heftiges Zittern ausgebrochen war und dann urplötzlich nach vorne kippte. Einer der Rettungssanitäter packte sie und sprühte ihr Naloxon in die Nase. Lange Zeit rührte sie sich nicht; dann setzte sie sich kerzengerade auf und atmete tief und schnaufend aus.

»Okay, Ma'am, entspannen Sie sich. Wir bringen Sie jetzt ins Krankenhaus, wo man Sie durchchecken wird.«

»Was?«, keuchte sie, bevor sie wieder erschlaffte und zur Seite kippte.

»Verdammt«, rief der Sanitäter und sprühte ihr noch eine Dosis Naloxon in den anderen Nasenflügel.

Sie rührte sich ein wenig, kam aber nicht wieder zu Bewusstsein.

Sie legten ihr eine Infusion mit Kochsalzlösung an und banden ihr eine Manschette zur Messung von Blutdruck und Puls um den Arm.

»Blutdruck niedrig, Atmung schwach«, erklärte einer der Sanitäter. »Kritisch schwach. Sie dürfte mehr genommen haben als nur das, was in dem Fläschchen war. Beeilung!«

Während sie Mitzi auf eine Trage hoben, fiel Decker etwas auf.

»Wo steckt ihr Mann?«

»Wer?«, fragte einer der Sanitäter.

»Ihr Ehemann. So ein großer Kerl. Er hat Sie doch reingelassen, oder?«

»Uns hat keiner reingelassen. Die Haustür stand auf. Wir sind rein und den Stimmen gefolgt.«

Decker stürmte aus dem Zimmer, rannte den Flur hinab und nach draußen. Bei seiner Ankunft hatte ein Audi A8 neueren Typs vor dem Haus geparkt. Jetzt war der Wagen nicht mehr da.

Decker schaute die Anliegerstraße hinauf und hinunter.

Brad Gardiner war auf und davon.

Und Decker hatte keine Ahnung, was der Grund dafür war.

Warum hinke ich in diesem verfluchten Fall ständig hinterher?

69

»Vorgeführt zu werden, mag ich gar nicht«, brummte Decker.

Er saß gemeinsam mit Lancaster und Mars im Besucherraum des Krankenhauses von Trammel, wo Mitzi Gardiner auf der Intensivstation lag. Wie bei Rachel Katz hatten sie dafür gesorgt, dass ihr Zimmer rund um Uhr von bewaffneten Sicherheitsleuten bewacht wurde.

Die Ärzte rechneten zwar damit, dass sie überlebte, wollten sich jedoch nicht festlegen, in welcher geistigen Verfassung sie sein würde, wenn sie aus dem Koma erwachte. »Das Medikament, das sie genommen hat, kann bei missbräuchlicher Anwendung in gewissen Hirnbereichen, die mit dem Erinnerungsvermögen zu tun haben, schwerwiegende Schäden verursachen«, hatte einer der behandelnden Ärzte ihnen erklärt.

»Na toll«, hatte Decker sarkastisch geantwortet. »Wir müssten nämlich dringend einiges wissen, was dort gespeichert sein dürfte.«

»Der Wagen von Brad Gardiner wurde etwa zwei Meilen entfernt von seinem Haus leer aufgefunden«, berichtete Lancaster gerade. »Wahrscheinlich ist Gardiner dort von jemandem abgeholt worden.«

»Dass Mitzis Mann in die Sache verwickelt sein könnte, ist mir nie in den Sinn gekommen«, gestand Decker niedergeschlagen.

»So viele Jahre lang eine Rolle zu spielen«, sagte Mars. »Das nenne ich Einsatz.«

»Allerdings«, pflichtete Lancaster ihm bei. »Ich meine, sie hatten sogar ein Kind zusammen.«

»Ich behaupte ja nicht, dass der Kerl Mitzi nicht liebt«, widersprach Decker. »Mir fällt bloß keine andere Erklärung dafür ein, weshalb er Hals über Kopf von der Bildfläche verschwinden musste, außer der, dass er Angst davor hatte, wir würden etwas herausfinden.«

»Das alles geht weit über bloße Geldwäsche hinaus, Decker«, meinte Lancaster.

Decker nickte. »Deshalb müssen wir so viel wie möglich über Brad Gardiner in Erfahrung bringen.«

»Ich hab schon damit angefangen«, sagte Lancaster. »Collegeabschluss in Illinois. Ist vor etwa fünfzehn Jahren hergezogen. Hatte diverse Jobs im Finanzsektor und konzentriert sich inzwischen auf die Vermittlung von Fach- und Führungskräften.«

»Mitzi hat kurz davon gesprochen«, bemerkte Decker. »Sie nannte es eine ›High-End-Stellenvermittlung‹.«

»Genau«, bestätigte Lancaster. »Offenbar geht es nicht um Jobs am unteren Ende der Lohnskala. Gardiners Schwerpunkt sind Banken, Kanzleien, Hightech-Firmen und Führungsposten in Firmen oder der Energiebranche. Wo fette Gehälter gezahlt werden, sodass er fette Provisionen kassieren kann.«

»Wie er Mitzi wohl kennengelernt hat?«, fragte Decker.

»Glaubst du wirklich, das wurde alles vor dreizehn Jahren nach den Morden bewusst arrangiert?«

»Geheiratet hat sie ihn vor dreizehn Jahren noch nicht. Erst musste sie die große Verwandlung durchlaufen. Wobei ihr Rachel geholfen hat, wie sie mir gestand. Dann erst taucht Gardiner auf und heiratet Mitzi. Die beiden bekommen ein Kind und führen ein Bilderbuchleben.«

»Wobei Gardiner ziemlich genau zu dem Zeitpunkt in die

Gegend gekommen ist, als David Katz den American Grill eröffnet hat«, bemerkte Lancaster.

»Stimmt. Mitzi meinte, ihr Mann hätte nichts über ihre Vergangenheit gewusst. Also hat sie entweder gelogen, oder sie hat nicht geahnt, dass ihre Ehe wahrscheinlich von langer Hand geplant war.«

»Aber warum all der Aufwand, nur um Mitzi die Chance auf ein neues Leben zu ermöglichen?«, fragte Lancaster.

»Sie hatte diesen Leuten geholfen, die Schuld an vier Morden ihrem Vater anzuhängen. Diese Leute wollten sie unter Kontrolle behalten.«

Lancaster schüttelte den Kopf. »Wenn man befürchtet hat, dass Mitzi redet, weshalb hat man sie dann nicht gleich umgebracht?«, fragte sie. »Diese Leute scheuen augenscheinlich nicht davor zurück, Probleme gewaltsam aus der Welt zu schaffen. Und eine zentrale Rolle in ihren Geschäften hat Mitzi ja offenbar auch nicht gespielt.«

»Vielleicht haben sie befürchtet, ein weiterer Mord so kurz nach den anderen würde Verdacht erregen und zu neuen Nachforschungen führen. Und da man Hawkins für die Morde drankommen hatte, schnüffelte keiner mehr herum. So ist es immer. Das weiß ich selbst am besten.«

»Und anscheinend hat es die ganze Zeit funktioniert«, ergänzte Mars.

»Jetzt aber könnten wir mit Unterstützung von Mitzi Gardiner und Rachel Katz herausfinden, was wirklich dahintersteckt«, grübelte Decker laut vor sich hin.

»Nur dass Rachel trotz aller ärztlichen Prognosen das Bewusstsein bislang nicht wiedererlangt hat, und Mitzi ist auch noch nicht über den Berg«, gab Lancaster zu bedenken. »Und du hast ja gehört, was die Ärzte über mögliche Beeinträchtigungen ihres Erinnerungsvermögens nach dem Aufwachen sagten. Verlassen können wir uns auf keine der beiden, fürchte ich.«

»Ganz deiner Meinung«, pflichtete Decker ihr bei. »Zentraler Ansatzpunkt bleibt für uns der American Grill. Wir müssen herausbekommen, was in dem Laden läuft.«

»Okay, aber der Verdacht auf ein verborgenes Kellergeschoss rechtfertigt noch lange keine Durchsuchung«, stellte Mary klar.

»Wir könnten freundlich darum bitten, uns umsehen zu dürfen«, sagte Mars.

»Dann würde dieser Bill Peyton nur mit gewissem Recht darauf verweisen, dass die Eigentümerin, die allein diese Erlaubnis gewähren kann, derzeit auf der Intensivstation im Koma liegt«, erwiderte Decker. »Und sollte er selbst verwickelt sein in das, was da läuft, wäre es unklug, ihn vorzuwarnen. Der Kerl wirkte auf mich äußerst misstrauisch.«

»Was also sollen wir tun?«, fragte Mars.

»Habt ihr Peytons Fingerabdrücke überprüft?«, wandte Decker sich an Mary Lancaster.

»Haben wir. Ohne Ergebnis. Er ist nirgends erfasst.«

»Dass er nicht polizeibekannt ist, hat nicht viel zu bedeuten. Könnten wir mehr über seine Biografie erfahren? Was er getan hat, bevor er nach Burlington kam? Besteht die Möglichkeit, ihn genauer unter die Lupe zu nehmen?«

»Ich glaub schon. Nur weiß ich nicht, wie weit wir da kommen würden. Solange wir ihn nirgends im System haben, dürfte es schwer sein, ein Profil über den Mann zu erstellen. Bill Peytons wird es in diesem Land vermutlich so einige geben.«

»Yeah, ich habe versuchsweise online recherchiert und so gut wie nichts herausgefunden«, gab Decker zu. »Dennoch müssen wir einen Weg finden, uns diesen geheimen Raum anzuschauen.«

»Fragt sich nur, wie das gehen soll.«

»Wenn Rachel aus dem Koma erwacht, könnten wir ihr Einverständnis einholen.«

»Und wenn es nie dazu kommt?«, entgegnete Lancaster.

»Dann müssen wir uns etwas anderes überlegen«, erklärte Decker.

»Und was?«

»Bislang haben wir ausschließlich reagiert und wurden von denen permanent an der Nase herumgeführt. Ich habe langsam die Schnauze voll davon. Jetzt werden *wir* zur Abwechslung die Initiative ergreifen und denen auf die Pelle rücken.«

70

Der Notruf ging um ein Uhr morgens ein. Aus dem American Grill drang fetter schwarzer Rauch. Offenbar brannte es. Zwei Löschzüge rückten zusammen mit der Polizei aus.

Im Schlepptau der Brandermittler trafen auch Decker, Lancaster und Mars an dem in Rauchwolken gehüllten Restaurant ein. Die Feuerwehrleute berichteten, dass es nur Qualmentwicklung gäbe, keine Brandstelle.

Das machte Sinn, denn die Rauchbomben, die kurz zuvor auf dem Dach des American Grill und in den Abfallcontainern auf der Rückseite deponiert worden waren, produzierten nur Qualm, aber kein offenes Feuer.

»Sehr merkwürdig, Chuck«, sagte Decker zu Chuck Walters, dem Leiter der Brandermittler. »Ich denke, wir sollten uns mal drinnen nach der möglichen Quelle umsehen. Es könnte sich auch um eine Art Finte handeln, und das eigentliche Feuer bricht erst aus, wenn wir wieder abgezogen sind.«

Die Argumentation war reichlich abstrus, doch Chuck nickte. »Gute Idee. Man weiß nie, was man drinnen so findet.«

»Allerdings«, unterstrich Decker.

Aber gleich sind wir hoffentlich schlauer.

Sie brachen die Eingangstür des Restaurants auf, was sofort den Alarm auslöste. Einer der Feuerwehrleute eilte zum Steuergerät der Anlage und gab einen speziellen Code ein, der den ohrenbetäubenden Lärm beendete.

»Wer immer auf der Benachrichtigungsliste steht, wird jetzt einen Anruf erhalten haben«, bemerkte Mary Lancaster.

»Das wollen wir doch hoffen«, erwiderte Decker.

Zuerst betrat die Feuerwehr das Gebäude und gab etwa zwanzig Minuten später Entwarnung.

»Okay.« Decker schaltete das Licht ein. »Dann lasst uns diese Örtlichkeit nach möglichen Quellen für einen Brandanschlag absuchen. Bis in den kleinsten Winkel. Auf geht's.«

Die Polizisten schwärmten aus.

Decker, gefolgt von Lancaster und Mars, nahm sich als Erstes den großen Küchenbereich vor. Hier herrschten penible Sauberkeit und Ordnung. Nahezu alles schien aus Edelstahl zu bestehen. Eine Stunde lang nahmen sie jeden Zentimeter in Augenschein.

Anschließend lehnte sich Decker gegen eine der Arbeitsflächen, verschränkte die muskulösen Arme und schaute sich um. »Hier gehen 'ne Menge Leute ein und aus, auch solche, die nicht in krumme Geschäfte eingeweiht sind. Es darf also nicht ins Auge fallen. Aber selbst dann muss es einen Zugang geben.«

»Ich kann aber nichts entdecken, es sei denn, es handelt sich um eine Art Falltür im Boden«, erklärte Lancaster und senkte suchend den Blick.

»Der Boden ist gefliest«, bemerkte Mars. »Nirgends ein Spalt. Eine Falltür wäre leicht zu erkennen.«

Decker stemmte sich von der Arbeitsplatte hoch und ging noch einmal in den Kühlraum, der gut drei Meter tief und etwa zweieinhalb breit war. Leicht zitternd vor Kälte drehte er eine Runde und betrachtete die Vorräte in den Regalen. Als er wieder herauskam, musterte er die Außenwände des Kühlraums.

»Hat einer von euch ein Maßband oder so was dabei?«, fragte er.

»Ich, Sir.« Einer der Cops hatte in seinem Dienstwagen ein

Messrad, das er bei der Unfallaufnahme zur Streckenmessung benutzte.

Decker fuhr die Tiefe des Kühlraums ab, bis das Messrad zwischen den Regalen die Rückwand berührte. Dann maß er die Breite.

Zurück in der Küche überprüfte er, wie lang die Außenwand des Kühlraums von der Vorderseite bis zur Küchenrückwand war. Zum Schluss maß er die Breite bis zur Seitenwand.

»Es fehlen sechzig Zentimeter«, sagte er, nachdem er die Werte verglichen hatte. »Diese Außenwand ist sechzig Zentimeter länger als die Tiefe des Kühlraums. Und in der Breite fehlen über fünfundvierzig Zentimeter.«

»Wie kann das sein?«, wunderte sich Lancaster. »Vielleicht eine tragende Wand hinten oder an der Seite?«

»Warum sollte die bloß im Kühlraum sein und nicht auch draußen?«, wandte Mars ein.

Decker eilte zurück in den Kühlraum und bis zur Rückwand. Lancaster und Mars folgten ihm.

»Hilf mir mal bei den Regalen, Melvin.«

Gemeinsam schoben die beiden kräftigen Männer die massiven Regale samt der darauf gestapelten Vorräte zur Seite. Als sie fertig waren, starrten sie auf eine leere, glatte Wand.

Decker richtete seine Taschenlampe auf jede Ecke und jeden Winkel. Er kniete sich auf alle viere und betastete den Wandabschluss zum Boden.

»Könnten wir uns ein wenig beeilen, bevor ich mir hier noch eine Unterkühlung einfange?«, bemerkte Mary bibbernd.

Decker richtete sich auf und betrachtete die Wand. »Nirgends ein Knopf oder etwas Ähnliches. Aber das wäre sowieso viel zu riskant. Jemand kommt rein, sieht das Ding und drückt einfach mal drauf, um zu sehen, was passiert. Schon ist das Geheimnis gelüftet.«

»Es ist auch nirgendwo ein Spalt zu entdecken, genau wie am Boden«, sagte Mars. »Wenn hier drin eine Tür versteckt ist, haben die es verdammt gut getarnt.«

Decker warf einen Blick zurück zu den Regalen, die sie weggeschoben hatten. »Wenn man bedenkt, was an Gewicht zur Seite geschoben werden muss, käme nie jemand näher an die Wand heran.«

»Und was genau hat das zu bedeuten?«

»Dass womöglich die Wand selbst die Tür ist«, antwortete Decker und presste die Handflächen gegen die Wand. Nichts. Er stellte sich breitbeinig davor und drückte mit all seiner bulligen Kraft. Die gesamte Wand glitt geräuschlos nach hinten. Links von ihm kam eine Tür zum Vorschein. Decker stieß sie auf. Eine schmale, in die Tiefe führende Treppe wurde sichtbar.

»Sesam öffne dich«, witzelte Mars.

Sie stiegen hintereinander die Stufen hinab und erreichten einen stockdunklen Raum. Decker und die anderen ließen den Strahl ihrer Taschenlampen umherwandern.

Sie sahen Schreibtische, Landkarten an den Wänden, Computer, Telefone, wohlbestückte Kleiderständer, dicke Aktenordner und weitere Materialien und Geräte. Ein langer Vorhang trennte zu einer Seite einen etwa drei mal zwei Meter großen Raum ab. Plötzlich flackerte die Deckenbeleuchtung. Mars und Decker sahen Lancaster neben einem Lichtschalter stehen.

»Ich mag es nicht so düster«, sagte sie und schaltete ihre Taschenlampe aus. »Außerdem sieht es sowieso keiner, wenn hier Licht brennt.«

Auch Mars und Decker steckten ihre Taschenlampen fort und schauten sich um.

»Verdammt, was *ist* das hier?«, stieß Mars hervor.

Decker trat an einen der Schreibtische und betrachtete die Gegenstände, die dort neben einer ungewöhnlichen Maschine lagen.

»Diese Schweinepriester fälschen Ausweise«, sagte er und nahm eine der Plastikkarten in die Hand. Das Foto auf dem vermeintlich in Virginia ausgestellten Führerschein zeigte einen jungen Mann, dessen Name mit Frank Saunders angegeben war. Geboren 1993, wohnhaft in McLean, Virginia.

»Den Typ habe ich im American Grill als Trainee gesehen. Bloß dass der Name, der mir genannt wurde, nicht Frank lautete, sondern Daniel.«

Mars hielt mit rechts einen Stapel Kreditkarten hoch und mit links mehrere von Gummiringen gehaltene Päckchen amerikanischer Pässe und Geburtsurkunden. »Ich bin zwar kein Experte, aber das Zeug hier sieht verdammt echt aus.«

Ein paar Schritte von den Männern entfernt schob Lancaster einen Vorhang zur Seite und gelangte in einen mit dem Nötigsten ausgestatteten OP. Sie deutete auf eine Palette chirurgischer Instrumente, die auf einem Tisch neben einer Krankenliege ausgebreitet lag. Daneben befanden sich eine mobile OP-Leuchte, mehrere Sauerstoffflaschen sowie ein Infusionsständer, von dem leere Beutel baumelten. An der Wand waren verschiedene Geräte zur Patientenüberwachung aufgereiht.

»Also, jetzt wird's mir langsam unheimlich«, sagte sie. »Operieren die hier unten?« Ihr Daumen wies auf ein großes Doppelwaschbecken. »Offenbar schrubben sie sich da die Hände, bevor sie hier zu Werke gehen.«

Mars betrachtete die vollen Kleiderständer. »Alles da, für Männer und Frauen. Einschließlich so was.« Er hob eine Perücke hoch.

Sämtliche Schreibtische waren mit Computern ausgestattet, neben denen sich Papiere türmten. Decker nahm das oberste Blatt von einem der Stapel.

»Was ist das?«, fragte Lancaster und kam herüber.

»Eine Liste von vierzig übers ganze Land verteilter Städte. Neben jeder Stadt ist ein X.« Er zeigte auf die Karten an der Wand. »Die Angaben könnten den roten und grünen Pins auf diesen Karten entsprechen. Sieht aus, als würden sie so ziemlich alle Metropolen abdecken.«

Decker nahm ein Blatt von einem anderen Stapel. »Offenbar der Lebenslauf von jemandem. Geburtsdaten, Ausbildung, Berufserfahrung, Familienstand …« Sein Blick wanderte zum Fuß des Blattes, und er las laut: »Gardiner und Partner.«

»Brad Gardiner?«, fragte Lancaster.

»Nun ja, er leitet eine Stellenvermittlung.«

»An einer Stellenvermittlung ist nichts Verbotenes«, sagte Mars und schaute sich im Raum um. »Aber das hier macht einen eindeutig illegalen Eindruck.«

Decker nickte. »Kann man wohl sagen. Da drüben verändern sie anscheinend das Aussehen«, fügte er mit Blick auf die Krankenliege und das Operationsbesteck hinzu. »Und die Kleidung, Perücken, gefälschten Ausweise, Kreditkarten, Pässe, Geburtsurkunden und die erfundenen Lebensläufe dienen dazu, eine rundum neue Identität zu schaffen. Und dann vermittelt Brad Gardiner seine Kandidaten auf Stellen im ganzen Land. Und zwar nicht auf Jobs als Kellner oder Hausangestellte. Er ist spezialisiert auf Führungsstellen in der Finanzwelt, im Hightech-Bereich, bei staatlichen Stellen, bei Lobbyverbänden und dergleichen. Das wissen wir von Mitzi. Und die Bewerber werden gewissermaßen hier erschaffen.«

»Aber sie müssen doch über Erfahrungen in der betreffenden Branche verfügen«, gab Mars zu bedenken. »Ich meine, niemand kommt einfach so bei Goldman Sachs, Google, General Electric oder irgendwelchen US-Behörden rein, ohne über das nötige Fachwissen zu verfügen.«

»Oh, sie werden schon wissen, worauf es ankommt, da bin ich mir sicher«, sagte Decker. »Und wir wissen jetzt, dass in diesem Laden nicht bloß Geld gewaschen wurde.«

»Sondern?«, fragte Lancaster.

»Identitäten.«

71

»Was soll das heißen, Sie haben ihn verloren?«, fragte Mary Lancaster.

Sie starrte die beiden Zivilpolizisten an, die sie mit der Observierung von Bill Peytons Wohnung betraut hatte. Nach der gründlichen Durchsuchung des Kellerraums unter dem American Grill waren Lancaster und Decker zurück auf dem Revier.

»Er war drin, Detective Lancaster«, erklärte der Massigere der beiden Cops. »Und dann war er weg.«

»Als Sie anriefen mit der Anweisung, ihn festzunehmen, haben wir erst mehrmals an seiner Tür geklopft«, fügte sein Partner hinzu. »Da niemand öffnete, haben wir die Tür aufgebrochen und die ganze Wohnung abgesucht, jeden noch so kleinen Winkel. Nirgends eine Spur von ihm.«

»Er wohnt in einem großen Apartmenthaus«, sagte Decker. »Sind Sie nicht auf die Idee gekommen, das Gebäude zu durchsuchen?«

»Aber wir hatten doch Vorder- und Hinterausgang im Blick.«

»Womöglich hat er sich in ein anderes Apartment verdrückt, als Sie ins Haus kamen, und ist dann abgehauen, während Sie seine Wohnung durchsuchten«, bemerkte Decker. »Vielleicht hat er Sie dabei beobachtet, wie Sie *ihn* beobachtet haben.«

»Vorstellbar wäre es«, räumte einer der Cops ein.

»Was heißt hier vorstellbar?«, fuhr Mary Lancaster ihn an. »So und nicht anders muss es gewesen sein.«

Sobald die Männer weg waren, meinte Lancaster: »Diese Idioten. Wir hatten ihn, Decker. Wir hatten ihn! Und jetzt, puff, ist er verschwunden. Es war doch klar, dass er auf der Notrufliste steht. Und dann verlieren diese Schwachköpfe ihn.«

»Dass Leute verschwinden, scheint in diesem Fall ein Dauerthema zu sein«, kommentierte Decker bissig.

»Und was nun?«, fragte Mary.

»Wir haben einen Berg an Informationen zu verarbeiten.«

Mary nickte. »Mein Team trägt das gesamte Beweismaterial aus diesem Kellergeschoss zusammen. Das sind Unmengen. Sämtliche Computer sind passwortgeschützt, aber meinem PC-Spezialisten zufolge ist auf den Festplatten eh nichts. Was bedeutet, alles befindet sich irgendwo in irgendeiner Cloud, an die wir nicht herankommen.«

»Es gibt ja noch anderes Beweismaterial. Ausweise, Unterlagen und so weiter.«

»Meinst du im Ernst, sie haben Identitäten gewaschen?«

»Überleg doch mal. All die Trainees, die der American Grill beschäftigt hat. Sie sind nach Burlington gekommen, um hier … nun ja, überarbeitet zu werden. Aufpoliert, gewissermaßen. Man hat ihnen neue Identitäten verpasst, manchen wohl auch ein neues Äußeres dank plastischer Chirurgie, und dann schickte man sie in die Welt hinaus – wahrscheinlich auf Posten, die Brad Gardiner ihnen vermittelte.«

»Aber warum das Ganze?«, fragte Mary.

»Keine Ahnung.«

»Und warum ausgerechnet Burlington, Ohio?«

»Ich schätze, das alles läuft bereits, seit der American Grill seine Pforten öffnete. Das Kellergeschoss erklärt den zusätzlichen Betonverbrauch und die Geheimnistuerei bei den Baumaßnahmen.«

»Also steckte David Katz von Anfang an mit drin?«

Decker nickte. »Kann ich mir nicht anders denken. Und seine Kredite hat er vorzeitig mit frischem Geld abbezahlen können.«

»Und Bill Peyton?«

»Ist auch schon seit den Gründungstagen dabei. Er muss Bescheid gewusst haben über das Kellergeschoss. Deshalb ist er ja auch getürmt. Ich halte ihn für clever genug, sofort durchschaut zu haben, dass wir einen Brandalarm dazu benutzen, uns Zutritt zu verschaffen und den Laden auf den Kopf zu stellen.«

»Ein geschickter Verteidiger könnte allerdings sämtliche Ergebnisse dieser Durchsuchung für nicht verwertbar erklären lassen«, meinte Lancaster skeptisch. »Schließlich hatten wir keinen Durchsuchungsbefehl, und die Ausrede mit dem Brand hätte vor Gericht möglicherweise keinen Bestand.«

»Darum kümmern wir uns, wenn es so weit ist, Mary. Viel mehr Sorgen bereitet mir, dass die Nummer, die hier abzogen wird, einfach kein Ende zu nehmen scheint.«

»Mir stellt sich immer noch die Frage, warum David Katz umgebracht wurde. Und die Richards.«

»Böse töten Böse, wenn sie sich bedroht fühlen. Vielleicht hatte Katz für seine Dienstleistungen mehr Geld verlangt. Oder er bekam kalte Füße und spielte mit dem Gedanken, sich an die Polizei zu wenden und auszuplaudern, was da vor sich ging.«

»Und die Richards?«

»Dem Banker zufolge war Don Richards der Stammberater von Katz. Vielleicht hatten die Leute, die hinter all dem stecken, befürchtet, Katz könnte Richards bereits zu viel erzählt haben. Wir hatten ja schon vermutet, dass Karl Stevens über seine Drogengeschäfte mit Richards' Sohn etwas von den Kontakten zwischen Katz und Richards senior erfahren hat. Stevens muss jemandem davon erzählt haben, und dann kamen sie auf die Idee, das Ganze dem armen Meryl Hawkins anzuhängen.«

»Weil Stevens bestens mit Mitzi bekannt war.«

»Genau. Wobei Stevens sogar derjenige gewesen sein könnte, der Hawkins als idealen Sündenbock vorgeschlagen hat. Mitzis Drogensucht war ihm auf jeden Fall bekannt, und vielleicht wusste er auch Bescheid darüber, dass ihre Mutter Schmerzmittel benötigte. Aber Hawkins war nicht blöd. Er wird durchschaut haben, dass seine Tochter ihn reingelegt hatte. Er wusste bloß nicht warum. Vielleicht glaubte er, sie hätte bis zum Hals in Schwierigkeiten gesteckt. Aber er sagte nichts, weil er weder Mitzi noch seine Frau zusätzlich belasten wollte.«

»Aber dann läuft ihm im Knast Karl Stevens über den Weg«, nahm Lancaster den Faden auf. »Und Stevens kann den Mund nicht halten und erzählt Hawkins die Wahrheit ... oder deutet sie zumindest an.«

»Woraufhin Hawkins sich das Tattoo mit dem Pfeil durch seinen kleinen Glücksstern stechen lässt und damit zum Ausdruck bringt, dass seine Tochter von nun an tot für ihn ist. Er bewirkt seine Entlassung und kommt her, um seine Unschuld zu beweisen.«

»Bis jemand ihn umbringt«, sagte Lancaster. »Aber woher wussten sie, was er vorhatte?«

»Stevens könnte jemandem draußen gesteckt haben, dass Hawkins entlassen wird. Als der dann wieder hier auftauchte, haben sie beschlossen, ihn zu beseitigen, bevor er für Unruhe sorgen konnte.«

»Zum Glück hat er immerhin noch uns getroffen«, bemerkte Lancaster.

»Ein *Glück* ist es aber nur, wenn wir die Wahrheit herausfinden, Mary«, erwiderte Decker.

»Gardiner und Peyton sind derzeit also beide auf der Flucht. Denkst du, sie schließen sich zusammen?«

»Möglich ist alles. Gardiner hat mich clever ausgetrickst. Aber der Kerl hatte Angst. Und nicht vor seiner Frau, obwohl die auf uns beide geschossen hat.«

»Du meinst, er fürchtet sich vor den Leuten, mit denen er sich eingelassen hat.«

»Angesichts des Blutbads, das sie schon angerichtet haben, könnte man ihm das kaum verdenken.«

Deckers Handy brummte. Es war Jamison.

»Hey, Alex. Ich bin im Augenblick ein wenig im …«

»Das Team kommt nach Burlington«, unterbrach sie ihn.

»Was? Ich dachte, ihr wärt in New Hampshire.«

»Waren wir. Aber ein anderer Fall hat plötzlich Vorrang.«

»Welcher Fall?«

»Deiner.«

72

Ross Bogart sah exakt so aus, wie man sich einen FBI-Agenten im Fernsehen vorstellen würde. Groß, durchtrainiert, attraktiv, markante Gesichtszüge, hellwache Augen und auf ruhige Art kompetent. Aber es war mehr als bloße Ausstrahlung. Der Mann war ein hervorragender Ermittler, der extrem hart arbeiten konnte.

Todd Milligan war fast eine Kopie seines Chefs, nur etwas kleiner und ungefähr zehn Jahre jünger. Zu Anfang ihrer Bekanntschaft hatten er und Decker gewisse Verständigungsprobleme, doch inzwischen kamen sie gut miteinander aus. Wozu die Tatsache beitrug, dass Decker ihm einmal das Leben gerettet hatte.

Das FBI-Team war auf dem nahe gelegenen Regionalflughafen gelandet und von dort sofort weiter nach Burlington gefahren. Auf ihren Wunsch hin hatten sie sich mit Decker aber nicht auf dem Revier verabredet, sondern im Residence Inn, wo sie jetzt in Deckers Zimmer standen. Anwesend waren auch Melvin Mars und Mary Lancaster. Die männlichen Agenten trugen einheitlich schwarze Anzüge, gestärkte weiße Hemden und gestreifte Krawatten. Dazu zeigten sie betont teilnahmslose Mienen. Alex Jamison war in schwarzem Hosenanzug, weißer Bluse und Schuhen mit flachen Absätzen erschienen und machte einen ähnlich ernsten Eindruck.

»Schon eine Weile her, Detective Lancaster«, sagte Bogart. »Schön, Sie zu sehen.«

»Freut mich auch. Offenbar gehen wir wieder gemeinsam mit Decker auf die Jagd«, erwiderte Lancaster. »Ganz wie in alten Zeiten.«

»Warum sind Sie hier, Ross?«, fragte Decker. »Sie haben es noch nicht verraten.«

Bogart lehnte sich gegen die Wand und verschränkte die Arme. »Bei zwei der Firmen, deren Namen Sie Alex durchgegeben haben, konnten wir das Bollwerk knacken.«

»Sie meinen die Geldgeber von Rachel Katz?«

»Ja. Offenbar reichen die Finanzbeziehungen jedoch noch weiter zurück. Bis in die Zeiten, in denen David Katz die Geschäfte führte.«

»Und was haben Sie herausgefunden?«, fragte Lancaster.

»Beide Firmen wurden von einem Mann gegründet, der erwiesenermaßen enge Kontakte zu einem russischen Oligarchen unterhält. Deshalb sind wir hier.«

»Ein russischer Oligarch finanziert eine Unternehmung in Burlington, Ohio?«, erwiderte Lancaster verblüfft. »Wie macht das Sinn?«

»Es *ist* so, also wird es schon irgendwie Sinn ergeben«, antwortete Bogart. »Welchen genau, müssen wir herausbekommen.«

Mary Lancaster wandte sich Decker zu. »Also, diese Variante hatte ich nicht auf dem Zettel.«

»Der Raum unter dem American Grill«, erklärte Decker. »Unsere Annahme war, dass dort Identitäten gewaschen oder geschaffen werden. Man verpasst den Leuten ein neues Leben und schleust sie anschließend durch die Stellenvermittlung von Brad Gardiner auf einflussreiche Posten in der amerikanischen Wirtschaft.«

»Doch in Wahrheit besteht ihre Aufgabe darin, uns auszuspionieren«, ergänzte Jamison.

»Genau«, sagte Lancaster. »Uns ist doch wohl allen klar, dass eine Firma, die unter einem Restaurant heimlich Ausweise in Serie fabriziert, schwerlich integer sein kann. Da treibt jemand ein ganz übles Spiel.«

Decker hatte auf seinem Handy herumgetippt und schaute nun auf. »Wir müssen Gardiner und Peyton finden«, sagte er. »Und wir müssen Gardiners Geschäfte unter die Lupe nehmen.«

»Von Brad Gardiner haben wir überhaupt nichts gewusst«, gestand Bogart. »Aber jetzt werden wir uns direkt darum kümmern. Er ist verschwunden, richtig?«

»Zusammen mit Bill Peyton, dem Manager des American Grill. Beinahe schon zynisch, nicht wahr?«

»Was?«, fragte Bogart.

»Dass sie den Laden, der anscheinend von einem russischen Oligarchen finanziert wurde, ausgerechnet American Grill nannten«, antwortete Decker. »Und dann die Tätowierungen der beiden Toten, Tyson und Stevens.«

»Was ist damit?«, bohrte Bogart nach.

»Aryan Brotherhood, Nazis und KKK.«

»Stimmt.«

»Und noch eine andere.«

Bogart dachte eine Weile nach, schüttelte dann aber den Kopf. »Welche?«

»KI.«

»Ich dachte, das hätte etwas mit dem Klan zu tun«, sagte Jamison.

»Dachte ich auch. Es gibt tatsächlich ein Klansymbol, das ganz ähnlich aussieht.« Decker hielt sein Handy hoch. »Aber nachdem Sie eben den Russlandbezug erwähnten, habe ich noch mal recherchiert.«

»Und?«, fragte Bogart.

»In den Vierzigern war das KI eine Art russischer Auslandsgeheimdienst. KI ist danach die Kurzform von ›Komitee für Information‹.«

»Verflucht!«, rief Jamison aus, während Bogart einen höchst interessierten Eindruck machte.

»Wie passt eine alte, angeblich längst aufgelöste Spionageabteilung hier rein?«, fragte er.

»Die Frage würde ich gerne Bill Peyton stellen, oder wie immer sein richtiger Name lauten mag«, gab Decker zurück.

»David Katz hat den American Grill schon vor fünfzehn Jahren gebaut«, warf Lancaster ein. »Wollen Sie mir im Ernst erzählen, die Russen wären schon damals an so etwas interessiert gewesen?«

Bogart schaute sie an. »Die Russen haben seit Beginn des Kalten Kriegs im ganzen Land ihre Spione sitzen.«

»Aber eine Spionageoperation in Burlington?« Lancaster klang skeptisch.

»Weicheres Ziel«, erklärte Bogart. »Weniger Aufwand. Und das Gros der hier Durchgeschleusten ist letztlich nicht in Burlington geblieben. Gardiner hat sie bestimmt in alle möglichen Ecken des Landes vermittelt. Burlington diente nur als Startrampe.«

»Was die Karten, die wir im Kellerraum entdeckt haben, bestätigen«, bemerkte Decker. »Die Fühler reichen über das ganze Land hinweg und vor allem in sämtliche Metropolregionen.«

»Demnach wäre Gardiner auch des Landesverrats schuldig«, stellte Lancaster fest. »Genau wie Peyton.«

»Sofern sie überhaupt amerikanische Staatsbürger sind«, schränkte Bogart ein. »Aber erst mal müssen wir sie finden und ihnen die Sache nachweisen. Ich werde Verstärkung anfordern. Aber wir sollten einstweilen nichts nach außen dringen lassen. Keiner von uns kann auch nur ahnen, wer womöglich noch in diese Sache verwickelt ist. Aus diesem Grund wollte ich auch nicht, dass wir uns auf dem Revier treffen.«

»Moment mal«, meinte Lancaster schockiert. »Wollen Sie damit sagen …«

»Er sagt damit lediglich, dass niemand über jeden Verdacht erhaben ist, Mary«, warf Decker ein. »Und da bin ich absolut seiner Meinung.«

Lancaster wirkte verärgert, schwieg aber.

»Sie sind hier schon die ganze Zeit an vorderster Front und kennen die örtlichen Gegebenheiten besser«, wandte Bogart sich an Decker. »Wie wollen Sie die Sache anpacken?«

»Landesweite Fahndung nach Peyton und Gardiner. Außerdem muss der Vierundzwanzig-Stunden-Schutz von Rachel Katz und Mitzi Gardiner aufrechterhalten werden. Im Augenblick sind die beiden die einzigen Zeugen, die wir haben.« Nach kurzer Überlegung fuhr er fort: »Und wir brauchen einen Durchsuchungsbeschluss für Gardiners Geschäftsräume. Mit etwas Glück finden wir heraus, wen er wohin vermittelt hat.« Er schaute zu Mars. »Ich fürchte, dass Rachel von irgendeinem Zeitpunkt an von all dem wusste.«

»Und nichts gesagt hat«, ergänzte Mars, »sondern mitspielte.«

»Augenscheinlich.«

»Vielleicht blieb ihr keine andere Wahl«, meinte Mars.

»Man hat immer die Wahl, ob man ein Verräter sein oder lieber das Richtige tun will«, warf Milligan ein.

»Und Mitzi Gardiner?«, fragte Lancaster.

»Eine Drogensüchtige, die ihrem Vater vier Morde angehängt hat. Von einer etwaigen Spionageoperation dürfte sie nichts gewusst haben, denn es bestand kein Grund, sie einzuweihen.«

»Aber warum hat Gardiner sie geheiratet?«, hakte Lancaster nach.

»Wie hätten er und seine Kumpane besser dafür sorgen können, dass Mitzi nicht aus der Reihe tanzt? Und sie entwickelte sich zu einer liebevollen Ehefrau und Mutter. Für Gardiner war es vermutlich eine Win-win-Situation. Er wurde für die Rolle, die er spielte, garantiert üppig entlohnt.«

»Also, da bleibe ich lieber Single«, bemerkte Jamison.

»Okay, Leute. Wir werden uns die beiden Hauptverdächtigen schnappen und Gardiners Firma durchsuchen«, fasste Bogart zusammen. »Sonst noch was?«

»Stellen Sie alles sicher, was aus dem Keller des American Grill geholt wurde.«

»Was für ein glücklicher Zufall, dass ein vermeintliches Feuer ausbrach, das Ihnen Zutritt zu dem Laden verschafft hat, sodass Sie diesen Raum gefunden haben«, kommentierte Bogart und blickte Decker vielsagend an.

»Bei solch glücklichen Fügungen schlägt man doch gern zu«, erwiderte Decker. »Selbst wenn man dem eigenen Glück ein wenig nachhelfen muss.«

73

»Besenrein«, sagte Bogart am Telefon zu Decker. »Nichts mehr drin in Gardiners Büroräumen. Er muss einen Notfallplan gehabt haben. Wahrscheinlich hat er alles sofort rausschaffen lassen, als Sie den Kellerraum fanden. In Peytons Wohnung das gleiche Bild. Nichts Verwertbares mehr da, sofern es jemals da gewesen ist.«

»Wir müssen möglichst viel über die beiden herausbekommen, Ross«, erwiderte Decker. »Im Haus und im Büro muss es haufenweise Fingerabdrücke von dem Kerl geben. Und von Peyton in der Wohnung ebenfalls.«

»Darauf habe ich schon ein paar Leute angesetzt. Jetzt zu den vermeintlichen Trainees, die im American Grill Ihrem Bericht zufolge ständig angelernt wurden.«

»Yeah?«

»Ich bezweifle, dass einer von denen heute zur Arbeit erscheinen wird. Peyton hat sie bestimmt rechtzeitig gewarnt. Aber für den Fall, dass sie doch kommen, habe ich sicherheitshalber jemand hingeschickt. Und wir werden derweil nachforschen, wo sie untergebracht sind, und auch alle Unterkünfte durchsuchen.«

»Wenn's etwas Neues gibt, lassen Sie es mich wissen«, sagte Decker.

»Was haben Sie vor?«

»Ich werde mal einen kleinen Nostalgietrip unternehmen.«

*

Decker saß mit Lancaster an deren Esstisch. Im Hintergrund konnte er hören, wie Earl und Sandy sich zum Weggehen bereit machten.

Sandy stürmte ins Zimmer. Sie war ein Energiebündel und immer bester Laune, solange sie nicht urplötzlich in tiefste Verzweiflung versank, was jederzeit passieren konnte. Erst ein Arm steckte in ihrer Jacke, und die Skimütze hing ihr über den Augen. Während sie die Mütze hochschob, sagte sie zu Decker: »Ich kenne dich. Du bist Moms Partner. Du bist Amos Decker.«

»Und du bist Sandy Lancaster«, vollendete Decker das kleine Begrüßungsritual, das sie stets praktizierten.

Earl kam herein und nahm Sandy bei der Hand.

»Wir sind dann mal weg«, sagte er und schaute erst zu Decker, dann zu seiner Frau.

»Okay, Liebling, und danke«, sagte Lancaster.

»Läuft's wieder besser?«, erkundigte sich Decker, als die beiden verschwunden waren.

»Wir leben von einem Tag auf den anderen, von Stunde zu Stunde. Du solltest wissen, dass Earl Tränen in den Augen hatte, als ich ihm erzählte, was du nachts zu mir auf der Tribüne gesagt hast. Er ist dir sehr dankbar dafür, dass du mich ein bisschen zur Vernunft bringen konntest.«

»Ich habe dir nur gesagt, was ich denke, Mary. Dein Verhalten zu bewerten steht mir nicht zu, denn ich bin nicht in deiner Lage.«

»Na ja, ich glaube jedenfalls, dass du mich davor bewahrt hast, einen großen Fehler zu begehen. In schweren Zeiten stützt man sich auf seine Familie, statt sie von sich zu stoßen.«

»Da widerspreche ich dir nicht.«

»Also, zum Fall?«

»Die Zusammenhänge werden langsam klarer, aber es gibt noch immer diverse Lücken.«

»*Diverse* Lücken?«

»Wir wissen, dass Meryl Hawkins reingelegt wurde. Seine Tochter half dabei, ihm die vier Morde anzuhängen. Was wir nicht genau wissen, ist, weshalb die Morde begangen wurden, obwohl die Tatsache, dass Katz im Keller seines Restaurants so eine Art Spionagering unterhielt, uns der Antwort schon nahe bringen dürfte. Er könnte sich mit jemandem zerstritten oder mehr Geld verlangt haben, oder sein Mörder fühlte sich von ihm irgendwie bedroht.«

»Okay.«

»Spulen wir vor in die Gegenwart. Hawkins erfährt von Karl Stevens die Wahrheit. Er erreicht seine Entlassung und kommt her, um mit unserer Hilfe seine Unschuld zu beweisen. In derselben Nacht bringt ihn jemand um.«

»Und wir haben noch immer keine Ahnung, wer das gewesen ist.«

»Da wir inzwischen wissen, dass der Spionagering – oder was immer es sein mag – zu diesem Zeitpunkt in Burlington noch aktiv gewesen ist, würde ich die Schuldigen in dessen Dunstkreis vermuten. Und dann haben wir noch Rachel Katz. Sie fungierte als eine Art Frontfrau für ein Konsortium von Briefkastenfirmen, die laut Bogarts Erkenntnissen alle mit Russland in Verbindung stehen. Rachel geriet ein wenig ins Wanken. Erinnere dich nur an ihr Gespräch mit Melvin. Sie könnten befürchtet haben, dass sie alles verrät. Also setzten sie einen Killer auf sie an. Mich wollten sie auch töten. Und Erfolg hatten sie mit ihrem Mordanschlag auf Sally Brimmer.«

»Weil sie Susan Richards gespielt hatte. Aber wir wissen noch immer nicht, wie man sie dazu gebracht hat.«

»Da hast du leider recht. Sally könnte mit der Drohung erpresst worden sein, dass andernfalls Nattys Frau von ihrer Affäre erfährt. Dann wäre da noch Mitzi Gardiner, die, von Schuldgefühlen geplagt, sich selbst mit Pillen umzubringen versucht. Dabei konnte sie vermutlich noch von Glück reden, dass sie eine Pistole hatte.«

»Warum?«

»Sonst hätte ihr womöglich der Gatte die ganze Arbeit abgenommen.«

»Du meinst, er hätte sie getötet?«

»Kann ich mir eigentlich kaum anders vorstellen«, antwortete Decker. »Also, wir haben das Kellergeschoss entdeckt, und alle Indizien dort deuten auf eine Art Spionagering. Peyton ist getürmt, genau wie Brad Gardiner. Zwei Frauen liegen im Krankenhaus, und wir warten darauf, dass sie aus ihrem Koma aufwachen und uns verraten, was sie wissen.«

»*Falls* sie aufwachen. Und selbst dann können wir nicht sicher sein, ob sie plaudern.«

»Das ein oder andere Druckmittel besitzen wir schon. Mitzi hat versucht, mich zu töten. Und Rachel kann unmöglich komplett bestreiten, irgendetwas über diesen Raum unter dem American Grill gewusst zu haben. Wenn sie reden, können sie einen Deal rausholen. Wenn nicht, wandern sie für verdammt lange Zeit hinter Gitter. Aber verlassen will ich mich auf die beiden nicht. Wir müssen weiter Druck machen.«

»Vielleicht findet ja das FBI ein paar Dinge heraus, die uns weiterhelfen.«

»Möglich. Genauso gut könnten sie aber auch in einer Sackgasse enden. Diese Leute hatten offenkundig einen Ausstiegsplan vorbereitet, und den haben sie verflucht konsequent umgesetzt.«

»Also stehen wir nach all dieser Zeit wieder mit leeren Händen da.«

»Vielleicht nicht ganz«, sagte er.

»Was meinst du damit?«

»Ich werde das Gefühl nicht los, dass noch mehr hinter der

Sache steckt als bislang angenommen. Mir scheint, dass sich irgendein Hauptbeteiligter direkt vor unseren Augen verbirgt.«

»Und wie finden wir heraus, wer das ist?«

»Das lassen wir die für uns erledigen«, erklärte Decker kryptisch.

74

Sie hatten Mitzi Gardiner vom Krankenhaus in Trammel nach Burlington verlegt. Beide Frauen lagen jetzt im selben Zimmer, damit die Schutzmaßnahmen gebündelt werden konnten. Örtliche Cops und State Trooper hatten vor dem Zimmer und auf dem Krankenhausgelände Posten bezogen. Anti-Sniper-Spezialisten sollten auf der gegenüberliegenden Straßenseite verhindern, dass jemand aus der Distanz auf die Frauen feuern konnte.

Decker, Lancaster und Mars warteten auf dem Flur, da es hieß, dass Rachel Katz offenbar kurz davor stand, das Bewusstsein wiederzuerlangen.

Kurz darauf erschien Natty zusammen mit Pete Childress und Captain Miller. Während Miller einen finster entschlossenen und konzentrierten Eindruck machte, wirkte Childress eher gedrückt und nervös. Er richtete sich an Lancaster, mied dabei aber jeden Blickkontakt mit Decker.

»Natty hat mir erzählt, was Sie hier alles geleistet haben, Mary. Gute Arbeit. In Burlington! Ich fasse es nicht, dass so etwas hier vor sich gehen kann.«

»Das meiste ist Deckers Verdienst, Superintendent«, erklärte Lancaster mit fester Stimme. »Ohne ihn würden wir noch immer im Dunkeln tappen.«

Childress bereiteten Marys Worte offenkundiges Unbehagen. Schließlich aber schaute er Decker an und nickte. »Ja, richtig. Sehr schön, Decker. Ich … äh, bin froh, dass Sie dem Department hilfreich zur Seite stehen konnten.«

»Vielleicht können Sie dann ja ein gutes Wort einlegen hinsichtlich meiner Anklage wegen Behinderung der Justiz«, erwiderte Decker.

Diesmal zuckte Childress unübersehbar zusammen. »Ich will's versuchen.« Er räusperte sich. »Ich denke, das dürfte keine Probleme bereiten.«

»Es wird *ganz gewiss* keine Probleme bereiten«, warf Miller ein. »Die Anklage wird fallen gelassen, Amos.«

»Das wäre endlich mal eine gute Neuigkeit.«

»Ist Rachel Katz schon vernehmungsfähig?«, fragte Childress.

»Sehen wir nach«, antwortete Decker.

Sie betraten gemeinsam das Zimmer. Die Betten standen direkt nebeneinander. Rachel lag im linken, Mitzi Gardiner im rechten. Mitzi hatte das Bewusstsein noch nicht wiedererlangt und schien friedlich zu schlummern. Decker blickte zu Rachel. Sie stöhnte leise und drehte sich leicht hin und her, als hätte sie Schmerzen.

»Was ist nun?«, fragte Childress und ging unruhig durchs Zimmer. »Macht sie jetzt eine Aussage, oder hat man mich vollkommen grundlos herbestellt?«

»Die Ärztin muss jeden Moment kommen«, erklärte Lancaster.

Childress lief weiter kopfschüttelnd auf und ab. »Das FBI ist in der Stadt, wie ich gehört habe«, sagte er zu Decker. »Gibt es irgendwelche Fortschritte bei ihren Ermittlungen?«

»Nicht dass ich wüsste«, erwiderte Decker. »Der Spionagering ist zwar aufgeflogen, hatte den Ausstieg vorab aber gut organisiert.«

»Brad Gardiner ist Ihnen ja offensichtlich entwischt«, kommentierte Childress mit hämischem Unterton.

»Der ist so einigen entwischt«, stellte Mary Lancaster klar.

Childress fixierte sie. »Ich glaube nicht, dass ausgerechnet Decker jemanden braucht, der sich für ihn starkmacht, Mary.«

»Mir ist ein Fehler unterlaufen«, gestand Decker. »Aber zu meiner Verteidigung darf man nicht vergessen, dass Mitzi Gardiner eben erst ihr Magazin auf mich entleert hat.«

Die Bemerkung nahm Childress abrupt allen Wind aus den Segeln. »Ich muss gestehen, unter diesen Umständen wäre er mir vermutlich auch entwischt«, sagte er und schaute zu Lancaster. »Wo bleibt die Ärztin?«

Kurz darauf trat eine Ärztin in blauem Kittel ein und grüßte in die Runde.

»Wie geht es Rachel Katz?«, fragte Decker.

»Ihr Zustand ist stabil. Wir verringern nach und nach die Dosierung der Schmerzmittel. Die inneren Verletzungen waren allerdings beträchtlich. Weit schlimmer, als wir anfänglich dachten. Sie ist nur mit viel Glück durchgekommen.« Die Ärztin kontrollierte den Monitor neben Rachels Bett. »Ob sie vernehmungsfähig ist, kann ich nicht garantieren. Aber meine Hauptsorge gilt ihrer Genesung, damit das klar ist. Sobald ich bei meiner Patientin irgendwelche nachteiligen Reaktionen bemerke, werde ich der Sache sofort ein Ende bereiten. Verstanden?«

Childress machte keinen sonderlich begeisterten Eindruck, nickte aber und versicherte: »Verstanden. Können wir dann anfangen? Es ist von größter Wichtigkeit.«

Die Ärztin ging zu dem Gerät, das die Infusion steuerte, und veränderte ein paar Einstellungen. Eine Minute verging, ohne dass etwas passierte. Dann begann Rachel sich zu regen. Als ihre Lider zuckten, drängten sich sofort alle näher um das Bett, doch ihre Augen fielen gleich wieder zu.

Dann, unter dem aufmerksamen Blick der Ärztin, öffnete Rachel erneut die Augen und schaute sich langsam um. Als sie Mars sah, lächelte sie zärtlich.

»Du … du hast mich …« Ihre Stimme brach ab, und wieder wurden ihre Augenlider schwer.

Mars nahm ihre Hand und erwiderte das Lächeln. »Dein Zustand verbessert sich mit jedem Tag, Rachel«, sagte er. »Du machst das gut, meinen die Ärzte.«

Decker trat einen Schritt vor, um neben Mars zu stehen. »Fühlen Sie sich in der Lage, ein paar Fragen zu beantworten, Rachel?«, erkundigte er sich vorsichtig.

»Ich kann's versuchen«, murmelte sie.

»Erinnern Sie sich, was passiert ist?«

Rachel führte eine Hand zu ihrer Schulter. »Ein Schuss …«, flüsterte sie.

»Ja. Jemand hat versucht, Sie zu erschießen.«

»Wer?«

»Wir glauben nicht, dass der Schütze in einer persönlichen Beziehung zu Ihnen stand. Unser Meinung nach wurde er angeheuert, um Sie zu töten.«

»Ich … ich verstehe nicht.«

Mars ergriff erneut ihre Hand. »Du hast mir doch von den unterschiedlichen Gesichtern der Wahrheit erzählt, Rachel«, sagte er. »Weißt du noch?«

Sie nickte bedächtig.

»Nun, in diesem Fall könnte ein möglichst aufrichtiges Gesicht der Wahrheit die Freiheit für dich bedeuten.«

»Wir haben den Raum unter dem American Grill entdeckt«, erklärte Decker und musterte sie interessiert, um zu sehen, wie sie auf diese Nachricht reagierte.

Sie schluckte unter Schmerzen, und ihre Augenlider flatterten.

Natty stellte sich neben Decker. Childress folgte.

»Mrs. Katz«, begann Natty. »Wir wissen von Billy Peyton und Brad Gardiner. Mitzi, Brads Frau, liegt neben Ihnen. Sie hat Pillen geschluckt und wäre an der Überdosis fast gestorben.«

Rachel betrachtete sie der Reihe nach. Ihre Lippen bebten. »Mitzi …«, sagte sie leise.

»Ja.« Childress nickte. »Bei uns geht derzeit der Tod um, und offen gesagt, brauchen wir dringend Antworten, bevor es womöglich noch mehr Leichen gibt.«

Tränen liefen über Rachels Wangen, und ein heftiges Zittern erfasste sie. An ihrem Monitor ertönte ein Alarmsignal.

Die Ärztin verstärkte rasch wieder die Medikation, und Rachel sank langsam zurück in Bewusstlosigkeit. Der Alarmton verstummte.

»Für heute ist Schluss«, sagte die Ärztin entschieden.

»Aber wir haben doch noch gar nichts erfahren«, protestierte Childress.

»Wir kommen wieder.« Natty legte seinem Chef beruhigend die Hand auf den Arm. »Es wird sich alles klären. Aber jetzt braucht sie erst mal Ruhe. Lassen Sie es gut sein.«

Childress musterte Natty verwundert, schaute dann mit hochgezogenen Brauen Decker an und zuckte schließlich die Achseln. »Na schön. Aber die Sache muss ein Ende finden.«

»Das wird sie«, erklärte Natty.

Decker betrachtete Natty eine ganze Weile, bevor er zu Mars sah, der noch immer Rachels Hand hielt. Mit einem Finger wischte er ihr die Tränen von den Wangen.

»Sie wird es schaffen, Melvin«, sagte er.

»Das kannst du nicht wissen.«

»Das nicht, aber hoffen können wir's.«

»Rufen Sie mich an, sobald sie wieder vernehmungsfähig ist«, befahl Childress, wandte sich ab und verließ das Zimmer.

Natty schaute ihm nach. »Er hat eine Heidenangst, sein Ruf könnte unter all dem leiden. Ich meine, ein Spionagering direkt vor seiner Nase …«

»Verständlich, dass es ihm schlaflose Nächte bereitet«, bemerkte Decker.

»Und wie geht's nun weiter?«, fragte Mary Lancaster.

Deckers Blick schweifte von Rachel zu Mitzi und dann zum Fenster. Er schaute zu Boden, hob wieder den Kopf und meinte: »Die Antwort ist irgendwo da draußen. Wir müssen nur weiter danach suchen.«

»Aber wo?« Mary ließ nicht locker. »Wir gehen doch schon sämtlichen Spuren nach. Dabei weißt du so gut wie ich, dass Peyton, Gardiner und ihr Spionageteam wahrscheinlich längst außer Landes sind, vor allem, wenn ihnen ein Privatjet zur Verfügung stand.«

»Egal. Ich denke, wir können dennoch die fehlenden Antworten finden.«

»Wie?«, fragte Natty.

»Wer weiß, ob nicht ganz überraschend noch ein hilfreicher Zeuge auftaucht.«

»Was für ein Zeuge?«, fragte Natty skeptisch.

»Warten wir's ab.« Decker ging zur Tür. »Aber vorher müssen wir noch etwas erledigen. So schnell wie möglich.«

75

Der uniformierte Mann stieg im Gebäude gegenüber von Burlingtons Zentralkrankenhaus die Treppe bis ins oberste Stockwerk hinauf. Er führte sein Scharfschützengewehr mit und bezog Posten an einem Fenster zur Straßenseite. Ein kurzer Blick nach links und rechts bestätigte ihm, dass er von den anderen eingesetzten Anti-Snipern nicht zu unterscheiden war.

Er justierte sein Zielfernrohr und überprüfte die Sichtlinie. Dabei achtete er sorgsam darauf, im Schatten zu bleiben, während er seine Waffe auf das gegenüberliegende Fenster richtete.

In Gedanken stellte er sich vor, wie groß der Abstand hinter den geschlossenen Jalousien sein würde, bevor er letzte Werte in die Flugbahnberechnung einbezog.

Er änderte die Feineinstellung am Sucher und visierte erneut sein Ziel an. Nachdem alle Parameter berücksichtigt waren, glitt sein Finger zum Abzug. Er würde kurz hintereinander drei Schüsse abgeben.

Jetzt musste er noch seine Atmung beruhigen und damit seinen Puls. Die Entfernung war nicht das eigentliche Problem, sondern dass er quasi blind schoss. Dennoch sollte er in der Lage sein, das Ziel zu treffen.

Blick und Griff so konzentriert und fest wie nur möglich, drückte er ohne jede Hektik dreimal den Abzug und bewegte zwischen den Schüssen den Lauf minimal entsprechend des geplanten Musters.

Dann ließ er die Waffe fallen, rannte zum Treppenhaus und eilte die Stufen hinab zum Hinterausgang. Draußen auf der Straße rannte er das kleine Stück bis zu dem wartenden Wagen.

Er riss die Tür auf, sprang hinein.

»Gib Gas«, rief er.

Als das Auto sich nicht in Bewegung setzte, drehte er sich um.

Vier Pistolen waren auf seinen Kopf gerichtet.

»Sie sind verhaftet«, sagte Special Agent Alex Jamison, die eine der Waffen hielt.

*

Decker betrachtete die über das gesamte Krankenzimmer verteilten Glassplitter. Das Zimmer war leer, obwohl hier noch wenige Stunden zuvor Rachel Katz und Mitzi Gardiner gelegen hatten. Auf Deckers Wunsch hin waren sie in ein anderes Zimmer in einem anderen Gebäudetrakt verlegt worden.

Er fuhr mit dem Fuß über den Boden, wo die drei Geschosse eingeschlagen waren. Sie hätten Rachel voll erwischt. Wäre die Frau noch im Zimmer gewesen, wäre sie jetzt tot.

Auf Mitzi Gardiner hingegen waren keine Schüsse abgegeben worden.

Mary Lancaster stand in der Tür und beobachtete Decker. Als er sie anschaute, presste sie nur die Lippen zusammen und schüttelte den Kopf. So angewidert hatte Decker seine ehemalige Partnerin noch nie erlebt.

»Alte Sünden werfen lange Schatten«, murmelte Decker.

»Trotzdem schwer, das zu verdauen«, sagte Lancaster und grüßte nickend Special Agent Bogart, der neben ihr erschien.

»So geht's mir auch«, gestand Decker. Er blickte erst Bogart an, dann wieder Lancaster. »Bereit?«

»Bereit.«

Sie stiegen in Bogarts Mietwagen und fuhren zum Polizeirevier, wo sie den Aufzug zur Mordkommission nahmen. Lancaster streckte den Kopf durch die Tür und sah, dass außer Natty, der an seinem Schreibtisch eine Akte las, niemand anwesend war.

»Hast du mal 'n Moment, Blake?«, sagte Lancaster.

»Klar, was gibt's?« Natty schaute sie an.

»Das wirst du gleich sehen. Aber du musst mitkommen. Jetzt sofort.«

Natty wirkte verwundert und besorgt. Er zog das Sakko an, das über der Rückenlehne seines Stuhls hing, und trat in den Flur, wo er Decker und Bogart entdeckte.

»Was ist?«, fragte er Lancaster.

»Das wirst du gleich sehen«, antwortete sie.

»Noch eins, Natty«, sagte Decker. »Sie müssen mir Ihre Waffe geben.«

»Was?« Natty wich einen Schritt zurück.

Decker streckte die Hand aus. »Ihre Waffe.«

»Ich bin nicht …«

»Doch, sind Sie«, sagte Bogart, der seine Pistole gezogen und auf Natty gerichtet hatte.

»Was zum Teufel soll das?«, blaffte Natty ihn an. »Das ist gegen das Gesetz!«

»Der Eintrittspreis zu dem Schauspiel ist nun mal Ihre Waffe, Natty«, erklärte Decker. »Nichts zu machen.«

Bedächtig zog Natty seine Glock aus dem Holster und gab sie ihm mit dem Knauf voran. Decker vergewisserte sich, dass die Waffe gesichert war, und steckte sie ein.

»Was legt ihr mir zur Last?«, fragte Natty. »Habt ihr den Verstand …«

»Halt endlich die Klappe, Blake!«, fuhr Lancaster ihn an. »Komm einfach mit.«

Auf dem Weg gesellte sich noch Captain Miller zu ihnen, den Decker noch nie mit derart finsterer Miene erlebt hatte.

»Captain, ich …«, begann ein sichtlich beunruhigter Natty.

Doch Miller hob nur die Hand. »Nicht jetzt, Natty.«

Sie stiegen noch ein Stockwerk höher und gingen bis zum Ende des Flurs, bis sie zu einer Bürotür gelangten. Decker machte sich nicht die Mühe anzuklopfen und marschierte sofort hinein.

Peter Childress schaute von seinem wuchtigen Schreibtisch auf. Die Wand hinter ihm war bedeckt mit Fotos, die ihn mit Lokalpolitikern oder bei öffentlichen Anlässen zeigten, dazu ein Regal voller Ehrungen und Preise, die ihm über die Jahre hinweg verliehen worden waren.

»Was wollen Sie denn alle hier?« Stirnrunzelnd musterte er die eintretende Gruppe. »Gibt es was Neues?«

»Allerdings«, sagte Decker. »Würden Sie bitte aufstehen?«

»Was?« Childress runzelte die Stirn.

»Sie wissen doch, wie's läuft, Pete«, sagte Miller. »Sie müssen aufstehen.«

»Warum, verdammt noch mal?«

Lancaster trat vor und zog ein Paar Handschellen aus der Tasche. »Stehen Sie auf. Sofort!«

»Haben Sie nicht mehr alle Tassen …«

Lancaster packte ihn an den Hosenträgern und riss ihn von seinem Stuhl hoch.

»Das kostet Sie Ihre Marke, Lancaster!«, brüllte er.

»Daraus wird wohl eher umgekehrt ein Schuh«, sagte Decker.

»Peter Childress«, erklärte Lancaster, während sie ihm grob die Handschellen anlegte, »hiermit verhafte ich Sie wegen der Beteiligung an Mord, Spionage und Geldwäsche.«

Childress erstarrte.

Natty verfolgte die Szene fassungslos.

»Für diesen Schwachsinn werde ich euch alle in den Bau bringen, ihr verdammten Idioten!«, tobte Childress.

Decker trat einen Schritt näher. »Wir haben den Kerl, der Rachel Katz im Krankenhaus erschießen wollte«, erklärte er.

»Welchen Kerl?«, sagte Childress. »Wovon sprechen Sie überhaupt?«

»Ich habe dafür gesorgt, dass die beiden Frauen nach unserem gemeinsamen Besuch heute Morgen in ein anderes Zimmer verlegt wurden«, sagte Decker. »Sie befinden sich in Sicherheit.«

»Verlegt? Dafür hat niemand mein Einverständnis eingeholt!«

»Aus gutem Grund.«

»Was wollen Sie damit andeuten, Decker? Ich …«

Er stockte, als Decker im Zimmer auf und ab ging, wobei er seine Schritte zählte. »Sie und ich, Pete, sind ungefähr gleich groß und haben etwa die gleiche Schrittlänge. Sechs Schritte von der Wand zum Fußende von Rachels Bett. Dann noch zwei bis auf Brusthöhe.«

Decker bemerkte, wie Natty ihn gebannt beobachtete. »Sie erinnern sich doch auch daran, wie Childress heute Morgen auf und ab gelaufen ist, stimmt's, Natty?«

»Ja.« Der Detective nickte. »Worauf wollen Sie hinaus?«

»Er hat die Entfernung von der Wand zum Bett gemessen, um die Information an den Schützen weiterzugeben, damit der nicht vollkommen blind in den Raum ballern musste.«

»So ein Schwachsinn!«, blaffte Childress. »Beweisen Sie das mal!«

Als Antwort schaute Decker nur zu Bogart.

Der FBI-Agent holte sein Handy hervor. »Wir haben mit richterlicher Erlaubnis Ihr Telefon angezapft.« Er hielt sein Handy hoch. »Diese Textnachricht haben Sie etwa dreißig Minuten nach Verlassen des Krankenhauses abgeschickt. Sie enthält die genauen Angaben, wo im Raum die Zielperson liegt.«

»Und Ihr Schütze war ein Könner, das muss man ihm lassen«, sagte Decker. »Alle drei Kugeln schlugen da ein, wo sie einschlagen sollten.«

»Ich weiß gar nicht, wovon Sie reden, Sie Schwachkopf!«

»Tatsache? Wie seltsam«, meldete Bogart sich zu Wort. »Denn genau der Mann, den wir eben wegen Mordversuchs verhaftet haben, hat Ihre Textnachricht auf seinem Handy erhalten. Er hat bereits geplaudert, Childress. Wir haben Sie am Wickel.«

»Ich ... ich ...«, stammelte Childress.

»Warum wurde Mitzi Gardiner verschont?«, fragte Decker. »Warum nur Rachel Katz?«

Childress schüttelte den Kopf und schwieg.

»Haben Sie Eric Tyson auch gesagt, wo Sally ist, Childress?«, fragte Decker. »Als Sie ihn anheuerten, um *sie* zu erschießen? Oder ließen Sie Sally einfach beschatten?«

Das Blut wich aus Childress' Gesicht. Rasch warf er einen Blick zum sichtlich geschockten Natty.

»Hör zu, Natty«, begann Childress. »So war das nicht. Ich ...«

»Du elender Drecksack!«, brüllte Natty. Seine Hand schnellte zum Holster, aber da steckte keine Waffe mehr. Also stürzte er sich auf Childress und drosch ihm die Faust in den Magen, sodass der Captain vornüberkippte, ehe Decker, der aus irgendeinem Grund reichlich träge auf den Angriff reagierte, Natty packen und wegziehen konnte.

»Warum?«, schrie Natty. »Was hatte Sally dir getan?«

»Er hat sie benutzt, Natty«, sagte Decker. »Wie ich es Ihnen gegenüber bereits vermutet hatte. Er hat sie gezwungen, sich als Susan Richards auszugeben, wahrscheinlich, indem er gedroht hat, andernfalls Ihrer Frau von eurer Beziehung zu erzählen. Doch er bekam es mit der Angst zu tun, als er hörte, dass Sally mir half. Also ließ er sie bei unserer Verabredung im Park erschießen.«

Childress richtete sich langsam wieder auf, rang aber weiter nach Luft.

Miller trat auf ihn zu. »So etwas habe ich in meinen vierzig Dienstjahren noch nicht erlebt. Sie sind eine Schande, Childress.«

»Aber Sie können versuchen, ein wenig Wiedergutmachung zu leisten«, bemerkte Decker. »Indem Sie uns helfen.«

Childress schüttelte den Kopf wie in Zeitlupe. »Die ganze Sache ist viel größer, als Sie glauben, Decker.«

»Ein Grund mehr, ihr ein Ende zu bereiten.«

»Ich verlange Personenschutz«, wandte Childress sich an Mary Lancaster.

»Wovor fürchten Sie sich denn so, Childress?«

»Sie alle sollten sich fürchten«, erwiderte Childress. »Jeder verdammte Einzelne.«

76

»In dem Punkt könnte er sogar recht haben«, meinte Bogart, als Childress abgeführt wurde.

»Warum?«, fragte Lancaster.

»Wir haben einen Treffer bei den Fingerabdrücken landen können, die Sie von Bill Peyton genommen haben.«

»Alle Datenbanken, zu denen wir Zugang haben, konnten nichts finden«, erklärte Lancaster verwundert.

»Nun, wir haben noch ein paar mehr, darunter in Übersee. Am Ende hat uns eine Anfrage bei unseren Freunden vom Mossad die entsprechende Information eingebracht.«

»Die Israelis?«, sagte Decker. »Dann nehme ich mal an, sein Name lautet nicht Bill Peyton.«

»Nicht im Entferntesten. Eigentlich heißt er Juri Egorshin. Und die Beschreibung des Mannes, die wir von den Israelis erhalten haben, passt genau zu Ihrer von Peyton.«

»Lassen Sie mich raten – er ist Russe«, kommentierte Decker knapp.

»Genau genommen wurde er vor dem Mauerfall in Ostdeutschland geboren. Aber er kam im Rahmen eines damals gültigen Austauschprogramms zum Studium in die Vereinigten Staaten. Er besuchte übrigens die Ohio State, genau wie Sie, Decker.«

»Wie kann das sein?«, fragte Lancaster. »Da kommt einer aus diesem Teil der Welt einfach her und darf hier studieren?«

»Wahrscheinlich hatte er zu dieser Zeit noch keine Verbindungen zur Spionageszene. Außerdem kam er damals angeblich aus Westdeutschland, nicht aus der DDR. Keine Ahnung, wie die das hinbekommen haben. Nach seinem Abschluss kehrte er nach Hause zurück, wo dem Mossad zufolge die Verbindung zum KGB hergestellt wurde.«

»Die hatten ihn bestimmt schon angeworben, bevor er zum Studieren in die USA einreiste«, warf Jamison ein.

»Möglich«, räumte Bogart ein. »Auf jeden Fall gehörte er nach dem Fall der Mauer offiziell dem FSB an, der Nachfolgeorganisation des KGB. Angeblich arbeitete er dort mit diversen hochrangigen Funktionären zusammen. Dann verschwand er plötzlich von der Bildfläche. In den letzten zwanzig Jahren wusste keiner, wo er sich aufhielt.«

»Zumindest die letzten fünfzehn Jahre hat er in Burlington als Geschäftsführer eines Restaurants verbracht«, sagte Decker. »Was dazu passen würde, dass ein russischer Oligarch der Finanzier von Rachel Katz war.«

»Seltsam. Nach einem Russen klang Peyton nicht, als wir mit ihm sprachen«, wandte Lancaster ein. »Auf mich machte er den Eindruck, als hätte er immer schon hier gelebt.«

»Darum geht's ja«, erklärte Decker. »Diese Leute klingen nicht wie Finsterlinge in James-Bond-Filmen. Sie sollen möglichst unauffällig wirken und sich in nichts von ihrem Umfeld unterscheiden. Und dank seiner Collegejahre in den USA war er dazu in der Lage.«

»Tatsächlich steckt sogar noch mehr dahinter«, ergänzte Bogart. »Wie weitere Nachforschungen ergaben, war Egorshins Mutter Amerikanerin. Sie lief nach dem Zweiten Weltkrieg über, beantragte in Moskau Asyl und heiratete einen Russen namens Anatoli Egorshin. Der Mann hatte im Krieg als Offizier in der russischen Armee gedient und anschließend für die Sowjets in Ostdeutschland gearbeitet.«

»Wie der Vater, so der Sohn«, bemerkte Decker. »Und seine Mutter hat ihm bestimmt damals schon die amerikanische Sprache und den Lebensstil nahegebracht, was ihm später die perfekte Anpassung erleichtert haben dürfte. Erst auf dem College und später bei seiner Rückkehr nach Burlington, um den Spionagering zu leiten.«

»Das alles hat ihn für die Sowjets und nachher die Russen ganz sicher noch wertvoller gemacht«, fügte Bogart hinzu.

»Sind wir schon weitergekommen, was die Leute betrifft, die über die Jahre hinweg über den American Grill weitervermittelt wurden?«, fragte Lancaster.

»Die Sache ist verzwickt. Im American Grill gab es nirgends Aufzeichnungen über die Eingeschleusten, nur über die wenigen, die gerade sozusagen in Bearbeitung waren. Und die haben sich allesamt in Luft aufgelöst, ebenso wie das Küchenpersonal. Wir vernehmen zurzeit noch die Angestellten im Service, die nicht in die Operation eingeweiht waren. Vielleicht erfahren wir von denen etwas, das uns hilft, die wirklich wichtigen Leute aufzuspüren. Außerdem werden wir uns zunutze machen, dass Brad Gardiners sogenannte Stellenvermittlung einen Großteil der Leute weitervermittelt hat, indem wir flächendeckend nachfragen, ob jemand von ihm vermittelte Fachkräfte eingestellt hat.«

»Sofern sie noch da sind«, sagte Decker. »Mittlerweile könnten alle ihre Zelte abgebrochen haben.«

»Möglich. In dem Fall sind wir sie zumindest los, was ja auch schon ein Vorteil ist. Trotzdem müssen wir versuchen, auf diese Weise zu rekonstruieren, was immer sich noch rekonstruieren lässt. Auch wenn wir keinen von denen mehr erwischen, können wir in dem Fall besser einschätzen, welche Schäden sie in ihren Jobs angerichtet haben und wie sie sich am besten beheben lassen.«

»Ziemlich umständlich, aber was bleibt uns anderes übrig«, räumte Decker ein.

»Jetzt verstehe ich, warum ihr mir die Waffe abgenommen habt«, sagte Natty zu Decker. »Ich hätte den Dreckskerl glatt über den Haufen geknallt.«

»Schon klar«, sagte Decker und reichte ihm seine Waffe zurück.

»Warum tut Childress so etwas?«, fragte Natty.

»Warum wohl. Geld. Ich denke, wenn wir seine finanzielle Situation unter die Lupe nehmen, werden wir einige heimliche Depots mit einem Riesenberg Kohle finden.«

»Meinst du, Childress hat von Anfang an mit denen zusammengearbeitet?«, fragte Lancaster.

»Du weißt doch selbst, was vor dreizehn Jahren passiert ist, Mary.«

»Die vier Morde, ja.«

»Und wir beide waren Grünschnäbel in der Abteilung.«

»Stimmt.«

»Man schickte zwei frischgebackene Detectives zu einem Tatort mit vier Mordopfern, ohne einem erfahrenen Kollegen die Leitung zu übertragen.«

»Du hast recht«, sagte sie und schaute Natty an. »Es waren weit erfahrenere Detectives da, die den Fall hätten übernehmen können. Nicht zuletzt du, Blake.«

»Ich habe mir noch mal die Dienstakten aus dieser Nacht angesehen«, warf Decker ein. »Ratet mal, wer uns den Fall übertragen hat.«

»Childress«, spie Miller angewidert hervor. »Weil er inzwischen die Leitung der Abteilung übernommen hatte.«

»Genau. Er wollte bei diesem Fall möglichst unerfahrene Ermittler, die sofort auf all die forensischen Beweise anspringen würden, die man arrangiert hatte, sodass sie gar nicht erst nach anderen Indizien suchten.«

Decker wandte sich Natty zu. »Ich wette, Ihnen wären damals Dinge aufgefallen, die uns entgangen sind.«

»Vielleicht, vielleicht auch nicht. Heute, nach all den Jahren, hätte ich es jedenfalls bestimmt nicht mehr aufgeklärt. Nicht so wie Sie.«

»Hinterher ist man immer schlauer. Und für Hawkins habe ich es nicht mehr rechtzeitig aufklären können.«

»Wir werden weiter nach Egorshin, Gardiner und den anderen fahnden«, sagte Bogart. »In der Zwischenzeit muss jeder von Ihnen höllisch wachsam bleiben. Nach unserem derzeitigen Erkenntnisstand haben Sie einen bedeutenden Spionagering in diesem Land auffliegen lassen. Die Wahrscheinlichkeit ist hoch, dass diese Leute so schnell wie möglich über die Grenze abhauen werden, um ihren ›Job‹ aus dem Ausland weiterzuführen.«

»Aber es besteht jederzeit die Gefahr, dass sie damit noch eine Weile warten, um sich erst zu rächen«, nahm Decker den Faden auf. »Besonders für den KGB wäre das eine typische Reaktion.«

»Stimmt«, pflichtete Bogart ihm bei. »Was unter anderem bedeutet, dass für Sie kein Anlass mehr besteht, noch länger hierzubleiben, Decker.«

»Falsch. Es gibt noch ein paar Dinge, die ich zu Ende bringen muss.«

»Zum Beispiel?«, fragte Bogart.

»Die Sache mit Hawkins.«

»Den können Sie nicht wieder lebendig machen.«

»Nein. Aber mehr für ihn tun kann ich schon.«

77

Beide Männer beugten sich vor, als Rachels Augen sich blinzelnd öffneten.

Decker und Mars saßen neben ihrem Bett in einem Krankenzimmer, das aus naheliegenden Gründen fensterlos war. Mitzi Gardiner hatte man in einem anderen fensterlosen Raum untergebracht, der ebenfalls sowohl von hiesigen Polizeikräften als auch von FBI-Agenten bewacht wurde. Keiner wollte mehr das geringste Risiko eingehen.

Mars stand auf und nahm Rachels Hand. »Na, wie fühlst du dich?«

Sie nickte mühsam und brachte ein schwaches Lächeln zustande. »Besser.« Als sie Decker bemerkte, wurde ihr Gesichtsausdruck ernst. »Wie viel wissen Sie?«, erkundigte sie sich vorsichtig.

»Die Wahrheit könnte ein bisschen wehtun, Rachel«, sagte Decker.

»Trotzdem.«

»Also gut. Bill Peyton ist in Wahrheit ein Russe namens Juri Egorshin, dessen Spione, ausgehend von der Operationszentrale im American Grill, über Jahre hinweg von Brad Gardiner auf lohnende Posten im gesamten Land vermittelt wurden. Wir wissen darüber hinaus von dem geheimen Raum unter Ihrem Restaurant, wo man diese Leute mit falschen Papieren, Biografien und wahrscheinlich sogar falschen Gesichtern ausgestattet hat.«

Rachel legte eine Hand über die Augen und stöhnte. Nach einer

Weile nahm sie die Hand wieder fort und betrachtete die Kabel und Schläuche, die über ihren Körper liefen.

»Werde ich wieder gesund?«

»Ja, das wirst du«, sagte Mars. »Wir haben nur darauf gewartet, dass du endgültig aus dem Koma erwachst.«

»Ich weiß nicht, was ich sagen soll …«, murmelte sie. Ihre Lippen bebten.

»Ein erstes *Gesicht der Wahrheit* wäre nicht schlecht«, meinte Decker. »Es sei denn, Sie wollen uns gleich alles erzählen.«

Rachel blickte zu Mars. »Könntest du mir das Kopfteil ein wenig höher stellen?«

Mars griff nach dem Kontrollgerät und kam ihrer Bitte nach.

Nachdem sie bequemer lag, atmete Rachel tief ein. »Ich habe nichts von all dem gewusst, als ich David geheiratet habe, mein Wort darauf. Und vieles weiß ich bis heute nicht.«

Decker nickte. »Den American Grill hatte er bereits eröffnet, bevor Sie sich kennengelernt hatten.«

»Ja. Und wir führten ein gutes Leben. Wir hatten das Restaurant, und ich hatte meine Firma. Er beschäftigte sich zu der Zeit schon mit neuen Projekten. Alles rechtlich einwandfrei, soweit ich es beurteilen konnte.«

»Und dann fand das Treffen mit Don Richards statt.«

»Ja. Und das war Davids Tod«, sagte Rachel und begann zu weinen.

Mars reichte ihr ein Taschentuch. Sie tupfte sich damit die Augen, ehe sie leise fortfuhr: »Ich war am Boden zerstört. Ich konnte nicht begreifen, aus welchem Grund jemand David umbringen sollte.«

»Und dann?«, fragte Decker erwartungsvoll.

»Dann kam ich auf den Gedanken, den American Grill zu verkaufen. Ich hatte Burlington satt, wollte nicht ständig daran erinnert werden, was David zugestoßen war. Ich sehnte mich nach einem Neuanfang.«

»Und was hat Sie dazu bewogen, Ihre Absicht zu ändern?«

»Bill Peyton, beziehungsweise dieser Juri Soundso. Ich hatte ihm zu verstehen gegeben, dass ich verkaufen wollte. Wir kamen ins Gespräch, und was er mir dann erzählte, war erschütternd. David sei kriminell gewesen, sagte er. Mitglied in einer Organisation, die schreckliche Dinge getan hätte. Sein Tod hinge mit dieser Mitgliedschaft zusammen. Er habe seine Kumpane offenbar mit irgendeiner Aktion verärgert, sagte Peyton, und als sie es herausfanden, hätten sie beschlossen, ihn umzubringen.«

»Warum musste auch Sally Richards sterben?«

»Das hat Peyton mir nie gesagt.«

»Und warum sind Sie nicht zur Polizei?«, fragte Decker.

»Weil Peyton mich davor warnte, dass die anderen Mitglieder dieser Organisation noch immer in der Gegend wären. Wenn mir mein Leben lieb sei, solle ich ihren Anweisungen folgen. Sie drohten sogar damit, meinen Eltern in Wisconsin etwas anzutun. Und meiner Schwester in Kalifornien. Sie kannten ihre Adressen. Diese Leute wussten einfach alles.«

»Und was sollten Sie tun?«

»Auf gar keinen Fall das Restaurant verkaufen, das war ihnen das Wichtigste. Aus irgendeinem Grund wollten sie unbedingt, dass der Betrieb so weiterlief wie immer.«

»Diese Leute haben aus einem geheimen Kellergeschoss unter dem American Grill heraus einen Spionagering betrieben«, erklärte Decker.

»Davon wusste ich nichts«, sagte Rachel und legte sich die Hände vor das Gesicht. »Nach Davids Tod war ich kaum noch da. Ich wollte diesen Leuten aus dem Weg gehen, weil …«

»Was?«

»Sie wollten in weitere Geschäfte investieren. Ich durfte die Projekte auswählen, und sie schossen die Gelder dazu. Ich nahm an, dass sie so ähnlich bereits mit David zusammengearbeitet hatten.«

»Diese Verbrecher haben Geld gewaschen«, sagte Decker. »Wahrscheinlich schmutzige Einkünfte eines Oligarchen.«

Rachel nickte. »Etwas in der Richtung hatte ich mir schon gedacht.«

»Haben Sie in diesem Zusammenhang neben Bill Peyton sonst noch jemanden getroffen?«

»Ja, ein paar Männer. Äußerst brutal wirkende Kerle. Furcht einflößend, kann ich Ihnen sagen. Wir verabredeten uns allerdings nie in Burlington. Sie zahlten mir Flüge nach Chicago, und wir trafen uns dort.«

»Es wundert mich, warum sie dir nicht einfach den American Grill abgekauft und ihre Geschäfte allein weiterbetrieben haben«, warf Mars ein. »Sie hätten dir gar nicht so viel erklären müssen.«

»Darüber habe ich mich auch gewundert«, sagte Rachel. »Aber wenn ich sie recht verstanden habe, ging es ihnen darum, dass sie ihren Verbrechen eine möglichst seriös aussehende Fassade geben wollten, zu der auch ich gehörte. Wenn man so einen Laden kauft, werden zwangsläufig Fragen gestellt. Es gibt Nachforschungen, Inspektionen, Untersuchungen. Manchmal entstehen Probleme auf die verrückteste Weise. Diese Leute hatten ein Arrangement mit meinem Mann getroffen und wollten, dass es genau so weiterlief wie zuvor. Das haben sie mir gegenüber mehr als klargemacht.«

»Und das mit Mitzi Gardiner?«

Rachel machte ein ratloses Gesicht. »Das war wirklich merkwürdig«, sagte sie. »Ich sollte ihr helfen. Sie war drogenabhängig. Sie bezahlten ihr den Entzug. Als sie aus der Klinik kam, finanzierten sie ihr als Neuanfang eine Verwandlung in fast jeder Hinsicht … Auftreten, Bildung, Garderobe, plastische Chirurgie, was man sich nur vorstellen kann. Mich bestimmten sie zu Mitzis Mentorin. Ich sollte ihr gute Umgangsformen beibringen, wie man sich richtig benimmt, wie man sich in Geschäftskreisen bewegt. Ich sollte sie gewissermaßen neu formen und ihr erste Kontakte vermitteln.«

»Warum der ganze Zirkus?«, wandte Mars sich an Decker. »Hast du eine Erklärung?«

»Mitzi hatte ihnen den Sündenbock für die Morde geliefert: ihren Vater.«

»Schon klar«, sagte Mars. »Aber warum haben sie Mitzi nicht einfach beseitigt? Darüber hatten wir ja schon mal gesprochen. Die Erklärung, dass diese Leute der Polizei keinen Anlass für weitere Nachforschungen liefern wollten, überzeugt mich nicht. Verdammt, Mitzi war ein Junkie. Diese Typen hätten ihr eine Überdosis verpassen können, und niemand wäre von Mord ausgegangen.«

»Eine gute Frage, auf die ich allerdings auch keine Antwort habe. Noch nicht.«

»Ich wusste nicht, dass Mr. Hawkins unschuldig war«, sagte Rachel. »Nach dem Treffen mit Peyton ging ich davon aus, dass sie ihn angeheuert hatten, um David und die anderen zu töten.«

»Hatten Sie denn kein Problem damit, der Tochter eines Fremden zu helfen, den Sie für den Mörder Ihres Mannes hielten?«, fragte Decker.

»Zu Anfang schon. Aber Mitzi hatte ja nichts Schlimmes getan. Zumindest dachte ich das damals. Und sie war so … wie soll ich sagen, zerbrechlich. Sie wirkte furchtbar verloren. Am Ende wollte ich ihr einfach nur helfen. Damit aus so viel Schrecklichem wenigstens etwas Gutes erwuchs.« Sie verstummte kurz, umklammerte die Bettdecke. »Vermutlich hätte ich besser die Polizei verständigt, aber ich war zu verängstigt. Und mit den Jahren redete ich mir immer mehr ein, dass es schon irgendwie legal sein würde. Ich kümmerte mich um den Aufbau meiner Firma und machte mir ein angenehmes Leben.« Sie verstummte erneut. »Aber da habe ich mir selbst etwas vorgemacht. Nicht zuletzt aus diesem Grund habe ich nie wieder geheiratet. Wie hätte ich nach meinen Erfahrungen mit David noch einmal jemandem von Grund auf vertrauen können?«

»Tja, wenn man bedenkt, dass ein leitender Polizist gemeinsame Sache mit Egorshin und seiner Bande gemacht hat, war es rückblickend ein kluger Entschluss, sich nicht an die örtliche Polizei zu wenden«, bemerkte Decker.

»Was … was geschieht nun mit mir?«, erkundigte Rachel sich besorgt.

»Kann ich nicht sagen.«

»Ach komm, Decker«, mischte Mars sich ein. »Sie hatte panische Angst, das hat sie doch gesagt. Diese Typen haben ihr gedroht. Und dass sie Spione waren, konnte sie nicht ahnen.«

»Ist mir alles klar, Melvin. Aber auf das, was mit ihr geschieht, habe ich keinen Einfluss.« Er richtete seine Aufmerksamkeit wieder auf Rachel. »Allerdings dürfte es sich für Sie vorteilhaft auswirken, dass Sie bereitwillig mit dem FBI kooperieren. Womöglich bleibt Ihnen sogar eine Haftstrafe erspart.« Er überlegte kurz. »Es ist ohnehin wahrscheinlicher, dass Sie im Zeugenschutzprogramm landen. Diese Leute vergessen so schnell nichts, und sie verfügen über Kontakte an den unglaublichsten Stellen. Denen macht es nichts aus, jeden zu töten, der ihnen in die Quere kommt. Übrigens haben sie auch hier im Krankenhaus ein weiteres Mal versucht, Sie zu erschießen.«

»O Gott!«, stieß Rachel entsetzt hervor und drückte Mars'

Hand. »Wissen Sie … ein großer Teil von mir ist einfach nur froh, dass endlich alles offen auf dem Tisch liegt. Es ist eine unglaubliche Erleichterung. Das Ganze hat mich wahnsinnig belastet.«

Mars nickte. »Kann ich aus eigener Erfahrung nur allzu gut nachempfinden«, bekräftigte er. »Die Wahrheit ist immer vorzuziehen. Selbst wenn sie noch so schmerzhaft ist.«

»Zeugenschutzprogramm?«, wiederholte Rachel und blickte beunruhigt zu Decker.

»Besser als der Knast, das kannst du mir glauben«, sagte Mars.

Rachel musterte ihn erstaunt. »Hört sich so an, als würdest du aus Erfahrung sprechen.«

»Erfahrung ist nun mal die beste Basis«, erwiderte Mars.

78

Decker und das Haus.

Einmal mehr.

Wo er die Leichen seiner Familie gefunden hatte. Selbst mitten in den hektischsten Entwicklungen schien er nicht von hier wegbleiben zu können. Das Haus wirkte wie ein Magnet, und er war das Stück Eisen.

Ein *Pling* seines Handys. Die Nachricht stammte von der Gerichtsmedizin. Er überflog die E-Mail und erfuhr, dass in Cincinnati die versprochenen modernen Untersuchungen der DNA-Spuren unter Abigails Fingernägeln durchgeführt worden waren. Die Ergebnisse waren erschreckend. Das Vorhandensein eines dritten DNA-Typs hatte sich bestätigt, was bedeutete, dass noch jemand beteiligt gewesen sein musste. Die Experten schlossen allerdings mit absoluter Sicherheit aus, dass diese dritte Person ein Blutsverwandter von Meryl Hawkins gewesen sein könnte.

Damit schied Mitzi aus. Wer aber konnte es sonst gewesen sein? Wer blieb noch übrig?

Decker saß noch hinter dem Steuer und grübelte darüber nach, als er draußen leise Schritte hörte. Er spürte, dass sich jemand näherte. Mit einer blitzschnellen Bewegung zog er seine Waffe und richtete sie auf das Beifahrerfenster. Auf die Gestalt, die dort stand. Sofort senkte er die Waffe wieder und entriegelte die Tür.

Jamison stieg ein und musterte ihn.

»Ich wollte dich nicht erschrecken«, sagte sie.

»Hast du aber«, maulte er. »Ich hätte dich beinahe über den Haufen geschossen.«

»Oh, ich habe größtes Vertrauen in deine Urteilsfähigkeit«, antwortete sie. »Bisweilen zumindest.« Der Kommentar trug ihr einen scharfen Seitenblick von Decker ein.

Dann betrachtete er wieder das Haus, während seine Hände nervös auf dem Lenkrad spielten.

»Wunderst du dich gar nicht darüber, was ich hier mache?«, fragte sie.

»Vermutlich hast du mich im Residence Inn nicht angetroffen und dir gedacht, dass du mich hier findest.«

»Da irrst du dich aber.«

Er schaute zu ihr zurück.

»Ich war schon *vor* dir hier«, sagte sie und deutete die Straße hinunter. »Da hinten steht mein Wagen. Ich habe dich kommen sehen. Und nicht nur ich.«

Eine weitere Gestalt tauchte am Fahrerfenster auf und klopfte an die Scheibe.

Ein leicht genervter Decker entriegelte die Türen vollends, und Mars ließ sich auf die Rückbank sinken.

»Ihr beide spioniert mir also hinterher«, meinte Decker verärgert.

»Wie das, wenn wir vor dir hier waren?«, fragte Mars zurück. »Ich wollte bloß sehen, wo du früher gewohnt hast, Decker. Hübsches Haus.«

Decker blickte durch die Windschutzscheibe. »Das war es mal«, sagte er leise. »Das erste und wahrscheinlich einzige Zuhause, das ich je gekannt habe.«

»Sei dir da nicht so sicher«, erwiderte Mars. »Das Leben schlägt bisweilen die verrücktesten Haken, das wissen wir zwei doch am besten.«

Decker blickte ihn im Innenspiegel an. »Was willst du mir damit sagen?«

»Sag niemals nie. Denn man kann es einfach nicht wissen. Meine Zukunft war der Todestrakt. Glaubst du wirklich, ich hätte mir jemals vorstellen können, heute hier zu sein?«

»Dein Fall war auch etwas Besonderes, Melvin.«

Jamison schnaubte und meinte: »Deiner vielleicht nicht?«

Decker schwieg und betrachtete wieder das Haus.

Es war spät, doch im oberen Stockwerk brannte ganz links noch Licht. Das war Mollys Zimmer gewesen. Womöglich gehörte es jetzt dem kleinen Mädchen der Hendersons. Warum um diese Uhrzeit noch Licht bei ihr brannte, wusste er nicht. Vielleicht war die Kleine krank, und die Mutter saß an ihrem Bett.

Und dann geschah es auch schon.

Eine Flut machtvoller Bilder und greller Lichter stürmte auf ihn ein, wie jedes Mal, gepaart mit dem Gefühl unendlicher Trauer und Trostlosigkeit. Er schloss die Augen. Wieder einmal überwältigte ihn die Erinnerung an den Tod seiner Familie, drohte ihn unter sich zu begraben, zu ersticken. Er zitterte am ganzen Körper.

»Decker?«, fragte eine besorgte Stimme.

Er spürte, wie sein Arm und seine Schultern gepackt wurden. Seine Augen öffneten sich, und er sah, dass Jamisons Hand seinen Arm festhielt und Mars seine Schultern umklammerte. Beide schauten ihn mit sorgenvollen Mienen an.

Er blinzelte heftig, riss sich mit aller Kraft von den Gedanken an die Vergangenheit los. Die Bilder verblassten, der Schmerz verebbte.

»Ich habe … gewisse Probleme.«

»Welcher Art?«, fragte Jamison.

Er holte tief Luft. »Seit damals kommen die Erinnerungen an

das Auffinden meiner ermordeten Familie immer wieder über mich. Wann es geschieht, weiß ich nie. Es … es passiert einfach. Dann sehe ich die Farben, die Bilder, verspüre die unendliche Trauer, den Wunsch zu sterben …« Er rieb sich die Schläfen. »Ich weiß nie, wann es passiert, und ich finde keinen Weg, es endlich zu verhindern. Aber mit der Zeit macht es mich kaputt.«

»Aber für den Moment hat es aufgehört?«, fragte Mars.

Decker drehte sich um und sah, dass Jamison ihn voller Entsetzen und Mitleid anstarrte. Er schaute sofort wieder nach vorn, als er ihr gequältes Gesicht bemerkte. »Für den Moment.«

»Wann ist es denn noch passiert?«, fragte Jamison mit leiser Stimme.

»Oft. Zuletzt vor ein paar Tagen, als ich auf meinem Zimmer war«, antwortete er und fügte zu Mars gewandt hinzu: »Als du auf meinem Bett eingeschlafen bist. Ich habe es nur mit knapper Not bis zur Toilette geschafft. Dann bin ich raus in den Regen. Ich … ich dachte schon, ich drehe vollkommen durch. So geht es schon seit Jahren …« Er hämmerte gegen die Seite seines Kopfes.

»Dann ist es dir auch schon passiert, bevor du nach Burlington zurückgekommen bist?«, fragte Jamison.

Wenn du wüsstest, ging es Decker durch den Kopf.

»Ich weiß, worauf du hinauswillst, Alex. Und ich weiß, dass ich nicht in der Vergangenheit leben darf.«

»Es zu wissen, ist eine Sache. Daran zu arbeiten, eine andere.«

Decker erwiderte nichts.

»Was treibt dich denn immer wieder an diesen Ort zurück, Amos?«, fragte Mars. »Ich meine, Burlington, das kapiere ich ja noch. Aber warum zurück zu dem Haus, wo das alles geschehen ist?«

Vor seinem inneren Auge sah Decker, wie er nach einer anstrengenden Schicht todmüde aus dem Auto stieg. Es war bereits kurz vor Mitternacht. Eigentlich hätte er schon vor Stunden nach Hause kommen sollen. Doch die Ermittlungen, mit denen er beschäftigt war, schienen dicht vor dem Durchbruch zu stehen, und so hatte er beschlossen, noch ein paar Stunden dranzuhängen. Er hatte Cassie angerufen und ihr Bescheid gegeben. Sie war nicht sonderlich erfreut gewesen über die Nachricht, da sie geplant hatten, gemeinsam mit ihrem Bruder, der in der Stadt zu Besuch war, essen zu gehen. Dennoch sagte sie, dass sie verstehe und wisse, wie wichtig die Ermittlungen für ihn seien.

Scheiß Ermittlungen.

Und dann meinte Cassie, sie würden halt am nächsten Abend essen gehen. Ihr Bruder bliebe über Nacht, daher hätten sie ja noch eine Gelegenheit.

Eine Gelegenheit, zu der es nie gekommen ist, meine über alles geliebte Cassie.

Das waren die letzten Worte, die Decker mit seiner Frau gewechselt hatte.

In jener schicksalhaften Nacht hatte er das Haus mit dem Vorsatz betreten, leise ins Bett zu schlüpfen, ohne Cassie zu wecken, und am nächsten Morgen mit ihr, Molly und seinem Schwager irgendwo gemütlich frühstücken zu gehen. Als kleine Entschädigung für die Absage vom Vorabend.

Dann war er ins Haus gegangen.

Und mitten in einen blutigen Albtraum geraten, der ihm das Leben von nun an zur Hölle gemacht hatte.

Von diesem Moment an gab es den alten Amos Decker nicht mehr.

Ich war nicht da, als meine Familie mich gebraucht hat. Ich habe sie im Stich gelassen. Ich habe versagt. Und ich weiß nicht, ob ich damit weiterleben kann.

»Decker?«, bohrte Mars nach.

»Wahrscheinlich kehre ich immer wieder hierher zurück«, begann Decker, »um mir vorzustellen, wie es … anders hätte laufen können.«

Das Licht im oberen Stockwerk erlosch. Aus irgendeinem Grund sorgte es dafür, dass Decker sich nur noch tiefer in die Höhle verkroch, die er in seinem Innern für sich gegraben hatte.

Sein Schädel dröhnte. Es fühlte sich an, als würde sein Hirn schmelzen.

Jemand klopfte ans Seitenfenster.

»Wen zum Teufel habt ihr denn noch angeschleppt?«, blaffte Decker und wandte sich zu Jamison, die wie erstarrt dasaß. Er blickte im Innenspiegel auf Mars, der die gleiche steife Sitzhaltung eingenommen hatte.

Langsam drehte er den Kopf nach links.

Sah die Gestalt, die dort stand.

Und die Waffe, die auf seinen Kopf gerichtet war.

Er schaute nach rechts. Auch dort stand jemand und hielt eine Pistole auf das Beifahrerfenster gerichtet.

Zwei weitere Männer waren an den hinteren Türen postiert.

Die Fahrertür wurde aufgerissen. Irgendetwas wurde ihm so hart auf den Hinterkopf geschmettert, dass er mit dem Gesicht gegen das Lenkrad knallte.

Es war das Letzte, woran er sich erinnern konnte.

79

Als Decker wieder zu sich kam, wirkten die Schemen um ihn her sonderbar vertraut. Er öffnete die Augen, schaute sich um und erkannte den Grund dafür.

Es war das ehemalige Haus der Richards.

Er saß auf dem Boden der Küche, in der Don Richards und David Katz gestorben waren.

Und er konnte sich kaum rühren, denn straffe Fesseln schnürten ihm Hände und Füße zusammen.

Als er den Kopf drehte, sah er neben sich Jamison und Mars, die auf gleiche Weise gefesselt waren. Sie blickten zur Tür, in der ein Mann stand.

Egorshin alias Bill Peyton machte keinen sonderlich glücklichen Eindruck.

Außer ihm waren noch drei andere Männer im Raum, durchweg harte Brocken mit entschlossenen Mienen und großkalibrigen Waffen in den Händen. Keinen der drei kannte Decker aus dem American Grill. Sie sahen eher aus wie brutale Handlanger fürs Grobe.

Egorshin zog einen Stuhl heran und setzte sich vor die drei Gefangenen.

»Sie haben mir gründlich die Arbeit versaut, Decker«, sagte er leise. »Das dürfte Ihnen hoffentlich klar sein.«

»Nun ja, das ist quasi mein Job.«

»Wäre der öffentliche Eindruck nicht so ungünstig und kämen

derzeit keine anderen negativen Faktoren hinzu, über die ich mich jetzt nicht ausbreiten möchte, hätte ich Ihrer dämlichen Durchsuchungsaktion im American Grill wahrscheinlich noch den Zahn ziehen können. Schließlich sind Sie ohne offiziellen richterlichen Beschluss an all das Beweismaterial gekommen. Nichts davon wäre gerichtstauglich gewesen.«

»Okay, aber die ganze Sache mit dem russischen Spionagering? Ob der vierte Zusatzartikel auch Leute wie Sie schützt, wage ich zu bezweifeln.«

»Womit wir einmal mehr die Grenzen der demokratischen Freiheiten sehen, die ihr Amerikaner stets so vehement propagiert.«

Decker schaute aus dem Fenster in die Dunkelheit. »Es wundert mich, dass Sie uns ausgerechnet hierher bringen.«

»Warum? Sie meinen wegen möglicher Zeugen? Glauben Sie etwa, die DeAngelos könnten uns gesehen haben?« Egorshin verstummte kurz, die Lippen zusammengepresst. »Um die müssen Sie sich keine Sorgen mehr machen. Was immer die auch gesehen haben mögen, erzählen werden sie niemandem mehr davon.«

»Das hätten Sie nicht tun müssen«, erwiderte Decker mit zornig funkelnden Augen.

»Wissen Sie, was Mr. DeAngelo mir noch erzählte, bevor ich ihm eine Kugel in den Kopf jagte?«

Decker antwortete nicht.

»Er sagte, seinen Lebensabend im Süden zu verbringen, sei alles, was er sich noch vom Leben erwarte. Nun, diesen Aufwand habe ich ihm erspart. Und ich wollte ungestört sein, um mich mit Ihnen und Ihren Freunden zu befassen.«

Decker wurde schlecht, wenn er an das Schicksal der DeAngelos dachte. »Sie haben viel Zeit verschwendet, noch länger hier herumzuhängen«, sagte er. »Inzwischen könnten Sie längst außer

Landes sein. Jetzt ist es dafür zu spät. Die Todesstrafe ist Ihnen sicher.«

»Bitte machen Sie sich um mich keine Sorgen. Für mich ist bestens gesorgt. Sie können sich nicht vorstellen, wo ich überall Leute sitzen habe.«

»Oh, meine Vorstellungskraft ist schon ziemlich ausgeprägt. Und wenn Sie dabei an Peter Childress denken, suchen Sie lieber schnellstmöglich nach anderen Optionen.«

»Childress kümmert mich nicht.«

»Warum nicht?«

»Aus demselben Grund, aus dem die DeAngelos mich nicht kümmern.«

»Sie haben Childress umbringen lassen?«, platzte Jamison heraus.

Egorshin schaute auf seine Uhr. »Vor exakt zwanzig Minuten. Nein, die Kontakte, von denen ich spreche, sind weit höher angesiedelt als ein kleiner Superintendent in einem unbedeutenden Kaff wie dem hier.«

»Was wollen Sie von uns?«

»Nach jeder Geheimdienstoperation muss es doch eine Nachbesprechung geben.« Egorshin breitete die Arme aus. »Und dies *ist* meine Nachbesprechung.«

»Wir werden Ihnen nichts erzählen«, blaffte Jamison ihn an.

»Was meinen Sie, wie oft ich diesen Spruch im Laufe meiner Karriere schon gehört habe.« Egorshin streckte die Hand aus. Einer seiner Männer zog etwas aus seiner Jacke und reichte es ihm. Das Ding sah aus wie ein Schlagstock aus Metall.

Egorshin schob einen Regler an der Seite hoch, beugte sich vor und berührte Mars mit einem Ende. Im gleichen Augenblick schoss ein so starker Stromstoß durch Melvins Körper, dass er mit einem Aufschrei zur Seite kippte und verzweifelt nach Luft schnappte.

»Melvin!«, kreischte Jamison und wollte nach ihm greifen, fiel dabei ebenfalls um. Egorshin nickte kurz, woraufhin seine Männer sie wieder aufsetzten und mit dem Rücken gegen die Wand rammten.

Decker hatte den Russen keine Sekunde lang aus den Augen gelassen. »Um Informationen welcher Art geht es?«

»Einfach alles, was Sie wissen. Wie Ihre weiteren Pläne aussehen. Alles, was mir nützlich sein könnte.«

»Und was dann? Lassen Sie uns gehen?«

»Nein. In der Hinsicht will ich Ihnen nichts vormachen. Wäre ich in Ihrer Situation, wollte ich auch nicht, dass jemand mir falsche Versprechungen macht. Was ich Ihnen als Gegenleistung anbieten kann, ist das hier.« Er zog eine Pistole aus der Tasche und tätschelte den Lauf. »Eine Kugel für jeden direkt ins Hirn. Sie werden nichts spüren, das verspreche ich.«

»Yeah, ein schneller, schmerzloser Tod. Das höre ich nicht zum ersten Mal. Ist aber trotzdem nicht nach meinem Geschmack.«

»Bedauerlich«, sagte Egorshin. »Ich fürchte, dann muss ich Ihren Freund hier noch ein wenig tanzen lassen.« Er hob den Elektroschocker.

»Stopp. Wir wissen inzwischen so ziemlich alles«, erklärte Decker. »Rachel Katz hat ausgesagt und Sie belastet. Außerdem haben wir das Beweismaterial aus dem Kellerraum. Und die Büroräume von Brad Gardiner haben wir auch durchsucht.«

»Aber nichts gefunden, weil nichts da war.«

»Nun, Ermittlungswege gibt es viele. Wir wissen, dass Sie Ihre Spione überall im Land verteilt haben.«

Egorshin nahm einen Schalldämpfer aus seiner Jacke und schraubte ihn auf die Mündung der Pistole. »Was noch?«

»Mitzi Gardiner wird die anderen Lücken schließen.«

»Das bezweifle ich. Wo steckt sie?«

»Noch immer im Krankenhaus. Schwer bewacht.«

»Sie begreifen nicht, worauf ich hinauswill.«

Decker musterte ihn nachdenklich. »Sie haben keinen Versuch unternommen, Mitzi im Krankenhaus zu töten«, sagte er. »Warum haben Sie sie all die Jahre überhaupt am Leben gelassen?«

Egorshin warf einem seiner Männer einen Blick zu und deutete in Richtung Küchentür. Der Mann verschwand und kehrte kurz darauf mit Brad Gardiner zurück. Seine Hände waren hinter dem Rücken gefesselt. Er machte einen erschöpften, hoffnungslosen Eindruck.

»Sie sind auch geblieben?«, meinte Decker zu ihm. »Ganz schön dämlich.«

»Oh, seine Entscheidung war es nicht«, sagte Egorshin. »Das geht auf meine Kappe.«

»Ist Brad Gardiner überhaupt sein richtiger Name?«, fragte Jamison. »Oder ist er Russe, wie Sie?«

»Nein, er ist Amerikaner«, antwortete Egorshin und stand auf. »Wie David Katz. Den beiden ging es nur ums Geld. Um einen Haufen Geld. Amerikaner sind ganz vernarrt in Geld.«

»So viel hat Katz vor seinem Tod ja nun auch nicht verdient«, sagte Jamison. »Ihm gehörte bloß der American Grill. Nicht gerade ein Imperium.«

»Und woher stammte das Geld, mit dem er sich selbstständig machen konnte? Bevor er überhaupt nach Burlington kam, wohlgemerkt.« Egorshin schüttelte gelangweilt den Kopf. »Mercedes, teure Kleidung, millionenschwere Finanzanlagen, Eigenkapital für den American Grill und dazu diverse Kredite. Und wie hat er die so rasch abbezahlen können? Katz war ein Mann mit beachtlichen Fähigkeiten, der aber nicht allzu hart für sein Vermögen arbeiten wollte.«

»Wie haben Sie sich überhaupt kennengelernt?«, fragte Decker.

»Unwichtig«, erwiderte Egorshin und deutete auf Gardiner. »So ähnlich, wie ich dem hier über den Weg gelaufen bin. Ein widerwärtiger, aber leider unerlässlicher Teil meines Jobs.«

Gardiner mied jeden Blickkontakt und starrte beharrlich zu Boden, wobei er am ganzen Körper zitterte.

»Sie haben für Geld gegen Ihr eigenes Land gearbeitet, Gardiner«, sagte Jamison. »So etwas nennt man Verrat.«

»Und Verräter verdienen es, exekutiert zu werden«, ergänzte Egorshin.

Bevor noch jemand reagieren konnte, hatte der Russe die Waffe an Gardiners Schläfe gehalten und abgedrückt.

Die Kugel durchdrang den Schädel des Mannes und schlug in der rückwärtigen Küchenwand ein. Brad Gardiner schwankte; dann sank er an der Stelle zu Boden, an der er eben noch gestanden hatte.

80

Alle starrten den Toten auf dem Küchenboden an.

»Ach du Scheiße«, entfuhr es Mars, der sich vom Stromstoß mit dem Viehtreiberstab erholt und wieder mit dem Rücken gegen die Wand aufgesetzt hatte.

»Warum ihn auch noch?«, fragte Decker und blickte zu Egorshin.

»Eine Komplikation weniger.«

»So kann man es auch sehen«, sagte Decker gedehnt. »Warum habt ihr euch ausgerechnet für ein Restaurant entschieden?«

»Wo könnte man schneller amerikanisiert werden? Durch den ständigen Kontakt mit den Gästen lernt man Umgangssprache, Dialekt, Eigentümlichkeiten, Popkultur, Verhalten in den sozialen Medien, welche Sportarten, Speisen und Getränke beliebt sind, wie man sich kleidet … das volle Programm. Kurz gesagt, wie man ein richtiger Amerikaner wird. Zu Hause in Russland hätten wir Jahre für das gebraucht, was ich meinen Schützlingen hier in wenigen Monaten beibringen konnte. Alles ganz simpel. Aber das gilt ja für die meisten brillanten Ideen.«

»Und das Kellergeschoss?«

»Nun ja, wir konnten ja schlecht all die erforderlichen Arbeiten oben im Restaurant erledigen.«

»Da war sogar ein OP-Bereich.«

Egorshin machte eine wegwerfende Handbewegung. »Einige meiner Vorgesetzten lebten noch immer in den Zeiten des Kalten Krieges«, erklärte er. »Wir haben den OP-Raum kaum benutzt.

Stattdessen wählten wir aus unserem reichen Fundus einfach die aus, die vom Äußeren her von vornherein am ehesten als Amerikaner durchgingen.«

»Wir haben eine Weile gebraucht, um den Eingang zu finden.«

»Dürfte ich fragen, wie es Ihnen gelungen ist?«

»Die Fläche des Kühlraums entsprach nicht der Fläche, die sich von außen ergab.«

Egorshin schwenkte den Zeigefinger vor Decker hin und her. »Einer meiner Leute im Restaurant sagte mir bereits, dass Sie sich auffallend interessiert mit einer der Kellnerinnen unterhielten. Da war schon klar, dass man Sie besser im Auge behält.«

»Und umzubringen versucht?«, bohrte Decker nach. »Auf dem Rückweg von Mitzi?«

»Tut mir leid, aber auf diese Weise räumen wir Schwierigkeiten nun mal gewohnheitsmäßig aus dem Weg.«

»Eric Tyson und Karl Stevens hatten KI-Tattoos auf den Armen.«

»Mein Vater hatte die Ehre, für die KI zu arbeiten, daher haben wir einigen Rekruten dieses Tattoo stechen lassen. Allerdings versteckten wir es immer zwischen den Symbolen diverser Hassgruppen, damit es nicht so auffiel.«

»Rekruten?«

Egorshin hob die Hand. »Mehr kann ich an dieser Stelle nicht sagen. Das Ganze ist ein Spiel. Ihr Amis tut das Gleiche bei uns. Aber wir sollten nie aus den Augen verlieren, dass es ein Spiel mit äußerst realen Folgen ist.« Er warf einen kurzen Blick auf Gardiners Leiche, nahm wieder Platz und steckte die Pistole in den Hosenbund.

»Eins verstehe ich nicht«, sagte Decker. »Mitzi zufolge hat ihr Mann die angeblichen Trainees aus dem American Grill auf Führungsposten in Kanzleien, Finanzinstituten, Hightech-Firmen und Regierungsstellen vermittelt.«

»Ja. Und?«

»Selbst mit neuen Identitäten und all dem hätten Ihre Agenten Probleme haben müssen, die nötigen Background-Checks zu überstehen. Dokumente und Nachweise über Schulbesuche kann man zwar fälschen, aber man würde bei den jeweiligen Schulen und an den alten Adressen nachfragen. Man würde mit Nachbarn sprechen, Verwandten, Lehrern, Kollegen und so weiter.«

»Stimmt. Und genau deshalb haben wir auch einen anderen Ansatz gewählt.«

»Welchen?«

»Zuerst einmal hatte Mitzi keine Ahnung, was ihr Ehemann wirklich so trieb. Sie hat Ihnen gegenüber bloß wiedergegeben, was ihr gesagt worden war. In Wahrheit hat er niemanden in derartige Edeljobs vermittelt, denn bei der Überprüfung wäre es dort in der Tat schnell brenzlig geworden.« Egorshin lachte auf. »Als Quelle zum Sammeln von Informationen sind Niedriglohnjobs weit interessanter.«

»Was fällt bei Ihnen unter Niedriglohnjobs?«, fragte Jamison.

»Koch oder Köchin bei reichen Leuten zum Beispiel. Angestellte im Sicherheitsdienst von neuralgischen Unternehmen. Sie wären überrascht, wie lax die bei der Neueinstellung von Sicherheitspersonal vorgehen. Bei uns in Russland würden wir das nie so machen. Aber Amerikaner wollen immer alles outsourcen, wie ihr so schön sagt. Und die Fremdfirmen müssen natürlich Kosten minimieren. Background-Checks sind teuer und zeitraubend. Zu uns gehören die persönlichen Chauffeure von leitenden Managern und ehemaligen Regierungsangehörigen. Es ist immer wieder verblüffend, wie ungezwungen diese Leute im Auto Unterhaltungen führen. Als wäre der Fahrer taub. Außerdem haben wir Flugbegleiterinnen in Privatjets, Hausangestellte, Reinigungspersonal und Kindermädchen in einflussreichen Familien, schön gleichmäßig verteilt an West- und Ostküste. Außerdem stehen IT-Berater auf unserer Liste, die sich Zugang zu Passwörtern, Clouds und anderen vertraulichen Daten verschaffen und dann vor Ort alles abschöpfen können. Hinzu kommt Servicepersonal jeglicher Art in hochpreisigen Hotels, Restaurants, Wellnesstempeln und Privatclubs. Auch hier führen sich die meisten Amerikaner auf, als würden diese Leute gar nicht existieren. Deshalb sind diese sogenannten Billigkräfte extrem kostbar. Sie saugen alles auf wie Schwämme. Ich bin mal mit diesem exklusiven Hochgeschwindigkeitszug gefahren, diesem Acela von Amtrak. Ich habe nur dagesessen und zugehört, wie die anderen Fahrgäste in voller Lautstärke telefonierten. Anwälte, Manager, Journalisten, Nachrichtenmoderatoren aus dem Fernsehen und selbst hohe Verwaltungsbeamte plaudern da sensibelste Informationen aus, als wäre nichts dabei. Bei mir zu Hause würde man dafür erschossen. Ich schalte also einfach mein Aufzeichnungsgerät ein, lehne mich mit meinem Drink zurück und muss nichts tun als warten. Amerika ist wie ein riesiger Käse voller Löcher. Es ist einfach wundervoll.«

Jamison blickte besorgt zu Decker, der Egorshin nicht aus den Augen ließ.

»Die Liste der Anstellungsverhältnisse ist schier endlos und damit auch die Zahl unserer Optionen. Meine Agenten sind auf ihre Aufgaben bestens vorbereitet. Berufserfahrung besitzen sie tatsächlich. Sie müssen einfach nur noch ihren jeweiligen Job erledigen, und die Informationen fließen nonstop. Wir werden euer Land zugrunde richten, ohne einen einzigen Schuss oder eine einzige Rakete abgefeuert zu haben, denn ihr grabt euch mit eurer dummen Sorglosigkeit selbst das Grab. Und wir stehen schon bereit, die Führungsrolle zu übernehmen.«

»Ich dachte, Ihre Aktivitäten würden sich inzwischen auf die

Cyberwelt konzentrieren«, bemerkte Jamison. »Hackerangriffe und Armeen von Bots, um die öffentliche Meinung zu beeinflussen.«

»Cyberkriegsführung ist sicherlich wichtig«, räumte Egorshin achselzuckend ein. »Und für mein Land hat sie sich gegenüber den Vereinigten Staaten und anderen zweifellos ausgezahlt. Aber auch wenn Bot-Armeen, Hackerangriffe und die Verbreitung von Falschnachrichten sehr effektiv sind, kann das alles nicht die *human intelligence* ersetzen, oder HUMINT, wie ihr sie nennt: das Gewinnen von Informationen durch menschliche Quellen, vorzugsweise durch eigene Leute vor Ort. Menschen aus Fleisch und Blut, die Informationen direkt dort abschöpfen, wo sie sprudeln. Menschen können bei einer Täuschung extrem flexibel vorgehen – so schnell und wandelbar, wie man es in einem Programmiercode niemals erfassen könnte.«

»Macht Sinn«, gab Jamison zu.

»Erzählen Sie von Mitzi«, sagte Egorshin. »Was wird mit ihr geschehen?«

»Hängt von der Schwere der Schuld ab«, antwortete Decker, verwirrt vom plötzlichen Themenwechsel.

»Vielleicht trägt sie ja gar keine Schuld.«

»Wir vermuten, dass sie ihrem Vater die vier Morde angehängt hat.«

»Nein, hat sie nicht.«

»Woher wollen Sie das wissen?«, fragte Jamison, hellhörig geworden.

Decker betrachtete Egorshin verwundert, blieb aber stumm. Er schloss die Augen und las in den Tiefen seiner Erinnerung noch einmal den zentralen Satz aus der letzten E-Mail der Gerichtsmedizin.

Keine Blutsverwandtschaft mit Meryl Hawkins.

Er öffnete die Augen, richtete seine Aufmerksamkeit wieder

auf Egorshin. »Okay, führen wir die Nachbesprechung noch ein Stück weiter. Wie ich kürzlich erfahren habe, war die DNA unter den Fingernägeln von Abigail Richards mit DNA-Spuren einer dritten Person kontaminiert. Erst dachte ich, es wäre Mitzi Gardiner. Aber die Untersuchungen ergaben, dass bei dieser dritten Person keine Blutsverwandtschaft mit Meryl Hawkins vorliegt.« Decker hielt den Blick auf den Russen gerichtet. »Wissen Sie, ich bin immer schon über den Namen Mitzi gestolpert.«

»Was soll an Mitzi seltsam sein?«, fragte Egorshin, dessen Gesichtszüge sich ein wenig anspannten.

»Mitzi ist eine Koseform von Maria, wie Deutsche sie für ihre Töchter verwenden. Und Sie sind in Deutschland geboren.«

Egorshin schüttelte der Kopf. »Mein Vater war Russe. Egorshin ist kein deutscher Name. Und Ostdeutschland hat Russland weit mehr geähnelt als Westdeutschland.«

»Ihr Vater mag Russe gewesen ein, aber Sie und Ihre Familie haben dennoch in Ostdeutschland gelebt. Und Ihre Mutter war Amerikanerin.«

»Wie ich sehe, waren Sie fleißig. Aber worauf wollen Sie hinaus? Mitzi Gardiner ist keine Deutsche. Sie wurde hier geboren.«

»Stimmt. Und Sie sind jetzt zweiundsechzig. Mitzi ist vierzig.«

»Was meinst du damit, Amos?«, warf Mars ein.

Decker schaute unverwandt Egorshin an. »Mitzis Mutter arbeitete in der Cafeteria der Ohio State University, als Sie dort studierten. Mit zweiundzwanzig waren Sie wahrscheinlich gerade in Ihrem Abschlussjahr. Mitzis Mutter war ein paar Jahre älter als Sie.«

Egorshin lehnte sich im Stuhl zurück, antwortete aber nicht.

»Moment mal«, rief Jamison, die Deckers Ausführung offenen Mundes gefolgt war. »Willst du damit sagen …«

»Die DNA unter den Fingernägeln war *doch* die von Mitzi«,

nahm Decker den Faden wieder auf. »Aber sie stammte nicht von Meryl Hawkins' leiblicher Tochter, weil Mitzi das gar nicht ist. *Sie* sind ihr Vater. Sie haben Lisa im College geschwängert. Hat sie das Kind bekommen, während Sie noch da waren?«

»Verflucht«, murmelte Mars.

»Einen Tag nach ihrer Geburt wurde ich in die Heimat zurückbeordert«, erklärte Egorshin tonlos.

»Sie sind also ohne ein Wort verschwunden?«

»Ich habe Lisa geliebt. Ich … wollte mit ihr zusammen sein. Das Kind großziehen. Wir haben sie Maria genannt, nach meiner Großmutter väterlicherseits. Aber ich habe Lisa von der Koseform Mitzi erzählt.«

»Das scheint hängen geblieben zu sein. Anders als Sie.«

»Ich konnte nicht bleiben. Es war unmöglich.«

»Dann lernte Lisa Meryl Hawkins kennen, nicht wahr? Die beiden heirateten, und Hawkins adoptierte Mitzi. Möglicherweise haben sie ihr nie davon erzählt, und sie hielt Meryl stets für ihren eigentlichen Vater.« Decker verstummte kurz. »Später sind sie dann nach Burlington gezogen. Und aus diesem Grund haben Sie ausgerechnet diese Stadt für Ihre Operation ausgewählt.«

Egorshin warf einen Blick auf seine Männer, erhob sich und ging auf und ab. »Ich wollte gerne … sehen, was aus ihr geworden ist. Als ich hier ankam, um meine … Arbeit aufzunehmen, war sie …«

»Ein Junkie.«

»Schon die Vorstellung war schrecklich. Und dann meine geliebte Lisa.«

»Die Krebs hatte.«

»Ja. Im Endstadium.«

»Was haben Sie getan?«

»Ich arrangierte über einen anderen ein Treffen mit Mitzi.«

»Über Karl Stevens, ihren Dealer?«

»Ja. Ich erzählte ihr, dass ich ihre Mutter von früher kenne und ihnen gerne helfen würde. Ich beschaffte Medikamente für ihre Mutter und gab sie Mitzi.«

»Aber Sie lasteten ihrem Vater mit Mitzis Hilfe auch die Morde an.«

Egorshin blieb abrupt stehen und brüllte: »Hawkins war nicht ihr Vater, sondern ich!«

»Aber Sie sind abgehauen, er nicht«, erwiderte Decker unbeeindruckt. »Hawkins hat das Mädchen großgezogen. Sie nicht. Er tat sein Bestes, ihr zu helfen. Sie nicht. Für mich macht *das* einen Vater aus.«

Egorshin nahm seine unruhige Wanderung wieder auf und rieb sich dabei nervös den Hinterkopf.

Decker beobachtete ihn weiter. »Sie mussten David Katz loswerden«, sagte er. »Warum eigentlich?«

»Katz war ein Gierhals wie der hier.« Egorshin deutete auf den toten Gardiner. »So viel er auch von uns bekam, es war nie genug.«

»Aber warum die Richards töten?«

»Meinen Sie etwa, Donald Richards hätte nicht auf unserer Gehaltsliste gestanden?«

»Er half Ihnen, über die Bank Gelder zu waschen, und wollte mehr?«

»Die Sache wurde unhaltbar. Also haben wir reagiert.«

»Wie haben Sie Mitzi dazu gebracht, dass sie mitspielt?«

Egorshin winkte ab. »Ich erzählte ihr Dinge über Meryl Hawkins, die sie auf meine Seite brachten«, sagte er. »Ich versicherte ihr, ihrer Mutter zu helfen. Und das habe ich getan. Ich habe dafür gesorgt, dass Lisa friedlich sterben konnte.«

»Nein, sie starb mit dem Wissen, dass ihr Mann des mehrfachen Mordes beschuldigt wurde. ›Friedlich‹ würde ich das nicht nennen.«

»Ist mir doch egal, was Sie denken, Decker.«

»Also lief alles bestens. Bis Meryl Hawkins in die Stadt zurückkehrte und seine Unschuld beweisen wollte.« Decker überlegte einen Moment. »Und dann gingen Sie ins Residence Inn und brachten einen todkranken Mann um.«

»Mir blieb keine Wahl.«

»Anschließend schieben Sie Susan Richards den Mord in die Schuhe. Vermeintlich von Schuldgefühlen geplagt, begeht Susan Selbstmord. In Wahrheit haben *Sie* die Frau getötet.«

»Diese Angelegenheiten mussten nun mal geregelt werden.«

»Und jetzt sind wir vermutlich an der Reihe.«

Egorshin setzte sich wieder hin. »Ich sage Ihnen mal was, Decker«, begann er und beugte sich vor. »Es gibt eine Möglichkeit, dass Sie am Leben bleiben. Ich will Mitzi. Ich möchte sie mitnehmen.«

»Ich wüsste nicht, wie das funktionieren sollte«, erklärte Decker kopfschüttelnd. »Sie liegt noch immer bewusstlos im Krankenhaus, wo sie bestens bewacht wird.«

»Wenn das so ist«, Egorshin zog die Pistole aus dem Hosenbund, »würde ich Ihnen empfehlen, sich rasch etwas einfallen zu lassen, ehe ich einen Ihrer Freunde nach dem anderen erschieße. Wen zuerst? Die Entscheidung überlasse ich Ihnen.«

Als Decker nicht antwortete, deutete er auf Mars. »Du da, aufstehen!«

»Halt«, sagte Decker. »Sie haben es doch besonders auf mich abgesehen, stimmt's? Also, nur zu.«

»Nein, Mr. Decker. Ich zähle immer noch auf Sie, mein kleines Problem zu lösen.« Er deutete wieder auf Mars. »Aufstehen. Sofort. Oder ich knall dich ab, wo du hockst.«

Mars schaute Decker an und erklärte in resigniertem Ton: »O Mann, das sieht ganz nach R43 Wide Gap Seal aus. So ein Scheißspiel, verdammt noch mal.«

»Was faseln Sie da?« brüllte Egorshin.

»Würdest du eh nicht kapieren«, sagte Melvin leise.

»Hoch jetzt!« Egorshin erhob sich drohend.

»Gern. Dazu bräuchte ich allerdings ein wenig Hilfe. Ich bin gefesselt, Kumpel.«

Egorshin schaute zu zweien seiner Leute hinüber und nickte. Die Männer gingen zu Mars, bückten sich und packten ihn jeweils unter einem Arm.

Kaum hatten sie ihn so weit angehoben, dass er Boden unter die Füße bekam, schnellte er explosionsartig hoch und setzte den Schläger rechts von ihm mit einem gewaltigen Kopfstoß außer Gefecht. In einer fließenden Bewegung wirbelte der hünenhafte Mann herum, erwischte den anderen Angreifer mit der Schulter hart unter dem Kinn und rammte ihn mit brutaler Wucht gegen die Wand. Der Mann knallte mit dem Hinterkopf so heftig gegen das Mauerwerk, dass er zu Boden kippte, ohne einen Laut von sich zu geben.

Gleichzeitig mit Mars' Ausbruch war Decker trotz zusammengebundener Beine aufgesprungen, hatte aus der Hocke heraus Schwung geholt und sich mit aller Kraft nach vorn katapultiert. Einen Augenblick später donnerte sein massiger Körper mit solcher Wucht gegen den für einen Wimpernschlag abgelenkten Egorshin, dass es den Russen von den Füßen riss. Er flog nach hinten gegen die Spüle, wo er sich rückwärts überschlug und durch das Küchenfenster krachte. Zusammen mit den Scherben der geborstenen Scheibe verschwand er hinter der Fensterbank aus dem Blick.

Der verbliebene Russe richtete seine Waffe auf Decker und wollte gerade abdrücken, als ein Schuss durch den Raum dröhnte.

Der Mann schaute an sich herab und sah den roten Fleck mitten auf seiner Brust.

Decker und Mars starrten fassungslos zu Jamison. Sie hatte das Kunststück vollbracht, eine Rolle vorwärts zu machen, dabei die Hände unter ihren Füßen durchzuführen, einem der Männer auf dem Boden die Waffe abzunehmen, zu zielen und zu feuern, und das alles innerhalb von allenfalls drei Sekunden.

Der Getroffene stürzte auf die Knie und kippte nach vorn.

Jamison durchsuchte einen der Männer, bis sie ein Klappmesser fand, mit dem sie erst sich und anschließend Decker und Mars befreite.

Decker schnappte sich eine Waffe vom Boden und rannte zur Eingangstür, hörte aber unterwegs schon, wie ein Auto davonraste. Als er die Haustür erreichte, konnte er nur noch auf die Rücklichter des Wagens schießen, in dem Egorshin davonjagte. Ein paar Sekunden später war nichts mehr von ihm zu sehen.

Jamison kramte ihr Handy aus der Tasche, rief Bogart an und informierte ihn über das Geschehen.

»Er schickt ein Team her«, sagte sie, nachdem sie aufgelegt hatte. »Und die Fahndung ist draußen.«

»Ob das reicht?«, fragte Decker zweifelnd, während er weiter in die Nacht starrte.

Mars schloss Jamison fest in die Arme. »Mensch, Alex, das war ein irrer Spielzug von dir.«

»Danke. Aber sag mal, was sollte vorhin dieses R43-Gerede?«

»R43 Wide Gap Seal«, erklärte Decker und wandte sich zu ihr um. »Der bevorzugte Laufspielzug der University of Texas, als Melvin noch dort spielte. Erst hilft der Right Tackle dem Right Guard, indem er den anstürmenden Defensive Tackle mit einem Chip Block zurückwirft, bevor er gemeinsam mit dem Tight End den Defensive End in Schach hält, während der Wideout den

Cornerback zur Seitenauslinie zwingt. Zur selben Zeit löst sich der Tight End vom DE und beschäftigt den Strong Safety. Das ermöglichte es Melvin, mit dem Ball durch die Lücke zu sprinten, direkt in eine Eins-gegen-eins-Situation gegen den Outside Linebacker.«

»Und das war Ober-Buckeye Amos Decker höchstpersönlich«, sagte Mars grinsend.

Decker zog ein missmutiges Gesicht. »Drei Touchdowns hat der Kerl mit diesem Spielzug in der Partie damals erzielt«, gestand er. »Und jedes Mal hat er mich dabei einfach über den Haufen gerannt.«

»Hey, Mann, du hast dein Bestes versucht. Und ihr habt es uns damals ganz schön schwer gemacht. Zu Anfang bin ich ständig an deinen Bärenkräften gescheitert. Aber wie heißt es so schön: Gibt das Leben dir nur Zitronen, was machst du?«

»Dann mach Limonade draus«, sagte Jamison.

Mars schüttelte den Kopf. »Falsch, Alex. Mach *Touchdowns* draus. So ähnlich war es auch diesmal. Deswegen der Vergleich mit dem R43-Spielzug.«

»Mit anderen Worten, du hast Decker wissen lassen, was du vorhast? Dass du die beiden Typen ausschaltest, und Decker kümmert sich dann um die Mann-gegen-Mann-Situation?«

»Kluges Mädchen.«

»Vielleicht sollte ich mir mehr Football anschauen, damit ich bei euch beiden künftig notfalls Bescheid weiß.«

»Tja, man weiß nie, was kommt, so ist nun mal das Leben«, meinte Melvin.

»Ja. Man weiß nie, was kommt«, wiederholte Decker, drehte sich um und starrte in die Nacht.

81

Decker zupfte noch ein Taschentuch für sie aus der Box und lehnte sich zurück.

Mitzi Gardiner saß in ihrem Krankenhausbett und trocknete sich die Augen. Sie war endlich aus dem Koma erwacht, und die Ärzte rechneten mit einer völligen Genesung.

Decker hatte ihr einiges, aber nicht alles von dem erzählt, was geschehen war. Den Tod ihres Mannes hatte er ihr allerdings nicht verschwiegen. Und auch nicht seine Rolle in Egorshins Spionagering.

»Es hat mich immer schon gewundert, warum ein Mann wie Brad sich jemand wie mich nimmt«, sagte sie schniefend.

»Unsinn. Verkaufen Sie sich nicht unter Wert, Mitzi.«

»Ich kann's nicht fassen, dass dieser Bill Peyton ein russischer Spion sein soll und in Wahrheit … wie hieß er noch?«

»Egorshin. Der Falschname war Sinn der Sache. Niemandem sollte etwas auffallen.«

Er hatte beschlossen, Mitzi nicht zu verraten, dass Egorshin ihr leiblicher Vater war. Aus Deckers Sicht war allein Meryl Hawkins ihr *richtiger* Vater gewesen. Außerdem hatte er Bedenken, ob die fragile Mitzi diese Wahrheit würde ertragen können.

»Vermutlich haben Sie recht«, sagte sie, warf das Papiertuch in den Abfalleimer neben dem Bett und schaute ihn an. »Das ist aber nicht alles, stimmt's?«

»Stimmt.«

»Sie sind noch aus einem anderen Grund gekommen.«

»Ja.«

»Was ist mit Rachel?«

»Sie steht unter Anklage, kann aber wahrscheinlich einen Deal aushandeln. Da wir Egorshin bislang nicht ausfindig machen konnten, ist ihr Leben allerdings weiter gefährdet. Wenn sie den Bundesbeamten alles, was sie weiß, mitgeteilt hat, wird sie am Ende im Zeugenschutz landen.«

»Aber wird Egorshin es nicht auch auf mich abgesehen haben?«

»Das bezweifle ich. Er scheint Sie irgendwie zu mögen.« *Schließlich ist er dein Vater*, fügte Decker in Gedanken hinzu.

»Ja, er hat uns tatsächlich geholfen. Ich weiß noch, dass er Schmerzmittel für Mom besorgt hat, als ich ihn noch als Bill Peyton kannte. Es ist für mich noch immer unvorstellbar, dass er Russe sein soll.«

»Yeah, andererseits war er zu Ihrem Vater nicht gerade freundlich.«

»Ja. Er erzählte mir … Dinge über meinen Dad. Keine besonders schönen Dinge.«

»Die allesamt erlogen waren. Das hat Egorshin mir gegenüber selbst zugegeben. Er wollte Sie damit nur auf seine Seite ziehen, Mitzi.«

»Aber ich habe ihm geglaubt.« Sie senkte den Kopf. »Und geholfen, meinen Vater ins Gefängnis zu bringen.«

»Wussten Sie denn, dass diese Leute vorhatten, ihm vier Morde anzuhängen?«

Sie schüttelte den Kopf. »Überhaupt nicht«, versicherte sie fest. »Ich hatte keine Ahnung. Eigentlich wusste ich sowieso nicht so richtig, was da vor sich ging. Ich war damals ständig zugedröhnt.«

»Wahrscheinlich war es deren Absicht, Sie im Unklaren zu

lassen, da man nicht darauf vertrauen konnte, dass Sie den Mund hielten. Aber als Ihr Vater dann angeklagt wurde? Und verurteilt?«

»Ich wusste nicht, was ich denken sollte. Ein Teil von mir hielt ihn für schuldig.«

»Ich glaube, er hatte schon damals geahnt, dass Sie in die Sache verwickelt waren. Doch er wollte alles vermeiden, was Sie mit den Morden in Verbindung brachte. Deshalb schwieg er lieber und wanderte hinter Gitter. Erst als er später, als er schon todkrank war, Karl Stevens begegnete, änderte er seine Meinung. Was Stevens ihm von Ihrer Verwicklung und den Leuten, die das alles gesteuert hatten, erzählte, dürfte ihm ziemlich gegen den Strich gegangen sein. Also kehrte er zurück, um die Wahrheit ans Licht zu bringen.«

»Was man ihm schwerlich verdenken kann«, sagte Mitzi, lehnte sich zurück und schloss die Augen. »Ich bin so müde …« Abrupt fuhr sie wieder hoch. »Großer Gott, mein Sohn! Wo ist …«

»Dem geht es gut. Mitarbeiterinnen vom Jugendamt kümmern sich um ihn. Allerdings weiß er bislang nichts von all dem.«

»Ich … ich kann nicht glauben, dass ich erst jetzt an ihn denken musste.«

»Sie sind gerade erst nach einer Tablettenüberdosis aus dem Koma erwacht«, beruhigte Decker sie. »Glauben Sie, da kann man auch nur einen klaren Gedanken fassen?«

»Nett, dass Sie das sagen, Mr. Decker«, murmelte sie. »Ich hoffe nur, dass sich in meinem Leben nun etwas ändern wird.«

»Das hoffe ich auch.« Er stand auf. »Ist Ihnen eigentlich klar, wie viele Menschen nie eine Chance bekamen, es beim zweiten Mal besser zu machen?«

»Was … was wollen Sie damit sagen?«

»Sie haben Mist gebaut, Mitzi. Sie haben dabei geholfen, Ihren

Vater reinzulegen, der deshalb Schreckliches durchleiden musste – im Gefängnis und auch später.«

Mitzis Augen wurden feucht. »Das weiß ich. Ich war … ich war nicht bei Sinnen von diesen verfluchten Drogen.«

»Ich weiß. Aber jetzt ist es anders. Sie sind clean und wissen, dass Sie das Zeug nie mehr anrühren dürfen. Und was Sie tun müssen.«

»Und was soll ich Ihrer Meinung nach tun?«, fragte sie vorsichtig.

»Wie wäre es mit dem, was richtig ist?«

»Was wäre das?«

»Treten Sie vor Gericht, machen Sie reinen Tisch, entlasten Sie Ihren Vater, sodass er seinen guten Namen zurückerhält, und übernehmen Sie volle Verantwortung für alles, was Sie getan haben.«

»Um dafür dann selbst ins Gefängnis zu wandern? Darauf läuft Ihr guter Ratschlag doch hinaus, oder?«

»Auf jeden Fall steht mir das Recht zu, Ihnen diesen Rat zu erteilen. Immerhin haben Sie sich in Ihrem Haus nach Kräften bemüht, mir eine Kugel zu verpassen.«

»Ich … ich kann nicht hinter Gitter. Dann hätte mein Sohn niemanden mehr.«

»Vielleicht müssen Sie ja gar nicht ins Gefängnis.«

»Wie sollte das gehen?«, fragte sie in flehentlichem Ton.

»Das ist kein gewöhnlicher Fall. Könnte sein, dass ich die Verantwortlichen dazu bewegen kann, einen Deal zu machen. Sie erzählen uns, was wirklich passiert ist, Ihr Vater wird rehabilitiert, und Sie können Ihr Leben weiterführen.«

»Halten Sie das wirklich für möglich?«

»Ja. Und es käme noch etwas Positives für Sie hinzu.«

»Und was?«

»Sie leben seit Jahren mit Schuldgefühlen, Mitzi. Bewusst oder unbewusst. Und das verändert den Menschen. Es macht einen zu jemand, der man nicht ist und niemals sein will. Aber man kann es nicht ändern. Kein Geld der Welt kann das. Ich spreche aus Erfahrung.«

Sie umklammerte ihre Bettdecke und musterte ihn aufmerksam. »Ich … verstehe nicht.«

»Ich war nicht da, als meine Familie mich brauchte. Deshalb mussten sie sterben. Ich werde meine Frau und meine Tochter niemals wiedersehen. Das habe ich bisher stets als die Buße verstanden, die mir für mein Versagen auferlegt wurde.« Decker holte tief Luft. »Aber so kann man nicht leben, Mitzi, glauben Sie mir.«

Tränen liefen der Frau über die Wangen. Sie ergriff Deckers Hand. Vor nicht allzu langer Zeit wäre er bei dieser Berührung noch zurückgeschreckt. Diesmal nicht. Denn als Melvin Mars ihn an einem der schlimmsten Tiefpunkte seines Lebens kurzerhand in den Arm genommen hatte, oder als Mary Lancaster im Auto seine Hand gedrückt hatte, um in ihrer Angst den Beistand eines anderen menschlichen Wesens zu spüren, da war etwas mit Amos Decker geschehen.

Und das war gut so. Denn ungeachtet der teils wundervollen, teils verstörenden und grausamen Dinge, die sein geschädigtes Hirn in seinem Verstand anrichtete, bedeutete die Fähigkeit, eine Umarmung zuzulassen oder die eigene Hand von einer fremden Hand drücken zu lassen – all diese simplen Gesten, die fast jeder für selbstverständlich nimmt –, dass Decker sich wieder einen Hauch jener Person angenähert hatte, die er früher gewesen war, bevor der alte Amos Decker auf dem Footballplatz starb und als vollkommen anderer Mensch erwachte.

Und so streckte Decker den Arm aus und legte seine andere Pranke über Mitzis Hand.

»Wie sieht's aus, Mitzi? Werden Sie diesen Schritt machen? Werden Sie in Ordnung bringen, was möglich ist? Werden Sie sich selbst endlich von den Schuldgefühlen befreien?«

Eine unbehaglich lange Stille setzte ein, bevor Mitzi endlich antwortete.

»Ja, das werde ich.«

82

»Neben seiner ständigen Einmischungen in unsere demokratischen Verfahren versucht Moskau anscheinend gerade, Leute, die hier eher zu den Randgruppen zählen, zu rekrutieren und zu willigen Handlangern auf unserem Terrain umzufunktionieren«, erklärte Bogart. »Auf diese Weise hoffen sie, die Unzufriedenheit und Spaltung in unserer Gesellschaft noch zu vertiefen.«

Gemeinsam mit Mars, Jamison und Decker saß Bogart im Suds beim Abendessen.

»Leute wie Eric Tyson und Karl Stevens?«, fragte Jamison.

»Genau.«

Decker verputzte den Rest seiner Pommesportion, wobei ihm Jamisons missbilligender Blick nicht entging. Doch unvermittelt wurde ihre Miene weicher. »Na gut, heute hast du dir dein Quantum Junkfood verdient«, räumte sie ein. »Morgen sieht die Sache aber dann wieder anders aus.«

»Ich werde mein Bestes geben«, sagte Decker.

»Übrigens, Childress wurde tot in seiner Zelle aufgefunden«, berichtete Bogart weiter. »Irgendein giftiges Zeug aus der Chemieindustrie war in seinem Essen. Auf so was verstehen die Russen sich richtig gut. Im hiesigen Polizeiapparat müssen sie neben Childress aber noch über andere Verbündete verfügen. Captain Miller hat hierzu bereits Untersuchungen eingeleitet.«

»Irgendwelche Neuigkeiten zu Egorshin?«, fragte Mars.

Bogart schüttelte den Kopf. »Vermutlich hat er noch in der

Nacht seiner Flucht das Land verlassen. Inzwischen dürfte er wieder in Moskau sein. Seine beiden Leute, die wir verhaften konnten, schweigen beharrlich. Ich bin überrascht, dass sie keine Zyankalikapseln in ihren Zahnfüllungen bei sich trugen. Aus den Kerlen werden wir jedenfalls nichts herausbekommen. Allerdings haben wir noch einige Daten zu den sogenannten Trainees entdeckt, die im American Grill gearbeitet haben. Wir haben die Erkenntnisse unseren anderen Informationen hinzugefügt und fahnden jetzt überall im Land nach Egorshins Spionen.«

»Na, dann hoffe ich mal, dass Sie jeden von denen schnappen«, sagte Mars.

»Was wird aus Rachel Katz?«, fragte Decker.

»Zeugenschutzprogramm, so wie es aussieht. Ebenso für Mitzi Gardiner und ihren Sohn. Gardiner hat ihren Vater in einer eidesstattlichen Versicherung von jeder Tatbeteiligung entlastet. Seine Verurteilung wird aufgehoben. Er ist wieder ein vollkommen unbescholtener Bürger.«

»Und tot«, bemerkte Decker grimmig. »Also wird er nie wissen, dass er rehabilitiert ist.«

»Hey, Mann, wo bleibt dein Glaube?«, meldete Mars sich zu Wort. »Ich bin sicher, dass er es ganz genau weiß, wo immer er jetzt ist. Er hat dich gebeten, seine Unschuld zu beweisen, und das hast du getan, Amos.«

*

»Gebt mir ein paar Minuten«, sagte Decker.

Er stieg aus dem Wagen, hinter dessen Steuer Jamison saß, während Bogart und Mars auf der Rückbank Platz genommen hatten.

»Aber Sie kommen mit uns zurück, oder?«, fragte Bogart. »Das

Ganze verzögert sich doch nicht erneut, bloß weil Sie noch schnell einen Fall klären müssen, der Ihnen über den Weg läuft?«

»Nein«, versicherte Decker lächelnd. »Ich denke, davon habe ich genug, zumindest bis auf Weiteres.«

»Trifft sich gut, Amos«, sagte Mars. »Denn nach der Landung in D. C. wollte ich dich zum Abendessen einladen. Harper kommt auch.«

Decker nickte und wandte sich zum Gehen. Ein paar Schritte weiter sah er Mary Lancaster, die ihm auf dem Bürgersteig entgegenkam. Sie trafen sich genau vor Deckers ehemaligem Haus.

»Danke, dass du gekommen bist, Mary.«

»Ich dachte, du wolltest dich gerne verabschieden«, sagte sie und warf einen Blick zum Gebäude. »Warum ausgerechnet hier, weiß ich aber nicht.«

»Die Sache ist kompliziert.«

»Das überrascht mich nicht.«

»Ich werde dich besuchen kommen.«

»Musst du nicht«, erwiderte sie und schaute zu dem Wagen, in dem Jamison, Mars und Bogart warteten. »Du hast ein neues Leben, Amos. Weit weg von hier. Und das ist gut so.« Sie betrachtete das Haus, in dem Decker so viel Schönes und Schreckliches erlebt hatte. »Du musst dich von diesem Ort befreien, Amos. Ein für alle Mal.«

»Das werde ich nicht tun, Mary.«

»Warum?«

»Wir sind Freunde.«

»Stimmt, aber …«

»Und du wirst in den kommenden Jahren womöglich ein paar Dinge durchmachen, bei denen ich dir ein wenig helfen kann.«

Lancaster senkte den Blick, fingerte eine Zigarette aus ihrer Packung und steckte sie an. Sie blickte eine Weile dem Rauch hinterher und schnippte die Zigarette dann weg.

»Ich hab noch immer Schiss.«

»Das ginge den meisten von uns nicht anders. Aber du hast Earl. Und du hast mich.«

Sie musterte ihn verwundert. »Du hast dich verändert, Amos. Seit du von hier weg bist.«

»Auf welche Weise?«

»Du wirkst … anders. Irgendwie …« Sie brach ab, als würden ihr die Worte fehlen.

»Eine Spur aufmerksamer?«, schlug Decker lächelnd vor.

»So könnte man es nennen.« Abrupt trübte sich ihre Miene. »Ich weiß dein Angebot zu schätzen, Amos. Und ich freue mich schon auf deinen nächsten Besuch.« Mit einem erneuten Seitenblick zum Haus wiederholte sie: »Aber warum ausgerechnet hier?«

»Du kennst die Hendersons nicht, die jetzt da wohnen, stimmt's?«

»Nicht richtig. Aber sie machen einen sympathischen Eindruck.«

»Ich bin mir sicher, dass sie eine nette Familie sind. Und Burlington ist ein guter Ort, um Kinder großzuziehen.«

»Jedenfalls ein besserer, seit du uns von diesen Russen befreit hast.«

Decker trat einen Schritt zurück und betrachtete sein altes Zuhause.

»Es steckt voller Erinnerungen, nicht wahr?«, sagte Mary. »Vor allem für jemanden mit deinem Gedächtnis.«

»Ja. Es steckt tatsächlich voller Erinnerungen. Die meisten sind wundervoll. Andere wiederum sind die Hölle.«

»Und welche willst du dir bewahren?«

»Ich würde es vorziehen, nur die schönen Dinge von damals zu sehen. Doch in meinem Fall bleibt mir keine Wahl. Mit all dem Schönen und Guten kochen auch der Schrecken und das Grauen mit hoch. Aber ich könnte versuchen, Einfluss darauf zu nehmen, wie ich meine Erinnerungen … nun ja, gewichte.«

»Meinst du, das gelingt dir?«

»Ich kann es versuchen.«

Decker dachte an die Augenblicke, in denen die furchtbaren Bilder, als er seine ermordete Familie gefunden hatte, sich für immer in sein Gedächtnis gegraben hatten.

»Ich kann es zumindest *entschlossener* versuchen«, verbesserte er sich. »Ich *muss* es.«

»Ich wünsche dir dabei alles Gute, Amos. Von ganzem Herzen.«

Bevor er ging, überraschte Decker seine ehemalige Partnerin mit einer langen Umarmung.

»Damit hätte ich jetzt nicht gerechnet«, gab sie zu, als sie sich voneinander lösten.

»Ich auch nicht. Aber war ein gutes Gefühl.«

»Ja, Amos, das war es.«

Decker ging zurück zum Wagen. »Ich frage mich, was das Burgunderrot zu bedeuten hat«, sagte er beim Einsteigen.

»Was?«, fragte Jamison, während Bogart und Mars verständnislose Blicke tauschten.

»Als Hawkins damals am Friedhof auf mich zukam, umgab ihn eine burgunderrote Aura. Den Farbton hatte ich noch nie gesehen.«

Einen Moment herrschte ratloses Schweigen; dann meinte Jamison: »Vielleicht ein neuer Weg, wie dein Hirn dir signalisiert, dass ein guter Mensch dringend Hilfe braucht.«

»Wenn das stimmt, werde ich die Farbe in Zukunft wohl häufiger sehen.«

Während sie noch verfolgten, wie Mary Lancaster davonfuhr, traten Mr. und Mrs. Henderson mit ihrer Tochter aus dem Haus und stiegen in ihren Nissan. Kurz darauf waren sie verschwunden.

Jamison beobachtete besorgt Deckers Reaktion.

»Scheint eine nette Familie zu sein«, bemerkte Mars von der Rückbank aus.

»Ja«, sagte Decker. »Das denke ich auch.«

Jamisons Finger spielten nervös auf dem Lenkrad.

»Dann ist es ein glückliches Haus«, fügte Mars hinzu.

Jamison warf ihm im Innenspiegel einen scharfen Blick zu, schaute aber sofort wieder zu Decker.

»Ein glückliches Haus«, sagte Decker leise und nickte Jamison zu.

Sie schaltete auf Drive, und sie fuhren los.

Fort von diesem Ort.

Bis auf Weiteres.

Doch Amos Decker würde zurückkommen.

Aus vielerlei Gründen.

ENDE

DANKSAGUNGEN

Zuerst ein großes Dankeschön an dich, Michelle. Decker ist zurück. Hätte ich doch nur sein Erinnerungsvermögen, dann müsstest du mich nicht wegen all der Dinge ermahnen, die ich wieder mal vergessen habe zu erledigen.

Dank auch an Michael Pietsch für seine herausragenden Fähigkeiten.

Des Weiteren geht mein Dank an Andy Dodds, Nidhi Pugalia, Ben Sevier, Brian McLendon, Karen Kosztolnyik, Beth deGuzman, Albert Tang, Bob Castillo, Kristen Lemire, Anthony Goff, Michele McGonigle, Cheryl Smith, Andrew Duncan, Joseph Benincase, Tiffany Sanchez, Morgan Swift, Matthew Ballast, Jordan Rubinstein, Alison Lazarus, Rachel Hairston, Karen Torres, Christopher Murphy, Ali Cutrone, Tracy Dowd, Martha Bucci, Rena Kornbluh, Jeff Shay, Lukas Fauset, Thomas Louie, Sean Ford, Laura Eisenhard, Mary Urban, Barbara Slavin, Kirsiah McNamara sowie an Grand Central Publishing für die fortwährende Unterstützung.

Wie jedes Mal danke ich auch Aaron und Arless Priest, Lucy Childs, Lisa Erbach Vance, Frances Jalet-Miller, John Richmond und Juliana Nador dafür, dass sie mir stets den Rücken freihalten.

Und Dank an dich, Mitch Hoffman, dass du all die Bäume *und* den Wald siehst.

Schließlich bedanke ich mich bei Anthony Forbes Watson, Jeremy Trevathan, Trisha Jackson, Katie James, Alex Saunders,

Sara Lloyd, Claire Evans, Sarah Arratoon, Stuart Dwyer, Jonathan Atkins, Anna Bond, Leanne Williams, Natalie McCourt, Stacey Hamilton, Sarah McLean, Charlotte Williams und Neil Lang bei Pan Macmillian, die einfach nur fantastische Leute sind. Bis zum September!

Und noch ein paar Personen, die ein dickes Dankeschön verdient haben:

Praveen Naidoo und das Team von Pan Macmillian in Australien, die mich zur Nr. 1 gemacht haben!

Caspian Dennis und Sandy Violette für ihre Coolness. Es war super, euch mal auf dieser Seite des Teichs zu sehen!

Steven Mat und das gesamte Bruna-Team in Holland für ihre tolle Arbeit.

Bob Schule für seine Freundschaft und all die wundervollen Anmerkungen.

Roland Ottewell für ein Lektorat vom Feinsten.

Und last but not least möchte ich die Gewinner der Wohltätigkeitsauktion erwähnen: Christine Burlin (Community Coalition for Haiti), Kelly Fairweather (Soundview Preparatory School), Kenneth Finger (Project Kesher), Mitzi Gardiner (Muscular Dystrophy Association) und David Katz (Authors Guild). Ich hoffe, Ihnen allen haben Ihre Figuren gefallen, egal ob sie nun gut oder böse waren. Vielen Dank, dass Sie diese fabelhaften Hilfsorganisationen unterstützt haben.

Und Dank auch an euch, Kristen White und Michelle Butler. Ihr helft mir dabei, aus jedem Tag das Beste zu machen.

Lust auf mehr vom Memory Man?
Dann lesen Sie weiter:

Eine boomende Öl-Stadt,
ein explosives Geheimnis

ISBN 978-3-453-27424-2

Auch als E-Book oder Hörbuch
Überall, wo es Bücher gibt

DAS BUCH

FBI-Agent Amos Decker und seine Partnerin Alex Jamison werden in eine Kleinstadt in North Dakota gerufen. Dort hat ein Jäger mitten in der Prärie eine übel zugerichtete Frauenleiche entdeckt. Ist das Opfer zwischen die Fronten skrupelloser Ölfirmen, zwielichtiger Regierungsbeamter und religiöser Außenseiter geraten, die die nahegelegene Kleinstadt prägen? Als weitere Morde geschehen, braucht Decker sein perfektes Gedächtnis und die Unterstützung eines überraschenden Verbündeten …

1

Hal Parker kam seiner Beute mit jedem Schritt ein Stück näher. Immer häufiger wurden die Blutspuren, die wie Rubine auf der dunklen Erde schimmerten. Mit wachsender Anspannung erkannte er, dass er das Tier nicht getötet, nur verwundet hatte.

Geld gab es erst, wenn er den Kadaver ablieferte. Aber das sollte kein Problem sein. Bei dem Blutverlust würde seine Beute ihm nicht entkommen, schon gar nicht in dieser drückenden Schwüle.

Langsam, mit ruhigen, gleichmäßigen Schritten, pirschte Parker sich voran.

Obwohl der Herbst nicht mehr fern war, hielt der Sommer mit seiner Gluthitze das Land noch fest in den Klauen. Parker fühlte sich wie in einer verdammten Mikrowelle. Und der Winter war hier genauso brutal wie der Sommer. Wäre jetzt Winter, würde er Kälteschutzkleidung tragen und darauf achten müssen, dass er sich nicht zu schnell bewegte. Wenn man sich bei vierzig Grad minus zu sehr anstrengte, konnte es leicht passieren, dass man an Lungenblutung starb.

Aber feuchte, drückende Hitze wie an diesem späten Abend konnte nicht minder tödlich sein. Man konnte schnell an Dehydrierung sterben. Das Tückische daran war, dass man die Gefahr erst dann erkannte, wenn es zu spät war.

Parker trug eine Stirnlampe, deren Licht den schmalen Pfad taghell erleuchtete. Wahrscheinlich war er der einzige lebende Mensch im Umkreis von Dutzenden Kilometern. Ein Gewitter lag in der schwülfeuchten Luft. Hoffentlich brach es erst dann los, wenn er seinen Job erledigt hatte.

Parker schaute nach links, wo nicht weit entfernt die Grenze zu Kanada verlief. Im Süden, eine Autostunde entfernt, lag die Stadt Williston, das Zentrum des Fracking-Booms in North Dakota. Doch das Gebiet der Bakken-Formation, einer fünfzig Meter mächtigen, Mineralöl führenden geologischen Schicht, war mit anderthalb Millionen Quadratkilometern so riesig, dass auch im Boden unter Parkers Füßen ein ganzes Meer aus Erdöl und zig Milliarden Kubikmeter Erdgas schlummerten.

Vielleicht sogar mehr, dachte er. *Vermutlich wissen nicht einmal die Geologen, wie viel es wirklich ist.*

Parker ging in die Hocke und überlegte, wie er vorgehen sollte.

Er blickte nach vorn, versuchte, anhand der Größe der Blutspuren die Entfernung zu seiner Beute einzuschätzen, richtete sich auf und ging weiter, wobei er sich etwas schneller als zuvor bewegte. Auf dem Rücken trug er eine große Trinkblase, deren Schlauch neben seinem Mund endete. Seine Kleidung war leicht, aber widerstandsfähig, konnte jedoch nicht verhindern, dass er aus jeder Pore schwitzte. Und das, obwohl es schon dreiundzwanzig Uhr war. Am Ende behielt Mutter Natur stets die Oberhand über den Menschen, da half die beste Ausrüstung nichts.

Es war ihm ein Rätsel, wie ihm seine Beute – ein Wolf, der zwei Kühe aus der Herde seines Arbeitgebers gerissen hatte – durch die Lappen hatte gehen können. Er hatte das Biest aus etwa 350 Meter Entfernung klar und deutlich im Visier gehabt. Der Wolf hatte sich nicht von der Stelle gerührt, hatte angespannt dagestanden, zitternd, bebend, als witterte er die Gefahr. Die Kugel hatte ihn voll erwischt, sodass Parker von einem tödlichen Treffer ausgegangen war. Doch als er zu der Stelle kam, war weit und breit kein

Wolf zu finden. Stattdessen war nur eine Blutspur zu sehen, die sich in der Dunkelheit verlor.

Parker befand sich in den Great Plains, die jedoch nicht so eben waren, wie der Name vermuten ließ. Teilweise war die Gegend sogar ziemlich hügelig – vor allem in den nördlichen Ausläufern der Badlands, wo Hügel und flaches Grasland nahtlos ineinander übergingen. Parker stieg eine leichte Anhöhe hinauf. Nächtlicher Nebel senkte sich herab und verschlechterte die Sicht. Obwohl er das Gelände bestens kannte, spürte er, wie das Adrenalin in seinen Adern pulsierte.

In der Ferne rumpelte ein Zug vorbei, dessen Waggons vermutlich Erdöl und Erdgas beförderten, wobei das Gas für den Transport verflüssigt wurde. Das schrille Pfeifen der Lok hallte schaurig durch die schwülheiße Nacht.

In diesem Augenblick hörte Parker ein dumpfes Grollen, das vom wetterleuchtenden Himmel kam. Wie er vorhergesehen hatte, war ein Gewitter im Anzug, und zwar schneller als erwartet. Er musste sich beeilen, wollte er nicht bis auf die Haut durchnässt oder gar vom Blitz gegrillt werden.

Parker umfasste seine Winchester fester, damit er das Nachtzielfernrohr rasch ans Auge heben und abdrücken konnte, um diesmal hoffentlich den Fangschuss anzubringen. Im nächsten Moment sah er etwa fünfzehn Meter zur Linken ein schattenhaftes Etwas in der Dunkelheit. Parker senkte den Kopf und beleuchtete die Stelle. Seltsam. Die Blutspur führte eindeutig nach *rechts.* Wie konnte das sein? Wölfe konnten schließlich nicht fliegen. Dennoch schien das Tier abrupt die Richtung geändert zu haben, bevor es zusammengebrochen und liegen geblieben war.

Parker näherte sich vorsichtig, um nicht in eine Falle zu tappen. Als er bis auf fünf Meter an die Stelle heran war, blieb er stehen, ging in die Hocke und ließ den hellen Lichtstrahl der Stirnlampe über das weite Gelände schweifen. Er schaute auch über die Schulter, für den Fall, dass das waidwunde Tier zur Seite ausgewichen war und sich ihm von hinten näherte. Parker hatte im Golfkrieg gekämpft und erlebt, wie unberechenbar, ja verrückt es zugehen konnte, wenn Lebewesen einander töten wollten.

Ist das jetzt auch so eine Situation?, fragte er sich.

Tief geduckt schlich er sich bis auf drei Meter heran, während das weiße Licht der Unwetterfront am Himmel flackerte.

Noch einen Meter näher.

Parkers Magen krampfte sich zusammen. Er traute seinen Augen nicht. Nahm einen hastigen Schluck aus der Wasserblase. Vielleicht war er dehydriert und hatte Halluzinationen. Nein, das Ding war immer noch da. Es war keine Einbildung. Es war …

Langsam richtete er sich auf, machte noch zwei Schritte und schaute nach unten. Das grelle Licht der Lampe beleuchtete jede Kleinigkeit des Albtraums, der sich ihm darbot.

Es war eine Frau. Glaubte er wenigstens. Ja, doch, denn nun sah er die vollen Brüste. Sie war nackt und übel zugerichtet. Dennoch war da nicht der kleinste Blutstropfen auf dem Boden.

Die Gesichtshaut war teilweise abgetrennt und nach unten gezogen, sodass sie über dem freiliegenden Knochen des Kinns hing. Der Schädel war mit einer Säge geöffnet worden; die abgetrennte Schädeldecke lag neben dem Kopf. Der Schädel war nur noch ein leerer, blutiger Hohlraum.

Wo zum Teufel ist das Gehirn?

Parker schaute auf die Brust der Toten. Wie es aussah, war sie aufgeschnitten und wieder zugenäht worden.

Er schauderte, ließ den Blick über den Bereich rund um die Leiche schweifen und runzelte die Stirn, als er die Spuren sah. Sie kamen ihm irgendwie bekannt vor. Doch er vergaß sie gleich wieder und sank auf die Knie, als ihm mit einem Mal bewusst wurde, woher er diese Nähte in der Brust der Leiche und den geöffneten Schädel kannte.

Die Hirnentnahme und den Y-förmigen Schnitt hatte er in Fernsehserien und Filmen gesehen. Auf diese Weise wurden Leichen bei einer Obduktion aufgeschnitten. Nur war er hier mitten in der unberührten Wildnis von North Dakota, weit weg vom nächsten Obduktionstisch oder einer Fernsehkamera.

Und dennoch hatte jemand diese arme Frau obduziert.

Hal Parker drehte sich zur Seite und übergab sich.

Dieser abgeschiedene Flecken Erde hatte seine Unberührtheit verloren, seine Unschuld, seine Reinheit. Hier war irgendetwas Unsägliches geschehen.

Im nächsten Augenblick öffnete der Himmel seine Schleusen.

2

»North Dakota«, murmelte Amos Decker.

Er saß neben Alex Jamison an Bord eines kleinen, schnittigen Embraer-Jets. Sie waren mit einem Jumbo nach Denver geflogen und dort in das viel kleinere Flugzeug umgestiegen. Es war, als würde man von einer Stretchlimousine in einen Smart-Zweisitzer wechseln.

Decker hatte das Gesicht verzogen, als er den kleinen Jet zum Gate hatte rollen sehen. Mit seinen eins fünfundneunzig und den mehr als hundertdreißig Kilo hatte er immer und überall Probleme, genügend Platz und Bewegungsfreiheit zu finden. Die kleinen Sitze in der Maschine hatten den äußeren Eindruck bestätigt. Decker fühlte sich an seinem Platz so eingezwängt, dass er überzeugt war, jede noch so heftige Turbulenz unbeschadet zu überstehen, auch ohne angeschnallt zu sein.

»Warst du schon mal da?«, fragte Jamison, Deckers Partnerin, eine attraktive Frau Anfang dreißig, die mit ihrem aparten Gesicht, der schlanken Figur und dem langen braunen Haar die Blicke der Männer auf sich zog. Die ehemalige Journalistin war auf Umwegen beim FBI gelandet und arbeitete mittlerweile als Special Agent. Sie und Decker gehörten einer Sondereinheit des Bureau an.

»In North Dakota?« Decker schüttelte den Kopf. »Nein. Aber als Spieler bin ich mal gegen die North Dakota State angetreten, als ich noch für Ohio gespielt habe. Allerdings nicht hier, sondern bei uns in Columbus.«

Unwillkürlich schweiften Deckers Gedanken in die Vergangenheit. Damals war er zweiundzwanzig Jahre jung gewesen, ein aufstrebender Collegefootballer. Er hatte für die Ohio State Buckeyes gespielt und war über die gesamte Saison hinweg der herausragende Mann auf dem Feld gewesen, sodass er anschließend zu den NFL-Profis nach Cleveland gewechselt war, wo seine Profikarriere bei den dortigen Browns jedoch schon beim ersten Spiel der Saison ein jähes Ende fand, denn Deckers Gegenspieler streckte ihn mit einem Bodycheck der brutalsten Sorte nieder. Und das war auch schon alles, woran Decker sich erinnerte.

Als er aus dem Koma erwachte, war er ein anderer Mensch geworden. Er hatte eine schwere Hirnverletzung davongetragen, von der er sich zwar wieder erholt, die jedoch bleibende Spuren hinterlassen hatte. Die Wucht des Zusammenpralls hatte Deckers Gehirn dramatisch verändert und eine sogenannte Hyperthymesie herbeigeführt – ein nahezu perfektes Erinnerungsvermögen und ein fotografisches Gedächtnis. Der neue Decker brauchte keine Notizen oder Erinnerungsstützen anderer Art. Er vergaß nichts und niemanden.

Aber das war noch nicht alles. Der Sportunfall hatte bewirkt, dass Decker Zahlen, Personen, sogar Empfindungen mit bestimmten Farben verknüpfte. Besonders hasste er das Stahlblau, das er wahrnahm, wenn er mit einer Leiche konfrontiert wurde. Solche synästhetischen Fähigkeiten schlummerten in jedem Menschen, blieben aber in der Regel ungenutzt.

»Wer hat gewonnen?«, riss Jamisons Stimme Decker aus seinen Gedanken.

Er warf ihr einen trägen Blick zu. »Machst du Witze?«

»Wieso?«

Decker verlagerte sein Gewicht auf dem engen Sitz. »Weil die North Dakota State nie eine Chance gegen uns gehabt hätte.«

»Wieso nicht?« Jamison sah ihn verständnislos an.

»Also, beim Collegefootball gibt es zwei Spielklassen, die FBS oder Bowl Subdivision, und die FCS, die Championship Subdivision. Mannschaften wie die Ohio State, Alabama, Clemson, Michigan oder die Louisiana State spielen allesamt in der FBS. Das sind die Topteams. Unis wie die North Dakota State, James Madison, Grambling oder Florida State dagegen spielen in der zweiten Liga, der FSC. Die spielen zwar auch auf hohem Niveau, aber normalerweise gewinnt ein FBS-Team haushoch, wenn es gegen eine FCS-Mannschaft antritt.«

»Warum spielen die dann überhaupt gegeneinander?«

»Für das Topteam ist es ein leichter Sieg, und dem Verlierer bringt es ein hübsches Sümmchen und kostenlose PR dank der Fernsehübertragung.«

»Aber für die Zuschauer kann das doch nicht besonders interessant sein.«

»Es gibt auch Außenseitersiege. Außerdem können beide Teams ihre jungen Spieler ausprobieren, wenn das Match ohnehin entschieden ist. So bin ich selbst in meinem ersten Jahr bei den Buckeyes zum Einsatz gekommen. Später, als ich mir einen Namen gemacht hatte, habe ich öfter ausgesetzt, damit die Jüngeren zum Zug kamen.«

»Für mich klingt es trotzdem absurd, wenn ein chancenloses Team sich als Kanonenfutter hergibt, nur für ein bisschen Geld und eine Stunde in der Glotze.«

»Na ja, es ist halt eine Möglichkeit, das Ansehen der Universität aufzupolieren. Obendrein ist es ein gewinnträchtiges Spektakel für die Erbsenzähler beim Hochschulsportverband.«

Jamison schüttelte den Kopf und schaute aus dem Fenster, während der kleine Jet die dicke Wolkendecke durchstieß, um in den Landeanflug zu gehen. »Sieht stürmisch aus da unten.«

»Oh, das ist erst der Anfang«, sagte Decker. »In den nächsten Tagen ist mit drückender Hitze und abends mit schweren Gewittern zu rechnen. Danach wird es zwar kühler, aber stürmisch – ein Vorbote der Blizzard-Saison, die bald anfängt. Dann sieht es hier aus wie in der Antarktis.«

Jamison seufzte. »Sind ja tolle Aussichten.«

»Du musst das Positive daran sehen.«

»Und das wäre?«

»Du kannst dir dein tägliches Workout sparen. Zu dieser Jahreszeit schwitzt du hier zwei Pfund runter, wenn du nur zum Auto gehst. Wenn wir erst wieder zu Hause sind, wirst du dir Speck für den Winter anfuttern müssen.«

Der Jet ging noch tiefer, während er von heftigen Turbulenzen durchgeschüttelt wurde. Jamison klammerte sich an die Armlehnen und bemühte sich, tief durchzuatmen, während ihr Magen auf und ab hüpfte. Als die Maschine endlich auf der Landebahn aufsetzte und schlingernd zum Stehen kam, ließ sie die Armlehnen los und drückte die Hand auf ihren Bauch. In der Ferne sah sie einen Blitz zucken.

»Mein lieber Schwan, das nenne ich ein Abenteuer«, stieß sie atemlos hervor und blickte zu Decker, der gelangweilt, beinahe schläfrig wirkte. »Hat dir das gar nichts ausgemacht?«

»Was?«

»Die Turbulenzen!«

»Halb so wild.«

»Hast du irgendein Geheimrezept?«, hakte sie nach. »Alle anderen haben nämlich gebetet, Flugbegleiterinnen eingeschlossen.«

»Wegen dieser Lappalie? In meiner Collegezeit habe ich mal eine Notlandung überlebt. Kurz nach dem Start war ein Triebwerk ausgefallen. Der Pilot hat zwar noch umgedreht und Treibstoff abgelassen, aber dann hat sich auch das zweite Triebwerk verabschiedet, und er musste sofort runter. Wir sind so hart aufgeprallt, dass das Fahrwerk abgerissen wurde, der Rumpf in zwei Teile brach und die Maschine in dem Moment in Flammen aufging, als der letzte Passagier sich ins Freie gerettet hatte. Nur mein Seesack mit den Klamotten hat's nicht überlebt«, fügte er beiläufig hinzu. »Später hat sich herausgestellt, dass ein paar Vögel die Triebwerksausfälle verursacht hatten.«

»Du meine Güte.« Jamison war bleich geworden. »Dann wundert es mich noch mehr, dass du kein bisschen nervös bist.«

»Warum sollte ich? Es gibt Statistiken, wie groß die Wahrscheinlichkeit ist, dass mir so etwas noch einmal passiert. Wie es aussieht, bin ich aus dem Schneider.«

Sie stiegen aus, unterschrieben die Papiere für den Mietwagen und verließen das Flughafengebäude des Williston Basin International Airport.

Als sie ins Freie traten, wurden sie von einer so heftigen Bö erfasst, dass selbst der hünenhafte Decker sich gegen den Wind stemmen musste. »Ich glaube, ich hab nicht die richtige Kleidung eingepackt«, rief Jamison über das Brüllen des Sturms hinweg. »Ein paar Pullis hätten nicht geschadet.«

»Was brauchst du mehr als Hemd, Hose, Dienstmarke und Pistole?«

»Die achtzig Kilo, die mir zu deinem Gewicht fehlen, Decker.«

Jamison saß am Steuer, während Decker ihr Ziel ins Navi seines Handys eingab. Dann lehnte er sich zurück und schaute aus dem Fenster. Gegen achtzehn Uhr fuhren sie direkt in ein heraufziehendes Gewitter. Bedrohlich türmten sich die schwarzen Wolken vor ihnen auf, als warteten sie nur auf den richtigen Augenblick, mit Sturm und Starkregen über die Gegend herzufallen.

»Irene Cramer«, sagte Decker leise.

Jamison nickte, und ihre Miene verdüsterte sich. »Irgendwo in der Einöde tot aufgefunden von einem Mann, der einen Wolf jagte. Und obendrein fachgerecht obduziert.« Sie schaute kurz zu Decker. »So etwas ist mir noch nie untergekommen. Dir?«

»Ich habe Leichen gesehen, die übel zugerichtet waren, aber nichts, was sich mit diesen Fotos vergleichen ließe. Der Tatort war geradezu unnormal sauber – sieht man vom Mageninhalt des Typen ab, der die Tote gefunden hat.«

»Ein Serienmörder? Ob sie uns deswegen eingeschaltet haben? Bogart hat sich nicht besonders klar ausgedrückt.«

Ross Bogart, der Chef ihrer kleinen Sondereinheit, hatte sie nach einem sehr kurzen Briefing nach North Dakota geschickt.

»Schon möglich.«

»Was hattest du für einen Eindruck, als Ross mit dir geredet hat?«, hakte Jamison nach. »Für mich hat er irgendwie … seltsam geklungen.«

Decker nickte. »Es gibt da anscheinend etwas, das er uns gern gesagt hätte, aber nicht sagen durfte.«

»Wie kommst du darauf?«

»Er ist sonst immer sehr direkt, redet nie um den heißen Brei herum. Es sei denn, seine Vorgesetzten verpassen ihm einen Maulkorb.«

»Offenbar sind wir auf beiden Seiten dieses Falles mit Rätseln konfrontiert«, murrte Jamison.

»Ich glaube trotzdem nicht, dass es sich unbedingt um einen Serienkiller handeln muss.«

»Wieso nicht?«

»In den Datenbanken findet sich nichts Vergleichbares. Ich hab noch schnell eine Suche gestartet, ehe wir aufgebrochen sind.«

»Wir könnten es mit einem neuen Akteur zu tun haben.«

»Neulinge planen die Tat nicht bis ins kleinste Detail, wie dieser Täter es allem Anschein nach getan hat.«

»Vielleicht will sich da jemand hervortun«, mutmaßte Jamison.

»Das wollen sie alle«, erwiderte Decker.

»Trotzdem kann es kein gewöhnlicher Mordfall sein, sonst hätten die nicht das FBI eingeschaltet.«

»Ich denke, wir müssen uns auf das Opfer konzentrieren, um der Wahrheit näherzukommen, weniger auf den Täter.«

»Du glaubst, Irene Cramer war für die Feds aus irgendeinem Grund wichtig?«

»Ja. Das könnte auch Bogarts Verschwiegenheit erklären.«

»Wir haben es jedenfalls mit einem Täter zu tun, der weiß, wie ein Pathologe arbeitet.«

»Das trifft auf eine Menge Leute zu, auch solche auf unserer Seite«, meinte Decker.

»Ein Gerichtsmediziner, der auf die schiefe Bahn geraten ist?«, fragte Jamison.

Decker wirkte unschlüssig. »Vermutlich findet man auf Youtube schon Videos, in denen das Obduzieren einer Leiche an einer Puppe demonstriert wird. In dem Bericht heißt es jedenfalls, dass die Schnitte fachgerecht vorgenommen wurden.«

»Du meinst, der Typ hatte Übung auf dem Gebiet?«

»Ich meine gar nichts, solange wir nicht mehr wissen.«

»Sag mal, ist dir aufgefallen, dass der Highway hier eine reine Betonpiste ist?«, wechselte Jamison bei einem Blick aus dem Fenster das Thema.

»Asphalt ist anscheinend nicht widerstandsfähig genug bei den extremen Bedingungen, die hier herrschen«, meinte Decker. »Obwohl ich mir bei Beton auch nicht so sicher bin.«

Jamison schmunzelte. »Du bist ein unerschöpflicher Quell des Wissens.«

»Bedank dich bei Google.«

»Wie lange dauert es noch?«, fragte Jamison.

Decker sah auf das Handydisplay. »Angeblich fünfundundvierzig Minuten. Es ist nahe an der kanadischen Grenze.«

»Dann war das wohl der am nächsten gelegene Flughafen in der Gegend.«

»Ich glaube, es war der *einzige* Flughafen in der Gegend.«

Jamison seufzte. »Was für ein langer, anstrengender Tag.«

»Ich fürchte, der Abend wird nicht minder lang und anstrengend.«

»Du willst heute noch mit der Ermittlung anfangen?«, fragte sie ungläubig.

»Es kann nicht schaden, sofort loszulegen, Alex. Vor allem, wenn jemand tot ist, der noch ein langes Leben vor sich hatte.«

3

»Was ist das?«, fragte Jamison, als sie sich dem Ziel ihrer Reise näherten.

Sie deutete auf mehrere hohe Säulen, die am oberen Ende lichterloh brannten und wie eine gespenstische Festbeleuchtung die Dunkelheit erhellten.

»Das sind Gasfackeln«, erklärte Decker. »Hier wird nicht nur nach Erdöl gebohrt, sondern auch nach Erdgas. Aber manchmal wird das Gas, das zusammen mit dem Öl hochkommt, einfach abgefackelt, weil es den Unternehmen zu teuer ist, die nötige Infrastruktur aufzubauen, um das Gas aufzufangen.«

Jamison sah ihn erstaunt an. »Von wie viel Gas reden wir?«

»Laut einer Statistik, die ich kürzlich gelesen habe, könnte man mit dem Gas, das jeden Monat abgefackelt wird, vier Millionen Häuser heizen.«

»Vier Millionen Häuser! Im Ernst?«

»Hab ich gelesen.«

»Aber … abgesehen von der wahnsinnigen Verschwendung an Rohstoff ist es katastrophal für die Umwelt. Das Gas ist doch reines Methan, oder?«

»Da muss ich passen. Aber gut für die Umwelt ist es bestimmt nicht.«

Jamison blickte zu den brennenden Säulen. »Diese Flammen sind gespenstisch. Wie ein Fackelzug riesiger Zombies.«

»Du solltest dich daran gewöhnen. Die sieht man hier überall.«

Deckers Aussage bestätigte sich, je länger sie fuhren. Die Landschaft war wie ein gigantischer Kuchen aus Blech, auf dem Hunderte riesige Kerzen brannten.

Sie kamen an ausgedehnten Wohnwagensiedlungen vorbei, die mit Straßen, Verkehrsschildern und Spielplätzen ausgestattet waren. Die Autos – hauptsächlich schlammbedeckte Pick-ups oder bullige SUV – standen unter Carports vor den Mobilheimen.

Dann sahen sie auch die Bohrstellen mit den Gasfackeln aus der Nähe, die von hohen Sicherheitszäunen umschlossen wurden, genauso wie Metallcontainer, Förderwerkzeuge und andere Ausrüstung. Hinter den Zäunen waren behelmte Männer in feuerfesten orangefarbenen Westen mit hunderterlei Aufgaben beschäftigt. Aus der Entfernung erinnerten sie an Riesenameisen, die emsig zwischen den Bohrtürmen und lodernden Fackeln umherwimmelten.

»Das ist eine typische Fracking-Stadt«, meinte Decker. »Ohne Fracking gäbe es diesen Ort gar nicht mehr. Tausende von Arbeitern sind in diesen Teil von North Dakota eingewandert, um das Öl und Gas zu fördern, das man in der Bakken-Formation entdeckt hat. Angeblich reichen die Ölvorkommen hier noch für hundert Jahre Abbau.«

»Vom Klimawandel haben die hier wohl noch nichts gehört?«

»Hey, es ist ein Job.«

»Ja, vorerst. Bis wir keinen Planeten mehr haben, auf dem wir leben können.«

»Mich musst du nicht überzeugen. Ich verstehe aber auch die Leute, die etwas zu essen auf dem Teller haben wollen. Hier lässt sich gutes Geld verdienen. Die Gegend hier hat bessere und schlechtere Zeiten gesehen, aber derzeit scheint es hier gut zu laufen.«

»Hast du das auch gegoogelt?«

Er zuckte mit den Schultern. »Ich bin nun mal neugierig.

Außerdem arbeitet mein Schwager im Ölgeschäft. Da habe ich das eine oder andere aufgeschnappt.«

Sie kamen an einer Trucker-Raststätte vorbei, zu der nicht nur ein Restaurant, sondern auch Duschen, ein Waschsalon und ein Laden gehörten, in dem es, wie man den Schildern entnehmen konnte, außer Lebensmitteln allerlei Nützliches für die Trucker gab: Propangas, Ventilatoren, Frostschutzmittel. Ein Schild zeigte Kellnerinnen in ultrakurzen Shorts und tief ausgeschnittenen Tops, und ein Plakat verkündete, dass man hier über die umfangreichste Auswahl an DVDs für Erwachsene verfüge, die es im gesamten Bundesstaat North Dakota zu kaufen gäbe. Der Parkplatz war vollgepackt mit Sattelschleppern in allen Größen, Arten und Farben, reich verziert mit funkelnden Chromteilen, Fähnchen und aufgesprühten Bildern auf den Führerhäusern, die vorzugsweise Drachen, Schusswaffen, die amerikanische Flagge und vollbusige nackte Frauen darstellten.

»Das gibt mir einen guten Eindruck davon, was hierzulande populär ist«, meinte Jamison.

»Nicht nur hier«, konterte Decker.

Ende der Leseprobe